# EMMA

Título original: *Emma*


**Edição Brasileira**

**Direção Editorial** *Ethel Santaella*
**Tradução** *Ciro Mioranza*
**Revisão** *Suely Furukawa*
**Diagramação** *Demetrios Cardozo*
**Imagem Capa** *Shutterstock.com*
**Produção Gráfica** *Giliard Andrade*
**Imagem** *Ilustração de C. E. Brock (edição de 1907) adaptados para p&b*

**Dados Internacionais de Catalogação na Publicação (CIP)**
**(Câmara Brasileira do Livro, SP, Brasil)**

Austen, Jane, 1775-1817
Emma / Jane Austen ; tradução Ciro Mioranza. -- São Paulo : Lafonte, 2020.

Título original: Emma
ISBN 978-65-86096-16-3

1. Ficção inglesa I. Título.

20-34877 CDD-823

**Índices para catálogo sistemático:**

1. Ficção : Literatura inglesa 823

Cibele Maria Dias - Bibliotecária - CRB-8/9427

**Editora Lafonte**
Av. Profª Ida Kolb, 551, Casa Verde, CEP 02518-000
São Paulo - SP, Brasil – Tel.: (+55) 11 3855-2100
Atendimento ao leitor (+55) 11 3855-2216 / 11 3855-2213 – atendimento@editoralafonte.com.br
Venda de livros avulsos (+55) 11 3855-2216 – vendas@editoralafonte.com.br
Venda de livros no atacado (+55) 11 3855-2275 – atacado@escala.com.br

Jane Austen

# Emma

Tradução
Ciro Mioranza

Lafonte

2020 – Brasil

Pintura a óleo, de 1875, baseada em uma aquarela pintada por sua irmã Cassandra em 1810 – autor desconhecido

JANE AUSTEN (1775 - 1817)

# PRIMEIRA PARTE

## ≈ CAPÍTULO 1 ≈

Emma Woodhouse, bonita, inteligente e rica, com uma casa confortável e disposição alegre, parecia reunir algumas das melhores bênçãos da existência; e tinha vivido quase 21 anos no mundo com muito pouco para angustiá-la ou irritá-la.

Era a mais jovem das duas filhas do mais afetuoso e indulgente dos pais e, em decorrência do casamento da irmã, se havia tornado senhora da casa desde muito jovem. Sua mãe havia morrido há tanto tempo que ela só tinha uma vaga lembrança de seus carinhos; e seu lugar havia sido ocupado por uma excelente mulher como governanta, que lhe havia dedicado quase o mesmo afeto de uma mãe.

A senhorita Taylor havia passado 16 anos com a família do senhor Woodhouse, menos como governanta do que como amiga, muito afeiçoada às duas filhas, mas particularmente à Emma. Entre *elas* havia uma intimidade como a de irmãs. Mesmo antes que a senhorita Taylor deixasse de exercer o cargo nominal de governanta, a brandura de seu caráter quase a impedia de impor alguma restrição; e depois que a sombra de autoridade se havia desfeito há muito tempo, elas viviam juntas como amigas muito apegadas, e com Emma fazendo só o que queria; tinha em alta estima o julgamento da senhorita Taylor, mas se guiava especialmente pelo seu próprio.

Os verdadeiros males da situação de Emma eram, na verdade, o poder de ter preferencialmente as coisas feitas a seu modo e uma disposição para pensar um pouco bem demais de si mesma; essas eram as desvantagens que ameaçavam prejudicar seus muitos divertimentos. O perigo, no entanto, era por ora tão imperceptível que elas não o consideravam de forma alguma como um infortúnio para a moça.

A tristeza chegou – uma tristeza branda –, mas de modo algum na forma de um sentimento desagradável. A senhorita Taylor se casou. Foi a perda da senhorita Taylor que lhe trouxe a primeira profunda tristeza. Foi no dia do casamento dessa querida amiga que Emma parou para pensar, pela primeira vez e com pesar, na continuidade da vida. Depois da cerimônia de casamento e depois que os convidados se haviam retirado, ela e o pai foram deixados sozinhos para o jantar, sem qualquer perspectiva de uma terceira pessoa para alegrar uma longa noite. O pai se preparou para dormir após o jantar, como de hábito, e a ela então só lhe restava sentar-se e pensar naquilo que havia perdido.

O evento prometia toda a felicidade para a amiga. O senhor Weston era um homem de caráter excepcional, fortuna razoável, idade adequada e maneiras agradáveis; e havia certa satisfação ao considerar com que abnegação e generosa amizade ela sempre havia desejado e promovido a união; mas a manhã seguinte foi de duro trabalho para ela. A falta da senhorita Taylor seria sentida todas as horas de todos os dias. Lembrou-se de sua bondade no passado – a bondade e a afeição de 16 anos – como a havia ensinado e como havia brincado com ela desde seus cinco anos, como havia devotado todas as suas forças para entretê-la e diverti-la quando gozava de boa saúde e como havia cuidado dela durante as várias doenças da infância. Tinha um grande débito de gratidão; mas no decorrer dos últimos sete anos, as estreitas relações e a perfeita confiança, que logo se seguiram ao casamento de Isabella, quando as duas ficaram sozinhas, eram ainda uma das mais caras e ternas recordações. Tinha sido uma amiga e companheira como poucos possuíam: inteligente, bem informada, benéfica, meiga, conhecendo tudo sobre a família, interessada em todas as suas preocupações, e particularmente interessada por ela, em todos os seus passatempos, em todos os seus planos – alguém com quem podia falar de qualquer pensamento que lhe surgisse, alguém que lhe dedicava tal afeição que nunca haveria de faltar.

Como haveria de suportar a mudança? Era verdade que a amiga iria morar a apenas meia milha de distância deles; mas Emma tinha consciência de que grande deveria ser a diferença entre uma senhora Weston, a apenas meia milha de distância, e uma senhorita Taylor dentro da casa; e com todas as suas vantagens, naturais e domésticas, estava agora em grande risco de sofrer de solidão intelectual. Amava ternamente o pai, mas ele não era, para ela, um companheiro ideal. Ele não conseguia acompanhá-la na conversa, tanto em assunto sério quanto em gracejos.

O fato da real disparidade de idade entre os dois (e o senhor Woodhouse não se havia casado cedo) era mais acentuado ainda pela constituição física e pelos hábitos dele; pois, tendo sido um indivíduo adoentado durante toda a sua vida, sem atividade mental ou física, era muito mais velho em modos de ser e agir do que em anos; e embora fosse estimado em toda parte pela benignidade de seu coração e por seu temperamento afável, seus talentos não podiam recomendá-lo em qualquer momento que fosse.

Sua irmã, ainda que comparativamente pouco afastada dela pelo casamento, morando em Londres, a apenas 16 milhas, estava muito distante para um encontro diário, e muitas longas noites de outubro e novembro deveriam transcorrer vagarosamente em Hartfield até que o Natal trouxesse a próxima visita de Isabella com o marido e as crianças, para encher a casa e proporcionar-lhe novamente uma agradável companhia.

Highbury, a grande e populosa vila, quase uma cidade, à qual Hartfield realmente pertencia, apesar de separada por seus prados e arvoredos e apesar do nome, não lhe propiciava companhia que a contentasse. Os Woodhouse eram a família mais importante da região. Todos os tinham em grande consideração. Ela tinha muitos amigos no lugar, pois seu pai era educado com todos, mas nenhum deles podia ser aceito no lugar da senhorita Taylor, nem mesmo por meio dia. Era uma mudança melancólica; e Emma só podia suspirar e desejar coisas impossíveis, até que o pai percebia e ela então tinha de mostrar-se alegre. O estado dele precisava de apoio. Era um homem nervoso, facilmente caía em depressão; apegado a todas as pessoas com quem estava acostumado e detestando separar-se delas; e detestando mudanças de qualquer espécie. O casamento, como fonte de mudança, era sempre desagradável; e ele não se havia conformado ainda com o casamento da própria filha, e só conseguia falar dela com compaixão, embora tivesse sido inteiramente um casamento por amor, e agora se via obrigado a separar-se da senhorita Taylor também; e em decorrência de seus hábitos de delicado egoísmo, e por nunca ser capaz de supor que os outros pudessem pensar diferente dele, estava realmente disposto a acreditar que a senhorita Taylor tinha feito uma coisa muito triste, tanto para ela quanto para eles, e que teria ficado muito mais feliz se ela pudesse passar o resto de sua vida em Hartfield. Emma sorria e conversava tão alegremente quanto podia, para afastá-lo de semelhantes pensamentos; mas quando o chá era servido, era impossível para ele não dizer exatamente o que havia dito no jantar:

– Pobre senhorita Taylor! Gostaria que ela estivesse aqui. Que pena que o senhor Weston tenha algum dia pensado nela!

– Não posso concordar, papai, o senhor sabe que não posso. O senhor Weston é um homem tão bem-humorado, agradável, excelente, que inegavelmente merece uma boa esposa; e o senhor não poderia nem sequer pensar que a senhorita Taylor iria viver conosco para sempre e suportar todos os meus estranhos caprichos, quando podia ter sua própria casa.

– Sua própria casa! Mas qual é a vantagem de ter a própria casa? Esta é três vezes maior. E você nunca tem caprichos estranhos, minha querida.

– Quantas vezes podemos visitá-los, e eles também podem vir nos visitar! Vamos nos encontrar sempre! *Nós* devemos começar; temos de ir logo e fazer a visita de cumprimentos pelo casamento.

– Minha querida, como posso ir tão longe? Randalls é tão distante. Eu não poderia andar nem a metade do caminho.

– Não, papai, ninguém pensou em fazê-lo caminhar. Devemos ir de carruagem, é claro.

– De carruagem! Mas James não vai gostar de preparar os cavalos para uma distância tão pequena; e onde vão ficar os pobres cavalos enquanto estivermos de visita?

– Vão ficar no estábulo do senhor Weston, papai. O senhor sabe que já arranjamos tudo. Falamos sobre tudo isso com o senhor Weston ontem à noite. E quanto a James, pode estar certo de que ele sempre vai gostar de ir a Randalls, porque a filha dele trabalha lá como criada. Duvido até que ele goste de nos levar a qualquer outro lugar. Foi obra sua, papai. O senhor conseguiu este bom emprego para Hannah. Ninguém pensou em Hannah até que o senhor a mencionou... James é tão grato ao senhor!

– Estou muito contente por ter pensado nela. Foi muita sorte, pois não gostaria que o pobre James se sentisse menosprezado em qualquer hipótese; e tenho certeza de que ela será uma boa criada: é uma menina educada e fala muito bem; eu a tenho em muita consideração. Toda vez que a vejo, sempre me faz uma reverência e pergunta como estou, de uma maneira muito gentil; e quando você a chamava para bordar, observei que ela sempre girava a fechadura de modo correto e nunca batia a porta. Tenho certeza de que será uma excelente criada; e é um grande conforto para a senhorita Taylor ter uma pessoa conhecida perto dela. Sempre que James for ver a filha, bem sabe, ela terá notícias nossas. Ele poderá lhe contar como estamos.

Emma não poupou esforços para manter esse feliz fluxo de ideias e esperava, com a ajuda do jogo de gamão, manter o pai em toleravelmente disposto durante a noite, sem ser afetado por nenhum pesar além do seu próprio. O tabuleiro de gamão foi arrumado; mas imediatamente depois chegou uma visita e tornou o jogo desnecessário.

O senhor Knightley, um homem sensato de 37 ou 38 anos, não era somente um velho amigo íntimo da família, mas particularmente ligado a ela, pois era o irmão mais velho do marido de Isabella. Morava a cerca de uma milha de Highbury, era uma visita frequente e sempre bem-vinda; e, nessa ocasião, mais bem-vinda que o normal, pois acabava de chegar diretamente de uma visita ao irmão e a Isabella em Londres. Retornara depois do jantar, após alguns dias de ausência, e vinha a pé a Hartfield para dizer que todos estavam bem em Brunswick Square. Era uma ótima notícia e animou o senhor Woodhouse por algum tempo. O senhor Knightley tinha um temperamento alegre, que sempre fazia bem ao dono da casa, e as muitas perguntas sobre a "pobre Isabella" e as crianças foram respondidas de modo satisfatório. Depois disso, o senhor Woodhouse observou, agradecido:

– É muita bondade sua, senhor Knightley, sair a uma hora tão tardia para nos visitar. Receio que tenha feito uma caminhada horrível.

– De maneira alguma, senhor. É uma linda noite de luar; e tão amena que tenho de me afastar um pouco de sua lareira.

– Mas deve estar muito úmido e enlameado. Espero que não apanhe um resfriado.

– Enlameado, senhor? Olhe meus sapatos. Nenhuma mancha neles.

– Bem! Isso é de todo surpreendente, pois tivemos muita chuva por aqui. Choveu terrivelmente forte por meia hora, enquanto tomávamos o café da manhã. Queria até que eles adiassem o casamento.

– A propósito... não lhes desejei felicidades. Sabendo muito bem da grande alegria que invade a ambos, não me apressei em apresentar-lhes minhas congratulações; mas espero que tudo tenha corrido razoavelmente bem. Como todos se comportaram? Quem chorou mais?

– Ah! pobre senhorita Taylor! Isso é muito triste.

– Pobre senhor e senhorita Woodhouse, quem sabe; mas possivelmente não posso dizer "pobre senhorita Taylor". Tenho grande estima pelo senhor e por Emma; mas quando se trata de uma questão de dependência ou independência!... De qualquer forma, é melhor ter somente uma pessoa para agradar do que duas.

– Especialmente quando *uma* dessas duas é uma criatura tão caprichosa e impertinente! – disse Emma, gracejando. – Isso é o que o senhor tinha em mente, eu sei... e o que certamente haveria de dizer se meu pai não estivesse aqui.

– Acho que é bem verdade, minha querida, de fato – disse o senhor Woodhouse com um suspiro. – Receio que às vezes eu seja realmente caprichoso e impertinente.

– Meu querido papai! Não pode pensar que eu estivesse me referindo ao *senhor*, ou supor que o senhor Knightley se referisse ao *senhor*. Que ideia horrível! Oh! não! Eu só me referia a mim mesma. O senhor Knightley adora encontrar defeitos em mim, bem sabe... de brincadeira... é tudo brincadeira. Sempre dizemos o que queremos um ao outro.

O senhor Knightley, de fato, era uma das poucas pessoas que podia ver defeitos em Emma Woodhouse, e a única que sempre os apontava para ela: embora isso não fosse particularmente agradável para Emma, ela sabia que seria muito menos para seu pai, pois não poderia deixá-lo realmente suspeitar do fato de que ela não fosse perfeita para todo mundo.

– Emma sabe que nunca a lisonjeio – disse o senhor Knightley

–, mas não quis me referir a outros. A senhorita Taylor estava acostumada a ter duas pessoas para agradar; agora só terá uma. As chances são de que deva sair ganhando.

– Bem – disse Emma, desejando mudar de assunto –, o senhor queria ouvir sobre o casamento; e ficarei feliz em lhe contar, pois todos nos comportamos de maneira encantadora. Todos foram pontuais, todos em seus melhores trajes: nenhuma lágrima e praticamente nenhuma cara abatida. Oh, não! Todos percebemos que estamos a apenas meia milha de distância e certos de que vamos nos encontrar todos os dias.

– A querida Emma suporta tudo tão bem – disse o pai. – Mas, senhor Knightley, ela está realmente muito triste por perder a pobre senhorita Taylor e tenho certeza que *vai* sentir a falta dela mais do que imagina.

Emma virou a cabeça, dividida entre lágrimas e sorrisos.

– É impossível que Emma não sinta falta de tal companheira – disse o senhor Knightley. – Não gostaríamos tanto dela como gostamos, senhor, se pudéssemos imaginá-lo; mas ela sabe quanto o casamento é vantajoso para a senhorita Taylor; sabe o quanto é realmente aceitável, a essa altura da vida da senhorita Taylor, estar estabelecida em sua própria casa e como é importante para ela ter a garantia de uma confortável subsistência; e, portanto, não pode se permitir sentir angústia por ela, mas alegria. Todos os amigos da senhorita Taylor devem estar contentes ao vê-la tão bem casada.

– E o senhor se esqueceu de outro motivo de alegria para mim – disse Emma – e deveras considerável: eu mesma preparei o casamento. Comecei a planejá-lo, como sabe, há quatro anos; e conseguir que esse enlace viesse a acontecer e provar que eu estava certa, quando tanta gente dizia que o senhor Weston jamais se casaria de novo, me conforta acima de qualquer outra coisa.

O senhor Knightley sacudiu a cabeça. O pai dela, afetuosamente, replicou:

– Ah, minha querida! Gostaria que não fizesse mais casamentos nem predissesse qualquer coisa, pois tudo o que você diz sempre acaba acontecendo. Por favor, não arranje mais casamentos.

– Prometo não fazer nenhum para mim mesma, papai; mas, na verdade, devo fazê-lo para outras pessoas. É a coisa mais divertida do mundo! E depois desse sucesso, sabe!... Todos diziam que o senhor Weston nunca mais se casaria. Oh, não! O senhor Weston, que estava viúvo há tanto tempo e que parecia perfeitamente confortável sem uma esposa, tão constantemente ocupado com seus negócios na cidade ou aqui entre seus amigos, sempre bem recebido em qualquer lugar que fosse, sempre alegre... o senhor Weston não precisaria passar mais uma noite do ano sozinho se não gostasse. Oh, não! O senhor Weston certamente não voltaria a se casar nunca mais. Alguns falavam até de uma promessa à esposa em seu leito de morte e outros que o filho e o tio não o deixavam casar-se de novo. Toda espécie de solenes bobagens foram ditas sobre o assunto, mas não acreditei em nenhuma delas. Tomei a decisão sobre o assunto, desde o dia em que, cerca de quatro anos atrás, a senhorita Taylor e eu o encontramos em Broadway Lane quando, começando a chuviscar, ele gentilmente correu até Farmer Mitchell e trouxe dois guarda-chuvas para nós. Planejei o casamento deles a partir daquele momento, e como fui abençoada pelo sucesso nesse plano, papai, o senhor não pode sequer pensar que eu deixe de arranjar casamentos.

– Não entendo o que quer dizer com sucesso – disse o senhor Knightley. – Sucesso supõe esforço. Seu tempo teria sido apropriada e delicadamente usado se tivesse se esforçado durante os últimos quatro anos para realizar esse casamento. Um digno empenho para a mente de uma jovem senhora! Mas se, como chego a imaginar, fazer o casamento, como o chama, significa somente planejá-lo, dizer para si mesma num dia sem nada a fazer "Acho que seria ótimo para a senhorita Taylor se o senhor

Weston se casasse com ela", e depois repetir isso inúmeras vezes para si mesma, por que fala em sucesso? Onde está seu mérito? De que se orgulha? Teve sorte no palpite; e *isso* é tudo o que pode ser dito.

– E o senhor nunca sentiu o prazer e o triunfo de um palpite de sorte? Tenho pena do senhor... pensei que fosse mais esperto... pois confiar num palpite de sorte não é meramente sorte. Há sempre algum talento nisso. E quanto à minha pobre palavra "sucesso", com a qual implicou, não sei se estou tão inteiramente errada em reivindicá-la. O senhor pintou duas belas situações; mas acho que pode haver uma terceira... algo entre o fazer nada e o fazer tudo. Se eu não tivesse promovido as visitas do senhor Weston aqui, se não tivesse dado muitos pequenos encorajamentos e amainado muitos pequenos problemas, poderia não ter acontecido absolutamente nada. Acho que conhece bastante Hartfield para compreender isso.

– Um homem honesto e sincero como Weston e uma mulher sensata e sem afetações como a senhorita Taylor, podem seguramente administrar seus próprios assuntos. É provável que você tenha feito mais mal a si mesma do que bem a eles, por interferir.

– Emma nunca pensa em si mesma, se pode fazer o bem a outros – retrucou o senhor Woodhouse, entendendo apenas em parte a conversa. – Mas, minha querida, por favor, não arranje mais casamentos, são coisas tolas e destroem o círculo familiar de maneira dolorosa.

– Só mais um, papai; só para o senhor Elton. Pobre senhor Elton! O senhor gosta dele, papai... preciso encontrar uma esposa para ele. Não há ninguém em Highbury que o mereça... e ele já está aqui há um ano inteiro e mobiliou sua casa de modo tão confortável que seria uma vergonha se ficasse solteiro por mais tempo... e pensei, quando ele participou do ato de todos se darem as mãos hoje na cerimônia do casamento, que parecia tão ansioso como se quisesse ter o mesmo serviço prestado a ele!

Aprecio muito o senhor Elton, e este é o único meio que tenho de prestar-lhe um serviço.

– O senhor Elton é um jovem muito simpático, com certeza, um jovem muito bom e tenho grande estima por ele. Mas se quiser mostrar-se atenciosa com ele, minha querida, convide-o para jantar conosco um dia. Isso será muito melhor. Ouso dizer que o senhor Knightley será bastante gentil em querer vê-lo também.

– Com imenso prazer, senhor, a qualquer hora – disse o senhor Knightley, rindo. – E concordo inteiramente com o senhor que será a melhor coisa a fazer. Convide-o para jantar, Emma, e ofereça-lhe o melhor peixe e a melhor ave, mas deixe-o escolher a própria esposa. Pode crer, um homem de 26 ou 27 anos sabe tomar conta de si mesmo.

## ≈ CAPÍTULO 2 ≈

O senhor Weston era natural de Highbury, de uma respeitável família que, nas últimas duas ou três gerações, havia ascendido em nobreza e crescido em posses. Ele havia recebido uma boa educação, mas, ao atingir ainda jovem certa independência, não se sentia disposto por nenhum dos negócios simples em que seus irmãos estavam engajados, e procurou satisfazer seu espírito ativo e alegre e seu temperamento sociável entrando para a milícia do condado, seguindo então a carreira militar.

O capitão Weston era estimado por todos; e quando as circunstâncias de sua vida militar o levaram a conhecer a senhorita Churchill, de uma importante família de Yorkshire, e a senhorita Churchill se apaixonou por ele, ninguém ficou surpreso, exceto o irmão dela e a esposa; como nunca o tinham visto e eram cheios de orgulho e presunção, essa ligação só podia ofendê-los.

A senhorita Churchill, contudo, sendo maior de idade e em plena posse de sua fortuna – embora sua fortuna não fosse proporcional às propriedades da família – não se deixou dissuadir do casamento, que se realizou, para infinita humilhação do senhor e da senhora Churchill, que se afastaram dela com o devido decoro. Foi uma união inadequada e não produziu muita felicidade. A senhora Weston deve ter usufruído de maior felicidade nessa união, pois tinha um marido cujo coração afetuoso e temperamento afável o levavam a achar que ela merecia tudo como retribuição pela grande bondade de se ter apaixonado por ele; mas embora ela tivesse uma aptidão de espírito, esta não era das melhores. Teve coragem suficiente para seguir sua própria vontade, apesar da oposição do irmão, mas não suficiente para refrear seu insensato pesar diante da insensata ira do irmão, nem para deixar de sentir falta do luxo de seu antigo lar. O casal vivia acima de seus rendimentos, mas isso não era nada em comparação com sua vida em Enscombe: não deixou de amar o marido, mas queria ser ao mesmo tempo a esposa do Capitão Weston e a senhorita Churchill de Enscombe.

O capitão Weston, que todos consideravam, especialmente os Churchill, ter feito um excelente casamento, acabou por ficar com a pior parte da barganha; pois quando sua esposa morreu, depois de três anos de casados, estava bem mais pobre do que de início e com um filho para manter. Das despesas com a criança, no entanto, logo seria liberado. O menino havia sido, impelido por branda reivindicação de uma prolongada doença da mãe, o meio de uma espécie de reconciliação. O senhor e a senhora Churchill, não tendo filhos nem qualquer outra criança de igual parentesco para cuidar, ofereceram-se para tomar a seu total encargo o pequeno Frank, logo depois da morte da mãe. Pode-se imaginar que o pai viúvo sentiu alguns escrúpulos e oferecido alguma relutância; mas como foram superados por outras considerações, a criança foi deixada aos cuidados e à riqueza dos Churchill; e ele só tinha agora que visar a seu próprio conforto e melhorar sua própria situação tanto quanto pudesse.

Era desejável uma completa mudança de vida. Ele deixou a

milícia e se dedicou ao comércio; seus irmãos já se haviam estabelecido com êxito em Londres, o que lhe propiciava uma boa abertura. Era um negócio que lhe dava bastante trabalho. Ainda possuía uma pequena casa em Highbury, onde passava a maior parte de seus dias livres; e entre ocupações úteis e os prazeres da sociedade, os 18 ou 20 anos seguintes de sua vida passaram-se agradavelmente. Por essa época, já havia obtido sucesso – suficiente para garantir a compra de uma pequena propriedade confinante com Highbury, que sempre havia cobiçado – suficiente para casar-se com uma mulher mesmo sem dote, como a senhorita Taylor, e para viver de acordo com os desejos de sua própria disposição amigável e sociável.

Já fazia algum tempo que a senhorita Taylor começara a influenciar os planos dele; mas como não era a tirânica influência da juventude sobre a juventude, isso não abalou sua determinação de nunca mais se casar até que pudesse comprar Randalls, e a aquisição de Randalls era almejada havia tempo; mas seguiu firme com esses objetivos em vista até que se realizassem. Havia feito fortuna, havia comprado sua casa e conseguido sua esposa; e estava começando um novo período de sua existência, com toda a probabilidade de maior felicidade do que em qualquer época do passado. Ele nunca havia sido um homem infeliz; seu próprio temperamento o havia preservado disso, mesmo durante seu primeiro casamento; mas o segundo deveria mostrar-lhe como podia ser encantador ter uma companheira de bom senso e verdadeiramente amável, e deveria dar-lhe a mais agradável prova de que é muito melhor escolher do que ser escolhido, despertar gratidão do que senti-la.

Só tinha a si mesmo a agradar em sua escolha: a fortuna era unicamente sua; porque, quanto a Frank, mais do que ser tacitamente criado como herdeiro do tio, havia-se tornado tão evidente sua adoção que deveria assumir o sobrenome Churchill ao atingir a maioridade. Era de todo improvável, portanto, que algum dia precisasse da ajuda do pai. Este não tinha a menor apreensão a respeito. A tia era uma mulher caprichosa e dominava totalmente o marido; mas não era da natureza do senhor Weston imaginar que qualquer capricho fosse bastante forte para afetar alguém tão querido e, como acreditava, tão merecedoramente querido. Via o filho uma vez por ano em Londres e tinha orgulho dele; e sua afetuosa descrição do filho como sendo um belo jovem fez com que Highbury sentisse certo orgulho dele também. Era considerado de tal modo como pertencente ao lugar a ponto de seus méritos e perspectivas serem vistos como algo de interesse comum.

O senhor Frank Churchill era um dos motivos de orgulho de Highbury e predominava uma viva curiosidade em conhecê-lo, embora a contrapartida não subsistisse, visto que ele nunca estivera lá em toda a sua vida. Falava-se com frequência que ele viria visitar o pai, mas isso nunca ocorreu.

Agora, com o casamento do pai, era comentário geral que, como respeitosa atenção, a visita deveria ocorrer. Não havia uma só voz discordante sobre o assunto, nem quando a senhora Perry tomou chá com a senhora e a senhorita Bates, nem quando elas retribuíram a visita. Agora já era tempo de o senhor Frank Churchill estar entre eles; e a esperança se fortaleceu quando se soube que ele havia escrito uma carta para a madrasta por ocasião do casamento. Durante alguns dias, cada visita matinal em Highbury incluía alguma menção à bela carta que a senhora Weston tinha recebido. "Suponho que tenha ouvido falar da bela carta que o senhor Frank Churchill escreveu à senhora Weston. Dizem que é uma carta muito linda, realmente. Foi o senhor Woodhouse que me contou. O senhor Woodhouse viu a carta e diz que nunca viu uma carta tão bonita em sua vida."

Na verdade, foi uma carta imensamente apreciada. A senhora Weston, é claro, havia formado uma ideia muito favorável do jovem; e tão agradável atenção era uma prova irresistível de seu grande bom senso e uma adição mais que bem-vinda a toda a origem e a toda expressão de congratulações que já havia recebido pelo casamento. Sentiu-se como a mais afortunada das mulheres; e havia vivido bastante para saber quão afortunada podia ser considerada; seu único pesar era a separação parcial de seus amigos, cuja amizade para com ela nunca havia esfriado e que mal podiam suportar essa separação.

Sabia que por vezes deveriam sentir sua falta; e não podia pensar, sem tristeza, em Emma perdendo um simples prazer ou sofrendo alguma hora de tédio por falta de sua companhia: mas a querida Emma não era fraca de caráter; estava à altura da situação dela muito mais que a maioria das moças poderia estar, e tinha bom senso, energia, ânimo que, era de se esperar, podiam ajudá-la a suportar bem e felizmente pequenas dificuldades e privações. E mais, havia o conforto da realmente pequena distância entre Randalls e Hartfield, tão conveniente para uma caminhada mesmo para mulheres sozinhas, e o conforto da disposição e condições do senhor Weston, que não haveria, na estação que se aproximava, nenhum obstáculo para que passassem metade das noites da semana juntos.

A situação da senhora Weston era, de modo geral, motivo de horas de alegria e poucos momentos de tristeza; e sua satisfação – mais que satisfação –, sua animada alegria era tão justa e tão aparente que Emma, apesar de conhecer bem o pai, às vezes era colhida de surpresa por ele ser ainda capaz de lamentar "a pobre senhorita Taylor" quando a deixavam em Randalls, cercada de todos os confortos domésticos ou quando a via partir à noite, assistida pelo alegre marido em sua própria carruagem. Mas ela nunca partiu sem que o senhor Woodhouse, dando um leve suspiro, dissesse: "Ah, pobre senhorita Taylor! Ela estaria muito contente em ficar!"

Não havia como recuperar a senhorita Taylor nem era muito provável que parasse de lamentá-la; mas poucas semanas trouxeram algum alívio ao senhor Woodhouse. Os cumprimentos dos vizinhos haviam cessado; ele não era mais importunado com felicitações por um evento tão triste; e o bolo de casamento, que havia sido de grande angústia para ele, fora totalmente consumido. Seu estômago não podia suportar nada pesado, e ele não podia crer que as outras pessoas fossem diferentes dele. O que lhe era prejudicial ele considerava impróprio para todos; e, portanto, ele havia tentado seriamente a dissuadi-los de fazer o bolo de casamento; e como não obteve sucesso, tentou de modo incisivo todos de prová-lo. Deu-se ao trabalho de consultar o senhor Perry, o farmacêutico, sobre o assunto. O senhor Perry era um homem inteligente e cavalheiresco, cujas frequentes visitas eram um dos consolos da vida do senhor Woodhouse; e ao ser consultado, só podia reconhecer (embora parecesse um tanto contra a tendência geral) que bolo de casamento pode certamente fazer mal a muitos, talvez à maioria, a menos que fosse consumido moderadamente. Com tal opinião, em conformidade com a sua, o senhor Woodhouse tentava influenciar cada conviva dos recém-casados; mas mesmo assim o bolo foi comido; e não houve descanso para seus nervos benevolentes até que todo o bolo sumisse totalmente.

Houve um estranho boato em Highbury, dizendo que todos os filhos pequenos dos Perry foram vistos com uma fatia do bolo de casamento da senhora Weston nas mãos: mas o senhor Woodhouse nunca haveria de acreditar nisso.

## ≈ CAPÍTULO 3 ≈

O senhor Woodhouse estimava realmente a convivência social, mas à sua própria maneira. Gostava muito que os amigos viessem visitá-lo; e pela soma de várias causas, por sua longa residência em Hartfield e sua bondade, por sua fortuna, sua casa e sua filha, podia selecionar as visitas de seu próprio pequeno círculo, em grande medida, a seu bel-prazer. Não tinha muito contato com outras famílias fora desse círculo; seu horror às horas tardias e aos grandes jantares festivos, tornava-o inadequado para qualquer conhecido que não pudesse visitá-lo em acordo com seus próprios termos. Felizmente para ele, Highbury, incluindo Randalls na mesma paróquia e Donwell Abbey na paróquia vizinha, domicílio do senhor Knightley, compreendia uma área bastante extensa. Com muita frequência, persuadido por Emma, ele recebia alguns dos escolhidos e melhores amigos para jantar, mas o que preferia eram reuniões noturnas; e, a menos que se imaginasse não estar à altura da companhia, era rara a noite da semana em que Emma não organizasse uma mesa de jogos para ele.

Uma verdadeira estima existente há muito tempo levava os Weston e o senhor Knightley a visitá-lo; e para o senhor Elton, um jovem que vivia sozinho malgrado seu, o privilégio de trocar qualquer noite livre de sua enfadonha solidão pela elegância e companhia da sala de estar do senhor Woodhouse, e pelos sorrisos de sua encantadora filha, não era de se jogar fora.

Depois desses, vinha um segundo grupo; entre os mais assíduos estavam a senhora e a senhorita Bates e a senhora Goddard, três senhoras quase sempre à disposição para um convite de Hartfield, e que eram buscadas e levadas para casa com tanta frequência que o senhor Woodhouse não achava que fosse isso demasiado incômodo tanto para James quando para os cavalos. Se isso ocorresse somente uma vez por ano, poderia ser motivo de queixa.

A senhora Bates, viúva de um antigo vigário de Highbury, era uma senhora bem idosa, que deixara de lado quase tudo menos o chá e a dança da quadrilha. Vivia com sua filha solteira de forma bem modesta e era tratada com toda a consideração e com todo o respeito que uma velha senhora inofensiva, vivendo em condições tão desfavoráveis, poderia despertar. Sua filha desfrutava do grau mais incomum de popularidade para uma mulher nem jovem nem bonita nem rica nem casada. A senhorita Bates se encontrava na pior situação do mundo para conquistar a simpatia das pessoas; não possuía nenhuma superioridade intelectual para sua própria satisfação ou para intimidar aqueles que poderiam odiá-la, induzindo-os a aparente respeito. Nunca havia ostentado beleza ou inteligência. Sua juventude tinha passado sem distinção, e na meia-idade se devotava ao cuidado de uma mãe debilitada e ao esforço de fazer um pequeno rendimento durar o máximo possível. E ainda assim, era uma mulher feliz e uma mulher que ninguém mencionava sem benevolência. Era sua boa vontade para com todos e seu temperamento alegre que operavam essas maravilhas. Gostava de todos, interessava-se pela felicidade de todos e era perspicaz em perceber os méritos de qualquer um; considerava-se a mais afortunada das criaturas e rodeada de bênçãos por ter uma mãe excelente, tantos bons amigos e vizinhos e um lar em que nada faltava. A simplicidade e a alegria de sua índole, seu espírito disposto e agradecido eram uma recomendação para todo mundo e uma fonte de felicidade para ela mesma. Destacava-se em conversar sobre assuntos banais, repletos de comentários triviais e mexericos inofensivos, o que agradava sobremaneira o senhor Woodhouse.

A senhora Goddard era preceptora de uma escola – não de um seminário ou de um estabelecimento ou de qualquer local em que se ensinasse, por meio de longas frase de refinados despropósitos para combinar conhecimentos liberais com elegante moralismo, baseados em novos princípios e novos métodos – e onde meninas, pagando ingentes somas, podiam ser prejudicadas em sua saúde em prol da vaidade – mas um verdadeiro, honesto e antiquado internato, onde uma quantidade razoável de habilidades era vendida a preço razoável, e onde as meninas podiam ser mandadas para aprenderem algo fora do comum e elas próprias lutarem para adquirir certa instrução, sem qualquer perigo de voltarem para casa como prodígios. A escola da senhora Goddard tinha elevada reputação – e deveras merecida; para Highbury, era considerada um lugar particularmente saudável: a senhora possuía uma ampla casa com jardins, fornecia às crianças abundante comida saudável, deixava-as correr muito ao ar livre durante o verão e, no inverno, tratava pessoalmente dos resfriados. Emma estava contente com seus modos bem como com sua personalidade e totalmente decidida a continuar a amizade.

Não ficou impressionada com nada notavelmente inteligente na conversa da senhorita Smith, mas considerou-a no todo muito interessante – não inconvenientemente tímida nem relutante em falar – e estava longe de ser intrometida, mostrando tão apropriada e conveniente deferência, parecendo tão amavelmente grata por ter sido admitida em Hartfield, e tão naturalmente impressionada com todas as coisas em estilo muito superior ao que ela estava acostumada, que ela devia ter bom senso e merecia encorajamento. E esse encorajamento lhe seria dado. Esses suaves olhos azuis e todas essas graças naturais não deviam ser desperdiçadas na sociedade inferior de Highbury e suas ligações. As amizades que ela já havia feito não eram dignas dela. Os amigos de quem acabara de se separar, embora fossem pessoas muito boas, deviam certamente prejudicá-la. Eram da família dos Martin, cujo caráter Emma conhecia bem, arrendavam uma grande fazenda do senhor Knightley e residiam na paróquia de Donwell – pessoas muito honradas, acreditava ela, pois o senhor Knightley as tinha em alta estima –, mas deviam ser rudes e incultas, e realmente inadequadas para privar da intimidade de uma moça que só precisava de um pouco mais de conhecimento e elegância para ser quase perfeita. *Ela* a instruiria; ela a aprimoraria; ela a afastaria das amizades impróprias e a introduziria na boa sociedade; ela formaria suas opiniões e suas maneiras. Seria uma tarefa interessante e certamente muito boa, altamente adequada à sua situação de vida, a seu tempo livre e possibilidades.

Estava tão ocupada admirando aqueles suaves olhos azuis, falando e ouvindo, e formulando entrementes todos esses planos que a noite voou de maneira realmente incomum; e a mesa da ceia, que sempre encerrava essas reuniões e pela qual ela estava acostumada a sentar-se e supervisionar, já estava posta e deslocada para junto da lareira, antes que ela se desse conta. Com uma alegria além do impulso comum de um espírito que nunca fora indiferente ao crédito de fazer bem e com atenção todas as coisas, com a verdadeira boa vontade de uma mente deliciada com suas próprias ideias, fez então todas as honras da ceia, explicou e recomendou o frango fatiado e as ostras cozidas com uma insistência que sabia ser aceitável para o avançado da hora e para os escrúpulos de polidez de seus hóspedes.

Em tais ocasiões, os sentimentos do pobre senhor Woodhouse entravam em triste conflito. Gostava de ter a toalha de mesa posta, porque havia sido a moda de sua juventude, mas sua convicção de que as ceias eram prejudiciais deixava-o bastante triste ao ver qualquer coisa posta à mesa; e enquanto sua hospitalidade o levava a oferecer de tudo aos visitantes, seu cuidado pela saúde deles o deixava aflito ao vê-los comer.

Algo como um pequeno prato de sopa de aveia rala, igual ao que ele tomava, era tudo o que podia, com inteira aprovação, recomendar; embora tivesse de se conter, enquanto as senhoras se serviam confortavelmente dos pratos mais apetitosos, para dizer:

– Senhora Bates, permita-me propor-lhe provar um desses ovos. Um ovo cozido, muito macio, não é prejudicial. Serle sabe cozinhar um ovo como ninguém! Não recomendaria ovos cozidos por qualquer outra pessoa; mas não precisa ter receio, são bem pequenos, pode ver – um desses pequenos ovos não vai lhe fazer mal. Senhorita Bates, deixe que Emma lhe sirva um *pequeno* pedaço de torta – um pedaço *bem* pequeno. Nossas tortas são todas de maçã. Não precisa temer compotas nocivas aqui. Não recomendo o pudim de leite e ovos. Senhora Goddard, o que acha de *meia* taça de vinho? Uma *pequena* meia taça com um pouco de água? Acho que não haveria de lhe fazer mal.

Emma permitia que o pai falasse à vontade – mas atendia os convidados do modo mais satisfatório possível e, nesse dia, teve o especial prazer de vê-los partir felizes. A felicidade da senhorita Smith havia igualado seus pressentimentos. A senhorita Enchouse era uma personagem tão importante em Highbury, que a perspectiva de lhe ser apresentada havia provocado tanto pânico quanto prazer; mas a humilde e agradecida mocinha partiu com sentimentos de grande reconhecimento, deliciada com a afabilidade com que a senhorita Woodhouse a havia tratado durante toda a noite e, por fim, lhe havia realmente apertado as mãos!

## ≈ CAPÍTULO 4 ≈

Harriet Smith logo se tornou íntima no grupo fechado de Hartfield. Rápida e decidida em seu modo de agir, Emma não perdeu tempo em convidá-la, encorajá-la e pedir-lhe que viesse visitá-la com muita frequência; e à medida que seu relacionamento se aprofundava, crescia também a satisfação que tinham uma com a outra. Como companheira de caminhadas, Emma logo havia previsto que ela seria ótima parceira. Nesse ponto, a perda da senhora Weston tinha sido importante. Seu pai nunca ia além dos arbustos, onde duas divisões do terreno determinavam seu longo percurso, ou curto, conforme a estação do ano; e desde o casamento da senhora Weston, ela havia diminuído em muito seu exercício. Uma vez se havia aventurado a ir sozinha a Randalls, mas não achou muito agradável; e uma Harriet Smith, portanto, a quem podia convidar a qualquer momento para uma caminhada, seria uma valiosa adição a seus privilégios. Mas sob todos os aspectos, quanto mais a via, mais a aprovava, e a confirmava como pessoa certa em todos os seus belos projetos.

Certamente Harriet não era muito inteligente, mas tinha uma graciosa, dócil e grata disposição, sem qualquer tipo de presunção, e só desejava ser guiada por qualquer pessoa em quem confiasse. Sua dedicação desde pequena era realmente admirável; e inclinação pelas boas companhias e a capacidade de apreciar o que era elegante e inteligente mostrava que não havia falta de bom gosto, embora não fosse de se esperar profundidade de entendimento. De modo geral estava inteiramente convencida de que Harriet Smith era exatamente a jovem amiga de que precisava – exatamente aquilo de que seu lar necessitava. Uma amiga como a senhora Weston estava fora de questão. Duas iguais nunca poderiam ser admitidas. Duas iguais ela não queria. Era algo bastante diferente, um sentimento distinto e independente. A senhora Weston era objeto de uma consideração que se baseava em gratidão e estima. Harriet seria amada como alguém a quem ela poderia ser útil. Para a senhora Weston, nada havia a fazer; para Harriet, tudo.

Suas primeiras tentativas de ser útil foram as de empenhar-se em descobrir quem eram os pais, mas Harriet não sabia dizer. Estava pronta para contar tudo que soubesse, mas sobre esse assunto era inútil perguntar. Emma era obrigada a imaginar o que quisesse –, mas nunca podia acreditar que na mesma situação *ela* não descobrisse a verdade. Harriet não tinha percepção. Tinha ficado satisfeita em ouvir e acreditar no que a senhora Goddard resolvera lhe contar, e não procurou saber mais.

A senhora Goddard, as professoras, as alunas e os assuntos da escola em geral constituíam naturalmente grande parte das conversas entre as duas – e se não fosse sua amizade com os Martin da fazenda Abbey-Mill, isso seria tudo. Mas os Martins ocupavam boa parte de seus pensamentos; tinha passado dois meses muito felizes com eles e agora adorava falar dos prazeres de sua visita e descrever os muitos confortos e maravilhas do lugar. Emma encorajava sua loquacidade – divertida com essa descrição de outro tipo de gente e apreciava a simplicidade juvenil com que podia dizer, com tanto entusiasmo, que o senhor Martin "tem *duas* salas de estar, duas salas muito boas, de fato; uma delas quase tão grande quanto a sala de visitas da senhora Goddard; e que a esposa dele tem uma governanta que há 25 anos está com ela; e que eles têm oito vacas, duas delas são da raça Alderney, e ainda uma pequena vaca galesa, uma pequena vaca galesa muito bonita, na verdade, e a senhora Martin é tão afeiçoada a ela que a chama de *sua* vaca; e que eles têm uma casa de verão muito linda, no meio do jardim, onde algum dia do próximo ano todos eles iriam tomar chá: uma casa de verão muito bonita, bastante grande para comportar uma dúzia de pessoas".

Por algum tempo ela se divertiu, sem pensar em nada além da causa imediata; mas quando chegou a entender melhor a família, surgiram outros sentimentos. Tinha tido uma ideia equivocada, imaginando tratar-se de uma mãe e a filha, o filho e a esposa dele, que viviam todos juntos; mas quando ficou evidente que o senhor Martin, que ocupava boa parte da narrativa e que era sempre mencionado com aprovação por sua grande bondade em fazer isso ou aquilo, era um homem solteiro; e que não havia nenhuma jovem senhora Martin, nenhuma esposa no caso; Emma suspeitou, de fato, que toda essa hospitalidade e bondade oferecia perigo para sua pobre amiga e que, se não cuidasse dela, poderia soçobrar para sempre.

Com essas informações em mente, suas perguntas aumentaram em número e em significado, e levaram especialmente Harriet a falar mais do senhor Martin e não havia evidentemente constrangimento em fazê-lo. Harriet logo se prontificou a contar como ele participava das caminhadas ao luar de todos eles e dos alegres jogos noturnos; e demorou-se bastante para dizer como ele era bem-humorado e atencioso. Certo dia, ele tinha rodado três milhas para lhe trazer-lhe algumas nozes, só porque ela havia dito que as apreciava demais, e em todas as outras coisas ele era extremamente prestativo. Uma noite levou o filho de seu pastor de ovelhas até a sala de estar da casa somente para cantar para ela. Sabia que ela adorava o canto. Ele mesmo costumava cantar um pouco. Achava que ele era muito inteligente e entendia de tudo. Possuía um rebanho muito bom e, enquanto ela esteve lá, conseguiu um alto preço por sua lã, mais que qualquer outro na região. Ela acreditava que todos falavam bem dele. A mãe e as irmãs o adoravam. Certo dia a senhora Martin lhe havia contado (e ela corou ao dizer isso) que era impossível alguém ter um filho melhor e, portanto, estava certa de que, caso se casasse, seria um bom marido. Não que ela *quisesse* que ele se casasse logo. Não tinha pressa alguma.

"Muito bem, senhora Martin!" – pensou Emma. "A senhora sabe o que faz".

"E quando ela veio embora, a senhora Martin foi tão gentil que mandou um belo ganso para a senhora Goddard – o ganso mais bonito que a senhora Goddard já tinha visto. A senhora Goddard preparou-o num domingo e convidou as três professoras, senhorita Nash, senhorita Prince e senhorita Richardson para jantar com ela."

– O senhor Martin, suponho, não é um homem instruído, além do conhecimento de seu próprio negócio. Ele não costuma ler?

– Oh, sim!... Isto é, não... não sei... mas acho que leu muito... mas nada daquilo que você poderia imaginar. Ele lê o *Agricultural Reports* (Jornal Agrícola) e alguns outros livros que ficam num dos peitoris da janela... mas lê todos *eles* para si mesmo. Mas algumas vezes, à noite, antes de jogarmos cartas, costuma ler algo em voz alta do livro *Elegant Extracts* (Extratos Elegantes), muito interessante. E sei que leu *The Vicar of Wakefield* (O Vigário de Wakefield). Nunca leu o *Romance of the Forest* (Romance da Floresta) nem *The Children of the Abbey* (As Crianças da Abadia). Nunca ouviu falar desses livros até que os mencionei a ele, mas sei que está decidido a adquiri-los logo que puder.

E a pergunta seguinte foi:

– E como é a aparência do senhor Martin?

– Oh! Não é bonito... de forma alguma. Achei-o muito comum no início, mas agora já não o acho tanto assim. A gente deixa de achar, bem sabe, depois de um tempo. Mas nunca o viu? Ele vem a Highbury a todo momento e passa por aqui a cavalo toda semana a caminho de Kingston. Deve ter passado por você muitas vezes.

– Pode ser, e devo tê-lo visto cinquenta vezes, mas sem ter ideia de quem era. Um jovem fazendeiro, a cavalo ou a pé, é a última espécie de pessoa a despertar minha curiosidade. Os pequenos proprietários rurais são precisamente a classe de pessoas com quem eu sinto que não tenho nada a ver. Um grau ou dois mais abaixo e uma respeitável aparência podem me interessar; posso almejar ser útil a suas famílias de uma maneira ou de outra. Mas um fazendeiro não precisa de nenhuma ajuda minha e está, portanto, em certo sentido, muito além de minha atenção do que qualquer outro que esteja abaixo dele.

– Certamente. Oh, sim! Não é provável que o tenha observado alguma vez; mas ele a conhece muito bem, na verdade... de vista, quero dizer.

– Não tenho dúvida de que se trata de um jovem respeitável. Sei, na verdade, que ele é assim, e como tal, desejo-lhe todo o bem. Que idade acha que ele tem?

– Completou 24 anos no dia 8 de junho passado, e meu aniversário é no dia 23 de junho, exatamente uma quinzena e um dia de diferença... o que é muito curioso.

– Só 24 anos. É muito jovem para se casar. A mãe dele está perfeitamente certa em não ter pressa. Parece que estão bem confortáveis assim, e se ela se empenhasse em casá-lo logo, provavelmente iria se arrepender. Seria realmente desejável que se casasse daqui a uns seis anos, se puder encontrar uma boa moça de seu próprio nível, com pouco dinheiro.

– Daqui a seis anos! Querida senhorita Woodhouse, ele teria então trinta anos!

– Bem, e essa é a idade mínima com que a maioria dos homens, que não nasceram independentes, pode pensar em se casar. O senhor Martin, imagino, ainda tem que construir inteiramente sua fortuna... não pode de modo algum se antecipar às reais circunstâncias. Seja qual for o dinheiro que tenha recebido quando o pai dele morreu, seja qual for sua parte na propriedade da família, está, ouso dizer, tudo em circulação, tudo empregado em seu rebanho, e assim por diante; e embora, com diligência e sorte, possa ficar rico dentro de algum tempo, é quase impossível que já tenha conseguido o suficiente.

– Com certeza, é isso mesmo. Mas eles vivem de modo muito confortável. Não têm empregados em casa, mas não sentem falta; e a senhora Martin fala em empregar um menino no próximo ano.

– Espero que não se meta em dificuldades, Harriet, caso ele venha a se casar; quero dizer, ficar amiga da esposa dele... pois, embora as irmãs dele, de educação superior, não criem obstáculos em princípio, não quer dizer que possa casar-se com qualquer uma que seja naturalmente simpática com você. A infelicidade de seu nascimento deve deixá-la especialmente cuidadosa com relação a suas amizades. Pode não haver dúvida de que você seja filha de um cavalheiro e deve reivindicar essa posição por todos os meios a seu alcance ou haverá muita gente que terá prazer em degradá-la.

– Sim, com certeza, suponho que haja. Mas enquanto eu puder vir a Hartfield, e você for tão boa para mim, senhorita Woodhouse, não tenho medo do que alguém possa fazer.

– Você entende a força da influência muito bem, Harriet; mas gostaria de vê-la tão firmemente estabelecida na boa sociedade que possa ser independente tanto de Hartfield quanto da senhorita Woodhouse. Quero vê-la sempre bem relacionada e, para esse fim, é aconselhável ter tão poucas amizades estranhas quanto seja possível; e, portanto, digo que, se você ainda estiver na região quando o senhor Martin se casar, espero que não seja levada, pela intimidade com as irmãs, a se tornar amiga da esposa dele, que provavelmente será uma simples filha de fazendeiro, sem instrução.

– Com certeza, sim. Não que eu pense que o senhor Martin não possa vir a se casar com alguma que não tenha tido alguma instrução... e que não tenha sido muito bem criada. Mas não quero me opor à opinião da senhorita... e tenho certeza de que não pretendo me tornar amiga da esposa dele. Sempre vou ter grande consideração pelas senhoritas Martin, especialmente por Elizabeth, e lamentaria muito me afastar delas, pois são quase tão bem-educadas como eu. Mas se ele se casar com uma mulher muito ignorante e vulgar, certamente não vou visitá-la, se puder evitar.

Emma observou-a nas flutuações da voz nessa fala, mas não viu nenhum alarmante sintoma de amor. O jovem havia sido o primeiro admirador, mas ela acreditava que não havia qualquer outro vínculo e que não haveria maior dificuldade da parte de Harriet para se opor a qualquer arranjo amigável que ela fizesse.

Elas encontraram o senhor Martin já no dia seguinte quando estavam caminhando pela estrada de Donwell. Ele estava a pé e, depois de olhar respeitosamente para ela, olhou com a mais sincera satisfação para sua companheira. Emma não lamentou ter tal oportunidade de inspeção; e, dando alguns passos à frente enquanto os dois conversavam, logo seu olhar sagaz fez um reconhecimento suficientemente satisfatório do senhor Robert Martin. Sua aparência era muito boa e parecia um jovem sensível, mas não mostrava outros atrativos; e quando fosse comparado a algum cavalheiro, ela achava que ele perderia todo o terreno que ganhara na afeição de Harriet. Harriet não era uma pessoa insensível; ela havia percebido por si mesma a gentileza de seu pai, com admiração e fascínio. O senhor Martin parecia não conhecer o que eram bons modos.

Permaneceram juntos somente por alguns minutos, porquanto não deviam deixar a senhorita Woodhouse esperando; e Harriet então veio correndo até ela com o rosto radiante e o espírito arrebatado, que a senhorita Woodhouse esperava logo recompor.

– Pense só em nossa felicidade de encontrá-lo! Que estranho! Foi muita sorte, ele disse, que não tivesse ido pelo caminho de Randalls. Ele não imaginava que costumávamos caminhar por esta estrada. Achou que, na maioria das vezes, seguíamos pelo caminho de Randalls. Ele ainda não conseguiu adquirir o *Romance of the Forest.* Esteve tão ocupado a última vez que foi a Kingston que quase esqueceu, mas amanhã ele vai de novo. É realmente estranho termos nos encontrado! Bem, senhorita Woodhouse, ele é como esperava? Acha que é muito comum?

– Muito comum, sem dúvida... notavelmente comum; mas isso não é nada comparado à total falta de distinção dele. Eu não tinha direito de esperar muito e não esperei muito; mas não fazia ideia de que ele fosse tão rude, tão inteiramente sem jeito. Eu o imaginava, confesso, um grau ou dois mais próximo do cavalheirismo.

– Com certeza – disse Harriet, numa voz mortificada –, ele não é tão distinto como os verdadeiros cavalheiros.

– Acho que, Harriet, desde que estreitou a amizade conosco, tem estado repetidas vezes na companhia de alguns verdadeiros cavalheiros que você mesma deve ter ficado impressionada com a diferença entre eles e o senhor Martin. Em Hartfield, você teve contato com ótimos exemplos de homens bem-educados e de boas maneiras. Eu ficaria surpresa se, depois de vê-los, você pudesse ficar na companhia do senhor Martin novamente sem perceber como ele é um ser inferior... e sem se perguntar como pôde um dia achá-lo tão agradável. Não começou a sentir isso agora? Não está chocada? Tenho certeza de que deve ter ficado chocada com seu olhar desajeitado e suas maneiras deselegantes e com a estranheza de uma voz que, estando aqui, ouvi ser totalmente sem modulação.

– Certamente, ele não é como o senhor Knightley. Não tem esse ar refinado e o modo de andar do senhor Knightley. Vejo a diferença com bastante clareza. Mas o senhor Knightley é um homem tão refinado!

– A aparência do senhor Knightley é tão notavelmente singular que não é justo comparar o senhor Martin com *ele.* Você não verá um em mil com a palavra *cavalheiro* que cabe tão bem como ao senhor Knightley. Mas ele não é o único cavalheiro com quem você esteve junto ultimamente. O que pode dizer do senhor Weston e do senhor Elton? Compare o senhor Martin com qualquer um *deles*. Compare a maneira deles de se comportar; de andar; de falar; de silenciar. Você deve ver a diferença.

– Oh, sim!... há uma grande diferença. Mas o senhor Weston é quase um homem idoso. O senhor Weston deve ter entre quarenta e cinquenta anos.

– O que torna suas boas maneiras ainda mais preciosas. Quanto mais uma pessoa envelhece, Harriet, mais importante é que suas maneiras não sejam desagradáveis; quanto mais evidente e desgostoso o espalhafato, tanto mais se torna grosseria e deselegância. O que é tolerável na juventude é detestável na idade adulta. O senhor Martin é agora um homem rude e desajeitado; o que será quando tiver a idade do senhor Weston?

– Na verdade, não há como saber – replicou Harriet, um tanto solene.

– Mas pode ser bastante fácil imaginar. Ele será um fazendeiro completamente tosco e vulgar, totalmente descuidado com a própria aparência, e pensando em nada mais que em lucros e perdas.

– Será mesmo? Isso seria muito ruim.

– Como seus negócios já lhe tomam todo o tempo, é claro que nessas circunstâncias ele vai se esquecer de procurar pelo livro que você recomendou. Esteve ocupado demais com o mercado para pensar em qualquer outra coisa... o que é normal para um homem que quer prosperar. O que ele tem a ver com livros? E não tenho dúvida alguma de ele *vai* prosperar e tornar-se um homem rico... e o fato de ser iletrado e rude não deve *nos* perturbar.

– Admira-me de que ele não se tenha lembrado do livro – foi a resposta seca de Harriet, proferida com um grau de grave desprazer, que Emma achou melhor deixar por isso. Ela, contudo, nada disse por algum tempo. Seu comentário seguinte foi:

– Sob um aspecto, talvez, as maneiras do senhor Elton sejam superiores às do senhor Weston ou do senhor Knightley. Têm mais suavidade. Podem ser tomadas seguramente como modelo. Há uma franqueza, uma vivacidade, quase uma aspereza no senhor Weston, que todos apreciam *nele* porque tem maneiras sempre permeadas de bom humor... mas que não deveriam ser imitadas. Nem as maneiras categóricas, decididas e de comando do senhor Knightley, embora fiquem muito bem *nele*; sua figura, aparência e situação na vida parecem permitir-lhe isso; mas se qualquer jovem resolvesse imitá-lo, não seria tolerável. Pelo contrário, acho que o senhor Elton pode ser recomendado com segurança como modelo para qualquer jovem. O senhor Elton é bem-humorado, alegre, atencioso e meigo. Parece que ultimamente se tornou ainda mais meigo. Não sei se ele tem algum plano de conquistar uma de nós duas, Harriet, com essa delicadeza adicional, mas me impressiona que suas maneiras sejam mais delicadas do que costumavam ser. Se ele pretende alguma coisa, deve ser a de agradá-la. Não lhe contei o que ele falou de você outro dia?

Ela então repetiu alguns calorosos elogios pessoais que havia arrancado do senhor Elton, e aos quais agora fazia inteira justiça; e Harriet corou e sorriu, e disse que sempre achou o senhor Elton muito agradável.

O senhor Elton era exatamente a pessoa que Emma havia escolhido para tirar o jovem fazendeiro da cabeça de Harriet. Achava que seria uma excelente união; e que era por demais desejável, natural e provável para ela ter todo o mérito de planejá-la. Receava que todos já tivessem pensado e predito a mesma coisa. Não era provável, contudo, que alguém tivesse pensado nesse plano tão cedo quanto ela, pois arquitetou isso durante a primeira noite em que Harriet foi a Hartfield. Quanto mais pensava nisso, mais via sentido nesse expediente. A situação do senhor Elton era muito apropriada, bem como o próprio cavalheiro, que não tinha ligações impróprias; ao mesmo tempo, não provinha de uma família que pudesse razoavelmente se opor por causa da duvidosa condição de nascença de Harriet. Tinha uma casa confortável para ela, e Emma imaginava que tivesse rendimentos suficientes; pois, apesar de o vicariato de Hartfield não ser muito grande, era sabido que ele possuía alguma propriedade em seu nome; e ela pensava muito bem dele como um jovem bem-humorado, bem-intencionado e respeitável, sem deficiências de boa instrução ou de conhecimento do mundo.

Já havia ficado bem satisfeita por ele achar Harriet uma linda moça, o que a levava a crer que, com esses frequentes encontros em Hartfield, era o quanto bastava para ele; e para Harriet não haveria dúvida de que a ideia de ser preferida por ele teria seu devido peso e eficácia. E ele era de fato um jovem agradável, um jovem de quem qualquer mulher sem melindres haveria de gostar. Era considerado muito bonito; pessoa, em geral, muito admirada, embora não por ela, visto que havia uma falta de elegância de feições, que ela não podia dispensar; mas a moça que podia ficar satisfeita com um Robert Martin correndo pelos campos para trazer-lhe algumas nozes podia muito bem ser conquistada pela admiração do senhor Elton.

## ≈ CAPÍTULO 5 ≈

– Não sei qual pode ser sua opinião, senhora Weston – disse o senhor Knightley – a respeito dessa grande intimidade entre Emma e Harriet Smith, mas acho que é algo ruim.

– Algo ruim! Acha-a realmente coisa ruim? E por quê?

– Acho que nenhuma das duas poderá fazer bem à outra.

– O senhor me surpreende! Emma deve fazer bem a Harriet: e por dar-lhe um novo objeto de interesse, pode-se dizer que Harriet faz bem a Emma. Tenho visto a intimidade das duas com o maior prazer. Como pensamos diferente!... Pensar que não possam fazer bem uma à outra! Isso certamente vai ser o começo de uma de nossas discussões sobre Emma, senhor Knightley.

– Talvez pense que vim com o propósito de discutir com a senhora, sabendo que o senhor Weston está fora e que deverá defender-se inteiramente sozinha.

– O senhor Weston, sem dúvida alguma, me apoiaria, se estivesse aqui, pois ele pensa exatamente como eu sobre o assunto. Falávamos disso justamente ontem e concordamos sobre como Emma deveria estar feliz por existir uma moça assim em Highbury para estreitar laços de amizade. Senhor Knightley, não posso admitir que seja um bom juiz nesse caso. Está tão acostumado a viver sozinho que não compreende o valor de uma companheira; e talvez nenhum homem possa ser um bom juiz a respeito do conforto que uma mulher sente na companhia de outra, depois de ter se acostumado a isso durante toda a vida. Posso imaginar sua objeção a Harriet Smith. Ela não é a jovem superior como deveria ser uma amiga de Emma. Mas, por outro lado, como Emma quer vê-la mais bem instruída, pode ser um incentivo para que ela própria leia mais. Podem ler juntas. Ela pretende isso, eu sei.

– Emma vem pretendendo ler mais desde os doze anos de idade. Vi muitas listas que ela fez, em várias épocas, de livros que pretendia ler regularmente... e eram listas muito boas... de obras muito bem escolhidas e muito bem organizadas... às vezes por ordem alfabética e, às vezes, por algum outro critério. A lista que fez quando tinha somente 14 anos... lembro-me de achar que ela dava demasiado crédito a seu entendimento, que guardei essa lista por algum tempo; e ouso dizer que ela pode ter preparado agora uma lista muito boa. Mas desisti de esperar por qualquer sequência de leitura constante por parte de Emma. Nunca vai se submeter a nada que exija empenho e paciência, e a sujeição da fantasia ao conhecimento. Onde a senhorita Taylor não conseguiu estimulá-la, posso afirmar com segurança que Harriet Smith nada poderá fazer... Nunca conseguiu persuadi-la a ler a metade do que a senhoria gostaria... Sabe que não conseguiu.

– Atrevo-me a dizer – replicou a senhora Weston, sorrindo – que eu *então* pensava assim; mas desde que nos separamos não me lembro de Emma se omitir de fazer qualquer coisa que eu desejasse.

– Não me pareceria nada desejável refrescar a memória com *isso* – disse o senhor Knightley, sentidamente; e por uns momentos nada mais falou. – Mas eu – logo acrescentou – que não tive tal encantamento sobre meus sentidos, ainda posso ver, ouvir e lembrar. Emma foi mimada por ser a mais inteligente da família. Aos dez anos, ela teve a infelicidade de ser capaz de responder perguntas que embaraçavam a irmã de 17 anos de idade. Ela sempre foi rápida e segura: ao passo que Isabella era lenta e acanhada. E desde seus 12 anos, Emma tem sido a senhora da casa e de todos vocês. Com a mãe ela perdeu a única pessoa capaz de competir com ela. Herdou os talentos da mãe, a quem devia se sujeitar.

– Lamentaria, senhor Knightley, se tivesse que depender de *sua* recomendação, se tivesse de deixar a família do senhor Woodhouse e precisasse de outra colocação; acho que não diria uma boa palavra em meu favor a ninguém. Estou certa de que sempre me achou inadequada para a função que exerci.

– Sim – disse ele, sorrindo. – A senhora está mais bem colocada *aqui*; realmente ótima como esposa, mas não como governanta. Mas estava se preparando para ser uma excelente esposa durante todo o tempo em que esteve em Hartfield. Pode não ter dado a Emma uma completa educação como seus recursos pareciam poder ministrar; mas recebeu uma educação muito boa da parte *dela* no tocante ao ponto principal do casamento, ou seja, o de submeter a própria vontade e fazer o que é solicitado; se Weston me tivesse pedido para recomendar-lhe uma esposa, eu certamente teria indicado a senhorita Taylor.

– Obrigada. Sem dúvida, há bem pouco mérito em ser uma boa esposa para um homem como o senhor Weston.

– Porque, para dizer a verdade, receio que a senhora tenha

sido desperdiçada e que, com toda disposição que tem para suportar, não haverá mais nada para criar. Não vamos desesperar, no entanto. Weston pode causar atribulações pelo excessivo conforto ou o filho dele pode importuná-lo.

– Espero que *isso* não ocorra. Não é provável. Não, senhor Knightley, não prenuncie um desgosto por esse lado.

– Logo eu, não. Eu só cito possibilidades. Não pretendo ter o dom de Emma para predizer e adivinhar. Espero, de todo o coração, que o jovem seja um Weston no mérito e um Churchill na fortuna... Mas Harriet Smith... não disse nem a metade sobre Harriet Smith. Acho que ela é o pior tipo de companheira possível que Emma poderia ter. Não sabe nada e considera Emma como alguém que sabe tudo. É uma aduladora em todos os sentidos; e, pior ainda, porque bajula sem intenção. Sua ignorância é pura adulação. Como Emma pode imaginar que tenha algo a aprender, enquanto Harriet apresenta tão deliciosa inferioridade? E quanto à Harriet, me arrisco a dizer que *ela* não pode ganhar nada com essa amizade. Hartfield só fará com que perca a estima em todos os outros lugares a que esteja ligada. Ela se tornará um tanto refinada só para sentir-se desconfortável entre aqueles, cujo berço e circunstâncias, lhe deram guarida. Estarei muito enganado se as doutrinas de Emma lhe derem alguma força de caráter ou se conseguirem fazer com que uma moça se adapte racionalmente às variações de sua situação na vida. Elas só lhe darão algum polimento.

– Eu confio mais no bom senso de Emma do que o senhor, ou estou mais ansiosa por seu conforto atual; pois não posso lamentar a amizade. Como ela parecia bem ontem à noite!

– Oh! Prefere falar de sua aparência que de sua mente, não é? Muito Bem; não pretendo negar que Emma seja bonita.

– Bonita! Diga linda, que é melhor. Pode imaginar alguma coisa mais perto da perfeita beleza do que Emma em seu conjunto – rosto e corpo?

– Não sei o que poderia imaginar, mas confesso que raramente tenho visto um rosto ou um corpo que mais me agradasse que os dela. Mas sou um velho amigo parcial.

– E que olhos!... os verdadeiros olhos cor de avelã... e tão brilhantes! Feições regulares, semblante aberto e que compleição! Oh! Que vigor de plena saúde, e que bela altura e medidas; que porte firme e aprumado! Há saúde não somente em seu vigor, mas em seu aspecto, em sua cabeça, em seu olhar. Ouve-se, às vezes, dizer que uma criança é "o retrato da saúde"; ora, Emma sempre me dá a impressão de ser o retrato completo da saúde adulta. Ela é um encanto em si. Não é, senhor Knightley?

– Não tenho como encontrar defeito nela – respondeu ele. – Penso que é tudo o que a senhora descreve. Gosto de olhar para ela; e vou acrescentar este elogio, que não a acho pessoalmente fútil. Considerando o quanto é bonita, ela parece estar pouco preocupada com isso; sua vaidade se manifesta em outro aspecto. Senhora Weston, não vou falar mais de meu desagrado em relação a Harriet Smith ou de meu medo de que essa ligação prejudique a ambas.

– E eu, senhor Knightley, estou igualmente firme em minha convicção de que isso não lhes fará mal algum. Com todos os seus pequenos defeitos, a querida Emma é uma excelente criatura. Onde poderíamos ver uma filha melhor ou uma irmã mais carinhosa ou uma amiga mais verdadeira? Não, não; ela tem qualidades que merecem confiança; nunca vai induzir alguém ao erro; nunca vai cometer um erro grave; onde Emma erra uma vez, acerta outras cem vezes.

– Muito bem, não vou importuná-la mais. Emma pode ser um anjo e vou guardar meu mau humor comigo até que o Natal traga John e Isabella. John tem uma razoável afeição por Emma, embora não de todo cega, e Isabella sempre o segue em tudo; exceto quando ele não se preocupa devidamente com as crianças. Estou certo de que as opiniões deles baterão com a minha.

– Sei que todos vocês realmente gostam demais dela para serem injustos ou descorteses; mas me perdoe, senhor Knightley, se tomo a liberdade (considero-me, bem sabe, como tendo algo do privilégio de falar como a mãe de Emma poderia ter feito), a liberdade de sugerir que não acho que algo de bom possa resultar do fato de se entregarem a muitas discussões entre vocês sobre o relacionamento dela com Harriet Smith. Por favor, desculpe-me; mas supondo que alguma pequena inconveniência decorra dessa estreita amizade, não se pode esperar que Emma, sob a responsabilidade de ninguém a não ser do pai, que aprova inteiramente a amizade, acabe pondo um fim a essa ligação, ainda mais que é uma fonte de prazer para ela própria. Durante tantos anos me habituei a dar conselhos, que não pode ficar surpreso, senhor Knightley, com esses pequenos resíduos do ofício.

– De modo algum – exclamou ele. – Até lhe agradeço muito por isso. É um conselho muito bom, e deverá ter melhor destino que seus conselhos muitas vezes tiveram; pois será seguido.

– A senhora John Knightley se alarma facilmente e pode ficar infeliz por causa da irmã.

– Fique tranquila – disse ele –, não vou levantar nenhum clamor. Vou guardar meu mau humor comigo. Tenho um interesse muito sincero por Emma. Isabella não parece mais minha irmã do que ela; nunca despertou maior interesse; talvez não tão grande. Há uma ansiedade, uma curiosidade naquilo que a gente sente por Emma. Pergunto-me o que vai ser dela!

– Eu também – disse a senhora Weston, amavelmente –, e muito.

– Ela sempre afirma que nunca vai se casar, o que, é claro, não significa absolutamente nada. Mas não tenho ideia se já viu algum homem que a interessasse. Não seria nada mal para ela se viesse a se apaixonar pela pessoa certa. Gostaria de ver Emma apaixonada, mas com alguma dúvida se é correspondida; isso lhe faria bem. Mas não há ninguém por aqui que a atraia; e ela sai de casa tão raramente...

– Exatamente, e parece induzi-la a não alterar sua decisão no presente momento – disse a senhora Weston–, e pode muito bem ser isso; e enquanto ela for tão feliz em Hartfield, não posso desejar que venha a se afeiçoar a alguém, o que poderia criar muitas dificuldades ao pobre senhor Woodhouse. Não recomendo o casamento para Emma agora, embora não queira dizer que subestime essa condição, lhe asseguro.

Parte de sua intenção era ocultar, tanto quanto possível, algumas ideias acalentadas por ela própria e pelo senhor Weston sobre o assunto. Havia anseios em Randalls em relação ao destino de Emma, mas não era desejável que se suspeitasse deles; e a calma mudança de assunto que o senhor Knightley fez logo depois, perguntando "O que Weston acha do tempo, vamos ter chuva?", convenceu-a de que ele nada mais tinha a dizer ou conjeturar sobre Hartfield.

## ≈ CAPÍTULO 6 ≈

Emma não podia sentir dúvida alguma de ter dado à fantasia de Harriet a direção apropriada e de ter despertado a gratidão de sua jovem vaidade para um propósito mais elevado, pois a achou decididamente mais sensibilizada do que antes no fato de que o senhor Elton era um homem notavelmente bonito, com as mais agradáveis maneiras; e como não hesitou em seguir de perto a certeza da admiração dele por agradáveis insinuações, logo estava confiante em poder criar o mesmo interesse por parte de Harriet, sempre que alguma ocasião se apresentasse. Estava totalmente convencida de que o senhor Elton estava a caminho de se apaixonar, se já não estava apaixonado. Não tinha, em relação a ele, qualquer escrúpulo. Ele falava de Harriet e a elogiava tão calorosamente que Emma só podia supor que não faltava nada que um pouco mais de tempo não pudesse propiciar. A percepção dele do marcante aprimoramento dos modos de Harriet, desde que havia passado a frequentar Hartfield, não era senão uma das menores e mais agradáveis provas de seu crescente envolvimento.

– Transmitiu à senhorita Smith tudo que ela precisava – disse ele. – Tornou-a graciosa e tranquila. Ela era uma bela criatura quando chegou aqui, mas, em minha opinião, os atrativos que lhe adicionou são infinitamente superiores aos que ela recebeu da natureza.

– Fico feliz que pense que fui útil a ela; mas Harriet precisava somente despertar e receber umas poucas, muito poucas sugestões. Ela já possuía toda a graça natural da brandura de temperamento e a simplicidade em si. Eu fiz muito pouco.

– Se for admissível contradizer uma dama... – disse o galante senhor Elton.

– Talvez eu lhe tenha dado um pouco mais de firmeza de caráter, lhe tenha ensinado a pensar em pontos que antes não levava em consideração.

– Exatamente assim; isso é o que principalmente me impressiona. Muito, muito mais determinação de caráter! Habilidosa tem sido a mão que o fez!

– Grande foi o prazer em fazê-lo, tenho certeza. Nunca encontrei alguém com disposição mais verdadeiramente amável.

– Não tenho dúvida disso. – E disse isso com uma espécie de suspirosa animação, que tinha muito de alguém apaixonado.

Ela não ficou menos feliz, outro dia, com a maneira com que apoiou um súbito desejo dela de ter um retrato de Harriet.

– Nunca foi feito um retrato seu, Harriet? – disse ela – Nunca posou para um retrato?

Harriet estava a ponto de sair da sala, e só parou para dizer, com singela ingenuidade:

– Oh, querida! Não, nunca.

Assim que ela estava fora de vista, Emma exclamou:

– Que bem raro seria um bom retrato dela! Daria qualquer dinheiro por ele. Quase sinto vontade de tentar eu mesma pintar o retrato dela. O senhor não sabe, ouso dizer, mas dois ou três anos atrás eu tinha grande paixão em fazer retratos e tentei pintar vários de meus amigos; e diziam, de modo geral, que eu tinha uma tolerável queda para isso. Mas por uma causa ou outra, passei a não gostar mais e desisti. Mas realmente, poderia até me aventurar, se Harriet pudesse posar para mim. Seria tão delicioso ter o retrato dela!

– Suplico-lhe que o faça – exclamou o senhor Elton. – Verdade, seria um encanto! Permita que lhe implore, senhorita Woodhouse, para que use tão encantador talento em favor de sua amiga. Conheço bem suas pinturas. Como poderia supor que não as conhecesse? Esta sala não está repleta de exemplos de suas paisagens e flores e a senhora Weston não tem alguns inimitáveis quadros seus na sala de estar em Randalls?

"Sim, bom homem!" - pensou Emma, "mas o que tudo isso tem a ver com fazer retratos? O senhor não entende nada de arte. Não pretenda ficar extasiado com a minha. Guarde seus arroubos para o retrato de Harriet."

– Bem, com esse seu gentil encorajamento, senhor Elton, acho que vou tentar o que posso fazer. As feições de Harriet são tão delicadas, que é difícil retratá-las; e, além disso, há uma peculiaridade no formato dos olhos e nas linhas em torno da boca que deve ser bem reproduzida.

– Exatamente... O formato dos olhos e as linhas em torno da boca... Não tenho dúvida de seu sucesso. Por favor, por favor, tente. Se conseguir, será de fato, tanto para usar suas próprias palavras, um bem raro.

– Mas receio, senhor Elton, que Harriet não gostará de posar. Ela dá tão pouco valor à sua própria beleza. Não notou a maneira como me respondeu? Como se dissesse "para que fazer meu retrato"?

– Oh, sim! Notei, asseguro-lhe. Não me passou despercebido. Mas ainda não posso imaginar que não pudesse ser persuadida.

Harriet logo estava de volta e a proposta foi feita quase imediatamente; e ela não tinha desculpa alguma que pudesse se sustentar por muito tempo ante a incisiva pressão dos outros dois. Emma desejava começar de imediato e apanhou, portanto, uma pasta contendo vários esboços de retratos, pois nenhum deles havia sido terminado, para que pudessem decidir juntos sobre o melhor tamanho do retrato de Harriet. Seus muitos trabalhos incompletos foram dispostos. Miniaturas, meio-corpo, corpo inteiro, lápis, lápis de cera e aquarela, todos foram analisados, um a um. Ela sempre quis fazer de tudo e tinha feito mais progressos, tanto em desenho como em música, do que muitos poderiam ter feito com tão pouco exercício como ao que ela se submetia. Ela tocava e cantava; e desenhava em quase todos os estilos; mas sempre lhe havia faltado constância; e em nada se havia aproximado do grau de excelência que teria gostado de possuir e em que não deveria ter falhado. Não estava muito decepcionada com sua própria habilidade, tanto na pintura como na música, mas não se sentia à vontade em decepcionar os outros ou lamentar por saber que sua reputação de artista era bem maior do que merecia.

Havia mérito em todos os desenhos... nos poucos terminados, talvez na maioria; seu estilo era audacioso; mas mesmo que fossem bem piores, ou dez vezes melhores, o encanto e a admiração de seus dois companheiros seriam os mesmos. Estavam ambos em êxtase. Um retrato agrada a todo o mundo; e o desempenho da senhorita Woodhouse devia ser impecável.

– Não há muita variedade de rostos – disse Emma. – Tive apenas minha própria família para me exercitar. Aqui está meu pai... outro de meu pai... mas a ideia de posar para o retrato dele o deixou tão nervoso que só pude retratá-lo em segredo; por isso nenhum deles está muito parecido. A senhora Weston de novo, de novo e de novo, podem ver. Querida senhora Weston! Sempre minha melhor amiga em qualquer ocasião. Ela posava sempre que lhe pedia. Aqui está minha irmã; e realmente bem fiel à sua pequena e elegante figura!... e o rosto não é parecido. Eu teria feito um bom retrato dela, se tivesse posado mais tempo, mas tinha tanta pressa que eu pintasse seus quatro filhos que não parava quieta. Aqui estão todos os meus esboços de três daquelas quatro crianças... aí estão eles, Henry, John e Bella, de um canto a outro da folha, e cada um deles podia aprontar pelos outros. Ela estava tão ansiosa para que eu os desenhasse que não pude recusar; mas não há como fazer crianças de três ou quatro anos ficarem quietas, bem sabe; nem pode ser muito fácil conseguir alguma semelhança deles, além do aspecto e compleição, a menos que sejam de feições mais grosseiras, o que os filhos de nenhuma mãe nunca são. Aqui está meu esboço do quarto, que era um bebê. Retratei-o enquanto estava dormindo no sofá e seu topete está tão parecido quanto se poderia desejar. Ele tinha aninhado a cabeça do modo mais conveniente. É muito parecido. Tenho realmente orgulho do pequeno George. O canto do sofá ficou muito bom. E aqui está meu último – desdobrando um belo esboço de um cavalheiro de corpo inteiro, em tamanho pequeno –, meu último e meu melhor... meu cunhado, o senhor John Knightley. Este, não faltava muito para terminá-lo quando o pus de lado num ataque de mau humor, e jurei nunca mais fazer um retrato. Eu não podia admitir ser provocada, visto que, depois de todo o meu esforço e quando consegui fazer um retrato muito bom (a senhora Weston e eu concordamos em achá-lo *muito* parecido)... só bonito demais... lisonjeiro demais... mas havia uma pequena falha no lado direito... depois de tudo isso, sobreveio a fria aprovação da pobre e querida Isabella, dizendo: "Sim, está um pouco parecido... mas com certeza não lhe faz justiça." Tínhamos tido o maior trabalho para persuadi-lo a posar. E cedeu como se estivesse fazendo um grande favor; e, no final de tudo, era mais do que eu podia suportar; e por isso nunca vou terminá-lo, para que não tenham que se desculpar, pela falta de semelhança do retrato, com cada visitante matinal que receberem em Brunswick Square; e, como disse, jurei nunca mais retratar ninguém. Mas por causa de Harriet, ou até por minha própria causa, uma vez que não há nenhum marido ou esposa envolvidos no caso, *no momento*, vou romper minha promessa agora.

O senhor Elton parecia muito impressionado e deliciado com a ideia e ficava repetindo: "Nem maridos nem esposas envolvidos no caso no momento, de fato, como tem observado. Exatamente isso. Nem maridos nem esposas." E o disse com tal consciência que Emma passou a considerar se não seria melhor deixá-los a sós de uma vez. Mas como desejava desenhar, a declaração deveria esperar mais um pouco.

Ela logo determinou o tamanho e o tipo de retrato. Deveria ser um de corpo inteiro em aquarela, como o do senhor John Knightley, e estava destinado a ocupar, se lhe agradasse, um honroso lugar acima da lareira.

A sessão começou; e Harriet, sorrindo e corando, e receosa de não manter a pose e a compostura, mostrava uma doce mescla de expressão juvenil aos olhos argutos da artista. Mas não dava para fazer nada com o senhor Elton mexendo-se atrás dela e observando cada traço. Deu-lhe crédito para que ficasse parado no lugar em que pudesse olhar sem parar e sem atrapalhar; mas foi realmente obrigada a pôr um fim nisso e pediu-lhe que fosse sentar-se em outro lugar. Então lhe ocorreu a ideia de pedir a ele que lesse.

Se ele gentilmente se dispusesse a ler para elas, seria muita bondade de fato! Afastaria as dificuldades de sua parte e diminuiria o aborrecimento da senhorita Smith."

O senhor Elton ficou todo feliz. Harriet ouvia e Emma desenhava em paz. Devia permitir-lhe que viesse ainda olhar com frequência; menos que isso certamente não seria aceitável num apaixonado; e ele estava pronto, a cada pequena suspensão do lápis, a levantar-se e olhar o progresso do esboço e ficar encantado. Não havia como chatear-se com alguém tão encorajador, pois a admiração dele o fazia perceber uma semelhança quase antes que fosse possível. Ela não confiava nos olhos dele, mas o amor e a complacência dele eram irrepreensíveis.

A sessão, de modo geral, foi satisfatória; Emma estava bastante contente com o esboço do primeiro dia e desejava continuar. Não havia falta de semelhança, tinha sido feliz na escolha da pose, e como pretendesse dar ainda um pequeno aprimoramento à figura, para lhe conferir um pouco mais de altura e muito mais elegância, tinha plena confiança de que seria, de qualquer forma, um belo quadro no final, e que preencheria o lugar destinado com crédito para as duas: um memorial permanente da beleza de uma, a habilidade da outra e a amizade de ambas; sem falar de outras agradáveis associações que a prometedora afeição do senhor Elton iria provavelmente adicionar.

Harriet deveria posar de novo no dia seguinte; e o senhor Elton, como era de se esperar, pediu permissão para assistir e ler outra vez para elas.

– Certamente. Ficaremos mais que felizes em considerá-lo como parte do grupo.

As mesmas gentilezas e cortesias, o mesmo sucesso e satisfação tiveram lugar no dia seguinte e acompanharam todo o progresso da pintura, que foi rápido e feliz. Todos que viram a pintura gostaram, mas o senhor Elton estava em contínuos arroubos e a defendia de qualquer crítica.

– A senhorita Woodhouse deu à amiga a única beleza que lhe faltava – observou a senhora Weston, sem suspeitar minimamente que estava se dirigindo a um apaixonado. – A expressão dos olhos está correta, mas a senhorita Smith não tem aquelas sobrancelhas e aqueles cílios. É o único defeito em seu rosto.

– A senhora acha? – replicou ele. – Não posso concordar. Parece-me que tem a mais perfeita semelhança em todos os traços. Jamais vi um retrato igual em minha vida. Devemos considerar o efeito da sombra, como sabe.

– Você a fez alta demais, Emma – disse o senhor Knightley.

Emma sabia que havia feito isso, mas não haveria de admitir. O senhor Elton acrescentou, calorosamente:

– Oh, não! Certamente não está alta demais, de forma alguma. Há que considerar que está sentada... o que naturalmente faz diferença... em resumo, dá exatamente a ideia... e as proporções devem ser mantidas, bem sabe. Proporções, reduções segundo a perspectiva... Oh, não! Dá precisamente a ideia da altura da senhorita Smith. Na verdade, perfeita e precisa!

– É muito bonita – disse o senhor Woodhouse. – Tão bem feita! Justamente como suas pinturas sempre são, minha querida. Não conheço ninguém que desenhe tão bem como você. A única coisa de que não gostei totalmente é que ela parece estar sentada ao ar livre, com apenas um pequeno xale sobre os ombros... faz a gente pensar que pode apanhar um resfriado.

– Mas, querido papai, deve ser verão; um dia quente de verão. Olhe a árvore.

– Mas nunca é seguro sentar-se ao ar livre, minha querida.

– O senhor pode pensar assim – exclamou o senhor Elton –, mas devo confessar que considero a ideia mais feliz tê-la colocado ao ar livre; e a árvore dá um toque de vida inimitável. Qualquer outra posição teria tido um efeito muito inferior. A ingenuidade das maneiras da senhorita Smith... e todo o conjunto... Oh! é admirável! Não posso tirar os olhos dele. Nunca vi um retrato igual.

O que ainda faltava era emoldurar a pintura; e aqui surgiram algumas dificuldades. Deveria ser feito imediatamente; deveria ser feito em Londres; a encomenda deveria seguir pelas mãos de alguma pessoa inteligente, em cujo gosto se pudesse confiar; e Isabella, a encarregada usual de todas as encomendas, não deveria fazê-lo, porque era dezembro e o senhor Woodhouse haveria de tolerar a ideia de que ela saísse de casa nos nevoeiros de dezembro. Mas tão logo o senhor Elton tomou conhecimento do problema, dispôs-se a resolvê-lo. Sua galanteria estava sempre alerta. "Podiam confiar a incumbência a ele; que infinito prazer teria em executá-la! Podia cavalgar até Londres a qualquer momento. Era impossível dizer o quanto se sentiria grato por ser encarregado de semelhante missão."

"Ele era tão bom!... Emma não podia aturar a ideia!... não lhe daria esse incômodo encargo por nada deste mundo." Mas surgiu a desejada repetição de súplicas e certezas... e em poucos minutos o assunto estava tudo combinado.

O senhor Elton deveria levar a pintura a Londres, deveria escolher a moldura e daria as instruções; e Emma pensou que ela podia empacotar o quadro para garantir a segurança, sem incomodá-lo demais, enquanto ele parecia receoso de não ter sido incomodado o suficiente.

– Que tesouro precioso! – disse ele com um terno suspiro, ao recebê-lo.

"Este homem é quase galante demais para estar apaixonado" pensava Emma. "É o que eu diria, mas suponho que pode haver centenas de modos diferentes de estar apaixonado. É um jovem excelente e combinará perfeitamente com Harriet; vai ser um 'exatamente isso', como ele mesmo diz; mas ele suspira e enlanguesce, e se desfaz em cumprimentos, mais do que eu poderia suportar como mentora. Já tive uma razoável participação como segunda. Mas é sua gratidão por causa de Harriet."

## ≈ CAPÍTULO 7 ≈

No mesmo dia em que o senhor Elton foi para Londres, Emma teve nova oportunidade para prestar seus serviços à amiga. Harriet tinha estado em Hartfield, como de costume, logo após o café da manhã; e, depois de um tempo, foi para casa, devendo retornar para o jantar; voltou e, logo depois dos cumprimentos, com um ar agitado e ansioso, disse que algo extraordinário havia acontecido e que mal se continha para contar. Em meio minuto despejou tudo. Soube, logo que voltou para a casa da senhora Goddard, que o senhor Martin havia estado lá uma hora antes e, descobrindo que ela não estava em casa nem era com certeza esperada, tinha deixado um pequeno pacote para ela, da parte de uma das irmãs dele, e foi embora; e, ao abrir o pacote, na realidade encontrou, além das duas canções que havia emprestado a Elizabeth para copiar, uma carta para ela própria; essa carta era dele, do senhor Martin, e continha uma proposta direta de casamento. "Quem poderia pensar nisso? Ela estava tão surpresa que não sabia o que fazer. Sim, um verdadeiro pedido de casamento; e uma carta muito boa, pelo menos assim pensava ela. E ele escreveu como se realmente a amasse muito – mas ela não sabia – e assim, ela viera tão rápido quanto podia para perguntar à senhorita Woodhouse o que deveria fazer." Emma estava um tanto envergonhada com sua amiga por parecer tão contente e com tanta dúvida.

– Palavra de honra – exclamou ela –, o jovem está determinado a não perder nada por falta de perguntar. Ele quer se relacionar bem, se puder.

– Vai ler a carta? – exclamou Harriet. – Por favor, leia. Gostaria que a lesse.

Emma não lamentou por ser pressionada. Leu e ficou surpresa. O estilo da carta era muito superior à sua expectativa. Não só não continha erros gramaticais, mas como composição não teria constrangido um cavalheiro; A linguagem, embora simples, era convincente e sem afetação, e os sentimentos conferiam muito crédito ao remetente. Era breve, mas expressava bom senso, calorosa afeição, liberalidade, propriedade, até mesmo delicadeza de sentimentos. Ela parou olhando para a carta, enquanto Harriet aguardava ansiosamente sua opinião com um "Bem, bem" e finalmente foi forçada a acrescentar:

– A carta é boa? Ou é muito curta?

– Sim, na verdade, uma carta muito boa – replicou Emma, um tanto lentamente. – Uma carta tão boa, Harriet, que, considerando bem, acho que uma das irmãs deve tê-lo ajudado. Dificilmente posso imaginar que o jovem com quem eu a vi falando outro dia possa se expressar tão bem, se deixado por conta própria, e ainda assim não é o estilo de uma mulher; não, certamente, é muito forte e conciso; e não bastante disperso para uma mulher. Sem dúvida, ele é um homem sensível e suponho que tenha um talento natural... pensa de modo firme e claramente... e quando toma uma pena nas mãos, seus pensamentos encontram naturalmente as palavras apropriadas. Isso acontece com alguns homens. Sim, compreendo essa espécie de espírito. Vigoroso, decidido, com sentimentos até certo ponto, sem ser grosseiro. Uma carta mais bem escrita, Harriet (devolvendo-a), do que teria esperado.

– Bem – disse a inteiramente ansiosa Harriet. – Bem... e... e o que devo fazer?

– O que deve fazer? A respeito de quê? Quer dizer, em relação à carta?

– Sim.

– Mas qual é sua dúvida? Deve respondê-la, é claro... e depressa.

– Sim. Mas o que devo dizer? Querida senhorita Woodhouse, por favor, me aconselhe.

– Oh! não, não! É preferível que carta seja totalmente sua. Vai se expressar com muita propriedade, tenho certeza. Não há perigo de que não seja clara, que é o ponto principal. O sentido deve ser inequívoco; nada de dúvidas ou objeções: e essas expressões de gratidão e preocupação pela mágoa que está infligindo, como exige o bom tom, vão se apresentar espontaneamente em *sua* mente, estou convencida disso. Não deve ser induzida a escrever deixando transparecer tristeza pelo desapontamento dele.

– Acha então que devo recusá-lo? – disse Harriet, olhando para o chão.

– Devo recusá-lo! Minha querida Harriet, o que quer dizer? Tem alguma dúvida a respeito disso? Eu pensei... mas peço desculpas, talvez me tenha enganado. Certamente a tenho entendido mal, se você está em dúvida quanto ao *teor* de sua resposta. Havia imaginado que estivesse me consultando apenas quanto às palavras a empregar.

Harriet ficou em silêncio. Com maneiras um pouco mais reservadas, Emma continuou:

– Você pretende dar uma resposta favorável, deduzo.

– Não, não; isto é, não pretendo... Que devo fazer? O que me aconselha fazer? Por favor, senhorita Woodhouse, diga-me o que devo fazer.

– Não vou lhe dar nenhum conselho, Harriet. Não tenho nada a ver com isso. Esse é um ponto que você deve resolver de acordo com seus sentimentos.

– Não fazia ideia de que ele gostasse tanto de mim – disse Harriet, contemplando a carta.

Por alguns momentos Emma perseverou em seu silêncio; mas começando a temer que a enfeitiçadora lisonja daquela carta pudesse ser muito poderosa, pensou melhor e disse:

– Tenho como princípio geral, Harriet, que, se uma mulher tem *dúvida* se deve aceitar um homem ou não, certamente deve recusá-lo. Se hesita em dizer "sim", deve dizer "não" imediatamente. Não é uma situação em que se deve entrar sem dano com sentimentos de dúvida, com somente a metade do coração. Achei que é meu dever, como amiga e como alguém mais velha que você, dizer-lhe especialmente isso. Mas não imagine que pretendo influenciá-la.

– Oh, não! Tenho certeza de que é bondosa demais para isso... mas se pudesse apenas me aconselhar o que seria melhor... Não, não, não quero dizer isso... Como diz, a gente deve ter certeza... Não se pode hesitar... É uma coisa muito séria... Será mais seguro dizer "não", talvez... Acha que é melhor dizer "não"?

– Por nada deste mundo – disse Emma, sorrindo graciosamente – iria aconselhá-la nesse sentido. – Você deve ser o melhor juiz de sua própria felicidade. Se prefere o senhor Martin a qualquer outra pessoa, se o considera o homem mais agradável com quem já esteve, por que deveria hesitar? Você enrubesce, Harriet. Ocorre-lhe mais alguém neste momento que corresponda a essa definição? Harriet, Harriet, não se decepcione a si mesma, não vá se envolver numa relação só por gratidão e compaixão. Em quem está pensando nesse momento?

Os sintomas eram encorajadores. Em vez de responder, Harriet se voltou confusa e ficou pensativa junto à lareira; e embora a carta estivesse ainda em suas mãos, agora a dobrava mecanicamente, sem cuidado. Emma esperava o resultado com impaciência, mas não sem grandes esperanças. Por fim, com alguma hesitação, Harriet disse:

– Senhorita Woodhouse, como não vai me dar sua opinião, eu mesma devo fazer o que puder; e agora tenho decidido, e estou realmente quase convencida... a recusar o senhor Martin. Acha que estou certa?

– Perfeitamente, perfeitamente certa, minha querida Harriet; está fazendo exatamente o que deve fazer. Enquanto você estava na incerteza, guardei meus sentimentos para mim, mas agora que está totalmente decidida, não hesito em aprovar. Querida Harriet, fico contente com isso. Teria ficado aflita em perder sua amizade, que deveria ter sido a consequência de seu casamento com o senhor Martin. Enquanto você esteve minimamente titubeando, não falei nada sobre isso, porque não queria influenciá-la; mas para mim teria sido a perda de uma amiga. Eu não poderia visitar a senhora Robert Martin da fazenda Abbey-Mill. Agora me sinto segura de sua amizade para sempre.

Harriet não havia suspeitado do perigo que ela própria corria, mas a ideia a chocou profundamente.

– A senhorita não poderia me visitar! – exclamou ela, parecendo terrorizada.

– Não, claro que não poderia; mas nunca pensei nisso antes. Teria sido terrível demais!... De que escapei!... Querida senhorita Woodhouse, não desistiria nunca do prazer e da honra de ser sua amiga por nada deste mundo.

– Na verdade, Harriet, teria sido um duro golpe perdê-la; mas deveria acontecer. Você se afastaria de vez de toda a boa sociedade. Eu teria que desistir de você.

– Ai de mim!... Jamais poderia suportar isso! Morreria se nunca mais pudesse vir a Hartfield!

– Querida e afetuosa criatura!... *Você* banida para a fazenda Abbey-Mill!... *Você* confinada por toda a vida na sociedade dos iletrados e vulgares! Pergunto-me como esse jovem teve a coragem de pedi-la em casamento. Ele deve ter uma opinião muito boa de si mesmo.

– Não acho que, de modo geral, ele seja presunçoso – disse Harriet, com sua consciência opondo-se a tal censura –, pelo menos ele é bondoso e eu sempre lhe serei muito grata e terei grande estima por ele... mas isso é uma coisa muito diferente... e bem sabe, embora ele goste de mim, não se segue que eu deva... e certamente devo confessar que, desde minha primeira visita aqui, tenho conhecido pessoas... e se chegar a compará-las, na personalidade e nas maneiras, não há comparação possível, *um deles* é tão bonito e agradável. Em todo caso, acho realmente o senhor Martin um jovem muito afável e o tenho em grande consideração; e o fato de estar tão afeiçoado a mim... e escrever semelhante carta... mas ter que deixar a senhorita, é o que não quero sequer levar em consideração.

– Obrigada, obrigada, minha pequena e doce amiga. Não vamos nos separar. Uma mulher não tem que casar com um homem só porque ele a pediu em casamento ou porque está apaixonado por ela e é capaz de escrever uma carta razoável.

– Oh, não!... e não passa de uma carta bem curta também.

Emma percebeu o mau gosto da amiga, mas deixou passar com um "é verdade; e seria um pequeno consolo para ela saber que o marido podia escrever uma boa carta, depois de ser ofendida todas as horas do dia pelas maneiras rudes dele".

– Oh, sim, realmente! Ninguém se importa por uma carta; o fundamental é ser sempre feliz em agradável companhia. Estou totalmente decidida a recusá-lo. Mas como vou fazê-lo? O que vou dizer?

Emma assegurou-lhe que não haveria dificuldades em responder, e aconselhou-a a escrever imediatamente; a jovem concordou, na esperança de ser ajudada; e embora Emma continuasse a protestar contra qualquer ajuda de sua parte, na realidade foi-lhe prestada na formação de cada frase. Ao olhar a carta dele novamente, a fim de respondê-la, teve tal propensão a fraquejar, que foi especialmente necessário apoiá-la com umas poucas expressões decisivas; e ela estava tão preocupada com a possibilidade de torná-lo infeliz e refletia tanto no que a mãe e as irmãs dele iriam pensar e dizer, e tão ansiosa para que não a imaginassem ingrata, que Emma achou que, se o jovem aparecesse na sua frente naquele momento, ela o aceitaria apesar de tudo.

A carta, no entanto, foi escrita, selada e enviada. O assunto estava encerrado e Harriet estava salva. Ela ficou um tanto contristada durante toda a noite, mas Emma podia permitir suas amáveis lamentações; e às vezes as aliviava falando de sua própria afeição, outras vezes insinuando a figura do senhor Elton.

– Nunca mais serei convidada para ir a Abbey-Mill – disse num tom um tanto triste.

– Nem, se fosse, eu suportaria separar-me de você, minha Harriet. Você é demasiado necessária em Hartfield para ser desperdiçada em Abbey-Mill.

– E estou certa de que nunca mais pretendo ir lá; pois nunca fui feliz a não ser em Hartfield.

Algum tempo depois, comentava-se: "Acho que a senhora Goddard ficaria muito surpresa se soubesse o que aconteceu. Tenho certeza de que a senhorita Nash ficaria... pois a senhorita Nash acha que sua irmã está muito bem casada, e é somente a mulher de um vendedor de tecidos."

– Deveríamos lamentar ver o maior orgulho ou refinamento numa professora de escola, Harriet. Ouso dizer que a senhorita Nash a invejaria por uma oportunidade como essa de se casar. Até mesmo essa conquista deveria parecer valiosa aos olhos dela. Com relação a qualquer coisa superior para você, suponho que ela anda totalmente no escuro. As atenções de certa pessoa dificilmente podem ser motivo de mexericos em Highbury. Acho que, até agora, você e eu somos as únicas pessoas a quem os olhares e as maneiras dele deixaram transparecer alguma coisa.

Harriet corou e sorriu, e disse alguma coisa sobre estar surpresa que as pessoas gostassem tanto dela. A ideia do senhor Elton era certamente animadora; mas ainda, depois de algum tempo, estava de novo com pena do rejeitado senhor Martin.

– A essa altura ele já deve ter recebido minha carta – disse ela, suavemente. – Pergunto-me o que eles todos estão fazendo... se suas irmãs sabem... se ele está infeliz, elas também devem estar. Espero que ele não fique muito abatido com isso.

– Vamos pensar naqueles, entre nossos amigos ausentes, que estão empenhados em coisas mais alegre – exclamou Emma. – Nesse momento, talvez, o senhor Elton esteja mostrando seu retrato para a mãe e as irmãs, contando-lhes como o original é muito mais bonito e, depois de ser perguntado cinco ou seis vezes, permitindo-lhes ouvir seu nome, seu próprio e querido nome.

– Meu retrato!... Mas ele o deixou em Bond Street.

– Ele o deixou lá!... Então não conheço mesmo o senhor Elton. Não, minha querida pequena e modesta Harriet, acredite, o quadro não estará em Bond Street até que ele monte em seu cavalo amanhã. O quadro será seu companheiro durante toda esta noite, seu consolo, seu encanto. Mostrará suas intenções para a família, apresentará você a eles, difundirá entre todo o grupo aqueles sentimentos mais agradáveis de nossa natureza, de ansiosa curiosidade e calorosa posse. Como as imaginações deles deverão estar alegres, animadas, desconfiadas e ocupadas.

Harriet sorriu novamente, e seu sorriso se tornou mais franco.

## ≈ CAPÍTULO 8 ≈

Nessa noite, Harriet dormiu em Hartfield. Nas últimas semanas passava mais da metade do tempo ali e, aos poucos, conseguiu ter um quarto especialmente para ela; e Emma julgou melhor, sob todos os aspectos, mais seguro e mais bondoso, mantê-la com eles o maior tempo possível, nesse momento. No dia seguinte, Harriet tinha de ir à casa da senhora Goddard por uma ou duas horas, mas foi então combinado que retornaria a Hartfield para uma visita regular de alguns dias.

Enquanto ela estava fora, o senhor Knightley veio visitá-los e sentou-se por algum tempo com o senhor Woodhouse e Emma, até que o senhor Woodhouse, que havia previamente decidido fazer uma caminhada, foi persuadido pela filha a não adiá-la e foi induzido pelos pedidos de ambos a deixar o senhor Knightley para esse fim, embora contra os escrúpulos de sua própria polidez. O senhor Knightley, que não era dado a nenhuma cerimônia com o amigo, oferecia, com suas respostas curtas e decididas, um divertido contraste às prolongadas desculpas e às gentis hesitações do outro.

– Bem, creio, se me desculpar, senhor Knightley, se não me considerar que esteja fazendo algo muito rude, que vou aceitar o conselho de Emma e sair por um quarto de hora. Como é um dia ensolarado, acho que é melhor fazer minhas três voltas enquanto posso. Eu o trato sem cerimônia, senhor Knightley. Nós, os inválidos, achamos que somos pessoas privilegiadas.

– Meu caro senhor, não me trate como um estranho.

– Deixo uma excelente substituta, minha filha. Emma ficará feliz em entretê-lo. E por isso acho que vou pedir-lhe desculpas e dar minhas três voltas... minha caminhada de inverno.

– Não poderia fazer coisa melhor, senhor.

– Eu pediria o prazer de sua companhia, senhor Knightley, mas sou vagaroso no caminhar e meu passo seria aborrecido para o senhor; e, além disso, terá outra longa caminhada pela frente até Donwell Abbey.

– Obrigado, senhor, obrigado; estou indo logo em seguida; e acho que quanto *antes* o senhor for, melhor será. Vou apanhar seu casaco e abrir a porta do jardim para o senhor.

O senhor Woodhouse finalmente saiu; mas o senhor

Knightley, em vez de sair imediatamente, sentou-se de novo, parecendo inclinado a conversar mais. Começou falando de Harriet, e o fez espontaneamente de maneira muito mais elogiosa do que Emma jamais ouvira antes.

– Não pretendo comparar a beleza dela com a sua – disse ele –, mas é uma criatura bonita e estou inclinado a pensar muito bem do temperamento dela. Seu caráter depende das companhias; mas em boas mãos se tornará uma mulher de valor.

– Fico feliz que pense assim; e as boas mãos, espero, não lhe faltarão.

– Ora – disse ele –, você está ansiosa por um cumprimento, assim vou lhe dizer que a aprimorou. Você a curou de suas risadinhas de menina de escola; ela realmente lhe deve isso.

– Obrigada. Na verdade, me sentiria mortificada se não acreditasse ter sido útil; mas não é todo mundo que expressa seus elogios quando deveria. O *senhor* mesmo não faz isso com frequência.

– Você a está esperando novamente, como disse, esta manhã?

– A qualquer momento. Ela já demorou muito mais do que pretendia.

– Algo aconteceu para atrasá-la; talvez algumas visitas.

– Mexericos de Highbury!... Enfadonhos patifes!

– Talvez Harriet não considere todo mundo enfadonho como você.

Emma sabia que isso era a pura verdade para contradizê-lo e por isso nada disse. Ele então, com um sorriso, acrescentou:

– Não pretendo determinar hora ou lugar, mas devo lhe dizer que tenho boas razões para acreditar que sua pequena amiga logo vai ouvir algo vantajoso para ela.

– Verdade? Como assim? De que espécie?

– De uma espécie muito séria, asseguro-lhe – ainda sorrindo.

– Muito séria! Só posso imaginar uma coisa... Quem se apaixonou por ela? Quem lhe confidenciou isso?

Emma estava mais que esperançosa que o senhor Elton havia deixado escapar alguma insinuação. O senhor Knightley era uma espécie de amigo e conselheiro de todos e ela sabia que o senhor Elton o admirava.

– Tenho razões para pensar – disse ele – que Harriet Smith logo vai receber uma proposta de casamento, e da parte de alguém irrepreensível: o senhor Robert Martin. A visita dela a Abbey-Mill neste verão parece ter dado seus frutos. Ele está loucamente apaixonado e quer casar-se com ela.

– É muito amável da parte dele – disse Emma. – Mas ele tem certeza de que Harriet quer se casar com ele?

– Bem, bem, então pretende fazer-lhe uma proposta. Está melhor assim? Ele veio até Abbey, duas noites atrás, com o propósito de me consultar sobre isso. Ele sabe que tenho grande consideração por ele e por toda a sua família e creio que me considera um de seus melhores amigos. Veio perguntar-me se achava imprudente da parte dele casar-se tão cedo; se eu a considerava jovem demais: em resumo, se eu aprovava sua escolha, uma vez que tinha alguma apreensão, talvez, por ser ela considerada (especialmente depois que *você* fez tanto por ela) de um nível social superior ao dele. Fiquei bastante contente com tudo que ele disse. Nunca vi ninguém com melhor bom senso que Robert Martin. Sempre fala com propriedade; aberto, franco e muito ajuizado. Contou-me tudo; suas condições e seus planos, e o que todos se propõem a fazer na eventualidade de se casar. É um excelente jovem, bom como filho e irmão. Não hesitei em aconselhá-lo a casar-se. Ele me provou que tem recursos para tanto; e, em tal caso, fiquei convencido de que não poderia fazer nada melhor. Elogiei a bela moça também e, no geral, ele foi embora muito feliz. Se nunca havia apreciado minha opinião antes, deve ter passado a considerar-me muito a partir desse momento; e, ouso dizer, deixou a casa pensando que eu era o melhor amigo e conselheiro que já tivera. Isso aconteceu na noite anterior à última. Agora, como podemos razoavelmente supor, ele não deve ter deixado passar muito tempo antes de falar com a moça, e como parece que não tenha falado ontem, não é improvável que possa estar hoje na casa da senhora Goddard; e ela pode ter sido retida por algum visitante, sem achá-lo de modo algum um enfadonho patife.

– Por favor, senhor Knightley – disse Emma, que estivera sorrindo para si mesma durante a maior parte dessa fala – como sabe que o senhor Martin não falou com ela ontem?

– Certamente – replicou ele, surpreso – que não o sei; mas pode-se deduzir. Ela não esteve aqui o dia inteiro com você?

– Pois é – disse ela –, vou lhe contar algo em retribuição ao que me contou. Ele realmente falou ontem... isto é, ele escreveu e foi recusado.

Foi necessário repetir isso antes que ele pudesse acreditar; e o senhor Knightley, todo vermelho de surpresa e desprazer, levantou-se e, com grande indignação, disse:

– Então ela é mais simplória ainda do que acreditava. O que essa tola está pensando?

– Oh, com certeza – exclamou Emma –, é sempre incompreensível para um homem que uma mulher possa recusar uma proposta de casamento. O homem sempre imagina que a mulher deve estar pronta a aceitar o primeiro que a peça em casamento.

– Bobagem! O homem não imagina algo desse tipo. Mas qual é o significado disso? Harriet Smith recusar Robert Martin? Loucura, se for verdade; mas espero que você esteja enganada.

– Eu vi a resposta dela!... nada podia estar mais claro.

– Você viu a resposta dela!... você escreveu a resposta também. Emma, isso é obra sua. Você a persuadiu a recusá-lo.

– E se eu o tivesse feito (o que, no entanto, estou longe de admitir), não acho que teria agido errado. O senhor Martin é um jovem muito respeitável, mas não posso admitir que esteja no nível de Harriet; e estou até um tanto surpresa, na verdade, que ele tenha se aventurado a lhe escrever. Pelo que me contou, parece que ele tinha alguns escrúpulos. É uma pena que os tenha superado.

– Não está no nível de Harriet! – exclamou o senhor Knightley em voz alta e acaloradamente; e com uma aspereza mais calma, acrescentou, poucos momentos depois: – Não, na verdade não é do mesmo nível dela, pois é superior a ela em bom senso e em situação. Emma, sua extremada paixão por essa menina a deixa cega. Quais são as aspirações de Harriet Smith, tanto por nascimento, natureza ou educação, para almejar qualquer ligação de nível mais elevado que Robert Martin? Ela é filha natural de alguém que ninguém conhece, provavelmente sem recursos para se estabelecer e certamente sem relações sociais respeitáveis. É conhecida somente como pensionista de uma escola comum. É uma moça sem sensibilidade e sem maior conhecimento. Não lhe ensinaram nada de útil e é muito jovem e muito simplória para ter aprendido alguma coisa por si mesma. Em sua idade, não tem nenhuma experiência e, com sua reduzida capacidade, não é muito provável que algum dia encontre alguém que lhe dê valor. Ela é bonita, ela é jovial, e isso é tudo. Minha única dúvida em aconselhar o casamento foi em relação a ele, por ela estar abaixo do que ele merece e a relação não resultaria boa. Percebi que, quanto à fortuna, com toda a probabilidade ele pode crescer muito mais; e que, como companheiro sensato e marido prestativo, se sairia muito bem. Mas não se pode raciocinar dessa maneira com um homem apaixonado; e queria acreditar que ela não poderia prejudicá-lo por ter esse tipo de disposição que, em boas mãos, como as dele, poderia facilmente ser corrigida e mudar para melhor. Percebi que a vantagem do casamento estaria totalmente do lado dela e não tive a menor dúvida (nem a tenho agora) de que haveria um comentário geral sobre a imensa sorte dela. Tinha certeza até mesmo da satisfação que *você* teria. Passou imediatamente por minha cabeça que você não haveria de lamentar que sua amiga deixasse Highbury, uma vez que a veria tão bem casada. Lembro que dizia para mim mesmo: "Até mesmo Emma, com toda a sua predileção por Harriet, vai achar muito bom este casamento."

– Não posso deixar de me surpreender que o senhor conheça tão pouco Emma para dizer uma coisa dessas. O quê? Achar que um fazendeiro (e, com todo o seu bom senso e todo o seu mérito, o senhor Martin não é nada mais que isso) possa ser um bom marido para minha amiga íntima! Não lamentar vê-la deixar Highbury para casar-se com um homem que eu nunca admitira entre minhas próprias relações! Admira-me que possa achar possível que eu tenha tais sentimentos. Asseguro-lhe que os meus são bem diferentes. Devo pensar que suas colocações não estão de modo algum corretas. Não está sendo justo com as aspirações de Harriet. Eles poderiam ser considerados muito diferentes pelos outros, assim como por mim mesma; o senhor Martin pode ser o mais rico dos dois, mas é sem dúvida alguma inferior a ela em posição na sociedade. A esfera em que ela se move está muito acima da dele... Isso seria uma degradação.

– Uma degradação para uma moça ilegítima e ignorante casar-se com um cavalheiro-fazendeiro respeitável e inteligente!

– Quanto às circunstâncias do nascimento dela, embora em sentido legal possa ser chamada "Ninguém", isso não se sustenta no senso comum. Ela não deve pagar pelos erros dos outros, a ponto de ser mantida abaixo do nível daqueles com quem cresceu. Dificilmente pode haver dúvida de que o pai dela é um cavalheiro... e um cavalheiro de fortuna. A pensão dela é bem alta; nada foi medido para seu aprimoramento ou conforto. Que ela seja filha de um cavalheiro é indubitável para mim; que esteja associada a filhas de cavalheiros, ninguém, receio, pode negar... Ela é superior ao senhor Robert Martin.

– Sejam quem forem os pais dela – disse o senhor Knightley –, seja quem for que tenha se encarregado dela, não parece que tenham tido alguma preocupação em introduzi-la no que você chamaria de boa sociedade. Depois de receber uma educação indiferente, foi deixada nas mãos da senhora Goddard para arranjar-se como pudesse; para mover-se, em resumo, no círculo da senhora Goddard, para ter a amizade da senhora Goddard. Seus amigos evidentemente achavam que isso era bastante bom para ela, e *era* bastante bom. Ela própria não desejava nada melhor. Até que você decidiu torná-la sua amiga; quanto a ela, nunca se desgostara de sua posição, nem ambicionava algo, além disso. Estava tão feliz quanto possível com os Martin durante o verão. Não tinha nenhum senso de superioridade, então. Se agora o tem, deve-o a você. Você não tem sido amiga de Harriet Smith, Emma. Robert Martin jamais teria ido tão longe, se não estivesse persuadido de que era correspondido. Eu o conheço bem. Ele tem por demais senso de realidade para dirigir-se a uma mulher ao acaso de sua própria paixão. E quanto à presunção, é o homem mais distante dessa atitude que conheço. Acredite, ele foi encorajado.

Era mais conveniente para Emma não replicar diretamente a essas afirmações; preferiu retomar sua própria linha de raciocínio.

– O senhor é um grande amigo do senhor Martin; mas, como disse antes, está sendo injusto com Harriet. As aspirações de Harriet de casar-se bem não são tão desprezíveis como as faz parecer. Não é uma menina esperta, mas tem melhor senso do que o senhor pode ter conhecimento e não merece que falem dela de maneira tão desdenhosa. Deixando de lado esse ponto, contudo, e supondo que ela seja, como a descreve, apenas bonita e afável, devo dizer-lhe que, no grau em que ela possui essas qualidades, não são recomendações triviais para todos em geral, pois ela é, de fato, uma linda moça e assim deve ser considerada por 99 pessoas em 100; e como parece que os homens são muito mais filosóficos na questão de beleza do que em geral se supõe, até que se apaixonem por mentes bem esclarecidas em vez de rostos bonitos, uma moça tão graciosa como Harriet tem certeza de ser admirada e pretendida e de ter o poder de escolher entre muitos, consequentemente um chamativo por ser bonita. Sua afabilidade também não é um atrativo desprezível, incluindo, como realmente inclui nela, verdadeira e total docilidade de temperamento e maneiras, uma opinião muito humilde de si mesma e uma grande disposição para agradar aos outros. Estou muito enganada se o seu sexo em geral não achar tal beleza e tal temperamento os mais elevados atrativos que uma mulher pode possuir.

– Palavra de honra, Emma, ouvi-la abusar do arrazoado que desenvolve é quase suficiente para me levar a pensar assim também. É melhor não ter sagacidade do que empregá-la tão mal como você faz.

– Com certeza! – exclamou ela, brincando. – Eu sei que *esse* é o sentimento de todos os homens. Sei que uma moça como Harriet é exatamente o que todo homem aprecia... o que enfeitiça de vez seus sentidos e satisfaz seu julgamento. Oh! Harriet pode selecionar e escolher. Se o senhor mesmo pretendesse um dia se casar, ela seria a mulher ideal. E será que ela, aos 17 anos, apenas ingressando na vida, apenas começando a ser conhecida, deve ser questionada porque não aceita a primeira oferta de casamento que recebe? Não... por favor, permita que ela tenha tempo para cuidar de si.

– Sempre achei essa intimidade de vocês uma tolice – disse então o senhor Knightley –, embora tenha guardado meus pensamentos comigo; mas agora percebo que vai ser muito prejudicial para Harriet. Você vai insuflá-la com essas ideias de sua própria beleza e que é prendada de modo que, em pouco tempo, ninguém a seu alcance será suficientemente bom para ela. A vaidade, operando numa cabeça fraca, produz todo tipo de dano. Nada mais fácil para uma jovem dama do que elevar suas expectativas alto demais. A senhorita Harriet Smith pode não receber propostas de casamento tão rápido assim, embora seja uma moça muito bonita. Homens de bom senso, não importa o que você possa dizer, não querem esposas tolas. Homens de família não estariam muito interessados em relacionar-se com uma moça de origem tão obscura... e os homens mais prudentes teriam medo da inconveniência e da desgraça em que poderiam estar envolvidos quando se revelasse o mistério da paternidade. Deixe-a casar-se com Robert Martin e estará segura, será respeitável e feliz para sempre; mas se a encorajar a esperar um casamento grandioso e ensiná-la a ficar satisfeita somente com um homem de importância e de grande fortuna, ela pode acabar como pensionista da senhora Goddard pelo resto de sua vida... ou, pelo menos (pois Harriet Smith é uma moça que um dia vai se casar com um ou outro) até que fique desesperada e se contente em casar-se com o filho do velho professor de caligrafia.

– Nós pensamos de forma tão diferente sobre esse ponto, senhor Knightley, que não faz sentido discutirmos mais. Só vamos ficar mais zangados um com o outro. Mas quanto à minha *permissão* para que ela se case com Robert Martin, é impossível; ela o recusou, e de maneira tão decidida, que acho que se deve impedir uma segunda tentativa. Ela deve aguentar as consequências de tê-lo recusado, sejam quais forem. Quanto à recusa em si, não pretendo dizer que talvez não a tenha influenciado um pouco; mas asseguro-lhe que havia muito pouco a fazer para mim ou para qualquer outro. A aparência depõe tanto contra ele e suas maneiras são tão desajeitadas, que, se algum dia ela esteve disposta a aceitá-lo, agora não está. Posso imaginar que, antes de ter visto alguém superior, ela até pudesse tolerá-lo. Era o irmão de suas amigas e fez de tudo para agradá-la; e, enfim, não tendo visto ninguém melhor (o que deve ter sido de grande ajuda para ele) enquanto esteve em Abbey-Mill, não poderia achá-lo desagradável. Mas agora o caso é diferente. Ela sabe o que são cavalheiros; e ninguém a não ser um cavalheiro em educação e maneiras tem alguma chance com Harriet.

– Bobagem, total bobagem, como jamais se disse! – exclamou o senhor Knightley. – Os modos de Robert Martin têm sensatez, sinceridade e bom humor para recomendá-lo; e seu espírito possui mais verdadeira nobreza do que Harriet Smith haveria de compreender.

Emma não respondeu e tentou parecer alegremente despreocupada, mas estava se sentido realmente desconfortável e desejando até mesmo que ele fosse embora. Ela não se arrependeu do que havia feito; ainda se achava melhor juiz, nesse ponto, do direito da mulher e de seu refinamento do que ele; mas ainda tinha uma espécie de habitual respeito pelo julgamento dele em geral, o que a deixou desgostosa vê-lo opor-se tão veementemente; e era muito desagradável vê-lo sentado à sua frente em tal estado de irritação. Passaram-se alguns minutos nesse incômodo silêncio, com uma única tentativa da parte de Emma de falar sobre o tempo, mas não teve resposta. Ele estava pensando. O resultado de seus pensamentos apareceu enfim nestas palavras:

– Robert Martin não perdeu grande coisa... se ele puder pensar assim agora; e espero que não leve muito tempo para perceber. Suas perspectivas em favor de Harriet só você mesma as conhece; mas como você não faz segredo de seu gosto por fazer casamentos, é fácil supor que perspectivas, planos e projetos você tem... e como seu amigo, vou lhe insinuar apenas que, se é o senhor Elton seu possível pretendente, acho que todo o trabalho será em vão.

Emma riu e desmentiu. Ele continuou:

– Acredite, Elton não vai aceitar. Elton é um homem muito bom e respeitável pároco de Highbury, mas de modo algum propenso a fazer um casamento imprudente. Sabe o valor de uma boa renda, como todo mundo. Elton pode falar de modo sentimental, mas sabe agir racionalmente. Ele está tão bem inteirado de suas próprias pretensões quanto você pode estar com as de Harriet. Sabe que é um jovem muito bonito e o mais bem recebido onde quer que vá; e por seu modo geral de falar em momentos informais, quando somente homens se fazem presentes, estou convencido de que ele não pretende desperdiçar sua própria vida. Eu o ouvi falar com grande animação sobre uma numerosa família de jovens damas, amigas íntimas das irmãs dele, que possuem 20 mil libras de renda cada uma.

– Estou muito grata ao senhor – disse Emma, rindo novamente. – Se eu tivesse pensado no casamento do senhor Elton com Harriet, teria sido muita bondade sua abrir meus olhos; mas no momento só quero manter Harriet comigo. Na verdade, desisti de fazer casamentos. Espero nunca mais repetir os que promovi em Randalls. Vou deixá-los de lado enquanto me sinto bem assim.

– Um bom dia para você – disse ele, levantando-se e saindo abruptamente. Estava profundamente irritado. Sentia pela decepção do jovem e estava mortificado por ter sido o responsável de encorajá-lo pelo apoio que lhe havia dado; e a participação que Emma tivera no caso, como estava persuadido, o incomodava de modo excessivo.

Emma também ficou num estado de irritação; mas havia mais confusão nas causas dela do que nas dele. Emma nem sempre se sentia absolutamente satisfeita consigo mesma, tão inteiramente convencida de que suas opiniões eram corretas e as do adversário erradas, como no caso do senhor Knightley. Ele saiu com mais completa aprovação de sua posição do que se dava com ela. Não estava, contudo, muito abatida, mas nada que um pouco de tempo e o retorno de Harriet não pudessem restaurar adequadamente. A longa demora de Harriet começava a deixá-la inquieta. A possibilidade de o jovem ter ido à casa da senhora Goddard, naquela manhã, e de encontrar-se com Harriet e defender sua própria causa, deixou-a com ideias alarmantes. O medo de tal fracasso, depois de tudo, transformou-se em proeminente inquietude; e quando Harriet apareceu, e muito bem disposta, e sem ter qualquer motivo a dar por sua longa ausência, sentiu uma satisfação que a reconciliou consigo mesma e a convenceu de que, não importando o que senhor Knightley pensasse ou dissesse, não havia feito nada que a amizade de uma mulher e os sentimentos de uma mulher não pudesse justificar.

Ele a havia assustado um pouco com relação ao senhor Elton; mas quando considerou que o senhor Knightley não o teria observado como ela o havia, nem com o interesse nem (ela devia admiti-lo para si mesma, apesar das pretensões do senhor Knightley) com a habilidade de um observador numa questão dessas, como ela própria; quando considerou que ele havia falado precipitadamente e com irritação, ela se sentiu capaz de acreditar que ele havia dito rancorosamente o que pensava ser verdade em vez de declarar que nada sabia sobre o assunto. Certamente poderia ter ouvido o senhor Elton falar com mais liberdade do que ela jamais tinha ouvido, e o senhor Elton não podia ser de uma disposição imprudente e irresponsável em questões de dinheiro; deveria ser naturalmente mais atento do que o contrário nessas questões; mas então, o senhor Knightley não levou em devida considerando a influência que uma grande paixão pode ter na guerra contra todos os motivos de interesse. O senhor Knightley não percebeu essa paixão e, seguramente, não pensou em seus efeitos; mas ela a viu por demais arraigada para duvidar que a mesma haveria de superar qualquer hesitação que uma razoável prudência pudesse, em princípio, sugerir; e ela estava certa de que o senhor Elton não tinha mais que um razoável e conveniente grau de prudência.

A aparência e os modos alegres de Harriet acomodaram os dela: ela retornou não para pensar no senhor Martin, mas para falar do senhor Elton. A senhorita Nash lhe havia contado uma coisa, que Harriet repetiu de imediato com grande prazer. O senhor Perry fora à casa da senhora Goddard para atender uma criança doente e a senhorita Nash o havia visto; e ele lhe contou que, quando voltava de Clayton Park no dia anterior, havia encontrado o senhor Elton, descobrindo, para sua grande surpresa, que o senhor Elton estava na verdade a caminho de Londres, e não pretendia voltar senão no dia seguinte, embora essa noite fosse reservada ao jogo de cartas, ao qual o senhor Elton jamais havia faltado; e o senhor Perry o havia recriminado por isso e lhe disse como era deselegante da parte dele, o melhor jogador, ausentar-se por própria conta, e tentou de todos os modos persuadi-lo a adiar a viagem por um dia; mas não conseguiu; o senhor Elton estava determinado a seguir viagem e, de fato, disse de modo *muito* reservado que estava indo resolver um negócio que não poderia ser adiado por nenhum motivo deste mundo; e falou alguma coisa a respeito de um encargo realmente invejável e de ser o portador de algo excessivamente precioso. O senhor Perry não conseguiu entendê-lo muito bem, mas tinha toda a certeza de que havia uma *dama* no caso, e foi isso que lhe contou. E o senhor Elton só o olhou, muito decidido e sorrindo, e partiu cavalgando com grande disposição. A senhorita Nash lhe havia contado tudo isso e falou muito mais ainda sobre o senhor Elton; e disse, olhando de modo muito significativo para ela, "que não pretendia entender que negócio poderia ser, mas só sabia que qualquer mulher que o senhor Elton preferisse, achava que essa seria a mulher mais feliz do mundo; pois era fora de dúvida que não havia ninguém que se comparasse ao senhor Elton em beleza ou amabilidade".

## ≈ CAPÍTULO 9 ≈

O senhor Knightley podia discutir com Emma, mas ela não podia discutir consigo mesma. Ele estava tão desgostoso que demorou mais tempo que o habitual para voltar a Hartfield; e quando se encontraram, o grave olhar dele mostrou que não a havia perdoado. Ela lamentava, mas não podia se arrepender. Ao contrário, seus planos e ações foram ainda mais justificados e encarecidos pelos acontecimentos dos poucos dias que se seguiram.

O retrato, elegantemente emoldurado, foi entregue em segurança logo depois do retorno do senhor Elton e dependurado acima da lareira da sala de estar; ele se levantou para olhá-lo e suspirava meias frases de admiração, como deveria; quanto aos sentimentos de Harriet, estavam visivelmente se perfilando para uma forte e firme afeição, como sua juventude e caráter o admitiam. Emma logo ficou imensamente satisfeita ante o fato de o senhor Martin não ser mais lembrado, a não ser como contraste ao senhor Elton, com enorme vantagem para este último.

Suas intenções de aprimorar a cultura de Harriet por meio de grande quantidade de leituras úteis e conversação nunca haviam passado ainda de uns poucos primeiros capítulos de algum livro, sempre com a intenção de continuar no dia seguinte. Era bem mais fácil conversar do que estudar; muito mais agradável deixar a imaginação divagar e trabalhar a favor de Harriet do que labutar para aumentar a compreensão dela ou exercitar essa compreensão em relação a fatos sérios; e a única atividade literária em que Harriet estava empenhada no momento, a única provisão mental que estava acumulando para o entardecer da vida era a coleção e a transcrição de todos os enigmas, de qualquer tipo que pudesse encontrar, num fino caderno de papel acetinado, composto pela amiga, e ornamentado com criptogramas e troféus.

Nessa época da literatura, essas coleções, em grande escala, não eram incomuns. A senhorita Nash, principal professora da escola da senhora Goddard, tinha escrito pelo menos 300; e Harriet, que se havia, de início, inspirado nela, esperava, com a ajuda da senhorita Woodhouse, reunir um número muito maior. Emma a auxiliava com sua criatividade, memória e bom gosto; e como Harriet tinha uma letra muito bonita, era provável que se tornasse um arranjo de primeira classe, tanto em forma como em quantidade.

O senhor Woodhouse estava quase tão interessado no assunto quanto as moças e, com muita frequência, tentava lembrar-se de algum enigma digno de figurar no caderno. "Tantos enigmas inteligentes havia quando ele era jovem... admirava-se que não conseguisse lembrar-se deles! Mas esperava consegui-lo a seu tempo." E sempre terminava com "Kitty, uma bela, mas fria donzela".

Também seu bom amigo Perry, a quem havia falado do assunto, não se lembrava no momento de qualquer enigma que fosse; mas havia pedido a Perry que ficasse atento, e como ele estava se empenhando nisso, alguma coisa, pensou, pode vir daquele lado.

De maneira nenhuma era desejo de sua filha que os intelectos de Highbury em geral fossem requisitados. O senhor Elton foi o único a quem ela pediu ajuda. Ele foi convidado a contribuir com quaisquer bons enigmas, charadas ou adivinhas de que pudesse se lembrar; e ela teve o prazer de vê-lo atentamente empenhado em tentar recordar-se de alguns; e, ao mesmo tempo, percebeu que, com o máximo cuidado, nada de menos galante deixava escapar de seus lábios que não demonstrasse um comprimento ao sexo oposto. Deviam a ele dois ou três quebra-cabeças mais elegantes; e foi com alegria e exultação que ele finalmente se lembrou e recitou de modo um tanto sentimental esta charada bem conhecida:

*Minha primeira aflição denota*
*O que minha segunda está destinada a sentir*
*E as duas juntas é o melhor antídoto*
*Para essa aflição abrandar e curar.*

Esta charada a deixou bastante triste ao constatar que já havia sido transcrita algumas páginas antes.

– Por que não cria uma charada sua para nós, senhor Elton? – disse Emma.

– Seria a única garantia de que é nova; e nada seria mais fácil para o senhor.

– Oh, não! Ele nunca escreveu, praticamente nunca, alguma coisa desse tipo em sua vida. É um camarada estúpido! Receia que nem mesmo a senhorita Woodhouse – parou por um momento – ou a senhorita Smith poderiam inspirá-lo.

Logo no dia seguinte, contudo, mostrou alguma inspiração. Ele fez uma visita de poucos minutos, apenas para deixar um pedaço de papel sobre a mesa, contendo, como disse, uma charada que um amigo dele havia enviado a uma jovem dama, objeto de sua admiração; mas, pelo estilo, Emma se convenceu imediatamente que devia ter sido escrita por ele.

– Não pretendo oferecê-la para a coleção da senhorita Smith – disse ele. – Sendo de meu amigo, não tenho direito de expô-la, sob qualquer pretexto, aos olhos de todos, mas talvez a senhorita pode interessar-se em vê-la.

Essas palavras foram dirigidas mais a Emma que a Harriet, o que Emma podia compreender. Havia nele uma profunda consciência da situação e achou mais fácil encarar o olhar dela que o da amiga. Saiu no momento seguinte; e depois de outro momento de pausa:

– Tome – disse Emma, sorrindo e empurrando o papel na direção de Harriet. – É para você. Tome o que é seu.

Mas Harriet tremia toda e não conseguia tocá-lo; e Emma, embora relutante em ser a primeira, foi obrigada a examiná-lo.

Para a senhorita...

CHARADA

*Minha primeira ostenta a riqueza e a pompa dos reis,*
*Senhores da terra! Seu luxo e conforto.*
*Outra visão de homem, minha segunda traz,*
*Observem-no ali, o monarca dos mares!*

*Mas, ah! Unidas, que reviravolta temos!*
*O altivo poder e a liberdade do homem se diluíram;*
*O senhor da terra e do mar se curva como escravo,*
*E uma mulher, adorável mulher, reina sozinha.*
*Tua arguta inteligência a palavra logo vai suprir,*
*Possa sua aprovação fluir desse meigo olhar!*

Ela pregou os olhos sobre a charada, ponderou, captou o significado, leu-a outra vez para ter certeza e dominar totalmente essas linhas, e então passou-a a Harriet; sentou-se sorrindo feliz e dizendo para si mesma (enquanto Harriet estava debruçada sobre o papel numa confusão total de esperança e embotamento): "Muito bem, senhor Elton, muito bem mesmo. Já li charadas piores. *Cortejar*... uma insinuação muito boa. Dou-lhe crédito por isso. Esse é seu sentimento. É como dizer claramente 'Por favor, senhorita Smith, permita que me dirija a você. Aprove minha charada e minhas intenções no mesmo olhar'."

"Possa a aprovação fluir desse meigo olhar!"

Harriet, exatamente. Meigo é a palavra certa para seus olhos... de todos os adjetivos, é o mais apropriado que podia ser conferido.

"Tua arguta inteligência a palavra logo vai suprir."

Hum!... A arguta inteligência de Harriet! Tanto melhor. Um homem deve estar muito apaixonado, de fato, para descrevê-la dessa forma. Ah! Senhor Knightley, gostaria que estivesse aqui para ouvir isso; acho que o convenceria. Por uma vez na vida teria que admitir que se enganou. Na verdade, uma charada excelente! E muito a propósito. As coisas vão entrar em crise agora.

Ela foi obrigada a interromper essas agradáveis observações, que podiam, de outro modo, se estender muito mais, pela ansiedade das surpreendentes perguntas de Harriet.

– O que pode ser isso, senhorita Woodhouse? ... O que pode ser? Não faço a menor ideia... não consigo nem adivinhar. O que é possível que seja? Tente descobrir, por favor, senhorita Woodhouse. Por favor, me ajude. Nunca vi algo tão difícil. Pergunto-me quem foi o amigo... e quem poderia ser a mulher. Acha que é uma boa charada? Que mulher pode ser?

"E uma mulher, adorável mulher, reina sozinha."

Será que é Netuno?

"Observem-no ali, o monarca dos mares!"

Ou um tridente? Ou uma sereia? Ou um tubarão? Oh, não!

Não pode ser. Deve ser muito inteligente ou ele não teria elaborado isso. Oh! Senhorita Woodhouse, acha que algum dia vamos descobrir?

– Sereias e tubarões! Bobagem! Minha querida Harriet, o que está pensando? Qual seria o sentido dele nos trazer uma charada feita por um amigo sobre uma sereia ou um tubarão? Dê-me o papel e escute: "Para a senhorita...", leia senhorita Smith.

"Minha primeira ostenta a riqueza e a pompa dos reis,
Senhores da terra! Seu luxo e conforto."

Isto é, "court", a *corte.*

"Outra visão de homem, minha segunda traz,
Observem-no ali, o monarca dos mares!"

Isto é "ship", que significa navio, mas é também um sufixo que, com "court", forma "courtship", *cortejar;* mais claro não pode ser. Agora a parte principal:

"Mas, ah! Unidas ("courtship", cortejar), que reviravolta temos!
O altivo poder e a liberdade do homem se diluíram;
O senhor da terra e do mar se curva como escravo,
E uma mulher, adorável mulher, reina sozinha."

Um cumprimento muito apropriado!... E então segue a explicação, que eu acho, minha querida Harriet, que não terá muita dificuldade em compreender. Leia-a calmamente, sozinha. Não há dúvida de que foi escrita para você e somente para você.

Harriet não poderia resistir por muito tempo a tão deliciosa persuasão. Leu as linhas finais e estava flutuando de felicidade. Não conseguia falar. Mas não estava querendo falar. Bastava-lhe sentir. Emma falou por ela.

– Há um sentido tão profundo e tão peculiar neste cumprimento – disse ela – que não posso ter uma dúvida sequer das intenções do senhor Elton. O objetivo dele é você... e logo vai ter a mais completa prova disso. Achei que deve ser isso. Achei que não podia estar tão enganada; mas agora está claro; as intenções dele estão tão claras e decididas como meus desejos a respeito sempre estiveram desde que a conheci. Sim, Harriet, desde então venho desejando que acontecesse o que aconteceu. Nunca poderia dizer se uma ligação entre você e o senhor Elton era a mais desejável ou a mais natural. Sua probabilidade e sua elegibilidade realmente se igualaram. Estou muito feliz. Congratulo-me com você, minha querida Harriet, de todo o coração. Essa é uma união que uma mulher deve se sentir orgulhosa em acalentar. Essa é uma ligação que só oferece coisas boas. Vai lhe dar tudo o de que precisa – consideração, independência, um lar apropriado – vai colocá-la no centro de todos os seus verdadeiros amigos, perto de Hartfield e de mim, e confirmará nossa íntima amizade para sempre. Esta, Harriet, é uma aliança que nunca poderá nos envergonhar.

– Querida senhorita Woodhouse!... e querida Miss Woodhouse – era tudo o que Harriet, de início, entre ternos abraços, conseguia articular; mas quando chegaram a algo mais parecido com uma conversa, estava suficientemente claro para a amiga que ela via, sentia, antecipava e se lembrava apenas do que devia. A superioridade do senhor Elton fora amplamente reconhecida.

– Tudo o que a senhorita diz está sempre certo – exclamou Harriet – e por isso suponho, acredito e espero que seja assim; de outra forma, eu não poderia ter imaginado isso. Está muito além de tudo o que mereço. O senhor Elton, que pode se com qualquer pessoa! Não pode haver duas opiniões a respeito *dele*. Ele é tão superior. Imagine só aqueles versos tão meigos... "Para a senhorita...". Meu Deus, como é inteligente!... Será que isso foi realmente dirigido a mim?

– Não quero fazer nem ouvir pergunta sobre isso. É uma certeza. Acredite em meu julgamento. É uma espécie de prólogo para a peça, um mote para o capítulo e logo será seguida pelo texto em si.

– É uma coisa que ninguém poderia esperar. Estou certa de que um mês atrás eu mesma não fazia a menor ideia disso!... Coisas estranhas realmente acontecem!

– Quando as senhoritas Smith e os senhores Elton se relacionam (e o fazem, de fato) é realmente estranho; é tão fora do curso natural que, aquilo que é tão evidente e palpavelmente desejável, aquilo que precisa do pré-arranjo de outras pessoas, possa tão rapidamente ajustar-se por si na forma apropriada. Você e o senhor Elton se aproximaram pela situação; vocês pertencem um ao outro por todas as circunstâncias de seus respectivos lares. Seu casamento será igual ao de Randalls. Parece realmente haver algo no ar de Hartfield que dá ao amor exatamente a direção correta e o leva ao preciso canal por onde deve fluir. "O curso de um verdadeiro amor nunca percorreu caminhos suaves..." Uma edição Hartfield de Shakespeare teria uma longa nota sobre esta passagem.

– Que o senhor Elton esteja realmente apaixonado por mim... eu, de todas as mulheres, que não o conhecia, que não lhe havia falado até a festa de São Miguel! E logo ele, o mais lindo dos homens que já houve, e um homem que todos admiram, quase como o senhor Knightley! Sua companhia é tão disputada que todos dizem que ele jamais precisaria fazer uma única refeição sozinho, a não ser que o queira; que recebe mais convites do que os dias da semana. E é tão admirável na igreja! A senhorita Nash copiou todas as pregações que ele fez desde que chegou a Highbury. Meu Deus! Quando me lembro da primeira vez que o vi! Como é pequeno, pensei!... As duas Abbot e eu corremos para a sala da frente e espiávamos pela veneziana quando ouvimos dizer que ele ia embora, e a senhorita Nash veio e ralhou conosco, mas ela própria ficou para espiar; ela me chamou de volta logo depois e me deixou olhar também, o que foi muita bondade da parte dela. E como o achamos bonito! Ele andava de braço dado com o senhor Cole.

– Esta é uma aliança que para todos os seus amigos, sejam eles quem forem, deve ser agradável, desde que tenham, pelo menos, bom senso; não devemos dar explicações de nossa conduta aos tolos. Se eles estão ansiosos em vê-la casada e *feliz*, aqui está um homem cujo amável caráter lhe confere toda a garantia; se desejam que se estabeleça na mesma região e frequente o mesmo círculo em que eles escolheram incluí-la, isso será realizado; e se o único objetivo deles é que você esteja, como se costuma dizer, *bem* casada, aí está a confortável sorte, o respeitável estabelecimento, a elevada posição na sociedade, que deve satisfazê-los.

– Sim, é verdade. Como a senhorita fala bem, adoro ouvi-la. Entende tudo. A senhorita e o senhor Elton são ambos muito inteligentes. Esta charada!... Mesmo que eu tivesse estudado um ano inteiro, nunca poderia ter feito nada igual.

– Acho que ele pretendia testar a própria habilidade, pela maneira com que negou isso ontem.

– Acho que é, sem exceção, a melhor charada que já li.

– Eu nunca li uma charada mais a propósito, certamente.

– E é mais longa de quase todas que tivemos antes.

– Não considero seu tamanho como particularmente favorável a ela. Essas coisas, em geral, não podem ser muito curtas.

Harriet estava concentrada demais nos versos para ouvir. As mais agradáveis comparações estavam surgindo em sua mente.

– Uma coisa é – disse ela então... com as faces em brasa – ter bom senso de modo habitual, como todo mundo e, se houver algo a dizer, sentar-se e escrever uma carta, e dizer só o que deve, de maneira concisa; outra coisa é escrever versos e charadas, como esta.

Emma não poderia ter desejado uma rejeição mais corajosa ao texto do senhor Martin.

– Versos tão doces! – continuou Harriet – , estes dois últimos!... Mas como vou fazer para lhe devolver o papel ou dizer que descobri o sentido da charada?... Oh! senhorita Woodhouse, o que vamos fazer?

– Deixe comigo. Você não precisa fazer nada. Ele vai estar aqui esta noite, ouso dizer, e então eu lhe devolverei o papel; vamos trocar algumas ideias corriqueiras e você não vai se comprometer... Seus olhos suaves devem escolher o tempo devido para brilhar. Confie em mim.

– Oh! senhorita Woodhouse, que pena que eu não possa copiar esta linda charada em meu caderno. Tenho certeza de que nunca consegui uma que valesse nem a metade desta.

– Deixe de fora as duas últimas linhas e não haverá razão para que não possa copiá-la em seu caderno.

– Oh! Mas aquelas duas linhas são...

– O melhor de tudo. Concedo... para seu prazer particular; e por prazer particular, guarde-as. Bem sabe que não deixam de ter sido escritas, porque não as compartilha. As duas linhas não cessam de subsistir nem mudam de significado. Mas elimine-as e toda a *apropriação* cessa, e permanece uma charada muito bonita e galante, digna de qualquer coleção. Acredite, ele não gostaria de ver sua charada menosprezada, muito menos sua paixão. Um poeta apaixonado deve ser encorajado em ambas as capacidades, ou em nenhuma. Dê-me o caderno, vou transcrevê-la e então nenhuma possível responsabilidade poderá recair sobre você.

Harriet submeteu-se, embora sua mente dificilmente pudesse separar as partes; assim ficou observando para certificar-se de que sua amiga não transcreveria a declaração de amor. Parecia-lhe uma proposta preciosa demais para ter qualquer divulgação.

– Nunca vou deixar que esse caderno saia de minhas mãos – disse ela.

– Muito bem – replicou Emma –, é um sentimento muito natural; e quanto mais durar, mais me deixará feliz. Mas aí vem meu pai: não vai se opor a que eu leia a charada para ele. Vai lhe dar imenso prazer! Ele gosta de qualquer coisa desse tipo, especialmente daquelas que prestam homenagem às mulheres. Ele tem o mais terno espírito de galanteria em relação a todas nós!... Você tem de permitir que eu a leia para ele.

Harriet ficou séria.

– Minha querida Harriet, você não deve superestimar demais essa charada... Vai trair seus sentimentos de forma inapropriada, se for consciente demais ou ansiosa demais, e se parecer atribuir mais significado ou mesmo todo o significado que essa charada possa ter. Procure não ficar dominada por esse pequeno tributo de admiração. Se ele fosse cioso pelo segredo, não teria deixado o papel enquanto eu estava presente; mas ele o estendeu antes a mim que a você. Não vamos ser tão solenes nesse assunto. Ele já tem encorajamento suficiente para prosseguir, sem que precisemos ficar suspirando diante dessa charada.

– Oh, não... Espero não estar sendo ridícula sobre isso. Faça como achar melhor.

O senhor Woodhouse entrou e logo tocou no assunto novamente, repetindo a pergunta que fazia com frequência:

– Bem, minhas queridas, como vai indo o caderno?... Conseguiram alguma coisa nova?

– Sim, papai; temos algo para ler, algo totalmente novo. Achamos um pedaço de papel sobre a mesa esta manhã... (deixado cair por uma fada, assim supomos)... contendo uma charada muito bonita e acabamos de copiá-la.

Ela a leu, exatamente como ele gostava que algo fosse lido, lenta e distintamente, e a repetiu duas ou três vezes, explicando cada parte enquanto prosseguia... e ele ficou muito contente e, como ela havia previsto, especialmente impressionado com a parte conclusiva.

– Ah! muito justo, na verdade, dito de modo muito apropriado. Verdade! "Mulher, adorável mulher". É uma charada tão bonita, minha querida, que posso facilmente adivinhar que fada a trouxe... Ninguém poderia ter escrito de forma tão bela, a não ser você, Emma.

Ela só acenou com a cabeça e sorriu. Depois de pensar um pouco e dar um leve suspiro, ele acrescentou:

– Ah! Não é difícil ver por quem você puxou! Sua querida mãe era tão inteligente para todas essas coisas! Se ao menos eu tivesse a memória dela! Mas não consigo lembrar-me de nada... nem mesmo desse enigma especial que você me ouviu mencionar; só consigo me lembrar da primeira estrofe e há várias.

*Kitty, uma bela, mas fria donzela,*
*Acendeu uma chama que ainda deploro,*
*O menino de capuz que chamei para ajudar,*
*Embora receoso de sua aproximação,*
*Tão fatal para meu terno antes.*

E isso é tudo que posso lembrar... mas é muito inteligente, todo ele. Acho, porém, minha querida, que já o tivesse conseguido.

– Sim, papai, está transcrito em nossa segunda página. Nós o copiamos dos *Elegant Extracts* (Extratos elegantes). É de Garrick, como sabe.

– Ah! é verdade... Gostaria de me lembrar um pouco mais dele. "Kitty, uma bela mas fria donzela." O nome me faz pensar na pobre Isabella, pois quase foi batizada de Catherine, como a avó. Espero que esteja aqui conosco na próxima semana. Você já pensou, minha querida, onde vai colocá-la... e qual será o quarto reservado para as crianças?

– Oh! sim... ela vai ocupar o antigo quarto dela, é claro; o mesmo de sempre; e há o quarto das crianças, próprio para elas, onde vão ficar como de costume. Por que deveria haver alguma mudança?

– Não sei, minha querida... mas já faz tanto tempo que ela não vem aqui!... desde a última Páscoa e ainda assim só por alguns dias... É muito inconveniente que o senhor John Knightley seja um advogado... Pobre Isabella!... Está afastada de todos nós de modo muito triste!... E como vai lamentar quando vier, ao ver que a senhorita Taylor não está aqui!

– Pelo menos, ela não vai ser uma surpresa, papai.

– Não sei, minha querida. Garanto que fiquei muito surpreso quando soube que ela ia se casar.

– Podemos pedir ao senhor e à senhora Weston que venham jantar conosco, enquanto Isabella estiver aqui.

– Sim, minha querida, se houver tempo... Mas... (num tom de voz muito deprimido)... ela vem por uma semana apenas. Não haverá tempo para nada.

– É uma pena que não possam ficar mais... mas parece que é um caso de necessidade. O senhor John Knightley deve voltar à cidade no dia 28, e devemos ser gratos, papai, pois estarão conosco todo o tempo em que puderem ficar na região, pois não vão passar dois ou três dias em Abbey. O senhor Knightley promete desistir da visita deles neste Natal... embora, como sabe, faça mais tempo do que nós que não os recebe.

– De fato, seria muito difícil, minha querida, se a pobre Isabella tivesse que ir a outro lugar além de Hartfield.

O senhor Woodhouse nunca haveria de permitiria que o senhor Knightley tivesse direitos sobre o irmão, ou que qualquer pessoa tivesse direitos sobre Isabella, exceto ele próprio. Sentou-se, meditando por um momento, e então disse:

– Mas não vejo por que a pobre Isabella seria obrigada a voltar tão cedo, ainda que ele tenha de voltar. Acho, Emma, que vou tentar persuadi-la a permanecer mais tempo conosco. Ela e as crianças podem muito bem ficar.

– Ah, papai... isso é o que o senhor nunca foi capaz de compreender, e acho que nunca será. Isabella não consegue ficar longe do marido.

Isso era verdade demais para ser contestado. Contrariado como estava, o senhor Woodhouse só conseguiu dar um suspiro de submissão; e como Emma viu que seu ânimo estava afetado pela ideia do apego da filha ao marido, imediatamente mudou de assunto para reanimá-lo.

– Harriet deve nos dar o prazer de sua companhia tanto quanto puder, enquanto meu cunhado e minha irmã estiverem aqui. Tenho certeza de que vai gostar das crianças. Temos muito orgulho das crianças, não é papai? Pergunto-me quem ela vai achar mais bonito, Henry ou John?

– Ah! Pergunto-me qual deles. Pobres queridinhos, como

vão ficar contentes em vir. Eles adoram estar em Hartfield, Harriet.

– Ouso dizer que sim, senhor. Com certeza, não conheço ninguém que não goste.

– Henry é um bom menino, mas John é igual à mãe. Henry é o mais velho, e recebeu meu nome, não o do pai. John, o segundo, recebeu o nome do pai. Algumas pessoas se surpreendem, creio, que o mais velho não tenha o nome do pai, mas Isabella quis que ele se chamasse Henry, o que achei muito bonito da parte dela. E, na verdade, é um menino muito inteligente. Os dois são notavelmente inteligentes; e têm modos tão bonitos. Eles vêm, ficam ao lado de minha cadeira e dizem: "Vovô, pode me dar um pedaço de barbante?" E uma vez Henry me pediu uma faca, mas eu lhe disse que facas eram somente para avós. Acho que, muitas vezes, o pai é rude demais com eles.

– Parece-lhe rude – disse Emma – porque o senhor é por demais brando; mas se o comparar com outros pais, não o acharia rude. Ele quer que os meninos sejam ativos e robustos; e se eles se comportam mal, repreende-os duramente nessas ocasiões; mas o senhor John Knightley é certamente um pai afeiçoado. As crianças o adoram.

– E então vem o tio e os joga para cima até o teto, de um modo assustador!

– Mas eles gostam, papai; não há nada de que gostem mais. É tão divertido para eles que, se o tio não impusesse um revezamento, aquele que começasse nunca daria lugar ao outro.

– Bem, não consigo entender isso.

– Acontece com todos nós, papai. A metade do mundo não consegue entender os prazeres da outra metade.

Mais tarde naquela manhã, precisamente quando as moças iam se separar em preparação da habitual refeição das quatro horas, o herói da inimitável charada entrou. Harriet se afastou; mas Emma o recebeu com o sorriso de sempre e seu olhar perspicaz logo percebeu nele a consciência de ter feito uma jogada...

de ter lançado um dado; e ela imaginou que ele viera para ver o resultado. Seu pretenso motivo, contudo, era perguntar se a reunião do senhor Woodhouse poderia ser feita à noite sem ele ou se sua presença era realmente necessária em Hartfield. Se fosse necessária, poria todo o resto de lado; mas se não fosse, seu amigo Cole o havia convidado com tanta insistência para jantar... tinha feito tanta questão disso, que ele havia prometido ir, dependendo de confirmação.

Emma lhe agradeceu, mas não podia permitir que desapontasse seu amigo por causa deles; seu pai certamente arrumaria outro parceiro de jogo. Ele voltou a insistir... ela tornou a declinar; e ele parecia então prestes a se despedir, quando ela apanhou o papel de sobre a mesa e o devolveu, dizendo:

– Ah! Aqui está a charada que o senhor foi tão gentil em deixar conosco; obrigada por nos deixar vê-la. Nós a admiramos tanto que me permiti transcrevê-la na coleção da senhorita Smith. Seu amigo não vai achar isso inoportuno, espero. É claro que só transcrevi as oito primeiras linhas.

O senhor Elton certamente não sabia muito bem o que dizer. Parecia um tanto em dúvida... um tanto confuso; disse alguma coisa sobre "honra", olhou para Emma e para Harriet e, vendo o caderno aberto sobre a mesa, apanhou-o e o examinou com a maior atenção. Na esperança de desfazer esse momento embaraçoso, Emma disse, sorrindo:

– Pediria que me desculpasse com seu amigo, mas uma charada tão boa não pode ficar restrita a uma ou duas pessoas. Ele pode estar certo de obter a aprovação de qualquer mulher, enquanto escrever de modo tão galante.

– Não hesito em dizer – replicou o senhor Elton, embora hesitasse muito enquanto falava –, não hesito em dizer... pelo menos, se meu amigo sentir o mesmo que *eu* sinto... não tenho a menor dúvida que, se pudesse ver sua pequena efusão apreciada como *eu* vi (olhando para o caderno de novo e repondo-o sobre a mesa), consideraria este o momento mais admirável de sua vida.

Depois dessas palavras, saiu imediatamente. Emma não conseguiu pensar tão logo no assunto; pois com todas as boas e agradáveis qualidades dele, havia uma espécie de exibição nas palavras por ele proferidas que a deixava inclinada a rir. Ela saiu para bloquear essa inclinação, deixando a sensação de terno e sublime prazer por conta de Harriet.

## ≈ CAPÍTULO 10 ≈

Embora já se estivesse em meados de dezembro, o tempo ainda não estava ruim para impedir às jovens a exercitar-se com certa regularidade; e no dia seguinte Emma devia fazer uma visita de caridade, em favor de uma pobre família doente, que residia a pouca distância de Highbury.

Seu caminho para essa pequena casa afastada ficava abaixo da alameda do Vicariato, uma alameda em ângulos retos que partia da larga, mas irregular rua principal da vila; e, como se pode inferir, era nesta que se erguia a abençoada residência do senhor Elton. Passava-se primeiramente por algumas poucas casas de qualidade inferior e depois, descendo cerca de um quarto de milha pela alameda, surgia o Vicariato, uma casa antiga e não muito boa, quase tão perto da rua como seria possível. Não era uma localização privilegiada; mas havia sido bem melhorada pelo atual dono; e, como se encontrava agora, não haveria possibilidade para as duas amigas passar por ela sem diminuir o passo e observá-la atentamente. Emma reparou:

– Aí está. Ali você e seu caderno de enigmas vão estar um dia desses.

E a observação de Harriet foi:

– Oh! Que casa graciosa!... Como é linda!... Há cortinas amarelas, que a senhorita Nash tanto admira.

– Não costumo andar muito por esse caminho *agora* – disse Emma, enquanto prosseguiam – mas *então* haverá uma razão e gradualmente vou conhecer muito de perto todas as sebes, portões, laguinhos e árvores aparadas desta parte de Highbury.

Ela descobriu que Harriet nunca havia visto o interior do Vicariato e tão grande era sua curiosidade em vê-lo que, considerando as aparências e as probabilidades, Emma só podia classificá-la como uma prova de amor, para com o senhor Elton, que via nela arguta inteligência.

– Gostaria de inventar alguma coisa – disse ela –, mas não consigo pensar num pretexto razoável para entrar... nenhum criado a quem possa perguntar sobre a governanta dele... nenhum recado de meu pai.

Ela ponderou, mas não conseguia pensar em nada. Depois de um silêncio mútuo de alguns minutos, Harriet o interrompeu, dizendo:

– Admira-me muito, senhorita Woodhouse, que não se tenha casado nem esteja por fazê-lo! Tão encantadora como é!

Emma riu e replicou:

– Meu encanto, Harriet, não é suficiente para me induzir a me casar; devo achar outras pessoas encantadoras... outra pessoa, pelo menos. E não só não vou me casar no momento, como é mínima minha intenção de um dia vir a me casar.

– Ah!... é o que diz; mas não posso acreditar.

– Eu deveria encontrar alguém muito superior a todos os que já encontrei para ser tentada a fazê-lo; o senhor Elton, bem sabe (lembrando-se a tempo), está fora de questão: e *não* consigo ver outro igual. Prefiro não ser tentada. Não posso realmente mudar para melhor... Se me casasse, não tenho dúvida de que me arrependeria.

– Meu Deus!... é tão estranho ouvir uma mulher falar assim!

– Não tenho nenhuma das razões habituais que as mulheres têm para se casar. Se eu me apaixonasse, na verdade seria outra coisa! Mas nunca me apaixonei; não é meu jeito, não é de minha natureza; e acho que nunca vou me apaixonar. E, sem amor, eu certamente seria uma tola em mudar uma situação como a minha. Não preciso de fortuna; não preciso de ocupação; não preciso de importância: creio que poucas mulheres casadas são realmente donas de sua própria casa como eu sou de Hartfield; e nunca, nunca poderia esperar ser tão verdadeiramente amada e tão importante; ser sempre de tal modo a primeira e sempre à vontade aos olhos de um homem como sou aos de meu pai.

– Mas então, vai ser, enfim, uma solteirona como a senhorita Bates!

– É uma imagem pavorosa essa que você me apresenta, Harriet; se eu achasse que poderia algum dia me tornar igual à senhorita Bates!... tão tola... tão satisfeita... tão sorridente... tão tagarela... tão mesquinha e enfadonha... e tão disposta a falar tudo sobre todo mundo, eu me casaria amanhã. Mas entre *nós duas*, estou convencida de que nunca poderá haver qualquer semelhança, exceto o fato de sermos solteiras.

– Mas ainda assim seria uma solteirona! E isso é tão terrível!

– Não se preocupe, Harriet, jamais serei uma solteirona pobre; e é somente a pobreza que torna o celibato desprezível para um público liberal! Uma mulher solteira, com uma renda exígua, deve ser uma ridícula e desagradável solteirona, motivo apropriado para a diversão de meninos e meninas; mas uma mulher solteira, com boa fortuna, sempre é respeitável, e pode ser tão sensível e agradável como qualquer outra pessoa. E essa distinção não se mostra tão contrária à candura e ao bom senso do mundo, como parece à primeira vista; pois uma renda muito reduzida tem a tendência de estreitar a mente e azedar o comportamento. Aqueles que mal conseguem sobreviver, e que vivem, por força das circunstâncias, numa sociedade muito restrita e geralmente muito inferior, podem muito bem ser mesquinhos e insuportáveis. Isso não se aplica, contudo, à senhorita Bates; ela é somente afável e tola demais para que me seja conveniente; mas, em geral, ela até chega a agradar a todos, embora solteira e pobre. A pobreza certamente não a tornou sovina: acredito que, se ela tivesse um único xelim no mundo, seria bem capaz de doar a metade dele; e ninguém tem medo dela: isso é um grande encanto.

– Meu Deus! Mas o que a senhorita vai fazer? Como vai empregar seu tempo quando ficar velha?

– Se me conheço bem, Harriet, minha mente é ativa, ocupada, com muitos recursos independentes; e não percebo por que eu teria mais necessidade de ocupação aos 40 ou 50 anos do que agora aos 21. As ocupações usuais da mulher, com as mãos ou com a mente, estarão à minha disposição nessa idade como estão agora; ou sem grandes variações. Se desenhar menos, poderei ler mais; se desistir da música, poderei fazer tapeçaria. E quanto aos objetos de interesse, objetos de afeição, que na verdade é o grande ponto de inferioridade e cuja falta é realmente o grande mal a ser evitado por *não* estar casada, poderei me livrar muito bem com todos os filhos de uma irmã que amo demais, aos quais posso me dedicar. Com toda probabilidade, haverá bastantes deles para suprir qualquer espécie de sensação que a vida em declínio possa necessitar. Haverá afeição suficiente para os momentos de esperança e para os momentos de medo; e embora meu afeto por eles não possa se igualar ao de uma mãe, corresponde mais à minha ideia de conforto do que se fosse mais caloroso e mais cego. Meus sobrinhos e sobrinhas!... com muita frequência poderei ter uma sobrinha comigo.

– Conhece a sobrinha da senhorita Bates? Isto é, sei que deve tê-la visto cem vezes... mas são amigas?

– Oh! sim; somos sempre forçadas a ser amigas quando ela vem a Highbury. A propósito, *isso* é quase suficiente para extinguir o conceito que se tem de uma sobrinha. Que os céus me perdoem! Pelo menos que eu jamais aborreça tanto alguém dentre todos os Knightley juntos, como ela faz com Jane Fairfax. Só de ouvir o nome de Jane Fairfax me deixa doente. Todas as cartas dela são lidas pelo menos 40 vezes; seus cumprimentos aos amigos são transmitidos e retransmitidos sem parar; e se ela manda para a tia o modelo de um corpete ou se tricota um par de ligas para a avó, não se ouve falar de outra coisa durante um mês. Desejo todo o bem a Jane Fairfax; mas ela me cansa até a morte.

Já estavam se aproximando da pequena casa e os assuntos banais foram deixados de lado. Emma era muito compassiva; e os sofrimentos dos pobres encontravam alívio seguro na atenção e bondade pessoal, nos conselhos e na paciência dela, bem como em sua bolsa. Ela entendia as atitudes deles, sabia tolerar sua ignorância e suas tentações, não tinha expectativas românticas de extraordinária virtude da parte daqueles que a educação tinha feito tão pouco; interessava-se por seus problemas com pronta simpatia e sempre lhes prestava assistência com a máxima inteligência e boa vontade. Nesse momento visitava a doença e a pobreza ao mesmo tempo; e, depois de demorar-se ali o quanto era necessário para dar conforto e conselhos, deixou a humilde casa com tal impressão da cena que a levou a dizer a Harret, logo que passaram a se afastar:

– Essa é a visão que temos, Harriet, quando fazemos o bem aos outros. Como eles parecem tornar fúteis todas as demais coisas!... Sinto agora como se não pudesse pensar em nada a não ser nessas pobres criaturas durante todo o resto do dia; e mesmo assim, quem poderá dizer quando tudo isso haverá de desaparecer de minha mente?

– É verdade – disse Harriet. – Pobres criaturas! Não se pode pensar em nada mais.

– E realmente, não acho que essa impressão passe tão cedo – disse Emma, enquanto cruzava a sebe baixa e seguia com passos vacilantes o final do estreito e escorregadio atalho através do jardim da pequena casa e que as levava novamente até a alameda. – Não acho que vá passar – parando para olhar uma vez mais para toda a miséria externa daquele lugar, e recordar que era ainda maior em seu interior.

– Oh, querida! Não! – disse sua companheira.

Elas continuaram caminhando. A alameda fazia uma leve curva; e quando ultrapassaram essa curva, o senhor Elton estava imediatamente ao alcance da vista; e tão perto que Emma mal teve tempo de dizer o seguinte:

– Ah! Harriet, aí vem um inesperado desafio para a estabilidade de nossos bons pensamentos. Bem (sorrindo), espero que se possa admitir que, se a compaixão produziu empenho e alívio para os sofredores, já fez tudo o que era verdadeiramente importante. Se nos condoermos pelos infelizes, de modo a fazer tudo o que pudermos por eles, o resto é vã simpatia, só nos deixa em angústia.

Harriet só conseguiu responder "Oh, querida! Sim," antes que o cavalheiro as alcançasse. As necessidades e os sofrimentos da pobre família, contudo, foram o primeiro assunto ao se encontrarem. Ele estava indo visitá-las. Agora, a sua visita poderia ser adiada; mas eles tiveram uma discussão muito interessante sobre o que poderia e deveria ser feito. O senhor Elton resolveu então retornar para acompanhá-las.

"Encontrar um ao outro numa missão como essa – pensava Emma –, encontrar-se num projeto de caridade; isso deveria resultar num grande aumento do amor de ambos. Não seria de se admirar, se ele estivesse prestes a se declarar. Deveria fazê-lo, se eu não estivesse aqui. Gostaria realmente de estar em outro lugar."

Ansiosa por separar-se deles quanto pudesse, ela logo enveredou por uma trilha estreita, um pouco acima de um lado da alameda, deixando-os sozinhos na rua principal. Mas não estava ali mais de dois minutos quando descobriu que os hábitos de dependência e imitação de Harriet a levaram a segui-la, e que, em resumo, logo os dois estavam bem próximos dela. Isso não poderia acontecer; ela parou imediatamente e, com o pretexto de refazer os laços de sua botina, curvou-se ocupando toda a largura da senda, pedindo-lhes que tivessem a bondade de seguir em frente, que ela os haveria de alcançar em meio minuto. Eles fizeram o que foi solicitado; e depois de esperar pelo tempo que julgou razoável para ajeitar a botina, teve o consolo de mais uma demora a seu alcance: foi alcançada por uma criança da pequena casa recém-visitada, que havia saído, por ordem dela, com uma vasilha para buscar um pouco de sopa em Hartfield. Caminhar ao lado dessa criança, falar com ela e fazer-lhe perguntas eram a coisa mais natural do mundo ou seria a coisa mais natural se ela estivesse agindo sem intenção; e por esse meio os outros podiam continuar seguindo na frente, sem nenhuma obrigação de esperar por ela. Mas os alcançou sem querer: o passo da criança era muito rápido e o deles um tanto lento. Emma ficou mais que constrangida por truncar uma conversa que evidentemente interessava os dois. O senhor Elton estava falando com animação e Harriet, contente em escutá-lo; e Emma, mandando a criança seguir adiante, estava começando a pensar como podia atrasar-se um pouco mais, quando os dois olharam em derredor e ela foi obrigada a juntar-se a eles.

O senhor Elton ainda estava falando, ainda comentando algum detalhe interessante; e Emma ficou um tanto desapontada quando descobriu que ele só estava fazendo um relato à sua bela companheira da festa da véspera na casa de seu amigo Cole e que ela deveria ter estado lá para provar o queijo Stilton, o queijo de Wiltshire, a manteiga, o aipo, a beterraba e todas as sobremesas.

"Isso logo haveria de levar a algo melhor, com certeza" – era a sua consoladora reflexão. – "Tudo é interessante para aqueles que se amam; e tudo poderá servir de introdução para os assuntos do coração. Se pudesse ter ficado afastada por mais tempo!"

Agora caminhavam juntos em silêncio até avistarem um pouco mais ao longe a paliçada do Vicariato, quando uma súbita decisão de pelo menos levar Harriet a entrar na casa fez Emma encontrar novamente algo errado com sua botina e ficou para trás uma vez mais para ajeitá-la. Ela então arrebentou o cordão e, atirando-o com grande destreza numa vala, foi obrigada a pedir-lhes que parassem e reconheceu que não era capaz de consertar o calçado e que também não tinha condições de caminhar para casa com o mínimo conforto.

– O cordão de minha botina arrebentou – disse ela – e não sei como vou fazer. Sou realmente uma companheira muito problemática para vocês dois, mas espero não ficar muitas vezes em condições tão desastrosas. Senhor Elton, sinto-me coagida a pedir-lhe para parar em sua casa e pedir à sua governanta um pedaço de fita ou de cordão ou qualquer outra coisa para amarrar minha botina.

O senhor Elton ficou todo feliz ao ouvir a proposta; e nada podia exceder sua presteza e atenção ao conduzi-las até a casa, esforçando-se para que tudo as deixasse bem impressionadas. A sala em que entraram era a que ele ocupava quase sempre e se situava na frente; contígua a esta, havia outra, com a qual se comunicava por uma porta, que estava aberta; e Emma entrou nela com a governanta para que esta a ajudasse da maneira mais confortável possível. Foi obrigada a deixar a porta entreaberta como estava; mas queria mesmo que o senhor Elton se dispusesse a fechá-la. Como não foi fechada, porém, permaneceu entreaberta; mas empenhando-se numa ininterrupta conversa com a governanta, ela esperava oferecer a ele a ocasião propícia, na sala ao lado, para entrar no assunto que mais o interessava. Por dez minutos, não conseguiu ouvir nada além da própria voz. Não poderia ser protelado por mais tempo. Ela foi obrigada então a terminar com isso e voltou para a outra sala.

Os enamorados estavam de pé junto a uma das janelas. Era uma situação mais que favorável; e, por meio minuto, Emma sentiu o triunfo de ter excogitado um plano de pleno sucesso. Mas não foi bem isso; ele não havia tocado no ponto. Havia sido o mais agradável, o mais encantador possível; havia contado a Harriet que as vira sair e as seguira de propósito; havia proferido alguns galanteios e feito algumas alusões, mas nada sério.

"Cauteloso, muito cauteloso", pensava Emma; "ele avança polegada por polegada e não vai arriscar nada até que se sinta seguro."

Ainda assim, contudo, embora as coisas não tivessem saído de com seu engenhoso artifício, ela não poderia senão felicitar-se a si própria, porque havia sido a oportunidade de muita alegria para os dois e deveria levá-los em direção ao grande evento.

## ≈ CAPÍTULO 11 ≈

O senhor Elton agora devia ser deixado por conta própria. Não cabia mais a Emma supervisionar a felicidade dele ou apressar a medidas que o mesmo tomaria. A visita da família de sua irmã estava tão próxima que, primeiro, o que fazer antecipadamente e, depois, a visita em si, tornou-se a partir daquele momento seu principal objeto de interesse; e durante os dez dias de sua estada em Hartfield, não se esperava – ela própria não esperava – que pudesse prestar alguma aos enamorados nada além de assistência ocasional e fortuita. Eles poderiam avançar rápido, se quisessem; deveriam avançar de um modo ou de outro, quisessem ou não. Ela dificilmente pretendia destinar mais de seu tempo para eles. Há pessoas que quanto mais se faz por elas, menos elas fazem por si próprias.

O senhor e a senhora John Knightley, por terem ficado mais tempo que de costume sem ir a Surry, estavam realmente mais animados agora a viajar para lá. Até esse ano, todas as longas viagens, desde seu casamento, haviam sido divididas entre Hartfield e Donwell Abbey; mas todos os feriados desse outono haviam sido dedicados a levar as crianças à praia e, portanto, fazia meses que não visitavam seus parentes de Surry nem viam o senhor Woodhouse, que não se conseguia persuadi-lo a ir a um lugar tão distante como Londres, mesmo que fosse por amor à sua pobre Isabella; e, consequentemente, ele estava agora nervosa e apreensivamente feliz com essa visita tão curta.

Ele se preocupava muito com os perigos da viagem para ela, mas nem um pouco com a fadiga de seus próprios cavalos e do cocheiro, que deviam trazer parte do grupo de pessoas na última metade do caminho; mas seus temores foram em vão; as 16 milhas foram tranquilamente percorridas e o senhor e a senhora John Knightley, seus cinco filhos, e um número suficiente de babás chegaram a Hartfield em segurança. O alvoroço e a alegria de tal chegada, o muito que tinham para falar, saudar, encorajar, definir e providenciar produziram um barulho e uma confusão que os nervos do senhor Woodhouse não teriam podido suportar em qualquer outra circunstância, nem haveriam de aturar por muito tempo mesmo nesse caso; mas a senhora John Knightley respeitava tanto os costumes de Hartfield e os sentimentos do pai que, com toda a sua solicitude maternal em contentar imediatamente seus pequenos e dar-lhes instantaneamente toda a liberdade e assistência, toda a comida e bebida, em colocá-los a dormir ou deixá-los brincar, como eles bem quisessem, sem a menor demora, essas crianças nunca tiveram muito tempo para perturbar o senhor Woodhouse, tanto por si mesmas quanto pela incansável atenção dela.

A senhora John Knightley era uma mulher baixa, bonita e elegante, de modos delicados e calmos e de uma disposição notavelmente amável e afetuoso; dedicada à família, esposa devotada, mãe extremosa e tão ternamente afeiçoada ao pai e à irmã que, não fossem esses vínculos mais dedicados de mãe, um amor mais profundo pareceria ser impossível. Jamais conseguia ver defeito em nenhum deles. Não era uma mulher de grande inteligência ou acuidade, o que a tornava mais semelhante ao pai; herdou também muito da constituição física dele; era de saúde delicada e extremamente cuidadosa com a dos filhos, sempre receosa e nervosa e tão apegada a seu farmacêutico na cidade, senhor Wingfield, quanto o pai o era ao senhor Perry. Também se pareciam na benevolência geral do caráter e no arraigado hábito de grande consideração por todas as antigas amizades.

O senhor John Knightley era um homem alto, de aspecto cavalheiresco e muito inteligente; ascendendo em sua profissão, gostava da vida doméstica e era respeitável na vida privada; mas suas maneiras reservadas evitavam que fosse geralmente apreciado e, algumas vezes, era capaz de perder o bom humor. Não era um homem mal-humorado nem era com frequência tão irritante que merecesse recriminação; mas seu temperamento não era de modo algum perfeito; e, na verdade, com uma adorável esposa, era praticamente impossível que seus defeitos naturais não aumentassem. A extrema doçura do caráter dela devia ferir o dele. Ele tinha toda a clareza e argúcia da mente que faltavam a ela e, às vezes, ele agia de modo desagradável ou dizia alguma coisa mais grave.

Não era certamente um favorito de sua bela cunhada. Nada que nele houvesse de errado escapava dela. Esta percebia com rapidez as pequenas ofensas a Isabella, que a própria Isabella nunca chegava a perceber. Talvez Emma pudesse ter passado por cima disso, se as maneiras dele fossem mais lisonjeiras para com a irmã de Isabella, mas eram apenas aquelas de um calmo e bom cunhado e amigo, sem elogios e sem cegueira; mas dificilmente qualquer tipo de cumprimento pessoal poderia levá-la a desconsiderar a maior falha de todas a seus olhos, na qual ele às vezes incorria, ou seja, a falta de respeitosa indulgência para com o pai dela. Nem sempre tinha ele a paciência a ser desejada. As peculiaridades e as inquietações do senhor Woodhouse lhe provocavam, às vezes, uma queixa pontual ou uma resposta mordaz, igualmente desairosas. Isso não ocorria com frequência, pois o senhor John Knightley tinha realmente grande afeto pelo sogro e geralmente profundo senso do que lhe era devido; mas para a paciência de Emma era demais, especialmente havia todo o sofrimento da apreensão a ser suportado, mesmo que a ofensa não ocorresse. No começo da visita, contudo, não transpareceram senão os sentimentos mais apropriados e, como esta era necessariamente uma visita muito curta, havia esperanças de que transcorresse na mais pura cordialidade. Não fazia muito tempo que estavam sentados e à vontade quando o senhor Woodhouse, balançando melancolicamente a cabeça e suspirando, chamou a atenção da filha para a triste mudança em Hartfield desde que ela ali estivera pela última vez.

– Ah, minha querida – disse ele –, pobre senhorita Taylor... É algo muito triste.

– Oh! Sim, senhor! – exclamou ela, com pronta simpatia. – Como deve sentir a falta dela! E a querida Emma também!... Que terrível perda para ambos!... Senti tanto por vocês!... Não consigo imaginar como podem viver sem ela... É uma triste mudança, de fato... Mas espero que ela esteja muito bem, senhor.

– Muito bem, minha querida... espero... muito bem... Mas não sei se aquele lugar chega a ser tolerável para ela.

O senhor John Knightley perguntou então, em voz baixa, para Emma se havia problemas com os ares de Randalls.

– Oh, não!... nenhum. Nunca vi a senhora Weston melhor do que agora em minha vida... nunca me pareceu tão bem. Papai só está falando de sua própria tristeza.

– O que é uma honra para ambos – foi a educada resposta.

– E a vê com bastante frequência, senhor? – perguntou Isabella num tom queixoso que combinava com o do pai.

O senhor Woodhouse hesitou.

– Não tanto, minha querida, como gostaria.

– Oh, papai! Só deixamos de vê-los por um único dia, desde que se casaram. Todos os dias, pela manhã ou à noitinha, exceto um, temos visto ora o senhor Weston, ora a senhora dele, geralmente os dois, tanto em Randalls ou aqui... e como supor, Isabella, com maior frequência aqui. Eles são muito, muito gentis em suas visitas. O senhor Weston é realmente tão gentil quanto ela. Pai, se o senhor continuar falando nesse tom melancólico, vai dar a Isabella uma falsa ideia sobre nós. Todos devem saber que sentimos falta da senhorita Taylor, mas todos devem estar cientes também de que o senhor e a senhora Weston fazem de tudo e por todos os meios para evitar que sintamos falta dela da maneira que nós mesmos havíamos pressentido... o que é a pura verdade.

– Precisamente como deveria ser – disse o senhor John Knightley – e justamente como esperava que fosse, por suas cartas. Não poderia haver dúvida do desejo dela de mostrar-se atenciosa para com você e o fato de ele ser um homem desembaraçado e sociável torna tudo mais fácil. Eu sempre lhe disse, meu amor, que eu não imaginava que a mudança em Hartfield fosse tão expressiva quanto você temia; e agora que temos o relato de Emma, espero que esteja satisfeita.

– Por que, com certeza... – disse o senhor Woodhouse. – Sim, certamente... não posso negar que a pobre senhora Weston realmente vem nos ver com bastante frequência... mas então... é sempre obrigada a ir embora outra vez.

– Seria muito difícil para o senhor Weston se ela não fosse, papai... O senhor se esquece totalmente do pobre senhor Weston.

– Acho, na verdade – disse o senhor John Knightley, brincando –, que o senhor Weston tem algum direito. Você e eu, Emma, devemos nos aventurar a tomar o partido do pobre marido. Eu, sendo um marido, e você, mesmo não sendo uma esposa, os direitos do pobre homem podem, muito provavelmente, atingir-nos com igual força. Quanto a Isabella, está casada há tempo suficiente para perceber a conveniência de pôr de lado todos os direitos do senhor Weston, tanto quanto possível.

– Eu, meu amor? – exclamou a esposa dele, ouvindo e entendendo apenas em parte. – Está falando de mim?... Tenho certeza de que ninguém deve ser, ou pode ser, um maior defensor do casamento que eu; e se não fosse pela infelicidade de ela ter deixado Hartfield, nunca teria pensado na senhorita Taylor senão como a mulher mais feliz do mundo; e quanto a menosprezar o senhor Weston, esse excelente homem, acredito que não há nada que ele não mereça. Creio que é um dos homens de melhor caráter que já existiu. Excetuando você e seu irmão, não conheço nenhum outro de igual caráter. Nunca vou me esquecer o empenho dele em empinar o papagaio de Henry, naquele dia ventoso da última Páscoa... e tampouco da especial bondade dele, em setembro do ano passado, ao escrever aquele bilhete, à meia-noite, a fim de me assegurar de que não havia um surto de escarlatina em Cobham; fiquei então convencida de que não poderia haver um coração mais sensível ou um homem melhor que ele. Se alguém pode merecê-lo, deve ser a senhorita Taylor.

– E onde está o jovem? – disse John Knightley. – Veio aqui para cumprimentá-los na ocasião... ou não?

– Ele ainda não esteve aqui – respondeu Emma. – Houve grande expectativa sobre sua chegada logo após o casamento, mas não deu em nada; e não tenho ouvido falar dele ultimamente.

– Mas você deveria falar-lhes da carta, minha querida – disse o pai. – Ele escreveu uma carta para a pobre senhora Weston, congratulando-a pelo casamento, e era uma carta muito apropriada, muito bonita. Ela a mostrou para mim. Achei-a muito bem elaborada, de fato. Se foi ideia dele mesmo, bem sabe, não se pode dizer. Ele é muito jovem, talvez o tio dele, talvez...

– Querido pai, ele já tem 23 anos. O senhor se esquece como o tempo passa.

– 23!... É isso mesmo?... Bem, não fazia ideia que fosse tanto... e ele tinha só dois anos quando sua pobre mãe morreu! O tempo voa, de fato!... e minha memória é muito ruim. Era, no entanto, uma carta extremamente bem escrita, uma carta linda, e deu grande alegria ao senhor e à senhora Weston. Lembro-me de que foi escrita de Weymouth e com a data de 28 de setembro... e começava "Minha cara senhora", mas esqueço como continuava; e estava assinada "F. C. Weston Churchill"... Lembro-me disso perfeitamente.

– Que agradável e apropriado da parte dele – exclamou a bondosa senhora John Knightley. – Não tenho dúvida de que deve ser um jovem muito amável. Mas é muito triste que ele não viva em casa com o pai! Há algo de tão chocante tirar uma criança dos pais e do lar natural! Nunca consegui entender como o senhor Weston pôde separar-se dele. Desistir de um filho! Na verdade nunca consegui pensar bem de ninguém que se dispusesse a propor tal coisa a outra pessoa.

– Ninguém jamais pensou bem dos Churchill, imagino – observou o senhor John Knightley, friamente. – Mas não deve imaginar que o senhor Weston tenha sentido o que você sentiria, se tivesse de desistir de Henry ou de John. O senhor Weston é antes de tudo um homem disposto e de temperamento alegre que um homem de fortes sentimentos; ele toma as coisas como são e as utiliza para seu prazer de um modo ou de outro, dependendo, como suspeito, muito mais daquilo que se chama sociedade para seus confortos, isto é, estar em condições de comer, beber e jogar cartas com seus vizinhos cinco vezes por semana, do que estar ligado à afeição familiar ou a tudo o que o lar proporciona.

Emma não podia estar gostando dessas reflexões extremas sobre o senhor Weston e esteve a ponto de revidá-las; mas se conteve e deixou passar. Deveria manter a paz, se possível; para o cunhado, havia algo de honroso e valioso nos fortes hábitos familiares, a autossuficiência do lar para ele próprio, de onde resultava a disposição de menosprezar as relações sociais da classe inferior e aqueles para quem isso era importante... Ele tinha todo direito à indulgência.

## ≈ CAPÍTULO 12 ≈

O senhor Knightley veio jantar com eles... um tanto contra o desejo do senhor Woodhouse, que não gostava de compartilhar com ninguém o primeiro dia de visita de Isabella. O senso de dever de Emma, no entanto, assim havia decidido; e, além da consideração que era devida aos dois irmãos, teve um prazer especial ao fazer-lhe o convite apropriado, em função do recente desentendimento entre o senhor Knightley e ela própria.

Esperava que agora pudessem voltar a ser amigos. Achava que já era tempo de se reconciliarem. Uma reconciliação, na verdade, não seria possível. *Ela* certamente não estava errada e *ele* nunca admitiria que o erro fosse dele. Uma concessão estava fora de questão; mas já era hora de mostrar ter esquecido que um dia eles haviam discutido; e ela pensou que poderia ajudar na restauração da amizade se, quando ele entrasse na sala, ela estivesse com uma das crianças, a menor, uma linda menina de oito meses que fazia agora sua primeira visita a Hartfield e estava muito feliz por ser balançada nos braços da tia. E ajudou realmente; pois, embora ele começasse com olhar sério e breves perguntas, logo passou a conversar com todos na maneira de sempre, e tomou a criança dos braços dela com toda a sem cerimônia de perfeita amizade. Emma sentiu que eram amigos de novo; e essa convicção deu-lhe primeiramente grande satisfação e depois um pouco de atrevimento, não conseguindo deixar de dizer, enquanto ele admirava o bebê:

– Como é reconfortante que pensemos da mesma maneira sobre nossos sobrinhos e sobrinhas. Em se tratando de homens e mulheres, nossas opiniões, às vezes, são bem diferentes; mas com relação a essas crianças, vejo que nunca discordamos.

– Se você fosse guiada mais pela natureza em sua avaliação dos homens e das mulheres, e bem menos com o poder de sua fantasia e do capricho ao lidar com eles, como faz quando considera essas crianças, poderíamos sempre pensar da mesma forma.

– Com certeza... nossas discordâncias sempre surgem porque estou errada!

– Sim – disse ele, sorrindo –, e por uma boa razão. Eu tinha 16 anos quando você nasceu.

– Uma diferença expressiva, então – replicou ela – e não há dúvida que seu poder de julgamento era muito superior ao meu naquela época de nossas vidas; mas não acha que o lapso de 21 anos traga nossos entendimentos bem mais próximos?

– Sim... bem mais *próximos*.

– Mas ainda nem tão próximos para me dar a chance de estar certa, se pensarmos de modo diferente.

– Eu tenho ainda a vantagem de 16 anos a mais de experiência e de não ser uma linda jovem nem de ter sido uma criança mimada. Ora, minha querida Emma, vamos ser amigos e não falemos mais nisso. Diga à sua tia, pequena Emma, que ela deve lhe dar melhor exemplo em vez de ficar relembrando antigas mágoas, e que se ela não estava errada antes, está agora.

– Isso é verdade – exclamou ela – realmente verdade. Pequena Emma, cresça como uma mulher melhor que sua tia. Seja infinitamente mais inteligente e bem menos presunçosa. Agora, senhor Knightley, mais uma ou duas palavras e encerro o assunto. Quanto às boas intenções, *ambos* estávamos certos, e devo dizer que nenhum efeito de minha parte chegou a provar que meus argumentos estavam errados. Só queria saber se o senhor Martin não está muito, muito amargamente desapontado.

– Nenhum homem pode estar mais triste – foi sua breve e total resposta.

– Ah!... Na verdade, sinto muito... Bem, vamos apertar as mãos.

Isso mal acabava de acontecer e com grande cordialidade quando John Knightley apareceu; e "Como vai, George?" e "Como está, John?" – "foram os cumprimentos que se sucederam no verdadeiro estilo inglês, sepultando sob uma calma, que parecia tudo menos indiferença, o verdadeiro afeto que teria levado cada um deles, se necessário, a fazer qualquer coisa pelo bem do outro.

A noite transcorreu tranquila e em boas conversas, visto que o senhor Woodhouse desistiu totalmente do jogo de cartas pelo prazer de conversar com sua querida Isabella, e o pequeno grupo se dividiu naturalmente em dois: de um lado ele e a filha e, do outro, os dois senhores Knightley; os assuntos eram completamente distintos ou muito raramente se misturavam; e Emma só ocasionalmente se juntava a um ou a outro grupo.

Os irmãos conversavam sobre suas próprias preocupações e atividades, mas principalmente sobre as do mais velho, cujo temperamento era bem mais comunicativo e que sempre era o mais falante. Como magistrado, geralmente consultava John sobre algum ponto da lei ou, pelo menos, contava algum fato curioso; e como fazendeiro, administrando a fazenda familiar de Donwell Abbey, tinha de deixá-lo a par do que os campos haveriam de produzir no ano seguinte e passar-lhe todas as informações locais que pudessem interessar-lhe, uma vez que a propriedade havia sido igualmente o lar dele durante a maior parte de sua vida e ainda sentia forte apego a ela. Os planos de uma drenagem, a mudança de uma cerca, a queda de uma árvore e a destinação de cada acre para o plantio de trigo, nabo ou milho eram também de grande interesse para John, mais do que suas tranquilas maneiras fariam supor; e se o disposto irmão lhe permitisse perguntar alguma coisa, suas perguntas sempre deixavam transparecer certa ansiedade.

Enquanto eles estavam confortavelmente ocupados, o senhor Woodhouse desfrutava de uma torrente ininterrupta de felizes lamentos e temerosa afeição com a filha.

– Minha pobre querida Isabella – disse ele, tomando carinhosamente sua mão e interrompendo por uns momentos o ativo trabalho para um dos cinco filhos. – Há quanto tempo, quanto tempo realmente desde que você esteve aqui! E como deve estar cansada depois de sua viagem! Deve se deitar cedo, minha querida... e lhe recomendo um pouco de sopa de aveia antes... Eu e você vamos tomar um belo prato dessa sopa juntos. Minha querida Emma, imagino que todos vamos tomar um pouco dessa sopa.

Emma não poderia supor uma coisa dessas, sabendo que os dois senhores Knightley tinham aversão a esse tipo de comida tanto quanto ela; e mandou preparar somente dois pratos. Depois de mais um pequeno discurso em favor desse mingau de aveia, perguntava-se por que esse prato não era servido todas as noites para todos; e prosseguiu dizendo, com ar de profunda reflexão:

– Foi algo inadequado, minha querida, você passar o outono em South End em vez de vir aqui. Nunca me senti atraído pelo ar do mar.

– O senhor Wingfield o recomendou com muita insistência, senhor... caso contrário, não teríamos ido. Recomendou-o para todas as crianças, mas especialmente para a fraqueza da garganta da pequena Bella... tanto o ar quanto o banho de mar.

– Ah, minha querida, o senhor Perry teve muitas dúvidas de que o mar fizesse algum bem a ela; e eu mesmo estou perfeitamente convencido há muito tempo, embora talvez nunca lhe tenha dito isso antes, de que o mar raramente é útil para alguém. Tenho certeza que uma vez quase me matou.

– Vamos, vamos – exclamou Emma, sentindo que esse assunto era inseguro. – Permita-me pedir-lhe que não fale do mar. Isso me deixa invejosa e infeliz... logo eu, que nunca vi o mar! É proibido falar de South End, por favor. Minha querida Isabella, não a ouvi fazer uma pergunta ainda sobre o senhor Perry; e ele nunca se esquece de você.

– Oh! O bom senhor Perry... como está ele, senhor?

– Ah! Bastante bem; mas não totalmente. O pobre Perry é bilioso e não tem tempo para cuidar de si mesmo... ele me diz que não tem tempo para cuidar de si mesmo... o que é muito triste... mas ele está sempre sendo requisitado em toda a região. Suponho que não haja homem com tal prática em qualquer lugar. Mas, sem dúvida, não há outro tão inteligente por aí.

– E a senhora Perry e as crianças, como estão? As crianças estão crescidas? Tenho grande consideração pelo senhor Perry. Espero que venha nos visitar logo. Vai ficar feliz ao ver meus pequenos.

– Espero que esteja aqui amanhã, pois tenho uma pergunta ou duas de alguma importância a fazer-lhe sobre minha saúde. E, minha querida, quando ele vier, deve permitir-lhe examinar a garganta da pequena Bella.

– Oh! Meu querido senhor, a garganta dela melhorou tanto que praticamente não tenho mais preocupação alguma a respeito. Ou o banho de mar lhe fez muito bem ou sua melhora deve ser atribuída ao excelente linimento receitado pelo senhor Wingfield, que estivemos aplicando sempre desde agosto.

– Não é muito provável, minha querida, que o banho de mar tenha feito bem a ela... e se eu soubesse que estava precisando de um linimento, teria falado com...

– Parece que você se esqueceu da senhora e da senhorita Bates – disse Emma. – Não ouvi uma só pergunta sua a respeito delas.

– Oh! As boas Bates... estou tão envergonhada... mas você as menciona na maioria de suas cartas. Espero que estejam bastante bem. A boa e velha senhora Bates... vou visitá-la amanhã e levar as crianças... Sempre ficam tão contentes em ver meus filhos... E a excelente senhorita Bates!... pessoas tão dignas!... Como estão elas, senhor?

– Ah! Bastante bem, minha querida, de modo geral. Mas a pobre senhora Bates teve um forte resfriado cerca de um mês atrás.

– Como lamento! Mas os resfriados nunca foram tão comuns como nesse outono. O senhor Wingfield me disse que nunca os viu tão gerais e tão fortes... exceto quando eram casos de gripe.

– Aqui tivemos muitos casos, minha querida; mas não tanto quanto você diz. Perry diz que os resfriados foram bastante comuns, mas não tão fortes como ele já os viu em novembro. Apesar disso, Perry não acha, de modo geral, que tenha sido uma estação de muitas doenças.

– Bem, não acho que o senhor Wingfield a considere de *muitas doenças*, exceto...

– Ah! Minha pobre querida criança, a verdade é que em Londres é sempre uma estação de muitas doenças. Ninguém é saudável em Londres, nem pode sê-lo. É terrível que você tenha sido forçada a viver lá! Tão longe... e o ar é tão ruim!

– Não! na verdade... *nós* não estamos de forma alguma em área de ar ruim. Nossa região de Londres é bem superior à maioria das outras!... Não deve confundir nosso local com Londres de modo geral, meu querido senhor. A vizinhança de Brunswick Square é bem diferente de quase todo o resto. Estamos num lugar muito bem arejado! Eu não gostaria de viver, reconheço, em nenhuma outra parte da cidade; praticamente não há outra em que ficaria satisfeita de manter meus filhos: mas *nossa* área é tão notavelmente arejada!... O senhor Wingfield acha que a redondeza de Brunswick Square é decisivamente a que tem o melhor ar.

– Ah! Minha querida, mas não é como Hartfield. Você faz o melhor que pode... mas depois de uma semana de permanência em Hartfield, todos vocês estarão diferentes; nem vão parecer os mesmos. Não posso dizer que eu ache que alguém de vocês pareça estar muito bem no momento.

– Lamento ouvi-lo dizer isso, senhor; mas lhe asseguro, excetuando aquelas pequenas dores de cabeça nervosas e palpitações das quais nunca estou inteiramente livre em lugar nenhum, que estou muito bem; e, se as crianças estavam um tanto pálidas antes de se deitar, era só porque estavam um pouco mais cansadas que o normal, por causa da viagem e da emoção da vinda. Espero que amanhã o senhor as veja com uma aparência melhor; pois lhe asseguro que o senhor Wingfield me disse que não acreditava que alguma vez nos tivesse deixado partir em melhores condições. Acredito, pelo menos, que não ache que o senhor Knightley lhe pareça doente – voltando os olhos com afetuosa ansiedade para o marido.

– Regular, minha querida, não posso lhe dar os cumprimentos. Acho que o senhor John Knightley está muito longe de parecer bem.

– Qual é o problema, senhor?... Está falando comigo? – exclamou o senhor John Knightley, ouvindo o próprio nome.

– Lamento dizer, meu amor, que meu pai acha que você não parece estar muito bem... mas espero que esteja só um pouco cansado. Eu teria desejado, contudo, como bem sabe, que tivesse consultado o senhor Wingfield antes da partida de Londres.

– Minha querida Isabella – exclamou ele, rapidamente. – Por favor, não se preocupe com minha aparência. Contente-se com consultas e cuidados com você mesma e com as crianças, e deixe-me ficar com a aparência que eu escolher.

– Não entendi tudo o que o senhor estava contando a seu

irmão – exclamou Emma – sobre seu amigo senhor Graham pretender contratar um administrador escocês para tomar conta de sua nova propriedade. Será que vai dar certo? O antigo preconceito não será forte demais?

E ela esteve falando desse modo por tanto tempo e com tanto sucesso que, ao ser forçada a dar atenção novamente ao pai e à irmã, nada de pior teve de ouvir que a amável pergunta de Isabella sobre Jane Fairfax; e embora, de modo geral, não estimasse muito Jane Fairfax, ela estava muito feliz, nesse momento, em poder elogiá-la.

– A doce e amável Jane Fairfax! – disse a senhora John Knightley. – Faz tanto tempo que não a vejo, exceto aqui e acolá por uns momentos, ocasionalmente na cidade! Que felicidade para a boa e velha avó e a excelente tia dela quando as visita! Eu sempre lamentei, até de modo excessivo, que ela não pudesse vir mais vezes a Highbury por causa da querida Emma; mas agora que a filha deles está casada, suponho que o coronel e a senhora Campbell não se sentirão capazes de separar-se dela de forma alguma. Ela seria uma encantadora companheira para Emma.

O senhor Woodhouse concordou com tudo, mas acrescentou:

– Nossa pequena amiga Harriet Smith, contudo, é precisamente outra jovem encantadora. Você vai gostar de Harriet. Emma não poderia ter uma companheira melhor que Harriet.

– Fico muito feliz em ouvir isso... mas só Jane Fairfax sabe ser tão perfeita e superior!... E tem exatamente a idade de Emma.

Esse tópico foi discutido com muita descontração, e outros similares se sucederam e foram tratados com igual harmonia; mas a noite não terminou sem um breve retorno da agitação. O mingau de aveia foi servido e motivou uma expressiva discussão – muitos elogios e muitos comentários – incisivas afirmações de seus benefícios para qualquer constituição física e filípicas bastante severas contra as muitas casas onde nunca era tolerado; mas, infelizmente, entre as falhas que a filha tinha como exemplo, a mais recente e, portanto, a mais proeminente, era relacionada à sua própria cozinheira em South End, uma jovem contratada para a ocasião, que nunca havia sido capaz de entender o que ela queria dizer com um belo prato de saboroso mingau de aveia, ralo, mas não demais. Toda vez que o desejava e o pedia, ela nunca conseguia prepará-lo de modo tolerável. E aí estava uma perigosa abertura.

– Ah! – disse o senhor Woodhouse, balançando a cabeça e fitando seus olhos nela, com terna preocupação... A exclamação chegou aos ouvidos de Emma. – Ah! As tristes consequências de ter ido a South End não têm fim. Não compensa falar disso.

E por uns momentos, ela achou que ele não falaria mais disso e que uma silenciosa ruminação deveria ser suficiente para que retornasse a saborear seu delicioso mingau. Depois de um intervalo de alguns minutos, contudo, ele começou dizendo:

– Eu sempre vou lamentar que você tenha ido ao mar neste outono, em vez de vir aqui.

– Mas por que deveria lamentar, senhor? Eu lhe asseguro que fez muito bem às crianças.

– E, além do mais, se tinha de ir ao mar, teria sido melhor não ter ido a South End. South End não é um lugar saudável. Perry ficou surpreso ao saber que você escolheu South End.

– Sei que essa ideia corre entre muitas pessoas, mas é um grande engano, senhor... Todos nós estivemos perfeitamente bem de saúde lá, nunca tivemos o menor inconveniente com a lama; o senhor Wingfield diz que é um enorme erro supor que o lugar não é saudável; e tenho certeza de que podemos confiar nele, pois entende tudo sobre a natureza do ar, e o próprio irmão dele esteve lá repetidas vezes com a família.

– Vocês deveriam ter ido para Cromer, minha querida, se tivessem de ir para qualquer lugar... Perry esteve, certa vez, uma semana em Cromer e considera o lugar como o melhor de todos para o banho de mar. Tem um belo mar aberto, diz ele, e o ar é muito puro. E, pelo que entendi, você poderia ter conseguido alojamentos muito confortáveis bastante longe do mar... cerca de um quarto de milha. Você deveria ter consultado o senhor Perry.

– Mas, meu querido senhor, a diferença da viagem... considere apenas como teria sido grande essa diferença... cem milhas, talvez, em vez de 40.

– Ah, minha querida, como diz Perry, quando a saúde está em risco, nada mais se deve considerar; e se alguém resolve viajar, não há muito que escolher entre 40 e cem milhas... É melhor nem se mover e ficar em Londres do que viajar 40 milhas para um lugar onde o ar é pior. Isso foi exatamente o que Perry disse. Pareceu-lhe uma medida muito imprudente.

As tentativas de Emma em fazer o pai parar de falar tinham sido em vão; e quando chegou a esse ponto, não podia se surpreender ao ver o cunhado interromper a conversa.

– O senhor Perry – disse ele, num tom de voz de grande desprazer – poderia guardar sua opinião até que lhe fosse solicitada. Por que acha que é da conta dele questionar o que eu faço? Se devo levar minha família para uma parte do litoral ou outra?... Posso permitir-me, espero, fazer uso de meu próprio julgamento, assim como o senhor Perry. Anseio por suas orientações tanto quanto por seus remédios. – Parou e, acalmando-se num instante, acrescentou com sarcástica indiferença: – Se o senhor Perry puder me dizer como transportar uma esposa e cinco filhos por uma distância de 130 milhas, sem maiores despesas ou inconvenientes, do que por uma distância de 40, estaria tão disposto quanto ele a preferir Cromer em vez de South End.

– É verdade, é verdade – exclamou o senhor Knightley, interpondo-se prontamente – não deixa de ser verdade. Esta é uma consideração realmente importante... Mas John, quanto à minha ideia de que estive lhe falando sobre a mudança do caminho para Langham, de desviá-lo mais à direita, para que não atravesse os prados perto da casa, acho que não haveria nenhuma dificuldade. Eu não tentaria isso, se fosse causar algum inconveniente para os habitantes de Highbury, mas se você se lembrar exatamente do traçado atual do caminho... O único meio de prová-lo, no entanto, será voltarmos a nossos mapas. Espero vê-lo amanhã de manhã em Abbey; e então vamos examiná-los e você poderá me dar sua opinião.

O senhor Woodhouse estava bastante agitado com essas ásperas reflexões sobre seu amigo Perry, a quem ele tinha, de fato, embora de forma inconsciente, atribuído muitas de suas próprias opiniões e expressões... Mas as confortantes atenções das filhas afastaram aos poucos o presente incômodo; e a imediata presteza de um irmão e as boas lembranças do outro impediram qualquer retorno ao desconforto.

## ≈ CAPÍTULO 13 ≈

Dificilmente poderia haver no mundo criatura mais feliz que a senhora John Knightley nessa curta visita a Hartfield, pois saía todas as manhãs com seus cinco filhos para visitar antigos conhecidos e contar-lhes o que tinha feito cada noite junto com o pai e a irmã. Nada mais tinha a desejar a não ser que os dias não passassem tão depressa. Era uma visita encantadora... perfeita, por ser tão curta.

Em geral, as noites eram menos dedicadas aos amigos do que as manhãs; mas não havia como evitar um convite para um jantar, e fora de casa, por ocasião do Natal. O senhor Weston não admitiria desculpas; todos deveriam jantar em Randalls um dia... até mesmo o senhor Woodhouse foi persuadido a achar isso possível, em vez de dividir o grupo.

Ele, se pudesse, teria criado dificuldades em relação ao transporte do grupo a Randalls, mas como a carruagem e os cavalos do genro e da filha estavam em Hartfield, não pôde fazer mais que uma simples pergunta a respeito, que dificilmente levantava dúvidas. Emma não teve muito trabalho para convencê-lo de que, numa das carruagens, deveriam encontrar lugar também para Harriet.

Harriet, o senhor Elton e o senhor Knightley, seu próprio grupo particular, foram as únicas pessoas convidadas para unir-se a eles... o jantar deveria ser servido cedo e os convidados em pequeno número; os hábitos e os gostos do senhor Woodhouse foram consultados em seus pormenores.

Na noite anterior a esse grande evento (pois era um grande evento que o senhor Woodhouse jantasse fora no dia 24 de dezembro), Harriet a passou em Hartfield, e foi para casa tão indisposta por causa de um resfriado, que, se não fosse por seu intenso desejo de ser cuidada pela senhora Goddard, Emma não lhe teria permitido partir. No dia seguinte, Emma foi visitá-la e a encontrou debilitada, e já excluiu sua ida a Randalls. Estava com muita febre e tinha uma forte dor de garganta. A senhora Goddard era toda cuidados e afeição; o senhor Perry fora avisado e Harriet estava doente e fraca demais para resistir à autoridade que a excluiu do delicioso compromisso, embora não pudesse falar dessa perda sem muitas lágrimas.

Emma sentou ao lado dela pelo tempo que pôde, para assisti-lhe durante as inevitáveis ausências da senhora Goddard, e também para animá-la, dizendo-lhe quanto o senhor Elton haveria de ficar deprimido quando soubesse de seu estado; deixou-a, finalmente, em relativo conforto, na doce confiança de receber a desconsoladora visita dele e na certeza de que todos sentiriam muito sua falta. Emma não se havia afastado muitos passos da porta da casa da senhora Goddard quando encontrou o próprio senhor Elton, que evidentemente vinha em direção dessa casa; e caminharam juntos, devagar, conversando sobre a doente... de quem ele, ouvindo um rumor de grave indisposição, vinha perguntar, a fim de poder levar alguma notícia sobre ela a Hartfield... quando foram alcançados pelo senhor John Knightley que voltava de sua visita diária a Donwell; estava com os dois filhos mais velhos, cujas faces saudáveis e brilhantes mostravam os benefícios de um passeio pelos campos e pareciam garantir um rápido fim do carneiro assado e do pudim de arroz que os aguardavam em casa. Juntaram-se a eles e prosseguiram juntos. Emma estava exatamente descrevendo a natureza das queixas da amiga: "uma garganta muito inflamada, com muito calor pelo corpo, pulso rápido e fraco, etc., e lamentava saber por parte da senhora Goddard que Harriet era predisposta a sérias dores de garganta e que a alarmava com frequência com esses sintomas". O senhor Elton ficou bastante preocupado com isso e exclamou:

– Uma dor de garganta!... Espero que não seja infecciosa. Espero que não seja do tipo infeccioso e pútrido. O senhor Perry foi vê-la? Na verdade, a senhorita deveria cuidar-se de si mesma bem como de sua amiga. Permita que lhe peça para não correr riscos. Por que Perry não foi vê-la?

Emma, não estava realmente assustada, amenizou esse excesso de apreensão assegurando que a senhora Goddard era experiente e cuidadosa; mas como devia restar ainda um pouco de preocupação, que ela não desejava eliminar e preferia até alimentar, acrescentou logo depois... como se tratasse de outro assunto:

– Está tão frio, tão frio... parece e dá a impressão que vai nevar mesmo; se estivesse em qualquer outro lugar e com outras pessoas, eu tentaria deveras não sair hoje... e dissuadiria meu pai a não se aventurar; mas como ele já se decidiu e parece não sentir tanto frio, não quero interferir, ainda mais que sei o grande desapontamento que seria para o senhor e a senhora Weston. Mas, palavra de honra, senhor Elton, em seu caso, eu certamente me escusaria. Parece que já está um pouco rouco e se considerar quanto terá de falar e quantas fadigas terá amanhã, acho que seria bem mais prudente ficar em casa e se cuidar bem esta noite.

O senhor Elton parecia não saber muito bem que resposta dar; o que era exatamente o caso, pois, embora muito grato pela bondosa preocupação de uma jovem tão linda e não querendo resistir a qualquer conselho dela, não tinha, na realidade, nenhuma intenção de desistir da visita... mas Emma, ansiosa e ocupada demais com seus próprios conceitos e perspectivas para ouvi-lo de modo imparcial ou vê-lo com mais clareza, ficou muito satisfeita com o gaguejar dele reconhecendo que estava "muito frio, certamente muito frio"; e ela seguiu adiante, regozijando-se por tê-lo livrado de Randalls e ter-lhe garantido a possibilidade de ir saber de Harriet a cada hora do final do dia.

– O senhor está fazendo o mais certo – disse ela. – Vamos apresentar suas desculpas ao senhor e à senhora Weston.

Mal tinha dito essas palavras, porém, quando viu que seu cunhado estava gentilmente oferecendo um lugar em sua carruagem ao senhor Elton, caso sua única objeção fosse o tempo, e o senhor Elton estava realmente aceitando a oferta com a maior satisfação. Estava resolvido; o senhor Elton iria ao jantar, e nunca seu amplo e belo rosto havia expressado mais prazer que nesse momento; nunca seu sorriso tinha sido tão franco nem seus olhos mais exultantes do que no instante em que olhou para ela.

"Bem" – dizia ela para consigo –, "isso é muito estranho!... Depois que consegui dispensá-lo, preferir ir conosco e deixar Harriet doente para trás!... Mais que estranho, na verdade!... Mas há esse pendor, acredito, em muitos homens, especialmente nos solteiros... essa paixão por jantar fora... um convite para jantar está colocado tão alto na lista de seus prazeres, de suas ocupações, de sua dignidade, quase de seu dever, que todo o resto é deixado de lado... e esse deve ser o caso do senhor Elton; sem dúvida alguma, um jovem muito valioso, amável e agradável, e profundamente apaixonado por Harriet; mas ainda assim, não pode recusar um convite, deve jantar fora sempre que for convidado. Que coisa estranha é o amor! Ele consegue vislumbrar uma arguta inteligência em Harriet, mas não consegue jantar sozinho por ela."

Logo depois, o senhor Elton os deixou; e ela não podia senão fazer-lhe justiça ao admitir que havia grande sentimento na maneira com que disse o nome de Harriet, ao partir; no tom de sua voz enquanto lhe assegurava que iria fazer uma visita à senhora Goddard para saber notícias de sua bela amiga, a última coisa antes de se preparar para a felicidade de encontrá-la novamente, quando esperava poder transmitir notícias melhores; suspirou e sorriu para si mesmo de um modo que fez a balança da aprovação pender a seu favor.

Depois de alguns minutos de silêncio total entre eles, John Knightley começou por dizer:

– Jamais em minha vida vi um homem mais empenhado em ser agradável que o senhor Elton. Ele se doa completamente quando as damas estão envolvidas. Com os homens ele pode ser racional e despretensioso, mas quando tem damas a agradar, todos os meios são invocados.

– As maneiras do senhor Elton não são perfeitas – replicou Emma –, mas onde existe um desejo de agradar, deve-se considerar, e considerar muitas coisas. Quando um homem faz o melhor com um empenho apenas moderado, terá a vantagem de ser superior à negligência. Há tal perfeita jovialidade e benevolência no senhor Elton que mal se pode avaliar.

– Sim – disse então o senhor John Knightley, com alguma malícia –, ele parece ter muita benevolência para com você.

– Eu! – replicou ela, com um sorriso de surpresa. – Acaso imagina que o senhor Elton está interessado em mim?

– Essa ideia já passou por minha cabeça, reconheço, Emma; e se nunca ocorreu a você antes, pode levá-la em consideração agora.

– O senhor Elton apaixonado por mim!... Que ideia!

– Não digo que assim seja; mas fará muito bem em considerar se é isso ou não, e consequentemente ajustar seu comportamento. Acho que suas maneiras para com ele são encorajadoras. Falo como amigo, Emma. Seria melhor pensar em você, determinar o que fazer e o que realmente quer fazer.

– Agradeço, mas asseguro-lhe que está muito enganado. O senhor Elton e eu somos bons amigos e nada mais. – E ela o deixou, divertindo-se ao considerar as tolices que muitas vezes surgem por um conhecimento parcial das circunstâncias, e com os enganos em que sempre incorrem as pessoas com altas pretensões de ter privilegiado julgamento; e não estava muito satisfeita com o cunhado, por imaginá-la cega e ignorante, e carente de aconselhamento. Ele nada mais disse.

O senhor Woodhouse se havia decidido tão completamente pela visita que, apesar do frio estar aumentando, não parecia ter a menor ideia de recuar por causa disso; e, finalmente, partiu com a filha mais velha em sua própria carruagem, aparentando não se importar com o tempo nem com os outros; estava envolto demais com a decisão de sua ida e com o prazer que haveria de provar em Randalls, para perceber que estava frio e muito bem agasalhado para senti-lo. O frio, no entanto, era intenso; e quando a segunda carruagem estava em movimento, alguns flocos de neve começaram a cair e o céu tinha a aparência de estar tão sobrecarregado, como se quisesse somente um ar mais ameno para produzir um mundo totalmente branco em muito pouco tempo.

Emma logo viu que seu companheiro não estava no melhor de seu bom humor. A preparação e a saída com esse tempo, tendo de deixar as crianças após o jantar, eram males, eram coisas desagradáveis pelo menos, de que o senhor John Knightley não gostava de modo algum; e nada via na visita que pudesse compensar esse transtorno; e por todo o caminho até o Vicariato, ele o passou expressando seu descontentamento.

– Um homem – disse ele – deve ter plena consciência quando pede às pessoas que abandonem suas próprias lareiras e se deparem com um dia como este, só para ir vê-lo. Deve se achar o sujeito mais agradável de todos; eu não faria uma coisa dessas. É o maior absurdo... Realmente está nevando neste momento!... A loucura de não permitir que as pessoas fiquem confortavelmente em casa... e a loucura das pessoas não ficarem confortavelmente em casa quando podem! Se fôssemos obrigados a sair numa noite como esta, por qualquer chamado do dever ou de negócios, que dificuldade a haveríamos de considerar... e aqui estamos nós, provavelmente com roupas mais leves que de costume, partindo voluntariamente, sem desculpas, desafiando a voz da natureza, que diz ao homem, quaisquer que sejam suas opiniões ou sentimentos, para ficar em casa e manter-se ao abrigo o quanto puder... e aqui estamos nós, partindo para passar cinco horas enfadonhas na casa de outro homem, sem nada para dizer ou ouvir que já não tenha sido dito ou ouvido ontem, e que não possa ser dito ou ouvido novamente amanhã. Vamos com um tempo sinistro para voltar, provavelmente, com um pior ainda... quatro cavalos e quatro criados foram levados para nada, além de transportar cinco criaturas ociosas e trêmulas para salas ainda mais frias e companhia pior do que poderiam ter em casa.

Emma não se achava em condições de dar o gentil assentimento que, sem dúvida, ele tinha o hábito de receber, para emular o "É verdade, meu amor", que deveria ter sido proferido por sua companheira de viagem; mas ela manteve a firme resolução de eximir-se de qualquer resposta. Não podia ter condescendência, temia ser briguenta; seu heroísmo chegou apenas até o silêncio. Permitiu-lhe que continuasse falando, fechou as janelas, agasalhou-se melhor, sem abrir a boca.

Chegaram, a carruagem deu a volta, o estribo foi baixado e o senhor Elton, bem vestido, de preto e sorridente, logo estava com eles. Emma pensou com prazer em mudar de assunto. O senhor Elton, cheio de afabilidade e alegria; estava tão animado em seus modos que Emma chegou a pensar que ele tivesse recebido notícias diferentes sobre Harriet do que as que ela tivera. Havia mandado perguntar enquanto se vestia e a resposta tinha sido "Está na mesma... nada melhor".

– *Minha* informação, que vem da senhora Goddard – disse ela então –, não foi tão agradável como esperava... "Nada melhor" foi a resposta.

O rosto dele se alterou imediatamente; e sua voz demonstrava emoção ao responder.

– Oh, não... Fico deveras aflito em saber... estava a ponto de lhe dizer que, ao bater à porta da casa da senhora Goddard, que foi a última coisa que fiz antes de voltar para me vestir, me disseram que a senhorita Smith não estava melhor, de forma alguma, e até um pouco pior. Fiquei muito aflito e preocupado... mas me animei achando que ela deveria melhorar depois do medicamento fortificante que lhe foi ministrado pela manhã.

Emma sorriu e respondeu:

– Minha visita foi útil apenas para a parte nervosa da enfermidade, espero; mas nem mesmo eu posso debelar uma dor de garganta; na verdade, o resfriado é muito forte: o senhor Perry foi vê-la, como provavelmente deve saber.

– Sim... imaginei... quer dizer... eu não...

– Ele está acostumado a tratar dessas complicações dela, e espero que amanhã de manhã haverá de nos trazer notícias mais confortadoras. Mas é impossível não sentir preocupação. Que perda para nosso grupo hoje!

– Terrível!... Exatamente isso... Sentiremos falta dela a todo momento.

Foi muito apropriado da parte dele; e o suspiro que acompanhou essas palavras foi apreciável; mas poderia ter durado mais tempo. Emma estava um tanto apavorada quando, somente meio minuto depois, ele começou a falar de outras coisas e com uma voz que demonstrava a maior alegria e contentamento.

– Que estratagema excelente – disse ele –, usar uma pele de carneiro em carruagens. Como a deixam confortáveis... é impossível sentir frio com essas precauções. Os dispositivos da vida moderna tornaram, de fato, a carruagem de um cavalheiro perfeitamente completa. Fica-se tão protegido e resguardado do frio, que nem um brisa consegue entrar sem que se permita. As variações do tempo se tornam absolutamente sem importância. É uma tarde muito fria, mas nessa carruagem nem se nota... Ah! Vejo que está nevando um pouco.

– Sim – disse John Knightley – e acho que vamos ter uma boa quantidade de neve.

– Tempo de Natal – observou o senhor Elton. – Próprio da

estação; e podemos nos considerar extremamente afortunados que não começou ontem; haveria impedido a festa de hoje, o que muito possivelmente poderia ter acontecido, pois o senhor Woodhouse dificilmente se teria aventurado a sair, se houvesse muita neve cobrindo o solo; mas agora já não tem importância. Esta é realmente a estação para encontros entre amigos. Por ocasião do Natal, todos convidam os amigos para uma visita; e as pessoas pouco se importam com o tempo, por pior que seja. Certa vez fiquei retido pela neve durante uma semana na casa de um amigo. Nada poderia ter sido mais agradável. Fui para ficar uma única noite e não consegui partir senão uma semana depois.

O senhor John Knightley olhou como se não compreendesse esse prazer, mas disse apenas, friamente:

– Não gostaria de ficar uma semana em Randalls, retido pela neve.

Em outra ocasião, Emma poderia ter achado divertido, mas agora estava surpresa demais com o entusiasmo do senhor Elton por outras coisas. Harriet parecia totalmente esquecida, na expectativa de uma agradável festa.

– Estamos certos de que há excelentes lareiras – continuou ele – e tudo no maior conforto. Pessoas encantadoras, o senhor e a senhora Weston... a senhora Weston, na verdade, está acima de qualquer elogio, e ele é precisamente um homem a quem se dá valor, tão hospitaleiro e tão apaixonado por companhia... será um grupo pequeno, mas quando os grupos pequenos são selecionados, são talvez os mais agradáveis de todos. A sala de jantar do senhor Weston não acomoda mais de dez pessoas confortavelmente; e, de minha parte, prefiro dois convidados a menos que dois a mais. Acho que vai concordar comigo (voltando-se para Emma com ar suave) e acho que certamente terei sua aprovação, embora o senhor Knightley talvez, por estar acostumado com as grandes festas de Londres, possa não sentir exatamente o mesmo.

– Não sei nada das grandes festas de Londres, senhor... nunca janto com ninguém.

– Verdade? (num tom de admiração e pena) Não fazia ideia de que a advocacia escravizasse tanto. Bem, senhor, chegará o dia em que será recompensado por tudo isso, quando terá pouco trabalho e muito prazer.

– Meu primeiro prazer – replicou John Knightley, enquanto passavam pelo portão – será estar a salvo em Hartfield outra vez.

## ≈ CAPÍTULO 14 ≈

Alguma mudança de compostura era necessária para cada um dos cavalheiros ao entrar na sala de estar da senhora Weston. O senhor Elton devia recompor sua aparência alegre e o senhor Knightley dissipar seu mau humor. O senhor Elton devia sorrir menos e o senhor Knightley um pouco mais, para se adequarem ao lugar... Emma podia apenas ser como sua natureza sugeria e mostrar-se tão feliz como era. Para ela, era um grande prazer estar com os Weston. O senhor Weston era seu grande favorito e não havia pessoa no mundo com quem ela falasse mais abertamente do que sua esposa; ninguém com quem se comunicasse com toda a certeza de ser ouvida e compreendida, de sempre despertar o interesse e a compreensão sobre os pequenos assuntos, arranjos, perplexidades e prazeres do pai e dela própria. Não podia contar nada de Hartfield que não deixasse a senhora Weston vivamente interessada; e uma conversa ininterrupta de meia hora sobre todos esses pequenos assuntos, dos quais depende a felicidade diária da vida privada, era uma das maiores satisfações de ambas.

Esse era um prazer que a visita de um dia inteiro talvez não pudesse proporcionar, o que certamente não era o caso da presente meia hora; mas a simples visão da senhora Weston, seu sorriso, seu toque, sua voz, já era gratificante para Emma, e ela decidiu pensar o menos possível nas esquisitices do senhor Elton ou em qualquer outra coisa desagradável, e desfrutar ao máximo tudo o que fosse agradável.

A desventura do resfriado de Harriet já havia sido discutida longamente antes da chegada. O senhor Woodhouse estava tranquilamente sentado havia bastante tempo para contar a história do resfriado, além de toda a história de sua própria vinda e a de Isabella, e que a vinda de Emma logo se seguiria; e, na verdade, mal tinha chegado ao auge de sua satisfação ao dizer que James deveria vir e ver a filha, quando os outros apareceram; e a senhora Weston, que estivera quase totalmente absorvida pelas atenções dedicadas a ele, conseguiu afastar-se e dar as boas-vindas à sua querida Emma.

O projeto de Emma de esquecer o senhor Elton por um tempo deixou-a um tanto triste ao constatar, quando tomaram seus lugares, que ele estava ao lado dela. Grande foi a dificuldade de tirar da mente a estranha insensibilidade dele em relação a Harriet, porquanto ele não só estava sentado a seu lado, mas também lhe mostrava continuamente um semblante feliz e lhe dirigia ansiosamente a palavra a todo o momento. O comportamento dele era tal que ela, em vez de esquecê-lo, não pôde evitar pensar consigo mesma: "Será que é realmente o que meu cunhado imaginou? Será possível que este homem esteja começando a transferir suas atenções de Harriet para mim?... Absurdo e insuportável!..." Ainda assim ele se mostrava tão ansioso para que ela estivesse bem agasalhada, tão interessado pelo pai dela e tão encantado com a senhora Weston; e, finalmente, passou a admirar suas pinturas com tanto zelo e tão pouco conhecimento que parecia terrivelmente igual a um futuro namorado; e ela teve de se esforçar para manter as boas maneiras. Pelo próprio bem dela, não podia ser rude; e pelo bem de Harriet, na esperança de que tudo voltasse ao normal, ela foi até mesmo bem-educada; mas o esforço foi grande; especialmente quando algo estava sendo comentado entre os outros, que ela desejava sobremaneira ouvir, precisamente no momento em que a tolice do senhor

Elton atingia o auge. Ela ouviu o suficiente para entender que o senhor Weston estava passando algumas informações sobre o filho; ouviu as palavras "meu filho" e "Frank" e "meu filho", repetidas diversas vezes; e por algumas outras palavras entrecortadas suspeitou que ele estava anunciando uma próxima visita do filho; mas antes que ela pudesse calar o senhor Elton, o assunto já tinha sido totalmente encerrado e qualquer pergunta da parte dela agora poderia ser deselegante.

Acontece que, apesar da resolução de Emma de nunca se casar, havia algo no nome, na própria ideia do senhor Frank Churchill, que sempre a interessou. Ela pensava com frequência – especialmente depois do casamento do pai dele com a senhorita Taylor – que se ela *tivesse* de se casar, ele era realmente a pessoa adequada, pela idade, caráter e condição social. Ele parecia, por essa ligação entre as famílias, quase lhe pertencer. Ela não poderia supor que todos os que os conheciam pensassem na possibilidade dessa união. Estava firmemente persuadida de que o senhor e a senhora Weston pensavam assim; e embora não fosse induzida por este último, nem por ninguém, a desistir de sua situação, que acreditava ser melhor que qualquer outra com a qual pudesse trocar, ela tinha uma grande curiosidade em conhecê-lo, uma firme intenção de achá-lo agradável, de ser contemplada por ele com certo grau de afeto, e sentia uma espécie de prazer na ideia de que formassem um casal na imaginação dos amigos.

Com essas sensações, as gentilezas do senhor Elton pareciam terrivelmente fora de propósito; mas ela teve o consolo de parecer muito polida, enquanto se sentia incomodada... e de pensar que o resto da visita não poderia passar sem que fosse novamente abordada a mesma informação, ou sua parte principal, pelo sincero senhor Weston... E assim aconteceu... pois, quando felizmente se livrou do senhor Elton e se sentou ao lado do senhor Weston para o jantar, ele aproveitou o primeiro intervalo entre seus deveres de hospitalidade, o primeiro tempo disponível depois de servir o lombo de carneiro, para dizer a ela:

– Faltam somente duas pessoas para termos o número certo. Gostaria de ver mais duas pessoas aqui... sua linda amiga, a senhorita Smith, e meu filho... e então eu poderia dizer que somos um grupo completo. Acredito que não me ouviu contar aos outros na sala de estar que estamos esperando Frank. Recebi uma carta dele esta manhã e deverá estar conosco dentro de quinze dias.

Emma falou então com satisfação e concordou plenamente que o senhor Frank Churchill e a senhorita Smith tornariam o grupo deles completo.

– Ele está nos devendo uma visita – continuou o senhor Weston –, desde setembro: todas as cartas falavam disso; mas ele não é dono de seu próprio tempo. Tem que agradar àqueles que devem ser agradados, e que, (aqui entre nós), às vezes, só se sentem agradados com grandes sacrifícios. Mas agora não tenho dúvida alguma de vê-lo aqui em torno da segunda semana de janeiro.

– Que grande prazer vai ser para o senhor! E a senhora Weston está tão ansiosa em conhecê-lo, que deve estar quase tão feliz quanto o senhor.

– Sim, deveria estar, mas acha que poderá haver outro adiamento. Ela não conta com sua vinda tanto quanto eu: mas também não conhece as pessoas envolvidas tanto quanto eu. O caso, como pode ver é... (mas isso fica só entre nós: não disse uma palavra a respeito na outra sala. Há segredos em todas as famílias, bem sabe)... O caso é que um grupo de amigos foi convidado a fazer uma visita a Enscombe em janeiro; e a vinda de Frank depende de um adiamento da parte deles. Se não adiarem a visita, ele não poderá vir. Mas sei que vão adiar, porque na família em Escombe há certa dama, de alguma importância, que não gosta muito deles; e embora julguem necessário convidá-los uma vez a cada dois ou três anos, eles sempre adiam quando chega o momento. Não tenho a menor dúvida que vai ser assim. Tenho tanta certeza de ver Frank aqui antes da metade de janeiro como estou certo de estar aqui; mas sua boa amiga ali (acenando para a outra ponta da mesa) tem tão poucos caprichos e foi tão pouco acostumada a eles em Hartfield, que não pode calcular seus efeitos assim como eu que tenho longa prática nisso.

– Lamento que ainda possa haver alguma dúvida sobre o caso – replicou Emma –, mas estou disposta a concordar, senhor Weston. Se acha que ele deverá vir, devo pensar o mesmo, pois o senhor conhece Enscombe.

– Sim... Sinto-me seguro em dizer que conheço, embora nunca tenha estado nesse lugar em minha vida... Ela é uma mulher estranha!... Mas nunca me permito falar mal dela, por causa de Frank; pois realmente acredito que ela gosta muito demais dele. Eu costumava pensar que ela não fosse capaz de gostar de ninguém, exceto de si mesma: mas sempre foi bondosa com ele (do jeito dela... permitindo-se pequenas extravagâncias e caprichos, e esperando que tudo ocorresse como ela gosta). E não é pequeno o mérito dele, a meu ver, que tenha despertado tal afeição; pois, embora eu não pudesse dizê-lo a mais ninguém, ela tem uma pedra no lugar do coração em relação a todas as pessoas em geral; e um temperamento dos diabos.

Emma gostou tanto do assunto que tocou nele com a senhora Weston logo depois de retornarem à sala de estar, desejando-lhe muita alegria... mesmo observando que sabia que o primeiro encontro deveria ser um tanto alarmante... A senhora Weston concordou; mas acrescentou que ficaria muito contente se conseguisse superar a ansiedade do primeiro encontro na época prevista, "pois não posso contar com a vinda dele; não posso ser tão otimista quanto o senhor Weston. Tenho muito medo de que tudo acabe em nada. Atrevo-me a dizer que o senhor Weston lhe contou exatamente como a questão está colocada."

– Sim... parece que tudo depende apenas do mau humor da senhora Churchill que, imagino, é a coisa mais certa deste mundo.

– Querida Emma! – replicou a senhora Weston, sorrindo. – Qual é a certeza de um capricho? – Voltando-se então para Isabella, que não ouvira o que fora dito antes –, deve saber, minha querida senhora Knightley, que não estamos de modo algum tão certos de ver o senhor Frank Churchill como pensa o pai dele. Depende inteiramente da disposição e da vontade da tia dele; em resumo, do humor dela. Para vocês – minhas duas filhas – eu me aventuro a dizer a verdade. A senhora Churchill comanda em Enscombe, e é uma mulher de temperamento muito estranho; e vinda dele agora depende da vontade dela em dispensá-lo.

– Oh! A senhora Churchill! Todos conhecem a senhora Churchill! – replicou Isabella. – E lhe asseguro que nunca penso nesse pobre jovem sem a maior compaixão. Viver constantemente com uma pessoa mal-humorada dessas deve ser terrível. Menos mal que nunca ficamos sabendo de qualquer coisa a respeito; mas deve ser uma vida miserável. É realmente uma bênção que ela nunca tenha tido filhos! Pobres criaturas, como ela as teria tornado infelizes!

Emma desejou ter estado sozinha com a senhora Weston. Então poderia ter ouvido mais: a senhora Weston lhe falaria sem reservas, o que não poderia arriscar com Isabella; e acreditava realmente que dificilmente tentaria ocultar-lhe alguma coisa relativa aos Churchill, exceto aquelas intenções em relação ao jovem, sobre as quais sua própria imaginação já lhe dera instintivo conhecimento. Mas no momento não havia mais nada a ser dito. O senhor Woodhouse logo os seguiu para a sala de estar. Ficar sentado muito tempo após o jantar era uma coisa que não podia aturar. Nem o vinho nem a conversa significavam alguma coisa para ele, e foi com muito prazer que se dirigiu até aqueles com quem se sentia sempre à vontade.

Enquanto ele conversava com Isabella, no entanto, Emma encontrou uma oportunidade para dizer:

– Então não considera de modo algum como certa a visita de seu enteado. Lamento por isso. A apresentação a alguém deve ser um tanto desagradável, não importa onde ocorra; e quanto antes acontecer, melhor.

– Sim, e cada adiamento nos deixa apreensivos por outros mais. Mesmo que essa família, os Braithwaite, adie a visita, ainda tenho receio de que se encontre outra desculpa para nos desapontar. Não posso imaginar qualquer relutância por parte do jovem; mas estou certa de que há um grande desejo dos Churchill de impedi-lo de vir. Há muito ciúme. Eles têm ciúmes até do afeto dele pelo pai. Em resumo, não me sinto capaz de contar com a vinda dele e desejaria que o senhor Weston fosse menos otimista.

– Ele deve vir – disse Emma. – Se puder ficar apenas alguns dias, ele deve vir; e dificilmente se pode conceber que um jovem não tenha a liberdade de fazer pelo menos isso. Uma jovem *mulher*, se cair em mãos erradas, pode ser trancada e mantida à distância daqueles com quem gostaria de estar; mas não se pode compreender que um *jovem* seja submetido a tal limitação de modo a não poder passar uma semana com o pai, se for o que deseja fazer.

– Seria necessário estar em Enscombe e conhecer os costumes da família antes de decidir sobre o que ele pode fazer – replicou a senhora Weston. – Dever-se-ia usar a mesma precaução, talvez, ao julgar a conduta de qualquer indivíduo de qualquer família; mas Enscombe, acredito, certamente não pode ser julgada pelos padrões normais: *ela* é tão irracional; e tudo deve convergir para ela.

– Mas ela gosta tanto do sobrinho: ele é realmente seu grande favorito. Agora, de acordo com a ideia que faço da senhora Churchill, visto que não faz qualquer sacrifício para o conforto do marido, a quem deve tudo, visto que o atormenta com incessantes caprichos, seria bem mais natural que fosse governada pelo sobrinho, a quem não deve absolutamente nada.

– Minha querida Emma, não pretenda, com seu doce caráter, entender um mau caráter ou ditar regras para o mesmo: deve deixá-lo seguir seu curso. Não tenho dúvidas de que ele tem, por vezes, considerável influência; mas pode ser perfeitamente impossível para ele saber de antemão *quando* poderá exercê-la.

Emma escutou e então disse friamente:

– Não vou ficar satisfeita, a menos que ele venha.

– Ele pode ter muita influência em certos pontos – continuou a senhora Weston – e muito pouca em outros: e entre esses poucos, que estão além de seu alcance, é bastante provável que esteja precisamente essa simples circunstância de afastar-se deles para nos visitar.

## ≈ CAPÍTULO 15 ≈

O senhor Woodhouse logo estava pronto para o chá; e depois de tomá-lo, estava igualmente pronto para ir para casa; e tudo o que seus três companheiros podiam fazer, para que ele não notasse o adiantado da hora, foi feito, antes que os outros cavalheiros aparecessem. O senhor Weston estava falante e alegre e não queria separações prematuras de nenhum tipo;

Mas, finalmente, o grupo da sala de estar recebeu mais gente. O senhor Elton, muito animado, foi um dos primeiros a entrar. A senhora Weston e Emma sentaram-se juntas no sofá. Ele imediatamente se aproximou e, sem esperar convite, sentou-se entre elas.

Emma, também muito animada, na alegre perspectiva que lhe proporcionaria a vinda do senhor Frank Churchill, estava disposta a esquecer as recentes impropriedades do senhor Elton e ficar satisfeita com ele como antes; e decidindo falar primeiramente de Harriet, ela estava pronta a ouvi-lo com o mais amigável dos sorrisos.

Ele confessou que estava extremamente ansioso em relação à sua bela amiga... a bela, amável e encantadora amiga. "Ela soubera alguma coisa?... Ouvira alguma coisa a respeito dela desde que chegaram a Randalls?... Ele estava muito ansioso... deveria confessar que a natureza de suas queixas o havia deixado consideravelmente alarmado." E ele falou nesse estilo por algum tempo, com muita propriedade, sem esperar resposta, mas, enfim, mostrando-se suficientemente a par do terror de uma grave dor de garganta; e Emma quase sentia pena dele.

Mas, por fim, parecia que a coisa tomava um rumo estranho. Parecia que ele estava mais receoso de que a grave dor de garganta pudesse afetar mais a Emma que a Harriet... mais ansioso para que ela escapasse da infecção do que se não houvesse infecção alguma a lamentar. Começou a suplicar-lhe com grande insistência para desistir de visitar novamente o quarto da doente por enquanto... a rogar-lhe que *lhe prometesse* a não se aventurar a correr tal risco até que ele tivesse consultado o senhor Perry e soubesse a opinião dele; e embora ela tentasse brincar e repor novamente o assunto em seu curso normal, não havia como terminar com essa extrema solicitude dele. Ela ficou irritada. Parecia – e não havia como não escondê-lo – exatamente como se ele tivesse a pretensão de estar apaixonado por ela, em vez de Harriet; uma inconstância, se verdadeira, de todo desprezível e abominável! Ela teve dificuldade em manter-se na linha. Ele se voltou para a senhora Weston para implorar ajuda. "Será que ela lhe daria apoio?... não poderia juntar seus pedidos aos dele para induzir a senhorita Woodhouse a não ir à casa da senhora Goddard até que se tivesse certeza de que o mal da senhorita Smith não tinha infecção alguma? Ele não ficaria satisfeito sem uma promessa... será que ela usaria da influência que tinha para conseguir essa promessa?"

– Tão escrupulosa com os outros – continuou ele – e tão descuidada consigo mesma! Ela queria que eu ficasse em casa esta noite para evitar um resfriado, e não quer prometer evitar o perigo de ser acometida de uma terrível infecção de garganta. Isso é justo, senhora Weston?... Julgue a senhora. Não tenho algum direito de queixar-me? Conto com seu apoio e ajuda.

Emma viu a surpresa da senhora Weston, e sentiu que devia ser grande, ao dirigir-se, com palavras e modos, parecendo assumir para si próprio o direito de defender os interesses de

Emma; e ela própria estava tão chocada e ofendida que não teve condições de dizer imediatamente alguma coisa a propósito. Tudo o que pôde fazer foi dar-lhe um olhar; mas um olhar que deveria reconduzi-lo à razão; e então deixou o sofá, foi sentar-se ao lado da irmã, a quem deu toda a sua atenção.

Ela não teve tempo de ver como o senhor Elton assimilou a reprovação, tão rapidamente surgiu outro assunto; pois o senhor John Knightley entrava agora na sala, depois de ter examinado o tempo, e surpreendeu a todos com a informação de que o solo estava coberto de neve, e que continuava a nevar com forte vento, concluindo essas palavras para o senhor Woodhouse:

– Este é realmente um começo animado para seus compromissos, senhor. Algo novo para seu cocheiro e os cavalos, abrindo caminho através de uma tempestade de neve.

O pobre senhor Woodhouse ficou em silêncio, consternado; mas todos os outros tinham algo a dizer; todos estavam surpresos, ou não, e tinham perguntas a fazer ou consolo a oferecer. A senhora Weston e Emma tentaram de todos os modos animá-lo e desviar a atenção dele do genro, que continuava a gozar insensivelmente seu triunfo.

– Admiro muito a sua determinação, senhor – disse ele – ao aventurar-se a sair com esse tempo, pois deve ter visto que ia nevar muito em breve. Todo o mundo deve ter visto que ia nevar. Admiro sua disposição, e ouso dizer que vamos chegar em casa muito bem. Mais uma ou duas horas de neve dificilmente vão deixar a estrada intransitável; e estamos em duas carruagens; se uma delas estragar na parte mais escura do caminho, a outra estará à mão. Ouso dizer que estaremos todos a salvo em Hartfield antes da meia-noite.

O senhor Weston, com um tipo de triunfo diferente, confessou que sabia há algum tempo que estava nevando, mas não disse nada para não deixar o senhor Woodhouse preocupado e dar-lhe uma desculpa para partir logo. Quanto ao fato de ter caído uma razoável quantidade de neve, ou que ainda haveria de cair, suficiente para impedi-los de voltar, não passava de brincadeira; ele achava que não teriam nenhuma dificuldade. Até desejava que a estrada estivesse intransitável, assim poderia manter a todos em Randalls; e com a maior boa vontade certamente podiam encontrar acomodações para todos, chamando a esposa para confirmar que, com pouco de habilidade, todos poderiam ser acomodados; mas ela não sabia o que fazer, ciente de que só havia dois quartos disponíveis na casa.

– O que vamos fazer, minha querida Emma?... O que vamos fazer? – foi a primeira exclamação do senhor Woodhouse, e tudo o que pôde dizer por algum tempo. Olhava para a filha em busca de consolo; e quando ela lhe garantiu que estavam seguros, lhe fez ver a excelência dos cavalos e a experiência de James, além de estarem cercados de muitos amigos, ele se reanimou um pouco.

O alarme da filha mais velha era igual ao dele. O horror de ficar bloqueada em Randalls, enquanto seus filhos estavam em Hartfield, a deixava imaginando coisas; e pensando que a estrada agora só dava passagem aos mais aventureiros, assim mesmo sem mais demora, estava ansiosa para ver a questão resolvida, ou seja, seu pai e Emma poderiam ficar em Randalls, enquanto ela e o marido partiriam imediatamente, enfrentando toda a possível acumulação de neve recém-caída que pudesse impedi-los.

– É melhor chamar logo a carruagem, meu amor – disse ela. – Ouso dizer que vamos conseguir chegar bem, se seguirmos de imediato; e se acontecer algo de muito ruim, eu posso descer e caminhar. Não tenho medo de nada. Não me importo de caminhar a metade do caminho. Posso trocar meus sapatos, bem sabe, logo que chegar em casa; e não é o tipo de coisa que me cause um resfriado.

– Verdade? – replicou ele. – Então, minha querida Isabella, é a coisa mais extraordinária do mundo, pois geralmente qualquer coisa lhe causa resfriado. Caminhar até em casa!... você calça sapatos bonitos demais para caminhar, atrevo-me a dizer. Já vai ser bastante ruim para os cavalos.

Isabella voltou-se para a senhora Weston, buscando sua aprovação para o plano. A senhora Weston só podia aprovar. Isabella então voltou-se para Emma; mas Emma não poderia desistir tão inteiramente de acalentar a esperança de que todos pudessem ir embora; e estavam ainda discutindo esse ponto quando o senhor Knightley, que havia deixado a sala logo após o primeiro relato do irmão sobre a neve, voltou e disse-lhes que saíra para examinar e podia afirmar que não haveria a menor dificuldade em voltarem para casa, se assim o quisessem, agora ou dentro de uma hora. Ele havia caminhado até além do portão... por um trecho da estrada para Hartfield... a neve só tinha agora meia polegada de espessura... em alguns lugares mal cobria o solo; poucos flocos caíam agora, mas as nuvens estavam se dispersando e tinha toda a aparência de que logo iria parar de nevar. Havia falado com os cocheiros e ambos concordaram com ele de que não havia por que ficar apreensivos.

Para Isabella, o alívio causado por essas notícias foi grande, e foram também muito bem aceitas por Emma por causa do pai, que logo se sentiu tranquilo com isso, tanto quanto seus nervos o permitiam; mas o alarme que havia sido levantado não lhe permitia ficar totalmente calmo enquanto continuasse em Randalls. Ficou satisfeito ao saber que não havia perigo em voltar para casa, mas nenhuma garantia podia convencê-lo de que era seguro ficar ali; e enquanto os outros se apressarem e trocavam recomendações, o senhor Knightley e Emma resolveram tudo com algumas breves frases: assim...

– Seu pai não está tranquilo; por que não partem?

– Estou pronta, se os outros estiverem.

– Posso tocar a campainha?

– Sim.

E a campainha foi tocada e as carruagens foram solicitadas. Poucos minutos depois, Emma esperava ver um perturbado companheiro deixado na própria casa, sóbrio e tranquilo, e outro recuperar a disposição e a felicidade quando essa complicada visita estivesse encerrada.

A carruagem chegou: e o senhor Woodhouse, sempre o primeiro na atenção de todos em tais ocasiões, foi cuidadosamente conduzido até a sua própria pelo senhor Knightley e pelo senhor Weston; mas nada do que qualquer um deles pudesse dizer poderia impedir que ele se sentisse de novo alarmado ao ver a quantidade de neve que realmente havia caído e constatar que a noite estava bem mais escura do que havia imaginado. "Estava receoso de que tivessem uma viagem muito ruim. Receava que a pobre Isabella não gostasse dela. E haveria a pobre Emma na carruagem de trás. Não sabia bem o que deviam fazer. Deviam ficar todos juntos tanto quanto possível." Falou com James e pediu-lhe para que fosse muito devagar e esperasse pela outra carruagem.

Isabella subiu depois do pai; e John Knightley, esquecendo que não fazia parte daquele grupo, subiu muito naturalmente depois da esposa; de modo que Emma viu, ao ser escoltada e acompanhada para a segunda carruagem pelo senhor Elton, e a porta se fechava após a entrada deles, que teriam uma viagem a sós. Se não fosse o embaraço de um momento, talvez fosse até mesmo um prazer, desde que não pairasse a suspeita levantada nesse mesmo dia; ela poderia lhe falar de Harriet e o percurso de três quartos de milha pareceria reduzir-se a um instante. Mas agora preferia que isso não tivesse acontecido. Acreditava que o senhor Elton havia bebido demais do excelente vinho do senhor Weston e estava certa de que ele teria de falar bobagens.

Na tentativa de refreá-lo tanto quanto pudesse, por meio de suas boas maneiras, ela se preparou imediatamente para falar com sensível calma e gravidade sobre o tempo e a noite; mas mal havia começado, mal haviam passado o portão e alcançado a outra carruagem, quando o senhor Elton lhe cortou a palavra... tomou-lhe a mão... pediu sua atenção e lhe fez uma ardorosa declaração de amor: aproveitava dessa preciosa oportunidade, declarava sentimentos que já deviam ser bem conhecidos, dizendo-se esperançoso, receoso, apaixonado e pronto para morrer se ela o recusasse; mas se vangloriava em acreditar que sua ardente afeição, inigualável amor e incomparável paixão não poderiam deixar de ter algum efeito sobre ela e, em resumo, totalmente disposto a ser seriamente aceito tão logo fosse possível. Assim se apresentavam as coisas. Sem escrúpulos... sem desculpas... sem nenhum acanhamento aparente, o senhor, o amado de Harriet, estava confessando seu amor por *ela*. Tentou interrompê-lo, mas em vão; ele continuou e disse tudo. Zangada como estava, a situação do momento a levou a conter-se ao falar. Acreditava que metade dessa loucura se devia à bebida e por isso podia esperar que tudo estaria encerrado na hora seguinte. Consequentemente, com uma mistura de seriedade e de brincadeira, o que ela esperava ser melhor para o estado bastante alterado dele, replicou:

– Estou completamente atônita, senhor Elton. Essa declaração para *mim*! O senhor se engana... está me tomando por minha amiga... e qualquer mensagem para a senhorita Smith, ficarei feliz em transmitir; mas nada mais disso para *mim*, por favor.

– Senhorita Smith!... mensagem para a senhorita Smith!... O que ela poderia significar?... – E ele repetia as palavras dela com um tom de voz tão seguro, com tão orgulhosa pretensão de espanto, que ela não pôde deixar de responder de pronto:

– Senhor Elton, sua conduta é a mais extraordinária que já vi! E só posso entender isso de uma forma: o senhor está fora de si, ou não falaria dessa maneira comigo, nem de Harriet. Controle-se para não dizer mais nada e vou tentar esquecer isso.

Mas o senhor Elton só havia bebido vinho suficiente para elevar seu ânimo, e de modo algum para confundir sua mente. Sabia perfeitamente do que estava falando; e tenho protestado com veemência contra sua suspeita como algo injurioso, e tendo tocado levemente sobre o respeito que dedicava à amiga dela, senhorita Smith... mas deixando transparecer sua admiração por acreditar que a senhorita Smith não deveria ser mencionada agora... retomou o assunto de sua própria paixão e tinha muita pressa em obter uma resposta favorável.

Pensando menos na embriaguez dele, ela pensava mais na inconstância e presunção do próprio; e, sem maiores esforços para ser polida, respondeu:

– É impossível para mim continuar duvidando. O senhor foi muito claro. Senhor Elton, meu espanto vai muito além do que poderia expressar. Depois de tal comportamento com a senhorita Smith, que testemunhei no decorrer do último mês... depois das atenções que me acostumei a observar diariamente... dirigir-se a mim dessa maneira... isso demonstra uma instabilidade de caráter, na verdade, que nunca julguei possível! Acredite em mim, senhor, estou longe, muito longe de estar lisonjeada por ser o objeto de tais declarações.

– Deus do céu! – exclamou o senhor Elton. – O que pode significar isso?... senhorita Smith!... Nunca pensei na senhorita Smith em toda a minha vida... nunca tive qualquer atenção para com ela a não ser por ser amiga: nunca me importei se ela estava viva ou morta, a não ser porque era sua amiga. Se ela imaginou outra coisa, deve ter sido enganada por seus próprios desejos e sinto muito por isso... sinto muito mesmo... Mas senhorita Smith, não!... Oh! Senhorita Woodhouse! Quem pode pensar na senhorita Smith quando a senhorita Woodhouse está por perto! Não, palavra de honra, não há falta de firmeza de caráter. Só pensei apenas na senhorita. Protesto contra sua ideia de que eu tenha dado a menor atenção a qualquer outra. Tudo que disse ou fiz nas últimas semanas foi com o único objetivo de demonstrar minha adoração pela senhorita. Realmente, não pode duvidar disso. Não... (em um tom de voz pretendendo ser insinuante)... tenho certeza que a senhorita viu e me entendeu.

Seria impossível dizer o que Emma sentiu ao ouvir isso... não deixava de ser o pior de todos os seus sentimentos desagradáveis. Ela estava tão arrasada que não foi capaz de responder imediatamente: e poucos momentos de silêncio sendo mais que encorajadores para a otimista disposição do senhor Elton, ele tentou tomar a mão dela novamente, enquanto exclamava alegremente:

– Encantadora senhorita Woodhouse! Permita-me interpretar este Interessante silêncio. Ele confessa que a senhorita há muito tempo me entendeu.

– Não, senhor – exclamou Emma. – Não confessa isso. Longe de tê-lo entendido há muito tempo, tenho estado completamente enganada com respeito a seus propósitos até agora. Quanto a mim, lamento muito que o senhor tenha andado alimentando esses sentimentos... Nada poderia estar mais distante de meus desejos... sua afeição por minha amiga Harriet... sua corte a ela (pareceu-me que a cortejasse) deu-me grande prazer e desejei sinceramente que tivesse sucesso: mas se eu tivesse imaginado que não era ela que o atraía a Hartfield, certamente teria pensado que o senhor agia mal em visitar-nos com tanta frequência. E devo acreditar que o senhor nunca procurou uma aproximação particular com a senhorita Smith?.. que nunca pensou seriamente nela?

– Nunca, senhorita – exclamou ele, ofendido, por sua vez – nunca, eu lhe asseguro. *Eu* penso seriamente na senhorita Smith!... a senhorita Smith é uma moça muito boa; e ficaria feliz ao vê-la respeitavelmente estabelecida. Desejo-lhe todo o bem: e, sem dúvida, há homens que não se importariam... Cada um tem seu nível: mas, quanto a mim, acho que não estou tão desesperado assim. Não estou de tal modo desesperado para uma união dessas, para me envolver com a senhorita Smith! Não, minha dama, minhas visitas a Hartfield eram só para a senhorita; e o encorajamento que recebi...

– Encorajamento!... Eu lhe dei algum encorajamento!... Senhor, estava inteiramente enganado ao supor isso. Eu o via apenas como admirador de minha amiga. Sob qualquer outro aspecto o senhor poderia ser mais para mim do que uma amizade comum. Lamento profundamente: mas é bom que o engano termine aqui. Se o mesmo comportamento tivesse continuado, a senhorita Smith poderia ter interpretado erroneamente seus propósitos, provavelmente por não ter consciência, assim como eu, da grande desigualdade à qual o senhor é tão sensível. Mas, da forma como as coisas estão, o desapontamento será pequeno e, espero, não haverá de durar muito. Não tenho nenhuma intenção de me casar no momento.

Ele estava muito zangado para dizer algo mais; e a atitude dela decidida demais para levar a súplicas; e nesse estado de crescente ressentimento e profunda mortificação de ambos, continuaram juntos por mais alguns minutos, pois o medo do senhor Woodhouse os obrigava a andar bem devagar. Se não houvesse tanta raiva, teria havido desesperador desalinho; mas suas francas emoções não deixavam lugar aos pequenos meandros do embaraço. Sem perceber quando a carruagem virou na alameda do Vicariato ou quando parou, de repente se viram à porta da casa dele; e ele saltou da carruagem sem dizer uma palavra... Emma então achou indispensável desejar-lhe boa noite. O cumprimento foi retribuído, fria e orgulhosamente; e, com indescritível irritação, ela foi levada para Hartfield.

Ali foi recebida com extrema alegria pelo pai, que estivera tremendo por causa dos perigos de uma viagem solitária desde a alameda do Vicariato... passando por uma curva em que ele nem podia pensar... e em mãos estranhas... um simples cocheiro... e não James; e parecia que só era esperado o retorno dela para que tudo ficasse tranquilo; pois o senhor John Knightley, envergonhado de seu mau humor, era agora todo bondade e atenção; e tão particularmente solícito para com o bem-estar do sogro que parecia – se não bastante disposto a acompanhá-lo num prato de mingau – perfeitamente de acordo em considerá-lo extremamente saudável. E o dia estava terminando em paz e conforto para todo o pequeno grupo, exceto para ela... Sua mente nunca estivera com toda essa perturbação; e precisou fazer um grande esforço para parecer atenciosa e alegre até que a hora costumeira de se recolherem lhe permitiu o alívio de uma calma reflexão.

## ≈ CAPÍTULO 16 ≈

De cabelo já enrolado, a criada foi dispensada, e Emma sentou-se para pensar e sentir-se desacorçoada... Era uma situação deplorável, sem dúvida!... Uma reviravolta de tudo o que havia desejado!... E o desenrolar de todas essas coisas desagradáveis!... Que golpe para Harriet!... Isso era o pior de tudo. Isso trazia dor e humilhação, de um tipo ou de outro; mas, comparado ao mal causado a Harriet, não era nada; e ela teria se submetido de bom grado a sentir-se mais enganada ainda... a um erro maior... mais infeliz do que já estava pelo erro de julgamento, se os efeitos de seus enganos se tivessem limitado a ela somente.

"Se não tivesse persuadido Harriet a gostar desse homem, eu poderia suportar qualquer coisa. Ele não devia ter dúvidas de sua presunção a meu espeito... mas pobre Harriet."

Como pudera se enganar tanto assim!... Ele afirmou que nunca havia pensado seriamente em Harriet... nunca! Olhou para o passado, tanto quanto podia; mas tudo era só confusão. Ela havia arquitetado uma ideia, havia feito suposições; e fez com que tudo convergisse para isso. As maneiras dele, porém, deviam ter sido imprecisas, oscilantes, duvidosas, ou ela nunca teria se iludido tanto.

O quadro!... Como ele havia ficado entusiasmado com o quadro!... e a charada!... e uma centena de outras circunstâncias... como pareciam apontar claramente para Harriet. Com certeza, a charada, com as palavras "inteligência arguta"... mas também o "meigo olhar"... de fato, não se adaptava a ninguém; Era uma mixórdia sem sentido ou bom gosto. Quem poderia ter percebido alguma coisa nessa insossa bobagem?

Certamente ela havia observado com frequência que, especialmente nos últimos tempos, as maneiras dele para com ela eram desnecessariamente galantes; mas vira isso como algo próprio dele, como um mero erro de julgamento, de conhecimento, de gosto, como uma prova entre outras de que ele nem sempre havia frequentado a melhor sociedade, que com toda a meiguice de suas maneiras faltava-lhe, por vezes, a verdadeira elegância; mas até esse dia, nunca havia suspeitado, nem por um instante, que isso significasse algo além de um agradecido respeito por ela como amiga de Harriet.

Sentia-se devedora ao senhor John Knightley pela primeira ideia sobre o assunto, pelo primeiro indício dessa possibilidade. Não havia como negar que esses dois irmãos eram realmente observadores. Lembrou-se do que o senhor Knightley lhe dissera uma vez sobre o senhor Elton, de como a havia acautelado, da convicção de que o senhor Elton jamais faria um casamento imprudente; e corou ao pensar em como tinha mostrado o mais verdadeiro conhecimento do caráter dele, bem melhor do que o dela própria. Era terrivelmente mortificante; mas o senhor Elton estava provando ser, em muitos aspectos, exatamente o contrário do que ela havia pensado e acreditado que fosse: orgulhoso, arrogante, convencido; cheio de suas próprias pretensões e pouco preocupado com os sentimentos dos outros.

Contrariando o curso natural das coisas, a necessidade do senhor Elton de declarar-se a ela o havia diminuído em sua opinião. Suas declarações e suas propostas não o ajudaram. Ela menosprezava o afeto dele e sentia-se insultada por suas esperanças. Ele desejava casar-se bem e, tendo a arrogância de levantar seus olhos para ela, fingia estar apaixonado; mas ela estava totalmente certa de que ele não sofreria desapontamento algum que necessitasse de cuidados. Não havia qualquer afeição verdadeira em suas palavras ou em suas maneiras. Suspiros e palavras bonitas foram dados em abundância, mas ela dificilmente podia perceber algum tipo de expressão ou imaginar qualquer tom de voz menos reveladores de um verdadeiro amor. Não precisava se incomodar em ter pena dele. Ele só queria subir na vida e enriquecer; e se a senhorita Woodhouse de Hartfield, a herdeira de trinta mil libras, não era tão fácil de conquistar como ele havia pensado, logo tentaria com outra senhorita qualquer, herdeira de vinte ou de dez mil libras.

Mas... que ele tivesse falado de encorajamento, que pudesse considerá-la ciente de suas pretensões, que aceitasse suas atenções, que desejava (em resumo) casar-se com ele!... que pudesse imaginar-se igual a ela em condições intelectuais!... colocar sua amiga em nível tão baixo, demonstrando conhecer muito bem as gradações de nível abaixo dele e ser tão cego aos níveis mais elevados, a ponto de imaginar não mostrar presunção ao declarar-se a ela!... era o que mais a irritava.

Talvez não fosse justo esperar que ele percebesse o quanto era inferior a ela em talento e nos refinamentos da mente. A própria falta dessa igualdade podia impedir que ele o percebesse; mas devia saber que em fortuna e importância ela era muito superior a ele. Devia saber que os Woodhouse estavam estabelecidos em Hartfield há várias gerações; eram o ramo mais novo de uma família muito antiga... e que os Elton não eram ninguém. As terras de Hartfield não eram certamente consideráveis, sendo apenas um ponto dentro da propriedade de Donwell Abbey, à qual todo o restante de Highbury pertencia; mas a fortuna deles, vinda de outras fontes, era tão grande que dificilmente não se equiparava à própria Donwell Abbey, em todos os outros aspectos de importância; e os Woodhouse gozavam de um alto grau de consideração na vizinhança, na qual o senhor Elton havia entrado não fazia ainda dois anos, para abrir seu caminho como pudesse, sem qualquer relacionamento a não ser no comércio ou nada para recomendá-lo que não fosse sua posição e suas boas maneiras... Mas havia imaginado que ela estava apaixonada por ele; e ele evidentemente estivera confiante; e depois de encolerizar-se um pouco com a aparente incongruência de maneiras delicadas e de uma cabeça vaidosa, Emma foi obrigada, por simples honestidade, a parar e admitir que seu próprio comportamento para com ele tinha sido tão amável e prestativo, tão cheio de cortesia e atenção, como (supondo que seu verdadeiro motivo era despercebido) podem autorizar um homem de observação comum e delicadeza, como o senhor Elton, a imaginar-se como um favorito muito decidido. Se *ela* tivesse interpretado tão mal os sentimentos dele, teria pouco direito de admirar-se que *ele*, com um autointeresse de iludir-se, poderia ter confundido os sentimentos dela.

O primeiro erro, e o pior, fora dela. Foi uma loucura, foi errado tomar parte tão ativa na tentativa de unir duas pessoas. Era aventurar-se a ir longe demais, assumir algo além do possível, tornando superficial o que devia ser sério, em um truque o que devia ser simples. Ela estava tão preocupada e envergonhada que resolveu não fazer mais esse tipo de coisa.

"E além de tudo", disse ela, "acabei levando a pobre Harriet a ficar completamente apaixonada por esse homem. Ela nunca teria pensado nele se não fosse por mim, e certamente nunca teria pensado nele com esperança se eu não lhe tivesse garantido que ele estava apaixonado, pois ela é tão modesta e humilde como costumava pensar que ele também fosse. Oh! e pensar que fiquei satisfeita em persuadi-la a não aceitar o jovem Martin! Ali, eu estava totalmente certa. E fiz muito bem, mas devia ter parado por aí e deixado o resto ao tempo e ao acaso. Eu a apresentei à boa sociedade e dei-lhe a oportunidade de agradar a alguém digno; não devia ter tentado mais que isso. Mas agora, pobre menina, vai perder a paz por algum tempo. Fui amiga dela só pela metade, e se ela *não* sentir demasiadamente esse desapontamento, estou certa de que não faço ideia de qualquer outro que fosse desejável para ela... William Coxe... Oh, não! Não poderia suportar William Coxe... um jovem advogado atrevido."

Emma parou de corar e de rir de sua própria recaída, e então voltou a pensamentos mais sérios, mais desanimadores sobre o que havia ocorrido, o que podia ser e o que devia ser. A penosa explicação que devia dar a Harriet, e tudo o que a pobre Harriet poderia sofrer com o embaraço de futuros encontros, as dificuldades de continuar ou não a amizade, de dominar sentimentos, esconder ressentimentos e evitar escândalos eram suficientes para ocupá-la em tristes reflexões por mais algum tempo e, finalmente, foi para a cama sem nada acertado a não ser a convicção de ter cometido uma terrível asneira.

Para uma disposição jovem e natural como a de Emma, embora temporariamente melancólica à noite, o retorno do dia dificilmente deixava de trazer o retorno do bom humor. A juventude e alegria da manhã eram uma bela analogia e operavam maravilhas; e se a angústia não fosse pungente demais para manter os olhos abertos, certamente se abririam para sensações de dor amenizada e esperanças mais brilhantes.

Emma se levantou no dia seguinte mais disposta ao consolo do que ao se deitar, mais pronta a ver a mitigação dos males diante dela e mais confiante em conseguir livrar-se deles de forma tolerável.

Era um grande consolo saber que o senhor Elton não a amava realmente ou era tão particularmente amável a ponto de ser revoltante desapontá-lo... que a natureza de Harriet não era daquela espécie superior em que os sentimentos são mais agudos e duradouros... e que não haveria necessidade de que alguém viesse a saber o que se havia passado, exceto os três envolvidos, e especialmente para não causar nem um momento de intranquilidade ao pai.

Eram pensamentos consoladores e a vista da grande quantidade de neve que cobria o solo prestou-lhe mais um serviço, pois nada poderia ser mais bem-vindo para justificar que os três se mantivessem afastados no momento.

O tempo era mais que favorável para ela; embora fosse o dia de Natal, ela não poderia ir à igreja. O senhor Woodhouse ficaria preocupado se a filha tentasse sair, e por isso ela estaria a salvo de despertar ou ter ideias desagradáveis e inadequadas. Durante vários dias foi a mais digna prisioneira, porquanto o solo estava coberto de neve e a atmosfera naquele estado indefinido entre o gelo e o degelo, que é o pior de todos para exercitar-se ao ar livre, com todas as manhãs começando com chuva ou neve e cada noite iniciando com frio congelante. Não era possível nenhuma comunicação com Harriet, a não ser por bilhetes; não poderia ir à igreja no domingo, bem como no dia de Natal; e nenhuma desculpa seria necessária para justificar a ausência do próprio senhor Elton.

Era o tipo de tempo que podia confinar todos dentro de casa; e embora ela esperasse e acreditasse que o pai tivesse realmente o conforto da companhia de alguém, era muito agradável vê--lo tão satisfeito por estar sozinho em sua própria casa, pois era prudente demais para sair; e ouviu-o dizer isso ao senhor Knightley, a quem nem o mau tempo podia afastar inteiramente da companhia deles:

– Ah! Senhor Knightley, por que não fica em casa como o pobre senhor Elton? Esses dias de confinamento foram, menos para as perplexidades particulares dela, notavelmente reconfortantes, visto que essa reclusão era o que exatamente convinha ao cunhado, cujos sentimentos deviam sempre ser de grande importância para todos; e, além disso, ele havia deixado inteiramente de lado o mau humor que o acometera em Randalls, de modo que sua amabilidade nunca lhe faltou durante o resto de sua estada em Hartfield. Era sempre agradável e atencioso e falava bem de todos. Mas com toda a esperança de alegria e do conforto dessa demora, havia ainda um tal mal-estar pairando sobre ela ao pensar na hora da explicação a ser dada a Harriet, que era impossível para Emma ficar sempre perfeitamente à vontade.

## ≈ CAPÍTULO 17 ≈

O senhor e a senhora John Knightley não permaneceram por muito tempo em Hartfield. Logo o tempo melhorou bastante para que aqueles que precisassem viajar pudessem fazê-lo. O senhor Woodhouse, tendo tentado, como de costume, persuadir a filha a ficar com todas as crianças, foi obrigado a ver o grupo inteiro partir e voltou a suas lamentações sobre o destino da pobre Isabella... a mesma pobre Isabella que, passando sua vida entre aqueles a quem amava ternamente, orgulhosa de seus méritos, cega a suas faltas e sempre inocentemente ocupada, podia ser considerada um modelo de felicidade feminina.

Ao entardecer daquele mesmo dia chegou um bilhete do senhor Elton para o senhor Woodhouse, um longo, educado e cerimonioso bilhete para dizer, com os cumprimentos do senhor Elton "que ele se propunha deixar Highbury na manhã seguinte para dirigir-se a Bath, onde, atendendo a insistentes convites de alguns amigos, se havia comprometido a passar algumas semanas e lamentava muito estar na impossibilidade, por várias circunstâncias de tempo e negócios, de despedir-se pessoalmente do senhor Woodhouse, a quem sempre seria grato pelas amigáveis gentilezas de que fora alvo... e se o senhor Woodhouse tivesse alguma encomenda, ficaria feliz em atendê-lo".

Emma ficou agradavelmente surpresa... A ausência do senhor Elton, exatamente nesse momento, era o que mais desejava. Ela o admirou por ter planejado a viagem, embora não pudesse lhe dar muito crédito pela maneira com que foi anunciada. O ressentimento não poderia ter sido mais claramente expresso do que numa forma de civilidade para com o pai dela, ao passo que ela era evidentemente excluída. Não foi lembrada nem nos cumprimentos iniciais... Seu nome não foi mencionado... e havia uma mudança tão surpreendente em tudo isso e uma solenidade tão imprudente de despedida, repleta de graciosos agradecimentos, que, de início, ela pensou que não poderia escapar da suspeita do pai.

Mas escapou... O pai dela foi tomado de surpresa por uma viagem tão repentina e receava que o senhor Elton nunca chegasse são e salvo ao fim dela, mas nada viu de extraordinário na linguagem. O bilhete foi muito útil, pois lhes forneceu um novo assunto para pensar e conversar durante o resto dessa noite solitária. O senhor Woodhouse falava de suas preocupações e Emma teve disposição para dispersá-las com toda a sua costumeira prontidão.

Ela resolvera que Harriet não devia continuar no escuro por mais tempo. Tinha razões para acreditar que já estava quase recuperada do resfriado, e era desejável que ela tivesse o maior tempo possível para assimilar a imensa decepção, antes do retorno do cavalheiro. Desse modo, ela se dirigiu à casa da senhora Goddard logo no dia seguinte, para submeter-se ao necessário sacrifício de transmitir a notícia; e não deixava de ser um fardo imenso... Devia destruir todas as esperanças que havia tão cuidadosamente alimentado... para aparecer no infeliz papel de preferida... e reconhecer que ela própria se havia grosseiramente enganado e arquitetado mal todas as suas ideias sobre o assunto, todas as observações, todas as convicções e todas as suas profecias feitas no decorrer das últimas seis semanas.

A confissão renovou a grande vergonha do primeiro momento... e a visão das lágrimas de Harriet a fez pensar que jamais seria capaz de se perdoar a si própria por tudo.

Harriet suportou a muito bem a informação transmitida... sem culpar ninguém... e demonstrando em tudo tal simplicidade de disposição e baixa opinião de si mesma que, naquele momento, essa atitude mais parecia de particular vantagem para sua amiga.

Emma estava propensa a valorizar ao máximo a simplicidade e a modéstia; e tudo o que era mais amável, e tudo o que deveria ser mais afetuoso parecia provir da parte de Harriet, e não dela. Harriet não achava que tivesse qualquer motivo para se queixar. O afeto de um homem como o senhor Elton teria sido uma distinção grande demais... Ela nunca poderia tê-lo merecido... e ninguém mais a não ser uma amiga tão parcial e bondosa como a senhorita Woodhouse poderia acreditar que isso fosse possível.

Harriet chorou copiosamente... mas sua tristeza era tão verdadeiramente singela, que nenhuma nobreza seria capaz de torná-la mais respeitável aos olhos de Emma... e esta a ouvia e tentava consolá-la com todo o coração e compreensão... convencida realmente, nesse momento, de que, das duas, Harriet era a criatura superior... e de que parecer-se com ela faria mais por seu bem-estar e felicidade do que todo talento e inteligência poderiam fazer.

Na realidade, era tarde demais para mostrar-se por aí de espírito tacanho e ignorante; mas ela deixou a amiga ratificando a resolução anteriormente tomada de ser humilde e discreta e de reprimir a imaginação pelo resto da vida. Sua segunda obrigação agora, inferior somente à das atenções para com o pai, era proporcionar conforto a Harriet, e esforçar-se para provar sua própria afeição de uma forma melhor do que procurar arranjar-lhe casamento. Levou-a para Hartfield e mostrou-se de uma bondade invariável, procurando ocupá-la e distraí-la, e tentando afastar o senhor Elton de seus pensamentos com leituras e conversas.

Era necessário, ela sabia, todo o seu devido tempo para que isso foi esquecido; e podia se considerar tudo menos que um juiz indiferente em tais questões em geral, e muito insegura em continuar alimentando uma amizade com o senhor Elton em particular; mas lhe parecia razoável que na idade de Harriet, e com a total extinção de qualquer esperança, ela poderia progredir até um estado de compostura quando do retorno do senhor Elton, de modo a permitir que todos se encontrassem novamente na rotina normal de amizade, sem nenhum perigo de trair sentimentos ou aumentá-los.

Harriet ainda achava que ele era a própria perfeição e acreditava que não existia ninguém igual a ele em personalidade e bondade – e, por sua vez, na verdade, se provava mais resolutamente apaixonada do que Emma havia previsto; mas ainda lhe parecia tão natural, tão inevitável lutar contra uma inclinação de tal forma *não correspondida*, que não podia compreender como esse afeto haveria de continuar com igual força.

Se o senhor Elton, ao voltar, mostrasse uma indiferença tão evidente e indubitável como ela não duvidava de que ele estivesse ansioso por fazer, não podia imaginar que Harriet houvesse de persistir em colocar sua felicidade na simples visão ou na lembrança dele.

O fato de estarem fixados, tão absolutamente fixados no mesmo lugar, era ruim para os três. Nenhum deles tinha o poder de mudar-se ou mudar sua posição efetiva na sociedade. Deveriam encontrar-se e tentar conviver da melhor maneira possível.

Harriet era ainda mais desafortunada por causa de suas colegas da casa da senhora Goddard; pois o senhor Elton era o predileto de todas as professoras e das moças da escola; e devia ser somente em Hartfield que tinha a oportunidade de ouvir alguém falar dele com fria moderação ou repulsiva verdade. Onde a ferida havia sido aberta, lá devia ser buscada a cura, e não em qualquer outro lugar; e Emma pressentia que, enquanto não a visse Harriet a caminho da cura, não haveria paz verdadeira para ela.

## ≈ CAPÍTULO 18 ≈

O senhor Frank Churchill não veio. Quando a época prevista foi se aproximando, os temores da senhora Weston se confirmaram ao receber uma carta de desculpas. No momento, não poderia ser esperado para sua "imensa mortificação e desgosto; mas ainda tinha a esperança de ir a Randalls num período não muito distante".

A senhora Weston ficou extremamente desapontada... muito mais desapontada, de fato, do que o marido, embora sua confiança em ver o jovem fosse muito menor: mas o otimista, embora sempre espere mais coisas boas das que ocorrem, nem sempre paga por suas esperanças com depressão proporcional. Logo passa por cima do presente fracasso e começa a ter esperanças de novo. Por meia hora o senhor Weston ficou surpreso e triste; mas quando passou a perceber que, se a vinda de Frank se desse dali a dois ou três meses, seria um plano bem melhor; estação do ano melhor; tempo melhor; e ele poderia, sem dúvida alguma, ficar por um tempo consideravelmente mais longo do que se tivesse vindo antes.

Esses pensamentos lhe restauraram rapidamente o humor, enquanto a senhora Weston, mais apreensiva, só via uma repetição das mesmas desculpas e adiamentos; e depois de toda sua preocupação por aquilo que o marido deveria sofrer, ela própria acabava por sofrer mais que ele.

Nessa ocasião, Emma não tinha disposição de espírito para se preocupar realmente se o senhor Frank Churchill haveria de vir ou não, exceto pelo desapontamento que causaria em Randalls. No momento, não se interessava por nova amizade. Preferia, antes de tudo, ficar tranquila e longe de qualquer tentação; mas era desejável ainda que ela parecesse da mesma maneira de sempre e tomou o cuidado de expressar todo o interesse pelo que acontecia e solidarizar-se calorosamente do desapontamento do senhor e da senhora Weston, como era natural que ocorresse pela amizade existente entre eles.

Ela foi a primeira a transmitir a notícia ao senhor Knightley e reprovou tanto quanto necessário (ou talvez um pouco mais, porquanto desempenhava um papel) a atitude dos Churchill em manter o jovem afastado. Ela continuou então falando muito mais do que sentia sobre a vantagem da inserção desse jovem no limitado círculo social de Surry, do prazer de conhecer gente nova, da festa de gala de toda Highbury na eventual vinda do jovem; e terminou com novas reflexões sobre os Churchill, quando se viu novamente envolvida num desentendimento com o senhor Knightley; e, para seu grande divertimento, percebeu que ela tomava o outro lado da sua opinião sobre a questão e usava os argumentos da senhora Weston contra ela própria.

– Os Churchill provavelmente estão errados – disse o senhor Knightley, friamente –, mas ouso perguntar-me se ele realmente viria, se pudesse.

– Não sei por que poderia dizer uma coisa dessas! Ele deseja ardentemente vir; mas o tio e a tia não vão dispensá-lo.

– Não acredito que ele não tenha o poder de vir, se fizesse realmente questão. É tão improvável para mim acreditar nisso sem prova!

– Como o senhor é estranho! O que fez o senhor Frank Churchill para que o julgue uma criatura tão desnaturada?

– Não o estou considerando, de modo algum, uma criatura desnaturada, ao suspeitar que ele deve ter sido ensinado a julgar-se acima de seus conhecidos e a preocupar-se muito pouco com qualquer coisa que não seja o próprio, ao conviver sempre com indivíduos que lhe deram exemplo disso. É muito mais natural do que se desejaria, que um jovem criado por indivíduos orgulhosos, voluptuosos e egoístas, acabe por se tornar orgulhoso, voluptuoso e egoísta também. Se o senhor Frank Churchill desejasse ver o pai, teria planejado isso entre setembro e janeiro. Um jovem da idade dele... quantos anos tem?... 23 ou 24... não pode ser privado dos meios de fazer algo tão simples. É impossível.

– É fácil dizer e sentir assim pelo senhor, que sempre foi dono de si mesmo. O senhor é o pior juiz do mundo, senhor Knightley, quando se trata das dificuldades da dependência. Não sabe como é difícil lidar com isso.

– Não se pode conceber que um jovem de 23 ou 24 anos não tenha liberdade de espírito ou de movimento até esse ponto. Não lhe falta dinheiro... não lhe falta tempo. Pelo contrário, sabemos que ele tem tanto de ambos que se contenta em desperdiçá-los em inúteis andanças pelo reino. Sempre ouvimos falar que está em um ou outro balneário. Há pouco tempo estava em Weymouth. Isso prova que ele pode deixar os Churchill.

– Sim, às vezes ele pode.

– E essas vezes são aquelas em que ele acha que vale a pena; sempre que houver alguma tentação de prazer.

– É injusto julgar a conduta de qualquer pessoa sem conhecer muito bem sua situação. Ninguém, que não tenha convivido na intimidade de uma família, pode falar das dificuldades de qualquer indivíduo dessa família. Devemos conhecer bem Enscombe e o temperamento da senhora Churchill antes de pretendermos decidir o que o sobrinho dela pode fazer. É possível que, às vezes, ele possa fazer muitas coisas e outras não.

– Há algo, Emma, que um homem sempre pode fazer, se quiser, isto é, seu dever; não por meio de manobras e artifícios, mas com vigor e decisão. É obrigação de Frank Churchill visitar o pai. Ele sabe que assim é por suas promessas e mensagens; mas se quisesse fazê-lo, já o teria feito. Um homem honesto diria de uma vez e de maneira simples e resoluta à senhora Churchill: "Sempre me encontrará pronto a fazer qualquer sacrifício de simples prazer para agradá-la; mas devo partir para ver meu pai imediatamente. Sei que deve estar magoado por minha falta de respeito para com ele nessa ocasião. Por isso vou partir amanhã." Se ele dissesse isso diretamente para ela, no tom de decisão apropriado a um homem, não haveria oposição à partida dele.

– Não – disse Emma, rindo –, mas talvez houvesse oposição à volta dele. Tal linguagem na boca de um jovem inteiramente dependente!... Ninguém a não ser o senhor, senhor Knightley, poderia julgar isso possível. Mas o senhor não tem a menor ideia do que se exige em situações diretamente opostas à sua. Imaginar o senhor Frank Churchill falando dessa maneira com o tio e a tia, que o criaram e de quem é herdeiro!... De pé no meio da sala, suponho, e falando tão alto quanto pudesse!... Como pode imaginar aceitável essa conduta?

– Confie nisso, Emma, um homem sensível não encontraria dificuldade em agir assim. Ele se sentiria em seu direito; e se a declaração... feita, é claro, da maneira apropriada que um homem de bom senso a faria... deporia em seu favor, elevaria ainda mais seu conceito e firmaria mais fortemente seus interesses entre as pessoas das quais depende, muito mais do que qualquer linha de manobras e expedientes poderia fazer. O respeito se somaria à afeição. Eles sentiriam que poderiam confiar nele; que o sobrinho que tinha agido corretamente com o pai agiria do mesmo modo com eles; pois sabem, como ele próprio sabe, como todo o mundo sabe, que deve fazer essa visita ao pai; e enquanto eles exercem seu poder de adiá-la, no fundo do coração não devem pensar bem do jovem justamente por submeter-se aos caprichos deles. Todos sentem respeito pela boa conduta. Se ele agisse dessa maneira por princípio, de forma consistente e regular, as estreitas mentes deles haveriam de curvar-se à dele.

– Acho isso um tanto duvidoso. O senhor gosta de curvar mentes pequenas; mas quando as mentes pequenas pertencem a pessoas ricas e poderosas, acho que têm uma tendência a inchar-se até se tornarem ingovernáveis. Posso imaginar que o senhor, como é, senhor Knightley, se fosse transportado e colocado de vez na situação do senhor Frank Churchill, seria capaz de dizer e fazer o que está recomendando a ele, e se poderia ter um efeito realmente bom. Os Churchill não teriam palavra a dizer em resposta; mas então o senhor não teria que quebrar um antigo hábito de obediência e de longa observância. Para ele que tem, não deve ser fácil revoltar-se de vez e invocar perfeita independência, e anular todos os direitos deles em relação à gratidão e à consideração que ele lhes deveria. Ele deve ter bom senso suficientemente forte para saber o que é apropriado, tanto quanto o senhor sabe, embora sem poder agir de acordo em determinadas circunstâncias.

– Então o bom senso não seja tão forte como esperado. Se falha em produzir um esforço de igual teor, a convicção pode não ser suficiente.

– Oh! A diferença de hábito e de situação! Gostaria que o senhor tentasse entender o que um amável jovem poderia provavelmente sentir ao se opor diretamente àqueles a quem, como criança e rapaz, sempre obedeceu durante toda a vida.

– Nosso amável jovem é um jovem muito fraco, se esta for a primeira oportunidade que tem de agir corretamente contra a vontade dos outros. A esta altura da vida já deveria ter por hábito fazer seu dever, em vez de recorrer a expedientes. Posso entender os receios de uma criança, mas não os de um homem. Quando se tornou racional, ele deveria ter se revoltado e se libertado de tudo o que fosse indigno na autoridade dos tios. Ele devia ter-se oposto logo na primeira tentativa da parte deles de levá-lo a fazer pouco caso do pai. Se tivesse começado a agir assim antes, agora não teria dificuldade alguma.

– Nunca iremos concordar no caso dele – exclamou Emma –, mas isso não é nada extraordinário. Nunca tive a menor impressão de que ele fosse um homem fraco: tenho certeza de que não é. O senhor Weston não seria tão cego até a insensatez, mesmo em se tratando do próprio filho; mas provavelmente a disposição dele é mais submissa, condescendente e meiga para adequar-se a seu ideal de perfeição masculina. Ouso dizer que é isso; e embora isso lhe tire algumas vantagens, pode lhe assegurar muitas outras.

– Sim; todas as vantagens de ficar sentado quando deveria se mover; e de levar uma vida de fúteis prazeres e de se imaginar extremamente esperto para encontrar desculpas para isso. Ele pode sentar-se e escrever uma bela carta estilosa, cheia de declarações e falsidades e persuadir-se a si próprio de que encontrou o melhor método do mundo para preservar a paz em casa e evitar que o pai tenha algum direito de queixar-se. Não suporto as cartas dele.

– Seus sentimentos são estranhos. Todos parecem satisfeitos com as cartas dele.

– Suspeito que não sejam do agrado da senhora Weston. Elas dificilmente podem satisfazer uma mulher com o bom senso e a viva sensibilidade dela: está no lugar de uma mãe, mas sem ter o afeto de mãe para cegá-la. É por causa dela que ele deve duplamente respeito a Randalls, e ela deve ter sentido a omissão em dobro. Se ela própria fosse uma pessoa de importância, ele teria vindo, atrevo-me a dizer; não teria ficado nessa indecisão de vir ou não. Pode imaginar sua amiga retraída nesse tipo de considerações? Acha que ela não diz isso para si mesma muitas vezes? Não, Emma, seu amável amigo pode ser amável somente em francês, não em inglês. Ele pode ser "aimable", ter boas maneiras e ser muito agradável; mas não pode ter a delicadeza inglesa para com os sentimentos dos outros: não há nada de amável nele.

– O senhor está determinado a pensar mal dele.

– Eu!... de modo algum! – replicou o senhor Knightley, um tanto magoado. – Não quero pensar mal dele. Estou disposto a aceitar seus méritos, como os de qualquer outro; mas até agora não soube de nenhum, exceto dos que são de caráter estritamente pessoal; que ele é bem criado, bem apessoado, de maneiras muito meigas e aceitáveis.

– Bem, se ele não tem nada mais a recomendá-lo, será um tesouro em Highbury. Não é com muita frequência que vemos jovens belos, bem-educados e agradáveis. Não devemos ser exigentes e querer todas as virtudes na mesma barganha. Já imaginou, senhor Knightley, que *sensação* a chegada dele irá provocar? Não haverá outro assunto nas paróquias de Donwell e

Highbury, a não ser um interesse... um objeto de curiosidade: tudo vai girar em torno do senhor Frank Churchill; não pensaremos nem falaremos de ninguém mais.

– Peço desculpas por me mostrar tão exagerado. Se eu o achar sociável, ficarei contente em conhecê-lo, mas se ele for apenas um peralta falador, não vai ocupar muito de meu tempo ou de meus pensamentos.

– Minha ideia é de que ele pode adaptar sua conversa ao gosto de todos e que tem o poder e o desejo de ser universalmente agradável. Com o senhor, falará de fazendas; comigo, de pintura ou música; e assim com todos, obtendo informações gerais sobre os assuntos que lhe permitam seguir o rumo, ou tomar o rumo, como a etiqueta o exige, e falar com toda a propriedade com cada um; essa é a ideia que faço dele.

– E a minha – disse o senhor Knightley, com ardor – é que, se ele for assim, vai ser o camarada mais insuportável já visto! O quê! Aos 23 anos ser o rei de seu grupo... o grande homem... o político prático, que consegue ler o caráter de todos e fazer com que os talentos dos outros sirvam para realçar sua própria superioridade, dispensando elogios a quem quer que seja, para que todos pareçam tolos se comparados a ele! Minha querida Emma, seu próprio bom senso não poderá suportar esse moleque quando chegar a hora.

– Não vou dizer mais nada sobre ele – exclamou Emma. – O senhor distorce tudo para o pior. Ambos temos preconceitos: o senhor, contra; eu, a favor; e não temos nenhuma chance de concordar até que ele esteja realmente aqui.

– Preconceito! Não sou preconceituoso.

– Pois eu sou, muito, e não tenho vergonha disso. Meu afeto pelo senhor e pela senhora Weston instaura em mim um decidido preconceito em relação a ele.

– Ele é uma pessoa em quem eu não pensaria do fim de um mês até o início do outro – disse o senhor Knightley, com um grau de irritação que levou Emma a falar imediatamente de outra coisa, embora ela não conseguisse compreender por que estaria tão zangado.

Não gostar de um jovem somente porque parecia ter uma disposição diferente da própria era algo que não combinava com a verdadeira liberalidade de pensamento que ela já se acostumara a ver nele; pois, com toda a elevada opinião que tinha de si mesmo, que ela com frequência testemunhara, nunca poderia supor, por um momento, que ele pudesse ser injusto com os méritos de outro.

# SEGUNDA PARTE

## ≈ CAPÍTULO 1 ≈

Emma e Harriet passeavam juntas certa manhã e, na opinião de Emma, já haviam falado bastante sobre o senhor Elton por aquele dia. Não podia pensar que o consolo de Harriet ou seus próprios pecados exigissem mais que isso; e enquanto voltavam, ela se empenhava com arte e engenho para livrar-se do assunto; mas quando pensou que havia conseguido, o assunto voltou à; e depois de falar um pouco sobre o quanto os pobres deviam sofrer no inverno e, não tendo recebido outra resposta que um queixoso... "o senhor Elton é tão bom para os pobres!", ela achou que algo mais deveria ser feito.

Estavam se aproximando da casa da senhora e da senhorita Bates. Ela decidiu visitá-las e procurar segurança na companhia de outras pessoas. Sempre havia razões suficientes para tal atenção: a senhora e a senhorita Bates gostavam de receber visitas, e ela sabia que era considerada pelas poucas pessoas que sempre achavam imperfeições nela como um tanto negligente a esse respeito, e ainda que não contribuía como deveria para o aumento do escasso conforto das duas damas.

Ela já havia recebido muitas insinuações da parte do senhor Knightley e também de seu próprio coração a respeito dessa deficiência... mas nenhuma delas podia diminuir sua persuasão de que isso era muito desagradável... perda de tempo... mulheres cansativas... e ainda todo o horror de correr o perigo de encontrar-se com pessoas do segundo e do terceiro escalões de Highbury, que estavam sempre visitando as Bates; por isso ela raramente passava perto da casa delas. Mas agora tomara a repentina decisão de não passar pela porta delas sem entrar... observando, enquanto propunha a visita a Harriet, que, tanto quanto podia calcular, estavam certamente a salvo de alguma nova carta de Jane Fairfax.

A casa pertencia a pessoas de negócios. A senhora e a senhorita Bates ocupavam o andar onde se situava a sala de estar; e ali, no apartamento de tamanho bem modesto, que era tudo para elas, as visitas eram recebidas com a maior cordialidade e até mesmo com gratidão; a velha e hábil senhora, que estava sentada com seu tricô no canto mais quente da sala, queria ceder seu lugar à senhorita Woodhouse, e sua filha, a ativa e falante senhorita Bates, parecia prestes a sufocá-las com tanta bondade e cuidados, agradecendo a visita, preocupando-se com os sapatos delas, perguntando ansiosamente pela saúde do senhor Woodhouse, tecendo alguns alegres comentários sobre sua mãe, e oferecendo o bolo que estava sobre o bufê... "A senhora Cole, que acabara de sair não havia nem dez minutos, e que fora tão bondosa que havia ficado com elas durante uma hora, e *ela* tinha provado o bolo e tivera a bondade de dizer que estava muito gostoso; e por isso esperava que a senhorita Woodhouse e a senhorita Smith fizessem o favor de provar um pedaço também".

A menção dos Cole certamente seria seguida por aquela do senhor Elton. Havia intimidade entre eles e o senhor Cole havia recebido notícias do senhor Elton depois que ele partira. Emma sabia o que viria a seguir; elas deviam lembrar a carta outra vez e dizer há quanto tempo ele se fora, e quantos novos amigos granjeara, e como se tornava o favorito onde quer que fosse, e quão concorrido fora o baile do Mestre de Cerimônias; e ela suportou tudo isso muito bem, com todo o interesse e as lisonjas apropriadas, e sempre se adiantando para evitar que Harriet fosse obrigada a dizer qualquer palavra.

Ela estava preparada para isso quando entrou na casa; mas, uma vez que já falara gentilmente sobre ele, esperava não ser incomodada por nenhum outro tópico e passou a perguntar longamente por todas as senhoras e senhoritas de Highbury e seus jogos de cartas. Não estava preparada para ver Jane Fairfax suceder ao senhor Elton nos assuntos do momento; mas ele foi realmente relembrado pela senhorita Bates, que finalmente e de modo abrupto para os Cole, acabando por introduzir uma carta da sobrinha dela.

– Oh! sim... senhor Elton, entendo... certamente, quando a dançar... A senhora Cole estava me contando que dançar nos salões de Bath foi... A senhora Cole foi tão gentil em sentar-se conosco por algum tempo e conversar sobre Jane; pois, logo que chegou, ela começou a perguntar por Jane: ela é tão benquista na casa deles! Sempre que está aqui conosco, a senhora Cole não sabe como demonstrar-lhe suficiente bondade; e devo dizer que Jane merece tudo isso mais do que muita gente. E assim ela começou a perguntar diretamente por ela, dizendo "Sei que vocês não têm notícias recentes de Jane, porque ainda não é a época de ela escrever"; e quando eu disse imediatamente "Mas na verdade nós temos, recebemos uma carta precisamente esta manhã", devo dizer que nunca vi uma pessoa mais surpresa. "Você recebeu, palavra de honra?", disse ela; "bem, isso é totalmente inesperado. Por favor, deixe-me ver o que ela diz."

A polidez de Emma estava bem à mão para dizer, com um sorriso de interesse:

– Tiveram notícias tão recentes da senhorita Fairfax? Estou extremamente feliz. Espero que ela esteja bem.

– Muito obrigada. A senhorita é tão bondosa! – replicou a feliz e iludida tia, enquanto procurava ansiosamente pela carta. – Oh! Aqui está. Estava certa de que não podia estar longe, mas acabei pondo minha caixa de costura sobre ela, como vê, sem me dar conta, e então ficou totalmente escondida; mas eu a tinha em mãos não faz muito tempo, que estava quase certa de que deveria estar sobre a mesa. Eu a li para a senhora Cole e, desde que ela foi embora, eu a li de novo para minha mãe, pois é um prazer tão grande para ela... uma carta de Jane... que ela nunca pode deixar de ouvi-la com frequência; assim, eu sabia que não devia estar longe, e aqui está, logo embaixo de minha caixa de costura... e como as senhoritas são tão gentis em querer ouvir o que ela diz... mas antes de tudo devo realmente, para fazer justiça a Jane, desculpar-me por ela ter escrito uma carta tão curta... somente duas páginas, estão vendo... só duas... e geralmente ela escreve várias folhas, frente e verso. Minha mãe se admira que eu consiga ordenar as diferentes páginas tão bem. Quando a carta é aberta pela primeira vez, ela me diz com frequência: "Bem, Hetty, agora acho que você vai ter de resolver esse quebra-cabeça"... não é, minha senhora?... E então eu sempre digo a ela que tenho certeza de que ela poderia fazer isso sozinha, se não tivesse alguém para fazer isso por ela... cada palavra... tenho certeza de que ela iria analisar a carta até conseguir pôr em ordem cada palavra. E, na verdade, embora os olhos da mamãe não sejam mais tão bons quanto eram, ela ainda enxerga espantosamente bem, graças a Deus! com a ajuda dos óculos. É uma bênção! Os olhos de minha mãe são muito bons, de fato. Jane diz muitas vezes, quando está aqui: "Tenho certeza, vovó, de que seus olhos devem ter sido muito fortes, para enxergar tão bem... e para fazer trabalhos de agulha tão lindos como fez!... Só desejo que meus olhos possam perdurar tanto e tão bem quanto os seus."

Depois de falar tudo isso com extrema rapidez, a senhorita Bates foi obrigada a parar para respirar; e então Emma disse alguma coisa muito polida sobre a excelência da caligrafia da senhorita Fairfax.

– A senhorita é extremamente gentil – replicou a senhorita Bates, sentindo-se imensamente gratificada –, ainda mais como excelente juiz que é, pois sua letra é primorosa também. Estou certa de que os elogios de qualquer outra pessoa não poderiam nos dar tanto prazer como um elogio da senhorita Woodhouse. Minha mãe não ouve, ela é um pouco surda, bem sabe. "Minha senhora – dirigindo-se à mãe –, ouviu o que a senhorita Woodhouse teve a amabilidade de dizer sobre a letra de Jane?"

E Emma teve a vantagem de ouvir seu próprio tolo cumprimento que fizera, repetido duas vezes, antes que a boa e velha senhora conseguisse entendê-lo. Nesse meio tempo, ela estava ponderando a possibilidade de escapar da carta de Jane Fairfax, sem parecer rude, e estava quase resolvida a se safar de imediato por meio de uma pequena desculpa, quando a senhorita Bates se voltou para ela e lhe prendeu a atenção.

– A surdez de minha mãe é bem superficial, como pode ver... nada demais. Basta eu levantar a voz, repetir alguma coisa duas ou três vezes e com certeza ela ouve; mas ela está acostumada com minha voz. Realmente notável é que ela sempre consegue ouvir Jane melhor do que me ouve. Jane fala de modo tão distinto! Ela não vai encontrar, porém, a avó mais surda do que estava dois anos atrás, o que é dizer muito na idade em que minha mãe está... e faz realmente dois anos completos, bem sabe, desde que esteve aqui. Nunca ficamos tanto tempo sem vê-la e eu estava dizendo à senhora Cole que dificilmente saberemos o que fazer por ela agora.

– Estão esperando a senhorita Fairfax por aqui em breve?

– Oh! Sim; na semana que vem.

– É mesmo?... Será um enorme prazer.

– Obrigada. Bondade sua. Sim, na próxima semana. Todos estão muito surpresos; e todos dizem as mesmas coisas amáveis. Tenho certeza de que ela ficará tão feliz de ver seus amigos de Highbury quanto eles vão ficar em vê-la. Sim, sexta-feira ou sábado; ela não sabe bem o dia porque o coronel Campbell vai precisar usar a carruagem num desses dias. É muita bondade da parte deles mandá-la de carruagem! Mas eles sempre fazem isso, como sabe. Oh! Sim, sexta-feira ou sábado que vem. Foi sobre isso que ela escreveu. Essa foi a razão de ter escrito fora de época, como costumamos dizer; pois, numa situação normal, não teríamos notícias dela a não ser na próxima terça ou quarta-feira.

– Sim, foi o que imaginei. Eu temia que houvesse pouca chance de saber alguma coisa da senhorita Fairfax hoje.

– Quanta gentileza sua! Não, não teríamos notícias, se não fosse por essa circunstância especial, a de que ela deverá estar aqui em breve. Minha mãe está tão encantada!... pois ela deve ficar conosco pelo menos três meses. Três meses, é o que ela diz, com certeza, como vou ter o prazer de ler para a senhorita. O caso é que os Campbell, como vê, estão indo para a Irlanda. A senhora Dixon persuadiu o pai e a mãe a irem visitá-la imediatamente. Eles não pretendiam ir antes do verão, mas ela está tão impaciente em vê-los novamente ... pois até se casar, em outubro passado, ela nunca ficou longe deles por mais de uma semana, o que deve ser muito estranho viver num reino diferente, como ia dizendo, mas de qualquer modo num país diferente... e então ela escreveu uma carta urgente para a mãe... ou para o pai; confesso que não sei bem para quem escreveu, mas podemos ver agora na carta de Jane... escreveu no nome do senhor Dixon e no dela própria para pedir que viessem imediatamente, e que iriam encontrá-los em Dublin e levá-los até a propriedade deles em Baly-craig, um lugar muito bonito, imagino. Jane ouviu falar muito das belezas desse lugar por meio do senhor Dixon, quer dizer... não sei se ela ouviu falar do local por meio de alguém mais; mas é muito natural, como sabe, que ele gostasse de falar de sua própria região enquanto estava fazendo a corte a ela... e Jane costumava passear com frequência com eles... pois o coronel e a senhora Campbell prestavam particular atenção para que a filha não saísse a passear seguidamente e sozinha com o senhor Dixon, pelo que não posso recriminá-los; é claro que ela ouviu tudo o que ele andava dizendo à senhorita Campbell sobre seu próprio lar na Irlanda; e acho que ela nos escreveu contando que ele lhes tinha mostrado alguns desenhos do lugar, paisagens que ele mesmo desenhara. Ele é um jovem amável e encantador, acredito. Jane estava quase desejando ir para a Irlanda, só de ouvi-lo falar das coisas desse país.

Nesse momento, uma engenhosa e animadora suspeita começou a penetrar no cérebro de Emma com relação a Jane Fairfax, ao encantador senhor Dixon e ao fato de ela não ir para a Irlanda; com o insidioso desígnio de descobrir mais, ela disse:

– Deve ter achado que foi muita sorte que a senhorita Fairfax pudesse vir até aqui nessa época. Considerando a amizade tão especial entre ela e a senhora Dixon, dificilmente se poderia esperar que ela se escusasse de acompanhar o coronel e a senhora Campbell.

– É verdade, é verdade, de fato. Essa é a única coisa de que tínhamos medo; pois não gostaríamos que ela ficasse tão longe de nós, por meses a fio... sem possibilidade de vir, caso alguma coisa acontecesse. Mas, como vê, tudo se resolveu da melhor maneira. Eles (o senhor e a senhora Dixon) queriam demais que ela fosse com o coronel e a senhora Campbell; contavam realmente com isso; nada pode ser mais gentil e insistente que o convite *anexo,* como diz Jane e como a senhorita irá ouvir agora mesmo; o senhor Dixon não parece minimamente relutante em todas as suas atenções. Ele é um jovem encantador. Depois do favor que prestou a Jane em Weymouth, quando estavam naquela festa no barco, e ela, pelo súbito rodopio de algo dentre as velas, teria sido jogada ao mar de uma vez, e teria sido com toda a certeza se ele não a tivesse segurado, com a maior presença de espírito, pela roupa (nunca consigo me lembrar disso sem tremer!)... Mas desde o dia em que ouvi essa história fiquei profundamente afeiçoada ao senhor Dixon!

– Mas apesar de toda a insistência dos amigos e do próprio desejo dela de conhecer a Irlanda, a senhorita Fairfax prefere dedicar seu tempo à senhorita e à senhora Bates?

– Sim... inteiramente obra dela, inteiramente escolha dela; e o coronel e a senhora Campbell acham que ela faz muito bem, exatamente o que eles recomendariam; e, na verdade, *desejavam* particularmente que ela viesse tomar o ar da terra natal, pois Jane não tem estado muito bem ultimamente como costumava estar.

– Fico preocupada em ouvir isso. Acho que eles agem sabiamente. Mas a senhora Dixon deve ter ficado muito desapontada. A senhora Dixon, segundo me disseram, não é de nenhuma beleza notável; não pode, pelo menos, ser comparada à senhorita Fairfax.

– Oh, não! A senhorita é muito gentil em dizer essas coisas... mas certamente não é. Não há comparação entre elas. A senhorita Campbell sempre foi inteiramente comum... mas extremamente elegante e amável.

– Sim, é isso mesmo.

– Jane apanhou um forte resfriado, pobrezinha! Faz bastante tempo, no dia sete de novembro (como vou ler para a senhorita), e desde então não se sente bem. É muito tempo para permanecer resfriada, não é mesmo? Ela nunca falou a respeito antes, porque não queria nos alarmar. Bem do jeito dela! Tanta consideração!... Mas, de qualquer maneira, ela está tão longe de estar bem que seus bondosos amigos, os Campbell, acharam melhor que ela viesse para casa e desfrutasse do ar que sempre lhe faz bem; e eles não têm dúvida de que três ou quatro meses em Highbury vão curá-la inteiramente... e certamente é bem melhor que ela venha para cá em vez de ir para a Irlanda, se ela não estiver bem. Ninguém pode cuidar dela como nós.

– Parece-me o arranjo mais auspicioso do mundo.

– E assim ela deverá vir para cá na próxima sexta-feira ou sábado, e os Campbell vão deixar a cidade a caminho de Holyead na segunda-feira seguinte... como poderá ver na carta de Jane. Tão repentinamente!... Pode até adivinhar, senhorita Woodhouse, em que afobação me envolvi! Se não fosse o antecedente da doença dela... mas receio que se torne sempre mais magra e fique deveras abatida. Devo dizer-lhe que isso foi um grande infortúnio para mim. Sempre faço questão de ler as cartas de Jane primeiramente só para mim, antes de lê-las para minha mãe, bem sabe, receando que contenham alguma coisa que a deixe angustiada. Jane me pediu para fazer assim, então eu sempre faço: e assim comecei hoje com minha usual precaução; mas tão logo cheguei ao ponto em que ela diz que não está bem, exclamei, muito assustada: "Meu Deus! A pobre Jane está doente!"... minha mãe, que estava atenta, ouviu de modo claro e ficou tristemente alarmada. Quando continuei a ler, no entanto, achei que ela não estava tão mal quanto imaginei de início; e então amenizei a informação de tal modo que minha mãe nem pensa muito no assunto. Mas não consigo imaginar como pude me descontrolar tanto. Se Jane não melhorar logo, vamos chamar o senhor Perry. Nem há o que pensar nas despesas; e embora ele seja tão liberal e goste tanto de Jane que, atrevo-me a dizer, não haveria de cobrar nada pelo atendimento, não podemos permitir isso de maneira alguma, como bem sabe. Ele tem esposa e filhos para manter e não pode desperdiçar seu tempo. Bem, agora que já lhe dei uma ideia do que Jane escreveu, podemos voltar à carta, e tenho certeza de que ela conta sua própria história muito melhor do que eu poderia contar.

– Receio que está na hora de ir embora – disse Emma, olhando para Harriet e começando a levantar-se. – Meu pai deve estar nos esperando. Eu não tinha a intenção, pensei que não haveria de ficar mais que cinco minutos quando entrei nesta casa. Vim apenas visitá-las porque não poderia passar pela porta de sua casa sem procurar saber como estava a senhora Bates; mas fui retida tão agradavelmente! Agora, porém, somos obrigadas a desejar um bom-dia para a senhorita e para a senhora Bates.

E não conseguiram fazer com que se detivesse por mais tempo. Ela ganhou a rua... feliz, pois embora tivesse sido forçada em muito contra a vontade, embora tivesse sido forçada, de fato, a ouvir todo o conteúdo da carta de Jane Fairfax, conseguira escapar pelo menos de ouvir a leitura da carta em si.

## ≈ CAPÍTULO 2 ≈

Jane Fairfax era órfã, filha única da filha mais nova da senhora Bates.

O casamento do tenente Fairfax, do Regimento de Infantaria, com a senhorita Jane Bates, havia tido seu dia de fama e alegria, de esperança e interesse; mas nada restava dele agora a não ser a melancólica lembrança dele morrendo em ação no exterior... da viúva definhando logo depois na tristeza e na dor... e essa menina.

Pelo nascimento ela pertencia a Highbury; e quando perdeu a mãe, aos três anos de idade, tornou-se a propriedade, o encargo, o consolo e o amor da avó e da tia; parecia que, com toda a probabilidade, ela se estabeleceria permanentemente ali, que receberia somente a educação que seus limitados recursos poderiam permitir, e que cresceria sem nenhuma vantagem de bons relacionamentos ou de aprimoramento para ser acrescida ao que a natureza lhe dera: aparência agradável, inteligência, bom coração e relações bem-intencionadas. Mas os compassivos sentimentos de um amigo de seu pai provocaram uma mudança no destino dela. Tratava-se do coronel Campbell que tinha grande consideração por Fairfax, excelente oficial e jovem muito merecedor; além disso, estava em débito com ele pelos cuidados que lhe havia ministrado durante um surto de febre tifoide, acreditando, portanto, que lhe salvara a vida. Esse era um débito que não conseguiria esquecer, apesar de já passados alguns anos desde a morte do pobre Fairfax, antes que ele próprio retornasse à Inglaterra e se dispusesse a fazer alguma coisa a respeito. Quando finalmente voltou, procurou obter notícias da criança. Era um homem casado com apenas uma filha, uma menina da mesma idade de Jane: e Jane passou a ser hóspede deles, visitando-os por longos períodos e tornando-se a favorita de todos; e antes que completasse nove anos de idade, a filha do coronel Campbell já se havia afeiçoado muito a ela; e o próprio desejo dele de ser um verdadeiro amigo levou-o a se oferecer para encarregar-se inteiramente da educação de Jane. A proposta foi aceita; e desde essa época Jane passou a pertencer à família do coronel Campbell, vivendo com eles em tempo integral e só visitando a avó de tempos em tempos.

A ideia era que ela fosse criada para educar outros; as poucas centenas de libras que herdou do pai tornavam a independência impossível.

Transmitir-lhe um legado estava, porém, fora do alcance do coronel Campbell; porque, embora seus rendimentos, somando o soldo e encargos, fossem razoáveis, sua fortuna era modesta e deveria passar inteiramente para a filha; mas, ao dar-lhe educação, esperava estar garantindo meios para uma subsistência condigna daí em diante.

Essa era a história de Jane Fairfax. Caíra em boas mãos, só havia conhecido bondade da parte dos Campbell e tinha recebido excelente educação. Vivendo constantemente com pessoas honradas e bem informadas, seu coração e intelecto tinham recebido as vantagens da disciplina e da cultura; e como a residência do coronel Campbell estava em Londres, ela pôde entrar em contato com todos os mais brilhantes talentos por intermédio de professores de primeira classe. Sua disposição e suas habilidades se beneficiaram igualmente de tudo o que essa amizade propiciava; e aos 18 ou 19 anos ela era totalmente competente no ofício de instruir, tanto quanto uma idade tão baixa podia qualificá-la para cuidar de crianças; mas ela era amada demais pelos Campbell para conseguir separar-se deles. Nem o pai nem a mãe aceitariam, e a filha não conseguiria suportá-lo. O dia fatídico foi adiado. Era fácil argumentar que ela ainda era muito jovem; e Jane permaneceu com eles, dividindo, como se fosse outra filha, todos os justos prazeres de uma sociedade elegante e uma judiciosa mistura de lar e divertimento, com a desvantagem do incógnito futuro e o bom senso a lembrá-la de que tudo isso logo haveria de terminar.

A afeição de toda a família, o caloroso apego da senhorita Campbell em particular, era ainda mais honrosa para todos por causa da evidente superioridade de Jane, tanto em beleza quanto em conhecimento. O que a natureza lhe havia dado em beleza não poderia passar despercebida para a senhorita Campbell, nem sua privilegiada inteligência poderia deixar de ser notada pelos pais. Continuaram juntos, porém, com a mesma inabalável afeição até o casamento da senhorita Campbell que, por mero acaso, por aquela sorte que muitas vezes desafia antecipadamente os projetos de matrimônio, conferindo atrativos ao que é moderado e não ao que é superior, conquistou assim a afeição do senhor Dixon, um jovem rico e agradável, quase imediatamente depois de se conhecerem; e, muito feliz, acabou convenientemente estabelecida, enquanto Jane Fairfax ainda tinha que ganhar seu pão de cada dia.

Esse casamento tivera lugar havia bem pouco tempo; muito recente para que a amiga menos afortunada tentasse alguma coisa para entrar no caminho do dever, embora já tivesse atingido a idade que ela própria havia fixado para começar. Fazia bastante tempo que havia resolvido que 21 anos seria a idade apropriada. Com a fortaleza de um devotado noviciado, ela havia decidido que aos 21 anos completaria o sacrifício e renunciaria a todos os prazeres da vida, dos relacionamentos sociais, da paz e da esperança, para sujeitar-se à penitência e à mortificação para sempre.

O bom senso do coronel e da senhora Campbell não podia se opor a semelhante resolução, embora seus sentimentos se opusessem. Enquanto vivessem, não se fariam necessários sacrifícios de espécie alguma, pois ela sempre teria um lar na casa deles; e para o próprio conforto deles a teriam mantido sem reservas; mas isso seria egoísmo... o que tivesse que ser enfim, era melhor que fosse logo. Talvez eles tivessem começado a sentir que seria mais benigno e mais sábio se tivessem resistido à tentação de adiar a partida dela e a teriam poupado de desfrutar do luxo e da ociosidade para agora ter de abandoná-los. A afeição, contudo, ainda podia ser invocada como desculpa razoável por não terem apressado o triste momento. Ela nunca mais estivera bem de saúde desde o casamento da filha deles e, até que restabelecesse completamente suas forças, eles a proibiram de assumir qualquer tarefa que, longe de ser compatível com uma constituição fraca e um espírito inconstante, parecia, nas melhores circunstâncias, exigir algo mais que a perfeição do corpo e da mente para ser desempenhada com tolerável conforto.

Com relação ao fato de não acompanhá-los à Irlanda, o relato dela à tia nada mais continha que a verdade, embora pudesse haver algumas verdades não ditas. Havia sido escolha dela própria permanecer em Highbury na ausência deles, para passar, talvez, os últimos meses de total liberdade entre aqueles com quem se relacionava tão bem; e os Campbell, qualquer que possa ter sido seu motivo ou motivos, se simples, duplo ou triplo, deram seu pronto apoio à decisão, e disseram que a recuperação da saúde dela dependia mais de uns poucos meses passados no ambiente de sua terra natal do que de qualquer outra coisa. O que era certo é que ela estava para chegar; e que Highbury, em vez de dar as boas-vindas à ansiada novidade longamente prometida – o senhor Frank Churchill – deveria, no momento, contentar-se com Jane Fairfax, que só traria a novidade de uma ausência de dois anos.

Emma estava aborrecida... ter de desdobrar-se em gentilezas para com uma pessoa de quem não gostava durante três longos meses!... estar sempre fazendo mais do que desejaria e menos do que deveria! Por que não gostava de Jane Fairfax era uma pergunta difícil de responder; o senhor Knightley lhe havia dito uma vez que era porque ela via em Jane a jovem mulher realmente completa que ela mesma desejaria ser; e embora a acusação tivesse sido refutada de imediato, havia momentos de autoexame em que sua consciência não podia absolvê-la. Mas "nunca poderia privar da amizade dela, não sabia por que, mas havia certa frieza e reserva... uma aparente indiferença quer ela gostasse ou não... e depois sua tia era uma tagarela contumaz!... e fazia tanto estardalhaço sobre quem quer que fosse!... e todos sempre imaginavam que elas deviam ser amigas íntimas... porque tinham a mesma idade, todos supunham que deviam gostar muito uma da outra". Essas eram suas razões... não tinha melhores.

Era uma antipatia tão injusta... cada falta atribuída a ela era aumentada na imaginação de Emma, a ponto de esta nunca conseguir ver Jane, após qualquer ausência mais prolongada, sem sentir-se de antemão ofendida por ela; e agora, depois ter feito a devida visita às Bates na chegada de Jane, após dois anos de intervalo, ficou particularmente impressionada com a aparência e as maneiras dela, que tanto havia depreciado durante esses dois anos. Jane Fairfax era muito elegante, notavelmente elegante; e Emma valorizava sobremaneira a elegância. Sua altura era ótima, tal que quase todos a achassem alta, sem que ninguém pudesse considerá-la alta demais; sua figura era particularmente graciosa; suas medidas regulares, nem magra nem gorda, embora uma leve aparência de saúde abalada parecesse ressaltar o pior dos dois aspectos. Emma não podia deixar de perceber tudo isso; e ainda, seu rosto... suas feições... havia mais beleza em seu conjunto do que ela se lembrava; não era uma beleza regular, mas era muito agradável. Seus olhos, de um cinza profundo, com sobrancelhas e cílios negros, nunca haviam negado sua beleza; mas a pele, que ela costumava criticar, como sem cor, tinha uma limpidez e uma delicadeza que realmente não necessitava de mais pleno viço. Era um estilo de beleza, no qual a elegância era o traço mais saliente e, como tal, Emma, em honra de todos os seus princípios, devia admirar... elegância que, de aparência ou de caráter, raramente via em Highbury. E assim, longe de ser vulgar, transparecia distinção e mérito.

Em resumo, ela ficou sentada, durante a primeira visita, olhando para Jane Fairfax com dupla complacência; o senso de prazer e o senso de render-lhe justiça foram determinantes para que renunciasse para sempre à antipatia que tinha por ela. Quando pensava em sua história, na verdade, em sua situação, em sua beleza; quando considerava o destino que teria toda essa elegância, o que ela teria de enfrentar, como haveria de viver, parecia impossível sentir qualquer coisa que não fosse compaixão e respeito; especialmente se a cada detalhe bem conhecido de sua vida que despertava interesse fosse acrescido da circunstância altamente provável de que estivesse apaixonada pelo senhor Dixon, interesse que ela tão naturalmente havia alimentado. Nesse caso, nada podia ser mais digno de pena ou honroso do que os sacrifícios que ela se havia imposto. Emma estava propensa agora a absolvê-la da tentativa de solapar a afeição do senhor Dixon pela esposa ou de arquitetar qualquer coisa danosa que sua imaginação tinha sugerido a princípio. Se fora amor, devia ter sido simples, único e não correspondido, apenas do lado dela. Ela podia ter absorvido inconscientemente esse triste veneno enquanto trocava confidências com a amiga; e com os melhores e mais puros motivos podia estar recusando agora a viagem à Irlanda, e decidindo de fato afastar-se dele e de seu círculo de amizades para começar logo sua carreira de trabalho sério.

No geral, Emma deixou-a com tais sentimentos amenos e caridosos que a fez olhar em torno ao voltar para casa e lamentar que Highbury não tivesse nenhum jovem digno de dar independência a Jane; ninguém que ela pudesse inserir num esquema adequado para ela.

Esses sentimentos eram encantadores... mas não duradouros. Antes que ela se comprometesse com uma declaração pública de eterna amizade por Jane Fairfax, ou fizesse mais em direção a uma retratação de seus antigos preconceitos e erros do que dizer ao senhor Knightley "Ela certamente é bonita, mais do que bonita!", Jane já havia passado uma noite em Hartfield com a avó e a tia, e todas as coisas já estavam voltando a seu estado normal. Antigas provocações reapareceram. A tia estava tão cansativa como sempre; mais cansativa ainda, porque acrescentou agora ansiedade pela saúde à admiração pelos talentos dela; e tiveram que ouvir a descrição exata da pequena quantidade de pão e manteiga que ela comeu no café da manhã e da fina fatia de carneiro que consumiu no almoço, além de terem que admirar os novos chapéus e estojos de costura que fizera para elas; e as ofensas de Jane voltaram. Decidiram ouvir música e Emma foi obrigada a tocar; os agradecimentos e os elogios que necessariamente se seguiram pareciam-lhe de uma candura afetada, de um ar de grandeza, como se Jane quisesse apenas mostrar em alto estilo que seu próprio desempenho era superior. Além disso, o que era pior de tudo, ela se mostrava tão fria, tão cautelosa! Não havia como saber sua verdadeira opinião. Envolta numa capa de polidez parecia determinada a não arriscar absolutamente nada. Ela estava desgostosa e suspeitosamente reservada.

Se algo podia ser mais reservado, onde tudo era reservado, ela era mais reservada ainda quanto ao assunto envolvendo Weymouth e os Dixon. Parecia inclinada a não dar indicação alguma sobre o caráter do senhor Dixon ou do valor que conferia à companhia dele ou ainda sua opinião sobre a conveniência do casamento. Tudo era apenas aprovação e lisura; nada de delineado ou eminente. Mas de nada adiantou. Sua precaução se desfez. Emma percebeu o artifício e retornou a suas primeiras suspeitas. Provavelmente havia algo mais a esconder, além da preferência dela: o senhor Dixon, talvez, estivera muito perto de trocar uma amiga pela outra; ou se havia fixado somente na senhorita Campbell, no intuito de garantir suas futuras 12 mil libras.

A reserva prevaleceu sobre outros tópicos. Ela e o senhor Frank Churchill estiveram em Weymouth ao mesmo tempo. Sabia-se que eles se conheciam um pouco; mas Emma não conseguiu nem uma sílaba sequer de uma informação real sobre como ele verdadeiramente era. "Ele era bonito?"... "Ela acreditava que ele era reconhecido como um jovem muito refinado". "Ele era agradável?"... "Era geralmente considerado assim". "Ele parecia um jovem sensível, um jovem instruído?"... "Num balneário ou numa casa de conhecidos em Londres era difícil avaliar esses pontos. Tudo o que poderia ser julgado com segurança eram suas boas maneiras em função do parco conhecimento que possuíam do senhor Churchill. Ela acreditava que todos consideravam suas maneiras agradáveis". Emma não podia perdoá-la.

## ≈ CAPÍTULO 3 ≈

Emma não podia perdoá-la... mas nem provocação nem ressentimento foram percebidos pelo senhor Knightley, que fazia parte do grupo e só viu a atenção apropriada e o comportamento amável de ambos os lados; na manhã seguinte, estando novamente em Hartfield a negócios com o senhor Woodhouse, expressou sua aprovação geral; não tão abertamente como teria feito se o pai estivesse fora da sala, mas falando de maneira bastante simples para ser bem entendido por Emma. Ele costumava achar que ela era injusta com Jane, e agora tinha o grande prazer de notar que ela tinha melhorado nesse ponto.

– Uma noite muito agradável – começou ele, tão logo o senhor Woodhouse foi informado do que era necessário, disse que havia entendido tudo e os papéis foram guardados –, particularmente agradável. Você e a senhorita Fairfax nos brindaram com excelente música. Não conheço luxo maior, senhor, do que ficar sentado confortavelmente e ser entretido a noite inteira por duas jovens como essas, às vezes com música, outras vezes com conversa. Tenho certeza de que a senhorita Fairfax deve ter achado a noite bem agradável, Emma. Você não descuidou de nada. Fiquei contente ao ver que você conseguiu que ela tocasse tanto tempo; como não há instrumento na casa da avó dela, deve ter sido uma verdadeira realização para ela.

– Fico feliz pela aprovação – disse Emma, sorrindo –, mas espero não ser muito faltosa quanto ao que é devido aos hóspedes de Hartfield.

– Não, minha querida – disse o pai, imediatamente –, tenho certeza de que *isso* você não é. Não há ninguém que tenha a metade da atenção e da gentileza que você tem. Para qualquer coisa, está sempre atenta até demais. Os bolinhos da noite passada... se tivessem sido passados apenas uma vez, acho que teria sido suficiente.

– Não – disse o senhor Knightley, quase ao mesmo tempo. – Você não é faltosa com frequência; não é faltosa nem em boas maneiras nem em compreensão. Acho, portanto, que me entende.

Com ar malicioso pensou.. . "entendi bastante bem"... mas disse somente:

– A senhorita Fairfax é muito reservada.

– Eu sempre lhe disse que ela era... um pouco. Mas logo você vai superar essa parte de reserva dela que deve ser superada, pois tudo isso tem seu fundamento na desconfiança. O que nasce da discrição deve ser honrado.

– O senhor a considera desconfiada. Não o vejo assim.

– Minha querida Emma – disse ele, passando de sua cadeira para outra mais perto dela –, você não está querendo me dizer, espero, que não teve uma noite agradável, ontem.

– Oh! não; fiquei contente com minha perseverança em fazer perguntas; e me diverti com a pouca informação que obtive.

– Estou desapontado – foi a única resposta dele.

– Espero que todos tenham tido uma noite agradável – disse o senhor Woodhouse, com seu jeito calmo. – Eu tive. Uma vez, senti que a lareira estava esquentando demais; mas então movi minha cadeira um pouco para trás, só um pouco, e não me perturbou mais. A senhorita Bates estava muito falante e bem-humorada, como sempre, embora fale um pouco rápido demais. Ela é muito agradável, contudo, e a senhora Bates também, de um modo diferente. Gosto dos velhos amigos; a senhorita Fairfax é um tipo de jovem muito bonita, uma moça muito bonita e muito bem-educada, de fato. Ela deve ter achado a noite agradável, senhor Knightley, porque teve a companhia de Emma.

– É verdade, senhor, e Emma porque teve a companhia da senhorita Fairfax.

Emma viu a ansiedade dele e, desejando aplacá-la, pelo menos no momento, disse com uma sinceridade que ninguém poderia questionar:

– Ela é uma criatura tão elegante que não se consegue tirar os olhos dela. Fico sempre olhando para ela com admiração; e realmente sinto pena dela de todo o coração.

O senhor Knightley olhou como se estivesse mais contente do que pretendia expressar; e antes que ele pudesse dar qualquer resposta, o senhor Woodhouse, cujos pensamentos ainda se concentravam nas Bates, disse:

– É uma grande pena que as condições delas sejam tão restritas! Na verdade, uma grande pena! Muitas vezes desejei... mas é tão pouco o que se pode arriscar fazer... pequenos e triviais presentes, de algo incomum... Agora mesmo matamos um porco e Emma pensa em enviar-lhes um lombo ou um pernil; é algo muito pequeno e delicado... os porcos de Hartfield não são como quaisquer outros... mas mesmo assim são porcos... e, minha querida Emma, a menos que tenhamos certeza de que elas irão preparar o lombo em pequenos bifes, bem fritos, como os nossos são fritos, sem a menor gordura, e não assado, pois nenhum estômago pode suportar carne de porco assada... acho que seria melhor mandar-lhes o pernil... não acha melhor, minha querida?

– Meu querido papai, mandei-lhes todo o quarto traseiro. Sei que o senhor gostaria que fosse assim. Elas terão o pernil para salgar, que é ótimo, como sabe, e o lombo para ser preparado imediatamente da maneira que preferirem.

– Muito bem, minha querida, muito bem. Eu não tinha pensado nisso antes, mas é a melhor maneira. Não devem salgar demais o pernil; e então, se não for salgado demais e se for inteiramente cozido, como Serle cozinha os nossos, e consumido moderadamente com nabo cozido e um pouco de cenoura ou batata, não o considero prejudicial.

– Emma – disse o senhor Knightley, de pronto –, tenho uma pequena notícia. Você gosta de novidades... e ouvi uma coisa no caminho de volta que acho que vai interessá-la.

– Novidades! Oh, sim! Sempre gosto de novidades. O que é?... por que sorri desse modo?... Onde a ouviu?... Em Randalls?

Ele só teve tempo para dizer:

– Não, não foi em Randalls; nem estive perto de Randalls.

Nesse momento a porta se abriu e a senhorita Bates e a senhorita Fairfax entraram na sala. Cheia de agradecimentos e cheia de novidades, a senhorita Bates não sabia qual dar por primeiro. O senhor Knightley logo percebeu que havia perdido sua chance e que não conseguiria dizer uma sílaba sequer de sua notícia.

– Oh! meu caro senhor, como se sente esta manhã? Minha querida senhorita Woodhouse... estou inteiramente estupefata. Que belo quarto de porco! A senhorita é generosa demais! Já sabem das novidades? O senhor Elton vai se casar.

Emma não tivera tempo sequer de pensar no senhor Elton e ficou tão completamente surpresa que não pôde evitar um pequeno sobressalto, nem de enrubescer, ao ouvir a notícia.

– Essa era minha novidade... achei que iria interessá-la – disse o senhor Knightley, com um sorriso que implicava na conexão de alguma parte do que se havia passado entre eles.

– Mas como o *senhor* soube disso? – exclamou a senhorita Bates. – Como é possível que tenha sabido disso, senhor Knightley ? Pois não faz nem cinco minutos que recebi o bilhete da senhora Cole... não, não pode fazer mais de cinco minutos... ou dez... pois tinha colocado meu chapéu e vestido minha jaqueta, pronta para sair... só tinha descido para falar de novo com Patty sobre o porco... Jane estava de pé no corredor... não é mesmo, Jane?...

pois minha mãe estava receosa de não termos uma panela bastante grande para salgar o porco. Então eu disse que iria descer e ver, e Jane disse "Posso ir em seu lugar? Acho que está um pouco resfriada e Patty esteve lavando a cozinha"... "Oh, minha querida" disse eu... bem, e precisamente então chegou o bilhete. Uma tal de senhorita Hawkins... é tudo o que sei. Senhorita Hawkins de Bath. Mas, senhor Knightley, como é possível que o senhor tenha sabido disso? Pois no exato momento em que o senhor Cole contou isso à senhora Cole, ela se sentou e me escreveu. Uma tal de senhorita Hawkins...

– Estive com o senhor Cole a negócios há uma hora e meia. Ele tinha acabado de ler a carta do senhor Elton quando cheguei e a repassou a mim para que a lesse.

– Bem! Isso é totalmente... acho que nunca houve uma notícia tão interessante para todos. Meu caro senhor, realmente o senhor é muito generoso. Minha mãe lhe manda seus melhores cumprimentos e saudações, e milhões de agradecimentos; e diz que o senhor na verdade quase a oprime com tanta bondade.

– Consideramos nosso porco, aqui de Hartfield – replicou o senhor Woodhouse –, na verdade, é certamente tão superior a todos os outros porcos, que Emma e eu não poderíamos ter maior prazer do que...

– Oh! Meu caro senhor, como minha mãe costuma dizer, nossos amigos são bons demais para nós. Se já existiram pessoas que, mesmo não tendo grande riqueza, têm tudo o que podem desejar, certamente essas pessoas somos nós. Podemos dizer que "nosso quinhão está numa preciosa herdade". Bem, senhor Knightley, então o senhor realmente viu a carta; bem...

– Era breve... meramente para anunciar... mas alegre, exultante, é claro. – E lançou um furtivo olhar para Emma. – Ele teve tanta sorte para... esqueço as palavras exatas... não é que seja necessário relembrá-las. A informação era, como a senhora disse, que ele ia se casar com uma tal de senhorita Hawkins. Pelo estilo dele, posso imaginar que já esteja tudo acertado.

– O senhor Elton vai se casar! – disse Emma, assim que conseguiu falar. – Ele receberá de todos os melhores votos de felicidades.

– Ele é muito jovem para se casar – foi a observação do senhor Woodhouse. – Seria melhor que não se apressasse. Parecia-me muito bem como estava. Sempre ficávamos contentes ao vê-lo em Hartfield.

– Uma nova vizinha para todos nós, senhorita Woodhouse! – disse a senhorita Bates, alegremente. – Minha mãe está tão contente!... diz que não pode suportar ver o pobre e velho vicariato sem uma senhora. Esta é uma grande notícia, de fato. Jane, você nunca viu o senhor Elton!... não é de admirar que tenha tanta curiosidade em vê-lo.

A curiosidade de Jane não parecia ser daquela natureza cativante que a dominasse totalmente.

– Não... nunca vi o senhor Elton – replicou ela, cedendo a esse apelo. – Ele é... ele é alto?

– Quem irá responder a esta pergunta? – exclamou Emma. – Meu pai diria "sim", o senhor Knightley diria "não", e a senhorita Bates e eu diríamos que ele é exatamente o feliz meio-termo. Quando estiver aqui por mais tempo, senhorita Fairfax, vai perceber que o senhor Elton é o modelo de perfeição em Highbury, tanto física como mentalmente.

– É verdade, senhorita Woodhouse, ela vai perceber. Ele é o melhor jovem... Mas, minha querida Jane, se lembrar, eu lhe disse ontem que ele é precisamente da altura do senhor Perry. A senhorita Hawkins... ouso dizer que é uma jovem excelente. A extrema atenção dele com minha mãe... fazendo com que se sentasse no primeiro banco da igreja para ouvir melhor, pois minha mãe é um pouco surda, como sabe... não é muito, mas ela não consegue ouvir bem. Jane diz que o coronel Campbell é um pouco surdo. Ele imaginou que os banhos pudessem lhe fazer bem... os banhos termais... mas ela diz que ele não teve melhora significativa. O coronel Campbell, bem sabe, é como um anjo para nós. E o senhor Dixon parece um jovem encantador, digno de entrar para a família. É uma felicidade quando as pessoas boas se unem... e elas sempre se unem. Agora teremos o senhor Elton e a senhorita Hawkins, e há os Cole, pessoas ótimas; e os Perry... acho que nunca houve um casal mais feliz ou melhor que o senhor e a senhora Perry. Digo, senhor – voltando-se para o senhor Woodhouse – acho que há poucos lugares com semelhante sociedade como Highbury. Sempre digo que somos totalmente abençoadas com os vizinhos que temos... Meu caro senhor, se há uma coisa que minha mãe adora acima de tudo é porco... um lombo de porco assado...

– Quanto a quem ou o que é a senhorita Hawkins, ou há quanto tempo ele a conhece – disse Emma –, suponho que ninguém chega a saber. Pressupõe-se que não deve ser um conhecimento de longa data. Faz somente quatro semanas que ele partiu daqui.

Ninguém tinha qualquer informação a dar; e, depois de divagar um pouco, Emma disse:

– Está em total silêncio, senhorita Fairfax... mas espero que tenha interesse nesta notícia. Você, que tem ouvido e visto muita coisa ultimamente sobre esses assuntos, que deve ter estado tão bem informada sobre o namoro da senhorita Campbell... não vamos desculpá-la por ficar indiferente em relação ao casamento do senhor Elton com a senhorita Hawkins.

– Quando eu tiver conhecido o senhor Elton – respondeu Jane –, ouso dizer que ficarei interessada... mas acredito que *isso* dependa apenas de mim. E como já faz alguns meses que a senhorita Campbell se casou, a impressão que me causou pode estar um pouco esmaecida.

– Sim, faz apenas quatro semanas que ele viajou, como observou muito bem, senhorita Woodhouse – disse a senhorita Bates –, fez quatro semanas ontem... Uma tal de senhorita Hawkins!... Bem, sempre imaginei que fosse alguma jovem dessas redondezas; não que eu alguma vez... a senhora Cole uma vez me cochichou... mas retruquei imediatamente "Não, o senhor Elton é o homem mais digno... mas"... Em resumo, acho que não sou particularmente esperta nesse tipo de descobertas. Nem pretendo ser. Só vejo o que está diante de mim. Ao mesmo tempo, ninguém sabe se o senhor Elton alguma vez aspirava... a senhorita Woodhouse me deixa ficar falando, tão bem-humorada que ela é. Ela sabe que jamais a ofenderia. Como vai a senhorita Smith? Parece que está totalmente recuperada agora. Tiveram notícias da senhora John Knightley ultimamente? Oh, aquelas queridas crianças! Jane, você sabia que eu sempre imaginei o senhor Dixon parecido com o senhor Knightley ? Quero dizer, na aparência... alto e com aquele tipo de olhar... e não muito falante.

– Totalmente errado, minha querida tia; não existe qualquer semelhança.

– Muito estranho! Mas nunca se consegue formar uma ideia precisa sobre uma pessoa de antemão. A gente se apega a uma noção e tudo gira em torno dela. Você diz que o senhor Dixon, estritamente falando, não é bonito?

– Bonito! Oh! não... longe disso... certamente bem comum. Eu lhe disse que ele era comum.

– Minha querida, você disse que a senhorita Campbell não permitiria que ele fosse comum e que você mesma...

– Oh! quanto a mim, meu julgamento não vale nada. Quando estimo alguém, sempre acho que é uma pessoa de boa aparência. Mas falei o que acredito ser a opinião geral, quando o qualifiquei de homem comum.

– Bem, minha querida Jane, acho que devemos nos apressar para ir embora. O tempo não parece bom, e vovó deve estar preocupada. A senhorita é muito amável, minha querida senhorita Woodhouse, mas nós realmente nos despedir. Essa foi uma notícia bem agradável, de fato. Eu agora devo passar na casa da senhora Cole; mas não vou demorar nem três minutos... e, Jane, é melhor você ir diretamente para casa... não gostaria que estivesse fora sob um aguaceiro!... Achamos que o melhor para ela é Highbury. Muito obrigada, mas temos que ir. Acho que não vou tentar convidar a senhora Goddard, pois acho realmente que ela não gosta de outra coisa a não ser de porco *cozido*; mas quando prepararmos o pernil, será outra coisa. Bom dia para o senhor, meu caro. Oh! O senhor Knightley também está indo. Bem, isso é tão apropriado!... Tenho certeza de que, se Jane estiver cansada, o senhor será tão gentil de lhe estender seu braço... Senhor Elton e senhorita Hawkins!... Bom dia para todos.

Emma, sozinha com o pai, tinha a metade de sua atenção presa a ele, enquanto o senhor Woodhouse lamentava que as pessoas jovens tivessem tanto pressa em se casar... e, mais ainda, casar-se com estranhos... e a outra metade estava presa a suas próprias reflexões sobre o assunto. Para ela, essa notícia era divertida e muito bem-vinda, porquanto provava que o senhor Elton não havia sofrido muito; mas ela lamentava por Harriet: Harriet devia estar sentindo... e tudo o que podia esperar, ao dar-lhe ela própria a informação por primeiro, preservá-la de ouvir abruptamente a notícia por outros. Estava quase na hora em que ela costumava visitá-la. E se encontrasse a senhorita Bates pelo caminho!... e como começasse a chover, Emma foi obrigada a pensar que o mau tempo a deteria na casa da senhora Goddard e que, sem dúvida, haveria de receber a informação sem estar preparada para tanto.

A chuva foi pesada, mas rápida; e não se haviam passado mais de cinco minutos quando Harriet chegou, com o olhar brilhante e agitado, como se tivesse corrido de casa até ali com o coração aos saltos; e o “Oh! senhorita Woodhouse, não pode imaginar o que aconteceu!”, que lhe escapou instantaneamente da boca, tinha toda a evidência de corresponder à perturbação em que estava. Visto que o mal estava feito, Emma sentiu que não poderia mostrar maior bondade do que ouvi-la; e Harriet, descontrolada, passou ansiosamente a contar-lhe o ocorrido. “Ela saíra da casa da senhora Goddard havia meia hora... tinha medo que fosse chover... achava que a chuva ia desabar a qualquer momento... mas pensou que podia chegar a Hartfield antes disso... e apressou-se tanto quanto podia; mas então, ao passar por uma loja, onde tinha mandado fazer um vestido, pensou que poderia entrar só um instante para ver como estava indo a confecção do vestido; e embora parecesse não ter ficado ali mais de um momento, logo que saiu começou a chover, e ela não sabia o que fazer; então correu imediatamente, tão rápido quanto podia, e abrigou-se na Ford's"... A Ford's era a principal loja de artigos de lã, roupa de cama e armarinho, tudo junto; a maior e mais elegante loja do lugar... "E assim, tinha ficado ali, sem pensar em absolutamente nada durante dez minutos, talvez... quando, subitamente, quem haveria de entrar... com certeza, era muito estranho!... Mas eles sempre compravam na Ford's... quem poderia entrar, a não ser Elizabeth Martin e o irmão dela!... Querida senhorita Woodhouse, imagine só. Achei que ia desmaiar. Não sabia o que fazer. Eu estava sentada perto da porta... Elizabeth logo me viu; mas ele não; estava ocupado com o guarda-chuva. Tenho certeza de que ela me viu, mas olhou para outro lado imediatamente e fez que não me notou; e os dois foram andando para a ponta oposta da loja; e eu fiquei sentada perto da porta!... Oh, meu Deus! Eu estava tão angustiada! Tenho certeza de que devia estar tão branca como meu vestido. Não podia ir embora, bem sabe, por causa da chuva; mas realmente queria estar em qualquer outro lugar do mundo que não fosse ali... Oh! Deus, senhorita Woodhouse... bem, por fim, imagino que ele olhou em derredor e me viu; pois, em vez de ir fazer suas compras, eles começaram a cochichar um com o outro. Tenho certeza de que falavam de mim; e eu não podia deixar de pensar que ele estava persuadindo a irmã a vir falar comigo... (acha que ele estava, senhorita Woodhouse?)... pois logo ela se adiantou... veio diretamente para mim e me perguntou como eu estava e parecia pronta a apertar minhas mãos, se eu permitisse. Ela não fez nada do mesmo jeito como costumava fazer; pude perceber que estava alterada; mas, de qualquer modo, parecia *tentar* ser amigável, e apertamos as mãos e ficamos conversando um pouco; mas não me lembro mais do que disse... eu tremia tanto!... Recordo-me que ela lamentava que não nos tivéssemos encontrado mais; o que achei até bastante gentil! Querida senhorita Woodhouse, eu me sentia totalmente infeliz! Nesse momento, a chuva dava tréguas e decidi que nada poderia me impedir de ir embora... e então... imagine só!... vi que ele mesmo estava vindo em minha direção também... bem devagar, como se não soubesse bem o que fazer; e assim veio, falou comigo e eu respondi... e fiquei parada por um minuto, sentindo-me apavorada, bem sabe, nem sei até que ponto; e então tomei coragem, disse que não chovia mais e que precisava ir; e saí; mas não tinha me afastado mais que alguns passos da porta quando ele veio atrás de mim, só para dizer que, se eu estivesse indo para Hartfield, seria melhor seguir a trilha que contornava os estábulos do senhor Cole, pois encontraria o caminho mais curto inteiramente encharcado por essa chuva. Oh, meu Deus! Achei que ia morrer! Então eu disse que agradecia muito: sabe, não podia fazer por menos; e então ele voltou para junto de Elizabeth e eu vim pelo caminho dos estábulos... acredito que fiz isso... mal sabia, porém, onde eu estava ou por onde andava. Oh! Senhorita Woodhouse, eu não teria feito nada para que isso acontecesse: ainda assim, bem sabe, tive uma espécie de satisfação ao vê-lo comportar-se de modo tão agradável e com tanta bondade. E Elizabeth também. Oh! Senhorita Woodhouse, fale comigo e faça com que me sinta confortável."

Emma desejava sinceramente fazê-lo, mas isso não estava a seu alcance por ora. Era obrigada a parar e pensar. Ela própria não se sentia inteiramente confortável. A conduta do jovem e da irmã parecia o resultado de um sentimento verdadeiro e ela só podia sentir pena deles. Da maneira como Harriet a descreveu, houvera uma interessante mistura de afeição ferida e genuína delicadeza no comportamento deles. Mas ela sempre os havia julgado pessoas bem-intencionadas e dignas; e que diferença fazia isso nos danos dessa ligação? Era tolice ficar perturbada com isso. Certamente que ele devia ter lamentado perdê-la... todos eles deviam ter lamentado. A ambição, assim como o amor, tinham sido provavelmente

Mortificados. Todos eles esperavam ascender socialmente por meio da amizade com Harriet: e, além disso, qual o valor da descrição de Harriet?... Tão fácil de contentar... tão pouco discernimento... o que podiam significar os elogios dela?

Emma fez um esforço e tentou deixá-la confortável, considerando tudo o que se havia passado como uma mera ninharia e totalmente indigna de ser levada em conta.

– Pode ser angustiante no momento – disse ela –, mas parece que você se comportou extremamente bem; e agora acabou... pode ser que nunca... nunca mais ocorra um encontro desses; e, portanto, não precisa mais pensar nisso.

Harriet disse "é verdade" e que "não pensaria mais nisso", mas continuou falando a respeito... não conseguia falar de outra coisa; e Emma, por fim, para tirar os Martin da cabeça dela, foi obrigada a apressar-se a contar-lhe a notícia, que pretendia fazê-lo com toda a cautela possível; não sabendo se devia ficar alegre ou zangada, envergonhada ou só divertida diante do estado mental da pobre Harriet... ao concluir sobre a pouca importância do senhor Elton para ela!

Gradativamente, porém, os direitos do senhor Elton reafloraram. Embora ela não sentisse a notícia como poderia ter sentido um dia antes, ou mesmo uma hora antes, logo seu interesse cresceu; e antes que terminassem a primeira conversa, ela já tinha repassado por todas as sensações de curiosidade, assombro, pesar, dor e prazer, pensando na afortunada senhorita Hawkins, que havia conseguido colocar os Martin sob apropriada subordinação em sua imaginação.

Emma acabou por ficar até contente que esse encontro tivesse ocorrido. Foi muito útil para atenuar o primeiro choque sem deixar qualquer influência digna de alarme. Da maneira como Harriet vivia agora, os Martin não poderiam mais ter acesso a ela sem que fossem procurá-la, o que, doravante, não teriam nem a coragem nem a afabilidade de fazer; pois, desde que ela havia recusado a proposta do irmão, as irmãs nunca mais foram à casa da senhora Goddard; e podia se passar um ano sem que tornassem a se encontrar, não havendo nenhuma necessidade ou mesmo possibilidade de voltarem a conversar.

## ≈ CAPÍTULO 4 ≈

A natureza humana é tão bem disposta para com aqueles que se encontram em situações interessantes que um jovem, que venha a se casar ou a morrer, com certeza será elogiado por todos.

Não se havia passado uma semana desde que o nome da senhorita Hawkins fora mencionado pela primeira vez em Highbury, antes que se descobrisse, de uma forma ou de outra, que ela possuía as mais altas recomendações no tocante à aparência e ao caráter; devia ser bonita, elegante, muito bem-educada e perfeitamente amável; e quando o próprio senhor Elton voltou para triunfar em seus felizes planos e fazer circular a fama dos méritos dela, havia muito pouco a fazer para ele, a não ser revelar seu nome de batismo e dizer que tipo de música ela principalmente tocava.

O senhor Elton regressou como homem muito feliz. Partira rejeitado e mortificado... desapontado em sua otimista esperança depois de uma série de coisas que lhe pareceram forte encorajamento; e não somente perdendo a moça certa, mas encontrando-se rebaixado ao nível de uma moça errada. Partira profundamente ofendido... e voltava comprometido com outra... e com outra bem superior, é claro, à primeira, e sob tais circunstâncias que o que se ganha sempre compensa o que se perde. Voltou alegre e satisfeito consigo mesmo, animado e ativo, não se importando com a senhorita Woodhouse e menosprezando a senhorita Smith.

A encantadora Augusta Hawkins, além de todas as vantagens da beleza perfeita e dos méritos, estava de posse de uma fortuna independente de muitos milhares de libras, que se calculava em torno de dez mil; um ponto de alguma dignidade bem como de alguma conveniência: era o que a história contava; ele não se havia entregado ao infortúnio... havia ganhado uma mulher de dez mil libras ou mais; e a havia conquistado com deliciosa rapidez... a primeira hora depois da apresentação foi logo seguida de um pronunciado interesse. A história que ele haveria de contar à senhora Cole sobre o início e o progresso do namoro foi tão gloriosa... os passos tão rápidos, desde o encontro acidental no jantar da senhora Green e na festa em casa da senhora Brown... sorrisos e rubores crescendo em importância... com consciência e agitação ricamente dispersas... a moça ficara tão facilmente impressionada... tão suavemente disposta... em resumo, para usar uma frase mais usual – estava tão pronta a aceitá-lo, que a vaidade e a prudência foram igualmente contentadas.

Ele havia conseguido tanto riqueza quanto segurança... tanto fortuna quanto afeição, e era exatamente o homem feliz que devia ser; falando só de si mesmo e de seus próprios interesses... esperando ser congratulado... pronto para rir-se de tudo... e agora se dirigia com cordiais e destemidos sorrisos a todas as jovens do lugar, com quem, algumas semanas atrás, teria sido mais cautelosamente galante.

O casamento não devia ser um acontecimento distante, visto que as partes só tinham a si mesmas para dar satisfações, e não precisavam esperar nada mais que os preparativos necessários; e quando ele partiu de novo para Bath, houve uma expectativa geral, que certo olhar da senhora Cole parecia não desmentir, de que, quando retornasse a Highbury, ele haveria de trazer a esposa.

Durante a presente curta estada, Emma quase não o viu; mas o suficiente para sentir que o primeiro encontro terminara e lhe deixara a impressão de que ele não havia melhorado nada com a mistura de ressentimento e pretensão, que agora se derramava em toda a sua aparência. Com efeito, ela começava a se questionar se alguma vez o achara realmente agradável; e a visão dele estava tão inseparavelmente ligada com alguns sentimentos muito desagradáveis que, exceto sob um enfoque moral, como um castigo, uma lição, uma fonte de proveitosa humilhação para sua própria mente, ela ficaria agradecida se pudesse ter a segurança de nunca mais vê-lo. Desejava-lhe todo o bem; mas ele lhe causava sofrimento e teria a maior satisfação se a prosperidade dele se instalasse a 20 milhas de distância.

A aflição pela permanente residência dele em Highbury, no entanto, certamente deveria ser diminuída pelo casamento. Muitas gentilezas inúteis seriam evitadas... muitos embaraços suavizados pelo mesmo casamento. Uma *senhora Elton* seria uma desculpa para toda mudança de tratamento; a antiga intimidade poderia ser eliminada sem que se notasse. Seria quase como recomeçar sua própria vida social.

Com relação à senhorita Hawkins, individualmente, Emma pouco pensava nela. Era a mulher ideal para o senhor Elton, não havia dúvida; suficientemente perfeita para Highbury... bastante bonita... para parecer comum, provavelmente, ao lado de Harriet. Quanto a alguma ligação, Emma estava tranquila, persuadida de que, depois das arrogantes afirmações e do desdém por Harriet, ele nada mais tinha feito. Nesse aspecto, parecia possível atingir a verdade. *O que* ela era podia ser incerto; mas *quem* ela era podia ser descoberto; e deixando de lado as dez mil libras, não parecia que fosse superior a Harriet. Não tinha nome, nem sangue, nem alianças. A senhorita Hawkins era a mais nova das duas filhas de um comerciante de Bristol; mas o total dos lucros de seu comércio parecia ser bem moderado a ponto de se supor que sua linha de negócios tinha sido igualmente moderada. Ela costumava passar parte do inverno em Bath; mas Bristol era seu lar, o próprio coração de Bristol; pois, embora o pai e a mãe tivessem morrido alguns anos atrás, restara um tio... na linha legal de sucessão... nada de mais distintamente honroso era possível dizer dele a não ser que era um parente direto e a filha passara a viver com ele. Emma o imaginava como o criado de algum advogado, e estúpido demais para subir na vida. E toda a grandeza da ligação parecia depender da irmã mais velha, que era *muito bem casada* com um cavalheiro de *grande projeção* residente perto de Bristol e que possuía duas carruagens! Esse era o resumo da história; essa era a glória da senhorita Hawkins.

Se ao menos pudesse ter transmitido a Harriet o que sentia sobre tudo isso! Ela a tinha levado ao amor; mas ai!, não era tão fácil arrancá-la dele.

Depois que um encanto por um objeto ocupava os muitos pontos vazios da mente de Harriet, não era nada fácil fazê-la voltar à realidade. Ele devia ser substituído por outro; certamente seria; nada poderia ser mais claro; até um Robert Martin teria sido suficiente para isso; mas nada mais, receava ela, poderia curá-la. Harriet era uma daquelas que, uma vez caída em amores, ficaria apaixonada para sempre. E agora, pobrezinha! Estava consideravelmente pior com o reaparecimento do senhor Elton. Sempre haveria de vê-lo rapidamente de um jeito ou de outro. Emma o viu uma vez somente; mas duas ou três vezes por dia Harriet estava certa de *quase* tê-lo encontrado ou de *quase* ter esbarrado nele, de *quase* ter ouvido sua voz ou de ter visto seus ombros, de *quase* ter ocorrido algo para preservá-lo em sua imaginação, com todo o favorável entusiasmo de surpresa e conjectura.

Além disso, o tempo todo ouvia falar dele; pois, exceto quando estava em Hartfield, ela estava sempre entre aqueles que não viam defeitos no senhor Elton e nada tinham de mais interessante para discutir do que assuntos relativos a ele; e todo relato, portanto, toda suposição... tudo o que já havia ocorrido , tudo o que poderia ocorrer nos preparativos do casamento dele, incluindo sua renda, criados e mobília, tudo estava em contínua agitação em torno dela. Seu afeto vinha sendo fortalecido pelos invariáveis elogios feitos a ele, sua tristeza era mantida viva e seus sentimentos eram irritados pelas incessantes menções à felicidade da senhorita Hawkins e pela contínua observação sobre como eles pareciam estar apaixonados!... a expressão dele quando andava pela casa... o próprio local onde colocava o chapéu, tudo era prova de como ele estava apaixonado!

Se fosse um entretenimento admissível, se não causasse sofrimento à sua amiga ou reprovação a si própria essas oscilações da mente de Harriet, Emma teria até se divertido com essas variações. Às vezes o senhor Elton predominava, outras vezes, os Martin; e ocasionalmente um servia para ser comparado com o outro. O noivado do senhor Elton havia sido a cura da agitação do encontro com o senhor Martin. A infelicidade causada pela notícia desse casamento havia ficado um pouco de lado pela visita de Elizabeth Martin à casa da senhora Goddard poucos dias depois. Harriet não estava em casa; mas um bilhete havia sido preparado e deixado para ela, escrito num estilo bem tocante; uma pequena mistura de reprovação com uma esmerada porção de bondade; e até que o próprio senhor Elton aparecesse, ela ficou bem ocupada lendo o bilhete, ponderando continuamente sobre o que deveria escrever como resposta, e desejando fazer mais do que ousava confessar. Mas o senhor Elton em pessoa eliminou todos esses cuidados. Enquanto ele esteve na cidade, os Martin foram esquecidos; e na própria manhã em que ele partiu de novo para Bath, Emma, para dissipar um pouco da angústia que isso haveria de provocar, julgou melhor que Harriet retribuísse a visita de Elizabeth Martin.

Como essa visita seria anunciada... o que seria necessário... e o que poderia ser mais seguro, constituíram um ponto central de algumas duvidosas considerações. Negligenciar totalmente a mãe e as irmãs quando do convite dirigido a Elizabeth seria ingratidão. Não deveria ser dessa forma; e ainda havia o perigo de uma renovação da amizade!...

Depois de muito pensar, ela pôde concluir que nada era melhor do que Harriet retribuir a visita; mas de um modo que, se eles tivessem bom entendimento, os convencesse de que deveria se restringir a uma simples amizade formal. Ela pensara em levá-la de carruagem, deixá-la em Abbey-Mill, enquanto ela seguia um pouco mais adiante e apanhá-la logo depois na volta, de tal maneira que não houvesse tempo para insidiosas insinuações ou perigosas recordações do passado, e dar a prova mais incisiva do grau de intimidade que era definido para o futuro.

Emma não conseguiu pensar em nada melhor; e embora houvesse algo nisso que seu próprio coração não podia aprovar... algo de ingratidão, simplesmente desconsiderada... deveria ser feito ou o que seria de Harriet?

## ≈ CAPÍTULO 5 ≈

O coração de Harriet estava apertado para a visita. Apenas meia hora antes de sua amiga buscá-la na casa da senhora Goddard, a má estrela a levou ao exato lugar onde, naquele momento, um baú endereçado ao *Rev. Philip Elton, White Hart, Bath* estava para ser soerguido até a carroça do açougueiro, que o levaria ao local de despacho; e tudo mais neste mundo, exceto esse baú e o endereço, era um imenso vazio.

Apesar de tudo, ela foi; e quando chegaram à fazenda e ela estava pronta para descer, no final do largo e limpo caminho de cascalho, que levava, entre uma latada de macieiras, à porta da frente, a vista de cada coisa que lhe havia dado tanto prazer no outono anterior começava a reavivar nela uma leve agitação; e quando se separaram, Emma observou que ela olhava ao redor com uma espécie de receosa curiosidade, o que a determinou a não permitir que a visita durasse mais do que os 15 minutos combinados. Ela continuou sozinha, pensando em dedicar essa porção de tempo para uma visita a uma velha criada que se havia casado e residia em Donwell.

Transcorridos pontualmente os 15 minutos, Emma já se encontrava de volta diante do portão branco. Logo depois de avisada, a senhorita Smith se juntou a ela sem demora e sem a companhia de qualquer jovem alarmado. Ela foi chegando sozinha pelo caminho de cascalho... e uma das senhoritas Martin apareceu na porta, despedindo-se dela com conveniente e cerimoniosa civilidade.

Harriet não conseguiu fazer um relato inteligível da visita de imediato. Estava sensivelmente acabrunhada; mas finalmente Emma conseguiu obter dela o suficiente para entender como havia corrido o encontro e o tipo de sofrimento que havia causado. Ela só havia visto a senhora Martin e as duas moças. Elas a receberam com estranheza, senão friamente; e nada além de meros assuntos triviais foram tocados quase o tempo todo... até que, por fim, a senhora Martin, ao dizer repentinamente que achava que a senhorita Smith havia crescido, trouxe a conversa para um tópico mais interessante e a modos mais calorosos. Naquela mesma sala, ela havia medido sua altura em setembro passado com suas duas amigas. Havia ainda havia as marcas de lápis e as anotações na moldura da janela. *Ele* as havia feito. Todas pareciam lembrar o dia, a hora, o grupo presente, a ocasião... e tinham a mesma percepção e os mesmos sentimentos... prontas para retornar ao mesmo bom entendimento; e estavam precisamente voltando a ser as mesmas (Harriet, Emma devia suspeitar, mais pronta que as outras a ser cordial e feliz) quando a carruagem reapareceu e tudo acabou. O estilo da visita e sua brevidade foram decisivos para esse desfecho. Somente 14 minutos dedicados àquelas pessoas com quem havia passado deliciosamente seis semanas, há menos de seis meses! ... Emma só podia imaginar tudo isso e sentir como elas deveriam justamente ressentir-se, como Harriet deveria naturalmente sofrer. Uma situação embaraçosa. Ela daria tudo ou toleraria de tudo para que os Martin atingissem melhor colocação na escala social. Eles mereciam tanto, que um *pouco* mais de projeção social seria suficiente; mas assim como estavam as coisas, como poderia ter agido diversamente?... Impossível!... Não podia se arrepender. Eles deviam se afastar; mas havia grande sofrimento nesse processo... até mesmo para ela própria no momento, que logo sentiu a necessidade de um pouco de consolo, e por isso resolveu ir para casa pelo caminho de Randalls. Sua mente estava quase doente com esses assuntos do senhor Elton e dos Martin. O repouso de Randalls era absolutamente necessário.

Era um ótimo plano; mas ao chegar à porta ouviram que nem "o senhor nem a senhora estavam em casa"; haviam saído por algum tempo; o criado acreditava que tinham ido a Hartfield.

– Que pena! – exclamou Emma, enquanto voltavam. – E agora não vamos encontrá-los; que coisa irritante!... Não me lembro de quando estive tão desapontada.

E ela se reclinou no canto para entregar-se a seus murmúrios ou para livrar-se deles; provavelmente um pouco das duas coisas... o que era o processo mais comum quando sua mente não estava disposta. A carruagem parou então de repente; ela olhou para fora: foram retidas pelo senhor e pela senhora Weston, que estavam de pé querendo falar-lhe. Alegrou-se ao vê-los e mais ainda ao ouvi-los... pois o senhor Weston se aproximou imediatamente e disse:

– Onde esteve?... Para onde foi?... Estivemos conversando com seu pai... ficamos contentes em vê-lo tão bem. Frank chega amanhã... Recebi uma carta pela manhã... vamos vê-lo amanhã pela hora do jantar, com certeza... Está em Oxford hoje e vem para ficar quinze dias; eu sabia que seria assim. Se tivesse vindo no Natal, não poderia ter ficado três dias; sempre achei melhor que não viesse no Natal; agora vamos ter o tempo certo para ele, tempo bom, seco, firme. Vamos aproveitar completamente a companhia dele; tudo acabou exatamente do jeito que poderíamos desejar.

Não havia como resistir a tal notícia, não havia possibilidade de evitar a influência dessa felicidade que transparecia no rosto do senhor Weston, confirmada pelas palavras e pela expressão de sua esposa que, menos agitada e mais contida, não estava menos feliz. Saber que *ela* julgava a vinda dele como certa era suficiente para que Emma acreditasse nisso e compartilhasse sinceramente da alegria deles. Era a maneira mais deliciosa para animar um espírito exausto. A desilusão do passado foi afastada pelo frescor do que estava por vir e, com a rapidez de um pensamento instantâneo, ela esperava que agora não se falaria mais do senhor Elton.

O senhor Weston deixou-a a par dos compromissos em Enscombe, o que permitiu ao filho escrever que teria uma inteira quinzena para ficar em sua companhia, além de descrever a rota e os meios que utilizaria para sua viagem; e ela ouviu, sorriu e congratulou-se com eles.

– Eu logo o levarei a Hartfield – disse ele, ao concluir.

Emma, ao ouvir isso, imaginou que sua esposa lhe tocava o braço.

– É melhor irmos, senhor Weston – disse ela –, estamos atrasando as meninas.

– Bem, estou pronto – e voltando-se novamente para Emma –, mas não deve ficar esperando ver um jovem *muito* refinado; você, bem sabe, só tem *minha* opinião a respeito; ouso dizer que ele realmente não é nada extraordinário... embora seus olhos brilhantes nesse momento parecessem expressar uma convicção bem diferente.

Emma conseguiu parecer perfeitamente alheia e inocente, e respondeu de maneira cordial, mas que não dizia absolutamente nada.

– Pense em mim amanhã, querida Emma, em torno das quatro horas – foram as palavras da senhora Weston, ao partir, ditas com certa ansiedade e dirigidas somente para Emma.

– Quatro horas!... Aposto que estará aqui às três!... – foi a pronta correção do senhor Weston; e assim terminou esse encontro tão agradável.

O espírito de Emma quase atingira o auge da felicidade; tudo tinha um ar diferente; James e os cavalos não pareciam tão vagarosos como antes. Quando ela olhou para as sebes, pensou que o filho distante pelo menos logo apareceria; e, ao voltar-se para Harriet, viu algo como um olhar de primavera, e um terno sorriso estampado.

– Será que o senhor Frank Churchill vai passar por Bath ao vir de Oxford? – foi uma pergunta que não era de bom augúrio.

Mas nem a geografia nem a tranquilidade costumam vir juntas, e Emma estava disposta a acreditar que, com o tempo, ambas chegariam.

A manhã do dia estabelecido chegou, e a fiel aluna da senhora Weston não se esqueceu nem das dez, nem das onze, nem das doze horas que devia pensar nela às quatro horas.

"Minha querida e ansiosa amiga," dizia ela, em seu solilóquio mental, enquanto descia as escadas ao sair do próprio quarto, "sempre preocupada com o conforto de todos, menos com seu próprio; vejo-a agora em todas as suas pequenas inquietações, voltando vezes sem conta ao quarto dele para certificar-se que tudo está em ordem." O relógio bateu as doze horas enquanto ela passava pelo vestíbulo. "São doze horas, não vou me esquecer de pensar em você daqui a quatro horas, e a essa hora amanhã, talvez, ou um pouco mais tarde, poderei estar pensando na possibilidade de recebê-los todos aqui. Tenho certeza que logo irão trazê-lo para cá."

Ela abriu a porta da sala e viu dois cavalheiros sentados com seu pai... o senhor Weston e o filho. Haviam chegado há poucos minutos e o senhor Weston mal havia terminado a explicação de que Frank chegara um dia antes do previsto; e o pai dela ainda estava expressando seus votos de boas-vindas e congratulações quando ela apareceu para participar da surpresa, da apresentação e do prazer do encontro.

O Frank Churchill tão falado, que despertava tanto interesse, estava realmente diante dela... foi apresentado e ela não achou que se havia dito tudo o que se poderia dizer dele; era um jovem *muito* bonito, de altura, aparência e porte excepcionais, e sua expressão tinha muito da alegria e da vivacidade do pai; parecia inteligente e sensível. Ela sentiu de imediato que poderia gostar dele; e mostrava ainda maneiras tranquilas e bem-educadas, e uma franqueza ao falar que a convenceram de que ele viera com a intenção de conhecê-la, o que logo deveria acontecer.

Ele tinha chegado a Randalls na noite anterior. Ela ficou contente de ver a sua pressa em chegar, o que o obrigara a alterar seus planos e a partir antes, viajando mais rápido, a fim de que pudesse ganhar meio dia.

– Eu lhes disse ontem – exclamou o senhor Weston, exultante –, eu disse a todos que ele estaria aqui antes da hora marcada. Lembro-me de que eu mesmo costumava agir assim. Não se pode atrasar uma viagem; não se pode evitar ir mais depressa que o planejado; e o prazer de chegar à casa dos amigos antes que estejam esperando é tão grande que não precisa do menor incentivo.

– É um grande prazer quando se consegue fazer isso – disse o jovem –, embora não haja muitas casas para as quais eu me empenharia em chegar desse modo; mas ao vir para *minha casa* achei que poderia fazer de tudo.

As palavras *minha casa* fizeram o pai olhá-lo com renovada complacência. Emma logo estava certa de que o jovem sabia como agradar, e sua convicção se fortaleceu com o que se seguiu. Ele estava encantado com Randalls, considerava-a uma casa admiravelmente bem planejada, não estava inclinado a admitir que fosse muito pequena, admirou sua localização, o caminho até Highbury, a própria Highbury, e Hartfield ainda mais; e confessou sempre haver sentido uma espécie de interesse pela região que só pode ser proporcionado pela *própria* região de nascença, e tinha grande curiosidade em visitá-la. O fato de ele não ter expressado esse sentimento tão amável antes deixou uma suspeita na cabeça de Emma; mas se era uma falsidade, era agradável e fora dita de forma muito agradável. O jeito dele não deixava transparecer um ar artificial ou exagerado. Ele realmente parecia e falava como se estivesse num estado de felicidade incomum.

Os assuntos que abordaram faziam parte, em geral, daqueles usuais no início de qualquer relacionamento. Da parte dele seguiram-se várias perguntas... "Ela cavalgava?"... "Quais os lugares mais agradáveis para cavalgar?"... "E para uma caminhada?"... "Tinham muitos vizinhos?"... "Highbury propiciava, talvez, bastante atividade social ?"... "Havia várias casas bonitas na cidade e arredores?"... "Bailes,,, organizavam bailes?"... "Era uma sociedade musical?"

Mas quando todos esses quesitos foram esclarecidos e seu relacionamento avançava aos poucos, ele colheu uma oportunidade, enquanto os pais deles conversavam entre si, para referir-se à sua madrasta, falando dela com tão belos elogios, com tão calorosa admiração, com tanta gratidão pela felicidade que ela proporcionava ao pai, e como o recebera com tanta bondade, que constituía uma prova a mais de que ele sabia como agradar... e que certamente pensava que valia a pena tentar agradar a ela também. Não disse uma palavra elogiosa além daquilo que ela sabia que a senhora Weston merecia realmente; mas, sem dúvida, devia saber muito pouco sobre o assunto. Entendeu o que seria bem-vindo; podia estar certo de bem pouco mais. "O casamento do pai", disse ele, "foi a medida mais sábia, todos os amigos deviam se regozijar com isso; e a família de quem havia recebido tal bênção deveria ser considerada como a que merecia o maior reconhecimento da parte dele".

Ele chegou bem perto de agradecer a Emma pelos méritos da senhorita Taylor, sem parecer esquecer inteiramente que, no curso natural das coisas, se podia supor que a senhorita Taylor houvesse formado o caráter da senhorita Woodhouse, mais do que a senhorita Woodhouse o da senhorita Taylor. E, finalmente, para qualificar completamente sua opinião, passando discretamente sobre o assunto, ressaltou a surpresa que o colhera ao constatar a juventude e a beleza da madrasta.

– Eu estava preparado para me deparar com uma senhora elegante e de maneiras agradáveis – disse ele –, mas confesso que, considerando tudo, não esperava mais que uma pessoa toleravelmente bonita, de certa idade; não sabia que iria encontrar uma mulher jovem e bonita como a senhora Weston.

– Não pode certamente ver mais perfeição na senhora Weston do que eu – disse Emma. – Se imaginou que ela tivesse *dezoito* anos, eu ouviria isso com prazer; mas *ela* pode até recriminá-lo por usar essas palavras. Não a deixe saber que a definiu como mulher jovem e bonita.

– Espero ficar sabendo de mais coisas – replicou ele. – Não, pode confiar (fez uma gentil reverência) que, ao me dirigir à senhora Weston, saberei a quem posso elogiar sem qualquer perigo de ser visto como extravagante em meus termos.

Emma se perguntava se a mesma suspeita que se apoderara de sua mente, sobre o que se poderia esperar quando se conhecessem melhor, já teria passado pela mente dele; e se os cumprimentos dele deveriam ser considerados como sinais de aquiescência ou provas de desafio. Deveria conhecê-lo melhor para entender seus modos; até o momento só pressentia que eram agradáveis.

Ela não tinha dúvida alguma sobre o que o senhor Weston estava pensando a respeito. Ela detectou que o olhar dele lhes era dirigido repetidas vezes, com uma expressão de contentamento; e mesmo quando se determinava a não olhar, ela tinha certeza de que os estava escutando.

A perfeita isenção de seu próprio pai de qualquer pensamento dessa espécie, sua total deficiência para semelhante tipo de percepção ou suspeita, constituía uma circunstância bem favorável. Felizmente ele estava tão longe de aprovar o matrimônio quanto de prevê-lo... Embora sempre se opusesse a qualquer casamento que era arranjado, nunca sofria de antemão pela apreensão de nenhum; parecia que nunca conseguia pensar tão mal da capacidade mental de duas pessoas a ponto de supor que pretendessem se casar, até que o fato fosse comprovado. Ela bendizia essa favorável cegueira. Ele podia agora, sem a desvantagem de uma única conjetura desagradável, sem prever qualquer possível deslealdade em seu hóspede, dar vazão a toda a sua natural e bondosa cortesia com solícitas perguntas a respeito das acomodações do senhor Frank Churchill durante a viagem, sobre o grande desconforto de passar duas noites na estrada e expressar sua genuína e pura ansiedade em saber de que modo havia certamente escapado de apanhar um resfriado... do que, no entanto, não podia permitir-se de se sentir seguro a não ser de passada mais uma noite.

Depois de um razoável tempo de visita, o senhor Weston passou a levantar-se. "Ele devia ir. Tinha negócios na Crown sobre seu feno e não poucas encomendas da senhora Weston a retirar na Ford's, mas não queria apressar ninguém." O filho dele, educado demais para entender a insinuação, levantou-se imediatamente também, dizendo:

– Como tem negócios a tratar, senhor, vou aproveitar a oportunidade para fazer uma visita que pode ser feita em qualquer dia, mas que pode ser feita também agora. Tenho a honra de conhecer uma vizinha dos senhores (voltando-se para Emma), uma senhora que reside em Highbury ou por perto; uma família de nome Fairfax. Não devo encontrar dificuldade, suponho, para achar a casa; embora Fairfax, creio eu, não seja o nome exato... acho que deve ser Barnes ou Bates. A senhorita conhece uma família com esse nome?

– Certamente que conhecemos – exclamou o pai dele. – A senhora Bates... passamos pela casa dela... vi a senhorita Bates na janela. Claro, claro, você conhece a senhorita Fairfax; lembro-me de que a conheceu em Weymouth, e ela é uma menina excelente. Vá visitá-la, vá.

– Não há necessidade de ir hoje pela manhã – disse o jovem.

– Pode ser outro dia; mas houve esse grau de conhecimento em Weymouth que...

– Oh! Vá hoje, vá hoje mesmo. Não adie a visita. Nunca é cedo demais para fazer o que deve ser feito. E além disso, vou lhe dar uma sugestão, Frank; qualquer falta de atenção para com ela *aqui* deverá ser cuidadosamente evitada. Você a conheceu com os Campbell quando ela era igual a todas as outras pessoas de seu entorno, mas aqui ela vive com uma avó muito pobre, que mal tem do que viver. Se não for visitá-la logo, poderá ser visto como menosprezo.

O filho pareceu convencido.

– Eu a ouvi falar que se conheceram – disse Emma. – Ela é uma jovem muito elegante.

Ele concordou, mas com um "sim" tão fraco que Emma estava inclinada a duvidar de sua verdadeira concordância; e mais, devia haver um tipo muito diferente de elegância no mundo da alta sociedade, se Jane Fairfax podia ser considerada apenas comumente prendada nesse aspecto.

– Se o senhor nunca se impressionou particularmente com as maneiras dela antes – disse Emma –, creio que hoje vai se impressionar. Verá que ela está muito melhor; vê-la e ouvi-la... não, receio que não conseguirá ouvi-la de jeito nenhum, pois ela tem uma tia que não sabe segurar a língua.

– O senhor conhece a senhorita Jane Fairfax, não é? – disse o senhor Woodhouse, sempre o último a entrar na conversa. – Então me permita assegurar-lhe que vai achá-la uma jovem muito agradável. Está aqui em visita à avó e à tia, pessoas muito dignas. Eu as conheço desde sempre. Elas vão ficar extremamente felizes em vê-lo, tenho certeza; e um de meus criados pode acompanhá-lo para lhe mostrar o caminho.

– Meu caro senhor, por nada deste mundo; meu pai pode me levar.

– Mas seu pai não está indo até lá; ele só vai até a Crown, quase do outro lado da estrada, e há uma grande quantidade de casas; o senhor pode se perder e o caminho está enlameado, a não ser que o senhor se mantenha na trilha de pedestres; mas meu cocheiro pode lhe indicar o melhor lugar para atravessar a estrada.

O senhor Frank Churchill ainda assim declinou, parecendo muito sério, e seu pai lhe deu cordial apoio dizendo:

– Meu bom amigo, isso é totalmente desnecessário; Frank conhece uma poça de água quando a vê; e quanto à senhora Bates, ele poderá ir da Crown até lá num salto, num pulo.

Enfim, permitiram que fossem sozinhos; e com um cordial aceno de um e uma graciosa reverência do outro, os dois cavalheiros partiram. Emma ficou muito satisfeita com esse início de amizade e podia agora pensar em todos eles em Randalls a qualquer hora do dia, com plena confiança no contentamento de todos.

## ≈ CAPÍTULO 6 ≈

A manhã seguinte trouxe novamente o senhor Frank Churchill. Viera com a senhora Weston, a quem parecia considerar com muita cordialidade; e parecia ter também muita simpatia por Highbury. Estivera sentado em companhia dela em casa, ao que parece, até a costumeira hora em que ela fazia sua caminhada; e desejando escolher o caminho, sugeriu de imediato Highbury... "Ele não duvidava que houvesse vários caminhos agradáveis em todas as direções, mas se fosse deixado à escolha dele, sempre optaria pelo mesmo. Highbury, essa arejada, aprazível e feliz Highbury, seria sua atração constante..." Highbury, para a senhora Weston, se equiparava a Hartfield; e ela achava que a mesma coisa ocorria com ele. Eles se dirigiram para lá diretamente.

Emma não os esperava, pois o senhor Weston, que havia passado por ali por meio minuto, a fim de ouvir que o filho era muito bonito, nada sabia dos planos deles; e foi uma agradável surpresa para ela, portanto, vê-los caminhando em direção da casa, de braços dados. Ela desejava vê-lo de novo e especialmente na companhia da senhora Weston, pois sua opinião sobre o jovem dependia do comportamento dele para com a madrasta. Se fosse ineficiente nesse aspecto, nada poderia ser reparado. Mas ao vê-los juntos, ela ficou perfeitamente satisfeita. Não era somente com belas palavras ou com hiperbólicos cumprimentos que ele cumpria com seu dever; nada podia ser mais apropriado ou agradável do que suas maneiras para com a senhora Weston... nada podia denotar mais agradavelmente seu desejo de considerá-la como amiga e conquistar sua afeição. E houve tempo suficiente para Emma formar um julgamento razoável, visto que a visita se estendeu pelo resto da manhã. Os três estiveram caminhando juntos por uma ou duas horas... primeiro pelo arvoredo de Hartfield e depois por Highbury. Ele estava encantado com tudo, admirou Hartfield suficientemente para a alegria do senhor Woodhouse; e quando resolveram ir mais longe, confessou seu desejo de ficar amigo de todos na vila e descobriu muito mais assuntos dignos de comentários e de interesse do que Emma poderia ter suposto.

Alguns dos objetos de curiosidade dele demonstravam os mais amáveis sentimentos. Pediu para que lhe mostrassem a casa onde seu pai havia morado por longo tempo e que havia sido o lar de seu avô; e, ao saber que uma velha senhora, que havia sido sua ama, ainda vivia, andou à procura da casa dela de uma ponta à outra da rua; e embora não houvesse grande mérito em alguns pontos de seu interesse ou observação, mostrava uma boa vontade em relação a Highbury de modo geral, que não deixava de ser como que um mérito para aqueles com quem estava.

Emma observava e decidiu que, em função dos sentimentos que ele agora demonstrava, não seria nada justo supor que havia ficado ausente dali por própria vontade, que não estava representando um papel ou fazendo declarações insinceras e que o senhor Knightley com certeza não lhe fizera justiça.

A primeira parada deles foi na Hospedaria Crown, um prédio insignificante, embora o único desse tipo, onde eram mantidos alguns cavalos de aluguel, mais para a conveniência da vizinhança do que para algum trajeto pelas estradas; e as companheiras dele não esperavam ser detidas por nada que despertasse mais interesse ali; mas, ao passar, contaram-lhe sobre a grande sala que fora visivelmente adicionada ao prédio; tinha sido construída havia muitos anos para ser um salão de baile e, enquanto a vizinhança era mais populosa e afeita a danças, tinha sido ocasionalmente usada como tal... mas esses dias de brilho já haviam terminado há muito tempo e agora o principal objetivo, para o qual era sempre requisitado, era o de acomodar um clube de uíste, do qual faziam parte cavalheiros e outros cidadãos do lugar. Ele se interessou imediatamente. Sua qualidade de salão de baile lhe chamou a atenção; e, em vez de passar direto, parou durante vários minutos junto das duas janelas corrediças que estavam abertas, para olhar para dentro e avaliar sua capacidade, lamentando que seu propósito original tivesse cessado. Não viu defeitos no salão e não concordou com os que elas sugeriam. Não, o salão era bastante longo, bastante largo e bastante bonito. Comportaria o número certo de pessoas com conforto. Deveriam organizar bailes pelo menos uma vez a cada quinze dias durante o inverno. Por que a senhorita Woodhouse não revivia os velhos bons tempos do lugar?... Ela que podia fazer qualquer coisa em Highbury! Foram mencionadas a falta de famílias em número adequado no lugar e a convicção de que nenhuma das famílias das vizinhanças se sentiria motivada a vir; mas ele não se deu por satisfeito. Não podia ser persuadido de que, com tantas casas bonitas que vira nos arredores, não houvesse número suficiente de pessoas para semelhante festa; e mesmo quando lhe deram detalhes e descreveram famílias, ele não se dispunha a admitir que a inconveniência dessa mistura pudesse ser ruim ou que houvesse a menor dificuldade em que todos retornassem para casa na manhã seguinte. Argumentava como um jovem que apreciava muito a dança; e Emma ficou um tanto surpresa ao ver a personalidade dos Weston prevalecer tão incisivamente sobre os hábitos dos Churchill. Ele parecia ter toda a vivacidade, o espírito, os joviais sentimentos e as inclinações sociais do pai, e nada do orgulho e da reserva de Enscombe. Na verdade, havia nele, talvez, bem pouco de orgulho; sua indiferença à mistura de classes beirava quase a deselegância. Ele não poderia julgar, contudo, o mal que desconsiderava. Esse otimismo não era senão a efusão de um espírito vivaz.

Finalmente foi persuadido a partir da frente da Crown; e como agora quase passassem diante da casa em que estavam alojadas as Bates, Emma lembrou-se da visita que ele pretendia fazer no dia anterior e perguntou-lhe se as havia visitado.

– Sim! Oh, sim! – replicou ele. – Eu estava prestes a mencionar isso.

Uma visita de grande sucesso... Vi as três senhoras; e lhe agradeço muito por me ter preparado. Se a tia falante me tivesse apanhado de surpresa, teria sido a morte para mim. Da forma como foi, eu só estava pronto para fazer uma visita muito simples. Dez minutos teriam sido mais que suficientes, talvez até o que era mais apropriado; e havia dito a meu pai que certamente estaria em casa antes dele... mas não havia como sair de lá, não havia pausa no assunto; e, para meu total espanto, quando ele (não me encontrando em lugar algum) finalmente foi me buscar, descobri que, na realidade, havia passado ali quase três quartos de hora. A boa senhora não me havia dado a possibilidade de escapar antes.

– E o que achou da aparência da senhorita Fairfax?

– Doente, muito doente... isto é, se for permitido achar que uma jovem pode parecer doente. Mas a expressão é dificilmente admissível, não acha senhora Weston? As damas nunca devem parecer doentes. E, falando sério, a senhorita Fairfax é naturalmente tão pálida que sempre dá a impressão de falta de saúde... Uma deplorável falta de cor.

Emma não podia concordar com isso e começou a defender calorosamente a cor da pele da senhorita Fairfax. "Não era certamente brilhante, mas não se podia dizer que tivesse uma coloração doentia em geral; e havia uma suavidade e delicadeza em sua pele que conferiam peculiar elegância ao aspecto de seu rosto." Ele escutou com a devida deferência; reconheceu que ouvira muitas pessoas dizer o mesmo... mas ainda assim devia confessar que, para ele, nada poderia substituir o belo colorido saudável. Quando os traços eram comuns, uma bela coloração da pele lhes conferia beleza; e quando eram bons, o efeito era... felizmente ele não precisava tentar descrever esse efeito.

– Bem – disse Emma –, gosto não se discute... Pelo menos o senhor a admira, exceto a cor de sua pele.

Ele sacudiu a cabeça e riu.

– Não consigo separar a senhorita Fairfax da cor de sua pele.

– O senhor a viu muitas vezes em Weymouth? Frequentavam o mesmo círculo social?

Nesse momento se aproximavam da Ford's e ele rapidamente exclamou:

– Ah! Essa deve ser a loja à qual todo o mundo vem todos os dias de suas vidas, segundo meu pai me informou. Ele mesmo vem a Highbury seis dias por semana, e sempre tem coisas a fazer na Ford's. Se não for inconveniente para as senhoras, permitam-me entrar, assim posso sentir que faço parte do lugar, que sou um verdadeiro cidadão de Highbury. Preciso comprar algo na Ford's. Isso vai garantir a minha liberdade... Imagino que vendam luvas.

– Oh! Sim, luvas e tudo o mais. Admiro seu patriotismo. Vai ser adorado em Highbury. O senhor já era bastante popular antes de vir por ser filho do senhor Weston... mas gaste apenas meio guinéu na Ford's e verá sua popularidade superar suas próprias virtudes.

Entraram; e enquanto os belos e bem embrulhados pacotes de "Men's Beavers" e "York Tan" eram baixados das prateleiras e colocados no balcão, ele disse:

– Peço perdão, senhorita Woodhouse, mas estava me falando, estava me dizendo alguma coisa bem no momento dessa explosão de meu *amor patriae* (amor pela pátria). Não me deixe perder o que ia dizer. Asseguro-lhe que nem a mais clamorosa fama pública compensaria a perda dessa felicidade em minha vida privada.

– Perguntei somente se o senhor chegou a conhecer muito bem a senhorita Fairfax e o grupo dela em Weymouth.

– E agora que sei qual foi sua pergunta, devo afirmar que é algo um tanto injusto. Cabe sempre à dama decidir sobre o grau de amizade. A senhorita Fairfax já deve ter lhe feito seu relato... Não posso me comprometer dizendo mais do que ela desejaria revelar.

– Palavra de honra! O senhor responde com mais discrição ainda do que ela. Mas o relato dela sobre qualquer coisa deixa muito a desejar, pois ela é tão reservada, tão relutante em dar até a menor informação sobre qualquer pessoa, que realmente acho que o senhor pode dizer o que quiser a respeito de sua amizade com ela.

– Posso realmente? Então vou falar a verdade e nada me é mais conveniente. Eu a encontrava com frequência em Weymouth. Conhecia um pouco os Campbell na cidade; mas em Weymouth ficamos no mesmo grupo. O coronel Campbell é um homem muito agradável e a senhora Campbell é uma mulher amigável e de coração bondoso. Gosto de todos eles.

– O senhor conhece a situação da senhorita Fairfax na vida, concluo; e o que ela está destinada a ser?

– Sim... (um pouco hesitante)... acredito que sim.

– Você está tocando em assuntos delicados, Emma – disse a senhora Weston, sorrindo. – Lembre-se de que estou aqui... O senhor Frank Churchill mal sabe o que dizer quando você fala da situação de vida da senhorita Fairfax. Vou me afastar um pouco.

– Certamente me esqueci de pensar *nela* – disse Emma –,

porquanto a senhora Weston sempre foi minha amiga, minha melhor amiga.

Ele pareceu compreender totalmente e admirar tal sentimento.

Quando já haviam comprado as luvas e saído da loja, Frank Churchill disse:

– Já tinha ouvido a jovem de quem falávamos tocando piano?

– Eu sempre a ouço – respondeu Emma. – O senhor se esquece do quanto ela está ligada a Highbury. Eu a ouvi tocar todos os anos de nossas vidas, desde que começamos. Ela toca de modo encantador.

– Acha isso, não é?... Queria a opinião de alguém que pudesse realmente julgar. Pareceu-me que ela toca muito bem, isto é, com bastante gosto, mas eu mesmo nada entendo do assunto... Adoro música, mas não tenho a menor habilidade para tanto nem o direito de julgar o desempenho de ninguém... Acostumei-me a ouvir que a admiravam; e lembro-me de uma prova do quanto ela tocava bem... um homem, entendido em música, e apaixonado por outra mulher... comprometido com esta outra... prestes a se casar... nunca pedia que essa outra mulher se sentasse ao piano, se a dama em questão pudesse fazê-lo... nunca parecia gostar de ouvir uma se pudesse ouvir a outra. Acho que isso é uma prova vinda de um homem de conhecido talento musical.

– Uma prova, de fato! – disse Emma, achando muito engraçado. – O senhor Dixon é muito musical, não é? Iremos saber mais sobre todos eles em meia hora pelo senhor do que a senhorita Fairfax se dignaria a nos dizer em meio ano.

– Sim, essas pessoas eram o senhor Dixon e a senhorita Campbell; e acho que é uma prova muito forte.

– Certamente... muito forte; para dizer a verdade, muito mais incisiva, mas, se *eu* fosse a senhorita Campbell, isso não teria sido nada agradável para mim. Não poderia desculpar um homem que gostasse mais de música do que de amor... que tivesse mais ouvidos que olhos... que tivesse sensibilidade mais aguçada para belos sons do que para meus sentimentos. E a senhorita Campbell parecia gostar disso?

– Era sua amiga íntima, como sabe.

– Pobre consolo! – disse Emma, rindo. – É melhor ter uma estranha preferida do que a mais íntima das amigas... com uma estranha pode ser que nada mais ocorra... mas é horrível ter sempre ao lado uma amiga intima que faz tudo melhor do que a gente faz... Pobre senhora Dixon! Bem, estou contente por ela ter ido morar na Irlanda.

– Tem razão. Não era muito lisonjeiro para a senhorita Campbell; mas ela realmente parecia não sentir isso.

– Tanto melhor... ou tanto pior... Não sei qual dos dois. Mas se fosse doçura ou estupidez... presteza de amizade ou lentidão de raciocínio... havia uma pessoa, acho, que devia ter percebido isso: a própria senhorita Fairfax. Ela deve ter sentido a imprópria e perigosa distinção.

– Quanto a isso... eu não...

– Oh! Não pense que espero um relato dos sentimentos da senhorita Fairfax, do senhor ou de qualquer outra pessoa. Eles não são conhecidos por nenhum ser humano, acredito, a não ser por ela mesma. Mas se ela continuava a tocar sempre que o senhor Dixon pedia, pode-se adivinhar o que cada um escolhe.

Eles pareciam todos se dar entender perfeitamente bem – começou ele um tanto rapidamente, mas controlando-se, acrescentou: – É impossível, no entanto, dizer em que termos eles realmente estavam... como tudo se situava além das aparências. Só posso dizer que havia lisura externamente. Mas a senhorita, que conhece a senhorita Fairfax desde criança, pode julgar melhor que eu o caráter dela e como se comporta em situações críticas.

– Conheço-a desde criança, sem dúvida; fomos crianças e nos tornamos adultas ao mesmo tempo; e é natural supor que devíamos ser íntimas... que fizéssemos confidências uma à outra sempre que ela visitava os amigos. Mas nunca fizemos isso. Mal posso saber como isso aconteceu; um pouco, talvez, por essa fraqueza de minha parte que me levou a sentir desgosto por uma menina tão idolatrada e tão elogiada como ela sempre era, pela tia e pela avó, e por todos os seus amigos. E mais, a reserva dela... nunca pude me afeiçoar a alguém que fosse tão reservado.

– É uma qualidade que afasta, de fato – disse ele. – Com frequência muito conveniente, sem dúvida, mas nunca agradável. Há segurança na reserva, mas nenhuma atração. Não se pode amar uma pessoa reservada.

– Não até que a reserva cesse em relação à gente; e então a atração pode ser maior que nunca. Mas eu teria que estar muito necessitada de uma amiga ou de uma companhia agradável do que estivera para me dar ao trabalho de acabar com a reserva de alguém a fim de conquistar sua amizade. A intimidade entre a senhorita Fairfax e eu está fora de questão. Não tenho motivos para pensar mal dela... de jeito nenhum... exceto por essa extrema e perpétua cautela nas palavras e nos modos, por esse medo de dar uma ideia clara sobre qualquer pessoa, que pode transmitir a suspeita de que há algo a esconder.

Ele concordava perfeitamente com ela; depois de caminhar juntos por tanto tempo e pensar de forma tão semelhante, Emma se sentia tão achegada a ele que mal podia acreditar que era somente o segundo encontro entre ambos. Ele não era exatamente o que ela esperava; algumas de suas ideias não eram as de um homem do mundo, não havia sido uma criança rica e mimada, portanto, configurava-se melhor do que ela esperava. Suas ideias pareciam mais moderadas... seus sentimentos mais intensos. Ela ficou particularmente impressionada por sua maneira de considerar a casa do senhor Elton que, assim como a igreja, ele quis visitar; e não era do mesmo parecer delas, que encontravam muitos defeitos nas duas construções. Não, não podia acreditar que a casa fosse ruim; não era, pelo menos, uma casa que desse pena ver. Se fosse para dividir com a mulher amada, não se poderia ter pena do homem que nela morasse. Deveria haver amplo espaço nela para proporcionar verdadeiro conforto. O homem que desejasse mais deveria ser um tolo.

A senhora Weston riu e disse que ele não sabia do que estava falando. Acostumado somente com uma casa grande e sem jamais pensar em quantas vantagens e acomodações estavam relacionadas a seu tamanho, ele não podia julgar as inevitáveis privações presentes numa casa pequena. Mas Emma, em sua mente, tinha certeza de que ele *sabia* do que estava falando e que mostrava uma amável inclinação para se estabelecer cedo na vida, e casar-se por motivos dignos. Ele podia não estar ciente dos problemas causados na paz doméstica pela falta de um quarto para a governanta ou por uma copa inadequada, mas não havia dúvida de que ele sentia perfeitamente que Enscombe não podia fazê-lo feliz; e que, quando estivesse apaixonado, haveria de desistir voluntariamente de muito de sua riqueza para permitir-se montar logo seu próprio lar.

## ≈ CAPÍTULO 7 ≈

A ótima opinião de Emma sobre Frank Churchill foi um pouco abalada no dia seguinte, ao saber que ele fora a Londres apenas para cortar o cabelo. Uma súbita veleidade pareceu ter tomado conta dele durante o café da manhã e mandou chamar uma carruagem e partiu, pretendendo voltar para o jantar, mas com nenhum propósito mais importante do que cortar o cabelo. Certamente não havia mal algum em fazer essa viagem de 16 milhas duas vezes para semelhante incumbência; mas havia nisso um ar de vaidade e tolice que ela não podia aprovar. Não estava de acordo com a racionalidade do plano, com a moderação nos gastos ou mesma a desinteressada generosidade de coração que ela havia julgado ver nele no dia anterior. Vaidade, extravagância, gosto pela mudança, inquietação de espírito que deviam estar atuando bem ou mal; negligência para com os sentimentos do pai e da senhora Weston, indiferente ao que sua conduta podia despertar em geral; tornou-se passível de todas essas culpas. Seu pai o chamou apenas de peralta e achou a história muito boa; mas que a senhora Weston não gostou, ficou bastante claro ao encerrar quanto antes o assunto, não fazendo outro comentário que "todos os jovens podiam ter seus pequenos caprichos".

Com exceção dessa pequena mancha, Emma achou que a visita dele até o momento havia despertado em sua amiga somente boas impressões. A senhora Weston estava sempre pronta a dizer como era um companheiro atencioso e agradável... e o quanto apreciava sua disposição para tudo. Ele parecia ter um temperamento franco... certamente muito alegre e vivaz; ela não podia observar nada de errado em suas ideias, em sua maioria decididamente corretas; ele falava do tio com calorosa afeição e adorava falar dele... dizia que o tio seria o melhor homem do mundo se o deixassem à vontade; e embora não fosse apegado à tia, reconhecia sua bondade com gratidão e parecia sempre empenhar-se em falar dela com respeito. Tudo isso era muito promissor; e, excetuando-se a infeliz vaidade de cortar o cabelo em Londres, não havia nada que o tornasse indigno da distinguida honra que a imaginação de Emma lhe havia conferido; a honra, se não de estar realmente apaixonado por ela, de estar pelo menos bem próximo disso, salvo apenas pela própria indiferença dela... (pois ela ainda mantinha a resolução de não se casar)... a honra, em resumo, de ser destinado a ela pelos laços familiares que os aproximavam.

O senhor Weston, por sua vez, acrescentou a virtude ao relato que devia algum peso. Deu a entender a Emma que Frank a admirava de forma extremada... achava-a muito bonita e encantadora; e com tantas coisas boas para se dizer sobre ele, ela achou que não devia julgá-lo severamente demais. Como a senhora Weston observou, "todos os jovens podiam ter seus pequenos caprichos".

Havia uma pessoa, entre os novos conhecidos dele em Surry, que não estava disposto a considerá-lo com brandura. Em geral, ele era julgado, nas paróquias de Donwell e Highbury, com grande lisura; todos faziam concessões liberais aos pequenos excessos de um jovem tão bonito... que sorria tanto e fazia reverências tão bem; mas havia um espírito entre eles cujo poder de censura não podia ser amenizado por reverências ou sorrisos: o senhor Knightley. Ele soube do fato em Hartfield; no momento, ficou em silêncio; mas Emma quase imediatamente o ouviu dizer a si mesmo por sobre um jornal que segurava nas mãos: "Hum! Exatamente o camarada leviano e imbecil que pensei que fosse." Ela tinha razões para se ressentir; mas depois de um instante de observação, convenceu-se de que realmente dissera aquilo só para aliviar seus próprios sentimentos e não para provocá-la; e por isso deixou passar.

Embora não fossem portadores de boas notícias, a visita do senhor e da senhora Weston nesta manhã fora particularmente oportuna em outro aspecto. Algo ocorreu enquanto estavam em Hartfield, que fez com que Emma almejasse por um conselho deles; e, o que era ainda melhor, ela desejava ouvir exatamente o conselho que lhe deram.

O que ocorreu foi o seguinte: Os Cole se haviam estabelecido em Highbury durante alguns anos e eram pessoas muito boas – amigáveis, liberais e despretensiosas; mas, por outro lado, eram de origem inferior, do comércio, e apenas moderadamente instruídos. Logo que chegaram à região viviam de acordo com sua renda, modestamente, recebendo poucas pessoas e ainda assim com poucas despesas; mas no último ano ou dois, seus rendimentos aumentaram consideravelmente... a casa na cidade tinha dado grandes lucros e a fortuna lhes sorriu de forma geral. Com sua riqueza, suas perspectivas se alargaram; passaram a almejar uma casa maior e a receber mais pessoas. Aumentaram a casa, o número de criados e as despesas de todo tipo; e por essa época estavam, em fortuna e em estilo de vida, em segundo lugar entre as famílias do lugar, abaixo somente de Hartfield. Com seu amor pela sociedade e com sua nova sala de jantar estavam preparados para receber convidados; já haviam realizado alguns encontros, especialmente de homens solteiros. Emma dificilmente poderia supor que eles se atrevessem a convidar as melhores famílias... nem Donwell, nem Hartfield, nem Randalls. Nada *a* tentaria a ir, mesmo que os outros fossem; e lamentava que os conhecidos hábitos do pai dariam à sua recusa menos importância do que poderia desejar. Os Cole eram respeitáveis à sua maneira, mas deviam aprender que não lhes cabia estabelecer os termos em que as famílias de classe superior deveriam visitá-los. Receava que eles deveriam receber essa lição somente dela, tinha pouca esperança no senhor Knightley e nenhuma no senhor Weston.

Mas ela havia se preparado para suposição com tantas semanas de antecedência que, quando o insulto finalmente ocorreu, afetou-a de forma bem diferente. As famílias de Donwell e de Randalls haviam recebido seus convites, mas nenhum foi enviado para ela ou para o pai; e a observação do senhor Weston, dizendo "Suponho que não vão tomar a liberdade de convidá-los; sabem que vocês não costumam jantar fora", não foi de todo suficiente para acalmá-la. Ela sentiu que teria gostado de ter tido o direito de recusar; e, além disso, como a ideia do encontro a ser realizado consistia precisamente da presença daquelas pessoas mais queridas para ela, e que ocorreria repetidas vezes, não sabia se não seria tentada a aceitar, se convidada. Harriet estaria lá à noite, assim como as Bates. Haviam conversado sobre isso enquanto passeavam por Highbury no dia anterior, e Frank Churchill lamentou profundamente a ausência dela. Havia até perguntado: "A noite não vai terminar com um baile?" A mera possibilidade de isso acontecer a irritava sobremaneira; e o fato de deixá-la solitária em sua grandeza, mesmo supondo que a omissão pretendesse ser um cumprimento, era apenas um pobre consolo.

Foi a chegada do próprio convite, enquanto os Weston estavam em Hartfield, que tornou a presença deles tão oportuna; pois, embora a primeira observação dela ao lê-lo fosse que "é claro que pode ser declinado", logo começou a perguntar-lhes o que a aconselhariam a fazer; e o conselho deles para que aceitasse foi prontamente acolhido.

Ela merecia isso; considerando-se tudo, ela não deixava de se sentir realmente inclinada à festa. Os Cole se haviam expressado de forma tão apropriada... havia verdadeira atenção nos termos do convite... e tanta consideração para com o pai dela. "Eles teriam solicitado a honra bem antes, mas estavam aguardando a chegada de um biombo de Londres que Esperavam que poderia manter o senhor Woodhouse abrigado de qualquer corrente de ar e assim induzi-lo com mais facilidade a dar-lhes a honra de sua companhia". No geral, ela se deixou persuadir; e rapidamente eles acertaram entre si o que deveria ser feito sem negligenciar o conforto do idoso... como certamente se podia contar com a senhora Goddard, senão com a senhora Bates, para fazer-lhe companhia... deveriam conseguir a aquiescência do senhor Woodhouse para que sua filha saísse para jantar fora num dia qualquer e passasse a noite toda longe dele. Quanto à ida *dele*, Emma não queria que ele a julgasse possível, pois a festa terminaria tarde demais e haveria muita gente. Ele logo se resignou.

– Não gosto de jantares – disse ele. – Jamais gostei. Emma tampouco. Horas tardias não combinam conosco. Lamento que o senhor e a senhora Cole tenham organizado dessa forma. Acho que seria bem melhor se eles viessem aqui numa uma tarde do próximo verão para tomar chá conosco... ou para levar-nos a uma caminhada à tarde, o que eles poderiam fazer, pois nossos horários são bem razoáveis, e podendo voltar para casa sem ficar expostos à umidade da noite. Eu não exporia ninguém ao orvalho de uma noite de verão. Se tanto desejam, contudo, que a querida Emma vá jantar com eles e como vocês dois vão estar lá, e o senhor Knightley também, para cuidar dela, não desejo impedir isso, desde que o tempo esteja bom, sem umidade, sem frio e sem vento. – Voltando-se então para a senhora Weston, com um delicado olhar de censura: – Ah! Senhorita Taylor, se não se tivesse casado poderia ficar em casa comigo.

– Bem, senhor – exclamou o senhor Weston –, como fui eu que levei a senhorita Taylor embora, cabe a mim suprir essa lacuna, se puder; vou pedir à senhora Goddard, num momento, se assim o quiser.

Mas a ideia de fazer qualquer coisa *no momento* aumentava e não diminuía a agitação do senhor Woodhouse. As senhoras sabiam melhor como moderar isso. O senhor Weston devia ficar quieto e tudo se arranjaria deliberadamente.

Com essa atenção dispensada, o senhor Woodhouse logo se recompôs para falar da forma usual. "Ele ficaria feliz de ver a senhora Goddard. Tinha grande consideração pela senhora Goddard e Emma devia escrever algumas linhas, convidando-a. James poderia levar o bilhete. Mas, antes de tudo, deviam dar uma resposta por escrito à senhora Cole."

– Você deverá pedir minhas desculpas, minha querida, com a maior polidez possível. Pode dizer-lhes que estou praticamente inválido, que não vou a lugar algum e por isso me vejo obrigado a declinar de seu amável convite; deve começar com meus *cumprimentos*, é claro. Mas terá de fazer tudo certo. Não preciso dizer-lhe o que deve ser feito. Devemos nos lembrar de avisar James que a carruagem deverá estar à disposição na terça-feira. Não sinto receio algum se ele a levar. Nunca estivemos lá uma vez sequer desde que foi aberta a nova estrada; mas ainda assim não tenho dúvidas de que James a levará com toda a segurança. E quando chegar lá, deverá avisá-lo a que horas deverá retornar para buscá-la; e será melhor que volte cedo. Sei que não gosta de ficar até tarde. Você deverá estar muito cansada quando terminarem de servir o chá.

– Mas o senhor não gostaria que eu voltasse antes de ficar cansada, papai?

– Oh! Não, meu amor; mas logo vai estar cansada. Haverá muitas pessoas falando ao mesmo tempo. Você não gosta de barulho.

– Mas, meu caro senhor – exclamou o senhor Weston –, se Emma vier embora cedo, vai estragar a festa.

– Não haverá grande dano, se assim o fizer – disse o senhor Weston. – Quanto mais cedo acaba uma festa, melhor.

– Mas o senhor não considera como isso pode afetar os Cole. Se Emma sair imediatamente depois do chá pode parecer ofensa. São pessoas muito afáveis e pouco pensam em seus próprios direitos; mas ainda assim devem sentir que não é muito lisonjeiro as pessoas saírem apressadamente do encontro; e se a senhorita Woodhouse fizer isso sentiriam muito mais do que se qualquer outra pessoa o fizesse. O senhor não desejaria desapontar e mortificar os Cole, com certeza; eles são amigáveis, as melhores pessoas já vistas e são seus vizinhos há *dez* anos.

– Não, por nada no mundo, senhor Weston; sou-lhe muito grato por me lembrar disso. Eu ficaria extremamente magoado se lhes causasse algum sofrimento. Sei como são pessoas dignas. Perry me disse que o senhor Cole nunca prova bebida alcoólica. Não se pode adivinhar só de olhá-lo, mas ele é bilioso. O senhor Cole é realmente bilioso. Não, eu jamais desejaria que se sentissem mal por minha causa. Minha querida Emma, devemos considerar isso. Tenho certeza de que você preferirá ficar na festa um pouco mais do que gostaria em vez de correr o risco de ofender os Cole. Você não vai se importar se ficar cansada. Estará perfeitamente segura, bem sabe, entre os amigos.

– Oh! Sim, papai. Não tenho receio algum por mim mesma e não teria escrúpulos em ficar até mais tarde com a senhora Weston, a não ser por causa do senhor. Só receio que o senhor fique sentado me esperando. Não tenho receio de que não vá se sentir extremamente confortável com a senhora Goddard. Ela adora piquê, como sabe, mas quando ela for para casa, receio que o senhor fique sentado sozinho, em vez de ir para a cama no horário habitual... e a ideia disso poderia destruir inteiramente meu conforto. O senhor deve me prometer que não vai ficar acordado.

Ele prometeu, com a condição de algumas promessas da parte dela, como: se ela chegasse em casa com frio, deveria sem falta aquecer-se completamente; se estivesse com fome, teria de comer alguma coisa; que a criada particular dela deveria esperá-la acordada; e que Serle e o mordomo deviam verificar se tudo estava seguro na casa, como sempre.

## ≈ CAPÍTULO 8 ≈

Frank Churchill voltou; se o pai dele atrasou o jantar para esperá-lo ninguém ficou sabendo em Hartfield, pois a senhora Weston estava por demais ansiosa para que ele se tornasse o predileto do senhor Woodhouse, não revelando por isso qualquer imperfeição dele que pudesse ser escondida.

Ele voltou com o cabelo cortado e riu de si mesmo com muita graça, mas não parecendo realmente envergonhado pelo que havia feito. Não tinha motivos para manter o cabelo longo para esconder qualquer nuance do rosto; não tinha motivo para economizar dinheiro, se isso melhorasse sua disposição. Estava tão destemido e animado como sempre; e, depois de vê-lo, Emma deu uma lição de moral a si mesma:

"Não sei se deve ser assim, mas certamente as coisas bobas deixam de ser bobas se forem feitas por pessoas sensíveis de forma descarada. Maldade é sempre maldade, mas a tolice nem sempre é tolice... Depende do caráter de quem a pratica. O senhor Knightley *não* é um jovem fútil e tolo. Se o fosse, teria feito isso de modo diferente. Teria até se vangloriado do fato ou teria se envergonhado. Teria havido a ostentação de um vaidoso ou a evasão de uma mente fraca demais para defender suas próprias vaidades... Não, estou perfeitamente certa de que ele não é fútil nem tolo."

Com a terça-feira chegou para ela a agradável possibilidade

de vê-lo novamente e por um tempo mais longo que antes; esperava poder julgar melhor suas maneiras de modo geral e, por inferência, o significado das maneiras dele para com ela; esperava também adivinhar quanto tempo seria necessário para ela mostrar indiferença e imaginar que poderiam ser as observações de todos aqueles que agora os viam juntos pela primeira vez.

Ela ansiava por passar momentos felizes, apesar do cenário se situar na casa do senhor Cole e sem conseguir esquecer que, entre as falhas do senhor Elton, mesmo nos dias em que ele era simpático, nada a havia perturbado mais do que sua propensão a jantar com os Cole.

O conforto de seu pai estava amplamente assegurado, uma vez que a senhora Bates como a senhora Goddard foram fazer-lhe companhia; e sua última obrigação agradável, antes de sair de casa, foi cumprimentá-las quando sentaram juntas após o jantar. E enquanto o pai, encantado, estava elogiando a beleza de seu vestido, ela dava todas as recomendações a seu alcance às duas senhoras, ajudando-as a servir-se de grandes pedaços de bolo e a encher os copos de vinho... Ela havia providenciado um jantar completo para elas; desejava ter certeza de oferecer-lhes uma boa e apetitosa refeição.

Ela seguiu outra carruagem até a porta da casa do senhor Cole e ficou contente ao ver que era a carruagem do senhor Knightley; visto que o senhor Knightley não possuía cavalos, gastava menos dinheiro e garantia sua saúde, atividade e independência, estando apto, na opinião de Emma, a caminhar para onde quisesse e não usar sua carruagem com tanta frequência como era de esperar do proprietário de Donwell Abbey. Ela tinha agora uma oportunidade de manifestar sua aprovação do fundo de seu coração, pois ele parou e lhe estendeu a mão para descer.

– O senhor sempre poderia chegar assim – disse ela –, como um cavalheiro... Estou muito contente em vê-lo.

Ele agradeceu, observando:

– Que sorte foi termos chegado no mesmo momento! Pois, se nos tivéssemos encontrado primeiramente na sala de estar, duvido que me tivesse considerado mais cavalheiro do que o habitual... Não poderia ter sabido como vim para cá, por minha aparência ou modos.

– Saberia sim, estou certa de que saberia. Há sempre um ar de consciência ou de agitação quando alguém chega de um jeito que todos sabem ser inferior a eles O senhor pensa que disfarça muito bem, ouso dizer, mas com o senhor se trata de um tipo de desafio, um ar de afetada despreocupação; sempre o observo quando o encontro nessas circunstâncias. *Agora* o senhor não tem mais o que provar. Não receia que o tomem por envergonhado. Não precisa lutar para parecer maior do que os outros. *Agora* me sinto realmente feliz de entrar na mesma sala com o senhor.

– Menina despropositada! – foi a resposta dele, mas não de modo algum zangado.

Emma tinha razão para estar tão satisfeita com os demais convidados como estava com o senhor Knightley. Foi recebida com um cordial respeito, que só poderia agradar, e com todas as honras que poderia desejar. Quando os Weston chegaram, os olhares mais bondosos de benquerença, os mais fortes de admiração foram para ela, vindos tanto do marido quanto da esposa; o filho se aproximou dela com alegre vivacidade, indicando que ela era o objeto central de sua atenção e, no jantar, ele se viu sentado ao lado dela... não sem alguma destreza da parte dele, como ele acreditava firmemente.

O grupo era bastante grande, porquanto incluía outra família, uma correta e irrepreensível família do campo, de quem os Cole tinham a honra de contar entre seus amigos, e a parte masculina da família do senhor Cox, o advogado de Highbury. As senhoras menos importantes iriam chegar à noite, como a senhorita Bates, a senhorita Fairfax e a senhorita Smith; mas já na hora do jantar eram numerosos os convidados, evitando assim que qualquer assunto de conversa se tornasse geral; e, enquanto falavam de política e do senhor Elton, Emma pôde dedicar convenientemente toda a sua atenção ao agradável vizinho. O primeiro som mais distante que ela se viu obrigada a ouvir foi o nome de Jane Fairfax. A senhora Cole parecia estar contando algo sobre ela que prometia ser muito interessante. Emma ouviu e achou que valia a pena continuar ouvindo. A parte mais querida de Emma, sua imaginação, recebia um divertido suprimento. A senhora Cole estava contando que tinha ido visitar a senhorita Bates e, logo que entrou na sala, ficou impressionada ao ver um piano... um instrumento muito elegante... não era de cauda, mas de tamanho grande e quadrado; e a essência da história, o fim de todo o diálogo que começara com a surpresa, com as perguntas e com as congratulações da parte dela e com as explicações da senhorita Bates, era que esse piano havia chegado da Broadwood's no dia anterior, para grande espanto de ambas, tia e sobrinha... algo inteiramente inesperado; a princípio, segundo o relato da senhorita Bates, a própria Jane ficara perdida, totalmente confusa ao pensar em quem poderia tê-lo mandado... mas agora estavam perfeitamente satisfeitas em imaginar que só poderia vir de um lugar... é claro que deveria ter sido enviado pelo coronel Campbell.

– Nada mais se pode supor – acrescentou a senhora Cole – e só fiquei surpresa de que pudesse haver ainda alguma dúvida. Mas parece que Jane recebeu uma carta deles recentemente e não havia uma palavra sequer sobre isso. Ela conhece melhor seus modos, mas eu não podia considerar o silêncio deles como razão suficiente para que não mandassem o presente. Talvez pretendessem surpreendê-la.

Havia muitas pessoas inclinadas a concordar com a senhora Cole; todos os que falaram sobre o assunto estavam igualmente convencidos de que deveria ter vindo do coronel Campbell, e ficaram do mesmo modo felizes por semelhante presente; e havia muitas pessoas falando a respeito, o que permitiu a Emma pensar a seu modo e ainda ouvir a senhora Cole.

– Confesso que não sei quando foi a última vez que ouvi algo que me desse mais satisfação!... Sempre ficava muito magoada que Jane Fairfax, que toca tão bem, não tivesse um instrumento. Parece-me até vergonhoso, especialmente quando penso na quantidade de casas onde existem belos instrumentos totalmente abandonados. É quase um tapa na cara, com toda a certeza! E foi exatamente ontem que eu estava dizendo ao senhor Cole como estava realmente envergonhada de olhar para nosso novo piano na sala de visitas, enquanto eu mesma não distingo uma nota de outra, e nossas meninas, que mal começaram a aprender, talvez nunca passem a desfrutá-lo como convém. E a pobre Jane Fairfax, que é mestra em música, não tem nada que se pareça com um piano, nem mesmo a mais lamentável e velha espineta do mundo para se distrair... Eu estava dizendo isso ao senhor Cole ontem mesmo e ele concordou totalmente comigo; o fato é que ele adora tanto música que não pôde eximir-se da compra do piano, esperando que algum de nossos bons vizinhos fosse ocasionalmente tão amável de fazer melhor uso dele do que nós; e foi esse realmente o motivo de termos comprado o instrumento... caso contrário, estou certa de que deveríamos nos envergonhar por tê-lo... Temos grande esperança de que a senhorita Woodhouse seja persuadida a experimentá-lo esta noite.

– A senhorita Woodhouse aquiesceu de forma apropriada; e vendo que nada poderia ser colhido da comunicação da senhora Cole, voltou-se para Frank Churchill.

– Por que está sorrindo? – perguntou ela.

– Por nada; e a senhorita?

– Eu!... Suponho que sorrio pela satisfação de o coronel Campbell ser tão rico e tão generoso... É um presente muito bonito.

– Muito.

– Eu me pergunto por que não o deram antes.

– Talvez porque a senhorita Fairfax nunca tenha ficado aqui por tanto tempo antes.

– Ou porque ele não permite que ela use o próprio piano deles... que agora deve estar fechado em Londres, sem ser tocado por ninguém.

– O piano deles é de cauda e ele deve achá-lo grande demais para a casa da senhora Bates.

– O senhor pode *dizer* o que quiser... mas seu semblante testemunha que seus *pensamentos* sobre o assunto devem ser muito parecidos com os meus.

– Não sei. Prefiro acreditar que a senhorita está concedendo mais crédito à minha acuidade do que mereço. Sorrio porque a senhorita sorri, e provavelmente posso estar suspeitando do que a senhorita suspeita; mas por ora não vejo nada para questionar. Se o coronel Campbell não é a pessoa que deu o presente, de quem pode ser?

– O que diz da senhora Dixon?

– A senhora Dixon, é verdade. Não havia pensado na senhora Dixon. Ela deve saber, assim como o pai dela, como esse instrumento seria apreciado; e talvez o modo como foi dado, o mistério, a surpresa, seja mais próprio de um plano de uma mulher jovem do que de um homem mais velho. Deve ser da senhora Dixon, atrevo-me a dizer. Eu lhe disse que sua suspeita deveria guiar a minha.

– Se assim for, o senhor deve estender sua suspeita e incluir o *senhor* Dixon.

– O senhor Dixon... muito bem. Sim, percebo imediatamente que deve ter sido o presente conjunto do senhor e da senhora Dixon. Estávamos falando no outro dia, bem sabe, de como ele é ardoroso admirador das execuções musicais da senhorita Fairfax.

– Sim, e o que o senhor me contou a respeito confirmou uma ideia que me havia ocorrido antes... Não pretendo questionar a boas intenções do senhor Dixon ou da senhorita Fairfax, mas não consigo deixar de pensar que ele pode ter tido a infelicidade de se apaixonar por *ela*, depois de ter pedido a amiga em casamento; ou que tenha percebido certa afeição da parte dela.

Podemos pensar em vinte coisas sem adivinhar a exata; mas tenho certeza de que deve ter havido uma causa especial para ela decidir-se em vir para Highbury em vez de ir para a Irlanda com os Campbell. Aqui deve estar levando uma vida de privação e carência; lá, tudo seria só alegria. Quanto à pretensão de voltar aos ares nativos, considero isso mera desculpa. No verão seria até aceitável; mas que bem pode fazer o ar da terra natal nos meses invernais de janeiro, fevereiro e março? Boas lareiras e carruagens fechadas poderiam fazer muito mais na maioria dos casos de saúde delicada e, ouso dizer, no caso dela. Não lhe peço que adote minhas suspeitas, embora confesse nobremente segui-las, mas lhe contei honestamente quais são elas.

– E, palavra de honra, elas têm grande probabilidade de refletir a verdade. A preferência do senhor Dixon pela música de sua amiga, posso afirmar que é decisiva.

– E mais, ele salvou a vida dela. Já ouviu falar disso?... Era uma festa num barco; e por um acidente qualquer ela estava quase caindo na água. Ele conseguiu segurá-la.

– Ele conseguiu. Eu estava lá... fazia parte do grupo.

– Estava realmente?... Bem!... Mas não deve ter visto nada, creio, pois parece que é algo novo para o senhor... Se eu estivesse lá, acho que teria feito algumas descobertas.

– Ouso dizer que faria; mas eu, simplesmente, nada vi além do fato: que a senhorita Fairfax estava a ponto de ser arremessada do barco e que o senhor Dixon a segurou... Foi coisa de um momento. E embora os consequentes choque e alarme fossem muito grandes e muito mais duradouros... na verdade, acho que se passou meia hora antes que qualquer um de nós se sentisse novamente tranquilo... ainda assim havia uma agitação tão geral que não deu para observar nada de peculiar. Não quero dizer, contudo, que a senhorita não poderia ter feito descobertas.

Nesse ponto a conversa foi interrompida. Eles foram convidados a participar daquele desagradável e longo intervalo entre dois pratos, e obrigados a ser tão formais e tão ordeiros quanto os demais; mas quando a mesa foi novamente recoberta com a toalha, quando cada travessa foi disposta na forma correta e todos voltaram à vontade a se ocupar com as iguarias, Emma disse:

– A meu ver, a chegada desse piano foi decisiva. Eu queria saber um pouco mais, e esse fato me diz quase tudo. Pode contar que logo vamos ouvir que foi um presente do senhor e da senhora Dixon.

– E se os Dixon negarem saber qualquer coisa sobre o assunto, devemos concluir que veio dos Campbell.

– Não, tenho certeza de que não veio dos Campbell. A senhorita Fairfax sabe disso, não partiu dos Campbell, senão ela teria adivinhado logo. Ela não teria ficado confusa, se tivesse ousado pensar neles. Posso não ter conseguido convencê-lo, mas eu mesma estou perfeitamente convencida de que o senhor Dixon é a personagem central nessa história.

– Na verdade, a senhorita me ofende, ao supor que não estou convencido. Suas razões combinam inteiramente com meu julgamento. A princípio, quando imaginei que estivesse satisfeita em considerar o coronel Campbell como o doador, eu o vi apenas como bondade paternal, e achei a coisa mais natural do mundo. Mas quando mencionou a senhora Dixon, achei muito mais provável que fosse o tributo de uma calorosa amizade feminina. E agora só posso considerá-lo à luz de uma oferta de amor.

Não houve mais oportunidade para que continuassem a discutir o assunto. Ele parecia convencido; pelo menos tinha o ar de quem estava. Ela não disse mais nada e passaram a tratar de outros assuntos; e o resto do jantar transcorreu normalmente, a sobremesa foi servida, as crianças entraram e foram objeto de comentários e de admiração no meio da conversa geral; algumas poucas coisas inteligentes foram ditas, outras totalmente tolas, mas a maior parte da conversa não abordava nem uma coisa nem outra... nada pior do que as observações comuns, repetições enfadonhas, velhas notícias e anedotas pesadas.

As senhoras não se encontravam há muito tempo na sala de estar, quando as outras chegaram, em seus diferentes grupos. Emma observou a entrada da sua querida amiguinha; e, se não podia exultar com sua dignidade e graça, pôde não somente admirar sua exuberante doçura e modos ingênuos, mas pôde também regozijar-se entusiasticamente com aquela luminosa, alegre e serena disposição que lhe transmitiam tanto alívio de prazer, no meio dos sofrimentos de uma decepção amorosa. Ali estava ela sentada... e quem poderia adivinhar quantas lágrimas havia derramado ultimamente? Estar em companhia, muito bem vestida e vendo outras pessoas muito bem vestidas, sentar-se, sorrir, parecer bonita e nada dizer era o suficiente para a felicidade nesse momento. Jane Fairfax olhava e se movimentava de modo superior; mas Emma suspeitava que ela ficaria contente de trocar confidências com Harriet, muito feliz de ter se permitido a mortificação de ter amado... sim, de ter amado também o senhor Elton em vão... para submeter-se ao perigoso prazer de saber-se amada pelo marido da amiga.

Numa festa com tantas pessoas não havia necessidade de que Emma se aproximasse dela. Não desejava falar do piano, imaginava saber demais sobre o segredo para achar justo manter uma aparência de curiosidade ou de interesse e por isso guardou distância; mas para os outros, o assunto foi quase imediatamente abordado e ela viu o rubor com que ela recebia as congratulações e o rubor da culpa que acompanhava o nome de "meu excelente amigo coronel Campbell".

A senhora Weston, bondosa e amante da música, estava particularmente interessada pela circunstância e Emma não pôde evitar de se divertir com sua insistência no assunto; e tendo tanto a perguntar e a dizer sobre o tom, o toque e os pedais do piano , nem sequer suspeitava desse desejo de falar o menos possível sobre isso, desejo que leu claramente no semblante da bela heroína da festa.

Logo alguns dos cavalheiros se juntaram a elas, e o primeiro de todos era Frank Churchill. Entrou, o mais atraente e o mais bonito; e, depois de cumprimentar de passagem a senhorita Bates e a sobrinha, dirigiu-se diretamente ao lado oposto do círculo, onde estava sentada a senhorita Woodhouse; e até que pudesse encontrar um assento ao lado dela, não se sentou. Emma adivinhava o que todos os presentes estavam pensando. Ela era o alvo dele e todos deviam perceber isso. Ela o apresentou à sua amiga senhorita Smith e, num momento oportuno logo depois, ouviu o que cada um pensava do outro. "Ele nunca havia visto um rosto tão amável e estava encantado com sua ingenuidade." E ela, "Só para ter certeza de que lhe estava fazendo um grande cumprimento, mas achava que ele tinha alguns jeitos um pouco parecidos com o senhor Elton". Emma conteve sua indignação e só se voltou para ela em silêncio.

Sorrisos de cumplicidade foram trocados entre ela e o cavalheiro no primeiro olhar dirigido à senhorita Fairfax; mas era mais prudente evitar qualquer fala. Ele lhe contou que estivera impaciente para deixar a sala de jantar... detestava ficar sentado muito tempo... era sempre o primeiro a levantar-se quando fosse permitido... que o pai dele, senhor Knightley, o senhor Cox e o senhor Cole foram deixados muito ocupados discutindo assuntos da paróquia... que, enquanto esteve ali, tinha sido muito agradável por achá-los em geral verdadeiros cavalheiros, homens sensíveis; e falou de forma tão bonita de Highbury em tudo... achava que tinha tantas famílias agradáveis... que Emma começou a sentir que se havia acostumada a menosprezar o lugar demasiadamente. Ela lhe perguntou sobre a sociedade em Yorkshire... a extensão e o tipo de vizinhança em Enscombe; e pôde descobrir pelas respostas dele que, no tocante a Enscombe, havia pouco movimento; que seus visitantes pertenciam a algumas poucas e destacadas famílias, nenhuma residindo muito perto; e que, mesmo quando marcavam a data e os convites eram aceitos, a senhora Churchill nem sempre estava com saúde ou disposição para ir; que eles haviam decidido não visitar pessoas recém-conhecidas; e isso criava algumas dificuldades, embora ele tivesse seus próprios compromissos; precisava de considerável habilidade *algumas vezes* para poder sair ou apresentar algum amigo que o visitasse algum dia.

Ela percebeu que Enscombe não podia satisfazê-lo e que Highbury, no que tinha de melhor, podia agradar de modo razoável um jovem que era retido em casa mais do que gostaria. A importância dele em Enscombe era evidente. Ele não se vangloriava, mas se traiu naturalmente ao dizer que podia persuadir a tia quando o próprio tio nada podia fazer; e ante o riso dela ao saber disso, afirmou acreditar (exceto um ou dois pontos) que ele poderia *com o tempo* persuadi-la de qualquer coisa. Mencionou então um dos pontos em que sua influência havia falhado. Queria muito viajar para o exterior... tinha insistido muito, de fato, para que lhe fosse permitido viajar... mas ela nem queria ouvir falar disso. Isso havia acontecido no ano anterior. *Agora*, dizia ele, começava a não ter mais tanto interesse.

O ponto em que não conseguira persuadi-la, que ele não mencionou, Emma imaginou estar relacionado com o pai dele.

– Fiz uma triste descoberta – disse ele, depois de breve pausa. – Amanhã vai fazer uma semana que estou aqui – metade de meu tempo. Nunca pensei que os dias voassem tão depressa. Uma semana amanhã!... E mal comecei a me divertir. Mal consegui ficar amigo da senhora Weston e de outras pessoas! Detesto lembrar-me disso.

– Talvez agora comece a se arrepender por ter perdido um dia inteiro, uma vez que dispõe de tão poucos, só para cortar o cabelo.

– Não – disse ele, sorrindo. – Isso não é motivo de arrependimento, de modo algum. Não tenho prazer em ver meus amigos, se não me sentir em condições de ser visto.

Os outros cavalheiros estando agora na sala, Emma se sentiu obrigada a desviar-se dele por alguns minutos e prestar sua atenção ao senhor Cole. Quando o senhor Cole se afastou e ela pôde voltar-se para ele como antes, viu Frank Churchill olhando intensamente para a senhorita Fairfax, que estava sentada do outro lado exatamente em frente a eles.

– Qual é o problema? – disse ela.

Ele teve um sobressalto.

– Obrigado por me despertar – respondeu ele. – Creio que fui muito rude; mas realmente a senhorita Fairfax arrumou o cabelo de um jeito tão esquisito... de um modo tão esquisito... que não pude tirar os olhos dela. Nunca vi nada mais antiquado!... Aqueles cachos!... Deve ter sido ideia dela. Não vi alguém com tal penteado!... Devo ir e perguntar-lhe se isso é moda irlandesa. Devo?... Sim, vou... Afirmo que vou... e a senhorita poderá observar como ela vai reagir... se vai ficar vermelha.

Ele foi imediatamente e Emma logo o viu de pé diante da senhorita Fairfax e falando com ela; mas quanto aos efeitos sobre a jovem, como ele se postou incautamente entre as duas, exatamente na frente da senhorita Fairfax, Emma não pôde distinguir absolutamente nada.

Antes que ele pudesse retornar à sua cadeira, a senhora Weston já a tinha ocupado.

– Este é o luxo de uma grande festa – disse ela. – A gente pode chegar perto de qualquer pessoa e dizer o que bem entender. Minha querida Emma, há algum tempo que venho querendo lhe falar. Andei fazendo algumas descobertas e elaborando planos, exatamente como você, e quero contá-los enquanto as ideias estão ainda frescas. Você sabe como a senhorita Bates e a sobrinha vieram para cá?

– Como?... Elas foram convidadas, não foram?

– Oh, sim... Mas como foram trazidas até aqui?... De que modo vieram?

– Caminhando, acredito. De que outro modo poderiam vir?

– É verdade... Bem, há pouco me ocorreu como seria triste se Jane Fairfax tivesse que voltar caminhando para casa, tarde da noite, e com o frio que está fazendo agora. E quando olhei para ela, embora nunca a tenha visto com melhor aparência, impressionou-me de que estivesse bem aquecida, e por isso mesmo estaria particularmente exposta a apanhar um resfriado. Pobre menina! Não poderia suportar essa ideia; assim, tão logo o senhor Weston entrou na sala, aproximei-me dele e lhe falei sobre a carruagem. Pode adivinhar como ele prontamente concordou comigo; e, ao ter sua aprovação, dirigi-me diretamente à senhorita Bates para garantir-lhe que a carruagem estaria à disposição dela antes de nos levar para casa, pois achei que assim ela se sentiria logo mais confortável. Que boa e graciosa alma ela é, com certeza! Disse que "Ninguém era tão afortunada como ela... com muitos e repetidos agradecimentos... não era necessário incomodar-nos, pois a carruagem do senhor Knightley as tinha buscado e iria levá-las de volta". Fiquei totalmente surpresa... muito contente, com certeza, mas realmente muito surpresa. Que atenção da parte dele... e atenção tão previdente!... O tipo de coisa em que poucos homens teriam pensado. E, em resumo, por conhecer seus modos habituais, estou totalmente inclinada a pensar que foi só por causa delas que ele usou a carruagem. Suspeito que não teria mandado atrelar um par de cavalos só para ele, era apenas uma desculpa para estar a serviço delas.

– Muito provável – disse Emma –, nada mais provável. Não conheço nenhum outro homem, além do senhor Knightley, capaz de fazer isso... de fazer algo realmente agradável, útil, atencioso ou benevolente. Ele não é um homem galante, mas é muito humano; e isso, considerando a saúde delicada de Jane Fairfax, deve ter-lhe parecido um caso de humanidade... e para um ato de bondade sem ostentação, não há ninguém em quem eu possa pensar senão no senhor Knightley. Sei que ele chegou de carruagem hoje... pois chegamos juntos; e eu ri dele por causa disso, mas não ele não proferiu palavra que pudesse traí-lo.

– Bem – disse a senhora Weston, sorrindo –, você lhe dá mais crédito por esse ato de bondade, simples e desinteressado, do que eu; pois enquanto a senhorita Bates estava falando, uma suspeita atingiu meu espírito e não consegui mais me livrar dela. Quanto mais penso nisso, mais provável parece. Em resumo, imaginei um casamento entre o senhor Knightley e Jane Fairfax. Veja só a consequência de estar em sua companhia!... O que diz disso?

– O senhor Knightley e Jane Fairfax! – exclamou Emma. – Querida senhora Weston, como pode pensar numa coisa dessas?... O senhor Knightley !...O senhor Knightley não deve se casar!!... A senhora não gostaria de ver o pequeno Henry privado da herança de Donwell!... Oh, não, não! Henry deve herdar Donwell. Não posso de forma alguma consentir com o casamento do senhor Knightley; e tenho certeza de que isso não vai acontecer. Estou espantada que tenha pensado numa coisa dessas.

– Minha querida Emma, disse-lhe o que me levou a pensar nisso; não que eu queira o casamento... não quero ofender o pequeno Henry... mas a ideia me veio pelas circunstâncias; e se o senhor Knightley realmente deseja se casar, você não pode esperar que ele deixe de fazê-lo por causa de Henry, um menino de seis anos, que nada sabe do assunto.

– Posso, sim. Não poderia suportar a ideia de ver Henry prejudicado... o senhor Knightley casar-se!!... Não, jamais tive essa ideia e não vou aceitá-la agora. E logo com Jane Fairfax, entre tantas mulheres!

– Não, ela sempre foi a preferida dele, como você sabe muito bem.

– Mas, e a imprudência de semelhante casamento!

– Não estou falando de sua prudência, simplesmente de sua probabilidade.

– Não vejo nenhuma probabilidade, há menos que tenha melhores motivos daqueles que mencionou. Como lhe disse, apenas por sua bondade, por sua humanidade, ele pode ter cedido a carruagem. Como sabe, ele tem grande consideração pelas Bates, independente de Jane Fairfax... e se sente feliz em ser atencioso com elas. Minha querida senhora Weston, não tente fazer casamentos, pois os faz muito mal. Jane Fairfax senhora de Donwell Abbey!... Oh, não, não!... não tem cabimento! Pelo próprio bem dele, espero que não cometa uma loucura dessas.

– Imprudente, pode ser... mas não loucura. Exceto pela desigualdade de fortuna e talvez uma pequena diferença de idade, não vejo nada inconveniente.

– Mas o senhor Knightley não quer se casar. Tenho certeza de que não tem a menor ideia disso. Não a ponha na cabeça dele. Por que deveria se casar?... Está inteiramente feliz como está; com sua fazenda, suas ovelhas, sua biblioteca e toda a paróquia para administrar; e ele adora os filhos do irmão. Não tem motivos para se casar, seja para preencher seu tempo ou seu coração.

– Minha querida Emma, enquanto ele pensar dessa forma, que assim seja; mas se ele realmente ama Jane Fairfax...

– Bobagem! Ele não se importa com Jane Fairfax. No sentido de amor, tenho certeza que não. Ele faria qualquer coisa de bom para ela ou para a família dela, mas...

– Bem – disse a senhora Weston, rindo – talvez a melhor coisa que ele pudesse fazer por elas fosse dar a Jane um lar respeitável.

– Se isso for bom para ela, tenho certeza de que seria pior para ele; um casamento muito vergonhoso e degradante. Como ele haveria de suportar ter a senhorita Bates morando com ele?... Tê-la frequentando Donwell Abbey e lhe agradecendo o dia inteiro por sua grande bondade em casar-se com Jane?... "Tão afável e atencioso!... Mas ele sempre foi um vizinho tão bondoso!" E então mudar de assunto, no meio de uma frase, para a velha saia da mãe. "Não que seja uma saia assim tão velha... pois ainda deve durar bastante tempo... e, na verdade, tinha que agradecer por suas saias serem todas muito resistentes".

– Que vergonha, Emma! Não a imite. Você me diverte, mesmo contra a minha consciência. E, palavra de honra, não acho que o senhor Knightley iria ficar muito incomodado com a presença da senhorita Bates. Pequenas coisas não o irritam. Ela poderia falar sem parar; e se ele quisesse dizer alguma coisa, bastaria apenas falar mais alto, e abafaria a voz dela. Mas a questão não é se essa ligação seria ruim para ele, mas se ele a deseja; e acho que a deseja. Sempre o ouvi falar muito bem de Jane Fairfax, como você também ouviu. O interesse que tem por ela... a ansiedade que mostra pela saúde dela... a preocupação de que Jane não viesse a ter perspectivas melhores na vida! Sempre o ouvi falar com tanto ardor a respeito desses aspectos!... Ele é grande admirador da performance dela no piano e também da voz! Eu o ouvi falar que poderia escutá-la para sempre. Oh! E quase me esquecia de outra ideia que me ocorreu... esse piano que foi mandado para cá por alguém... embora todos nós tenhamos pensado ter sido um presente dos Campbell, não poderia ter vindo da parte do senhor Knightley ? Não posso descartar essa suspeita. Acho que ele é o tipo de pessoa que faria isso, mesmo sem estar apaixonado.

– Então não existe argumento algum para provar que ele está apaixonado. Mas não creio que seja algo que ele pudesse fazer. O senhor Knightley não faz nada escondido.

– Eu o ouvi lamentar repetidas vezes que ela não tivesse um piano; e tantas vezes que eu pensei que, no curso natural das coisas, essa ideia lhe poderia ter ocorrido.

– Muito bem; mas se pretendesse dar-lhe um piano, teria contado a ela.

– Poderia haver escrúpulos de delicadeza, minha querida Emma. Tenho quase certeza de que veio dele. Eu o percebi particularmente silencioso quando a senhora Cole nos contou durante o jantar.

– Quando tem uma ideia, senhora Weston, segue em frente com ela, como tantas vezes me recriminou por fazê-lo. Não vejo sinal nenhum de Afeição... não acredito na história do piano... e as provas só me convencem de que o senhor Knightley não tem a menor intenção de se casar com Jane Fairfax.

Elas discutiram o assunto ainda por algum tempo, da mesma maneira; Emma parecia ganhar terreno sobre a mente da amiga; pois a senhora Weston era, entre as duas, a mais acostumada a ceder; até que uma pequena agitação na sala mostrou-lhes que o chá terminara e que o piano estava sendo preparado... e que, no mesmo momento, o senhor Cole se aproximou para pedir à senhorita Woodhouse lhes desse a honra de tocar. Frank Churchill, a quem, no calor da discussão com a senhora Weston, ela não mais o vira, exceto que ele havia encontrado um lugar ao lado da senhorita Fairfax, seguiu o senhor Cole, atendendo suas prementes súplicas. E como, em qualquer coisa que fosse, Emma gostava mais de liderar, concordou com apropriada amabilidade.

Ela conhecia muito bem suas próprias limitações para não tentar mais que as músicas que conseguisse executar com maestria; não lhe faltava gosto nem disposição para as pequenas coisas que eram agradáveis a todos e que podia acompanhar com sua própria voz. Ela foi colhida de surpresa ao ouvir outro acompanhamento para sua música... uma segunda voz com leveza e correção foi feita pelo senhor Frank Churchill. No final da execução ele lhe pediu perdão educadamente e tudo seguiu normalmente. Todos disseram que ele tinha uma voz agradável e um perfeito conhecimento de música; o que ele negou apropriadamente, afirmando que nada conhecia de música e que não possuía uma boa voz. Cantaram juntos mais uma vez e Emma então podia ceder o lugar para a senhorita Fairfax, cuja execução, tanto vocal como instrumental, era infinitamente superior à dela, o que Emma não podia tentar esconder nem de si mesma.

Com sentimentos confusos, ela se sentou um pouco distante das pessoas que rodeavam o piano para ouvir melhor. Frank Churchill cantou novamente. Parece que já haviam cantado juntos uma ou duas vezes antes, em Weymouth. Mas a visão do senhor Knightley, entre os ouvintes mais atentos, logo prendeu metade da atenção de Emma e se viu a pensar sobre as suspeitas da senhora Weston, interrompidas momentaneamente pelo suave som das belas vozes que cantavam. Suas objeções ao casamento do senhor Knightley não se sustentavam mais. Ela só podia ver mal nisso. Seria um grande desapontamento para o senhor John Knightley, e consequentemente para Isabella. Uma verdadeira afronta às crianças... uma mudança humilhante e uma grande perda para todas elas... um grande prejuízo para o conforto diário de seu pai... e, quanto a ela, não podia de forma alguma suportar a ideia de Jane Fairfax em Donwell Abbey. Uma senhora Knightley para se sobrepor a todos eles!... Não... o senhor Knightley nunca deveria se casar. O pequeno Henry deveria continuar sendo o herdeiro de Donwell.

Nesse momento, o senhor Knightley olhou para trás e veio sentar-se ao lado dela. Inicialmente falaram somente da performance. A admiração dele era certamente muito calorosa; mas ela pensou que, se não fosse pela senhora Weston, isso não a teria impressionado. Como uma espécie de pedra de toque, contudo, ela começou a falar de sua bondade em oferecer transporte para a tia e a sobrinha; e embora a resposta dele fossem breves, a fim de acabar com o assunto, ela acreditava que isso indicava apenas falta de vontade de continuar falando de sua própria bondade.

– Sempre lamentei – disse ela – que nossa carruagem não seja mais útil em semelhantes ocasiões. Não é que me falte vontade, mas sabe como seria impossível que meu pai resolvesse deixar James ocupar-se com tais propósitos.

– Fora de questão, totalmente fora de questão – respondeu ele –, mas você deve ter tido vontade fazer isso, tenho certeza.

Ele sorriu com tanto prazer ao dizer isso que ela decidiu avançar mais um passo.

– Esse presente dos Campbell – disse ela– esse piano foi realmente pura bondade deles.

– Sim – respondeu ele, sem o menor embaraço aparente. – Mas teriam feito melhor se a avisassem a respeito. Surpresas são coisas tolas. O prazer não é maior e a inconveniência muitas vezes é considerável. Eu esperava melhor julgamento da parte do coronel Campbell.

A partir desse momento, Emma poderia jurar que o senhor Knightley não tinha envolvimento algum com a doação do piano. Mas se ele estava inteiramente livre de alguma afeição peculiar... se não tinha nenhuma real preferência pela jovem... ainda lhe restavam dúvidas. Em torno do final da segunda música, a voz de Jane se tornou rouca.

– Aí está – disse ele, pensando alto, quando a moça terminava de cantar. – Já cantou bastante por uma noite... agora pode descansar.

Logo, no entanto, pediram uma nova canção. "Só mais uma... não haveria de cansar a senhorita Fairfax de modo algum; só o que pediam era mais uma". Ouviram então Frank Churchill dizer: "Acho que a senhorita vai conseguir sem nenhum esforço; a primeira voz é muito tênue. A força da canção recai na segunda voz."

O senhor Knightley ficou zangado.

– Esse camarada – disse ele, indignado – não pensa em outra coisa senão em exibir a própria voz. Não pode ser! E, tocando a senhorita Bates, que nesse momento passava perto dele... – Senhorita Bates, está louca em deixar que sua sobrinha cante rouca dessa maneira? Vá e interfira. Eles não têm piedade dela.

A senhorita Bates, em sua verdadeira ansiedade pela saúde de Jane, mal teve tempo para agradecer antes de entrar na sala e acabar com mais música e cantos. Com isso se encerrou a parte da noite dedicada aos concertos, pois as senhoritas Woodhouse e Fairfax eram as únicas jovens damas que se exibiam tocando e cantando; mas logo (cerca de cinco minutos) a proposta de dançar... surgida não se sabia bem da parte de quem... foi tão efetivamente apoiada pelo senhor e pela senhora Cole, que tudo foi rapidamente disposto para abrir um espaço apropriado. A senhora Weston, mestra em danças *country*, sentou-se e começou uma irresistível valsa; e Frank Churchill, dirigindo-se a Emma com toda a adequada galanteria, tomou-a pela mão e levou-a ao centro da sala.

Enquanto esperava que os outros jovens formassem seus pares, Emma encontrou tempo, apesar dos cumprimentos que recebia por sua voz e seu bom gosto, para olhar ao redor e ver o que era feito do senhor Knightley. Isso seria uma prova final. Ele não gostava de dançar. Se ele fizesse um esforço para dançar com Jane Fairfax agora, poderia significar alguma coisa. Não conseguiu vê-lo logo. Não, ele estava conversando com a senhora Cole e estava olhando em volta distraidamente. Jane foi convidada por outro e ele continuava conversando com a senhora Cole.

Emma deixou de se alarmar por causa de Henry; por ora, os interesses dele estavam salvos; e ela liderou a dança com ótima disposição e alegria. Não podiam ser contados mais que cinco pares; mas a raridade e a espontaneidade da dança tornavam-na deliciosa, e ela descobriu que tinha um ótimo par. Formavam um casal digno de ser admirado.

Infelizmente, duas danças era o máximo que poderia ser permitido. Estava ficando tarde e a senhorita Bates estava ansiosa para voltar para casa, preocupada com sua mãe. Depois de algumas tentativas, portanto, de continuar dançando, foram obrigados a agradecer à senhora Weston e, com tristeza, terminar com a tudo.

– Talvez seja melhor – disse Frank Churchill ao acompanhar Emma até a carruagem dela – Eu deveria ter convidado a senhorita Fairfax, mas o modo lânguido com que ela dança não me teria agradado, depois de ter dançado com a senhorita.

## ≈ CAPÍTULO 9 ≈

Emma não se arrependeu de sua afabilidade em ir à recepção dos Cole. A visita lhe proporcionou muitas recordações agradáveis no dia seguinte; e tudo o que ela poderia supor ter perdido em razão de seu majestoso isolamento, deveria ser amplamente compensado pelo esplendor da popularidade. Ela devia ter agradado aos Cole... pessoas dignas, que mereciam ser felizes!... E deixou atrás de si uma reputação que tão cedo não se apagaria.

A felicidade perfeita, mesmo na lembrança, não é comum; e havia dois pontos sobre os quais ela não se sentia tranquila. Estava em dúvida se não havia transgredido o dever de mulher para mulher ao revelar suas suspeitas sobre os sentimentos de Jane Fairfax para com Frank Churchill. Dificilmente podia considerar isso certo; mas tinha sido uma ideia tão forte que acabou lhe escapando; e a concordância dele com tudo que ela disse era um cumprimento à sua perspicácia, o que tornava difícil para ela ficar totalmente segura de que deveria ter refreado sua língua.

O outro tópico a lamentar se relacionava igualmente a Jane Fairfax; mas aqui não tinha dúvida alguma. Lamentava sincera e inequivocamente sua inferioridade em cantar e tocar. Condoía-se profundamente pela indolência em sua infância... sentou-se ao piano e se exercitou vigorosamente por uma hora e meia.

Foi então interrompida pela chegada de Harriet; e se os elogios de Harriet pudessem satisfazê-la, logo se sentiria confortada.

– Oh! Se eu pudesse tocar tão bem como a senhorita e como a senhorita Fairfax!

– Não nos coloque no mesmo nível, Harriet. Minha execução está tão longe da dela, como uma lâmpada está da luz do sol.

– Oh! Deus... Acho que, das duas, a senhorita toca melhor. Acho que toca tão bem quanto ela. Mas lhe asseguro que prefiro ouvir a senhorita. Todos, na noite passada, comentaram como a senhorita tocou bem.

– As pessoas que conhecem alguma coisa de música devem ter sentido a diferença. A verdade, Harriet, é que meu desempenho é suficientemente bom para ser elogiado, mas Jane Fairfax está muito acima disso.

– Bem, sempre vou achar que a senhorita toca tão bem como ela ou, se houver alguma diferença ninguém vai perceber jamais. O senhor Cole comentou o bom gosto que a senhorita tem; e o senhor Frank Churchill falou muito sobre seu bom gosto e que ele valoriza muito mais o gosto que a execução.

– Ah! Mas Jane Fairfax possui ambos, Harriet.

– Tem certeza? Eu vi que ela toca muito bem, mas não sabia que tinha bom gosto. Ninguém falou sobre isso. E detesto canções italianas... Não se entende uma palavra. Além disso, se ela toca tão bem, como sabe, nada mais é que é obrigada, porque vai ter que dar aulas. Os Cox se perguntavam ontem à noite se ela poderia ser apresentada a alguma família de renome. O que acha dos Cox, senhorita Woodhouse?

– Exatamente o que sempre foram... muito vulgares.

– Eles me contaram algo – disse Harriet, um tanto hesitante –, mas não é nada de grande importância.

Emma foi obrigada a perguntar o que lhe haviam dito, embora receosa de que tratasse de algo a ver com o senhor Elton.

– Eles me disseram... que o senhor Martin jantou com eles sábado passado.

– Oh!

– Ele foi falar sobre algum negócio e o senhor Cox o convidou a ficar para o jantar.

– Oh!

– Falaram muito sobre ele, especialmente Anne Cox. Não sei o que ela quis dizer com isso, mas me perguntou se eu achava que poderia ir e ficar de novo com eles, no próximo verão.

– Ela pretendia ser impertinentemente curiosa, como só uma Anne Cox poderia ser.

– Ela contou que ele foi muito agradável no dia em que jantou lá. Sentou ao lado dela durante o jantar. A senhorita Nash acha que qualquer uma das Cox ficaria muito contente em casar-se com ele.

– Com toda a probabilidade... Acho que elas são, sem exceção, as moças mais vulgares de Highbury.

Harriet tinha compras a fazer na Ford's... Emma achou mais prudente acompanhá-la. Era possível que ocorresse outro encontro acidental com os Martin e, no estado de espírito dela, poderia ser perigoso.

Harriet, tentada por todas as coisas e influenciada até por meia palavra, sempre demorava muito nas compras; e enquanto ela ainda ia e vinha entre os tecidos de musselina, mudando de ideia a todo momento, Emma foi até a porta para se distrair... Não se podia esperar muita coisa do trânsito, mesmo na parte mais movimentada de Highbury... o senhor Perry caminhando apressado, o senhor William Cox chegando à porta do escritório, os cavalos da carruagem do senhor Cole voltando da exercitação, ou um mensageiro montado sobre uma mula obstinada eram as coisas mais agitadas que ela poderia esperar; e quando seus olhos recaíram sobre o açougueiro levando sua bandeja, sobre uma idosa senhora voltando para casa com a sacola cheia de compras, dois vira-latas disputando um osso sujo e uma fila de crianças vadias diante da pequena vitrine da padaria olhando os bolos de gengibre, ela percebeu que não tinha motivos para queixar-se e se divertira bastante; o suficiente para continuar parada na porta. Uma mente viva e tranquila pode fazer muito com o pouco que vê e pode nada ver que não ofereça respostas.

Ela olhou para baixo, para a estrada de Randalls. O cenário se ampliou; apareceram duas pessoas; a senhora Weston e o enteado; estavam caminhando em direção a Highbury... iriam para Hartfield, certamente. Pararam, no entanto, na casa da senhora Bates, que ficava um pouco mais perto de Randalls que da Ford's; não haviam ainda batido à porta quando viram Emma... atravessaram imediatamente a rua e vieram na direção dela; e o prazer compartilhado na noite anterior parecia dar nova alegria ao presente encontro. A senhora Weston informou-a que estava indo visitar as Bates para ouvir o piano novo.

– Pois meu companheiro me afirma – disse ela – que eu prometi incisivamente à senhorita Bates, ontem à noite, que viria hoje pela manhã. Eu mesma não me lembrava. Não me recordava de ter marcado o dia, mas como ele disse que o fiz, estou indo agora.

– E enquanto a senhora Weston faz a visita, pode ser-me permitido, espero – disse Frank Churchill –, juntar-me à senhorita e esperar por ela em Hartfield... se a senhorita estiver indo para casa.

A senhora Weston ficou desapontada.

– Pensei que pretendia ir comigo. Elas ficariam muito contentes.

– Eu! Só iria atrapalhar. Mas, talvez... posso estar atrapalhando aqui também. A senhorita Woodhouse parece que não quer minha companhia. Minha tia sempre me manda para longe dela quando está fazendo compras. Diz que eu a irrito até a morte; e a senhorita Woodhouse parece que está a ponto de dizer o mesmo. O que vou fazer?

– Não vim aqui fazer compras para mim – disse Emma. –Estou apenas aguardando minha amiga. Provavelmente ela logo vai terminar e então vamos voltar para casa. Mas é melhor que o senhor vá com a senhora Weston e ouça o piano.

Bem... se esse é seu conselho... Mas (com um sorriso) se o coronel

Campbell tiver encarregado um amigo descuidado e o piano não estiver afinado... o que vou dizer? Não poderei apoiar a senhora Weston. Ela pode se sair muito bem sozinha. Uma verdade desagradável pode ser palatável se ouvida de seus lábios, mas eu sou o ser mais imprestável do mundo para dizer mentiras polidas.

– Não acredito em nada disso – replicou Emma. – Estou persuadida de que pode ser tão insincero como seus vizinhos, quando for necessário; mas não há razão para supor que o instrumento não esteja afinado. Bem ao contrário, na verdade, se entendi a opinião da senhorita Fairfax na noite passada.

– Venha comigo, Frank – disse a senhora Weston –, se não for muito desagradável para você. Não precisamos ficar por muito tempo. Depois disso vamos a Hartfield. Nós as seguiremos para Hartfield. Eu realmente gostaria de que você fosse comigo. Seria uma grande atenção de sua parte e sempre pensei que você pretendesse ir.

Ele nada mais pôde dizer; e com a esperança de que Hartfield o haveria de recompensar, retornou com a senhora Weston à porta da senhora Bates. Emma os observou entrando e então se juntou a Harriet no interessante balcão... tentando com toda a força de sua mente convencê-la de que se ela desejava comprar musselina lisa, de nada adiantava olhar a estampada; e que uma fita azul, por mais bela que fosse, nunca haveria de combinar com o padrão amarelo do tecido. Finalmente acertaram tudo, até o destino do pacote.

– Devo enviá-lo para a casa da senhora Goddard, madame? – perguntou a senhora Ford.

– Sim... Não... Sim, envie para a casa da senhora Goddard. Só que o molde do vestido está em Hartfield. Não, a senhora pode mandá-lo para Hartfield, por favor. Mas então a senhora Goddard vai querer vê-lo... E posso levar o molde do vestido para casa outro dia. Mas gostaria de levar a fita imediatamente... então é melhor mandar para Hartfield... pelo menos a fita. A senhora pode fazer dois pacotes, não pode, senhora Ford?

– Não vale pena, Harriet, dar o incômodo de fazer dois pacotes à senhora Ford.

– Não precisa mais.

– Não é incômodo algum, madame – disse a atenciosa senhora Ford.

– Oh! Mas, na verdade, eu preferiria ter tudo num pacote só. Então, por favor, pode enviar tudo para a casa da senhora Goddard... não sei... Não, acho melhor, senhorita Woodhouse, que tudo seja mandado para Hartfield, e então levarei para casa comigo à noite. O que me aconselha?

– Que você não deve mais pensar nem meio segundo nesse assunto.

Para Hartfield, por favor, senhora Ford.

– Bem, será muito melhor – disse Harriet, bastante satisfeita. – Eu não gostaria mesmo que fosse enviado para a casa da senhora Goddard.

Vozes se aproximavam da loja... ou melhor, uma única voz e duas damas. A senhora Weston e a senhorita Bates as encontraram à porta.

– Minha querida senhorita Woodhouse – disse a última –, eu vim correndo para lhe pedir o favor de vir sentar-se um pouco conosco e dar sua opinião sobre nosso novo piano; a senhorita e a senhorita Smith. Como vai, senhorita Smith?... Muito bem, obrigada... E supliquei à senhora Weston para vir comigo, a fim de ter certeza de ser bem sucedida.

– Espero que a senhora Bates e a senhorita Fairfax estejam...

– Muito bem, obrigada. Minha mãe está deliciosamente bem; e Jane não apanhou resfriado ontem à noite. Como está o senhor Woodhouse?... Fico tão contente em ouvir que está bem. A senhora Weston me disse que estavam aqui... Oh! Então, disse eu, devo correr até lá e tenho certeza de que a senhorita Woodhouse me permitirá chegar a ela e pedir-lhe que venha; minha mãe vai ficar tão feliz em vê-la... e agora formamos um belo grupo, que ela não pode recusar... "Por favor, faça isso", disse o senhor Frank Churchill, "será muito bom ouvir a opinião da senhorita Woodhouse sobre o piano." Mas, disse eu, estaria mais segura de ser bem sucedida se alguém de vocês for comigo. "Oh!" disse ele, "espere meio minuto até eu terminar meu trabalho..." Pois, não poderia acreditar, senhorita Woodhouse, lá está ele, da maneira mais atenciosa do mundo, consertando o parafuso dos óculos de minha mãe... O parafuso se soltou esta manhã... Tão amável da parte dele!... Pois os óculos de minha mãe ficaram imprestáveis... ela não conseguia colocá-los. E, afinal de contas, todo mundo deveria ter dois pares de óculos; deveria mesmo. Assim disse Jane.

Eu pretendia levá-los para John Saunders, era a primeira

coisa que ia fazer, mas uma coisa ou outra me impedia durante toda a manhã; primeiro uma coisa, depois outra, nem sei dizer que mais, como sabe. Uma hora Patty veio me dizer que a chaminé da cozinha precisava de limpeza. Oh! disse eu, não venha com suas más notícias agora, Patty. Aqui está o parafuso que se soltou dos óculos de sua patroa. Então chegaram as maçãs assadas que a senhora Wallis mandou seu menino entregar; eles são extremamente gentis e atenciosos conosco, os Wallis, sempre foram... ouvi algumas pessoas dizer que a senhora Wallis pode ser mal-educada e dar respostas rudes, mas nós nunca tivemos senão a maior atenção da parte deles. E não deve ser por nosso valor como fregueses, por qual é nosso consumo de pão, sabe? Somos apenas três... além da querida Jane no momento... e ela realmente não come nada... o café da manhã dela é chocante, a senhorita ficaria assustada se visse. Nem ouso deixar minha mãe saber que ela come tão pouco... então digo uma coisa e depois digo outra, e assim passa. Mas em torno da metade do dia ela sente fome e não tem nada que ela goste mais do que essas maçãs assadas, e elas são extremamente saudáveis, pois tive a oportunidade de perguntar ao senhor Perry outro dia; encontrei-o por acaso na rua. Não que eu tivesse alguma dúvida antes... ouvi tantas vezes o senhor Woodhouse recomendar uma maçã assada. Acho que é o único jeito que o senhor Woodhouse acredita que a fruta fica inteiramente saudável. Temos, contudo, bolinhos de maçã com muita frequência. Patty faz excelentes bolinhos de maçã. Bem, senhora Weston, espero que leve a melhor e que essas jovens damas nos deem a honra.

Emma ficaria "muito feliz de esperar junto com a senhora Bates, etc." e finalmente saíram da loja sem mais demora por parte da senhorita Bates, senão para dizer:

– Como vai, senhora Ford? Peço perdão; não a tinha visto antes. Ouvi dizer que tem uma encantadora coleção de fitas novas vindas da cidade. Jane voltou para casa encantada ontem.

Muito obrigada, as luvas ficaram muito bem... só um pouco largas no punho; mas Jane vai usá-las assim mesmo.

– Sobre o que mesmo eu estava falando? – disse ela, recomeçando quando já estavam na rua.

Emma se perguntava em que ela se fixaria no meio de toda essa mixórdia.

– Confesso que não me lembro do que estava falando... Oh! dos óculos de minha mãe. Tão amável da parte do senhor Frank Churchill. "Oh!" disse ele, "acho que posso apertar o parafuso; adoro esse tipo de trabalho..." O que só mostra como ele é tão... Na verdade, devo dizer isso de tanto ouvir falar dele antes e do que eu mesma esperava, devo dizer que ele excede em muito tudo... Eu lhe dou os parabéns, senhora Weston, os mais calorosos. Ele parece ser tudo o que os mais afetuosos pais podem... "Oh!" disse ele, "posso apertar o parafuso. Adoro esse tipo de trabalho." Nunca vou esquecer seus modos. E quando tirei as maçãs assadas do armário, esperando que nossos amigos fossem tão gentis de aceitar alguma, "Oh!" disse ele imediatamente, "não ha nenhuma fruta de que eu goste tanto, e essas são as mais belas maçãs assadas caseiras que já vi em minha vida." Isso, bem sabe, foi muito... E tenho certeza, pela maneira, de que não era apenas um cumprimento. Na verdade, são maçãs realmente deliciosas e a senhora Wallis as prepara muito bem... só que nós preferimos que não sejam cozidas mais de duas vezes e o senhor Woodhouse nos fez prometer que as cozinharíamos três vezes... mas a senhorita Woodhouse será tão gentil de não mencionar isso. As próprias maçãs são as melhores que existem para assar, sem dúvida; todas de Donwell... algumas do mais generoso estoque do senhor Knightley. Ele nos envia um saco todo ano; e certamente nunca houve uma reserva de maçãs em qualquer lugar como uma de suas macieiras... acho que há duas delas. Minha mãe diz que o pomar deles já era famoso quando ela era jovem. Mas fiquei muito chocada no outro dia, pois o senhor Knightley veio nos visitar certa manhã e Jane estava comendo essas maças, e falamos sobre elas e de como ela gostava, e ele perguntou se nosso estoque já estava terminando. "Tenho certeza que já acabou", disse ele, "e vou lhes enviar outra remessa, pois tenho muito mais do que realmente poderei precisar. William Larkins me deixou guardar uma quantidade maior do que o normal este ano. Vou lhes mandar mais algumas antes que estraguem." E eu implorei para que ele não enviasse mais... pois realmente como as nossas maçãs tinham quase acabado, eu não podia dizer, de forma alguma, que tínhamos muitas ainda... havia talvez menos que meia dúzia, na verdade; mas estavam todas guardadas para Jane; mas eu não podia permitir de modo algum que ele nos mandasse mais, porque já se havia mostrado generoso demais; e Jane disse o mesmo. E quando ele foi embora, Jane quase discutiu comigo... Não, não posso dizer que tenhamos discutido, pois nunca tivemos uma discussão em nossa vida; mas ela estava totalmente magoada por eu ter admitido que as maçãs estavam para se acabar; ela queria que eu o deixasse acreditar que ainda havia muitas guardadas. Então eu disse: Oh! Minha querida, eu disse tanto quanto podia. Na mesma tarde, contudo, William Larkins veio com um grande cesto de maçãs, o mesmo tipo de maçãs... um alqueire pelo menos, e fiquei muito agradecida, desci e falei com William Larkins e disse tudo o que era preciso, como pode supor. Conheço William Larkins há tanto tempo! Sempre fico contente ao vê-lo. Descobri mais tarde, contudo, por meio de Patty, que William disse que essas eram todas as maçãs *desse* tipo que seu patrão tinha; ele trouxe todas... e agora seu patrão não tem nenhuma desse tipo para assar ou cozinhar. William pareceu não se importar muito, ficou contente ao achar que o patrão tinha vendido tantas; pois William, bem sabe, pensa mais nos lucros do patrão do que em qualquer outra coisa; mas a senhora Hodges, disse ele, havia ficado muito aborrecida por terem mandado todas as maçãs. Ela não podia suportar que seu patrão não pudesse mais comer nenhuma torta de maçã nessa primavera. Ele contou isso a Patty, mas pediu para ela não se importar e não nos contar nada, pois a senhora Hodges *podia* ser rude às vezes, e como haviam vendido muitas sacas não importava quem comesse o restante. Foi isso que Patty me contou, e fiquei extremamente chocada, de verdade! Não gostaria que o senhor Knightley soubesse disso por nada deste mundo! Ele haveria de ficar tão... Não queria que Jane soubesse disso também, mas infelizmente já havia mencionado isso antes de me dar conta.

A senhorita Bates acabara de falar quando Patty abriu a porta; e os visitantes subiram as escadas sem nenhuma narrativa regular para ouvir, seguidos apenas pelos sons de inconstante benevolência.

– Por favor, tome cuidado, senhora Weston, há um degrau na curva. Por favor, tome cuidado, senhorita Woodhouse, nossa escada é muito escura... mais escura e mais estreita do que se poderia desejar. Senhorita Smith, por favor, tome cuidado. Senhorita Woodhouse, estou muito preocupada, tenho certeza de que tropeçou. Senhorita Smith, o degrau na curva!

## ≈ CAPÍTULO 10 ≈

A aparência da pequena sala de estar quando entraram era a própria tranquilidade; a senhora Bates, impedida de executar seus trabalhos usuais, estava cochilando a um lado da lareira; Frank Churchill, numa mesa ao lado dela, se ocupava ativamente com o conserto dos óculos e Jane Fairfax, de costas para eles, estava atenta ao piano.

Ocupado como estava, no entanto, o jovem ainda foi capaz de mostrar seu feliz semblante ao Emma novamente.

– Este é um prazer – disse ele, em voz um tanto baixa – que chega pelo menos dez minutos antes do que havia previsto. Encontra-me tentando ser útil; diga-me se acha que vou conseguir.

– Como! – disse a senhora Weston – Ainda não terminou? Você não conseguiria ganhar a vida trabalhando como ourives em prata com essa lentidão.

– Não estive trabalhando ininterruptamente – replicou ele. – Estive ajudando a senhorita Fairfax a tentar manter o piano estável, pois não estava muito firme; uma irregularidade no piso, acredito. Pode ver que calçamos uma perna do piano com papel. Foi muita gentileza sua ter concordado em vir. Eu estava temeroso que já tivesse voltado para casa.

Ele deu um jeito para que Emma se sentasse a seu lado; e passou um bom tempo procurando a melhor maçã assada para ela e tentando fazer com que o ajudasse ou o aconselhasse em seu trabalho, até que Jane Fairfax estivesse totalmente pronta para sentar-se ao piano de novo. Que ela não estava imediatamente preparada, Emma suspeitou pelo estado de nervos que demonstrava; o piano não havia ficado ainda em seu poder por tempo suficiente para que tocá-lo sem emoção; devia estar pensando em poder executar algo com maestria; e Emma só pôde sentir pena dela por esses sentimentos, qualquer que fosse sua origem; e não podia senão resolver nunca mais expô-los a seu vizinho.

Por fim, Jane começou a tocar e, embora os primeiros acordes resultassem fracos, logo o instrumento foi gradativamente fazendo justiça à pianista. A senhora Weston ficara encantada antes e estava encantada de novo; Emma juntou-se a ela nos elogios; e o piano, com todas as discriminações apropriadas, foi declarado ser altamente prometedor.

– Seja quem for que o coronel Campbell tenha encarregado da aquisição – disse Frank Churchill, com um sorriso para Emma –, essa pessoa não escolheu mal. Ouvi falar bastante do gosto do coronel Campbell em Weymouth; e a suavidade das notas mais altas, tenho certeza de que é exatamente o que ele e *todo* aquele *grupo* apreciaria particularmente. Ouso dizer, senhorita Fairfax, que ele deu instruções minuciosas a seu amigo, ou ele mesmo escreveu para a Broadwood. Não acha que foi assim?

Jane nem voltou os olhos. Não era obrigada a ouvir. A senhora Weston estava falando com ela no mesmo momento.

– Isso não é justo – disse Emma, num sussurro. – O que fiz

foi mera suposição fortuita. Não a magoe.

Ele sacudiu a cabeça com um sorriso e olhou como se tivesse poucas dúvidas e bem pouca misericórdia. Logo depois recomeçou:

– Como seus amigos na Irlanda devem se alegrar com seu prazer neste momento, senhorita Fairfax? Atrevo-me a dizer que eles sempre pensam na senhorita e ficam se perguntando qual será o dia, o dia exato em que o piano deverá chegar a suas mãos. Imagina que o coronel Campbell já sabe que o negócio saiu precisamente como ele pensava?... Acredita que foi o resultado de uma encomenda direta dele ou que mandou apenas uma instrução geral, uma ordem indefinida quanto ao tempo, que haveria de depender de contingências e conveniências?

Ele fez uma pausa. Ela só podia ouvir, mas não podia deixar de responder:

– Até que eu receba uma carta do coronel Campbell – disse ela, numa voz de calma forçada –, não posso imaginar nada com toda a certeza. Tudo haveria de ser mera conjetura.

– Conjetura... sim, às vezes se conjetura de maneira certa, outras vezes, de modo errado. Gostaria que pudesse conjeturar em quanto tempo poderia deixar este parafuso firme. Quantas bobagens dizemos, senhorita Woodhouse, quando estamos empenhados no trabalho e falamos ao mesmo tempo... Suponho que os verdadeiros trabalhadores refreiam suas línguas; mas nós, cavalheiros laboriosos, se pudéssemos conter a palavra... a senhorita Fairfax disse algo sobre conjeturas. Aí está, terminei. Tive o prazer, madame (para a senhora Bates), de consertar seus óculos, estão arrumados por ora.

Mãe e filha agradeceram-lhe calorosamente; para escapar um pouco da última, ele foi até o piano e pediu à senhorita Fairfax, que ainda estava sentada ao mesmo, para tocar algo mais.

– Se a senhorita tiver a bondade – disse ele –, gostaria que tocasse uma das valsas que dançamos na noite passada... permita-me reviver aquele momento. A senhorita não as apreciou tanto quanto eu; parecia estar cansada o tempo todo. Acredito que ficou até feliz por não termos dançado mais tempo; mas eu teria dado mundos... todos os mundos que alguém pudesse dar... por mais meia hora.

Ela tocou.

– Que felicidade ouvir de novo o que nos *fez* felizes!... Se não estou enganado, nenhuma dessas foi dançada em Weymouth.

Ela ergueu os olhos para ele por um momento, corou intensamente e tocou algo mais. Ele apanhou algumas partituras de uma cadeira próxima ao piano e, voltando-se para Emma, disse:

– Aqui está algo totalmente novo para mim. A senhorita a conhece?... Cramer... E aqui temos um novo conjunto de melodias irlandesas. Esse, vindo de quem veio, era algo a esperar. Tudo isso foi enviado junto com o piano. Muito atencioso o coronel Campbell, não acha?... Ele sabia que a senhorita Fairfax poderia não ter partitura alguma aqui. Não posso deixar de elogiar, de modo particular, essa parte da atenção dele; mostra que o presente foi realmente dado de todo o coração. Nada feito às pressas, nada incompleto. Somente uma verdadeira afeição poderia proporcionar isso.

Emma desejava que ele fosse menos incisivo, mas não deixou de achar divertido; e quando voltou os olhos rapidamente para Jane Fairfax, colheu os resquícios de um sorriso; quando viu que, mesmo com o profundo rubor por estar ciente do fato, houvera um sorriso de secreto prazer, teve menos escrúpulos por estar achando divertido e sentiu menos pena com relação a ela... Essa agradável, honrada e perfeita Jane Fairfax estava aparentemente acalentando pensamentos repreensíveis.

Ele trouxe todas as partituras para Emma e passaram a olhá-las juntos. Emma aproveitou a oportunidade para sussurrar:

– O senhor está falando de forma muito direta. Ela deve ter entendido.

– Espero que sim. Quero que ela me entenda. Não estou nem um pouco envergonhado do que falei.

– Mas, na realidade, eu estou um tanto envergonhada; e gostaria de jamais ter tido essa ideia.

– Eu estou muito contente que a tenha tido e que a tenha comunicado a mim. Agora tenho uma chave para todos os estranhos olhares e modos dela. Deixe que ela sinta vergonha. Se ela agiu errado, deve sentir vergonha.

– Ela está um tanto envergonhada, acho.

– Não vejo muitos sinais disso. Ela está tocando *Robin Adair* neste momento... a música favorita *dele.*

Pouco depois, a senhorita Bates, passando perto da janela, viu o senhor Knightley a cavalo, não muito distante dali.

– O senhor Knightley, vejam só!... Preciso falar com ele se possível, apenas para agradecer-lhe. Não vou abrir esta janela; poderiam apanhar um resfriado; mas posso ir até o quarto de minha mãe, como sabem. Ouso dizer que ele vai entrar quando souber quem está aqui. Que coisa maravilhosa ver todos vocês reunidos aqui!... Nossa pequena sala está tão honrada!

Já estava no quarto contíguo enquanto ainda falava e, abrindo a janela, imediatamente chamou a atenção do senhor Knightley ; e cada sílaba da conversa deles foi distintamente ouvida pelos outros, como se tudo se tivesse passado no mesmo cômodo.

– Como vai o senhor?... Como vai?... Muito bem, obrigada. Muito obrigada pela carruagem da noite passada. Chegamos bem na hora; minha mãe já estava nos esperando. Por favor, entre. Vai encontrar alguns amigos aqui.

Assim começou a senhorita Bates; e o senhor Knightley parecia determinado a se fazer ouvir por sua vez, pois de modo mais que resoluto e de comando, ele disse:

– Como vai sua sobrinha, senhorita Bates?... Vim aqui para saber de todas, mas particularmente de sua sobrinha. Como está a senhorita Fairfax?... Espero que não tenha apanhado um resfriado na noite passada. Como ela está hoje? Diga-me como está a senhorita Fairfax.

E a senhorita Bates foi obrigada a dar uma resposta direta antes que ele a ouvisse falar de qualquer outra coisa. Os ouvintes se divertiam; e a senhora Weston deu a Emma um olhar particularmente significativo. Mas Emma sacudiu a cabeça com firme ceticismo.

– Somos tão gratas ao senhor!... muito gratas pela carruagem! – recomeçou a senhorita Bates.

Ele lhe cortou a palavra, dizendo:

– Estou indo para Kingston. Posso fazer algo pela senhorita?

– Oh! Deus, Kingston... está indo para lá?... A senhora Cole estava me dizendo outro dia que precisava alguma coisa de Kingston.

– A senhora Cole tem criados para mandar até lá. Posso fazer alguma coisa pela *senhorita*?

– Não, obrigada. Mas entre. Quem o senhor acha que está aqui?... A senhorita Woodhouse e a senhorita Smith; tão gentis em nos visitar para ouvir o piano. Deixe o cavalo na Crown e entre.

– Bem – disse ele, de maneira deliberada –, por cinco minutos, talvez.

– E aqui estão também a senhora Weston e o senhor Frank Churchill!... Que delícia! Tantos amigos!

– Não, não agora, obrigado. Não poderia ficar dois minutos. Devo ir a Kingston o mais depressa que puder.

– Oh! Entre. Eles ficariam tão felizes em vê-lo.

– Não, não, sua sala já está bastante cheia. Virei visitá-la outro dia para ouvir o piano.

– Bem, lamento tanto!... Oh! Senhor Knightley, que festa deliciosa a de ontem à noite; realmente muito agradável... O senhor viu que baile?... Não foi algo delicioso?... A senhorita Woodhouse e o senhor Frank Churchill; nunca vi nada igual.

– Oh! Delicioso, de fato; não posso dizer mais nada, pois suponho que a senhorita Woodhouse e o senhor Frank Churchill estejam ouvindo tudo. E (levantando ainda mais a voz) não sei por que não mencionou a senhorita Fairfax também. Acho que a senhorita Fairfax dança muito bem; e a senhora Weston é a que dança melhor música country em toda a Inglaterra, sem exceção. Agora, se seus amigos tiverem alguma gratidão, irão dizer alguma coisa agradável a nosso respeito, em voz bem alta, como retribuição; mas não posso ficar para ouvir.

– Oh! Senhor Knightley, só mais um momento; é algo importante... Estou tão chocada!... Jane e eu estamos chocadas por causa das maçãs!

– Qual é o problema agora?

– Pensar que nos mandou todo o seu estoque de maçãs! O senhor disse que tinha muitas e agora não tem nem mais uma sequer. Estamos realmente tão chocadas! A senhora Hodges deve estar muito zangada. Foi William Larkins que nos contou. O senhor não devia ter feito isso, de fato não devia... Ah! Ele foi embora. Nunca suporta que lhe agradeçam. Mas achei que ele ficaria mais um pouco e teria sido uma pena não ter mencionado... Bem (voltando para a sala), não fui bem sucedida. O senhor Knightley não pôde ficar. Está indo para Kingston. Perguntou-me se podia fazer alguma coisa...

– Sim – disse Jane. – Ouvimos sua generosa disposição para tanto, ouvimos tudo.

– Oh! Sim, minha querida, ouso dizer que ouviram, porque a porta estava aberta e a janela também estava aberta, e o senhor Knightley falou bem alto. Com certeza, devem ter ouvido tudo. "Posso fazer alguma coisa pela senhorita em Kingston?", disse ele; então eu apenas mencionei... Oh! Senhorita Woodhouse, já vai embora?... Parece que mal chegou... é muita bondade sua.

Emma achou que realmente estava na hora de ir para casa; a visita já tinha durado bastante; e, ao olharam os relógios, perceberam que a manhã já se havia passado; e como a senhora Weston e seu companheiro se despediam também, isso lhes permitiria acompanhar as duas jovens somente até o portão de Hartfield, antes de seguirem para Randalls.

## ≈ CAPÍTULO 11 ≈

Pode ser possível ficar inteiramente sem dançar. São conhecidos casos de jovens que passaram meses e mais meses sucessivos sem ir a qualquer espécie de baile e isso não resultou em nenhum dano real no corpo ou na mente... mas quando se começa... quando se curte a felicidade de rápidos movimentos, ainda que por muito pouco... deve ser muito difícil deixar isso de lado e não almejar por mais.

Frank Churchill havia dançado uma vez em Highbury e ansiava por dançar novamente; e a última meia hora de uma noite em que o senhor Woodhouse foi persuadido a passar com a filha em Randalls foi transcorrida pelos dois jovens fazendo planos sobre esse assunto. A ideia inicial fora de Frank; e também dele o maior empenho para pô-la em prática; pois a senhorita era a melhor avaliadora das dificuldades e a mais cuidadosa em termos acomodações e aparência. Mas, ainda assim, ela estava bastante inclinada a mostrar a todos como a senhorita Woodhouse e o senhor Frank Churchill dançavam deliciosamente... para fazer uma coisa que não a deixava envergonhada se comparada a Jane Fairfax... e também pelo simples prazer de dançar, sem nenhum maldoso apelo à vaidade... ela o ajudou primeiramente a medir a sala em que estavam para ver o que podia comportar... e depois tiraram as medidas da outra sala, na esperança de descobrir, apesar das afirmações do senhor Weston de que eram exatamente do mesmo tamanho, que era um pouco maior.

A primeira proposta e pedido dele, de que o baile começado na casa do senhor Cole deveria terminar ali... de que o mesmo grupo deveria ser reunido e de que o mesmo músico deveria ser contratado, encontrou pronta acolhida. O senhor Weston aprovou a ideia com imensa alegria e a senhora Weston concordou com a maior boa vontade deixar tocar durante todo o tempo em que eles desejassem dançar; e prosseguiram com o interessante plano, calculando exatamente quem estaria presente e prevendo o espaço indispensável para cada casal.

– Você, a senhorita Smith e a senhorita Fairfax são três, e com as duas senhoritas Cox, são cinco – foi a frase repetida muitas vezes. – E haverá ainda os dois Gilbert, o jovem Cox, meu pai e eu, além do senhor Knightley. Sim, haverá bastante gente para se alegrar. Você, a senhorita Smith e a senhorita Fairfax são três, e com as duas senhoritas Cox, são cinco; e para cinco casais haverá muito lugar.

Mas logo alguém de um lado observou:

– Mas será que haverá lugar suficiente para cinco casais?... Eu realmente não acho que haja.

E de outro:

– E depois de tudo, cinco casais não são suficientes para valer a pena organizar uma festa. Cinco casais são praticamente nada, quando se pensa seriamente no assunto. Não se pode *convidar* cinco casais. Só se permite isso como uma coisa definida no último momento.

Alguém comentou que a *senhorita* Gilbert estava sendo esperada na casa do irmão e devia ser convidada com os demais. Alguém mais acreditava que a *senhora* Gilbert teria dançado na outra noite, se a tivessem convidado. Falou-se em convidar outro jovem Cox; e, por fim, quando o senhor Weston citou uma família de primos que deveria ser incluída e outra de velhos amigos, que não poderia ser deixada de fora, ficou evidente que os cinco casais seriam, pelo menos, dez; e começou então uma interessante especulação sobre a melhor maneira possível de resolver a questão.

As portas das duas salas eram exatamente opostas uma à outra. "Não poderiam usar as duas salas e dançar na passagem entre elas?" Parecia a melhor solução; mas ainda assim não era tão boa, e muitos queriam uma melhor. Emma disse que seria embaraçoso; a senhora Weston estava aflita com o jantar; e o senhor Woodhouse se opôs seriamente por causa da saúde. Na verdade, esses planos o deixaram tão triste que não havia mais meio de mantê-los.

– Oh! Não – disse ele. – Seria extremamente imprudente. Não posso tolerar isso por causa de Emma!... Emma não é forte. Ela apanharia um terrível resfriado. E também a pobre Harriet. E todos vocês. Senhora Weston, a senhora ficaria alquebrada; não permita que falem numa coisa tão selvagem. Por favor, não permita que falem mais nisso. Aquele jovem (falando baixo) é muito descuidado. Não conte ao pai dele, mas esse jovem não é grande coisa. Andou abrindo as portas muitas vezes esta noite e as manteve abertas sem ter a mínima consideração. Ele não se lembrou das correntes de ar. Não quero colocá-la contra ele, mas ele realmente não é grande coisa.

A senhora Weston ficou triste com esse ataque. Sabia da importância disso e disse tudo o que estava a seu alcance para contornar a situação. Todas as portas estavam fechadas agora, desistiram do plano da passagem e retornaram ao primeiro plano de dançar somente na sala em que estavam; e com tal boa vontade da parte de Frank Churchill, o espaço que quinze minutos antes mal seria suficiente para cinco casais, agora se calculava que poderia facilmente comportar dez.

– Fomos muito exagerados – disse ele. – Projetamos espaço desnecessário. Dez casais podem muito bem acomodar-se aqui.

Emma discordava.

– Seria uma multidão... uma triste multidão; e o que poderia ser pior que dançar sem espaço para girar?

– É verdade – replicou ele gravemente. – Seria muito ruim. – Mas continuou a tomar medidas e voltou a dizer: – Acho que haverá espaço suficiente para dez casais.

– Não, não – disse ela – o senhor não está sendo razoável. Seria terrível ficar tão perto! Nada pode estar mais longe de qualquer prazer do que dançar no meio de uma multidão... e uma multidão numa sala pequena!

– Não há como negar – retrucou ele. – Concordo exatamente com a senhorita. Uma multidão numa sala pequena... a senhorita tem o dom de pintar uma situação com poucas palavras. Maravilhoso, realmente maravilhoso!... Ainda assim, contudo, uma vez que chegamos tão longe, não podemos desistir agora. Seria um desapontamento para meu pai... e além de tudo... não sei... eu ainda sou da opinião de que dez casais podem caber muito bem aqui.

Emma percebeu que a natureza de sua galanteria era um pouco teimosa e que ele preferia se opor a perder o prazer de dançar com ela; mas ela aceitou o cumprimento e perdoou o resto. Se ela estivesse pensando em se *casar* com ele, talvez valesse a pena parar e considerar o assunto, e tentar entender o valor da preferência dele e o caráter da personalidade dele; mas para todos os propósitos da amizade que tinham, ele era bastante amável.

Antes do meio-dia do dia seguinte, ele estava em Hartfield; entrou na sala com um sorriso tão encantador que confirmava a continuação do esquema. Logo ficou evidente que viera anunciar um aprimoramento.

– Bem, senhorita Woodhouse – começou ele, quase imediatamente – espero que sua vontade de dançar ainda não tenha sido afastada pelo terror que são as pequenas salas de meu pai. Trago uma nova proposta sobre o assunto... uma ideia de meu pai que só espera sua aprovação para ser posta em prática. Posso ter a honra de ser seu par nas duas primeiras danças desse pequeno baile planejado, que terá lugar não em Randalls, mas na Hospedaria Crown?

– Na Crown!

– Sim, se a senhorita e o senhor Woodhouse não fizerem objeções, e creio que não farão, porque meu pai espera que os amigos serão tão gentis de visitá-la naquele local. Ele pode prometer melhores acomodações e uma recepção não menos afável do que em Randalls. É tudo ideia dele. A senhora Weston não fez objeção, desde que a senhorita fique satisfeita. É o que todos esperamos. Oh! A senhorita tinha toda a razão! Dez casais em qualquer uma das salas de Randalls teria sido insuportável!... Terrível!... Eu sabia o tempo todo que a senhorita estava certa, mas estava ansioso demais para garantir *tudo* e não capitular. Não é uma boa troca?... A senhorita concorda?... Posso esperar que vá concordar?

– Parece-me um plano do qual ninguém pode discordar, se o senhor e a senhora Weston não o desaprovarem. Eu o acho admirável; e no que me toca, fico muito feliz... parece que era a única coisa que faltava. Papai, o senhor não acha que é uma excelente troca?

Ela foi obrigada a repetir e a explicar tudo, antes que ele compreendesse realmente; e, como se tratava de uma coisa inteiramente nova, foram necessárias ulteriores explicações para que fosse aceita.

"Não, ele achava que estava muito longe de ser uma coisa melhor... era um plano muito ruim... muito pior que o outro. Uma sala numa hospedaria era sempre úmida e perigosa; nunca era apropriadamente arejada ou adequada para permanecer longo tempo dentro dela. Se queriam dançar, seria melhor dançar em Randalls. Ele nunca estivera na sala da Crown em toda a sua vida... não conhecia as pessoas que a tivessem visto... Oh! não... um plano muito ruim. Eles iriam apanhar um resfriado pior na Crown do que em qualquer outro lugar".

– Eu ia observar, senhor – disse Frank Churchill –, que uma das grandes recomendações dessa troca seria o diminuto perigo de que alguém apanhe um resfriado... o perigo seria muito menor na Crown do que em Randalls! O senhor Perry pode ter suas razões para lamentar a alteração, mas ninguém mais as tem.

– Sir – disse o senhor Woodhouse, um tanto acalorado – está muito enganado se imagina que o senhor Perry seja esse tipo de pessoa. O senhor Perry se preocupa extremamente quando alguém de nós fica doente. Mas não entendo como a sala da Crown pode lhe parecer mais segura do que a sala da casa de seu pai.

– Pelo simples motivo de ser maior, senhor. Não teremos de abrir as janelas de forma alguma... nem uma vez durante a noite inteira; e é esse terrível hábito de abrir as janelas, deixando o ar frio em contato com o corpo quente que (como bem sabe, senhor) provoca todo o dano.

– Abrir as janelas!... mas certamente, senhor Churchill, ninguém pensaria em abrir as janelas em Randalls. Ninguém seria tão imprudente! Nunca ouvi uma coisa dessas. Dançar com as janelas abertas!... Tenho certeza de que nem seu pai nem a senhora Weston (que era a pobre senhorita Taylor) tolerariam isso.

– Ah! Senhor... mas uma pessoa descuidada às vezes pode entrar atrás das cortinas e abre uma vidraça, sem que ninguém sequer suspeite. Eu mesmo já vi fazerem isso muitas vezes.

– Viu mesmo, senhor?... Que Deus me perdoe! Eu jamais imaginaria isso. Mas eu vivo fora do mundo e muitas vezes fico espantado com o que ouço. Isso faz toda diferença, contudo; e, talvez, quando chegamos a falar disso... mas esse tipo de coisa requer longas considerações. Não se pode decidir de maneira apressada. Se o senhor e a senhora Weston forem tão gentis de vir nos visitar uma manhã dessas, poderemos falar sobre o assunto e ver o que pode ser feito.

–Mas infelizmente, senhor, meu tempo é tão limitado...

– Oh! – interrompeu Emma –, haverá tempo suficiente para falar sobre tudo. Não há pressa alguma. Se for combinado que deverá acontecer na Crown, papai, será muito conveniente para os cavalos. Eles estarão muito próximos de seu estábulo.

– Estarão mesmo, minha querida. Isso já é uma grande coisa. Não que James se tenha queixado algum dia; mas é bom poupar nossos cavalos quando pudermos. Se eu tivesse certeza de que as salas são totalmente arejadas... mas será que podemos confiar na senhora Stokes? Tenho minhas dúvidas. Não a conheço, nem de vista.

– Posso responder por qualquer coisa dessa natureza, senhor, porque tudo vai estar sob os cuidados da senhora Weston. Ela vai supervisionar tudo.

– Aí está, papai!... Agora o senhor deve ficar satisfeito... Nossa própria querida senhora Weston, que é tão cuidadosa. Não se lembra do que o senhor disse, tantos anos atrás, quando tive sarampo? "Se a *senhorita Taylor* se encarregar de cuidar da senhorita Emma, o senhor não precisa ter qualquer receio, senhor." Quantas vezes o ouvi falar disso como um elogio a ela!

– Sim, sim, é verdade. O senhor Perry disse isso mesmo. Nunca vou esquecer. Pobre Emma! Você esteve bem mal com o sarampo; quer dizer, você teria ficado muito mal, se não fosse a grande atenção do senhor Perry. Ele veio quatro vezes ao dia durante uma semana. Disse, no início, que era de um tipo brando... o que foi um grande conforto para nós; mas o sarampo é uma enfermidade terrível. Espero que a pobre Isabella mande chamar o senhor Perry quando as crianças dela tiverem sarampo.

– Meu pai e a senhora Weston estão na Crown neste momento – disse Frank Churchill –, examinando as condições da casa. Eu os deixei lá e vim para Hartfield, impaciente para ouvir sua opinião, e esperando que a senhorita pudesse ser persuadida a se juntar a eles e dar seu parecer sobre o local. Os dois me pediram para lhe dizer que seria um grande prazer para eles se a senhorita me permitisse acompanhá-la até lá. Eles não podem fazer nada satisfatoriamente sem a senhorita.

Emma estava mais que feliz de ser chamada para esse tipo de conselho; e seu pai, empenhado em pensar no assunto enquanto ela estava fora, mandou que os dois jovens partissem sem demora para a Crown. Lá estavam o senhor e a senhora Weston, encantados em vê-la e receber sua aprovação, muito ocupados e muito felizes, cada um a seu modo; ela, um pouco angustiada, e ele, achando tudo perfeito.

– Emma – disse ela –, este papel de parede está pior do que eu esperava. Olhe! Há lugares em que está terrivelmente sujo; e o lambril está mais amarelo e desgastado do que jamais poderia ter imaginado.

– Minha querida, você é muito detalhista – disse o marido. – Que importância tem tudo isso? Com a luz das velas não verá nada disso. Ficará tão limpo como em Randalls, à luz das velas. Nunca reparamos em nada disso em nossos clubes noturnos.

Nesse ponto, as senhoras provavelmente trocaram olhares que significavam "Os homens nunca sabem quando as coisas estão sujas ou não", e os cavalheiros talvez pensassem, cada um para si, "As mulheres se preocupam com pequenas bobagens e cuidados desnecessários".

Surgiu, contudo, um problema que os cavalheiros não ousaram menosprezar. Relacionava-se à sala de jantar. Na época da construção do salão de baile, não se pensava em jantares; e uma pequena sala de jogos de cartas contígua era a anexa. O que deveria ser feito? Essa sala de jogos seria necessária agora para o mesmo fim; ou se jogos de cartas fossem convenientemente julgados como desnecessários pelos quatro, ainda assim a sala não era pequena demais para um jantar confortável? Havia outra sala de tamanho maior que poderia ser preparada para isso, mas ficava na outra ponta da casa e, para chegar a ela, era necessário percorrer uma longa e estranha passagem. Isso criava uma dificuldade. A senhora Weston temia as correntes de ar para os jovens nessa passagem; além do mais, nem Emma nem os cavalheiros toleravam a ideia de ficarem miseramente exprimidos no jantar.

A senhora Weston propôs que não se servisse um jantar normal, mas apenas sanduíches, etc., dispostos na sala pequena; mas isso foi descartado como uma sugestão infeliz. Um baile particular, sem um jantar, foi considerado uma fraude infame contra os direitos de homens e mulheres; e a senhora Weston não deveria falar disso novamente. Ela tomou então outra linha de pensamento e, olhando para a duvidosa sala, observou:

– Não acho que a sala seja *tão* pequena. Não seremos muitos, vocês sabem.

E ao mesmo tempo o senhor Weston, caminhando alegremente em largos passos através da passagem, anunciava:

– Você falou demais sobre a extensão da passagem, minha querida. Não é quase nada, afinal de contas; e não há a mínima corrente de ar vinda da escada.

– Gostaria de saber – disse a senhora Weston – que arranjo nossos convidados iriam preferir. Fazer o que for mais agradável para a maioria deve ser nosso objetivo... se acaso se puder saber o que vão preferir.

– Sim, é verdade – exclamou Frank –, é verdade. A senhora deseja a opinião de seus vizinhos. Não posso discordar. Se a gente pudesse apurar a opinião de alguém deles... os Cole, por exemplo. Eles não moram longe daqui. Devo chamá-los? Ou a senhorita Bates? Ela mora mais perto ainda... E não sei se a senhorita Bates não seria provavelmente a mais indicada a interpretar a inclinação do resto das pessoas do que qualquer outro. Acho que precisamos de um grupo maior para definir tudo. E se eu for e convidar a senhorita Bates para juntar-se a nós?

– Bem... se assim desejar – disse a senhora Weston, um pouco hesitante –, se acha que ela pode ser de alguma ajuda.

– Não vão conseguir nada com a senhorita Bates a esse propósito – disse Emma. – Ela será todo encanto e gratidão, mas não vai lhe dizer nada. Ela nem sequer vai escutar suas perguntas. Não vejo vantagem em consultar a senhorita Bates.

– Mas ela é tão divertida, tão incrivelmente divertida! Adoro ouvir a senhorita Bates falando. E não preciso trazer a família toda, bem sabe.

Nesse instante o senhor Weston chegou e, ao ouvir o que estava sendo proposto, deu sua clara aprovação.

– Sim, sim, faça isso, Frank... Vá procurar a senhorita Bates e vamos terminar com esse assunto de uma vez. Ela vai gostar do esquema, tenho certeza; e não conheço pessoa mais propícia para nos mostrar como eliminar dificuldades. Vá buscar a senhorita Bates. Estamos ficando gentis demais. Ela é uma lição viva de como ser feliz. Mas traga ambas. Convide as duas.

– Ambas, senhor! A velha senhora pode?...

– A velha senhora! Não, a jovem dama, com certeza. Eu haveria de considerá-lo um tolo, Frank, se trouxesse a tia sem a sobrinha.

– Oh! Peço desculpas, senhor. Não me dei conta de imediato. Sem dúvida, se o senhor desejar, vou me empenhar em persuadir as duas.

E partiu depressa.

Muito antes que ele reaparecesse, acompanhando a baixa e esperta tia e sua elegante sobrinha... a senhora Weston, como mulher meiga e boa esposa, tinha examinado a passagem de novo e viu que as desvantagens eram muito menores do que havia pensado antes... na verdade, de todo insignificantes; e aqui terminaram as dificuldades da decisão. Todo o resto, pelo menos na especulação, era perfeitamente regular. Todos os pequenos arranjos de mesas e cadeiras, luzes e música, chá e jantar foram feitos com facilidade; ou foram deixados como meros detalhes a serem acertados a qualquer momento entre a senhora Weston e a senhora Stokes... Todos os convidados certamente viriam; Frank já havia escrito a Enscombe, propondo ficar mais alguns dias além da quinzena prevista, o que não haveria de ser recusado. E seria um baile delicioso.

Quando chegou, a senhorita Bates, muito cordialmente, concordou que assim mesmo deveria ser. Como conselheira, ela não era mais necessária; mas como aprovadora (o que era muito mais seguro) era verdadeiramente bem-vinda. Sua aprovação, ao mesmo tempo geral e minuciosa, calorosa e incessante, só podia agradar; e por mais meia hora, todos eles estavam caminhando para lá e para cá, entre as diferentes salas, alguns dando sugestões, outros só acompanhando, e todos alegres e felizes com iminente sucesso. O grupo não se separou enquanto Emma não teve garantias de dançar as duas primeiras músicas com o herói do dia, nem sem que entreouvisse o senhor Weston sussurrar para a esposa: "Ele pediu a ela, minha querida. Está certo. Eu sabia que ele o faria!"

## ≈ CAPÍTULO 12 ≈

Faltava somente uma coisa para tornar a projeto do baile completamente satisfatório para Emma... que a data fosse marcada dentro do período de quinze dias que Frank Churchill estabelecera para ficar em Surry; pois, apesar da confiança do senhor Weston, ela não podia achar impossível que os Churchill não permitissem que o sobrinho ficasse um dia além da quinzena prevista. Mas isso não era julgado exequível. As preparações exigiam seu devido tempo, nada poderia ficar adequadamente pronto antes de três semanas, pelo menos; e por alguns dias deveriam estar planejando, trabalhando e esperando numa incerteza total... com o risco... a seu ver, o grande risco de ser tudo em vão.

Enscombe, contudo, foi graciosa, graciosa de fato, se não em palavras. O desejo dele de permanecer por mais tempo evidentemente não lhes agradou, mas não se opuseram. Tudo estava salvo e daria certo; e como a remoção de uma preocupação geralmente dá lugar a outra, Emma, estando certa agora de seu baile, começou a se aborrecer com a indiferença provocante do senhor Knightley com relação ao mesmo. Fosse porque ele próprio não dançava ou porque o plano fora feito sem consultá-lo, parecia que o baile não o interessava, determinando-se a não demonstrar qualquer curiosidade sobre o assunto no presente ou a pensar que lhe proporcionasse qualquer divertimento no futuro. Para a voluntária comunicação que lhe fez, Emma não conseguiu qualquer aprovação além de:

– Muito bem. Se os Weston acham que vale a pena dar-se a todo esse trabalho por algumas horas de diversão barulhenta, nada tenho contra, mas que não escolham prazeres para mim... Oh, sim, devo estar lá; não poderia recusar; e vou tentar ficar acordado o máximo que puder; mas preferiria estar em casa, olhando as contas da semana de William Larkins; prefiro muito mais isso, confesso... Prazer em ver os outros dançar!... eu não, é claro!... Nunca olho essas coisas... nem sei quem o faz... Dançar bem, acredito, como a virtude, deve ser uma recompensa em si. Os que ficam sentados estão geralmente pensando em algo muito diferente.

Emma sentiu que o alvo disso era ela; e a deixou bastante zangada. Não era como cumprimento a Jane Fairfax, contudo, que ele se mostrava tão indiferente ou tão indignado; ele não era guiado pelos sentimentos *dela* ao reprovar o baile, pois *ela* havia gostado extraordinariamente da ideia. Ficara animada... franca... e espontaneamente dissera:

– Oh! Senhorita Woodhouse, espero que nada aconteça para impedir o baile. Seria um grande desapontamento! Espero ansiosa por ele, será um *grande* prazer.

Não era para agradar Jane Fairfax, portanto, que ele preferia a companhia de William Larkins. Não!... ela estava cada vez mais convencida de que a senhora Weston estava enganada ao fazer essa conjetura. Havia um sentimento de grande amizade e compaixão da parte dele... mas não amor.

Ah! Logo não houve mais motivos para discutir com o senhor Knightley. Dois dias de alegre segurança foram imediatamente seguidos por uma reviravolta de tudo. Chegou uma carta do senhor Churchill exigindo o urgente retorno do sobrinho. A senhora Churchill não passava bem... devia estar bem mal para desejar a presença dele; ela já havia passado muito mal (assim dizia o marido) dois dias antes, quando escrevera ao sobrinho, embora não o tivesse mencionado por sua costumeira repulsa em causar preocupação e também por seu hábito constante de nunca pensar em si mesma; mas agora estava mal demais para gracejar e devia implorar para que partisse para Enscombe sem demora.

O conteúdo dessa carta foi transmitido a Emma num bilhete que a senhora Weston lhe enviou de imediato. Quanto ao retorno dele, era algo inevitável. Devia partir dentro de poucas horas, embora sem sentir qualquer verdadeiro alarme pela saúde da tia, que pudesse diminuir sua revolta. Ele conhecia bem seus achaques; nunca ocorriam a não ser quando era conveniente para ela.

A senhora Weston acrescentou "que ele poderia permitir-se somente o tempo de correr até Highbury, depois do café da manhã, para se despedir dos poucos amigos que julgava terem algum interesse maior por ele e que devia ser esperado em Hartfield muito em breve".

Esse infeliz bilhete foi o toque final do café da manhã de Emma. Depois que o leu, nada mais havia a fazer do que lamentar e exclamar. A perda do baile... a perda do jovem... e de tudo o que ele deveria estar sentindo!... Era por demais deplorável!... Que noite deliciosa teria sido!... Todos tão felizes! E ela e seu parceiro os mais felizes!... "Eu disse que seria assim", era o único consolo.

Os sentimentos de seu pai eram bem diferentes. Ele pensava principalmente na doença da senhora Churchill e queria saber como ela estava sendo tratada; quanto ao baile, era chocante ver sua querida Emma Desapontada; mas todos eles ficariam mais seguros em casa.

Emma estava pronta para receber o visitante bem antes que ele aparecesse; mas se isso refletia a impaciência dele, o olhar triste e a total ausência de disposição quando ele entrou podiam redimi-lo. Ele sentia tanto a partida que quase não podia falar. Sua decepção era mais que evidente. Sentou-se realmente perdido em pensamentos pelos primeiros minutos; e quando se levantou, foi apenas para dizer:

– De todas as coisas horríveis, despedir-se é a pior.

– Mas o senhor vai voltar – disse Emma. – Esta não será sua única visita a Randalls.

– Ah!... (balançando a cabeça) A incerteza de quando vou poder voltar!... Vou tentar isso com o maior empenho!... Será o objetivo de todos os meus pensamentos e cuidados!... E se meus tios forem para a cidade nesta primavera... mas receio... eles não se moveram de casa na primavera passada... Receio que é um hábito que se foi para sempre.

– Nosso pobre baile deverá ser deixado totalmente de lado.

– Ah, esse baile!... Por que esperamos tanto?... Por que não agarramos esse prazer de uma vez?... Quantas vezes a felicidade é destruída pela preparação, tola preparação!... A senhorita nos avisou que seria assim... Oh! Senhorita Woodhouse, por que sempre está tão certa?

– Na verdade, lamento muito por estar certa desta vez. Preferia bem mais ser feliz que sábia.

– Se eu puder voltar, ainda teremos nosso baile. Meu pai está contando com isso. Não esqueça seu comprometimento.

Emma olhou-o graciosamente.

– Que quinzena foi essa! – continuou ele. – Cada dia mais precioso e mais delicioso que o dia anterior!... Cada dia me tornou mais incapaz de suportar qualquer outro lugar. Felizes aqueles que podem permanecer em Highbury!

– Como o senhor agora nos faz tão grande justiça – disse Emma, rindo. – Eu me aventuro a perguntar-lhe se não duvidou um pouco no início? Não superamos um tanto suas expectativas? Tenho certeza que sim. Tenho certeza que o senhor não esperava gostar de nós. Não teria tardado tanto em vir, se tivesse uma ideia agradável de Highbury.

Ele riu um pouco acabrunhado; e embora negasse o sentimento, Emma estava convencida de que assim havia sido.

– O senhor vai partir ainda esta manhã?

– Sim; meu pai vai me encontrar aqui: vamos voltar juntos e deverei partir imediatamente. Temo que ele chegue a qualquer momento.

– Não teve nem cinco minutos para passar com suas amigas, as senhoritas Fairfax e Bates? Que falta de sorte! A poderosa e argumentadora mente da senhorita Bates poderia ter fortalecido a sua.

– Sim... *fui* visitá-las; passei pela porta, achei melhor assim. Era a coisa certa a fazer. Entrei por três minutos e fui retido porque a senhorita Bates estava ausente. Estava fora e achei que devia esperar até que ela voltasse. Ela é uma mulher de quem a gente pode, de quem a gente *deve* rir, mas a quem não se deseja menosprezar. Era melhor visitá-la, então...

Ele hesitou, levantou-se e foi até a janela.

– Em resumo – disse ele –, talvez, senhorita Woodhouse... acho que a senhorita dificilmente não haveria de suspeitar...

Ele a olhou como se quisesse ler seus pensamentos. Ela mal sabia o que dizer. Parecia o presságio de algo absolutamente sério, que ela não desejava. Forçando-se a falar, portanto, na esperança de superar a situação, ela disse calmamente:

– O senhor fez muito bem; era a coisa mais natural visitá-las, então...

Ele ficou em silêncio. Ela acreditava que ele a estava olhando; provavelmente refletindo sobre o que ela havia dito e tentando entender o sentido. Ouviu-o suspirar. Era natural para ele achar que tinha *motivo* para suspirar. Não podia acreditar que ela o estivesse encorajando. Alguns momentos embaraçosos se passaram e ele se sentou de novo; e de uma maneira mais que decidida disse:

– Foi algo muito bom sentir que todo o resto de meu tempo deve ser dedicado a Hartfield. Meu apego a Hartfield é o mais caloroso...

Ele parou de novo, levantou-se outra vez e pareceu muito embaraçado... Estava mais apaixonado por ela do que Emma havia suposto; e quem sabe como tudo teria terminado se o pai dele não aparecesse nesse instante? Logo apareceu também o senhor Woodhouse; e ele fez um grande esforço para se recompor.

Alguns minutos mais, porém, completaram a presente aflição. O senhor Weston, sempre alerta quando as coisas devem ser feitas e incapaz de retardar qualquer mal que fosse inevitável, bem como incapaz de prever um mal incerto, disse: "Está na hora de ir." E o jovem, embora pudesse suspirar e de fato o fez, não podia senão concordar em se despedir.

– Vou ter notícias de todos vocês – disse ele. – Esse é meu principal consolo. Vou saber de tudo que estiver acontecendo com todos vocês. Incumbi a senhora Weston de me escrever. E ela foi tão gentil que prometeu fazê-lo. Oh! A bênção de uma mulher correspondente quando estamos realmente interessados em outra ausente!... Ela vai me contar tudo. Em suas cartas estarei em Highbury novamente.

Um amigável aperto de mãos e um sincero "até logo" encerraram o discurso e logo a porta foi fechada atrás de Frank Churchill. Rápida havia sido a notícia... rápido o encontro deles. Ele foi embora; e Emma sentiu-se tão triste com a separação e previu uma perda tão grande para a pequena sociedade local com sua ausência que logo começou a temer que fosse lamentar demais e sentir demais a falta dele.

Foi uma mudança triste. Eles se haviam encontrado quase todos os dias desde a chegada dele. Certamente sua vinda a Randalls dera novo ânimo às duas últimas semanas... ânimo indescritível. A ideia, a expectativa de vê-lo a cada manhã havia trazido a segurança de suas atenções, sua vivacidade, suas maneiras! Havia sido uma quinzena muito feliz e desoladora deveria ser a volta ao curso normal dos dias de Hartfield. Para completar todas as outras recomendações, ele *quase* havia dito que a amava. A que força ou a que constância de afeto ele deveria estar submetido era outra questão; mas por ora ela não podia duvidar de sua calorosa admiração, de sua preferência consciente por ela; e essa persuasão, unida a todo o resto, a fazia pensar que *devia* estar um pouco apaixonada por ele, apesar de toda a sua prévia determinação contra isso.

"Eu certamente devo estar apaixonada", disse ela. "Esta sensação de languidez, enfado, estupidez, essa falta de vontade de sentar e me ocupar, esse sentimento de que tudo é maçante e insípido nesta casa... devo estar apaixonada; eu seria a criatura mais estranha do mundo se não estivesse... pelo menos por algumas semanas. Bem, o mal de alguns é sempre o bem de outros. Eu terei muitos camaradas se lamentando pelo baile, senão por Frank Churchill, mas o senhor Knightley vai ficar feliz. Ele poderá passar a noite com seu querido William Larkins agora, se quiser".

O senhor Knightley, no entanto, não mostrou uma felicidade triunfante. Não podia dizer que lamentava por causa de Frank; seu olhar de alegria o teria denunciado, se o fizesse; mas ele disse, com muita firmeza, que sentia pelo desapontamento dos outros, e com considerável bondade, acrescentou:

– Você, Emma, que tem tão poucas oportunidades de dançar, está realmente sem sorte; está mesmo com sem sorte alguma!

Foi poucos dias antes que ela visse Jane Fairfax, para julgar o honesto pesar dela por essa lastimável mudança; mas quando se encontraram realmente, a compostura dela foi odiosa. Ela tinha estado particularmente mal, no entanto, sofrendo intensas dores de cabeça, que fizeram sua tia declarar que, se o baile se realizasse, não achava que Jane tivesse podido participar; e era ser compreensivo imputar parte de sua inconveniente indiferença ao mal-estar decorrente da doença.

## ≈ CAPÍTULO 13 ≈

Emma continuou a não ter dúvida alguma de que estava apaixonada. Suas ideias só variavam quando à intensidade desse amor. No início pensou que fosse muito; e depois, que era pouco. Tinha grande prazer em ouvir falar de Frank Churchill; e, por causa dele, tinha um prazer maior que nunca em visitar o senhor e a senhora Weston; pensava nele com frequência e estava impaciente por receber uma carta, para que pudesse saber como ele estava, qual era seu estado de ânimo, como estava a tia dele e qual era a chance de ele vir a Randalls de novo na primavera. Mas, por outro lado, não podia admitir que estivesse infeliz, nem, depois da primeira manhã, que estivesse menos disposta para suas atividades do que habitualmente; continuava ocupada e alegre; e, por mais agradável que ele fosse, ela podia ainda imaginá-lo com defeitos; e mais ainda, embora pensando tanto nele, enquanto se sentava para desenhar ou trabalhar, criando milhares de esquemas divertidos para o progresso e o fim do relacionamento deles, imaginando diálogos interessantes e inventando cartas elegantes, a conclusão de cada declaração imaginária da parte dele era que ela o *recusava.* O afeto deles sempre se transformava em amizade.

Cada coisa terna ou encantadora era para marcar sua separação; e sempre deviam se separar. Quando percebeu isso, teve a impressão de que não podia estar tão apaixonada; pois, apesar de sua prévia determinação de nunca deixar o pai, de nunca se casar, um forte afeto devia certamente provocar uma luta maior do que ela podia prever em seus próprios sentimentos.

"Não posso me imaginar fazendo uso da palavra *sacrifício*", dizia ela..."Em nenhuma de minhas respostas inteligentes, minhas delicadas negativas, há qualquer alusão a sacrifício. Suspeito que ele não seja realmente necessário para minha felicidade. Tanto melhor. Certamente não vou me persuadir a sentir mais do que sinto. Estou bastante apaixonada. Lamentaria se estivesse mais."

De forma geral, ela estava igualmente contente com sua visão dos sentimentos dele.

"*Ele* indubitavelmente está bem mais apaixonado... tudo denota isso... na verdade, muito mais apaixonado!... e quando ele vier de novo, se o afeto dele continuar, devo me prevenir para não encorajá-lo... Seria imperdoável fazer de outro modo, visto que estou bastante decidida. Não que eu imagine que algum dia ele possa pensar que o tenha encorajado. Não, se ele acreditasse que eu estava correspondendo a seus sentimentos, ele não estaria tão infeliz. Se tivesse se sentido encorajado, seus olhares e suas palavras ao partir teriam sido diferentes... Ainda assim, porém, devo estar atenta. Isso na suposição de que seu afeto continue como está agora; mas não sei se vai continuar; não consigo vê-lo como esse tipo de homem... Tampouco consigo confiar em sua firmeza ou constância... Seus sentimentos são ardorosos, mas posso imaginá-los um tanto mutáveis... Em resumo, qualquer consideração sobre o assunto me leva a agradecer que minha felicidade não esteja mais profundamente envolvida... Devo me sentir muito bem de novo depois de algum tempo... e então isso não passará de bela lembrança; pois dizem que todos se apaixonam pelo menos uma vez na vida e devo deixar que esse amor acabe tranquilamente."

Quando chegou a carta dele para a senhora Weston, Emma a leu com toda a atenção; e a leu com tanto prazer e admiração que primeiramente sacudiu a cabeça ao pensar em suas próprias sensações e achou que tinha subestimado a força dessas sensações. Era uma carta longa e bem escrita, descrevendo os pormenores da viagem e dos sentimentos dele, expressando toda a afeição, gratidão e respeito, o que era natural e honroso, e descrevendo cada coisa exterior e local que pudesse ser considerado atraente com espírito e precisão. Não deixava transparecer qualquer sinal de desculpas ou de preocupação; era a linguagem de verdadeiro sentimento pela senhora Weston. E a transição de Highbury para Enscombe, o contraste entre os dois lugares em algumas das primeiras bênçãos da vida social eram tocados de forma breve, só para mostrar como sentia tudo isso profundamente; e muito mais ele poderia dizer, não fossem as restrições apropriadas... O charme de seu próprio nome não faltava. *Senhorita Woodhouse* aparecia mais de uma vez e nunca sem alguma conexão agradável, seja um cumprimento a seu gosto, seja uma lembrança do que ela havia dito; e na última vez em que havia colhido o olhar dela, sem qualquer adorno de galanteria, ela ainda podia distinguir o efeito da influência dela e reconhecer o maior cumprimento de todos, talvez, que havia recebido. Comprimidas embaixo, no último canto vazio da folha de papel, estavam estas palavras... "Não tive um momento propício na terça, como sabe, para dedicar à bela amiguinha, a senhorita Woodhouse. Por favor, peça-lhe minhas desculpas e apresente-lhe minhas despedidas." Isso, Emma não podia duvidar, era para ela mesma. Harriet era lembrada apenas por ser amiga *dela*. As informações e perspectivas dele para Enscombe não eram piores nem melhores do que havia sido antecipado. A senhora Churchill estava se recuperando e ele não ousava ainda, mesmo em sua própria imaginação, fixar uma data para voltar a Randalls.

Gratificante, porém, e estimulante como era a carta na parte material, os sentimentos, ela descobriu, ao dobrá-la e devolvê-la à senhora Weston, que não haviam acrescentado qualquer ardor duradouro que ela não pudesse sentir sem seu autor e que ele devia aprender a viver sem ela. As intenções dela eram imutáveis. A decisão de recusá-lo só se tornou mais interessante pela adição de um esquema para o subsequente consolo e felicidade dele. Sua lembrança de Harriet e as palavras que encerraram a carta, "bela amiguinha", sugeriram-lhe a ideia de que Harriet a sucederia no afeto dele. Seria impossível?... Não... Harriet era, sem dúvida, muito inferior a ele em inteligência; mas ele havia ficado muito impressionado com a graça de seu rosto e a calorosa simplicidade de suas maneiras; e todas as probabilidades de circunstancias e amizades estavam a favor dela... Para Harriet, seria de fato vantajoso e agradável.

"Não devo persistir nesses pensamentos", disse ela... "Não devo pensar nisso. Conheço o perigo de fazer tais especulações. Mas coisas estranhas aconteceram; e quando deixarmos de nos preocupar um com o outro, como fazemos agora, será o meio de confirmar-nos nessa espécie de verdadeira amizade desinteressada, que já posso vislumbrar com muito prazer."

Era bom ter um conforto à disposição em favor de Harriet, embora fosse mais sábio deixar que a imaginação raramente o tocasse; pois nesses casos o mal ficava à mão. Assim como a chegada de Frank Churchill havia sucedido ao casamento do senhor Elton nas conversas de Highbury, o interesse mais recente sempre sepulta inteiramente o anterior, assim também agora, com o desaparecimento de Frank Churchill, as preocupações com o senhor Elton estavam de novo assumindo a forma mais irresistível... O dia do casamento foi anunciado. Logo ele estaria de novo no meio deles, o senhor Elton e sua noiva. Mal houve tempo para falar sobre a primeira carta vinda de Enscombe antes que a locução "o senhor Elton e sua noiva" já estivesse na boca de todos, e Frank Churchill foi esquecido. Emma ficava doente só de ouvir. Tinha passado três semanas felizes com a ausência do senhor Elton; e estava disposta a acreditar que a mente de Harriet havia começado a se fortalecer ultimamente. Com o baile da senhora Weston em vista, pelo menos, houvera grande desinteresse por outras coisas; mas agora estava bem evidente que ela ainda não tinha atingido um estado de compostura que pudesse suportar a realidade que se aproximava... carruagem nova, sinos tocando e tudo o mais.

A pobre Harriet ainda estava numa confusão de espírito que requeria todos os arrazoados, alívios e atenções de todos os tipos que Emma pudesse dar. Emma sentia que não poderia fazer muito por ela, que Harriet tinha direito a toda a sua ingenuidade e a toda a sua paciência; mas era um trabalho difícil ser convincente o tempo todo sem produzir qualquer efeito, pois, apesar de concordarem, não conseguia fazer com que suas opiniões fossem as mesmas. Harriet ouvia submissa e dizia "é verdade... exatamente como a senhorita Woodhouse descreveu... não vale a pena pensar nisso... e ela não pensaria mais nessas coisas"... Mas era inútil qualquer mudança de assunto e na meia-hora seguinte a via tão ansiosa e agitada a respeito dos Elton como antes. Finalmente, Emma passou a atacar em outra frente.

– Permitir-se ficar tão ocupada e tão infeliz a respeito do casamento do senhor Elton, Harriet, é a maior repreensão que você *me* pode fazer. Não poderia me dar maior reprovação pelo erro que cometi. Foi tudo obra minha, eu sei. Não me esqueci disso, lhe asseguro. Decepcionei-me a mim

Mesma, decepcionei-a profundamente... e para mim será um pensamento doloroso que me acompanhará para sempre. Não pense que corro o risco de esquecer tudo isso.

Harriet sentiu tanto ao ouvir isso que não pôde pronunciar mais que poucas palavras de impulsiva exclamação. Emma continuou:

– Eu não lhe disse, Harriet, que se esforçasse por minha causa; que pensasse menos, que falasse menos no senhor Elton por minha causa; porque é por sua própria causa de preferência, que gostaria que isso acontecesse, por causa do que é mais importante que meu conforto, ou seja, para que tenha um hábito de autocontrole, uma consideração para com suas obrigações, uma atenção para o que é apropriado, para que faça um esforço para evitar as suspeitas dos outros; e ainda para salvar sua saúde e sua honra e restaurar sua tranquilidade. Esses foram os motivos pelos quais a pressionei. Eles são muito importantes... e estou sentida por ver que você não os considera suficientemente para agir de acordo com eles. Poupar-me do sofrimento é uma consideração muito secundária. Quero ver *você* poupar-se de maiores sofrimentos. Talvez possa ter sentido às vezes que Harriet não haveria de esquecer o que é devido... ou melhor, o que poderia ser amável para mim.

Esse apelo à sua afeição fez mais do que todo o resto. A ideia da falta de gratidão e consideração para com a senhorita Woodhouse, a quem era realmente afeiçoada de forma extremada, deixou-a angustiada por algum tempo; e quando a violência da dor foi suavizada, ainda restavam forças suficientes para impeli-la a fazer o que era certo e a suportar a situação de modo tolerável.

– A senhorita, que foi a melhor amiga que já tive na vida... Falta de gratidão de minha parte!... Ninguém é igual à senhorita!... Não me preocupo com ninguém, como me preocupo com a senhorita!... Oh! Senhorita Woodhouse, como tenho sido ingrata!

Essas expressões, acompanhadas como eram por tudo o que o olhar e os gestos podem fazer, fizeram Emma sentir que nunca tinha amado tanto Harriet, nem havia valorizado tanto sua afeição antes.

"Não há encanto que se iguale à ternura do coração", disse ela depois para si mesma. "Não há nada que se compare. Calor e ternura do coração, com um caráter afetuoso e franco, superam, em atração, toda a clarividência do mundo, com certeza. É a ternura do coração que torna meu querido pai tão amado por todos... que dá a Isabella toda a sua popularidade... Não a possuo... mas sei como valorizá-la e respeitá-la... Harriet é superior a mim por todo o encanto e a felicidade que essa ternura confere. Querida Harriet!... Eu não a trocaria pela mulher mais inteligente, mais perspicaz, mais sensata do mundo. Oh! A frieza de uma Jane Fairfax!... Harriet vale cem vezes mais... E como esposa... esposa de um homem sensível... é de valor incalculável. Não vou mencionar nomes; mas feliz do homem que trocar Emma por Harriet!"

## ≈ CAPÍTULO 14 ≈

A senhora Elton foi vista primeiro na igreja: mas embora a devoção pudesse ser interrompida, a curiosidade não podia ser satisfeita por uma esposa num banco de igreja, e devia ser deixado para as visitas que seriam feitas determinar se ela era realmente muito bonita, ou somente um pouco bonita ou não era nada bonita.

Emma tinha sentimentos, menos de curiosidade do que de orgulho ou de retidão, que a fizeram decidir que não seria a última a apresentar seus respeitos ao novo casal; e fez questão de que Harriet fosse com ela, de modo que o pior desse assunto deveria chegar a termo o mais rápido possível.

Não poderia entrar de novo na casa, não poderia estar na mesma sala em que havia entrado mediante o vão artifício de amarrar o cadarço da botina três meses atrás, sem que as *lembranças* aflorassem. Mil pensamentos vexatórios haveriam de ocorrer. Cumprimentos, charadas e horríveis bobagens; e não era de se supor que a pobre Harriet não pudesse se lembrar também; mas ela se comportou muito bem e estava somente um pouco pálida e silenciosa. A visita, claro, foi curta; e havia tanto embaraço e as mentes se ocupavam tanto em diminuí-lo que Emma não pôde se permitir formar uma opinião definitiva sobre a dama, e muito menos externar uma, além de proferir termos sem muito sentido como "elegantemente vestida e muito agradável".

Realmente não gostou dela. Não pretendia se apressar em encontrar defeitos, mas suspeitava que não houvesse muita elegância... naturalidade, mas não elegância... Estava quase certa que para uma jovem, uma estranha, uma recém-casada, havia desembaraço demais. Sua aparência era razoável, o rosto não era feio; mas nem as feições, nem o jeito, nem a voz, nem os modos eram elegantes. Emma pensou, pelo menos, que tudo se resumiria nisso.

Quanto ao senhor Elton, suas maneiras não pareciam... mas não, ela não se permitiria qualquer palavra apressada ou irônica sobre as maneiras dele. Era uma cerimônia embaraçosa, a qualquer tempo, receber visitas de cumprimentos pelo casamento, e um homem necessita de toda a sua presença de espírito para desincumbir-se com desenvoltura. A mulher se sente mais à vontade; ela pode ter a ajuda dos belos vestidos e o privilégio da timidez, mas o homem só pode contar com seu bom senso. E quando ela considerava o quanto o senhor Elton devia sentir-se peculiarmente infeliz por estar na mesma sala, de uma só vez, com a mulher com quem acabara de se casar, com a mulher com quem quisera se casar e com a mulher com quem se esperava que se casasse, ela podia conceder-lhe o direito de parecer pouco inteligente e de estar afetado pelas circunstâncias, além de estar bem pouco à vontade, como se poderia prever.

– Bem, senhorita Woodhouse – disse Harriet, quando deixaram a casa e depois de esperar em vão que a amiga falasse. – Bem, senhorita Woodhouse (com um suave suspiro), o que pensa dela?... Não é encantadora?

Houve uma pequena hesitação na resposta de Emma.

– Oh! sim... muito... uma jovem muito agradável.

– Acho que é bonita, muito bonita.

– Muito bem vestida, na verdade: um vestido notavelmente elegante.

– Não me surpreende que ele se tenha apaixonado.

– Oh! não... Não há nada a surpreender, de forma alguma... Uma bela fortuna; e ela cruzou o caminho dele.

– Ouso dizer – continuou Harriet, suspirando outra vez –, ouso dizer que ela está muito apegada a ele.

– Talvez esteja; mas não é o destino de todo homem casar-se com a mulher que mais o ama. A senhorita Hawkins talvez quisesse ter um lar e achou que essa era a melhor oferta que provavelmente poderia receber.

– Sim – disse Harriet, séria – e fez muito bem, ninguém teria uma oferta melhor. Bem, desejo-lhes felicidades de todo o coração. E agora, senhorita Woodhouse, não acho que me importaria em vê-los novamente. Ele continua tão superior como sempre... mas estando casado, bem sabe, é algo totalmente diferente. Não, senhorita Woodhouse, não precisa ficar com receio; agora posso sentar-me e admirá-lo sem me sentir totalmente infeliz. Saber que ele não se desesperou é um grande conforto!... Ela parece uma jovem encantadora, precisamente o que ele merece. Que criatura feliz! Ele a chamou de "Augusta". Que delicioso!

Quando a visita foi retribuída, Emma já estava preparada.

Podia então observar mais e julgar melhor. Como Harriet não se encontrava em Hartfield e com o pai presente para entreter-se com o senhor Elton, ela dispunha de um quarto de hora para conversar com a dama e podia observá-la tranquilamente; e o quarto de hora convenceu-a de que a senhora Elton era uma mulher presunçosa, extremamente satisfeita consigo mesma e que estimava demais sua própria importância; que pretendia brilhar e ser muito superior, mas com maneiras provindas de uma escola ruim, mostrava-se atrevida e familiar; que todas as suas noções provinham de um único tipo de pessoas e de um único estilo de vida; que, se não era tola, era ignorante, e que sua companhia certamente não poderia fazer nenhum bem ao senhor Elton.

Harriet teria sido uma escolha melhor. Se ela mesma não era sábia ou inteligente, poderia levá-lo a conviver com pessoas que o fossem; mas a senhorita Hawkins, como se podia facilmente supor pelo alto conceito que tinha de si, devia ser a melhor de seu grupo social. O rico cunhado perto de Bristol era o orgulho dessa aliança, e sua posição e suas carruagens eram o orgulho dele.

O primeiro assunto depois que se sentaram foi Maple Grove, "o lar de meu cunhado, senhor Suckling"... uma comparação de Hartfield com Maple Grove. Os campos de Hartfield eram pequenos, mas bem cuidados e bonitos, e a casa era moderna e bem construída. A senhora Elton parecia muito bem impressionada com o tamanho da sala, a entrada e tudo o que podia ver ou imaginar. "Muito parecida com Maple Grove, de fato!... Estava muito impressionada com a semelhança!... Essa sala tinha o mesmo formato e tamanho da sala do café da manhã em Maple Grove, a sala preferida de sua irmã..." O senhor Elton foi chamado a confirmar... "Não era espantosa a semelhança?... Ela podia realmente se imaginar em Maple Grove."

– E a escada... Ao entrar, observei como a escada era parecida; colocada exatamente na mesma parte da casa. Realmente não pude deixar de exclamar! Asseguro-lhe, senhorita Woodhouse, é muito agradável para mim ser lembrada de um lugar pelo qual estou extremamente afeiçoada, como Maple Grove. Passei tantos meses felizes lá! (com um pequeno suspiro de nostalgia). Um lugar encantador, sem dúvida alguma. Todo mundo que o vê fica impressionado com sua beleza; mas para mim tem sido um verdadeiro lar. Sempre que se é obrigada a mudar de casa, como eu, senhorita Woodhouse, pode entender como é delicioso encontrar um lugar quase igual ao que foi deixado para trás. Sempre digo que este é precisamente um dos males do casamento.

Emma deu uma resposta tão curta quanto pôde; mas foi de todo suficiente para a senhora Elton, que só queria continuar falando.

– Tão claramente parecida com Maple Grove! E não é somente a casa... os terrenos, asseguro-lhe, pelo que pude observar, são surpreendentemente parecidos. Os loureiros em Maple Grove são tantos como aqui e estão dispostos quase do mesmo modo... dispersos pelo gramado; e vi uma árvore muito grande e bonita, com um banco em volta, que me lembrou exatamente de lá! Meu cunhado e minha irmã ficariam encantados com este lugar. As pessoas que possuem extensas terras sempre ficam contentes ao verem qualquer outra no mesmo estilo.

Emma duvidava da veracidade desse sentimento. Sabia muito bem que as pessoas que possuíam grandes extensões de terra pouco se importavam com as grandes extensões de terra de qualquer outro; mas não valia a pena discutir por um erro tão grosseiro, e por isso disse somente em resposta:

– Quando a senhora tiver visto mais desta região, receio que vai achar que superestimou Hartfield. Surry está repleta de belezas.

– Oh! Sim, estou ciente disso. É o jardim da Inglaterra, bem sabe. Surry é o jardim da Inglaterra.

– Sim, mas não devemos apoiar nossas reivindicações nessa distinção. Muitas regiões, acredito, creio, são chamadas de jardim da Inglaterra, tanto quanto Surry.

– Não, imagino que não – replicou a senhora Elton, com um sorriso mais que satisfeito. – Nunca ouvi outra região ser chamada assim, a não ser Surry.

Emma ficou em silêncio.

– Meu cunhado e minha irmã prometeram nos visitar na primavera ou, o mais tardar, no verão – continuou a senhora Elton. – E esse será nosso período para fazer explorações. Enquanto estiverem conosco, vamos explorar muito estes lugares, ouso dizer. Eles virão com a carruagem deles, é claro, que comporta perfeitamente quatro pessoas; e por isso, sem nada dizer de *nossa* carruagem, poderemos explorar as diferentes belezas muito bem. Dificilmente haveriam de vir de coche, acho, nessa época do ano. Na verdade, quando o tempo se aproximar, eu vou decididamente recomendar que venham com a carruagem; será bem melhor. Quando alguém vem para uma região como esta, senhorita Woodhouse, sabe que a gente naturalmente deseja que veja tudo o que for possível; e o senhor Suckling adora explorações. Exploramos deliciosamente King's Weston duas vezes no verão passado desse modo, logo que eles compraram a carruagem. Suponho, senhorita Woodhouse, que costumem fazer muitos desses passeios por aqui no verão.

– Não, exatamente aqui, não. Estamos a uma distância um tanto grande dessas belezas tão impressionantes que atraiam o tipo de grupos de que fala; e nós formamos um grupo de pessoas muito tranquilo, acredito, mais disposto a ficar em casa do que empenhar-se em esquemas de prazer.

– Ah! Não há nada como ficar em casa para ter verdadeiro conforto. Ninguém pode ser mais devotada ao lar do que eu. Eu era como que uma pessoa proverbial em Maple Grove por causa disso. Mais de uma vez Selina disse, quando estava indo para Bristol, "eu realmente não consigo que essa menina saia de casa. Devo ir de qualquer jeito, embora deteste ficar encerrada sozinha na carruagem sem companhia; mas Augusta, acredito, por sua própria vontade, nunca se moveria para além da paliçada do jardim." Mais de uma vez ela disse isso e ainda assim não defendo a completa reclusão. Pelo contrário, acho que, quando as pessoas se isolam totalmente da sociedade, é algo muito ruim; e é muito mais aconselhável misturar-se ao mundo em grau adequado, sem viver nele demais nem de menos. Entendo perfeitamente, contudo, sua situação,senhorita Woodhouse... (olhando para o senhor Woodhouse). O estado de saúde de seu pai deve ser um grande impedimento. Por que ele não vai a Bath?... Na verdade, ele poderia ir. Permita-me recomendar Bath para a senhorita. Asseguro-lhe, sem dúvida alguma, que fará muito bem ao senhor Woodhouse.

– Meu pai já tentou isso mais de uma vez, tempos atrás; mas sem obter qualquer benefício; e o senhor Perry, cujo nome, ouso dizer, não deve lhe ser desconhecido, não julga que isso pudesse ser útil agora.

– Ah! É uma grande pena, pois lhe asseguro, senhorita Woodhouse, que onde as águas se harmonizam em seus vários elementos, é maravilhoso o alívio que proporcionam. Em minhas estadas em Bath, vi muitos exemplos disso! E é um lugar tão alegre, que não deixaria de fazer bem ao espírito do senhor Woodhouse, que, pelo que entendi, fica às vezes muito deprimido. E quanto às recomendações para a *senhorita*, imagino que não preciso fazer muito esforço para dizer-lhe quais são. As vantagens de Bath para os jovens são bastante conhecidas. Seria uma apresentação encantadora para a senhorita, que viveu uma vida tão reclusa; e eu poderia apresentá-la imediatamente a algumas pessoas da melhor sociedade local. Uma linha que eu escrevesse lhe traria um pequeno séquito de amigos; e minha amiga particular, senhora Partridge, a dama com quem sempre me hospedo quando vou a Bath, ficaria mais que feliz em demonstrar-lhe todas as atenções, e seria a pessoa exata para a senhorita aparecer em público.

Era tudo o que Emma podia suportar sem ser mal-educada. A ideia de que ficasse em débito com a senhora Elton pelo que era chamado de *apresentação*... e de ela sair em público sob os auspícios de uma amiga da senhora Elton ... provavelmente alguma viúva vulgar e ostensiva que, com a ajuda de uma pensionista, usava de expedientes para viver!... A dignidade da senhorita Woodhouse, de Hartfield, haveria de soçobrar, de fato!

Ela se conteve, no entanto, evitando todas as recriminações que podia ter feito e apenas agradeceu à senhora Elton friamente; "mas que eles fossem a Bath era algo fora de questão; e não estava perfeitamente convencida de que o lugar pudesse lhe fazer bem mais que ao pai". E então, para evitar qualquer outro ultraje e indignação, mudou imediatamente de assunto.

– Não vou lhe perguntar se aprecia música, senhora Elton. Nesses casos, a reputação de uma dama geralmente a precede; e Highbury há muito tempo sabe que a senhora é uma exímia executora de música.

– Oh! Não mesmo. Devo protestar contra tal ideia. Uma exímia executora!... bem longe disso, lhe asseguro. Considere de que fonte parcial veio sua informação. Gosto imensamente de música... sou fã apaixonada de música... e meus amigos dizem que não sou inteiramente destituída de bom gosto; mas quanto ao resto, palavra de honra, minha execução é *medíocre* no máximo. Mas já ouvi falar que a senhorita Woodhouse toca deliciosamente. Asseguro-lhe que, para mim, foi a maior satisfação, conforto e alegria saber que estou prestes a entrar numa sociedade musical. Não consigo, de modo algum, viver sem música. Para mim é uma necessidade vital; e como sempre fui acostumada a fazer parte de uma sociedade musical, tanto em Maple Grove como em Bath, teria sido um sacrifício muito grande ficar sem dela. Eu disse isso sinceramente ao senhor E quando ele estava falando de nosso futuro lar e expressando seu receio de que a tranquilidade do lugar pudesse ser desagradável; e a inferioridade da casa também... sabendo ao que estou acostumada... claro que ele estava muito apreensivo. Quando ele falava dessa maneira, eu disse honestamente que poderia desistir do *mundo*... festas, bailes, jogos... pois não tenho medo de me isolar. Abençoada com tantos recursos em mim, o mundo não *me* era necessário. Poderia passar muito bem sem ele. Para aqueles que não possuem recursos, as coisas são diferentes; mas meus recursos me tornam totalmente independente. E quanto às salas serem menores do que eu estava acostumada, não dei a menor importância. Esperava que eu estivesse perfeitamente pronta para qualquer sacrifício dessa espécie. Certamente eu tinha sido acostumada a todo o luxo em Maple Grove, mas eu assegurei a ele que duas carruagens não eram necessárias para minha felicidade, nem aposentos espaçosos. "Mas", disse eu, "para ser honesta, não acho que eu possa viver sem alguma ligação com uma sociedade musical. Não imponho qualquer outra condição; mas sem música, minha vida seria vazia."

– Não se pode supor – disse Emma, sorrindo – que o senhor Elton pudesse hesitar em lhe garantir que há uma sociedade *muito* musical em Highbury; e espero que não julgue que ele não tenha ultrapassado a verdade para além do que é permitido, considerando seus motivos.

– Não, na verdade; não tenho a menor dúvida nesse aspecto. Estou muito contente por me encontrar nesse círculo. Espero que possamos fazer muitos belos e pequenos concertos juntas. Acho, senhorita Woodhouse, que nós duas podemos criar um clube musical e ter encontros semanais regulares em sua casa ou na nossa. Não seria um belo plano? Se nos esforçarmos, acho que não demorará muito para termos associados. Algo dessa natureza seria particularmente desejável para *mim*, como uma motivação para me manter na prática. Porque as mulheres casadas, bem sabe... em geral, há tristes histórias contra elas. Estão sempre prontas a desistir da música.

– Mas a senhora, que é tão extremamente apaixonada por música... não corre esse risco, não é mesmo?

– Esperaria que não; mas realmente, quando olho em torno de mim, entre minhas amigas, chego a tremer. Selina desistiu inteiramente da música... nem se arrisca mais a pôr as mãos no instrumento... embora toque deliciosamente. E o mesmo pode ser dito da senhora Jefferey – Clara Partridge, quando solteira – e das duas Milman, e agora da senhora Bird e da senhora James Cooper; e de tantas outras que poderia enumerar. Palavra de honra, é o suficiente para dar medo. Eu costumava ficar muito zangada com Selina, mas agora começo realmente a compreender que uma mulher casada tem muitas coisas que exigem sua atenção. Creio que passei meia hora esta manhã fechada com minha governanta.

– Mas todas as coisas desse tipo – disse Emma –, logo estarão seguindo seu curso regular...

– Bem – disse a senhora Elton, rindo –, veremos.

Emma, notando que ela estava tão determinada a não negligenciar sua música, não tinha mais nada a dizer; e, depois de uma pausa momentânea, a senhora Elton enveredou por outro assunto.

– Estivemos visitando Randalls – disse ela – e encontramos os dois em casa; e parecem ser pessoas muito agradáveis. Gostei extremamente deles. O senhor Weston parece uma excelente criatura... já é um dos meus favoritos de primeira linha, lhe asseguro. E *ela* parece tão verdadeiramente bondosa... há alguma coisa de tão maternal e compassivo na senhora Weston que conquista a gente imediatamente. Ela foi sua governanta, creio.

Emma ficou quase abismada demais para responder, mas a senhora Elton dificilmente esperava pela confirmação antes de continuar.

– Sabendo disso, fiquei um tanto maravilhada em achá-la tão parecida com uma verdadeira dama! Mas ela é realmente uma mulher muito gentil.

– As maneiras da senhora Weston – disse Emma – sempre foram particularmente boas. Sua adequação, simplicidade e elegância, poderiam servir de modelo especial para qualquer jovem dama.

– E quem acha que apareceu enquanto estávamos lá?

Emma ficou um tanto perdida. O tom dela envolvia alguma amizade antiga... mas como poderia adivinhar?

– Knightley! – continuou a senhora Elton – O próprio Knightley!... Não foi uma sorte?... Porque, como eu não estava em casa quando ele veio nos visitar outro dia, nunca o tinha visto antes; e, é claro, sendo um amigo tão próximo do senhor E, eu estava muito curiosa. "Meu amigo Knightley" foi mencionado tantas vezes que eu estava realmente impaciente para conhecê-lo; e devo fazer justiça a meu *caro sposo* (querido esposo) ao dizer que ele não precisa se envergonhar de seu amigo. Knightley é um verdadeiro cavalheiro. Gosto muito dele. Decididamente, acho que ele é um verdadeiro cavalheiro.

Felizmente já era hora de ir embora. Eles partiram e Emma pôde, enfim, respirar.

"Mulher insuportável!" foi sua imediata exclamação. "Muito pior do que eu imaginava. Absolutamente insuportável! Knightley!... Nem pude acreditar nisso. Knightley!... Nunca o havia visto na vida e o chama de Knightley!... e descobrir que ele é um cavalheiro! Uma pequena arrogante, criatura vulgar, com seu senhor E, e seu *caro sposo,* e seus recursos, e todos os seus ares de atrevida pretensão e indelicada fineza. Realmente, descobrir que o senhor Knightley é um cavalheiro! Duvido que ele vá retribuir o cumprimento e descobrir que ela é uma dama. Nem pude acreditar nisso! E propor que ela e eu pudéssemos nos unir para formar um clube musical! Vão imaginar que somos amigas do peito! E a senhora Weston!... E ficar maravilhada com o feto de a pessoa que me criou pudesse ser uma dama! Pior e pior. Nunca conheci ninguém igual. Muito pior do que poderia esperar. Harriet já está em descrédito por qualquer comparação. Oh! o que Frank Churchill diria a ela, se estivesse aqui? Como ficaria zangado e divertido! Ah! Aqui estou eu... pensando nele de novo. Sempre a primeira pessoa em quem penso! Como me surpreendo fora de mim. Frank Churchill vem tão regularmente à minha mente!..."

Tudo isso corria velozmente em meio a seus pensamentos que, no momento em que o pai se recompôs após o alvoroço da partida dos Elton, e estava pronto para falar, ela já estava em condições de se comportar de modo tolerável.

– Bem, minha querida – começou ele, deliberadamente –, considerando que nunca a vimos antes, ela parece uma jovem dama muito bonita; e ouso dizer que gostou muito de você. Ela fala um pouco rápido demais. Tem uma rapidez de falar que às vezes fere os ouvidos. Mas acho que me comportei bem; não gosto de vozes estranhas; e ninguém fala como você e a pobre senhorita Taylor. Ela parece muito amável , no entanto, e uma jovem dama bem comportada; e, sem dúvida, vai ser uma boa esposa. Embora eu ache que ele teria feito melhor se não se tivesse casado. Apresentei minhas desculpas da melhor forma possível por não ter podido visitar a ele e à senhora Elton, por ocasião do feliz casamento; disse que esperava *poder* no decorrer do verão. Mas eu devia ter ido antes. Não visitar uma noiva é sinal de muito desleixo. Ah! Isso mostra que triste inválido me tornei! Mas não gosto da esquina da alameda do Vicariato.

– Atrevo-me a dizer que suas desculpas foram aceitas, senhor. O senhor Elton o conhece.

– Sim, mas uma jovem dama – uma noiva – eu deveria ter ido apresentar meus respeitos a ela, se possível. Foi uma grande falha.

– Mas, meu querido papai, o senhor não é a favor do matrimônio; e por que então haveria de ficar tão ansioso para apresentar seus respeitos a uma *noiva*? Não deveria ser uma boa recomendação para o *senhor*. Estaria encorajando as pessoas a se casarem, se fizesse isso.

– Não, minha querida, nunca encorajei ninguém a se casar, mas sempre haveria de demonstrar a devida atenção a uma dama... e uma noiva, especialmente, nunca deve ser negligenciada. A *ela* é devido o maior reconhecimento. Uma noiva, bem sabe, minha querida, é sempre a primeira no grupo social, sejam quem forem os outros.

– Bem, papai, se isso não é encorajar a casar-se, não sei o que pode ser. E nunca teria esperado que o senhor desse sua aprovação a essas vaidades para as pobres jovens damas.

– Minha querida, você não me entende. Isso é uma mera questão de simples polidez e boa educação, e não tem nada a ver com qualquer encorajamento para as pessoas se casarem.

Emma não disse mais nada. Seu pai estava ficando nervoso e não podia entendê-la. Sua mente retornou às ofensas do senhor Elton, que a ocuparam por um longo, longo tempo.

## ≈ CAPÍTULO 15 ≈

Emma não precisou, por qualquer descoberta subsequente, retratar-se de sua má opinião sobre a senhora Elton. Sua observação havia sido Inteiramente correta. Como a senhora Elton se mostrou nesse segundo encontro, assim também se mostrava nos demais encontros – convencida, presunçosa, sem cerimônia, ignorante e mal-educada. Tinha alguma beleza e algum talento, mas um julgamento tão reduzido a ponto de se achar possuidora de um conhecimento superior do mundo, para assim estimular e melhorar seus vizinhos do campo; e imaginava que, como senhorita Hawkins, tinha ocupado um lugar tão destacado na sociedade que só a importância da senhora Elton poderia ultrapassar.

Não havia razões para supor que o senhor Elton pensasse de modo diferente da esposa. Ele parecia não somente feliz com ela, mas também orgulhoso. Tinha o ar de quem se congratulava consigo mesmo por ter trazido tal mulher para Highbury, a quem nem a senhorita Woodhouse poderia se igualar; e grande parte dos novos amigos dela, dispostos a aprovar ou não no hábito de julgar se mostravam muito satisfeitos com ela, seguindo a liderança da benevolência da senhorita Bates ou tomando como descontado que a noiva era tão inteligente e agradável como ela própria se dizia. Assim, os elogios à senhora Elton passavam de boca em boca como devia ser, sem impedimento por parte da senhorita Woodhouse, que prontamente ratificava sua primeira opinião, dizendo com graça que ela era "muito agradável e muito bem vestida".

Num aspecto, a senhora Elton se tornou ainda pior do que parecia a princípio. Seus sentimentos se modificaram em relação a Emma... Ofendida, provavelmente, pelo pouco entusiasmo que suas propostas de intimidade haviam despertado, ela recuou por sua vez e se tornou aos poucos muito mais fria e distante; e embora o efeito fosse agradável, a má vontade decorrente estava necessariamente aumentando a antipatia de Emma. As maneiras dela também... e do senhor Elton, eram desagradáveis para com Harriet. Eram irônicos e negligentes. Emma esperava que isso deveria apressar a cura de Harriet, mas as sensações provocadas por tal comportamento abatiam em muito as duas... Não havia como duvidar de que o afeto da pobre Harriet tinha uma sincera intenção de casar-se e o próprio papel dela na história tinha sido, com toda a probabilidade, comunicado à esposa com um colorido menos favorável a ela e mais atenuado para ele. Harriet, é claro, era o objeto do menosprezo do casal... Quando nada mais tinham a dizer, devia ser fácil começar a falar mal da senhorita Woodhouse; e a animosidade que não ousavam mostrar em aberto desrespeito a ela, encontrou um desafogo mais plausível no tratamento desprezível que davam a Harriet.

A senhora Elton teve grande simpatia por Jane Fairfax; e desde o início. Não só porque a guerra declarada a uma jovem dama poderia supor que recomendasse a outra, mas assim havia sido desde o princípio; e ela não ficava satisfeita em expressar uma natural e razoável admiração... mas sem solicitação, pretexto ou privilégio deveria estar querendo ajudá-la e favorecê-la... Antes que Emma lhe houvesse recusado sua confiança, e na terceira vez que se encontraram, teve de ouvir todo o quixotismo da senhora Elton sobre o assunto.

– Jane Fairfax é absolutamente encantadora, senhorita Woodhouse... Eu quase deliro com Jane Fairfax... Criatura doce e interessante. Tão meiga e educada... e com tantos talentos!... Asseguro-lhe que ele tem talentos extraordinários. Não tenho escrúpulos em dizer que ela toca extremamente bem. Conheço muito bem música para falar de modo incisivo sobre esse ponto. Oh! ela é absolutamente encantadora! Você vai rir de meu entusiasmo... mas, palavra de honra, não consigo falar de mais nada a não ser de Jane Fairfax!... E a situação dela é tal que afeta qualquer um!... Senhorita Woodhouse, devemos fazer esforços e nos empenhar para fazer alguma coisa por ela. Devemos ampará-la. Um talento como o dela não pode permanecer desconhecido... Atrevo-me a dizer que a senhorita conhece estes encantadores versos do poeta:

Muitas flores desabrocham para não serem vistas,
E desperdiçam sua fragrância no ar do deserto.

Não devemos permitir que isso ocorra com a doce Jane Fairfax.

– Acho que não há o menor perigo disso – foi a calma resposta de Emma – e quando a senhora conhecer melhor a situação de Jane Fairfax e entender o lar que teve, com o coronel e a senhora Campbell, tenho por certo que vai perceber que seus talentos não passarão despercebidos.

– Oh! Mas, querida senhorita Woodhouse, ela está agora em tal isolamento, tal obscuridade, tão desperdiçada... Quaisquer vantagens que possa ter desfrutado com os Campbells, agora estão palpavelmente chegando ao fim! E acho que ela sente isso. Estou certa que sim. Ela é muito tímida e silenciosa. Pode-se ver que sente falta de encorajamento. Gosto ainda mais dela por isso. Devo confessar que representa uma recomendação para mim. Sou uma grande defensora da timidez... e estou certa de que não se encontra isso com frequência... Mas naqueles que são de todo inferiores, é extremamente cativante. Oh! Asseguro-lhe que Jane Fairfax tem um caráter adorável e me interessa mais do que posso expressar.

– A senhora parece gostar muito dela... mas não sei como a senhora ou qualquer outra conhecida da senhorita Fairfax aqui, nenhuma daquelas que a conhecem há mais tempo do que a senhora, possam mostrar por ela mais atenção do que...

– Minha querida senhorita Woodhouse, muita coisa pode ser feita por aqueles que ousam agir. A senhorita e eu não precisamos ter medo. Se *nós* dermos o exemplo, muitos nos seguirão enquanto puderem, embora não disponham de nossas condições. *Nós* temos carruagens para apanhá-la e deixá-la em casa, e *nós* vivemos num estilo em que a adição de Jane Fairfax não causará o menor inconveniente, em tempo algum... Eu ficaria extremamente contrariada se tivesse que retribuir o convite que Wright nos fez para jantar, e depois lamentasse por não ter insistido mais para que Jane Fairfax participasse dele. Não tenho ideia de como são essas coisas. Não é de se *esperar* que eu tenha, considerando ao que estou acostumada. Meu grande risco, talvez, como dona de casa, seria bem o contrário, o de fazer demais e ser muito descuidada com as despesas. Maple Grove acabaria por ser meu modelo, mais do que deveria... pois não podemos, de forma alguma, nos igualar a meu cunhado, senhor Suckling, em termos de renda... Minha resolução, no entanto, está tomada quanto a conhecer melhor Jane Fairfax... Certamente a terei com frequência em minha casa, vou apresentá-la aonde eu for, vou organizar encontros musicais para mostrar seu talento e vou estar constantemente em busca de uma situação adequada para casamento. Meu círculo de amizades é tão extenso que não duvido encontrar brevemente alguém conveniente para ela... Devo apresentá-la, obviamente, a meu cunhado e à minha irmã quando vierem nos visitar. Tenho certeza de que vão gostar muito dela; e quando ela os conhecer um pouco melhor, seus temores vão desaparecer, pois não há nada nas maneiras deles que não seja altamente conciliador... Devo recebê-la muitas vezes de fato, enquanto eles estiverem comigo e ouso dizer que às vezes vamos um lugar para ela em nossa carruagem em algumas de nossas saídas de exploração.

"Pobre Jane Fairfax!" pensava Emma. "Não merece isso. A

senhorita pode ter agido mal com relação ao senhor Dixon, mas essa é uma punição muito além do que merece!... A bondade e a proteção da senhora Elton!... 'Jane Fairfax e Jane Fairfax'. Deus do céu! Não quero supor que ela faça o mesmo comigo, Emma Woodhouse! Mas, palavra de honra, parece não haver limite para a licenciosidade da língua dessa mulher".

Emma não iria ouvir semelhantes disparates novamente... a nenhum tão exclusivamente dirigido a ela... tão desagradavelmente decorado com um "querida senhorita Woodhouse". Logo depois a senhora Elton mudou de lado e ela foi deixada em paz... nem foi forçada a ser a amiga muito especial da senhora Elton nem, sob o comando da senhora Elton, ser a ativa benfeitora de Jane Fairfax; e só passou a entreter-se com outros de modo geral, sabendo o que era sentido, o que era pensado e o que era feito.

Ela observava com algum divertimento... A gratidão da senhorita Bates pelas atenções da senhora Elton para com Jane se mostrava naquele seu estilo de sincera simplicidade e calor. Ela era uma pessoa das mais valiosas... a mais amável, afável e deliciosa mulher... tão talentosa e condescendente quanto a senhora Elton gostaria de ser considerada. A única surpresa de Emma era que Jane Fairfax deveria aceitar essas atenções e tolerar a senhora Elton, como ela parecia fazer. Passava continuamente ouvindo que Jane havia passeado com os Elton, que se havia sentado com os Elton, que havia ficado o dia inteiro com os Elton! Era espantoso!... Ela não podia acreditar que fosse possível que o gosto ou o orgulho da senhorita Fairfax pudesse tolerar tal companhia e amizade que o vicariato tinha para oferecer.

"Ela é um enigma, um verdadeiro enigma!" dizia ela para consigo. "Escolher ficar aqui mês após mês, sofrendo privações de todo tipo! E agora aceitar a mortificação da amizade da senhora Elton e a penúria de sua conversa, em vez de retornar para a companhia superior daqueles que sempre a amaram com verdadeira e generosa afeição".

Jane viera para Highbury por exatamente três meses; os

Campbell tinham ido para a Irlanda por três meses; mas agora os Campbell haviam prometido à filha que ficariam pelo menos até a metade do verão, e recentes convites haviam chegado a ela para que se juntasse a eles lá. De acordo com a senhorita Bates... todas as informações vinham dela... a senhora Dixon havia escrito insistindo para que ela fosse. Se Jane resolvesse ir, deveriam ser encontrados os meios, enviariam criados, envolveriam amigos para ajudar... não haveria dificuldade alguma para viajar; mas ainda assim, ela declinou!

"Ela deve ter algum motivo, mais poderoso do que parece, para recusar o convite", foi a conclusão de Emma. "Ela deve estar sofrendo algum castigo, infligido pelos Campbell ou por ela mesma. Há um grande medo, uma grande cautela e uma grande determinação em algum lugar... Ela *não* deve se encontrar com os *Dixons*. A ordem foi dada por alguém. Mas por que ela deve consentir em ficar com os Elton?... Essa é outra charada".

Ao falar abertamente de sua surpresa sobre essa parte do assunto para os poucos que conheciam sua opinião sobre a senhora Elton, a senhora Weston arriscou esta justificativa para Jane:

– Não podemos supor que ela tenha grandes alegrias no Vicariato, minha querida Emma... mas é melhor que estar sempre em casa. A tia dela é uma boa criatura, mas deve ser muito cansativa como companheira constante. Devemos considerar no que a senhorita Fairfax evita, antes de condenarmos seu gosto por aquilo que aceita.

– Está certa, senhora Weston – disse o senhor Knightley, de forma Calorosa. – A senhorita Fairfax é tão capaz como qualquer um nós de formar uma opinião justa sobre a senhora Elton. Se ela pudesse escolher com quem se associar, não a teria escolhido. Mas (com um sorriso de reprovação para Emma) ela recebe atenções da senhora Elton que ninguém mais lhe concede.

Emma sentiu que a senhora Weston lhe dava um olhar de relance; e ela própria estava impressionada com a veemência dele. Corando levemente, ela então replicou:

– Essas atenções da senhora Elton, eu chegaria a imaginar, poderiam antes desgostar do que gratificar a senhorita Fairfax. Teria imaginado os convites da senhora Elton qualquer outra coisa, menos convite.

– Não me admiraria – disse a senhora Weston – se a senhorita Fairfax foi levada a isso contra sua própria inclinação, pela ansiedade da tia dela em aceitar as gentilezas da senhora Elton. A pobre senhorita Bates pode, muito provavelmente, ter comprometido a sobrinha e a levou a mostrar mais intimidade do que seu bom senso teria recomendado, apesar de um desejo muito natural de um pouco de mudança.

As duas estavam ansiosas para ouvi-lo de novo e, depois de alguns minutos de silêncio, ele disse:

– Outra coisa também deve ser levada em consideração... a senhora Elton não fala tanto *com* a senhorita Fairfax quanto fala *dela*. Todos nós sabemos a diferença entre os pronomes ele, ela e você, os mais usados entre nós; todos sentimos a influência de algo além da simples gentileza nas nossas relações pessoais com os outros... alguma coisa implantada anteriormente. Não podemos dar a ninguém a desagradável impressão de que estamos aborrecidos pelo que fizemos na hora anterior. Sentimos as coisas de modo diferente. E além disso, o caso se resume, como princípio geral, que se pode estar certo de que a senhorita Fairfax influencia a senhora Elton por sua superioridade, tanto da mente como pelas maneiras; e que, frente a frente, a senhora Elton a trata com todo o respeito que ela merece. Uma mulher como Jane Fairfax provavelmente nunca cruzou os caminhos da senhora Elton antes... e nenhum grau de vaidade pode impedir que ela reconheça sua própria pequenez em ação, ou pelo menos tenha consciência disso.

– Sei o quanto o senhor aprecia Jane Fairfax – disse Emma. Pensava no pequeno Henry, e um misto de alarme e delicadeza deixou-a hesitante em dizer algo mais.

– Sim – replicou ele – todos devem saber em que elevada consideração a tenho.

– E ainda assim... – disse Emma, começando rapidamente e com um olhar atravessado, mas logo parou... era melhor, porém, saber o pior de uma vez... apressou-se em dizer: – E ainda assim, talvez o senhor não esteja ciente de quanto a aprecia. A extensão de sua admiração, um dia ou outro, pode surpreendê-lo.

O senhor Knightley estava muito ocupado, mexendo nos botões de suas grossas polainas de couro e, seja pelo esforço de abotoá-los, seja por qualquer outro motivo, enrubesceu enquanto respondia:

– Oh! Você já chegou até esse ponto?... Mas está miseravelmente atrasada. O senhor Cole já me insinuou isso seis semanas atrás.

Ele parou... Emma sentiu que a senhora Weston cutucava seu pé e ela mesma não sabia o que dizer. Um momento depois, ele continuou:

– Isso nunca vai acontecer, contudo, posso lhe assegurar. Ouso dizer que a senhorita Fairfax não me aceitaria se eu a pedisse... e tenho toda a certeza de que nunca a pedirei.

Emma, por sua vez, cutucou o pé da senhora Weston com interesse; e foi com bastante satisfação que exclamou:

– O senhor não é fútil, senhor Knightley. Admiro-o por isso.

Ele mal pareceu ouvi-la; estava pensativo... e de uma maneira que demonstrava não estar contente, logo depois disse:

– Então você andou decidindo que devo me casar com Jane Fairfax?

– Não, na verdade, não. O senhor me recriminou demais por tentar fazer casamentos para que eu possa tomar tal liberdade. O que acabei de dizer não significa nada. Falamos esse tipo de coisas, é claro, sem nenhuma ideia de um significado sério. Oh! Não, palavra de honra que não tenho o menor desejo de que o senhor se case com Jane Fairfax nem com Jane nenhuma. O senhor não poderia mais vir e sentar-se conosco dessa maneira despreocupada, se fosse casado.

O senhor Knightley ficou pensativo de novo. O resultado de seu devaneio foi:

– Não, Emma, não acho que a extensão de minha admiração por ela algum dia vá me apanhar de surpresa... Nunca pensei nela dessa forma, lhe asseguro. – E logo depois acrescentou: – Jane Fairfax é uma jovem muito encantadora... mas nem mesmo Jane Fairfax é perfeita. Ela tem um defeito. Não tem o temperamento franco que um homem desejaria numa esposa.

Emma só podia se alegrar por saber que ela tinha um defeito.

– Bem – disse ela –, suponho que o senhor tenha silenciado o senhor Cole de imediato.

– Sim, imediatamente. Ele me fez uma insinuação clara; eu lhe disse que estava enganado; ele me pediu desculpas e não disse mais nada. Cole não quer ser mais sábio ou mais inteligente que seus vizinhos.

– Nesse aspecto, como é diferente da querida senhora Elton, que quer ser mais sábia e mais inteligente que todo o mundo! Imagino como ela fala dos Cole, do que os chama! Que apelido será que encontrou para eles, bem marcante com sua vulgaridade sem cerimônia? Se ela o chama de Knightley... como será que chama o senhor Cole? E assim eu não deveria estar surpresa de Jane aceitar suas gentilezas e consentir em ficar com ela. A senhora Weston, seu argumento tem grande peso para mim. Posso cair mais prontamente na tentação de afastar-me da senhorita Bates do que possa acreditar no triunfo da mente da senhorita Fairfax sobre a da senhora Elton. Não acredito que a senhora Elton se reconheça inferior em pensamento, palavra ou ação; ou que tenha qualquer limitação, além de sua própria inadequada regra de boas maneiras. Não posso imaginar que ela deixe de insultar continuamente sua visitante com elogios, encorajamentos e ofertas de favores; que não esteja continuamente detalhando suas magníficas intenções, desde conseguir-lhe uma situação permanente até incluí-la nessas deliciosas excursões de exploração, que devem ter lugar na carruagem.

– A senhorita Fairfax possui intuição – disse o senhor Knightley. – Não a estou acusando de lhe faltar intuição. Sua sensibilidade, suspeito, é forte... e tem um temperamento excelente no tocante à clemência, à paciência e ao autocontrole; mas lhe falta franqueza. Ela é reservada, mais reservada, acho, do que costumava ser... E eu gosto de um temperamento franco. Não... até que Cole aludisse a meu suposto interesse por ela, isso nunca tinha passado pela minha cabeça. Sempre vi e conversei com Jane Fairfax com admiração e prazer... mas sem qualquer segunda intenção.

– Bem, senhora Weston – disse Emma, triunfantemente quando ele as deixou –, o que tem a me dizer agora sobre o senhor Knightley casar-se com Jane Fairfax?

– Na realidade, minha querida Emma, digo que ele está tão ocupado em afirmar que *não* está apaixonado por ela, que não me surpreenderia se finalmente acabasse assim. Não me recrimine.

## ≈ CAPÍTULO 16 ≈

Todos em Highbury e arredores, que já haviam visitado o senhor Elton, estavam dispostos a prestar-lhe homenagens pelo casamento. Foram oferecidos jantares comemorativos e festas à noite para ele e a esposa; e os convites se sucediam tão rapidamente que ela logo teve a satisfação de perceber que não haveriam de ter um dia livre.

– Já vi como vai ser – disse ela. – Já sei que vida vou levar entre vocês. Palavra de honra garantir que vamos ficar esgotados. Nós realmente estamos ditando moda. Se isso é viver no campo, não pode haver nada melhor. De domingo a sábado, posso assegurar-lhes que não temos um dia livre sequer!... Uma mulher com menos recursos que eu não deveria fica embaraçada.

Nenhum convite lhe parecia inoportuno. Seus hábitos de Bath tornavam as festas noturnas perfeitamente naturais para ela, e Maple Grove lhe tinha dado o gosto por jantares. Estava um pouco chocada pela falta de duas salas de estar, pelas pobres tentativas de fazer bolos e por não haver gelo nas reuniões de jogos de cartas em Highbury. A senhora Bates, a senhora Perry, a senhora Goddard e outras estavam bastante atrasadas em conhecimento do mundo, mas ela logo lhes mostraria como todas as coisas deveriam ser feitas. No decorrer da primavera deveria retribuir suas gentilezas com uma festa muito superior... na qual as mesas de jogo seriam dispostas cada uma com suas próprias velas e com maços de cartas fechados, no verdadeiro estilo... e mais criados contratados para essa noite, além dos que já possuíam costumeiramente, para oferecer as bebidas exatamente na hora apropriada e na ordem apropriada.

Emma, nesse meio tempo, não poderia ficar satisfeita sem um jantar em Hartfield para os Elton. Não deviam fazer menos que os outros, ou ela estaria exposta a odiosas suspeitas, e imaginariam que era capaz de um ressentimento digno de pena. Deviam fazer um jantar. Depois que Emma falou sobre isso por dez minutos, o senhor Woodhouse não demonstrou má vontade e só fez o pedido habitual de não sentar-se à cabeceira da mesa, acrescido da usual dificuldade de decidir quem poderia fazer isso por ele.

As pessoas a serem convidadas, isso requeria pouca reflexão. Além dos Elton, deviam convidar os Weston e o senhor Knightley; isso era evidente... e deveria ser inevitável convidar a pobre Harriet para formar oito pessoas... mas esse convite não foi feito com a mesma satisfação e, por várias razões, Emma ficou particularmente satisfeita quando Harriet lhe implorou para que lhe permitisse declinar do convite.

"Ela preferia não estar em companhia dele, se pudesse evitar. Ainda não estava em condições de vê-lo e à sua encantadora e feliz esposa juntos, sem se sentir desconfortável. Se a senhorita Woodhouse não ficasse ofendida, ela preferia ficar em casa." Era precisamente o que Emma teria desejado, se achasse isso realmente possível para ser desejado. Estava encantada com a firmeza de sua amiga... pois sabia que ela tinha coragem para desistir de estar em companhia para ficar em casa; e agora poderia convidar a pessoa que realmente desejava para formar os oito, Jane Fairfax... Desde sua última conversa com a senhora Weston e com o senhor Knightley estava mais conscientemente tocada por Jane Fairfax do que já havia estado muitas vezes... As palavras do senhor Knightley ficaram impressas em sua mente. Ele havia dito que Jane Fairfax recebia da senhora

Elton atenções que ninguém mais lhe concedia.

"Isso é realmente verdade", disse ela, consigo, "pelo menos no que se refere a mim, que era o que ele queria dizer... e é vergonhoso... somos da mesma idade... e a conheço desde sempre... deveria ter sido mais amiga dela... Ela nunca mais vai gostar de mim. Eu a negligenciei por tempo demais. Mas vou mostrar mais atenção para com ela do que fiz até agora."

Todos os convites foram aceitos. Todos eles estavam sem compromissos e felizes... Os preparativos desse jantar, contudo, ainda não estavam concluídos, quando uma infeliz circunstância ocorreu. Os dois meninos Knightley mais velhos deveriam fazer uma visita de algumas semanas ao avô e à tia, na primavera, e o pai deles meninos se propunha a trazê-los e passar um dia todo em Hartfield... mas o dia marcado era exatamente o dia da festa... Os compromissos profissionais dele não permitiam alterar a data da visita, mas tanto o pai quanto a filha ficaram perturbados com isso. O senhor Woodhouse achava que oito pessoas à mesa era o máximo que seus nervos podiam suportar... e agora haveria uma nona... e Emma imaginava que seria uma nona pessoa muito mal-humorada por não poder vir nem a Hartfield por 48 horas sem se deparar com um jantar festivo.

Ela confortou o pai melhor do que podia confortar-se a si mesma, dizendo-lhe que, embora fossem certamente nove, ele sempre falava tão pouco, que o acréscimo de ruído seria mínimo. Na realidade, ela achava a troca muito desfavorável para ela, pois teria o olhar sério e a conversa relutante do cunhado bem em frente a ela, em vez do irmão.

O evento foi mais favorável ao senhor Woodhouse do que

a Emma. John Knightley compareceu; mas o senhor Weston foi chamado à cidade inesperadamente e estaria ausente justo naquele dia. Deveria voltar a tempo de juntar-se a eles à noite, mas certamente não para o jantar. O senhor Woodhouse estava bastante à vontade; e, vendo-o assim, com a chegada dos meninos e com a filosófica compostura do cunhado ao saber de sua desventura, a maior parte da irritação de Emma se esvaiu.

O dia chegou, o grupo se reuniu pontualmente, e o senhor John Knightley parecia disposto a mostrar-se agradável. Em vez de levar o irmão para junto de uma janela enquanto esperavam pelo jantar, ele ficou conversando com Jane Fairfax. Olhava em silêncio para a senhora Elton, tão elegante quanto os laços e as pérolas podiam torná-la... desejando só observar o suficiente para informar Isabella... mas a senhorita Fairfax era uma velha conhecida e uma moça tranquila, e poderia conversar com ela. Ele a havia encontrado antes do café da manhã quando voltava de uma caminhada com os meninos, exatamente quando começava a chover. Era natural ter alguma esperança de que falasse do assunto, e ele disse:

– Espero que não tenha ido muito longe essa manhã, senhorita Fairfax, pois tenho certeza que deveria estar molhada... Nós mal conseguimos chegar em casa a tempo. Espero que tenha voltado diretamente.

– Fui somente até o correio – disse ela – e cheguei em casa antes que a chuva ficasse forte. É minha tarefa diária. Sempre busco as cartas quando estou aqui. Evita preocupações e me permite sair um pouco. Uma caminhada antes do café da manhã me faz bem.

– Não uma caminhada sob chuva, imagino.

– Não, mas não estava chovendo quando saí.

O senhor John Knightley sorriu e replicou:

– Quer dizer que decidiu fazer sua caminhada, pois a senhorita não estava a mais de alguns metros da porta de sua casa quando tive o prazer de encontrá-la; e Henry e John viram mais pingos de chuva do que podiam contar. O correio exerce uma grande atração em determinado período de nossas vidas. Quando chegar à minha idade, vai começar a pensar que as cartas nunca valem o transtorno de andar na chuva.

Ela ficou um tanto corada e então respondeu:

– Não devo nunca esperar ter uma situação como a sua, no meio de tantas pessoas queridas e por isso não posso esperar que simplesmente ficando mais velha eu possa ficar indiferente às cartas.

– Indiferente! Oh! Não... Nunca pensei que a senhorita pudesse ficar indiferente. As cartas nunca são objeto de indiferença; geralmente são uma maldição muito positiva.

– O senhor está falando de cartas de negócios; as minhas são cartas de amizade.

– Sempre achei que fossem as piores das duas – replicou ele, friamente.

– Negócios, bem sabe, podem trazer dinheiro; mas a amizade dificilmente o faz.

– Ah! Não está sendo sério agora. Conheço o senhor John Knightley muito bem... tenho toda a certeza de que ele entende o valor da amizade tão bem quanto todo o mundo. Posso facilmente imaginar que as cartas representam muito pouco para o senhor, muito menos que para mim; mas não é o fato de o senhor ser dez anos mais velho que eu que faz a diferença; não é a idade, mas a situação. O senhor está próximo de todas as pessoas a quem ama, enquanto eu, provavelmente, nunca mais as terei por perto; e por isso até que eu tenha sobrevivido a todas as minhas afeições, uma agência de correio, acho, sempre deverá ter o poder de me fazer sair, mesmo com um tempo pior que o de hoje.

– Quando me referi à sua alteração pelo tempo, pelo passar dos anos – disse John Knightley –, quis me referir a uma mudança de situação que o tempo geralmente traz. Acho que uma inclui a outra. O tempo geralmente diminui o interesse por qualquer afeição que não esteja dentro de nosso círculo diário de convivência..., mas não é essa a mudança que tinha em vista para a senhorita. Como velho amigo, me permitirá esperar, senhorita Fairfax, que daqui a dez anos a senhorita tenha tantos objetos de afeição como eu tenho.

Isso foi dito com gentileza e longe de causar ofensa. Um agradável "obrigada" parecia suficiente para tratar isso com somenos importância, mas um rubor, um lábio trêmulo e uma lágrima nos olhos mostravam que havia sido sentido diversamente. A atenção dela foi então solicitada pelo senhor Woodhouse que, conforme seu costume nessas ocasiões, circulava entre os hóspedes e cumprimentava especialmente as damas, agora se dirigia a ela... e com toda a sua meiga cortesia, disse:

– Lamentei ouvir, senhorita Fairfax, que esteve fora esta manhã, debaixo de chuva. As jovens damas devem se cuidar bem... as jovens damas são como plantas delicadas. Devem tomar ter cuidado com a saúde e com a aparência. Minha querida, você trocou as meias?

– Sim, senhor, troquei; e agradeço muito sua bondosa solicitude para comigo.

– Minha querida senhorita Fairfax, as jovens damas devem ser bem cuidadas... Espero que sua boa avó e sua tia estejam bem. São algumas de minhas mais antigas amigas. Gostaria que minha saúde me permitisse ser um vizinho melhor. A senhorita muito nos honra hoje, com certeza. Minha filha e eu estamos altamente sensibilizados com sua bondade e temos a maior satisfação ao vê-la em Hartfield.

O bondoso e polido ancião sentou-se então e considerou que havia cumprido seu dever, fazendo com que cada uma das belas senhoras se sentisse bem-vinda e à vontade.

A essa altura, a caminhada na chuva já havia chegado aos ouvidos da senhora Elton e sua reprovação recaía agora sobre Jane.

– Minha querida Jane, o que foi que ouvi?... Ir ao correio embaixo de chuva!... Isso não pode acontecer, lhe asseguro... Menina inconsequente, como pode fazer uma coisa dessas?... Sinal de que eu não estava lá para tomar conta de você.

Jane assegurou-lhe pacientemente que não havia apanhado nenhum resfriado.

– Oh! Não *me* diga isso. Você é mesmo uma menina inconsequente e não sabe cuidar de si mesma... Ir ao correio, francamente! Senhora Weston, já ouviu falar de algo assim? A senhora e eu devemos realmente exercer nossa autoridade.

– Certamente – disse a senhora Weston, de maneira bondosa e persuasiva –, sinto-me tentada a dar meu conselho. Senhorita Fairfax, não deve correr semelhantes riscos... Como está sujeita a fortes resfriados, na verdade, deve ser particularmente cuidadosa, especialmente nesta época do ano. Sempre achei que a primavera requer um maior cuidado que o normal. É melhor esperar uma ou duas horas, ou até mesmo meio dia, por suas cartas do que correr o risco de a tosse voltar. Ainda não sentiu isso? Sim, estou certa de que a senhorita é bastante razoável. Acredito que não vai fazer isso outra vez.

– Oh! Ela *não vai* fazer tal coisa de novo – apartou ansiosamente a senhora Elton. – Não vamos permitir que faça tal coisa novamente – e meneou a cabeça de modo significativo. – Devemos tomar alguma providência, devemos mesmo. Vou falar com o senhor E. O homem que busca nossas cartas todas as manhãs (um de nossos homens, esqueço seu nome) pode perguntar pelas suas também e trazê-las. Isso vai eliminar todas as dificuldades; e de *nossa* parte, minha querida Jane, realmente acho que não deve ter escrúpulos em aceitar essa solução.

– A senhora é extremamente bondosa – disse Jane –, mas não posso desistir de minha caminhada matinal. Fui aconselhada a ficar ao ar livre tanto quanto pudesse e, como devo caminhar um pouco, o correio é um bom objetivo; e, palavra de honra, raramente tive uma manhã tão ruim antes.

– Minha querida Jane, não diga mais nada sobre isso. Está tudo acertado, isto é (rindo afetadamente), tanto quanto posso presumir acertar alguma coisa sem a concordância de meu amo e senhor. Como sabe, senhora Weston, a senhora e eu devemos ser cautelosas na maneira como nos expressamos. Mas estou envaidecida, minha querida Jane, por ver que minha influência não está sendo totalmente desperdiçada. Se eu não me defrontar com nenhuma dificuldade insuperável, considere esse ponto acertado.

– Desculpe-me – disse Jane, com ar sério – mas não posso de modo algum consentir nesse arranjo, trabalho tão desnecessário para seu criado. Se a incumbência não fosse um prazer para mim, poderia ser assumida, como sempre o é quando não estou aqui, pela criada de minha avó.

– Oh! Minha querida, mas Patty tem tanto a fazer!... E é uma gentileza utilizar nossos criados.

Jane olhou como se não quisesse ceder; mas, em vez de responder, começou a falar com o senhor John Knightley.

– O correio é um estabelecimento maravilhoso! – disse ela. – A regularidade e a rapidez com que tudo é feito! Se pensarmos em tudo o que é preciso fazer e em tudo o que é feito tão bem, é realmente espantoso!

– É certamente muito bem controlado.

– Raramente ocorre alguma negligência ou falha! Raramente uma carta, entre as milhares que circulam constantemente em todo o reino, é entregue no endereço errado... e nem uma em um milhão, suponho, é realmente perdida! E quando se considera a variedade de letras, e de algumas muito ruins também, que devem ser decifradas, isso aumenta a estupefação.

– Os funcionários se tornam exímios pelo hábito... Eles devem começar com alguma agilidade de vista e das mãos, e o exercício os aprimora. Se quiser alguma explicação mais completa – continuou ele, sorrindo –, eles são pagos para isso. Essa é a chave para uma grande capacidade. O público paga e deve ser bem servido.

Falaram sobre as variedades de caligrafia e teceram as observações usuais.

– Ouvi dizer – disse John Knightley – que o mesmo tipo de letra prevalece com frequência numa família; e onde o mesmo professor ensina, é bastante natural. Mas, por essa razão, chegaria a imaginar que a semelhança deve ser limitada principalmente para as meninas, pois os meninos têm muito pouco ensino de caligrafia depois de certa idade, e rabiscam de qualquer jeito que podem. Acho que Isabella e Emma escrevem de modo muito parecido. Nem sempre consigo distinguir a letra de uma da outra.

– Sim – disse seu irmão, de modo hesitante –, há uma semelhança. Sei o que quer dizer... mas a letra de Emma é mais carregada.

– Ambas, Isabella e Emma, têm uma letra muito bonita – disse o senhor Woodhouse – e sempre a tiveram. E também a pobre senhora Weston – olhando para ela com um leve suspiro e um leve sorriso.

– Nunca vi a letra de um cavalheiro... – interveio Emma, olhando também para a senhora Weston; mas parou, ao perceber que a senhora Weston dava atenção a outra pessoa... e a pausa lhe deu tempo para refletir. "Como vou introduzi-lo na conversa?... Serei capaz de falar seu nome na frente de todas estas pessoas?... Será necessário usar qualquer frase com rodeios?... Seu amigo de Yorkshire... Seu correspondente em Yorkshire... esse seria o meio, suponho, se eu fosse muito má... Não, posso pronunciar o nome dele sem a menor angústia. Certamente estou ficando sempre melhor... Então vamos lá!"

A senhora Weston ficou livre e Emma recomeçou:

– O senhor Frank Churchill tem uma das melhores letras que já vi, tratando-se de um cavalheiro.

– Eu não a admiro – disse o senhor Knightley. – É muito pequena... falta-lhe força. É como a letra de uma mulher.

Nenhuma das duas damas concordou. Elas o defenderam contra essa difamação. "Não, não lhe faltava força de modo algum... não era uma letra grande, mas muito clara e certamente forte. Por acaso a senhora Weston não tinha nenhuma carta dele para mostrar?" Não, ela recebera notícias dele recentemente, mas havia guardado a carta depois de respondê-la.

– Se estivéssemos na outra sala – disse Emma –, se eu tivesse aqui a minha escrivaninha, tenho certeza de que poderia encontrar uma amostra. Tenho um bilhete dele... Não se lembra, senhora Weston, de ter-lhe pedido que escrevesse em seu lugar um dia?

– Ele preferiu dizer que estava ocupado...

– Bem, bem, eu tenho esse bilhete; e posso mostrá-lo após o jantar para convencer o senhor Knightley.

– Oh! Quando um jovem galante como o senhor Frank Churchill – disse secamente o senhor Knightley – escreve para uma linda moça como a senhorita Woodhouse, ele certamente dará o melhor de si.

O jantar foi servido... A senhora Elton, antes que pudessem falar dela, já estava pronta; e antes que o senhor Woodhouse pudesse chegar até ela e oferecer seu braço para conduzi-la até a sala de jantar, já estava dizendo:

– Devo ser a primeira? Fico realmente envergonhada de ser sempre eu a abrir o caminho!

O cuidado de Jane em buscar suas próprias cartas não escapou a

Emma. Ela vira e ouvira tudo; e tinha alguma curiosidade em saber se a caminhada na chuva daquela manhã rendera alguma carta. Ela suspeitava que *sim;* que ela não teria ido ao correio tão resolutamente se não fosse para ter notícias de alguém muito querido; e que isso não havia sido em vão. Achava que havia um ar de maior felicidade que o normal... um brilho tanto do semblante quanto do espírito.

Ela poderia ter feito uma pergunta ou duas a respeito da expedição ou do custo de uma carta para a Irlanda... estava na ponta da língua... mas se absteve. Estava completamente determinada a não dizer uma palavra que pudesse ferir os sentimentos de Jane Fairfax; e elas seguiram as outras damas para a outra sala, de braços dados, com uma aparência de boa vontade que aumentava intensamente a beleza e a graça de cada uma.

## ≈ CAPÍTULO 17 ≈

Quando as damas retornaram à sala de estar depois do jantar, Emma descobriu que dificilmente poderia impedir que formassem dois grupos distintos... com tamanha perseverança em julgar e comportar-se mal, a senhora Elton ficou ao lado de Jane Fairfax e menosprezou Emma. Ela e a senhora Weston eram quase sempre obrigadas a conversar entre si ou a ficar caladas. A senhora Elton não lhes deu escolha. Se Jane a continha por pouco tempo, ela logo recomeçava a falar; e embora muito do que se passava entre elas fosse dito em sussurros, especialmente da parte da senhora Elton, não havia como evitar ouvir seus principais assuntos: o correio... apanhar um resfriado... buscar cartas... e amizade, eram longamente discutidos; e a esses seguiu-se outro, que devia ser pelo menos igualmente desagradável para Jane... perguntas sobre se ela já soubera de alguma colocação que provavelmente lhe fosse conveniente e declarações da senhora Elton de que estava pensando no assunto.

– Abril está chegado! – disse ela. – Estou muito ansiosa por sua causa. Junho logo vai chegar.

– Mas eu nunca marquei junho ou qualquer outro mês... me referi simplesmente ao verão de modo geral.

– Mas realmente não soube de nada?

– Eu nem sequer me interessei em procurar; não desejo fazer isso ainda.

– Oh, minha querida! Nunca é cedo para começar; você não sabe da dificuldade de encontrar exatamente o que se deseja.

– Eu não sei? – disse Jane, sacudindo a cabeça. – Querida senhora Elton, quem pode ter pensado nisso mais do que eu?

– Mas você não viu tanto do mundo quanto eu. Não sabe

quantos candidatos sempre há para as *primeiras* colocações. Vi muito disso nos arredores de Maple Grove. Uma prima do senhor Suckling, a senhora Bragge, tinha uma infinidade de solicitações; todos ansiavam trabalhar para a família dela, pois ela pertencia ao círculo mais alto da sociedade. Velas de cera na sala de estudos! Pode imaginar como era agradável! De todas as casas do reino, a casa da senhora Bragge é a única na qual eu gostaria de vê-la.

– O coronel e a senhora Campbell devem voltar à cidade pela metade do verão – disse Jane. – Devo passar algum tempo com eles; tenho certeza de que desejam isso... depois é provável que fique feliz em dispor de mim mesma. Mas eu não gostaria que se desse ao trabalho de procurar alguma coisa no momento.

– Trabalho! Sim, conheço seus escrúpulos. Está com medo de me dar trabalho; mas lhe asseguro, minha querida Jane, que os Campbell dificilmente poderiam estar mais interessados em você do que eu. Vou escrever à senhora Partridge em um ou dois dias e vou lhe dar a estrita incumbência de procurar por alguma colocação adequada.

– Obrigada, mas preferia que não mencionasse o assunto para ela; enquanto não chegar o momento, não desejo dar trabalho a ninguém.

– Mas, minha querida criança, o tempo está chegando; estamos já em abril, logo virá junho, ou mesmo julho está muito próximo e com tanto trabalho a fazer. Sua inexperiência realmente me deixa atônita! Uma colocação como você merece, e na qual seus amigos desejariam vê-la, não é uma coisa que acontece todos os dias, não se obtém num momento; na verdade, na verdade mesmo, devemos começar a procurar imediatamente.

– Desculpe, madame, mas essa não é, de modo algum, minha intenção; eu mesma não procuro e lamentaria se meus amigos o fizerem. Enquanto não me decidir pela época adequada, não tenho medo de ficar desempregada. Na cidade há lugares, escritórios, onde uma busca logo daria resultado... Escritórios para venda... não de carne humana... mas de intelectos humanos.

– Oh, minha querida! Carne humana! Você me choca totalmente; se estiver se referindo ao comércio de escravos, asseguro-lhe que o senhor Suckling sempre foi favorável à abolição.

– Não me refiro a isso, não estava pensando no comércio de escravos – replicou Jane. – Comércio de governantas, asseguro-lhe, era o que eu tinha em mente; muito diferente, com certeza, quanto à culpa daqueles que o realizam; mas para a grande miséria das vítimas, não sei como colocar isso. Mas eu só queria dizer que há escritórios de anúncios e que, apoiando-me neles, não teria dúvida de logo encontrar alguma coisa que me servisse.

– Alguma coisa que servisse! – repetiu a senhora Elton. – Sim, *isso* pode satisfazer sua humilde ideia de si mesma... Sei o quanto você é modesta; mas suas amigas não ficarão satisfeitas ao vê-la aceitar qualquer emprego que lhe for oferecido, alguma colocação inferior, comum, numa família que não pertença a determinado círculo ou que não seja capaz de conviver com as elegâncias da vida.

– A senhora é muito amável; mas sou de todo indiferente a tudo isso; não seria meu objetivo viver entre os ricos; acho que minha mortificação seria maior; eu sofreria mais com a comparação. A família de um cavalheiro é tudo o que poderia desejar.

– Eu a conheço, eu a conheço; você ficaria contente com qualquer coisa; mas vou ser um pouco mais amável e tenho certeza de que os bons Campbell vão estar totalmente de meu lado; com seus exímios talentos, você tem direito a mover-se no mais alto círculo social. Seu conhecimento musical, sozinho, lhe dá o direito de ditar seus próprios termos, ter a seu dispor as acomodações que desejar e inserir-se na família que pretender... isto é... não sei... se você souber tocar harpa, tem direito a tudo isso, tenho certeza; mas você canta tão bem quanto toca... sim, eu realmente acredito que pode, mesmo sem tocar harpa, estipular o que bem quiser... e você deverá estar deliciosa, honrável e confortavelmente instalada antes que os Campbell e eu tenhamos algum descanso.

– A senhora pode muito bem colocar a delícia, a honra e o conforto de tal situação juntos – disse Jane –, eles certamente se equivalem; mas falo seriamente quando digo que não desejo que nada seja tentado em meu favor no momento. Sou-lhe extremamente grata, senhora Elton, sou grata a todos que sentem por mim, mas estou seriamente decidida a não querer que nada seja feito até o verão. Por mais dois ou três meses, vou permanecer onde estou e como estou.

– E eu também falo sério, lhe asseguro – replicou a senhora Elton, alegremente –, ao resolver estar sempre atenta e ao solicitar que meus amigos também estejam, de modo que nada realmente excepcional nos escape.

E ela continuou nesse estilo, sem nada que a fizesse parar inteiramente até que o senhor Woodhouse entrasse na sala; a vaidade dela mudou então de objeto e Emma a ouviu dizer a Jane, no mesmo tom de sussurro:

– Aí vem esse querido velho e admirador meu, posso afirmar!... Pense somente na galanteria dele em vir antes dos outros homens!... Que criatura amável ele é!... Asseguro-lhe que gosto dele de modo até excessivo. Admiro toda essa singular e antiquada polidez; é muito mais a meu gosto do que os costumes modernos; estes me desagradam às vezes. Mas este bom e velho senhor Woodhouse, eu gostaria que ouvisse o modo galante com que se dirigiu a mim durante o jantar. Oh! Asseguro-lhe que comecei a pensar que meu *caro sposo* ficaria absolutamente enciumado. Imagino que eu seja sua favorita, pois ele observou bem meu vestido. O que acha dele?... Foi escolha de Selina... é bonito, eu acho, mas não sei se não é enfeitado demais; detesto a ideia de parecer enfeitada demais... tenho horror a enfeites. Devo usar alguns ornamentos agora, porque é o que se espera de mim. Uma noiva, bem sabe, deve parecer uma noiva, mas meu gosto natural é mais para a simplicidade; um estilo simples de vestir é tão infinitamente preferível ao requinte!... Mas estou em minoria, acredito; poucas pessoas parecem valorizar a simplicidade no vestir... ostentação e requinte é que são importantes. Pensei em colocar algum enfeite como este em meu vestido branco e prata de popelina. Acha que vai ficar bem?

O grupo inteiro mal acabara de se reunir na sala de estar quando o senhor Weston chegou. Ele havia voltado para jantar em casa e, logo que terminou, caminhou até Hartfield. Ele tinha sido longamente esperado para que fosse uma surpresa... mas houve grande alegria. O senhor Woodhouse estava tão contente de vê-lo agora quanto teria ficado triste se o visse chegar antes. Só John Knightley estava mudo de espanto... Que um homem que podia ter passado a noite tranquilamente em casa depois de um dia de negócios em Londres, saísse novamente e caminhasse meia milha até a casa de outro homem, só para estar em companhia de um grupo de pessoas até a hora de dormir, e terminar seu dia em demonstrações de gentileza no meio do barulho dos convidados, era uma circunstância para impressioná-lo profundamente. Um homem que estava em movimento desde as oito horas da manhã e podia agora estar tranquilo, que havia passado longo tempo falando e podia estar calado, que havia estado no meio de mais de uma multidão e podia estar sozinho!... Tal homem, deixar a tranquilidade e a independência de sua própria lareira e, na noite de um gelado dia de abril correr novamente para o meio do mundo!... Se ele pudesse, com um toque de seus dedos, levar a esposa de volta instantaneamente, então haveria um motivo; mas sua chegada provavelmente prolongaria a festa em vez de interrompê-la. John Knightley olhava para ele com espanto, então deu de ombros e disse para consigo "não poderia acreditar nisso, mesmo vindo *dele*".

Entrementes, o senhor Weston, sem sequer suspeitar da indignação que estava causando, alegre e feliz como sempre, e com todo o direito de ser o principal a falar, direito que um dia passado longe de casa lhe conferia, estava ficando à vontade na companhia dos demais; e tendo respondido às perguntas de sua esposa quanto ao jantar, convencendo-a de que nenhuma de suas cuidadosas instruções aos criados fora esquecida, e tendo contado aos outros as novidades que ouvira, prosseguiu com uma comunicação familiar que, embora dirigida principalmente à senhora Weston, não tinha a menor dúvida de que interessaria a todos os presentes na sala. Ele lhe entregou uma carta, era de Frank e endereçada a ela, que havia apanhado no caminho e havia tomado a liberdade de abrir.

– Leia, leia – disse ele –, vai lhe dar prazer; são só algumas linhas... não vai demorar; leia-a para Emma.

As duas damas leram a carta juntas; e ele se sentou sorrindo e falando o tempo todo, numa voz um tanto baixa, mas bastante audível para todos.

– Bem, ele está vindo, pode ver; boas notícias, acho. Bem, o que diz disso?... Sempre lhe disse que ele voltaria logo, não disse?... Anne, minha querida, não lhe falei sempre isso e você não acreditava em mim?... Estará na cidade na próxima semana... no máximo, ouso dizer; pois *ela* é tão impaciente quanto o cavalheiro negro, quando é preciso fazer alguma coisa; é mais provável que estejam aqui amanhã ou sábado. Quanto à doença dela, não foi nada, é claro. Mas é algo excelente ter Frank de novo entre nós, na cidade, aqui tão perto. Quando vierem, vão ficar um bom tempo e ele vai passar a metade desse tempo conosco. É precisamente o que desejo. Bem, ótimas notícias, não acha? Já terminou de ler? Emma leu tudo? Guarde a carta, guarde-a; vamos falar sobre ela com calma em outro momento, mas não agora. Apenas queria comunicar a notícia aos outros de forma normal.

A senhora Weston estava mais que feliz com a notícia. Seus olhares e palavras não podiam disfarçar sua alegria. Estava feliz, sabia que estava feliz e sabia que devia estar feliz. Suas congratulações ao marido foram calorosas e francas; mas Emma não podia se expressar tão fluentemente. *Ela* estava um tanto ocupada em pesar seus próprios sentimentos e tentando entender o grau de sua agitação, que achou bastante considerável.

O senhor Weston, no entanto, ansioso demais para ser bom observador, comunicativo demais para permitir que os outros falassem, ficou muito satisfeito com o que ela disse e logo se dirigiu ao resto de seus amigos para deixá-los felizes com uma comunicação parcial do que toda a sala já tinha ouvido muito bem.

Foi muito bom que ele tomasse a alegria de todos como certa ou não teria considerado nem o senhor Woodhouse nem o senhor Knightley particularmente encantados com a notícia. Eles eram os primeiros que deveriam ficar felizes, depois da senhora Weston e Emma... depois deles viria a senhorita Fairfax, mas ela estava tão entretida conversando com John Knightley que não seria de bom tom interromper; e achando-se perto da senhora Elton, que não tinha sua atenção presa a ninguém, ele necessariamente começou a tratar do assunto com ela.

## ≈ CAPÍTULO 18 ≈

– Espero que logo terei o prazer de apresentar-lhe meu filho – disse o senhor Weston.

A senhora Elton, desejando supor que essa esperança era um cumprimento especial para ela, sorriu do modo mais gracioso possível.

– A senhora com certeza já ouviu falar de certo Frank Churchill, suponho – continuou ele – e sabe que se trata de meu filho, embora não use meu sobrenome.

– Oh! Sim, e ficarei muito feliz em conhecê-lo. Tenho certeza que o senhor Elton não perderá tempo em visitá-lo; e nós dois teremos grande prazer em recebê-lo no Vicariato.

– A senhora é muito amável... Frank ficará extremamente feliz, tenho certeza... Ele deverá chegar à cidade na próxima semana, se não antes. Soubemos disso por uma carta que recebemos hoje. Apanhei as cartas quando estava a caminho hoje de manhã e, vendo a letra de meu filho, me permiti abri-la... embora não fosse dirigida a mim... era para a senhora Weston.

Ela é a principal correspondente dele, asseguro-lhe. Eu mesmo dificilmente recebo uma carta.

– E então o senhor, de qualquer modo, abriu a que estava endereçada a ela! Oh! Senhor Weston... (rindo afetadamente) devo protestar contra isso... Na verdade, um precedente muito perigoso!... Espero que não deixe seus vizinhos seguir seu exemplo... Palavra de honra, se é isso que devo esperar, nós, mulheres casadas, devemos começar a nos cuidar!... Oh! Senhor Weston, não poderia acreditar nisso de sua parte!

– Sim, nós, homens, somos camaradas deploráveis. A senhora deve tomar cuidado, senhora Elton... Esta carta nos diz... é uma carta muito breve... escrita às pressas, meramente para nos dar a notícia... nos diz que estão todos vindo diretamente para a cidade por causa da senhora Churchill... ela não passou bem durante todo o inverno e acha que Enscombe é fria demais para ela... assim, todos eles vão partir para o sul sem perda de tempo.

– Verdade!... de Yorkshire, eu acho. Enscombe fica em Yorkshire?

– Sim, estão a cerca de 190 milhas de Londres, uma distância considerável.

– Sim, palavra, muito considerável. São 65 milhas a mais do que de Maple Grove a Londres. Mas o que significa a distância, senhor Weston, para gente de grande fortuna?... O senhor ficaria espantado se soubesse quantas vezes meu cunhado, senhor Suckling, viaja por aí. Dificilmente vai acreditar... mas ele e o senhor Bragge foram a Londres e voltaram duas vezes na mesma semana com quatro cavalos.

– O mal da distância de Enscombe – disse o senhor Weston – é que a senhora Churchill, pelo que *nós sabemos*, não foi capaz de deixar o sofá por uma semana inteira. Na última carta de Frank, ele se queixava de que ela estava tão fraca que não era capaz de ir até a estufa sem ter o apoio do braço dele e do marido! Isso, bem sabe, mostra um alto grau de fraqueza... mas agora ela está tão impaciente para ir à cidade que pretende dormir apenas duas noites pelo caminho... Assim Frank escreve na carta. Certamente, as damas delicadas têm constituição muito forte, senhora Elton. A senhora deve concordar comigo nesse ponto.

– Não, na verdade, não concordo de maneira nenhuma. Sempre tomo o partido de meu próprio sexo. Sempre. E lhe digo... vai encontrar em mim uma formidável antagonista nessa questão. Sempre defendo as mulheres... e lhe asseguro, se o senhor soubesse como Selina se sente com relação a dormir numa estalagem, não se admiraria do fato de a senhora Churchill fazer incríveis esforços para evitar isso. Selina diz que é um horror... e acho que me passou um pouco do refinamento dela. Sempre viaja com seus próprios lençóis; uma excelente precaução. A senhora Churchill faz o mesmo?

– Pode acreditar que a senhora Churchill faz todas as coisas que qualquer outra dama refinada sempre fez. A senhora Churchill nunca fica atrás de nenhuma dama desta terra em...

A senhora Elton se interpôs ansiosamente, dizendo:

– Oh! Senhor Weston, não me entenda mal. Selina não é uma dama refinada, eu lhe asseguro. Não leve adiante essa ideia.

– Não é? Então ela não serve de exemplo para a senhora Churchill, que é uma dama totalmente refinada, como ninguém jamais viu outra.

A senhora Elton começou a pensar que havia errado em discordar tão acaloradamente. Não era de modo algum sua intenção de que alguém acreditasse que sua irmã *não* era uma dama refinada; talvez houvesse falta de espírito nessa afirmação... e ela estava considerando de que maneira poderia retratar-se melhor, quando o senhor Weston continuou:

– A senhora Churchill não desfruta muito de minhas boas graças, como a senhora deve suspeitar... mas isso fica entre nós. Ela é muito apegada a Frank e por isso não vou falar mal dela. Além disso, ela está doente agora; mas *isso*, na verdade, segundo suas próprias palavras, ela sempre esteve. Eu não diria isso a todo mundo, senhora Elton, mas não acredito muito na doença da senhora Churchill.

– Se ela realmente está doente, por que não vai para Bath, senhor Weston?... Para Bath ou para Clifton? Ela se pôs na cabeça de que Enscombe é fria demais para ela. O fato é, suponho, que está cansada de Enscombe. Ela está parada ali há muito tempo, mais tempo do que ficou em qualquer época antes, e começa a querer uma mudança. É um lugar retirado. Um lugar bonito, mas muito retirado.

– Sim... como Maple Grove, ouso dizer. Nada pode estar mais retirada da estrada do que Maple Grove. Tem uma enorme plantação em toda a sua volta! A gente se sente excluída de tudo... no mais completo isolamento... E a senhora Churchill provavelmente não tem saúde ou espírito como Selina para apreciar esse tipo de reclusão. Ou talvez ela não tenha em si recursos suficientes para qualificar-se para a vida no campo. Sempre digo que uma mulher não deve ter muitos recursos... e me sinto agradecida por eu mesma possuir tantos para ser totalmente independente na sociedade.

– Frank esteve aqui por quinze dias em fevereiro.

– Foi o que me lembro de ter ouvido. Ele encontrará uma *adição* à sociedade de Highbury quando voltar; isto é, se tenho o direito de me declarar a mim mesma uma adição. Mas talvez ele nunca tenha ouvido falar de que existe semelhante criatura no mundo.

Esta era uma insinuação incisiva demais para um cumprimento para que passasse em branco; e o senhor Weston, com muita graça, exclamou imediatamente:

– Minha cara madame! Ninguém a não ser a senhora poderia imaginar tal coisa possível. Não ter ouvido falar da senhora!... Acredito que as últimas cartas da senhora Weston trataram de muito poucos assuntos além da senhora Elton.

Ele tinha feito sua obrigação e podia retornar ao filho.

– Quando Frank nos deixou – continuou ele –, ficamos inteiramente na incerteza de quando poderíamos voltar a vê-lo, o que torna as notícias de hoje duplamente bem-vindas. Foi algo totalmente inesperado. Isto é, *eu* sempre tive a forte impressão de que ele voltaria logo, sempre achei que algo muito favorável iria acontecer... mas ninguém acreditava em mim. Ele e a senhora Weston estavam ambos terrivelmente desanimados. "Como ele poderia ser persuadido a vir? E como supor que o tio e a tia pudessem dispensá-lo de novo?" E assim por diante... Sempre pressenti que algo aconteceria em nosso favor; e assim foi, como pode ver. Observei, senhora Elton, no decorrer de minha vida, que se as coisas estavam indo mal num mês, certamente haveriam de melhorar no mês seguinte.

– É verdade, senhor Weston, perfeitamente verdade. É justamente o que eu costumava dizer para certo cavalheiro que estava em minha companhia, nos dias em que me fazia a corte, quando, vendo que as coisas não iam muito bem e não seguiam adiante com toda a rapidez que desejava, ele começava a entrar em desespero e exclamar que estava certo, a essa altura, de que chegaria o mês de *maio* antes que o manto cor de açafrão de Himeneu fosse estendido para nós. Oh! As dificuldades que tive para expulsar essas ideias sombrias e lhe dar perspectivas mais alegres! A carruagem... tivemos problemas com a carruagem... lembro-me de que certa manhã me procurou tão desesperado...

Ela parou por causa de uma leve tosse e o senhor Weston colheu a oportunidade imediatamente para prosseguir.

– A senhora estava mencionando o mês de maio. Maio é exatamente o mês em que ordenaram à senhora Churchill, ou ela se ordenou a si mesma, para passar em algum lugar mais quente que Enscombe... em resumo, para passar em Londres; e assim teremos a agradável perspectiva de frequentes visitas de Frank durante toda a primavera... precisamente a estação do ano que se costuma escolher para uma visita; os dias são quase os mais longos, o tempo é ótimo e agradável, sempre convidativo a sair e nunca quente demais para exercícios. Quando esteve aqui antes, nós aproveitamos muito; mas houve muita chuva, umidade e tempo ruim; em fevereiro sempre é assim, bem sabe, e não pudemos fazer metade de tudo o que pretendíamos. Agora teremos tempo. Será uma grande alegria; e não sei, senhora Elton, se a incerteza de nossos encontros, a espécie de constante expectativa que haverá da vinda dele hoje ou amanhã, e a qualquer hora, não seria mais propícia à felicidade do que tê-lo realmente em casa. Creio que é assim. Acho que é o estado da mente que nos traz mais ânimo e prazer. Espero que a senhora goste de meu filho; mas não deve esperar um prodígio. Ele é geralmente visto como um jovem muito simpático, mas não espere um prodígio. O afeto da senhora Weston por ele é muito grande e, como a senhora pode supor, muito gratificante para mim. Ela acha que não há ninguém igual a ele.

– E eu lhe asseguro, senhor Weston, que tenho poucas dúvidas de que minha opinião será decididamente a favor dele. Ouvi tantos elogios ao senhor Frank Churchill!... Ao mesmo tempo é justo observar que sou uma daquelas pessoas que sempre julgam por si mesmas e não me deixo, de modo algum, guiar implicitamente pelos outros. Eu lhe digo que tão logo conheça seu filho, eu o julgarei... Não sou uma aduladora.

O senhor Weston estava meditando.

– Espero – disse ele então – não ter sido muito severo a respeito da pobre senhora Churchill. Se ela está doente, ficaria triste por fazer-lhe uma injustiça; mas há alguns traços em seu caráter que tornam difícil para falar dela com a clemência que gostaria. Não deve ignorar, senhora Elton, a ligação que tenho com a família, nem o tratamento que recebi da parte deles; e, cá entre nós, a culpa disso tudo é inteiramente dela. Ela foi a instigadora. A mãe de Frank jamais teria sido menosprezada como foi, se não fosse por ela. O senhor Churchill é orgulhoso, mas seu orgulho não significa nada para a esposa: o orgulho dele é do tipo calmo, indolente e cavalheiresco, que não fere ninguém, e só o torna um pouco desamparado e aborrecido; mas o orgulho dela é arrogância e insolência! E o que leva as pessoas a não suportarem é que ela não tem nenhum justo pretexto de família ou de sangue. Não era ninguém quando se casou com ele, mal se podia dizer que era a filha de um cavalheiro; mas desde que se tornou uma Churchill, passou a usar o nome para fazer todas as reivindicações possíveis; mas em si, garanto-lhe, ela é uma nova-rica.

– Imagine só! Bem, isso deve ser infinitamente irritante! Eu tenho horror de novos-ricos. Maple Grove me ensinou a detestar profundamente gente desse tipo, pois há uma família na vizinhança que é um aborrecimento para minha irmã e meu cunhado, pelos ares que se dão! Sua descrição da senhora Churchill me levou a pensar neles de imediato. O nome da família é Tupman, estabelecida lá há pouco tempo; e eles travaram ligações com muitas pessoas inferiores, mas se dão ares de grandeza, esperando ficar no mesmo nível das famílias mais antigas. Devem estar em West Hall no máximo há um ano e meio; e ninguém sabe como fizeram fortuna. Vieram de Birmingham, que não é um lugar muito promissor, como sabe, senhor Weston. Não se costuma ter grandes esperanças de quem vem de Birmingham. Sempre digo que há algo de medonho no som desse nome; mas nada mais se sabe sobre os Tupman, embora haja muitas coisas, garanto-lhe, de que se suspeita; e por seus modos é evidente que se acham iguais até mesmo a meu cunhado, senhor Suckling, que por acaso é um de seus vizinhos mais próximos. É uma péssima situação. O senhor Suckling, que vive em Maple Grove há onze anos, e cujo pai possuía essa propriedade antes dele... acho, pelo menos... estou quase certa de que o velho senhor Suckling adquiriu a propriedade antes de morrer.

Foram interrompidos. O chá estava sendo servido e o senhor Weston, tendo dito tudo o que queria, logo aproveitou a oportunidade para se afastar.

Depois do chá, o senhor e a senhora Weston e o senhor Elton se sentaram com o senhor Woodhouse para jogar cartas. Os outros cinco ficaram por sua conta e Emma duvidava que conseguissem se sair bem, pois o senhor Knightley parecia pouco disposto a conversar; a senhora Elton queria atenções que ninguém estava inclinado a lhe dar, e ela própria estava com o espírito tão angustiado que preferia ficar calada.

O senhor John Knightley mostrou-se mais falante que o irmão. Devia deixá-los bem cedo no dia seguinte; e logo começou a dizer:

– Bem, Emma, não creio que tenha algo mais a lhe dizer sobre os meninos; mas você tem a carta de sua irmã e tudo está muito bem explicado nela, podemos ter certeza. Minha recomendação seria muito mais concisa do que a dela, e provavelmente não teria o mesmo espírito; tudo o que tenho a recomendar se resume em não mimá-los e não medicá-los.

– Espero realmente poder satisfazê-lo em ambas as coisas – disse Emma –, pois farei tudo o que estiver a meu alcance para deixá-los felizes, o que dever ser suficiente para Isabella; e a felicidade deve excluir a falsa indulgência e a medicação.

– E se os achar cansativos, pode mandá-los de volta para casa.

– Isso é muito provável. O senhor acha isso, não é?

– Estou ciente de que eles podem ser barulhentos demais para seu pai... ou podem ser até mesmo um embaraço para você, se seus compromissos de visitas continuarem a aumentar da forma que aumentaram ultimamente.

– Aumentar!

– Certamente; você deve estar ciente que o último meio ano fez uma grande diferença em seu modo de vida.

– Diferença! Não, na verdade não estou ciente.

– Não há dúvida de que você está muito mais comprometida com suas companhias do que costumava estar. Agora mesmo, por exemplo. Aqui estou eu que vim por um só dia e você está comprometida com um jantar festivo!... Quando aconteceu isso antes ou algo parecido? Sua vizinhança está aumentando e você se relaciona mais com ela. Há pouco tempo, qualquer carta sua para Isabella trazia um relato de novas festividades: jantares em casa do senhor Cole ou bailes na Crown. A diferença é muito grande de quando Randalls, e somente Randalls, era o destino de seus passeios.

– Sim – disse seu irmão rapidamente – e é Randalls que faz tudo isso.

– Muito bem... e como Randalls, suponho, não tem provavelmente menos influência do que antes, impressiona-me como algo possível, Emma, que Henry e John talvez possam atrapalhar algumas vezes. E se for isso, só lhe peço de mandá-los de volta para casa.

– Não – exclamou o senhor Knightley. – Não é necessário chegar a tanto. Mande-os para Donwell. Eu certamente estarei livre.

– Palavra de honra – disse Emma –, o senhor me diverte! Gostaria de saber quantos de meus numerosos compromissos se efetivaram sem o senhor estar presente; e por que deveria eu correr o risco de não ter tempo para os meninos? Esses meus espantosos compromissos... o que têm sido?

Jantar uma vez com os Cole... e ter ajudado a organizar um baile que nunca se realizou. Posso entender o senhor (acenando para o senhor John Knightley )... sua sorte de encontrar tantos de seus amigos de uma só vez aqui, o deixa tão encantado que não pode deixar de mencionar. Mas o senhor (voltando-se para o senhor Knightley ), que sabe muito bem como raramente fico mais de duas horas longe de Hartfield, não posso imaginar por que prevê tal série de dissipações de minha parte. E quanto a meus queridos meninos, devo dizer, se a Tia Emma não tiver tempo para eles, não sei se estarão mais bem servidos com o Tio Knightley, que fica fora de casa por cerca de cinco horas enquanto ela fica ausente só uma.... e quem, quando ele está em casa, passa o tempo lendo ou cuidando das contas.

O senhor Knightley parecia tentar não sorrir; e conseguiu sem dificuldade, pois a senhora Elton começou a falar com ele.

# TERCEIRA PARTE

## ≈ CAPÍTULO 1 ≈

Uma pequena e calma reflexão foi suficiente para satisfazer Emma quanto à natureza de sua agitação ao ouvir essas notícias sobre Frank Churchill. Logo se convenceu de que não era por ela que estava se sentindo apreensiva ou embaraçada; era por ele. Seu sentimento por ele se havia realmente reduzido a quase nada; não valia a pena pensar nisso... Mas se ele, que sem dúvida sempre tinha sido o mais apaixonado dos dois, voltasse com os mesmos sentimentos ardorosos de quando havia partido, seria muito angustiante. Se uma separação de dois meses não o tivesse esfriado, havia perigos e males diante dela... seria necessária cautela para ele e também para ela. Não desejava ter sua afeição novamente envolvida e seria incumbência dela evitar qualquer encorajamento da dele.

Desejava que ele fosse capaz de se abster de fazer uma declaração direta. Isso seria uma conclusão por demais dolorosa para seu atual relacionamento! E assim mesmo, ela não podia deixar de antecipar algo decisivo. Sentia que a primavera não terminaria sem trazer uma crise, um evento, algo para alterar seu atual estado de espírito composto e tranquilo.

Não demorou muito, apesar de demorar mais do que o senhor Weston havia previsto, antes que tivesse condições para formar uma opinião sobre os sentimentos de Frank Churchill. A família de Enscombe não viera para a cidade tão cedo como ele imaginava, mas ele estava em Highbury logo depois. Cavalgara por duas horas; não poderia ter feito mais; mas como viera de Randalls direto para Hartfield, ela pôde então exercitar sua rápida observação e determinar imediatamente até que ponto ele estava influenciado e como ela deveria agir. Encontraram-se com a maior amizade. Não havia dúvida quanto ao grande prazer dele ao vê-la. Mas ela teve quase uma dúvida instantânea quanto a ele ainda sentir por ela o mesmo que sentia, quanto a ele sentir a mesma ternura na mesma intensidade. Ela o observou bem. Era evidente que estava menos apaixonado do que estivera. A ausência, com a convicção provavelmente da indiferença dela, havia produzido esse efeito muito natural e muito desejável.

Ele estava muito animado; tão pronto a falar e a rir como sempre, e parecia deliciado em falar de sua visita anterior e relembrar velhas histórias; e não deixava de estar agitado. Não era na calma dele que ela percebia a diferença. Não estava calmo; seu espírito estava evidentemente inquieto; estava intranquilo. Vivaz como era, parecia uma vivacidade que o satisfazia; mas o que a levou a crer de que havia algo foi o fato de ele passar somente quinze minutos em Hartfield e depois correr a Highbury para fazer outras visitas. "Ele vira um grupo de velhos amigos na rua quando passou... não podia parar, não iria parar por nada no mundo... mas teve a vaidade de acreditar que eles ficariam desapontados se ele não os visitasse e, por mais que desejasse ficar mais tempo em Hartfield, devia se apressar".

Ela não tinha dúvida de que ele estava menos apaixonado... mas nem seu agitado espírito nem sua pressa em sair pareciam uma perfeita cura; e ela estava um tanto inclinada a acreditar que isso significava o medo de que os sentimentos voltassem e uma discreta resolução de não confiar em si mesmo quando estivesse ao lado dela.

Essa foi a única visita de Frank Churchill em dez dias. Ele estava sempre esperando, pretendendo vir... mas era sempre impedido. A tia ainda não podia suportar que ele a deixasse. Foi isso que ele contou em Randalls. Se foi totalmente sincero, se realmente tentou vir, podia-se deduzir que a vinda da senhora Churchill para Londres de nada adiantara para a teimosia dela ou para a parte nervosa de sua doença. Que ela estava realmente doente era certo; ele se declarou convencido disso em Randalls. Embora muito pudesse ser pura fantasia, ele não podia duvidar, quando olhava para trás, que ela estava num estado de saúde pior do que há seis meses. Ele não acreditava que se tornasse tão grave que os cuidados e a medicina não pudessem resolver ou, pelo menos, que ela tinha muitos anos de vida pela frente; não podia dizer, apesar de todas as dúvidas do pai, que os males dela eram meramente imaginários ou que ela estava tão forte como antes.

Logo se tornou claro que Londres não era o local adequado para ela. Não conseguia suportar o barulho. Seus nervos estavam sob contínua irritação e sofria muito; e, ao fim de dez dias, a carta que o sobrinho enviou a Randalls comunicava uma mudança de planos. Iriam imediatamente para Richmond. Recomendaram à senhora Churchill um competente médico naquela cidade e, além disso, ela sempre tivera desejo de conhecer o lugar. Conseguiram uma casa mobiliada num local elegante e esperavam grandes benefícios com a mudança.

Emma ouviu dizer que Frank escrevera com grande animação sobre esse novo arranjo e parecia encantado com a bênção de ter diante de si dois meses numa vizinhança tão próxima de tantos amigos queridos... pois a casa foi alugada para os meses de maio e junho. Disseram a ela que agora ele escreveu com grande confiança de poder encontrar--se com eles com frequência, quase tanto quanto podia desejar.

Emma viu como o senhor Weston estava interpretando esses felizes projetos. Estava considerando que ela era a fonte de toda essa felicidade. Ela esperava que não fosse assim. Dois meses seriam suficientes para prová-lo.

A própria felicidade do senhor Weston era indiscutível. Estava realmente deliciado. Era a própria circunstância que poderia ter desejado. Agora sim teria Frank na vizinhança. O que eram nove milhas para um jovem?... Uma hora de viagem. Ele viria vê-los sempre. A diferença de distância com relação a Richmond e a Londres era suficiente para fazer toda a diferença de vê-lo sempre e de vê-lo quase nunca. Dezesseis milhas... não, 18... deviam ser exatas 18 até a Manchester Street... era um sério obstáculo. Se ele conseguisse sair, o dia seria perdido apenas em ir e voltar. Não havia vantagem em tê-lo em Londres; era como se estivesse em Enscombe; mas Richmond era a distância perfeita para uma viagem fácil. Era melhor que estivesse mais perto!

Uma coisa foi imediatamente acertada graças a essa mudança... o baile na Crown. Não tinha sido esquecido, mas havia sido concordado que era inútil tentar fixar uma data. Agora, no entanto, aconteceria de qualquer maneira; todos os preparativos foram retomados; e logo depois que os Churchill se mudaram para Richmond, algumas linhas de Frank dizendo que a tia já se sentia muito melhor com a mudança e que ele não duvidava de que conseguisse juntar-se a eles por 24 horas a qualquer momento, levou-os a marcar a data mais próxima possível.

O baile do senhor Weston seria algo real. Uns poucos dias separavam os jovens de Highbury da felicidade.

O senhor Woodhouse estava resignado. A época do ano diminuíra seus receios. Maio era muito melhor para qualquer coisa do que fevereiro. A senhora Bates foi convidada a passar a noite em Hartfield, James já fora avisado, e ele esperava com otimismo que não acontecesse nada com o pequeno Henry nem com o pequeno John enquanto Emma estivesse ausente.

## ≈ CAPÍTULO 2 ≈

Nenhum infortúnio ocorreu dessa vez para impedir o baile. O dia se aproximava e o dia chegou; e depois de uma manhã de ansiosa espera,

Frank Churchill, com toda a confiança que tinha em si mesmo, chegou a Randalls antes do jantar e tudo ficou em ordem.

Não houvera ainda um segundo encontro entre ele e Emma. A sala da Crown deveria ser o local... mas seria melhor que um encontro comum no meio da multidão. O senhor Weston havia pedido encarecidamente para que ela chegasse tão cedo quanto possível, logo depois deles, para poder dar sua opinião sobre a adequação e o conforto das salas antes da chegada de outras pessoas; ela não pôde recusar e deveria, portanto, passar algum tempo na companhia do jovem. Foi buscar Harriet e ambas chegaram à Crown na hora marcada, logo depois do grupo de Randalls.

Frank Churchill parecia ter estado à espera; e embora não dissesse muita coisa, seus olhos mostravam que esperava ter uma noite deliciosa.

Todos eles caminharam juntos para ver se tudo estava como devia; e em poucos minutos se juntaram a eles os ocupantes de outra carruagem; Emma ficou surpresa, pois não ouvira o barulho. Estava a ponto de exclamar: "Vieram cedo demais!" Mas logo viu que se tratava de uma família de velhos amigos, que viera mais cedo, como ela própria, atendendo ao pedido especial do senhor Weston; e a carruagem deles era seguida tão de perto por outra de primos, que também haviam sido instados a vir cedo com o mesmo distinto zelo, na mesma incumbência, que parecia que metade dos convidados estava chegando antes com o propósito de fazer uma inspeção preparatória.

Emma percebeu que seu gosto não era o único em que o senhor Weston confiava e sentiu que, ser a favorita e amiga íntima de um homem que tinha tantos favoritos e amigos íntimos, não era a maior distinção na escala das vaidades. Gostava das maneiras francas dele, mas um pouco menos de franqueza teria tornado seu caráter melhor... Benevolência geral, mas não amizade geral, era o que fazia de um homem o que ele devia ser... Ela podia imaginar esse tipo de homem. O grupo inteiro caminhou pelas salas, olhando e elogiando de novo; e então, como não tinham nada mais a fazer, formaram uma espécie de semicírculo em torno da lareira, fazendo variadas observações até que outros assuntos surgiram como, embora fosse o mês de *maio*, uma lareira à noite ainda era muito agradável.

Emma descobriu que não era por culpa do senhor Weston que o número de conselheiros privados não era ainda maior. Pararam à porta da senhora Bates para oferecer a carruagem, mas a tia e a sobrinha deviam vir com os Elton.

Frank estava de pé junto dela, mas não parava quieto; havia uma agitação nele que revelava uma mente intranquila. Olhava para os lados, ia até a porta, parava para ouvir o barulho de outras carruagens... impaciente para começar ou receoso de estar sempre perto dela.

Falaram da senhora Elton.

– Acho que ela chegará logo – disse ele. – Tenho grande curiosidade de conhecer a senhora Elton, ouvi falar tanto a respeito dela. Não deve demorar muito a chegar, eu acho.

Ouviu-se uma carruagem. Ele se moveu imediatamente; mas voltando, disse:

– Esqueci-me de que não a conheço. Nunca vi nem ela nem o senhor Elton. Não tenho motivos para ser o primeiro a recebê-los.

O senhor e a senhora Elton apareceram; e seguiram-se todos os sorrisos e cumprimentos usuais.

– Mas a senhorita Bates e a senhorita Fairfax – disse o senhor Weston. – Achávamos que iriam trazê-las.

O engano tinha sido leve. A carruagem foi enviada então para buscá-las. Emma desejava saber qual seria a primeira opinião de Frank sobre a senhora Elton; o quanto ele seria afetado pela estudada elegância de seu vestido e de seus sorrisos graciosos. Ele estava justamente se preparando para formar uma opinião, dando-lhe a apropriada atenção depois de terem sido apresentados.

Em poucos minutos a carruagem voltou... Alguém falou em chuva...

"Vou ver se há guarda-chuvas, senhor", disse Frank ao pai; "a senhorita Bates não pode ser esquecida", e saiu. O senhor Weston se preparava para segui-lo, mas o senhor Elton o deteve, para gratificá-lo com sua opinião sobre o filho; e começou tão vivamente a falar que o próprio jovem, embora não andasse devagar, não pôde deixar de ouvir o que ela dizia ao pai.

– Um jovem muito elegante, de fato, senhor Weston. O senhor sabe que eu lhe disse francamente que possuo minha própria opinião; e estou feliz em dizer que estou extremamente contente com ele... Pode acreditar em mim. Eu nunca elogio sem mais nem menos. Acho que é um jovem muito bonito e seus modos são exatamente do tipo de que eu gosto e aprovo... um verdadeiro cavalheiro, sem a menor arrogância ou afetação. Deve saber que detesto homens afetados... tenho horror deles. Nunca foram tolerados em Maple Grove. Nem o senhor Suckling nem eu temos paciência com eles e costumamos às vezes dizer coisas muito duras! Selina, que é meiga até o extremo, lida com eles muito melhor.

Enquanto ela falava de seu filho, a atenção do senhor Weston estava garantida; mas quando começou com Maple Grove, ele se lembrou de que havia senhoras chegando a quem devia receber, e com alegres sorrisos teve de se afastar às pressas.

A senhora Elton então se voltou para a senhora Weston.

– Não tenho dúvida que é nossa carruagem trazendo a senhorita Bates e Jane. Nosso cocheiro e cavalos são tão rápidos!... Acho que somos mais rápidos que qualquer outro... Que prazer é mandar a própria carruagem para uma amiga!... Soube que a senhora foi tão gentil de chegar a oferecê-la, mas será para outra vez, agora não será necessário. Pode ficar certa de que sempre tomarei conta *delas*.

A senhorita Bates e a senhorita Fairfax, escoltadas pelos dois cavalheiros, entraram na sala; e a senhora Elton parecia pensar que era sua obrigação recebê-las, tanto quanto da senhora Weston. Seus gestos e movimentos podiam ser compreendidos por qualquer pessoa que observasse, como Emma; mas suas palavras, assim como as dos outros, logo se perderam pelo fluxo incessante das palavras da senhorita Bates, que entrou falando e ainda não tinha terminado seu discurso até vários minutos depois de se juntar ao círculo que rodeava a lareira. Logo que a porta se abriu já podiam ouvi-la:

– Tão amável de sua parte!... Não está chovendo, em absoluto. Nada demais. Não me preocupo por mim mesma. Meus sapatos são grossos. E Jane diz... Bem!... (e logo que deixou a porta atrás de si) Bem! Está de fato brilhante!... Isso é admirável!... Planejado de modo excelente, palavra de honra. Não falta nada. Nem poderia imaginar isso... Tão bem iluminado!... Jane, Jane, olhe!... Já viu algo parecido? Oh! Senhor Weston, o senhor deve realmente ter a lâmpada de Aladim. A boa senhora Stokes não conseguiria reconhecer sua própria sala de novo. Eu a vi quando cheguei; estava parada na entrada. "Oh! Senhora Stokes!", disse eu... mas não tive tempo de dizer mais. Nesse momento, a senhora Weston se aproximou para recebê-la... Muito bem, obrigada, madame. Espero que esteja passando bem. Fico muito feliz em ouvir isso. Tive tanto medo de que tivesse uma dor de cabeça!... eu a via passar muitas vezes e sabia quantos problemas devia ter. Fico feliz em ouvir isso, de fato. Ah! querida senhora Elton, tão gentil de sua parte pela carruagem!... chegou bem a tempo. Jane e eu estávamos prontas. Os cavalos não esperaram nem um momento. A carruagem é muito confortável... Oh! e tenho certeza de que devo lhe agradecer, senhora Weston, nesse aspecto. A senhora Elton foi gentil de enviar um bilhete para Jane, ou nós teríamos ficado... Mas duas ofertas no mesmo dia!... Nunca houve vizinhos melhores. Eu disse à minha mãe "Palavra de honra, madame..." Muito obrigada, minha mãe está notavelmente bem. Foi à casa do senhor Woodhouse. Eu a fiz levar o xale... pois as noites não são quentes... o xale novo, grande... presente de casamento do senhor Dixon....

Tão gentil da parte dela pensar em minha mãe! Comprado em Weymouth, como sabe... escolha do senhor Dixon. Jane diz que havia outros três, sobre os quais hesitaram durante algum tempo. O coronel Campbell preferia aquele cor de oliva. Minha querida Jane, tem certeza de que não molhou os pés?... Não foi mais que uma gota ou duas, mas tenho tanto medo... Mas o senhor Frank Churchill foi extremamente... e havia um tapete sobre o qual caminhar... Nunca vou esquecer sua extrema polidez... Oh! senhor Frank Churchill, quero dizer-lhe que os óculos de minha mãe nunca mais se estragaram, o parafuso nunca mais se soltou. Minha mãe fala seguidamente de sua bondade. Não é verdade Jane?... Não falamos com frequência do senhor Frank Churchill?... Ah! aqui está a senhorita Woodhouse... Querida senhorita Woodhouse, como vai?... Muito bem, obrigada, muito bem. Isso é um encontro no reino das fadas!... Que transformação!... Não devo cumprimentá-la, eu sei (olhando Emma de modo muito complacente)... seria muito rude... mas, palavra de honra, senhorita Woodhouse, parece... o que acha do cabelo de Jane?... A senhorita vai ser juíza... ela fez tudo sozinha. É admirável como ela consegue arrumar bem o próprio cabelo!... Acho que nem uma cabeleireira de Londres seria capaz... Ah! Aí está o Dr. Hughes... e a senhora Hughes. Devo ir e falar um instante com o doutor e a senhora Hughes... Como vai? Como vai?... Muito bem, obrigada. Isso é maravilhoso, não é?... Onde está o querido senhor Richard?... Ah! Lá está ele. Não o perturbem. Está muito ocupado falando com as jovens damas. Como vai, senhor Richard?... Eu o vi outro dia, cavalgando pela cidade... A senhora Otway, ora!... e o bom senhor Otway, e a senhorita Otway e a senhorita Caroline... Tantos amigos reunidos!... e o senhor George e o senhor Arthur!... Como vão? Como vão todos?... Muito bem, agradeço-lhes muito. Nunca estive melhor... Não estou ouvindo outra carruagem?... Quem poderia ser?... muito provavelmente os dignos Cole... Dou minha palavra, é realmente encantador estar entre tais amigos! E que nobre lareira!... Estou quase assando. Café para mim não, muito obrigada... nunca tomo café... Um pouco de chá, por favor, senhor, mais tarde... não se apresse... Oh, aqui está. Tudo tão perfeito!

Frank Churchill retornou ao seu lugar ao lado de Emma; e assim que a senhorita Bates parou de falar, Emma pôde entreouvir a conversa entre a senhora Elton e a senhorita Fairfax, que estavam paradas um pouco atrás dela... Ele estava pensativo. Se ele estava ouvindo também, ela não saberia dizer. Após muitos cumprimentos a Jane por seu vestido e pela aparência, cumprimentos recebidos com bastante calma e propriedade, a senhora Elton estava evidentemente esperando ser também elogiada... e foi: "O que acha de meu vestido?... O que acha dos enfeites?... Como ficou o cabelo que Wright fez?"... com muitas outras perguntas e relativas respostas dadas com paciente polidez. A senhora Elton disse então:

– Ninguém pensa menos em vestidos em geral do que eu... mas para uma ocasião como esta, em que os olhos todos estão voltados para mim e também como cumprimento aos Weston... que, não tenho dúvidas, estão dando este baile especialmente em minha honra... não queria ser inferior aos outros. E vejo tão poucas pérolas na sala, além das minhas... Então Frank Churchill é um excelente dançarino, pelo que ouvi... Vamos ver se nossos estilos combinam... Frank Churchill é certamente um jovem elegante. Gostei muito dele.

Nesse momento Frank começou a falar com tanto vigor, que Emma só podia imaginar que ele tinha entreouvido os elogios e não queria mais ouvi-los... e as vozes das damas foram abafadas por um tempo, até que uma nova pausa trouxe a voz da senhora Elton outra vez, distintamente... O senhor Elton mal se colocara junto a elas, e sua esposa exclamava:

– Oh! Finalmente você nos encontrou em nosso isolamento, não é?... Eu estava dizendo agora mesmo a Jane que você deveria estar impaciente por informações a nosso respeito.

– Jane! – repetiu Frank Churchill, com um ar de surpresa e

desprazer. – Não é bem assim... mas a senhorita Fairfax não a desaprova, suponho.

– Gostou da senhora Elton? – perguntou Emma, num sussurro.

– De modo algum.

– O senhor é ingrato.

– Ingrato!... O que quer dizer? – Então, mudando de um cenho franzido para um sorriso. – Não, não me diga... não quero saber o que quer dizer... Onde está meu pai?... Quando vamos começar a dançar?

Emma mal conseguia entendê-lo; ele parecia estar com um humor estranho. Saiu para procurar o pai, mas logo voltou com o senhor e a senhora Weston. Ele os havia encontrado um pouco perplexos e deviam expor a situação a Emma. Mal havia ocorrido à senhora Weston que deviam convidar o senhor Elton a abrir o baile; ela esperava por isso, o que interferia nos desejos de todos eles de conceder a Emma essa distinção... Emma ouviu a dura verdade com sinais de fortaleza.

– E como vamos encontrar um parceiro adequado para ela? – disse o senhor Weston. – Ela está achando que Frank deveria convidá-la.

Frank virou-se instantaneamente para Emma, cobrando sua antiga promessa ; e declarou que já estava comprometido, o que o pai aprovou imediatamente... então pareceu que a senhora Weston desejava que ele dançasse com a senhora Elton, e o trabalho deles seria persuadi-lo a concordar com isso, o que foi feito logo... O senhor Weston e a senhora Elton abriram caminho, seguidos pelo senhor Frank Churchill e a senhorita Woodhouse. Emma teve que submeter-se a ficar atrás da senhora Elton, embora sempre tivesse considerado o baile especialmente para ela. Era quase bastante para fazê-la pensar em se casar. A senhora Elton tinha, sem dúvida, a vantagem no momento de ver sua vaidade completamente satisfeita; pois, embora tivesse pretendido começar o baile com Frank Churchill, não haveria de perder com a troca. O senhor Weston devia ser superior ao filho... Apesar desse pequeno embaraço, Emma estava sorridente e feliz, encantada de ver a fila de pares que se formava, e por saber que ainda teria muitas horas de divertimento à sua frente... Estava mais perturbada com o fato de o senhor Knightley não estar dançando do que com qualquer outra coisa... Lá estava ele, entre os observadores, onde não deveria estar; deveria estar dançando... e não em companhia dos maridos, pais e jogadores de uíste, que fingiam sentir interesse pela dança até que suas mesas de jogo não estivessem prontas... tão jovem como ele era!... Nunca parecera levar tanta vantagem sobre os outros como agora, no local em que se encontrava. Sua figura alta, firme e esguia, entre as formas volumosas e os ombros caídos dos homens mais velhos, se destacava tanto que Emma sentiu que devia atrair todos os olhares; e, exceto seu próprio parceiro, não havia um entre toda a fila de jovens que pudesse se comparar a ele... Ele avançou alguns passos, e esses poucos passos foram suficientes para demonstrar com que modos cavalheirescos, com que graça natural deveria ter dançado, se apenas se desse ao trabalho... Sempre que cruzava com os olhos dele, Emma o fazia sorrir, mas em geral ele permanecia sério. Ela gostaria que ele apreciasse mais os bailes, e apreciasse mais Frank Churchill... Ele parecia estar sempre a observá-la. Ela não podia se orgulhar do que ele pensava de sua dança, mas se ele tivesse de criticar seu comportamento, ela não tinha porque ter receio. Não havia nada parecido com um flerte entre ela e seu parceiro. Pareciam mais como alegres e bons amigos do que enamorados. Que Frank Churchill pensava menos nela agora do que antes era indubitável.

O baile prosseguiu agradavelmente. Os ansiosos cuidados, as incessantes atenções da senhora Weston não foram desperdiçados. Todos pareciam felizes; e os elogios sobre o maravilhoso baile, que raramente eram conferidos antes que o baile terminasse, foram feitos repetidamente expressos desde o começo dele. De todos os eventos importantes, daqueles que ficam na lembrança, o baile foi tão produtivo como qualquer outro encontro desse tipo. Havia um, no entanto, que preocupava um pouco Emma... As duas últimas danças antes do jantar já tinham começado e Harriet não tinha parceiro... a única jovem dama ainda sentada... e o número de dançarinos era tão justo, que ter um cavalheiro sobrando era um sonho!... Mas a preocupação de Emma diminuiu logo depois, ao ver o senhor Elton perambulando por ali. Ele não convidaria Harriet para dançar, se fosse possível evitá-lo; ela tinha certeza que não... e esperava que a qualquer momento ele escapasse para a sala de jogos.

Escapar, contudo, não estava nos planos dele. Ele se dirigiu à parte da sala onde os observadores estavam reunidos, falou com alguns e caminhou na frente deles, como para mostrar que estava livre e que pretendia manter-se assim. Não evitou, às vezes, ficar bem diante da senhorita Smith ou falando com pessoas próximas a ela... Emma observou isso. Ela não estava dançando naquele momento, estava caminhando para o fundo da sala e tinha, portanto, a oportunidade de olhar ao redor e bastava virar um pouco a cabeça para ver tudo isso. Quando se encontrava no meio da pista, todo o grupo estava exatamente atrás dela e não podia mais voltar os olhos para observar; mas o senhor Elton estava tão perto que ela não pôde deixar de ouvir cada palavra do diálogo que se seguiu entre ele e a senhora Weston; e percebeu que a esposa dele, que estava imediatamente na frente dela, não só estava escutando, mas também o estava encorajando com significativos olhares... A bondosa e meiga senhora Weston havia deixado sua cadeira achegar-se a ele e dizer: "O senhor não dança, senhor Elton?" Ao que sua pronta resposta foi: "Com muito prazer, senhora Weston, se me der a honra de dançar comigo."

– Eu!... Oh, não... Vou lhe conseguir uma parceira melhor do que eu.

Não sei dançar muito bem.

– Se a senhora Gilbert deseja dançar – disse ele –, terei grande prazer, com certeza... pois, embora comece a me sentir um velho homem casado e que meus dias de dança acabaram, teria grande prazer em dançar a qualquer momento com uma velha amiga como a senhora Gilbert.

– A senhora Gilbert não pretende dançar, mas há uma jovem dama sem par que eu gostaria muito de ver dançando: a senhorita Smith.

– A senhorita Smith!... Oh!... não tinha percebido... A senhora é muito gentil... e se eu não fosse um velho homem casado... Mas meus dias de dança acabaram, senhora Weston. Peço-lhe que me perdoe. Faria qualquer outra coisa que me pedisse... mas meus dias de dança acabaram.

A senhorita Weston não disse mais nada; e Emma podia imaginar com que surpresa e mortificação ela devia ter retornado para sua cadeira. Este era o senhor Elton! O amável, gentil e meigo senhor Elton... Ela olhou ao redor por um momento; ele se havia aproximado do senhor Knightley, a uma pequena distância, e estava se preparando para iniciar uma conversa, enquanto trocava sorrisos e olhares de grande contentamento com a esposa.

Emma não quis mais olhar. Seu coração estava em fogo e achava que seu rosto também devia estar queimando.

No momento seguinte, teve uma visão mais feliz diante de seus Olhos... o senhor Knightley conduzia Harriet para a pista de dança!... Ela nunca estivera mais surpresa, raramente mais encantada, do que naquele instante. Era toda prazer e gratidão, tanto por Harriet quanto por ela própria, e ansiava por agradecer a ele; e embora muito distante para falar, seu semblante dizia muito, assim que conseguiu colher o olhar dele novamente.

Seu modo de dançar provou exatamente o que ela havia imaginado, dançava extremamente bem; e Harriet poderia ser a mulher mais feliz do baile, se não fosse a crueldade daquilo que havia acontecido pouco antes; apesar disso, o semblante feliz dela demonstrava a mais completa alegria e o alto senso da distinção de que fora agraciada. O gesto dele não fora em vão; ela dançou mais solta, leve e graciosa do que nunca, com um sorriso contínuo estampado em seu rosto.

O senhor Elton se havia retirado para a sala de jogos, parecendo (assim achava Emma) muito tolo. Ela não acreditava que ele fosse tão insensível como a esposa, embora estivesse ficando igual a ela... a senhora Elton expressou alguns de seus sentimentos, observando em voz bem alta para seu parceiro:

– Knightley ficou com pena da pobrezinha da senhorita Smith!... Muito bondoso, é o que posso dizer.

O jantar foi anunciado. Todos começaram a se movimentar; e a senhorita Bates poderia ser ouvida a partir daquele momento, sem interrupção, até estar sentada à mesa e tomar sua colher.

– Jane, Jane, minha querida, onde você está?... Aqui está seu cachecol. A senhora Weston pediu que o colocasse. Ela acha que pode haver correntes de ar na passagem, embora tudo tenha sido feito para evitar... Uma porta foi pregada... quantidades de tapetes... Minha querida Jane, você deve mesmo colocar o cachecol. Oh! senhor Churchill, tão gentil de sua parte! Como o colocou tão bem!... muito obrigada! Excelente dança, de fato!... Sim, minha querida, corri até em casa, como eu disse que faria, para ajudar a vovó a deitar-se, e voltei logo, ninguém notou a minha falta... Saí sem dizer uma palavra, como eu disse que ia fazer. Vovó está muito bem, teve uma noite encantadora com o senhor Woodhouse, conversaram muito e jogaram gamão... O chá foi servido no andar de baixo, com biscoitos e maçãs assadas, e vinho antes que ela voltasse para casa; ela teve uma sorte espantosa em algumas jogadas; perguntou muito sobre vocês, se estava se divertindo e quem eram seus parceiros de dança. "Oh!" disse eu, "Não vou me antecipar a Jane, deixei-a dançando com o senhor George Otway; ela mesma vai adorar lhe contar tudo amanhã; seu primeiro parceiro foi o senhor Elton, não sei quem vai convidá-la a seguir, talvez o senhor William Cox." Meu caro senhor, é tão amável... Não há mais ninguém a quem prefira acompanhar?... Não sou inválida. Como o senhor é gentil. Palavra de honra, Jane em um braço e eu no outro!... Pare, pare, vamos ficar um pouco para trás, a senhora Elton está vindo; a querida senhora Elton, como está elegante!... Que lindos laços!... Agora podemos seguir atrás dela. Ela é realmente a rainha da noite!... Bem, aqui estamos na passagem. Dois degraus, Jane, cuidado com os dois degraus. Oh! não, há um só. Bem, eu tinha certeza que havia dois. Que estranho! Estava convencida de que eram dois, mas há só um. Nunca vi nada igual para o conforto e o estilo... Velas por toda a parte!... Mas eu estava lhe contando sobre sua avó, Jane... Houve um pequeno desapontamento... As maçãs assadas e os biscoitos estavam excelentes a seu modo, sabe; mas antes disso serviram um delicado fricassê de pão doce e aspargos, e o bom senhor Woodhouse, achando que os aspargos não estavam bem cozidos, mandou levar tudo de volta. E sabe que não há nada que sua avó goste tanto quanto pão doce e aspargos... então ela ficou um tanto desapontada, mas concordamos que não iríamos falar disso para ninguém, de medo que caísse nos ouvidos da querida senhorita Woodhouse, que ficaria tão preocupada!... Bem, isso é brilhante! Estou totalmente encantada! Eu jamais imaginaria uma coisa assim!... Tanta elegância e profusão!... Não vejo nada assim desde... Bem, aonde vamos nos sentar? Aonde vamos nos sentar? Em qualquer lugar desde que Jane não fique exposta a uma corrente de ar. Onde *eu* vou sentar não tem a menor importância. Oh! o senhor recomenda este lado?... Bem, tenho certeza, senhor Churchill... só que parece um lugar tão bom... mas visto que o senhor assim deseja. Tudo o que o senhor aconselha nesta casa não pode estar errado. Querida Jane, como vamos recordar de todos os pratos servidos para contar à sua avó? Sopa, também! Deus me abençoe! Não esperava ser servida tão cedo, mas o cheiro está excelente, e não posso esperar para começar.

Emma não teve oportunidade de falar com o senhor Knightley antes que o jantar terminasse, mas quando estavam todos na sala de baile novamente, os olhos dela o convidaram irresistivelmente para se aproximar e receber os agradecimentos. Ele foi veemente na reprovação da conduta do senhor Elton; havia sido uma grosseria imperdoável; e os olhares da senhora Elton também receberam a devida parte de censura.

– Eles pretendiam ferir mais do que Harriet – disse ele. – Emma, por que eles são seus inimigos?

Ele olhou com um sorriso penetrante; e, não recebendo nenhuma resposta, acrescentou:

– *Ela* não devia estar zangada com você, imagino, embora ele possa estar... Você não vai dizer nada a respeito dessa conjetura, é claro; mas confesse, Emma, você queria que ele realmente se casasse com Harriet.

– Queria – replicou Emma. – E eles não conseguem me perdoar.

Ele sacudiu a cabeça; mas havia um sorriso de indulgência e disse somente:

– Não vou recriminá-la. Deixo isso com suas próprias reflexões.

– O senhor vai confiar em mim com esses bajuladores? Será que meu fútil espírito vai me dizer que estou errada?

– Não seu espírito fútil, mas seu espírito sério... Se um a leva para o caminho errado, tenho certeza de que o outro a leva a perceber.

– Admito que me enganei completamente com o senhor Elton. Há uma mesquinhez nele que o senhor percebeu e eu não; além disso, eu estava plenamente convencida de que ele estava apaixonado por Harriet. Foi uma série de estranhos erros!

– E em troca por você ter admitido isso, vou fazer justiça ao lhe dizer que você teria escolhido por ele melhor do que ele escolheu por si próprio... Harriet Smith tem algumas qualidades de primeira grandeza, que faltam totalmente à senhora Elton. Uma menina despretensiosa, educada e sem maldade... infinitamente preferível para qualquer homem de bom senso e bom gosto do que uma mulher como a senhora Elton. Achei que Harriet conversa bem melhor do que eu esperava.

Emma ficou extremamente agradecida... Foram interrompidos pela agitação do senhor Weston que chamava a todos para voltar a dançar.

– Venham, senhorita Woodhouse, senhorita Otway, senhorita Fairfax, o que estão esperando?... Venha, Emma, dê o exemplo a suas companheiras. Estão todos com preguiça! Estão todos sonolentos!

– Estou pronta – disse Emma –, assim que for convidada.

– Com quem você vai dançar? – perguntou o senhor Knightley.

Ela hesitou por um momento e então replicou:

– Com o senhor, se me convidar.

– Gostaria? – disse ele, estendendo-lhe a mão.

– Gostaria muito. O senhor mostrou que pode dançar e sabe que não somos realmente irmão e irmã para tornar isso impróprio.

– Irmão e irmã! Não, de fato.

## ≈ CAPÍTULO 3 ≈

Essa pequena conversa com o senhor Knightley deu a Emma considerável prazer. Era uma das agradáveis recordações do baile que acalentava enquanto passeava pelos gramados na manhã seguinte... estava extremamente contente que tivessem chegado a tão bom entendimento a respeito dos Elton e que as opiniões deles sobre marido e mulher fossem tão parecidas; e o elogio dele a Harriet, sua concessão em favor dela, era especialmente gratificante. A impertinência dos Elton, que por alguns minutos havia ameaçado arruinar o restante da noite, tinha sido a causa de uma de suas maiores satisfações; e ela olhava para o futuro na esperança de outro resultado feliz... a cura da louca paixão de Harriet... Pela maneira de falar de Harriet da circunstância antes que deixassem o salão de baile, ela alimentava grandes esperanças. Foi como se seus olhos de repente se abrissem e ela fosse capaz de ver que o senhor Elton não era a criatura superior que ela acreditava. A febre havia passado e

Emma não haveria mais de temer que seu pulso se acelerasse novamente por injuriosas cortesias. Ela contava com os maldosos sentimentos dos Elton para suprir-lhe toda a disciplina necessária a fim de tratá-los com a mais contundente negligência possível daí em diante... Com Harriet racional outra vez, Frank Churchill bem menos apaixonado e o senhor Knightley evitando discutir com ela, que verão feliz haveria de ter pela frente!

Ela não deveria ver Frank Churchill nessa manhã. Ele lhe havia dito que não poderia permitir-se o prazer de passar em Hartfield, pois deveria estar em casa em torno do meio-dia. Ela não lamentou.

Depois de ter arranjado, analisado e posto em ordem todos esses assuntos, ela estava justamente voltando para a casa com o espírito renovado, pronta para atender os pedidos dos dois pequenos meninos, bem como do avô deles, quando o grande portão de ferro se abriu e duas pessoas entraram, pessoas que nunca havia esperado ver juntas... Frank Churchill e Harriet, de braço dado com ele... realmente Harriet!... Bastou um momento para convencê-la de que algo de extraordinário havia acontecido. Harriet parecia pálida e assustada, e ele tentava acalmá-la... Os portões de ferro não distavam mais que vinte passos da porta da frente da casa... e logo os três se encontravam no vestíbulo; Harriet afundou numa poltrona e desmaiou.

Uma jovem dama que desmaia deve ser socorrida; perguntas devem ser respondidas e surpresas explicadas. Esses eventos são muito interessantes, mas o suspense não pode durar muito. Poucos minutos deixaram Emma a par de tudo.

A senhorita Smith e a senhorita Bickerton, outra pensionista da senhora Goddard e que também estivera no baile, saíram para passear e tomaram uma estrada, a estrada de Richmond, que, embora aparentemente bem movimentada para ser segura, levou-as a uma situação de alarme... A cerca de meia milha além de Highbury, quando a estrada faz uma curva repentina, profundamente sombreada por olmos de ambos os lados, o lugar tornava-se bastante ermo por um trecho considerável; e quando as jovens avançaram um pouco, subitamente perceberam, a pouca distância na frente delas, numa área aberta e verde ao lado da estrada, um grupo de ciganos. Uma criança que estava de vigia veio até elas para pedir alguma coisa; e a senhorita Bickerton, extremamente assustada, deu um grito e, dizendo a Harriet que a seguisse, subiu em um barranco íngreme, pulou uma pequena sebe no topo e correu, por um atalho, de volta a Highbury. Mas a pobre Harriet não conseguiu segui-la. Tivera muitas cãibras depois de dançar e sua primeira tentativa de subir o barranco trouxe as cãibras de volta e a deixou completamente sem forças... nesse estado e totalmente apavorada, foi obrigada a ficar.

Como os vadios se teriam comportado, se as moças tivessem sido mais corajosas, é de duvidar; mas tal oportunidade para atacar não podia ser desperdiçada; e Harriet foi logo cercada por meia dúzia de crianças, liderada por uma mulher corpulenta e um garoto maior, todos barulhentos e olhando de modo impertinente, embora não dissessem palavra... Cada vez mais assustada, ela imediatamente lhes prometeu dinheiro, e tomando a bolsa, deu-lhes um xelim, suplicando que não lhe pedissem mais e não lhe fizessem mal... Só então ela foi capaz de caminhar, embora devagar, e conseguiu se afastar um pouco... mas seu terror e sua bolsa eram tentadores demais e ela foi seguida, ou melhor, cercada pela gangue inteira, que pedia mais.

Frank Churchill a encontrou nesse estado, tremendo e apavorada, com os ciganos em volta, barulhentos e insolentes. Por um feliz acaso, a partida dele de Highbury havia sido adiada, o que lhe permitiu prestar ajuda à jovem naquele momento crítico. A beleza da manhã o havia induzido a caminhar e combinar que seus cavalos deviam esperá-lo um pouco mais adiante por outra estrada, uma milha ou duas depois de Highbury... Como havia tomado uma tesoura emprestada da senhorita Bates na noite anterior e, tendo se esquecido de devolvê-la, havia sido obrigado a parar à porta da casa dela e entrar por alguns minutos; por isso se havia atrasado mais do que pretendia; e, estando a pé, não foi visto pelo bando até que estivesse bem próximo. O terror que a mulher e o garoto haviam provocado em Harriet foi o mesmo que ele provocou neles. Deixou-os completamente assustados e Harriet agarrou-se ansiosamente a ele, mal podendo falar; teve força apenas para chegar até Hartfield, antes que seu espírito se recobrasse. Fora ideia dele levá-la a Hartfield: não tinha pensado em nenhum outro lugar.

Essa era toda a história... contada por ele e depois por Harriet, assim que recobrou os sentidos e a voz... Ele não pretendia ficar mais tempo do que o necessário para vê-la recuperada; esses sucessivos atrasos não lhe permitiam perder nem mais um minuto; e Emma comprometeu-se a mandar notícias à senhora Goddard, avisando também ao senhor Knightley sobre a presença dessa gente na vizinhança; ele então partiu, após receber todos os agradecimentos que ela pôde fazer por si própria e pela amiga.

Uma aventura como esta... um jovem elegante e uma amável jovem dama, reunidos dessa forma, não podia deixar de sugerir certas ideias ao mais frio dos corações nem ao mais inflexível dos cérebros. Pelo menos, assim pensou Emma. Poderia um linguista, um gramático ou até mesmo um matemático ter visto o que ela vira, ter testemunhado a chegada dos dois juntos e ouvido sua história, sem sentir que as circunstâncias haviam conspirado para torná-los particularmente interessantes um para o outro?... Quanto mais deveria uma mente imaginativa como a dela, arder no fogo de especulações e previsões!... especialmente com o terreno preparado de antemão como sua mente já havia feito.

Era uma coisa extraordinária! Nunca havia ocorrido algo desse tipo com nenhuma jovem dama do lugar, pelo que se lembrava; nenhum encontro, nenhum alarme parecido... e agora acontecia com determinada pessoa, na hora exata em que outra determinada pessoa estava passando por acaso para socorrê-la!... Era certamente algo extraordinário! E conhecendo, como ela conhecia, o estado de espírito favorável de cada um nessa ocasião, mais ainda a impressionava. Ele estava tentando melhorar seu relacionamento com ela, ela mal estava se recuperando de sua obsessão pelo senhor Elton. Parecia que tudo se unia para prometer os mais interessantes resultados. Não era possível que a ocorrência não os levasse a se interessar fortemente um pelo outro.

Nos poucos minutos de conversa que Emma teve com ele, enquanto Harriet ainda estava parcialmente inconsciente, ele havia falado com grande e deliciosa sensibilidade, do terror dela, de sua ingenuidade e de seu desespero quando se agarrou ao braço dele; e depois, finalmente, que Harriet deu sua própria versão, ele havia expressado indignação pela abominável loucura da senhorita Bickerton nos mais calorosos termos. Tudo deveria seguir seu curso natural, contudo, sem ser impelido ou conduzido. Ela não iria dar um passo sequer, nem fazer qualquer insinuação. Não, já havia interferido demais. Não poderia haver mal num esquema, um simples esquema passivo. Nada mais era que um desejo. Não iria além disso, sob qualquer hipótese.

A primeira resolução de Emma foi impedir que o pai tomasse conhecimento do que se havia passado... ciente da ansiedade e do alarme que isso causaria; mas logo sentiu que seria impossível esconder tudo. Depois de meia hora, o fato já era conhecido de toda Highbury. Era o tipo de acontecimento que interessava aos que mais gostavam de falar, os jovens e os criados; e todos os jovens e os criados do lugar logo estavam prelibando a felicidade dessas assustadoras notícias. O baile da noite anterior foi esquecido por causa dos ciganos. O pobre senhor Woodhouse tremia sentado em sua poltrona e, como Emma havia previsto, não ficou satisfeito enquanto elas não prometessem que nunca mais iriam ultrapassar a mata de arbustos. Ficou um pouco confortado pelo fato de terem feito muitas perguntas a ele e à senhorita Woodhouse, assim como à senhorita Smith, durante o resto do dia (pois seus vizinhos sabiam que ele adorava responder perguntas); e ele teve o prazer de responder que todos estavam indiferentes... no que, embora não fosse exatamente a verdade, pois ela estava perfeitamente bem e Harriet apenas um pouco menos, Emma não quis interferir.

Os ciganos não esperaram pela ação da justiça; eles próprios se retiraram apressadamente do lugar. As jovens damas de Highbury podiam caminhar novamente em segurança desde que o pânico tivera lugar; e toda a logo se transformou num assunto de pouca importância, a não ser para Emma e os sobrinhos... Na imaginação dela, conservava sua importância, e Henry e John continuavam pedindo todos os dias que contasse a história de Harriet e os ciganos; e ainda a corrigiam tenazmente se ela mudava o menor detalhe do relato original.

## ≈ CAPÍTULO 4 ≈

Poucos dias haviam se passado depois dessa aventura, quando certa manhã Harriet foi visitar Emma com um pequeno pacote nas mãos; e, depois de sentar-se e hesitar um pouco, começou dizendo:

– Senhorita Woodhouse, se estiver livre... tenho algo que gostaria de lhe contar... uma espécie de confissão a fazer... e então, como sabe, tudo estará terminado.

Emma ficou bastante surpresa; mas pediu-lhe que falasse. Havia uma seriedade tanto nas maneiras de Harriet, que a prepararam, quanto nas palavras, para algo fora do comum.

– É meu dever e, tenho certeza, é meu desejo – continuou ela– não ter qualquer reserva com a senhorita sobre este assunto. Como sou felizmente uma pessoa inteiramente mudada *num aspecto,* acho que é certo que a senhorita tenha a satisfação de saber disso. Não quero dizer mais do que o necessário... Estou muito envergonhada por ter permitido que isso acontecesse, e atrevo-me a dizer que a senhorita vai me entender.

– Sim – disse Emma –, espero que sim.

– Como pude me iludir por tanto tempo!... – exclamou Harriet, acaloradamente. – Parece uma loucura! Agora não consigo ver mais nada de extraordinário nele... Não me importo se vou encontrá-lo ou não... embora entre as duas opções prefiro não encontrá-lo... e, na verdade, percorreria qualquer distância para evitá-lo... mas não invejo em nada sua esposa; não a admiro nem a invejo, como fiz antes: ela é encantadora, ouso dizer, e tudo o mais, mas acho que é mal-humorada e desagradável... Nunca vou esquecer seu olhar na outra noite!... Eu lhe asseguro, contudo, senhorita Woodhouse, que não desejo mal a ela... Não, que sejam felizes para sempre juntos, isso não vai me provocar outro momento de dor: e para convencê-la de que estou falando a verdade, vou destruir agora... o que deveria ter destruído há muito tempo... o que nunca deveria ter guardado... Sei disso muito bem (corando enquanto falava)... Agora, porém, vou destruir tudo... e é meu particular desejo fazer isso em sua presença, para que possa ver como me tornei mais racional. A senhorita não consegue adivinhar o que este pacote contém? – disse ela, com um olhar consciente.

– Não faço a menor ideia... Ele chegou a lhe dar alguma coisa?

– Não... Não posso chamá-los de presentes; mas são coisas que eu valorizava muito.

Ela segurava o pacote na direção de Emma, que leu as palavras *Tesouros muito preciosos,* no alto. Sua curiosidade aumentou muito. Harriet desembrulhou o pacote e ela olhava com impaciência. Enrolada em grande quantidade de papel prateado estava uma bela caixinha Tunbridge, que Harriet abriu: era forrada pelo mais suave algodão, mas, excetuando-se o algodão, Emma viu apenas um pequeno pedaço de esparadrapo.

– Agora – disse Harriet – a senhorita *deve* lembrar-se.

– Não, na verdade, não me lembro.

– Oh! Deus! Não poderia acreditar que fosse possível que a senhorita esquecesse o que se passou nesta mesma sala com o esparadrapo, numa das últimas vezes que o encontramos!...

Foi somente alguns dias antes que eu tivesse aquela dor de garganta... pouco antes que o senhor e a senhora John Knightley chegassem... Acho até que foi na mesma noite... Não se lembra que ele cortou o dedo com seu canivete novo e que a senhorita recomendou que pusesse um esparadrapo?... Mas como a senhorita não tivesse nenhum consigo e sabia que eu tinha, pediu-me que eu o fornecesse a ele; e assim tomei o meu e cortei um pedaço; mas era muito grande e o corte era bem menor; e ele ficou brincando um tempo com o pedaço que sobrou, antes que o devolvesse para mim. Então, em minha loucura, não pude evitar transformá-lo num tesouro... desse modo, guardei-o para que nunca fosse usado e olhava para ele de vez em quando como um grande presente.

– Minha querida Harriet! – exclamou Emma, colocando as mãos no rosto e levantando-se. – Você me faz ter mais vergonha de mim mesma do que posso suportar. Lembrar-me disso? Sim, agora me lembro de tudo; de tudo, exceto de você guardar essa relíquia... Não sabia nada disso até este momento... mas me lembro do corte no dedo, de minha recomendação do esparadrapo e de dizer que não tinha nenhum comigo!... Oh! Meus pecados, meus pecados!... E eu tinha tanto, o tempo todo em meu bolso!... Um de meus truques insensatos!... Mereço ficar enrubescida pelo resto de minha vida! Bem... (sentando-se novamente)... continue... o que mais?

– A senhorita tinha mesmo algum esparadrapo à mão? Estou certa de que nunca suspeitei disso; a senhorita agiu tão naturalmente.

– E você, realmente, guardou esse pedaço de esparadrapo por amor a ele! – disse Emma, recobrando-se de seu estado de vergonha e sentindo-se dividida entre o espanto e o divertimento. E secretamente ela acrescentou para si mesma: "Deus me abençoe! Quando eu haveria de pensar em guardar no algodão um pedaço de esparadrapo que Frank Churchill tivesse segurado! Nunca faria nada igual."

– Aqui – resumiu Harriet, retornando à sua caixinha –, aqui

está algo ainda mais valioso, quero dizer, que *foi* mais valioso, porque isso é o que realmente pertencia a ele, enquanto o esparadrapo nunca pertenceu.

Emma estava bastante ansiosa para ver esse supremo tesouro. Era o pedacinho final de um velho lápis... a parte sem grafite.

– Isso pertencia realmente a ele – disse Harriet. – A senhorita não se lembra daquela manhã?... Não, imagino que não. Mas certa manhã... eu esqueço o dia exato... talvez tenha sido a terça ou a quarta-feira antes *daquela noite,* ele queria fazer uma anotação na caderneta dele; era algo sobre cerveja. O senhor Knightley estava contando a ele algo sobre fazer cerveja e ele quis anotar; mas quando pegou seu lápis havia tão pouco grafite que logo acabou; e como não dava para escrever, a senhorita lhe emprestou outro, e ele deixou este pedaço sobre a mesa como algo inútil. Mas eu mantive os olhos sobre ele e, assim que foi possível, apanhei-o e desde então nunca mais me separei dele.

– Eu me lembro – exclamou Emma. – Eu me lembro perfeitamente...

Falávamos de cerveja... Oh, sim!... o senhor Knightley e eu dizíamos que gostávamos dela e o senhor Elton resolveu que aprenderia a gostar dela também. Lembro disso perfeitamente... Espere; o senhor Knightley estava de pé bem aqui, não é? Parece-me que ele estava de pé bem aqui.

– Ah! Não sei. Não consigo me lembrar... É muito estranho, mas não consigo me lembrar... O senhor Elton estava sentado aqui, eu me lembro, exatamente onde estou agora...

– Bem, continue.

– Oh, isso é tudo. Não tenho mais nada para mostrar, ou para dizer...

Exceto que eu agora vou jogar isso no fogo e gostaria que a senhorita me visse fazer isso.

– Minha pobre e querida Harriet! E você ter encontrado felicidade em guardar essas coisas como tesouros!?

– Sim, simplória como era!... Mas estou muito envergonhada disso agora e espero poder esquecer tudo assim que terminar de queimá-las. Foi totalmente errado de minha parte, bem sabe, guardar essas lembranças depois que ele se casou. Eu sabia disso... mas não tinha bastante coragem para me desfazer delas.

– Mas, Harriet, é necessário queimar o esparadrapo?... Não tenho nada contra queimar o pedaço de lápis, mas o esparadrapo ainda pode ser útil.

– Ficarei mais feliz se queimá-lo – respondeu Harriet. – Tem um aspecto desagradável para mim. Quero me livrar de tudo!... Aí vai tudo e, graças a Deus, isso é o fim do senhor Elton.

"E quando será o começo do senhor Churchill?" pensou Emma.

Bem pouco depois, ela teve razões para acreditar que o começo já havia acontecido e podia somente esperar que a cigana, embora não tivesse *previsto* a sorte, podia tê-la trazido para Harriet... Cerca de quinze dias depois do susto, elas encontraram uma explicação cabível, embora sem intenção alguma de fazê-lo. Emma não estava pensando nisso no momento, o que tornava ainda mais valiosa a informação que recebeu. Ela meramente disse, numa conversa trivial: "Bem, Harriet, quando você se casar, eu vou aconselhá-la sobre tal coisa e tal outra..." e não pensou mais nisso até que, após um minuto de silêncio, ouviu Harriet dizer num tom muito sério: "Eu nunca vou me casar."

Emma então levantou os olhos e imediatamente viu o que acontecia; e depois de um momento de argumentação, sobre se isso devia ou não passar despercebido, replicou:

– Nunca se casar?... Esta é uma resolução nova.

– Mas é uma que nunca vou mudar.

Depois de outra breve hesitação:

– Espero que não seja por causa de... Espero que não seja como que um cumprimento ao senhor Elton!

– O senhor Elton, era o que faltava! – exclamou Harriet, indignada. – Oh, não... – e Emma pôde apenas ouvir as palavras – tão superior ao senhor Elton!

Ela tomou então um tempo mais longo para considerações. Não deveria prosseguir?... Deveria deixar passar e parecer não suspeitar de nada?... Talvez Harriet pudesse pensar que ela ficaria fria ou zangada, se soubesse; ou talvez, se ficasse totalmente em silêncio, isso apenas levaria Harriet a pedir-lhe para ouvir mais; e como era contrária a qualquer coisa como tal falta de reserva, como tal discussão aberta e frequente de esperanças e possibilidades, ela estava perfeitamente resolvida... Ela acreditava que seria mais conveniente falar e saber tudo de uma só vez, tudo o que ela desejava dizer e saber. Agir com franqueza era sempre melhor. Ela já havia determinado previamente até onde prosseguiria numa situação como aquela e seria mais seguro para as duas ter a judiciosa lei de seu próprio cérebro aplicada com rapidez... Ela estava decidida e, assim, falou:

– Harriet, não vou fingir que estou em dúvida sobre o que você quis dizer. Sua resolução, ou melhor, sua expectativa de nunca se casar resulta de uma ideia de que a pessoa que você poderia preferir estaria numa situação muito superior para pensar em você. Não é assim?

– Oh! Senhorita Woodhouse, acredite, não tenho a presunção de supor... Na verdade, não sou tão louca... Mas é um prazer para mim admirá-lo à distância... e pensar em sua infinita superioridade em relação a todo o resto do mundo, com a gratidão, o deslumbramento e a veneração que são tão próprios, especialmente em mim.

– Não estou nem um pouco surpresa com você, Harriet. O serviço que ele lhe prestou foi suficiente para aquecer seu coração.

– Serviço! Oh! foi uma obrigação tão inexpressiva!... A simples lembrança disso e de tudo que senti no momento... quando o vi chegando... seu olhar nobre... e minha desgraça antes. Que mudança! Num momento, tamanha mudança! Da perfeita miséria para a perfeita felicidade!

– É muito natural. É natural e honroso... Sim, honroso, eu penso, escolher tão bem e tão graciosamente... Mas que seja uma preferência afortunada é mais do que posso prometer. Não a aconselho a levar isso adiante, Harriet. Não posso me comprometer de modo algum que isso se repita. Considere em que está envolvida. Talvez seja mais sensato que você analise seus sentimentos enquanto pode; e, de qualquer maneira, não os deixe levá-la muito longe, a não ser que esteja persuadida de que ele gosta de você. Observe-o. Deixe o comportamento dele servir de guia para seus sentimentos. Eu lhe dou este conselho agora porque nunca mais vou falar do assunto para você. Estou determinada a não interferir. Daqui em diante não sei nada a respeito. Não permita que seus lábios pronunciem algum nome. Erramos muito antes; agora vamos ser cautelosas... Ele é superior a você, não há dúvida, e existem objeções e obstáculos de natureza muito séria; mas ainda assim, Harriet, coisas mais maravilhosas já aconteceram, já houve casamentos de maior disparidade. Mas tome cuidado, não gostaria que ficasse muito otimista; embora, como queira que isso termine, fique sabendo que o fato de você ter voltado seus pensamentos para *ele* é um sinal de bom gosto que eu sempre saberei valorizar.

Harriet beijou-lhe a mão em silenciosa e submissa gratidão... Emma estava decidida a pensar que esse relacionamento não seria algo ruim para a amiga. A tendência seria elevar e refinar a mente de Harriet... e devia salvá-la do perigo da degradação.

## ≈CAPÍTULO 5≈

Junho chegou em Hartfield nesse ambiente de esquemas, esperanças e conivências. Para Highbury em geral, o mês não trouxe nenhuma mudança expressiva. Os Elton continuavam falando de uma visita dos Suckling e do uso que deviam fazer de sua carruagem; e Jane Fairfax continuava na casa da avó; e como o retorno dos Campbell da Irlanda fora novamente adiado, fixando o mês de agosto em vez da metade do verão, ela provavelmente ainda permaneceria ali por mais dois meses, desde que fosse capaz, pelo menos, de frustrar as da senhora Elton a seu favor e preservar-se de ter de fugir de uma situação deliciosa contra a sua vontade.

O senhor Knightley que, por alguma razão conhecida apenas por ele mesmo, não havia certamente gostado de Frank Churchill desde o início, estava passando a gostar menos ainda dele. Começou a suspeitar que o jovem fizesse um jogo duplo em sua perseguição a Emma. Parecia indiscutível que Emma era seu objetivo. Tudo mostrava isso; as próprias atenções dele, as insinuações do pai dele, o silêncio reservado da madrasta; estava tudo em uníssono; palavras, atitudes, discrição e indiscrição contavam a mesma história. Mas enquanto tantos o empurravam para Emma, e Emma por sua vez o levava para o lado de Harriet, o senhor Knightley começou a suspeitar que ele tivesse alguma inclinação por Jane

Fairfax. Ele não podia compreender bem, mas havia sintomas de um entendimento entre eles... pelo menos pensava assim... sintomas de admiração da parte dele que, uma vez observados, não podiam persuadi-lo de que fossem simplesmente desprovidos de sentido, ainda que pudesse somente desejar escapar de qualquer erro de imaginação de Emma. *Ela* não estava presente quando a suspeita surgiu. Ele estava jantando com a família de Randalls e Jane, na casa dos Elton; e ele havia visto um olhar, mais que um simples olhar, para Miss Fairfax que, vindo de um admirador da senhorita Woodhouse, pareceu um tanto fora de lugar. Quando estava novamente em companhia deles, não pôde evitar lembrar-se do que havia visto nem podia evitar observações que, a menos que isso fosse como Cowper e seu fogo no crepúsculo,

Eu mesmo criando o que vi,

lhe trouxeram suspeitas ainda mais fortes de que havia algo como um namoro privado, até mesmo um entendimento secreto entre Frank Churchill e Jane.

Certo dia, após o jantar, ele foi a pé até Hartfield, como fazia com frequência, para passar a noite. Emma e Harriet estavam saindo para caminhar; ele as alcançou; e, ao voltar, encontraram um grande grupo que, como eles, julgara mais sensato fazer seu exercício mais cedo, pois ameaçava chover; o senhor e a senhora Weston e o filho, a senhorita Bates e a sobrinha, que se haviam encontrado acidentalmente. Todos se juntaram e, ao chegarem aos portões de Hartfield, Emma, sabendo que esse era o tipo de visita que agradava a seu pai, insistiu para que todos entrassem para tomar o chá. A família de Randalls logo aceitou e, após um longo discurso da senhorita Bates, que poucos escutaram, ela achou que seria possível aceitar o amável convite da querida senhorita Woodhouse.

Quando estavam entrando no terreno da casa, o senhor Perry passou a cavalo. Os cavalheiros falaram do cavalo dele.

– A propósito – disse então Frank Churchill para a senhora Weston – o que aconteceu com o plano do senhor Perry de comprar uma carruagem?

A senhora Weston pareceu surpresa e disse:

– Eu jamais soube que ele tivesse algum plano desse tipo.

– Não, foi a senhora que me falou disso. Escreveu-me umas palavras a respeito, três meses atrás.

– Eu!? Impossível!

– Claro que o fez. Lembro-me perfeitamente. Mencionou que isso certamente devia acontecer logo. A senhora Perry havia contado a alguém e estava extremamente feliz com isso. Tudo se devia à persuasão *dela*, pois achou que o fato de ele se expor ao mau tempo estava lhe fazendo muito mal. A senhora lembra agora?

– Palavra de honra, nunca soube disso até este momento.

– Nunca! Realmente nunca?... Que Deus me abençoe, como pode ser?... Então devo ter sonhado... mas eu estava totalmente persuadido... Senhorita Smith, está caminhando como se estivesse cansada. Não haveria de lamentar estar em sua casa agora.

– O que é isso?... O que é isso? – exclamou o senhor Weston.

– É sobre Perry e uma carruagem? Perry vai comprar uma carruagem, Frank? Fico contente se puder fazer isso. Foi ele mesmo que lhe contou, é?

– Não, senhor – replicou o filho, rindo. – Parece que eu soube disso de ninguém... Muito estranho!... Eu estava realmente persuadido de que a senhora Weston havia mencionado isso numa de suas cartas a Enscombe, muitas semanas atrás, com todos os pormenores... mas como ela afirma que nunca ouviu uma palavra a respeito antes, é claro que deve ter sido um sonho. Sou um grande sonhador. Sonho com todas as pessoas de Highbury quando estou longe daqui... e como já andei sonhando com todos os meus amigos, comecei agora a sonhar com o senhor e a senhora Perry.

– É muito estranho – observou seu pai – que você sonhe regularmente com pessoas sobre as quais não é provável que pense quando está em Enscombe. Perry comprando sua carruagem! E sua esposa persuadindo-o a fazer isso por causa de sua saúde... exatamente o que vai acontecer, não tenho dúvidas, mais dia menos dia; é só um pouco prematuro. Como um ar de probabilidade às vezes corre através de um sonho! E em outros, quantos absurdos! Bem, Frank, seu sonho mostra certamente que Highbury permanece em seus pensamentos quando está ausente. Emma, você é uma grande sonhadora, não é?

Emma estava fora do alcance da voz dele. Ela tinha saído apressada na frente dos hóspedes para avisar ao pai da chegada deles, e não chegara a ouvir a insinuação do senhor Weston.

– Bem, para dizer a verdade – exclamou a senhorita Bates, que estava tentando em vão falar nos últimos dois minutos –, se posso falar sobre esse assunto, não há como negar que o senhor Frank Churchill deve ter... Não quero dizer que ele não tenha sonhado isso... sei que às vezes tenho os sonhos mais estranhos do mundo... mas, se me perguntassem, eu deveria reconhecer que ouvi falar sobre essa ideia na última primavera; pois a própria senhora Perry mencionou isso para minha mãe e os Cole sabiam disso como nós... mas era um segredo, ninguém mais sabia, e ele só pensou nisso só por uns três dias. A senhora Perry estava muito ansiosa para que ele comprasse a carruagem e veio conversar com minha mãe muito animada, certa manhã, porque achou que o tinha convencido. Jane, você não se lembra da vovó contando-nos isso quando chegamos em casa? Não me lembro para onde andávamos caminhando... muito provavelmente para Randalls; sim, acho que era Randalls. A senhora Perry sempre gostou muito de minha mãe... na verdade, não sei de alguém que não goste... e ela tinha mencionado isso em segredo; não fez nenhuma objeção a que ela nos contasse, é claro, mas não devia ir além; e desse dia em diante nunca o mencionei a ninguém que eu conheça. Ao mesmo tempo, não posso garantir que não tenha insinuado isso, porque muitas vezes acabo falando uma coisa sem me dar conta. Eu falo muito, bem sabe, e aqui e acolá deixei escapar alguma coisa que não devia. Não sou como Jane; gostaria de ser. Posso afirmar que *ela* nunca traiu a menor coisa do mundo. Onde está ela?... Oh! Logo ali atrás... Lembro-me perfeitamente da chegada da senhora Perry... Que sonho extraordinário, realmente!

Estavam entrando no vestíbulo. Os olhos do senhor Knightley procuraram de relance Jane, antes da senhorita Bates. Do rosto de Frank Churchill, em que pensou ver um ar de confusão reprimido ou disfarçado por um riso, voltara-se involuntariamente para o dela; mas ela estava realmente mais atrás e muito ocupada com seu xale. O senhor Weston havia entrado. Os dois outros cavalheiros esperavam à porta para deixá-la passar. O senhor Knightley suspeitou que Frank Churchill estava determinado a atrair o olhar dela... parecia que a olhava atentamente... em vão, contudo, se assim fosse... Jane passou entre eles sem direção do hall em olhar para nenhum deles.

Não houve tempo para mais observações ou explicações. O sonho devia ser aceito como tal e o senhor Knightley teve que ocupar seu lugar com os outros em volta da grande e moderna mesa circular, que Emma havia introduzido em Hartfield e que ninguém além dela teria a ousadia de colocá-la lá e persuadir o pai a utilizá-la, em vez da pequena mesa Pembroke, na qual duas de suas refeições diárias tinham sido muito frequentadas durante quarenta anos. O chá transcorreu agradavelmente e ninguém parecia apressado em sair.

– Senhorita Woodhouse – disse Frank Churchill, depois de examinar uma mesa atrás dele, que podia alcançar de onde estava sentado –, seus sobrinhos levaram o alfabeto deles... a caixa de letras? Costumava ficar aqui. Onde está? Esta parece ser uma noite monótona e merece ser tratada mais como uma noite de inverno do que de verão. Nós nos divertimos muito com aquelas letras, certa manhã. Gostaria de jogar de novo.

Emma ficou contente com a lembrança e, trazendo a caixa, espalhou rapidamente as letras sobre a mesa, mas ninguém parecia tão disposto a jogar como os dois. Começaram logo a formar palavras para si mesmos ou para os outros que quisessem completá-las. A quietude do jogo o tornava especialmente agradável para o senhor Woodhouse, que teria ficado perturbado com alguma brincadeira mais animada, que o senhor Weston ocasionalmente introduzia, e agora se encontrava sentado, ocupado em lamentar, com terna melancolia, a partida dos "pobres menininhos", ou em apontar animadamente, quando apanhava alguma letra perto dele, como Emma as havia desenhado tão bem.

Frank Churchill colocou uma palavra diante da senhorita Fairfax. Ela deu uma leve olhada ao redor da mesa e se concentrou no jogo. Frank estava ao lado de Emma, Jane do lado oposto e o senhor Knightley colocado de tal modo que podia ver a todos; e era seu objetivo ver tudo o que pudesse, sem despertar muita atenção. A palavra foi descoberta e, com um leve sorriso, posta de lado. Devia ser imediatamente misturada com as outras e escondida da vista, mas ela deveria ter olhado para a mesa, em vez de olhar para a frente, pois as letras não foram misturadas; e

Harriet, ansiosa por achar qualquer palavra nova, e não encontrando nenhuma, apanhou-a imediatamente e começou a trabalhar. Estava sentada ao lado do senhor Knightley e voltou-se para ele pedindo ajuda. A palavra era *asneira*; e quando Harriet, exultante, a soletrou, havia um rubor nas faces de Jane que deu à palavra um significado que de outra forma não seria percebido. O senhor Knightley ligou isso ao sonho; mas como isso seria possível, não conseguiu compreender. Como a delicadeza, a discrição de sua favorita poderiam ter ficado tão entorpecidas! Ele receava que houvesse algum envolvimento. Falsidade e jogo duplo pareciam envolvê-lo a todo o momento. Essas letras não foram mais que o veículo para galanterias e brincadeiras capciosas. Era um jogo de criança, escolhido para esconder um jogo mais profundo por parte de Frank Churchill.

Com grande indignação ele continuou a observá-lo; com grande alarme e desconfiança observava também suas duas cegas companheiras. Ele viu que uma pequena palavra foi preparada para Emma, e a deu a ela com um olhar astuto e reservado. Viu que Emma logo a decifrou e a achou altamente divertida, embora fosse algo que ela julgava um tanto censurável, pois disse: "Bobagem! Devia ter vergonha!" E ouviu Frank Churchill dizer, com um olhar em direção a Jane: "Vou dá-la a ela... Será que devo?" E viu claramente Emma se opor, com uma ansiosa e calorosa risada: "Não, não, claro que não deve; não deve, de forma alguma."

Mas já estava feito. Esse jovem galante, que parecia amar sem sentimentos e recomendar-se sem complacência, entregou a palavra diretamente à senhorita Fairfax, e com um alto grau de tranquila civilidade insistiu para que ela a estudasse. A grande curiosidade do senhor Knightley em saber qual seria a palavra o fazia aproveitar qualquer ocasião para lançar seus olhos em direção a ela; não demorou muito a ver que as letras formavam *Dixon*. A percepção de Jane Fairfax pareceu acompanhar a dele; só que a compreensão dela era mais adequada a descobrir o sentido oculto, o significado superior daquelas cinco letras assim arranjadas. Ela ficou evidentemente incomodada; levantou os olhos e, vendo que estava sendo observada, corou tão fortemente como ele nunca a havia visto, e dizendo somente: "Eu não sabia que era permitido usar nomes próprios." Empurrou as letras com certa raiva e pareceu decidida a não aceitar qualquer outra palavra que lhe fosse oferecida. Desviou o rosto daqueles que fizeram o ataque e voltou-se para a tia.

– Sim, é verdade, minha querida – exclamou esta última, embora Jane não tivesse dito uma palavra. – Eu ia dizer a mesma coisa. Está na hora de irmos embora, de fato. A noite está chegando e a vovó deve estar nos esperando. Meu caro senhor, é muito amável. Nós realmente devemos lhe desejar uma boa noite.

A presteza de Jane em partir demonstrou que estava pronta, como sua tia deixara transparecer. Levantou-se imediatamente e, pretendendo deixar a mesa, muitos outros se levantaram também, de modo que não conseguia sair. E o senhor Knightley pensou ter visto outra coleção de letras ser ansiosamente empurrada na direção dela, que as espalhou sem examiná-las. Depois disso começou a procurar o xale... Frank Churchill ajudou-a a procurar... começava a escurecer e a sala estava em confusão; e como conseguiram partir, o senhor Knightley não saberia dizer.

Ele permaneceu em Hartfield depois que todos partiram, com seus pensamentos imersos no que havia visto; e estava tão pensativo que, quando as velas acesas vieram ajudá-lo em suas observações, ele devia... sim, certamente devia, como amigo... um amigo ansioso... dar a Emma alguma indicação e fazer-lhe algumas perguntas. Não poderia vê-la numa situação de tamanho perigo sem tentar preservá-la. Era seu dever.

– Por favor, Emma – disse ele –, posso perguntar em que consistia o grande divertimento ou a pungente ferroada da última palavra mostrada a você e à senhorita Fairfax? Eu vi a palavra e estou curioso em saber por que foi tão divertida para uma e tão desagradável para a outra.

Emma ficou extremamente confusa. Ela não suportaria dar-lhe a verdadeira explicação; pois, embora suas suspeitas não tivessem sido de forma alguma removidas, estava realmente envergonhada de tê-las compartilhado com alguém.

– Oh! – exclamou ela, com evidente embaraço. – Não significava nada; uma simples brincadeira entre nós.

– A brincadeira – respondeu ele, seriamente – parece ter ficado restrita a você e ao senhor Churchill.

Ele esperava que ela falasse mais, mas ela não o fez. Preferia se ocupar com qualquer outra coisa a falar. Ele se sentou por pouco tempo, em dúvida. Uma variedade de males cruzou sua mente. Interferência... infrutífera interferência. A confusão de Emma e a intimidade percebida por ele pareciam indicar que o afeto dela estava comprometido. Assim mesmo ele falaria. Devia isso a ela, pelo bem-estar dela, mesmo com o risco de que sua interferência fosse mal recebida; preferia enfrentar qualquer coisa a ficar com a lembrança de ter sido negligente nesse caso.

– Minha querida Emma – disse ele finalmente, com extrema bondade – acha que entende perfeitamente o grau de relacionamento entre o cavalheiro e a jovem dama de quem estivemos falando?

– Entre o senhor Frank Churchill e a senhorita Fairfax? Oh! sim, perfeitamente... Por que duvida disso?

– Você nunca teve motivos para pensar que ele a admirava ou que ela o admirava?

– Nunca, nunca! – exclamou ela, com a mais franca vivacidade. – Nunca, nem por um vigésimo de segundo, tal ideia me ocorreu. E como isso surgiu em sua cabeça?

– Imaginei ultimamente ter notado sintomas de afeto entre eles... alguns olhares expressivos, que não acredito que eles pretendam tornar público.

– Oh! o senhor me diverte em demasia. Estou encantada por saber que o senhor permite que sua imaginação vagueie... mas não adianta... lamento muito dar-lhe essa notícia em sua primeira tentativa... mas, na verdade, não se trata disso. Não há admiração entre eles, eu lhe asseguro; e as aparências que o surpreenderam surgiram de algumas circunstâncias peculiares... sentimentos de uma natureza totalmente diferente... é impossível explicar exatamente... há muita coisa sem sentido nisso... mas a parte que pode ser revelada, que tem algum sentido, é que eles estão longe de qualquer afeto ou admiração recíprocos, tanto quanto é possível que duas pessoas neste mundo possam estar. Isto é, *presumo* que deve ser assim da parte dela e posso *afirmar* que é assim da parte dele também. Posso responder pela indiferença do cavalheiro.

Emma falou com tal confiança e satisfação que confundiu e silenciou o senhor Knightley. Estava de bom humor e teria prolongado a conversa para ouvir os pormenores das suspeitas dele, a descrição de cada olhar e todos os ondes e comos de uma circunstância que a divertia imensamente; mas a alegria dela não teve resposta nele. Ele percebeu que não poderia ser útil e se sentia irritado demais para falar. Antes que sua irritação pudesse chegar a extremos, com a ajuda da lareira acesa que os delicados hábitos do senhor Woodhouse exigiam quase todas as noites do ano, ele partiu apressado logo em seguida e caminhou para casa, para sua fria e solitária Donwell Abbey.

## ≈ CAPÍTULO 6 ≈

Depois de ser longamente alimentado com a esperança de uma pronta visita do senhor e da senhora Suckling, o mundo de Highbury foi obrigado a suportar a mortificação de saber que eles não poderiam vir antes do outono. Nenhuma novidade transmitida como essa poderia enriquecer suas reservas intelectuais no momento. No intercâmbio diário de notícias deveriam ficar novamente restritos a outros tópicos, com os quais, por um tempo, a vinda dos Suckling estivera ligada, tais como as últimas notícias sobre a senhora Churchill, cuja saúde parecia estar sujeita a um diferente relato a cada dia, e a situação da senhora Weston, cuja felicidade, era de se esperar, poderia ser realmente aumentada pela chegada de um filho, assim como o era a de todos os seus vizinhos pela notícia.

A senhora Elton estava muito desapontada. Era o adiamento de muitos prazeres e festas. Suas apresentações e recomendações deveriam esperar, e cada festa projetada ficaria por ora apenas nas palavras. Assim ela pensou a princípio... mas uma pequena consideração a convenceu de que nem tudo precisava ser adiado. Por que não poderiam fazer um passeio de exploração à Box Hill, embora os Suckling não viessem? Poderiam ir novamente com eles no outono. Ficou decidido que iriam a Box Hill. Há muito se comentava sobre essa projetada excursão, o que lhes deu a ideia de outra. Emma nunca tinha ido a Box Hill; queria conhecer o que todas as pessoas julgavam que valia tanto a pena ser visto, e ela e o senhor Weston haviam concordado em escolher uma bela manhã e fazer esse passeio. Escolheriam mais duas ou três pessoas somente para lhes fazer companhia e tudo deveria ser feito de modo calmo, despretensioso e elegante, infinitamente superior ao alvoroço e preparação das comidas e bebidas comuns e dos piqueniques dos Elton e dos Suckling.

Isso havia ficado tão bem acertado entre eles, que Emma não pôde deixar de se sentir surpresa e um pouco contrariada ao ouvir do senhor Weston que havia proposto à senhora Elton, uma vez que o cunhado e a irmã não poderiam vir, que os dois podiam se unir e ir juntos; e que a senhora Elton havia prontamente concordado, e assim deveria ocorrer, se Emma não tivesse objeções. Bem, como a objeção dela se resumia ao fato de não gostar da senhora Elton, do que o senhor Weston já deveria estar perfeitamente a par, não valia a pena mencionar isso de novo... não poderia fazer isso sem reprová-lo, o que causaria desgosto à sua esposa; e Emma se viu então obrigada a aceitar um arranjo que faria tudo para evitar; um arranjo que poderia provavelmente expô-la à degradação de ouvir dizer que fizera parte do grupo da senhora Elton! Todos os seus sentimentos estavam ofendidos; e a paciência de ostentar uma aparente submissão deixou uma pesada dívida devido à severidade secreta de suas reflexões sobre a incontrolável boa vontade do senhor Weston.

– Fico contente que tenha aprovado o que fiz – disse ele, muito confortavelmente. – Mas achava que aprovaria. Planos como esses não funcionam sem muita gente. Não se pode ter um grupo grande demais. Um grupo grande garante sua própria diversão. E ela é uma boa mulher, afinal. Não se pode deixá-la de fora.

Emma não desaprovou nada em voz alta, e não concordou com nada em seu íntimo.

Estavam agora em meados de junho e o tempo era bom; e a senhora Elton estava ficando impaciente para marcar o dia e combinara com o senhor Weston para levar tortas de pombo e carne de cordeiro fria, quando um dos cavalos da carruagem começou a mancar e colocou tudo em triste incerteza. Poderia levar semanas, poderia levar somente alguns dias até que pudessem usar o cavalo novamente; mas nenhum preparativo poderia ser feito e tudo ficou numa melancólica estagnação. Os recursos da senhora Elton eram inadequados para esse contratempo.

– Não é a coisa mais vexatória, Knightley ? – exclamou ela. – E um tempo desses para explorar!... Esses atrasos e desapontamentos são realmente odiosos. O que vamos fazer?... Desse jeito, o ano vai acabar e nada será feito. Por essa época, no ano passado, asseguro-lhe que já tínhamos feito uma deliciosa exploração de Maple Grove a Kings Weston.

– Vocês fariam melhor se explorasse Donwell Abbey – replicou o senhor Knightley. – Isso pode ser feito sem cavalos. Venham provar meus morangos. Estão amadurecendo rapidamente.

Se o senhor Knightley não havia falado seriamente de início, foi obrigado a fazê-lo depois, porquanto sua proposta foi recebida com muita animação; e o "Oh! Eu gostaria disso mais que tudo" não foi mais discreto em palavras do que nas maneiras. Donwell era famosa por suas plantações de morango, que pareciam implorar por um convite; mas não era preciso nenhuma imploração; plantações de repolho teriam sido suficientes para tentar a dama, que só queria ir a algum lugar. Ela prometeu e tornou a prometer-lhe que iria... com muito mais frequência do que ele duvidava... e estava extremamente gratificado por essa prova de intimidade, que ela considerava o mais distinto cumprimento.

– Pode contar comigo – disse ela. – Eu irei com certeza. Diga a data e eu irei. Permite que eu leve Jane Fairfax?

– Não posso fixar uma data – disse ele –, sem falar com outras pessoas que eu gostaria que também a acompanhassem.

– Oh! Deixe tudo isso comigo. Apenas me dê carta branca... Eu sou a Senhora Patrocinadora, bem sabe. É minha festa. Levarei amigos comigo.

– Espero que leve Elton – disse ele. – Mas não vou impedi-la de fazer outros convites.

– Oh! Agora está parecendo muito dissimulado. Mas considere... não precisa ficar com medo de delegar poderes a *mim*. Não sou uma jovem dama inexperiente. Mulheres casadas, como sabe, podem ser autorizadas com segurança. É a minha festa. Deixe tudo comigo. Eu vou convidar seus hóspedes.

– Não – replicou ele, calmamente. – Há uma única uma mulher casada no mundo a quem eu permitiria que convidasse as pessoas que desejasse para ir a Donwell, e essa mulher é...

– A senhora Weston, suponho – interrompeu a senhora Elton, um tanto mortificada.

– Não... a senhora Knightley... e enquanto ela existir, eu cuidarei dessas coisas sozinho.

– Ah! Você é uma criatura estranha! – exclamou ela, satisfeita por não ter outra preferida além dela. – Você é um humorista e pode dizer o que quiser. Que humorista! Bem, vou levar Jane comigo... Jane e a tia dela... O resto eu deixo com você. Não tenho objeção alguma em encontrar a família de Hartfield. Não tenha escrúpulos. Sei que é ligado a eles.

– A senhora certamente os encontrará, se minha opinião prevalecer; e eu mesmo vou visitar a senhorita Bates em meu caminho para casa.

– Isso é totalmente desnecessário; vejo Jane todos os dias... mas faça como quiser. Deve ser um passeio pela manhã, bem sabe, Knightley, uma coisa bem simples. Vou usar um grande chapéu e vou levar uma de minhas cestinhas dependurada no braço. Aqui... provavelmente esta cesta com a fita cor-de-rosa. Nada pode ser mais simples, como pode ver. E Jane vai ter algo parecido. Não haverá nenhuma formalidade ou ostentação... uma espécie de festa cigana. Vamos caminhar por seus jardins e colher nós mesmas os morangos; e sentar debaixo das árvores... e qualquer outra coisa que você queira providenciar, deve ser tudo ao ar livre... uma mesa disposta na sombra, como sabe. Tudo tão natural e simples quanto possível. Não é essa sua ideia?

– Não exatamente. Minha ideia do simples e natural seria de colocar a mesa na sala de jantar. A natureza e a simplicidade dos cavalheiros e das damas, com seus criados e móveis, acho que podem ser mais bem observadas nas refeições dentro de casa. Quando se cansarem de comer morangos no jardim, haverá uma refeição de carnes frias dentro da casa.

– Bem... como desejar; só que não seja algo muito elaborado. E, a propósito, eu ou minha governanta podemos ser de alguma serventia para você com nossas opiniões? Peço que seja sincero, Knightley. Se desejar que eu fale com a senhora Hodges ou que inspecione alguma coisa...

– Não preciso de nada disso, agradeço.

– Bem... mas se surgir alguma dificuldade, minha governanta é extremamente capaz.

– Responderei a isso dizendo-lhe que a minha se acha mais do que capaz, e rejeitaria a ajuda de qualquer pessoa.

– Gostaria que tivéssemos um burro. Seria interessante para

todos nós se chegássemos montadas em burros, Jane, a senhorita Bates e eu... e meu *caro sposo* caminhando ao lado. Devo realmente falar com ele sobre comprar um burro. Na vida do campo acho que é algo necessário; pois, se uma mulher não possui muitos recursos, não é possível que tenha de ficar sempre trancada em casa... e longas caminhadas, bem sabe... no verão há poeira e, no inverno, barro.

– Não vai encontrar nenhum dos dois entre Donwell e Highbury. O caminho para Donwell nunca fica empoeirado, e agora está perfeitamente seco. Venha num burro, contudo, se preferir. Pode pedir emprestado o do senhor Cole. Gostaria que tudo fosse feito de acordo com seu gosto, tanto quanto possível.

– Tenho certeza que sim. De fato, devo fazer-lhe justiça, meu bom amigo. Sob essa espécie peculiar de seus modos secos e bruscos, sei que se esconde um grande coração. Como digo ao senhor E., você é um grande humorista... Sim, pode acreditar em mim, Knightley, tenho plena certeza de sua atenção para comigo em todo esse esquema. Cuidou de cada coisa em detalhe para me agradar.

O senhor Knightley tinha outra razão para evitar uma mesa à sombra das árvores. Ele desejava persuadir o senhor Woodhouse, assim como Emma, a se juntarem ao grupo; e sabia que obrigá-los a sentar ao ar livre para comer poderia deixar inevitavelmente o idoso doente. O senhor Woodhouse não devia, sob o específico pretexto de um passeio matinal, passando uma ou duas horas em Donwell, ser tentado a concordar com algo que o deixaria infeliz.

Ele foi convidado de boa-fé. Não haveria horrores à espreita para reprovar sua ingênua credulidade. Ele concordou. Fazia dois anos que não ia a Donwell. "Numa manhã muito bonita, ele, Emma e Harriet podiam muito bem ir; e ele poderia sentar-se com a senhora Weston, enquanto as queridas meninas passeassem pelos jardins. Ele acreditava que não deveria haver umidade agora, no meio do dia. Ele gostaria muito mesmo de ver novamente a antiga casa e ficaria muito feliz de encontrar o senhor e a senhora Elton e outros de seus vizinhos... Não faria objeção alguma, nem Emma nem Harriet a ir numa bela manhã. Achou muito bonito da parte do senhor Knightley convidá-los... muito gentil e atencioso... muito mais inteligente do que um convite para jantar fora... Ele não gostava de jantar fora".

O senhor Knightley foi feliz ao receber de todos a mais pronta aceitação. O convite foi tão bem recebido em toda parte a ponto de parecer que, como a senhora Elton, cada um considerava a festa como uma homenagem pessoal... Emma e Harriet demonstraram altas expectativas de prazer na festa; o senhor Weston, sem que lhe fosse pedido, prometeu levar Frank consigo, se possível; uma prova de aprovação e gratidão que poderia ter sido dispensada... o senhor Knightley foi então obrigado a dizer que ficaria muito contente em vê-lo; e o senhor Weston se comprometeu a não perder tempo em escrever ao filho, sem poupar argumentos para convencê-lo a vir.

Nesse meio tempo, o cavalo manco se recuperou com tal rapidez que o grupo que deveria ir a Box Hill voltou a ser levado em consideração; e finalmente, marcaram um dia para ir a Donwell e a Box Hill no dia seguinte... visto que o tempo estava ótimo.

Sob um brilhante sol do meio-dia, quase na metade do verão, o senhor Woodhouse foi transportado com segurança em sua carruagem, com uma das janelas aberta, para participar dessa festa ao ar livre; e numa das salas mais confortáveis de Abbey, especialmente preparada para ele, aquecida por uma lareira acesa a manhã inteira, ele foi instalado todo feliz, bem à vontade, pronto a falar com satisfação da proeza que acabara de realizar e aconselhando a todos que se sentassem e não se aquecessem demais. A senhora Weston, que parecia ter caminhado até lá com o único propósito de se cansar e sentar-se o tempo todo ao lado dele, permaneceu como paciente ouvinte e simpatizante, enquanto os todos os outros eram convidados ou persuadidos a sair.

Fazia tanto tempo que Emma não ia a Abbey que, tão logo se assegurou de que o pai estava confortável, ficou contente em deixá-lo e deu uma volta, ansiosa para refrescar e corrigir sua memória com mais cuidadosa observação e mais exata compreensão de uma casa e de terras, que sempre deveriam ser tão interessantes para ela e toda a sua família.

Ela sentiu todo o honesto orgulho e complacência que sua aliança com o presente e o futuro proprietário poderia muito bem garantir, enquanto observava o respeitável tamanho e o estilo da construção, que era baixa e abrigada, assim como sua localização conveniente, atraente e característica... seus amplos jardins descendo até a pradaria regada por uma torrente, da qual Abbey, com toda a antiga negligência do projeto, mal podia ser avistada... e sua abundância de árvores dispostas em filas e avenidas, que nem a moda nem a extravagância poderiam erradicar... A casa era maior que Hartfield e totalmente diferente, cobrindo boa área de terreno desconexo e irregular, com muitas salas confortáveis e uma ou duas bastante bonitas... Era exatamente como devia ser e parecia o que realmente era... e Emma sentiu um crescente respeito por isso, como a residência de uma família da mais genuína nobreza, sem mistura de sangue e entendimento... John Knightley podia ter algumas falhas de caráter; mas Isabella fizera um casamento excepcional. Ela não lhes dera pessoas, nem nomes, nem lugares que pudessem provocar constrangimento. Eram sentimentos agradáveis e ela caminhou por ali acalentando esses pensamentos até que fosse necessário fazer o mesmo que os outros; e então foi colher morangos... Estavam todos juntos, exceto Frank Churchill, que era esperado a qualquer momento vindo de Richmond; e a senhorita Elton, com todo o seu aparato de felicidade, o grande chapéu e a cestinha, estava pronta a liderar o grupo em colher, aceitar e falar de... morangos e só de morangos se poderia falar agora... "A melhor fruta da Inglaterra... a favorita de todos... sempre saudável... Esses eram os melhores canteiros e as melhores espécies... Encantada de colher os próprios morangos... a única forma de apreciá-los realmente... pela manhã era sempre melhor, com certeza... não se cansava nunca... todos os tipos eram bons... infinitamente superiores... sem comparação... os outros mal se podiam comer... alguns tipos eram muito raros... havia um que era o mais saboroso... o preço dos morangos em Londres... eram abundantes em Bristol... Maple Grove...cultivo... quando os canteiros precisam ser renovados... os jardineiros achavam exatamente o contrário... não havia regra geral... os jardineiros nunca deviam fazer alguma coisa que não quisessem... frutos deliciosos... muito nutritivos, não se deve comer em excesso... inferiores às cerejas... groselhas são mais refrescantes... a única objeção a colher morangos era ter que se abaixar... sol forte... cansada demais... não podia suportar mais... devia ir e sentar à sombra."

Essa foi a conversa durante meia hora... interrompida somente uma vez pela senhora Weston, que veio perguntar, em sua solicitude pelo enteado, se ele já havia chegado... e estava um pouco preocupada... Tinha alguns receios em relação ao cavalo dele.

Acharam assentos relativamente bons na sombra; e Emma foi então obrigada a entreouvir do que a senhora Elton e Jane Fairfax estavam falando... Uma colocação, a mais desejável colocação estava em questão. A senhora Elton soubera disso pela manhã e estava exultante. Não era com a senhora Suckling, não era com a senhora Bragge, mas em felicidade e esplendor era somente inferior a elas. Era com uma prima da senhora Bragge, uma amiga da senhora Suckling, uma dama bem conhecida em Maple Grove. Agradável, encantadora, superior, de primeira classe, das altas esferas, linhas e posições sociais, tudo... e a senhora Elton estava louca para que a oferta fosse aceita imediatamente... Da parte dela, tudo era animação, energia e triunfo... e ela decididamente se recusava a aceitar uma negativa da amiga, embora a senhorita Fairfax continuasse lhe dizendo que não queria comprometer-se com nada no momento, repetindo os mesmos motivos que ela já tinha ouvido mencionar antes... Ainda assim a senhora Elton insistia em ser autorizada a escrever uma carta aceitando, para ser enviada pelo correio na manhã seguinte... Como Jane podia suporta aquilo, estava surpreendendo Emma... Parecia irritada, falava com severidade... e, finalmente, com uma decisão de ação incomum para ela, propôs que saíssem dali... "Não seria bom caminhar um pouco? O senhor Knightley não haveria de lhes mostrar os jardins? ...Todos os jardins?... Ela queria ver a extensão total"... A teimosia da amiga parecia mais do que ela podia suportar.

Estava quente; e depois de caminhar por um tempo pelos jardins, de modo esparramado e disperso, raramente em grupos de três, quase sem perceber eles foram seguindo uns aos outros até uma deliciosa sombra de uma larga e curta alameda de limeiras, que se estendia além do jardim a uma distância igual do rio, e parecia delimitar o final da área própria para passeios... Não levava a nada; nada anão ser a vista para além de um muro baixo de pedras com altos pilares que, em sua forma ereta, parecia tratar-se de um portal para a casa, que nunca fora colocado. Ainda que o bom gosto desse tipo de acabamento pudesse ser discutível, era em si uma caminhada encantadora e a vista era extremamente bonita... A considerável encosta perto de cujo sopé se encontrava Abbey, adquiria gradualmente um perfil mais íngreme nos terrenos mais afastados; e a cerca de meia milha de distância havia uma ladeira de considerável rispidez e grandeza, bem coberta de árvores... e ao fundo dessa ladeira, situada em lugar favorável e abrigado, surgia a fazenda Abbey-Mill, com prados à frente e o rio que fazia uma curva fechada e bonita em torno dela.

Era uma vista suave... suave para os olhos e para a mente. A vegetação inglesa, a cultura inglesa, o conforto inglês, vistos sob um sol brilhante, sem ser opressivo.

Nessa caminhada, Emma e o senhor Weston encontraram

todos os outros reunidos; olhando para esse grupo, ela percebeu imediatamente o senhor Knightley e Harriet, um pouco à frente dos, calmamente liderando o caminho. O senhor Knightley e Harriet!... Era um estranho frente a frente; mas ela estava contente em vê-lo... Houvera um tempo em que ele teria menosprezado a companhia dela e se afastado sem muita cerimônia. Agora eles pareciam conversar agradavelmente. Houvera um tempo também em que Emma teria lamentado ver Harriet num lugar tão perto da fazenda Abbey-Mill; mas agora não temia isso. A fazenda podia ser vista com todos os seus belos e prósperos anexos, seus ricos pastos, grandes rebanhos, pomar em floração e uma leve coluna de fumaça saindo da chaminé... Ela os alcançou perto do muro e os encontrou mais interessados em conversar do que em olhar a vista. Ele estava explicando a Harriet as modalidades de agricultura, etc., e Emma recebeu um sorriso que parecia dizer: "Estas são minhas preocupações. Tenho direito de falar desses assuntos sem levantar suspeitas de me referir a Robert Martin..." Ela não suspeitava dele. Era uma história superada... Robert Martin provavelmente tinha parado de pensar em Harriet... Caminharam um pouco juntos ao longo do muro... A sombra era muito refrescante e Emma considerou aquela a mais agradável parte do dia.

A caminhada seguinte seria em direção da casa; todos deviam entrar e fazer a refeição... e já estavam todos sentados e ocupados em comer, e o senhor Frank Churchill ainda não chegara. A senhora Weston olhava e olhava em vão. O pai não se permitia ficar preocupado e ria dos temores dela; mas ela não podia evitar o desejo de que ele tivesse partido com sua égua preta. Ele havia dito que viria com a mais plena certeza. "Sua tia havia melhorado tanto, que ele não tinha a menor dúvida de que poderia vir juntar-se a eles." O estado da senhora Churchill, no entanto, como muitos gostavam de lembrá-la, era passível de variações tão repentinas que poderiam desapontar o sobrinho e forçá-lo a permanecer... e a senhora Weston foi finalmente persuadida a acreditar, ou a fingir que acreditava, que deveria ter sido por algum ataque da senhora Churchill que havia sido impedido de vir... Emma olhou para Harriet enquanto discutiam o assunto; ela se comportou muito bem, e não traiu a menor emoção.

A refeição fria havia terminado e o grupo devia sair outra vez para ver o que ainda não tinham visto: os antigos tanques de peixes de Abbey; talvez para ir até o campo de trevos, que começariam a ser cortados no dia seguinte ou, em último caso, para ter o prazer de se aquecer ao sol e refrescar-se novamente... O senhor Woodhouse, que já tinha feito um pequeno giro na parte mais elevada dos jardins, onde não havia nenhuma umidade do rio imaginada nem por ele, não iria mais sair; e a filha dele resolveu ficar com ele, para que a senhora Weston pudesse ser persuadida a sair com o marido, a fim de se exercitar e distrair, de que seu espírito parecia necessitar.

O senhor Knightley havia feito tudo o que estava a seu alcance para o entretenimento do senhor Woodhouse. Livros de gravuras, caixas com medalhas, camafeus, corais, conchas e todas as outras coleções da família que estavam nos armários foram dispostas para seu velho amigo se distrair durante toda a manhã; e a bondade dele deu ótimos resultados. O senhor Woodhouse estava extremamente bem disposto. A senhora Weston estivera mostrando tudo a ele e agora ele poderia mostrar tudo a Emma... por sorte ele não se parecia com uma criança, a não ser na total falta de gosto por aquilo que via, pois era lento, constante e metódico... Antes que começasse essa segunda vista pelas coleções, contudo, Emma foi até o vestíbulo para ter o prazer de observar livremente por uns momentos a entrada da casa e o jardim na frente... e mal havia chegado lá quando Jane Fairfax apareceu, vindo apressada do jardim e com um olhar de quem deseja escapar... Não esperando encontrar a senhorita Woodhouse tão cedo, teve um sobressalto de início; mas a senhorita Woodhouse era justamente a pessoa que ela estava procurando.

– A senhorita poderia fazer a gentileza – disse ela – quando derem por minha falta, de dizer que eu já fui para casa?... Estou indo neste momento... Minha tia não se deu conta de que é muito tarde, nem de quanto tempo estivemos fora... mas tenho certeza de que precisam de nós e estou decidida a ir de imediato... Não disse nada a ninguém. Só haveria de causar problemas e angústia. Alguns foram até os tanques e outros para a alameda de limeiras. Não darão por minha falta até que retornem; e quando vierem, a senhorita teria a bondade de dizer que eu já fui embora?

– Certamente, se é o que deseja... mas a senhorita não vai voltar para Highbury sozinha?

– Sim... o que poderia me atacar?... Eu caminho muito rápido. Estarei em casa em vinte minutos.

– Mas é muito longe, e de fato é, para ir caminhando totalmente sozinha. Deixe que o criado de meu pai a acompanhe... Deixe-me pedir a carruagem. Estará aqui em cinco minutos.

– Muito obrigada, muito obrigada... mas não é preciso... Prefiro caminhar. E *eu*, ter medo de andar sozinha!... Eu, que muito breve deverei cuidar de outros!

Ela falou com grande agitação; e Emma, sentindo muito por ela, replicou:

– Isso não é motivo para que se exponha a algum perigo agora. Vou pedir a carruagem. Até mesmo o calor pode ser perigoso... A senhorita já está cansada.

– Estou – respondeu ela –, estou cansada; mas não desse tipo de cansaço... uma caminhada rápida vai me reavivar... Senhorita Woodhouse, todos nós sabemos às vezes o que é estar cansada de espírito. O meu, confesso, está exausto. A maior gentileza que a senhorita pode me fazer é deixar que eu siga meu caminho e apenas dizer que já fui embora, quando for necessário.

Emma não tinha mais palavras para se opor. Compreendeu tudo; e percebendo os sentimentos dela, ajudou-a a deixar a casa imediatamente, observando-a sair em segurança com o zelo de uma amiga. Ao partir, ele lhe dirigiu um olhar de gratidão e disse:

– Oh! Senhorita Woodhouse, como é reconfortante ficar sozinha às vezes!...

Essas palavras pareciam brotar de um coração sobrecarregado e mostravam algo da contínua pressão que era exercida sobre ela, mesmo por alguns daqueles que mais a amavam.

"Que lar o dela, realmente! E que tia!" pensava Emma consigo mesma, enquanto voltava ao vestíbulo. "Tenho pena de você. E quanto mais sensibilidade demonstrar pelos horrores que enfrenta, mais gostarei de você."

Não fazia nem quinze minutos que Jane havia ido embora e que eles só tinham conseguido contemplar algumas gravuras da Praça São Marcos, em Veneza, quando Frank Churchill entrou na sala. Emma não estava mais pensando nele, havia se esquecido de pensar nele... mas ficou muito contente ao vê-lo. A senhora Weston ficaria tranquila. A égua preta não tinha culpa alguma; *aqueles* que disseram que a senhora Churchill era a causa do atraso estavam certos. Ele havia sido retido por um temporário agravamento da doença dela; um choque nervoso que havia durado algumas horas... e ele quase tinha desistido de vir, até que fosse bem mais tarde... e se ele soubesse como seria quente a cavalgada que iria ter, e como haveria de chegar atrasado, com toda essa correria, acreditava que não teria vindo de jeito nenhum. O calor era excessivo; nunca havia sofrido algo assim... quase desejava ter ficado em casa... nada o deixava mais prostrado que o calor... podia suportar qualquer grau de frio, etc., mas o calor era intolerável... e sentou-se à maior distância possível dos pequenos restos de fogo da lareira do senhor Woodhouse, parecendo estar numa situação deplorável.

– O senhor vai refrescar-se logo, se ficar quieto – disse Emma.

– Logo que me refrescar, irei voltar imediatamente. Eu podia ter sido poupado de vir... mas fizeram tanta questão de minha vinda! Todos vocês logo estarão indo embora, suponho; o grupo todo vai se dispersar. Encontrei *uma*, quando vim... Loucura, com um tempo desses!... absoluta loucura!

Emma ouviu, olhou e logo percebeu que o estado de espírito de Frank Churchill poderia ser mais bem definido pela expressiva locução "estar de mau humor". Algumas pessoas sempre ficavam infelizes quando sentiam calor. Este devia ser o caso dele; e como ela sabia que comida e bebida eram normalmente a cura dessas queixas incidentais, recomendou-lhe beber algum refresco; encontraria grande abundância de tudo na sala de jantar... e ela bondosamente lhe indicou a porta. "Não... ele não iria comer. Não tinha fome; isso só o deixaria com mais calor". Dois minutos depois, contudo, ele recuou em seu favor; e murmurando algo sobre cerveja, saiu. Emma voltou toda a sua atenção para o pai, dizendo em segredo:

"Estou feliz de não me ter apaixonado por ele. Não gostaria de um homem que logo perde a compostura por causa de uma manhã de calor. O doce e tranquilo temperamento de Harriet não se importará com isso."

Ele estivera fora tempo suficiente para ter feito uma ótima refeição, e voltou se sentindo melhor... bem mais refrescado... com boas maneiras, como costumava ter... capaz de puxar uma cadeira para perto deles, tomar interesse pelo que faziam e lamentar, de modo razoável, que se tivesse atrasado tanto. Não estava em seu melhor humor, mas tentava melhorá-lo; e, finalmente, já estava falando amenidades de modo muito agradável. Eles estavam olhando gravuras da Suíça.

– Logo que minha tia se recuperar, vou para o exterior – disse ele. – Nunca me sentirei feliz até que tenha visto alguns desses lugares. Mais dia, menos dia , a senhorita terá os meus esboços para olhar... ou meus relatos para ler... ou meus poemas. Devo fazer algo para me tornar conhecido.

– Isso pode ser... mas não com esboços da Suíça. O senhor nunca irá para a Suíça. Seu tio e sua tia nunca vão permitir que saia da Inglaterra.

– Podem ser convencidos a ir também. Um clima quente pode ser prescrito para ela. Tenho muita esperança de que possamos todos ir para o exterior. Garanto que tenho. Tive uma forte impressão, esta manhã, de que logo estarei no exterior. Devo viajar. Estou cansado de não fazer nada. Preciso de uma mudança. Falo sério, senhorita Woodhouse, seja o que for que seus penetrantes olhos possam imaginar... Estou enjoado da Inglaterra... e a deixaria amanhã, se pudesse.

– O senhor está enjoado da prosperidade e da indulgência. Não poderia criar algumas dificuldades para si mesmo e contentar-se em ficar aqui?

– *Eu,* enjoado da prosperidade e da indulgência! Está completamente enganada. Não me vejo como próspero ou indulgente. Fico contrariado com tudo o que é material. Não me considero uma pessoa afortunada, em absoluto.

– O senhor não parece tão infeliz, contudo, como ao chegar. Vá, coma e beba mais um pouco, e vai se sentir ainda melhor. Mais uma fatia de carne fria, outro cálice de vinho madeira e um pouco de água – Não, não pretendo sair. Vou ficar sentado ao lado da senhorita. É minha melhor cura.

– Vamos todos a Box Hill amanhã... vai nos acompanhar. Não é a Suíça, mas deverá ser algo para um jovem que tanto deseja uma mudança.

Vai ficar e ir conosco?

– Não, certamente não. Devo partir no frescor da noite.

– Mas pode voltar no frescor de amanhã de manhã.

– Não... não valerá a pena. Se eu vier, vou me sentir infeliz.

– Então, por favor, fique em Richmond.

– Mas se ficar, vou me sentir ainda mais infeliz. Não posso suportar a ideia de vocês todos ali juntos, sem mim.

– Essas são dificuldades que o senhor mesmo terá que resolver. Escolha seu grau de infelicidade, não vou pressioná-lo mais.

O resto do grupo estava voltando agora, e logo todos estavam reunidos. Para alguns, havia grande alegria ao ver Frank Churchill; outros o receberam com formalidade; mas havia angústia e perturbação geral quando foi explicado o desaparecimento da senhorita Fairfax. A conclusão foi que era hora de ir embora e, com uma rápida combinação para o plano do dia seguinte, eles partiram. A pouca vontade de Frank Churchill de participar do grupo aumentou muito, tanto que suas últimas palavras para Emma foram:

– Bem... se *a senhorita* deseja que eu fique e me una ao grupo, vou ficar.

Ela sorriu, aceitando; e nada, a não ser uma convocação para voltar a Richmond, seria capaz de levá-lo de volta antes da noite seguinte.

## ≈ CAPÍTULO 7 ≈

O dia estava muito bonito para ir a Box Hill e todas as outras circunstâncias de arranjo externo, acomodação e pontualidade eram favoráveis a um agradável passeio. O senhor Weston dirigia tudo, atuando com segurança entre Hartfield e o vicariato, e todos estavam prontos a tempo. Emma e Harriet foram juntas, a senhorita Bates e a sobrinha com os Elton, os cavalheiros, a cavalo. A senhora Weston ficou com o senhor Woodhouse. Nada mais faltava, a não ser que fossem felizes quando chegassem lá. Viajaram sete milhas na expectativa de diversão, e todos tiveram exclamações de admiração ao chegarem; mas no cômputo geral do dia, houve deficiência. Havia um langor, uma falta de ânimo, uma falta de união que não podiam passar despercebidos. Separaram-se demais em grupos. Os Elton caminhavam juntos, o senhor Knightley tomou conta da senhorita Bates e de Jane; e Emma e Harriet ficaram aos cuidados de Frank Churchill. E o senhor Weston tentou, em vão, fazer com que se harmonizassem melhor. No início, pareceu uma divisão acidental, mas os grupos nunca variavam realmente. O senhor e a senhora Elton, na verdade, demonstravam disposição para se misturar aos outros e ser tão agradáveis quanto pudessem; mas durante as duas horas que passaram na colina, pareceu haver um princípio de separação entre os outros grupos, forte demais para ser removida em função de qualquer perspectiva mais prazenteira ou de qualquer refeição fria ou para alegria do senhor Weston.

De início, era uma situação de claro enfado para Emma. Nunca havia visto Frank Churchill tão silencioso e sensaborão. Não disse nada que valesse a pena ouvir... olhava sem ver... admirava sem conhecimento... ouvia sem entender o que ela dizia. Como ele se mostrava tão maçante, não era de se estranhar que Harriet fosse igualmente maçante, e os dois estavam insuportáveis.

Quando todos se sentaram, as coisas melhoraram; para o gosto dela, melhoraram muito, pois Frank Churchill tornou-se falante e alegre, fazendo dela seu primeiro objetivo. Qualquer gesto de atenção que tivesse era dirigido a ela. Parecia que tudo o que desejava era diverti-la e ser agradável aos olhos dela... e Emma, feliz por ser estimulada, apreciando ser elogiada, ficou alegre e tranquila também, e deu-lhe todo o amigável encorajamento e o direito de ser galante como nunca fizera no período inicial e mais animado de seu relacionamento; mas agora, a seu próprio ver, já não significava nada, embora no julgamento das pessoas que assistiam poderia ter a aparência que nenhuma palavra inglesa a não ser flerte poderia descrever muito bem. "O senhor Frank Churchill e a senhorita Woodhouse estão flertando em excesso." Eles mais que mereciam a atribuição dessa frase... e foi escrita numa carta enviada a Maple Grove por uma dama, para a Irlanda por outra. Não que Emma estivesse alegre e descuidada por uma verdadeira felicidade; era mais porque se sentia menos feliz do que esperava. Ela ria porque estava desapontada; e embora gostasse dele por suas atenções e pensasse que todas elas, mesmo que fossem de amizade, de admiração, de brincadeira, eram extremamente judiciosas, não estavam reconquistando seu coração. Ainda tinha intenções de tê-lo apenas como amigo.

– Quanta gentileza de sua parte – disse ele –por ter insistido para que eu viesse hoje! Se não fosse pela senhorita, certamente teria perdido toda a alegria deste passeio. Eu estava determinado a ir embora ontem.

– Sim, o senhor estava muito abatido; e não sei bem o motivo, exceto que chegou atrasado demais para colher os melhores morangos. Fui uma amiga mais bondosa do que merecia. Mas o senhor foi humilde. Implorou para ser convidado a vir.

– Não diga que eu estava abatido. Estava fatigado. O calor me transtornou.

– Hoje está ainda mais quente.

– Não para meus sentimentos. Hoje estou perfeitamente confortável.

– Está confortável porque está sob controle.

– Controlado pela senhorita?... Sim.

– Talvez eu pretendesse que o senhor dissesse isso, mas eu quis dizer autocontrole. De uma maneira ou de outra, o senhor ultrapassou os limites ontem e fugiu de seu próprio controle, mas hoje o retomou... e como não posso estar sempre com o senhor, é melhor que mantenha seu temperamento sob seu próprio comando do que sob o meu.

– Vem a ser a mesma coisa. Não posso ter autocontrole sem um motivo. A senhorita me controla, quer fale ou não. E pode estar sempre comigo. Está sempre comigo.

– Desde ontem às três horas de ontem. Minha influência perpétua não pode ter começado antes ou o senhor não teria se descontrolado tanto.

– Desde as três de ontem! Essa é sua data. Pensei que a tivesse conhecido em fevereiro.

– Sua galanteria é realmente insuperável. Mas (baixando a voz)... ninguém está falando a não ser nós dois, e é demais ficar falando bobagens para a diversão de sete pessoas silenciosas.

– Não me envergonho de nada – replicou ele, com viva imprudência. – Eu a vi pela primeira vez em fevereiro. Deixe que todos em Box Hill me ouçam, se puderem. Deixe que minhas palavras ecoem até Mickleham de um lado e Dorking de outro. Eu a vi pela primeira vez em fevereiro. – E então sussurrando – Nossos companheiros são muito enfadonhos. O que podemos fazer para animá-los? Qualquer bobagem serve. Eles *devem* falar. Damas e cavalheiros, a senhorita Woodhouse (que, onde quer que esteja, é ela que comanda) ordenou-me que dissesse que deseja saber o que todos estão pensando.

Alguns riram e responderam bem humorados. A senhorita Bates falou muito; a senhora Elton reclamou da ideia de a senhorita Woodhouse comandar; a resposta do senhor Knightley foi a mais distinta:

– A senhorita Woodhouse tem certeza de que gostaria de ouvir o que todos estamos pensando?

– Oh! Não, não... – exclamou Emma, rindo da forma mais descuidada que pôde. – Por nada deste mundo. Seria precisamente a última coisa que eu poderia suportar agora. Digam-me qualquer coisa, menos o que estão pensando. Não me refiro a todos. Há um ou dois, talvez (olhando rapidamente para o senhor Weston e Harriet), cujos pensamentos não tenho medo algum de conhecer.

– É o tipo de coisa – exclamou a senhora Elton, enfaticamente – que *eu* não teria pensado em ter o privilégio de perguntar. Embora, talvez, como a *guardiã moral* do grupo... nunca estive num círculo... grupos de exploração... jovens damas... mulheres casadas... Seus murmúrios eram especialmente dirigidos ao marido, e ele murmurou, em resposta:

– É verdade, minha querida, é verdade... Exatamente isso, de fato... não ouvi bem... mas algumas damas dizem qualquer coisa. Melhor deixar passar como brincadeira. Todos sabem muito o que *lhe* é devido.

– Não vai dar certo – sussurrou Frank para Emma. –A maioria deles ficou ofendida. Vou desferir um ataque mais direto. Damas e cavalheiros...

A senhorita Woodhouse me ordenou dizer que ela renuncia a seu direito de saber exatamente o que todos estão pensando e só pede que digam algo bem engraçado, de modo geral. Aqui estão sete pessoas, além de mim (que, ela tem o prazer de dizer, já fui bastante divertido) e ela só pede que digam uma coisa inteligente, em prosa ou em verso, original ou conhecida... ou duas coisas moderadamente inteligentes... ou três coisas bem tolas realmente, e promete rir com prazer de todas elas.

– Oh! Muito bem! – exclamou a senhorita Bates. – Então não preciso me preocupar. "Três coisas bem tolas realmente." Isso serve muito bem para mim, como sabem. Tenho certeza de que digo três coisas tolas sempre que abro a boca, não é? (olhando ao redor, contando com a bem-humorada concordância de todos). Não acham que digo?

Emma não pôde resistir.

– Ah, madame! Mas pode haver uma dificuldade. Perdoe-me... mas deverá ser limitada quanto número... só três coisas por vez.

A senhorita Bates, decepcionada pela imitação cerimoniosa de suas maneiras, não captou seu sentido de imediato; mas quando se deu conta, não ficou zangada, embora um leve rubor mostrasse que ela sentira.

– Ah!... bem... certamente... Sim, entendo o que ela quer dizer (voltando-se para o senhor Knightley ) e vou tentar segurar minha língua. Devo ter sido muito desagradável ou ela não teria dito uma coisa dessas a uma velha amiga.

– Gosto de sua ideia – exclamou o senhor Weston. – De acordo, de acordo. Farei o melhor possível. Estou fazendo uma charada. Quantos pontos vale uma charada?

– Poucos, receio, senhor, muito poucos – respondeu-lhe o filho –, mas seremos indulgentes... especialmente com aquele que nos trouxe aqui.

– Não, não – disse Emma –, não conta pouco. Uma charada do senhor Weston contará por ele e por quem estiver a seu lado.

Por favor, senhor, permita-me ouvir sua charada.

– Eu mesmo duvido que seja muito inteligente – disse o senhor Weston. – É bem comum, mas aqui está... Quais são as duas letras do alfabeto que expressam perfeição?

– Que duas letras!... expressam perfeição! Tenho certeza de que não sei.

– Ah! Nunca vai adivinhar. A senhorita (para Emma), tenho certeza de que nunca irá adivinhar... Vou lhe dizer... M e A... Em-ma... Entende agora?

Compreensão e gratificação vieram juntas. Era uma adivinha um tanto indiferente, mas Emma riu muito e gostou... assim como Frank e Harriet... Não pareceu ter tocado o resto do grupo igualmente; alguns olhavam de modo muito tolo e o senhor Knightley disse, seriamente:

– Isso explica o tipo de coisa inteligente que foi solicitada e o senhor Weston se saiu muito bem; mas tirou a oportunidade de todos os outros. A *perfeição* não deveria vir tão depressa.

– Oh! Por mim, peço que me dispensem – disse a senhora Elton. – *Eu* realmente não posso tentar... não gosto nem um pouco desse tipo de coisa.

Recebi uma vez um acróstico com meu nome, mas não gostei nada. Sabia de quem vinha. Um jovem abominável!... Você sabe de quem falo (acenando para o marido). Essas coisas ficam muito bem no Natal, quando estamos sentados ao redor da lareira; mas totalmente fora de lugar, em minha opinião, num passeio ao ar livre pela região, no verão. A senhorita Woodhouse deve desculpar-me. Não sou daquelas que tem coisas inteligentes à disposição dos outros. Não pretendo ser uma pessoa inteligente. Tenho grande vivacidade a meu modo, mas quero que me permitam realmente decidir quando devo falar e quando devo segurar minha língua. Deixe-nos fora disso, por favor, senhor Churchill. Deixe fora o senhor E., Knightley, Jane e eu mesma. Não temos nada inteligente para dizer... nenhum de nós.

– Sim, sim, deixe-me fora, por favor – disse seu marido, com um tipo de consciência sarcástica. – *Eu* não tenho nada a dizer que possa entreter a senhorita Woodhouse ou qualquer outra jovem. Sou um velho homem casado... que não serve mais para nada. Vamos caminhar, Augusta?

– Com o maior prazer. Estou realmente cansada por explorar tanto tempo um único lugar. Venha, Jane, tome meu outro braço.

Jane declinou, no entanto, e marido e mulher se afastaram.

– Casal feliz! – disse Frank Churchill, tão logo que eles estavam fora de alcance de sua voz. – Como se dão bem um com o outro!... Tiveram muita sorte... casar-se como fizeram, depois de se conhecerem apenas num lugar público!... Creio que se conheceram apenas durante umas poucas semanas em Bath! Deveras, com sorte!... pois quanto a qualquer verdadeiro conhecimento da disposição de uma pessoa que Bath, ou qualquer lugar público, pode dar... não é nada; pode não haver conhecimento algum. É sempre quando se conhece uma mulher em sua própria casa, entre as pessoas com quem convive, como ela é realmente, que se pode formar algum julgamento mais preciso. Fora isso, o resto é tudo adivinhação e sorte... e geralmente será má sorte. Quantos homens já se comprometeram após um curto conhecimento e se arrependeram pelo resto de suas vidas!

A senhorita Fairfax, que raramente havia falado antes, exceto com aqueles de seu pequeno grupo, falou agora.

– Essas coisas podem ocorrer, sem dúvida... – Foi interrompida por um acesso de tosse; e Frank Churchill voltou-se na direção dela para ouvir melhor.

– A senhorita estava dizendo... – disse ele, gravemente. Ela recobrou a voz.

– Eu só ia observar que, embora essas circunstâncias infelizes realmente ocorram às vezes, tanto com homens quanto com mulheres, não posso imaginar que sejam muito frequentes. Pode surgir uma ligação apressada e imprudente... mas geralmente há tempo para se recuperar dela depois. O que eu gostaria de dizer é que somente as pessoas fracas e indecisas (cuja felicidade deverá estar sempre à mercê do acaso) permitem que uma ligação menos afortunada se torne um inconveniente, uma opressão para sempre.

Ele não respondeu; simplesmente olhou e fez uma inclinação em assentimento; e logo depois disse, com vivacidade:

– Bem, tenho tão pouca confiança em meu próprio julgamento que, ao me casar, espero que alguém escolha a esposa para mim. A senhorita fará isso? (voltando-se para Emma) Escolherá uma esposa para mim?... Tenho certeza de que gostarei de qualquer pessoa escolhida pela senhorita. Estará trabalhando pelo bem da família, bem sabe (com um sorriso para seu pai). Encontre alguém para mim. Não tenho pressa. Adote-a, eduque-a.

– E torná-la parecida comigo.

– De todos os modos, se puder.

– Muito bem. Aceito a missão. O senhor terá uma esposa encantadora.

– Ela deve ser muito viva e ter olhos castanhos. Não exijo mais nada.

Devo viajar para o exterior por uns dois anos... e quando retornar, virei procurá-la para buscar minha esposa. Lembre-se.

Emma não corria o risco de esquecer. Era o tipo de missão que tocava cada um dos seus sentimentos favoritos. Não era Harriet exatamente a criatura descrita? Excetuando os olhos, mais dois anos a tornariam tudo o que ele desejava. Ele já poderia até estar pensando em Harriet no momento. Quem poderia dizer? O fato de referir-se à educação dela parecia conduzir a isso.

– Bem, madame – disse Jane para a tia – podemos nos juntar à senhora Elton?

– Por favor, minha querida. De todo o meu coração. Já estou pronta.

Eu já estava pronta para ir com ela antes, mas tanto faz. Logo vamos ultrapassá-la. Aí está ela!... não, é outra pessoa. É uma das damas do grupo irlandês, não parece com ela... Bem, acho que...

Elas se afastaram, seguidas em meio minuto pelo senhor Knightley. Sá ficaram o senhor Weston, o filho, Emma e Harriet; e o humor do jovem se reavivou agora a ponto de se tornar quase desagradável. Até Emma já estava cansada de lisonjas e divertimentos; preferia caminhar tranquila com qualquer um dos outros ou sentar-se sozinha e despreocupada, em tranquila observação da bela vista abaixo. O aparecimento dos criados a procurá-los para dar notícias sobre as carruagens foi uma alegre visão; e até mesmo a agitação da reunião e da preparação para a partida e a ansiedade da senhora Elton em ter *sua* carruagem primeiro foram suportadas com alegria, na perspectiva da tranquila viagem de volta para casa que encerraria os divertimentos um tanto questionáveis desse dia de prazer. Ela esperava nunca mais ser envolvida num esquema desse tipo, composto por pessoas tão mal escolhidas.

Enquanto esperava a carruagem, ela notou que o senhor Knightley estava a seu lado. Ele olhou em derredor, para ver se não havia mais ninguém por perto, e então disse:

– Emma, preciso falar com você mais uma vez como estou acostumado a fazer; um privilégio mais tolerado que permitido, talvez, mas ainda assim devo usá-lo. Não posso vê-la agindo errado, sem fazer-lhe uma advertência. Como pôde ser tão insensível com a senhorita Bates? Como pôde ser tão insolente em sua argúcia com uma mulher com o caráter, a idade e a situação dela?... Emma, jamais pensei que isso fosse possível.

Emma relembrou a situação, ficou corada, lamentou, mas tentou rir.

– Não, como poderia deixar de dizer o que disse?... Ninguém poderia evitar. Não foi tão ruim assim. Ouso dizer que ela nem entendeu bem.

– Garanto-lhe que ela entendeu. Compreendeu plenamente. E desde então só fala disso. Gostaria que tivesse ouvido como ela falou a respeito... com que candura e generosidade. Gostaria que tivesse ouvido como era agradecida por sua paciência em conceder a ela tais atenções, como aquelas que ela sempre recebeu de você e de seu pai, quando a companhia dela é tão aborrecida.

– Oh! – exclamou Emma – sei que não há criatura melhor no mundo, mas o senhor deve admitir que o que é bom e o que é ridículo estão misturados nela da maneira mais infeliz.

– Realmente estão misturados – disse ele –, reconheço; e, se ela fosse rica, eu poderia admitir que há um ocasional predomínio do ridículo sobre o bom. Se ela fosse uma mulher de fortuna, eu deixaria qualquer absurdo inofensivo seguir seu curso, não discutiria com você por tomar essa liberdade. Se ela tivesse a mesma situação que você... mas, Emma, considere quão longe isso está de ser o caso. Ela é pobre, perdeu os confortos com os quais nasceu; e, se viver muitos anos, provavelmente perderá ainda mais. A situação dela deveria garantir sua compaixão. Você fez muito mal, realmente! Você, que ela conhece desde criança, a quem ela viu crescer, quando a atenção dela era uma honra, para ver você agora, com descuidada disposição e num momento de orgulho, rir dela, humilhá-la... e na frente da sobrinha... e diante de outros, muitos dos quais (certamente *alguns*) serão inteiramente levados a dispensar a ela o mesmo tratamento que *você*... Isso não é agradável para você, Emma... e está longe de ser agradável para mim; mas eu devo, eu posso... posso dizer-lhe algumas verdades enquanto puder, satisfeito em provar que sou seu amigo e fiel conselheiro, e acreditando que um dia ou outro você me fará mais justiça do que pode fazer agora.

Enquanto falavam, iam avançando na direção da carruagem; estava pronta; e antes que ela pudesse falar, ele lhe estendeu a mão para ajudá-la a subir. O senhor Knightley entendera mal os sentimentos que a faziam manter o rosto baixo e a boca calada. Tratava-se apenas de raiva contra si mesma, mortificação e profunda inquietação. Ela não fora capaz de falar e, entrando na carruagem, recostou-se por um momento dominada... então, recriminando-se a si mesma por não ter dito nada, por não ter reconhecido seu erro e ter partido aparentemente ofendida, olhou para fora com a voz e a mão prontas para mostrar-lhe que não era bem assim, mas já era tarde demais. Ele lhe voltara as costas e os cavalos já estavam em movimento. Ela continuou a olhar para trás, mas em vão; e logo, no que parecia uma velocidade maior que a normal, estavam a meio caminho colina abaixo e tudo ficou para trás. Sentia-se angustiada além do que poderia expressar... quase mais do que conseguiria esconder. Nunca, em nenhuma circunstância de sua vida, se sentira tão agitada, mortificada e triste. Estava muito impressionada. Não havia como negar a verdade do que ele dissera. Sentiu isso dentro do coração. Como pudera ser tão brutal, tão cruel com a senhorita Bates? Como pudera expor-se a uma opinião tão má de alguém a quem estimava tanto? E como pudera permitir que ele a deixasse sem dizer-lhe uma palavra de gratidão, de concordância ou de simples bondade?

O tempo não a recompôs. Quanto mais refletia, mais sentia o que havia feito. Nunca estivera tão deprimida. Felizmente, não precisava falar.

Estava sozinha com Harriet, que também parecia pensativa, cansada e desejosa de ficar em silêncio; e Emma sentiu as lágrimas correr por suas faces durante quase todo o caminho de volta para casa, sem se dar ao trabalho de escondê-las, tão extraordinárias elas eram.

## ≈ CAPÍTULO 8 ≈

A desdita da ida a Box Hill ficou na mente de Emma durante toda a noite. Como isso seria considerado pelo resto do grupo, ela não poderia dizer. Eles, em seus diferentes lares e de modos distintos, deviam estar olhando para trás com prazer; mas, na opinião dela, fora uma manhã totalmente desperdiçada, desprovida de qualquer satisfação racional o tempo todo e própria a ser mais detestada na lembrança do que qualquer outra que já vivera. Uma noite inteira jogando gamão com o pai era a felicidade para ela. *Nisso,* na verdade, estava o verdadeiro prazer, pois estaria dando as mais doces das 24 horas de seu dia para o conforto dele; e sentindo que, mesmo não merecendo a profunda afeição e a confiante estima que ele lhe dedicava, ela não poderia, em sua conduta geral, receber nenhuma reprovação severa. Como filha, acreditava que não pudessem considerá-la sem coração. Esperava que ninguém pudesse lhe dizer: "Como pôde ser tão insensível para com seu pai?... Devo e vou lhe dizer algumas verdades enquanto puder." A senhorita Bates nunca poderia... não, nunca! Se as atenções, no futuro, pudessem compensar o passado, ela poderia ter esperanças de ser perdoada. Ela havia sido negligente muitas vezes, sua consciência lhe dizia assim; negligente, talvez, mais em pensamento do que de fato; indelicada, desdenhosa. Mas não seria mais assim. No calor de verdadeira contrição, decidiu que visitaria a senhorita Bates logo na manhã seguinte e isso seria o começo, da parte dela, de um relacionamento regular, igual e gentil.

Continuava tão determinada quando chegou a manhã e foi logo cedo, para que nada pudesse impedi-la. Não era improvável, pensou ela, que pudesse encontrar o senhor Knightley pelo caminho; ou, talvez, ele viesse enquanto ela estivesse fazendo sua visita. Não tinha objeções. Ela não ficaria envergonhada se parecesse estar cumprindo uma penitência, pois seria verdadeira e justa para ela. Os olhos dela se voltavam para Donwell enquanto caminhava, mas não o viu.

"As senhoras estão todas em casa." Nunca havia ficado tão contente antes ao som dessas palavras; nunca tinha entrado antes no corredor, nem subido as escadas, com tanto desejo de causar prazer, mas sempre como uma obrigação ou como consequência dela, o que agora parecia ridículo.

Houve alguma agitação com a aproximação dela; bastante movimento e conversa. Ouviu a voz da senhorita Bates dizendo que algo devia ser feito às pressas; a empregada parecia assustada e embaraçada; esperava que lhe pedissem para aguardar um momento, e então foi logo conduzida para a sala. A tia e a sobrinha pareciam estar fugindo para a sala anexa. Viu Jane de relance, parecendo estar muito doente; e, antes que a porta fosse fechada atrás delas, ouviu a senhorita Bates dizer:

– Bem, minha querida, *vou dizer* que você está de cama; tenho certeza de que está realmente doente.

A pobre e velha senhora Bates, educada e humilde como sempre, dava a impressão de não entender bem o que estava ocorrendo.

– Receio que Jane não esteja muito bem – disse ela –, mas não sei; disseram-*me* que ela está bem. Ouso dizer que minha filha logo vai chegar, senhorita Woodhouse. Espero que encontre uma cadeira. Gostaria que Hetty não tivesse saído. Eu não sou capaz de fazer muita coisa... Achou uma cadeira, madame? Está sentada onde deseja? Tenho certeza de que ela logo estará aqui.

Emma esperava seriamente que estaria. Por um momento ficou com receio de que a senhorita Bates não quisesse recebê-la. Mas a senhorita Bates logo apareceu... "Muito feliz pela bondade"... mas a consciência de Emma lhe disse que ela não agia com a mesma alegre volubilidade de antes... menos tranquilidade no olhar e nas maneiras. Algumas perguntas muito amigáveis sobre a senhorita Fairfax, esperava ela, poderia abrir caminho para a volta dos antigos sentimentos. O resultado pareceu imediato.

– Ah! Senhorita Woodhouse, como a senhorita é gentil!... Creio que ouviu dizer... e que por isso veio nos dar alegria. Não parece uma grande alegria para mim, de fato (derramando uma ou duas lágrimas)... mas será muito difícil para nós nos separarmos dela, depois de ter estado conosco por tanto tempo, e ela tem uma terrível dor de cabeça justamente agora, escrevendo a manhã inteira... cartas tão longas, como sabe, a escrever para o coronel Campbell e a senhora Dixon. "Minha querida", disse eu, "você vai ficar cega"... pois havia lágrimas perpetuamente nos olhos dela. Não é de admirar, não é de admirar. É uma grande mudança, e embora ela seja imensamente afortunada... uma colocação tal que, suponho, nenhuma moça consegue em seu primeiro emprego... não pense que somos ingratas, senhorita Woodhouse, por esta surpreendente sorte (novamente derramando algumas lágrimas)... mas, minha pobre querida! Se visse a dor de cabeça que ela tem. Quando se sente uma grande dor, bem sabe, não se pode sentir e agradecer as bênçãos da maneira que merecem. Ela está muito mal. Se olhar para ela, ninguém poderá dizer como está contente e feliz por ter conseguido uma colocação tão boa. Deve desculpá-la por não vir recebê-la... ela não é capaz... foi para seu próprio quarto... Quero que ela fique deitada. "Minha querida", disse eu, "vou dizer que você está de cama", mas ela não está deitada; está andando pelo quarto. Mas, agora que escreveu as cartas, ela diz que logo ficará bem. Ela vai lamentar muito não tê-la visto, senhorita Woodhouse, mas sei que sua bondade a perdoará. A senhorita teve de esperar na porta... Fiquei tão envergonhada!... mas houve uma pequena agitação, pois não ouvimos a senhorita bater e, até que estivesse na escada, não sabíamos que havia alguém chegando. "É só a senhora Cole", disse eu, "posso apostar. Ninguém mais viria tão cedo." E ela disse: "Bem, todos saberão um dia ou outro e então pode muito bem ser agora". Mas então Patty entrou e disse que era a senhorita. "Oh!" disse eu, "é a senhorita Woodhouse; tenho certeza de que gostará de vê-la..." "Não posso ver ninguém", disse ela; e se levantou e saiu da sala; e foi por isso que a deixamos esperando... e ficamos muito sentidas e envergonhadas. "Se você deve ir, minha querida," disse eu, "então vá e vou dizer a ela que você está de cama."

Emma estava sinceramente interessada. Seu coração vinha se tornando mais bondoso para com Jane; e esse quadro dos sofrimentos dela atuava como uma cura para qualquer ingrata suspeita anterior e só podia sentir pena; e a lembrança das sensações menos justas e menos meigas do passado a obrigavam a admitir que Jane pudesse ter naturalmente resolvido ver a senhora Cole ou qualquer outra amiga fiel, enquanto não pudesse aceitar recebê-la. Ela falava do que sentia, com sério pesar e solicitude... desejando sinceramente que as circunstâncias que a senhorita Bates acabara de mencionar, realmente trouxessem maior vantagem e conforto para a senhorita Fairfax. "Seria uma severa prova para todas elas. Havia entendido que isso deveria ser adiado até o retorno do coronel Campbell."

– Que bondade a sua! – replicou a senhorita Bates. – Mas a senhorita é sempre bondosa.

Não havia como tolerar esse "sempre" e, para interromper a terrível gratidão dela, Emma perguntou diretamente:

– E para onde... se posso perguntar... a senhorita Fairfax está indo?

– Para a casa da senhora Smallridge... mulher encantadora... muito superior... para encarregar-se de suas três meninas... crianças maravilhosas. Era impossível que houvesse uma colocação mais repleta de conforto; se excetuarmos, talvez, a própria família da senhora Suckling ou da senhora Bragge; mas a senhora Smallridge é íntima das duas e mora na mesma vizinhança... mora a somente quatro milhas de Maple Grove. Jane vai estar a apenas quatro milhas de Maple Grove.

– A senhora Elton, suponho, tem sido a pessoa a quem a senhorita Fairfax deve...

– Sim, nossa boa senhora Elton. A amiga mais infatigável e verdadeira. Ela não aceitaria uma negativa. Não deixaria que Jane dissesse "não", pois quando Jane ouviu falar disso pela primeira vez (foi anteontem, na própria manhã em que fomos a Donwell), quando Jane soube disso, ela estava bastante decidida a não aceitar a oferta, pelas razões que mencionou; exatamente como a senhorita disse, ela decidira não aceitar nada até que o coronel Campbell voltasse e nada poderia induzi-la a aceitar um compromisso no momento... e assim ela disse à senhora Elton várias vezes... e estou certa de que não fazia ideia de que ela mudaria de opinião!... mas a boa senhora Elton, cujo bom senso jamais falha, viu mais longe do que eu. Não é qualquer uma que se manteria firme do mesmo modo que ela e se recusou a aceitar a resposta negativa de Jane; mas disse que *não* iria de forma alguma mandar uma carta com a negativa ontem, como Jane desejava; haveria de esperar... e então, ontem à noite, tudo foi acertado para que Jane fosse. Foi uma enorme surpresa para mim! Eu não tinha a menor ideia!... Jane chamou a senhora Elton à parte e lhe disse logo que, após pensar nas vantagens da colocação na casa da senhora Smallridge, havia tomado a resolução de aceitar... Eu não soube de uma palavra sobre isso até que estivesse decidido.

– Então as senhoras passaram a noite com a senhora Elton?

– Sim, todas nós; a senhora Elton nos convidou. Foi combinado assim, lá na colina, enquanto caminhávamos com o senhor Knightley. "Vocês *todos devem* passar a noite lá em casa", disse ela... "faço questão absoluta de que *todos* venham."

– E o senhor Knightley estava lá também, não é?

– Não, o senhor Knightley não; ele declinou do convite desde o início; e embora eu pensasse que ele fosse, porque a senhora Elton disse que não o deixaria fora, ele não foi... mas minha mãe, Jane e eu estávamos todas lá e tivemos uma noite muito agradável. São amigos tão bons, bem sabe, senhorita Woodhouse, sempre é tão agradável, apesar de todos estarem cansados depois do passeio da manhã. Até o prazer, como sabe, às vezes cansa... e não posso dizer que algum deles pareça ter gostado muito daquele passeio. *Eu*, no entanto, sempre vou pensar que foi um passeio agradável e me sinto extremamente grata aos bons amigos que me incluíram nele.

– A senhorita Fairfax, suponho, embora a senhora não soubesse de nada, deve ter passado o dia todo pensando nisso?

– Ouso dizer que sim.

– Quando chegar a hora, vai ser muito doloroso para ela e

para todos os seus amigos... mas espero que sua colocação lhe traga todo o alívio possível... quero dizer, no que se refere ao caráter e posição da família.

– Obrigada, minha querida senhorita Woodhouse. Sim, de fato, há de tudo que possa existir no mundo para fazê-la feliz. Excetuando-se os Suckling e os Bragge, não há nenhuma outra colocação para cuidar de crianças tão liberal e elegante, entre todas as amizades da senhora Elton. A senhora Smallridge é uma mulher adorável!... O estilo de vida é quase igual ao de Maple Grove... e quanto às crianças, exceto os pequenos Suckling e os pequenos Bragge, não há crianças mais encantadoras e doces em nenhum outro lugar. Jane será tratada com tanta consideração e bondade!... Tudo será só prazer, uma vida de prazer... E o salário!... Realmente não posso lhe dizer o salário dela, senhorita Woodhouse. Mesmo a senhorita, acostumada como está a grandes somas, dificilmente acreditará que possam pagar tanto a uma pessoa tão jovem como Jane.

– Ah, madame! – exclamou Emma –, se as outras crianças forem todas como eu me lembro de ter sido, acho que um salário cinco vezes maior do que o maior salário que ouvi dizer que é pago para essa função, seria muito bem merecido.

– A senhorita é tão nobre em suas ideias!

– E quando a senhorita Fairfax deverá partir?

– Muito breve, muito breve, na verdade; isso é o pior de tudo. Daqui a quinze dias. A senhora Smallridge tem muita pressa. Minha pobre mãe nem sabe como vai suportar isso. Então tento tirar isso de seus pensamentos e digo "Ora, minha senhora, não vamos mais pensar nisso!"

– Todos os amigos deverão sentir muito perdê-la; e o coronel e a senhora Campbell não vão lamentar que ela tenha se comprometido antes do retorno deles?

– Sim, Jane diz que tem certeza que sim; mas ainda assim, essa é uma colocação que ela não teria como justificar se declinasse dela. Fiquei tão espantada quando ela me contou o que estivera falando com a senhora Elton e quando, no mesmo tempo, a senhora Elton veio me dar os cumprimentos por isso! Foi antes do chá... espere... não, não pode ter sido antes do chá, porque íamos começar a jogar cartas... mas foi mesmo antes do chá, porque eu me lembro de ter pensado... Oh, não! Não, agora me lembro, lembro mesmo, algo aconteceu antes do chá, mas não foi isso. O senhor Elton foi chamado para fora da sala antes do chá, pois o filho do velho John Abdy queria falar com ele. Pobre velho John, tenho grande consideração por ele; ele foi escrivão de meu pobre pai durante 27 anos; e agora, pobre homem, está preso à cama e sofre muito de gota reumática nas juntas... Devo ir visitá-lo hoje, e Jane também irá, estou certa, se ela resolver sair. E o filho do pobre John veio falar com o senhor Elton sobre o alívio da paróquia; ele se saiu muito bem, como sabe, pois é o encarregado da Crown, cavalariço e outras coisas desse tipo, mas ainda assim não pode sustentar o pai sem alguma ajuda; e assim, quando o senhor Elton voltou, nos disse o que o cavalariço John estivera lhe contando, e então surgiu a conversa sobre a carruagem que havia sido enviada a Randalls para levar o senhor Frank Churchill de volta a Richmond. Isso foi o que aconteceu antes do chá. Foi depois do chá que Jane falou com a senhora Elton.

A senhorita Bates dificilmente daria a Emma tempo para dizer como era perfeitamente nova essa circunstância para ela; mas sem supor que fosse possível que ela pudesse ignorar qualquer pormenor da partida do senhor Frank Churchill, ela prosseguiu dando-os todos. Mas não tinha importância.

O que o senhor Elton soubera do cavalariço sobre o assunto, sendo a soma das próprias informações do cavalariço e as informações dos criados de Randalls, era que um mensageiro havia chegado de Richmond, logo depois que o grupo havia retornado de Box Hill... que a mensagem, no entanto, não fora mais do que se esperava; e que o senhor Churchill havia enviado ao sobrinho algumas linhas contendo, em resumo, um sucinto relato da saúde da senhora Churchill e só desejando que não se demorasse muito para voltar, se possível não depois da manhã seguinte, bem cedo; mas que o senhor Frank Churchill, tendo resolvido partir imediatamente, sem esperar mais, e como seu cavalo parecia ter apanhado um resfriado, mandaram Tom buscar uma carruagem de imediato na Crown; e o cavalariço o havia visto passar, com o jovem mantendo o cavalo a boas passadas e dirigindo com firmeza.

Nada havia de surpreendente ou interessante nesse relato e só chamou a atenção de Emma porque se relacionava com uma ideia que já estava em sua mente. O contraste entre a importância no mundo da senhora Churchill e a de Jane Fairfax a havia impressionado; uma era tudo e a outra, nada... e ela ficou sentada meditando na diferença de destino entre as mulheres, sem se dar conta no que seus olhos se fixavam, até que foi despertada pela voz da senhorita Bates, dizendo:

– Sim, eu sei no que a senhorita está pensando, no piano. O que fazer com ele?... É verdade. A pobre Jane estava falando nisso agora mesmo... "Você deve ir embora", disse ela. "Você e eu devemos nos separar. Você não terá o que fazer aqui... Deixe que fique, no entanto, deixe que fique até que o coronel Campbell volte. Vou falar com ele sobre o assunto; ele vai resolver isso para mim; vai me ajudar em todas as dificuldades..." E até agora, creio, ela não sabe se foi presente dele ou da filha dele.

Agora, Emma via-se obrigada a pensar no piano; e a lembrança de todas as suas fantasiosas e injustas conjeturas de tempos passados era tão pouco agradável que ela logo se permitiu acreditar que a visita já durara bastante e, repetindo tudo o que podia se aventurar a dizer sobre as coisas boas que desejava e que de fato sentia, ela se despediu.

## ≈ CAPÍTULO 9 ≈

As meditações de Emma, enquanto caminhava para casa, não foram interrompidas; mas, ao entrar na sala, encontrou aqueles que deveriam provocá-la. O senhor

Knightley e Harriet haviam chegado durante sua ausência e estavam sentados com seu pai... O senhor Knightley levantou-se imediatamente e, de uma maneira decididamente mais grave que a habitual, disse:

– Eu não partiria sem vê-la, mas não tenho tempo a perder, e daqui estou partindo agora mesmo diretamente. Vou a Londres passar alguns dias com John e Isabella. Tem alguma coisa a mandar ou dizer, além do "amor", que não é preciso carregar?

– Não tenho absolutamente nada. Mas essa não é uma decisão muito repentina?

– Sim... um pouco... Andei pensando nisso há algum tempo.

Emma tinha certeza de que ele não a havia perdoado; nem parecia o mesmo. O tempo, contudo, pensou ela, haveria de lhe mostrar que deviam voltar a ser amigos. Enquanto ele estava de pé, como se pretendesse ir embora, mas sem se mexer... o pai dela começou com suas perguntas.

– Bem, minha querida, conseguiu chegar lá em segurança?... E como achou minha digna e velha amiga e sua filha?... Ouso dizer que ficaram realmente encantadas com sua visita. A querida Emma foi visitar a senhora e a senhorita Bates, senhor Knightley, como eu já lhe disse antes. Ela é sempre tão atenciosa para com elas!

Emma ficou ruborizada diante desse elogio injusto; e, com um sorriso e um meneio da cabeça, que diziam muito, olhou para o senhor Knightley... Pareceu-lhe que houve uma instantânea impressão a seu favor, como se os olhos dele captassem a verdade nos dela, e tudo o que havia passado de bom nos sentimentos dela fosse, de uma só vez, percebido e honrado... Ele a olhou com um brilho de afeição. Ela ficou profundamente grata... e mais ainda em outro momento por um pequeno movimento que mostrava mais que amizade comum da parte dele... Tomou a mão dela... se fora ela que fizera o primeiro, não poderia dizer... talvez a tivesse oferecido... mas ele lhe tomou a mão, apertou-a e certamente estava a ponto de levá-la aos lábios... quando, por um motivo ou outro, parou de repente... Por que haveria de sentir tal escrúpulo, por que haveria mudado de ideia quando quase tinha feito o que deveria, ela não podia perceber... Ele teria julgado melhor, imaginava ela, se não tivesse parado... A intenção, no entanto, era indubitável; e fosse porque seus modos em geral não eram dados a galanteios, fosse por qualquer outra coisa que acontecesse, ela achou o gesto bem adequado para ele... Era próprio dele, algo tão simples e ao mesmo tempo de natureza tão digna... Ela só podia lembrar essa tentativa com grande satisfação. Mostrava perfeita amizade... Ele os deixou imediatamente depois... saiu rapidamente. Ele sempre agia com a vivacidade de sua mente, que não era indecisa nem hesitante, mas agora ele pareceu mais decidido que o normal em sua partida.

Emma não se arrependeu de ter ido visitar a senhorita Bates, mas desejava ter saído de lá uns dez minutos mais cedo... teria sido um grande prazer falar sobre a situação de Jane Fairfax com o senhor Knightley... Tampouco poderia lamentar a partida dele para Brunswick Square, pois sabia o quanto sua visita seria apreciada...mas poderia ocorrer numa ocasião melhor... e se tivessem conhecimento dela antes, a visita teria sido mais agradável... Eles se separaram como amigos, no entanto; ela não poderia se enganar sobre o significado da expressão dele e do galanteio não concluído... tudo fora feito para assegurar-lhe que havia recuperado plenamente a boa opinião dele... Soube que o senhor Knightley estivera com eles por meia hora. Era uma pena que não tivesse retornado antes!

Na esperança de distrair o espírito do pai do desagrado da partida do senhor Knightley para Londres, e partindo tão repentinamente, e a cavalo, o que ela sabia que tornaria tudo pior, Emma contou as novidades sobre Jane Fairfax e sua esperança no efeito dessas notícias foi justificada; forneceu um assunto muito útil... interessante e que não o perturbava. Havia muito tempo que ele aceitara a ideia de Jane Fairfax tornar-se governanta em outro local, e podia falar disso com satisfação; mas a ida do senhor Knightley para Londres havia sido um golpe inesperado.

– Estou muito contente, de fato, minha querida, ao saber que ela estará tão bem instalada. A senhora Elton é muito bondosa e agradável, e ouso dizer que suas amizades são justamente o que deveriam ser. Espero que o lugar seja bem seco e que a saúde dela receba bons cuidados. Deve ser o primeiro objetivo assim como a saúde da senhorita Taylor sempre foi prioridade para mim. Você sabe, minha querida, ela vai ser para essa dama o mesmo que a senhorita Taylor foi para nós. E espero que seja melhor num aspecto: não ser induzida a ir embora depois de fazer da casa dessa senhora o seu lar por muito tempo.

O dia seguinte trouxe notícias de Richmond que deixaram todas as outras coisas em segundo plano. Um correio expresso chegou a Randalls para anunciar a morte da senhora Churchill! Embora o sobrinho não tivesse nenhuma razão particular para se apressar em voltar por causa dela, ela não havia vivido mais que 36 horas após o retorno dele. Um repentino ataque de natureza diferente de qualquer outra coisa que seu estado geral de saúde indicava, havia provocado sua morte depois de curta agonia. A grande senhora Churchill não existia mais.

O acontecimento foi sentido como essas coisas devem ser sentidas. Todos estavam graves e tristes de alguma maneira; sentiam ternura pela falecida, solicitude para com os amigos sobreviventes; e, depois de um espaço de tempo razoável, curiosidade para saber onde seria enterrada. Goldsmith nos conta que, quando uma mulher adorável se inclina para a insensatez, nada mais tem a fazer senão morrer; e quando se inclina para ser desagradável, a morte é igualmente recomendada como forma de acabar com a má fama. A senhora Churchill, depois de ser detestada por pelo menos 25 anos, era agora lembrada com compassiva condescendência. Num ponto ela era plenamente justificada: ninguém jamais admitira que ela estivesse seriamente doente antes. A morte absolveu-a de todas as acusações de fingimento e de todo o egoísmo de queixas imaginárias.

"Pobre senhora Churchill, sem dúvida estava sofrendo muito, mais do que qualquer um jamais poderia supor... e a dor contínua é uma prova para o espírito. Foi uma coisa muito triste... um grande choque... com todas as suas falhas, o que poderia o senhor Churchill fazer sem ela? A perda do senhor Churchill seria terrível realmente. O senhor Churchill jamais se recuperaria..." Até mesmo o senhor Weston sacudiu a cabeça e parecia solene, e disse: "Ah, pobre mulher! Quem poderia imaginar isso?" E resolveu que seu luto deveria ser o mais elegante possível; e sua esposa permaneceu sentada, suspirando e falando com comiseração e bom senso, verdadeira e firme. Como isso afetaria Frank foi uma das primeiras preocupações de ambos. Essa também foi uma especulação que logo surgiu na mente de Emma. O caráter da senhora Churchill, a tristeza do marido... sua mente se demorou sobre as figuras dos dois com reverência e compaixão... e então passou a considerar outros sentimentos mais suaves; sobre como Frank seria afetado, quais os benefícios, se passaria a ter mais liberdade. Ela viu, num momento, todo o bem possível decorrente desse desenlace. Agora, um relacionamento com Harriet não encontraria oposição do senhor Churchill, independente de sua esposa, não era temido por ninguém; era um homem tranquilo, manejável, que podia ser persuadido pelo sobrinho a fazer qualquer coisa. Tudo o que restava a desejar era que o sobrinho quisesse o compromisso, pois com toda a sua boa vontade no caso, Emma não podia sentir aquela certeza de que ele já se tivesse realmente decidido.

Harriet se comportou extremamente bem na ocasião, com grande autocontrole. Se ela sentiu maior esperança, não manifestou nada. Emma ficou gratificada ao observar tamanha prova de força de caráter e evitou fazer qualquer alusão que pudesse pôr em risco sua manutenção. Eles falaram, portanto, da morte da senhora Churchill com mútua contenção.

Chegaram a Randalls algumas breves cartas de Frank, comunicando tudo o que era imediatamente mais importante em relação a seu estado e a seus planos. O senhor Churchill estava melhor do que se esperava; e sua primeira decisão, depois que o cortejo fúnebre partiu para Yorkshire, foi visitar um grande e velho amigo em Windsor, a quem o senhor Churchill vinha prometendo uma visita havia dez anos. No momento, não havia nada a fazer por Harriet; desejos de felicidades para o futuro era tudo o que poderia ser possível por ora por parte de Emma.

Havia mais urgência em mostrar atenção a Fairfax, cujos projetos estavam sendo concluídos, enquanto os de Harriet só estavam começando, e cujo compromisso de trabalho não permitia nenhum atraso por parte de ninguém em Highbury, que desejasse demonstrar sua bondade... e para Emma, esse desejo era de primeira ordem. Sentia grande arrependimento por sua antiga frieza; e a pessoa a quem ela havia passado tantos meses negligenciando era agora exatamente a mesma a quem teria demonstrado toda distinção de afeto e simpatia. Desejava ser-lhe útil, desejava mostrar que dava valor à sua companhia e testemunhar respeito e consideração por ela. Resolveu insistir para que a moça passasse um dia em Hartfield. Havia mandado um bilhete, convidando-a. O convite foi recusado e com uma mensagem verbal. "A senhorita Fairfax não se sentia bastante bem para escrever." E quando o senhor Perry visitou Hartfield, naquela mesma manhã, parecia que ela estava tão indisposta que não poderia sequer receber visitas, mesmo contra a vontade dela; além do mais, vinha sofrendo de fortes dores de cabeça e de febre nervosa tão alta que fez com que ele duvidasse da possibilidade de poder ir até a casa da senhora Smallridge na data combinada. Sua saúde parecia no momento completamente abalada... não tinha quase apetite algum... e embora não houvesse sintomas alarmantes, nada relacionado a problemas pulmonares, que era a principal preocupação da família, o senhor Perry estava intranquilo com ela. Achava que ela tinha se esforçado mais do que poderia suportar e que ela própria sentia isso, embora não pudesse fazer nada. Seu espírito parecia abatido. Ele só podia observar que a casa em que ela residia não era um lugar favorável para quem sofria de uma doença nervosa... ela ficava sempre confinada a um único quarto... e ele teria desejado que fosse diferente... e sua boa tia, embora fosse uma velha amiga, devia reconhecer que não era a companhia adequada para uma doente desse tipo. Os cuidados e atenções dela não podiam ser questionados; eram grandes até demais, de fato.

Ele temia que isso fizesse mais mal do que bem à senhorita Fairfax. Emma ouviu com a mais profunda preocupação; sofria por causa dela cada vez mais e olhava em volta, ansiosa por descobrir algum meio de ser útil. Tirá-la da tia... mesmo eu fosse só por uma ou duas horas... para que pudesse mudar de ares e de cenário, além de ouvir uma conversa racional, mesmo que só por uma ou duas horas, devia fazer-lhe bem; e na manhã seguinte ela escreveu de novo para dizer, na linguagem mais delicada que pôde, que mandaria a carruagem buscá-la na hora que Jane determinasse... dizendo que tivera a decisiva opinião do senhor Perry para que sua paciente pudesse praticar esses exercícios. A resposta recebida estava neste curto bilhete:

"A senhorita Fairfax manda seus cumprimentos e agradecimentos, mas não pode fazer qualquer exercício."

Emma sentiu que seu próprio bilhete merecia resposta melhor; mas era impossível discutir com palavras, cuja trêmula desigualdade mostrava tão claramente indisposição e ela então só pensou em como poderia combater essa falta de vontade em ser vista ou ajudada. Apesar da resposta, portanto, pediu a carruagem e dirigiu-se à casa da senhorita Bates, na esperança de que Jane fosse convencida a juntar-se a ela... mas isso não aconteceu... A senhorita Bates veio até porta da carruagem, cheia de gratidão e concordando seriamente com a ideia de que um passeio ao ar livre seria da maior valia... e tudo o que a mensagem dizia foi tentado, mas em vão. A senhorita Bates foi obrigada a retornar sem sucesso; Jane estava irredutível; a mera proposta de sair parecia fazer com que se sentisse pior... Emma desejava vê-la para tentar persuadi-la; mas quase antes que pudesse insinuar isso, a senhorita Bates deu a entender que prometera à sobrinha não deixar que a senhorita Woodhouse entrasse sob qualquer pretexto. "De fato, a verdade é que a pobre Jane não suportava ver ninguém... ninguém mesmo... A senhora Elton, na verdade, não podia ser impedida... e a senhora Cole insistira tanto... e a senhora Perry dissera tanta coisa... mas, exceto elas, Jane realmente não podia receber ninguém."

Emma não desejava ser incluída na mesma classe das senhoras Elton, Perry e Cole, que forçavam sua presença em qualquer lugar; nem achava que tinha algum direito de preferência... submeteu-se, portanto, e só perguntou à senhorita Bates sobre o apetite e a dieta da sobrinha, no que ela achava que podia ajudar. Nesse aspecto, a pobre senhorita Bates foi muito infeliz e muito comunicativa; Jane dificilmente comia alguma coisa... o senhor Perry recomendara uma comida nutritiva, mas tudo o que podiam pedir (e nunca alguém tivera vizinhos tão bons) não era do agrado dela.

Ao chegar em casa, Emma chamou a governanta imediatamente para examinar a despensa, e algumas ararutas da mais alta qualidade foram logo enviadas para a senhorita Bates, com um bilhete amigável. Meia hora depois as ararutas foram devolvidas, com milhões de agradecimentos da senhorita Bates, mas "a querida Jane não ficaria satisfeita se não fossem devolvidas; era algo que ela não podia aceitar... e, além disso, ela insistia em dizer que não estava precisando de absolutamente nada."

Quando mais tarde Emma soube que Jane Fairfax havia sido vista passeando pelos prados a alguma distância de Highbury, na tarde do mesmo dia em que, sob a alegação de que não estava em condições de fazer qualquer exercício, recusara tão peremptoriamente sair em sua carruagem, não teve mais dúvida... juntando todas as coisas... que Jane resolvera não aceitar nenhuma gentileza *dela*. Ficou triste, muito triste. Seu coração estava aflito, deixando-a num estado mais que lamentável, por causa dessa irritação de espírito, impossibilidade de ação e desigualdade de forças; e o que mais a mortificava era receber tão pouco crédito por seus sentimentos apropriados, ou ser tão pouco estimada como amiga; mas tinha o consolo de saber que suas intenções eram boas e de ser capaz de dizer a si mesma que, se o senhor Knightley tivesse conhecimento de todas as suas tentativas de ajudar Jane Fairfax, se ele pudesse enxergar dentro de seu coração, não teria encontrado, nesse momento, nada para reprovar.

## ≈ CAPÍTULO 10 ≈

Uma manhã, cerca de dez dias após a morte da senhora Churchill, Emma foi chamada para o andar debaixo, onde estava o senhor Weston, que "não poderia ficar mais de cinco minutos, mas queria falar com ela em particular"... Ele a encontrou na porta da sala de estar e, depois de perguntar rapidamente como ela estava, em seu tom natural de voz, logo passou a falar em voz baixa, para que o pai dela não ouvisse:

– Pode vir a Randalls a qualquer hora nesta manhã?... A senhora Weston deseja vê-la. Ela deve vê-la.

– Ela não está se sentindo bem?

– Não, não, em absoluto... só um pouco agitada. Ela podia ter pedido a carruagem e vindo até aqui, mas quer falar com você *a sós* e isso, bem (fazendo um gesto na direção do senhor Woodhouse)... Humm!... Pode vir?

– Certamente! Agora mesmo, se quiser. É impossível recusar o que pede desse jeito. Mas o que pode ter acontecido?... Ela realmente não está doente?

– Confie em mim... mas não me pergunte mais nada. Vai saber de tudo logo. É a coisa mais inexplicável. Mas psiu, psiu!

Adivinhar o que isso significava era impossível até mesmo para Emma. Algo realmente importante parecia ser anunciado por seus olhares; mas como a amiga estava bem, esforçou-se para não ficar ansiosa; e dizendo ao pai que faria sua caminhada agora, ela e o senhor Weston logo saíram da casa juntos e a passos largos em direção a Randalls.

– Agora – disse Emma, quando já estavam mais distantes dos portões –, agora, senhor Weston, pode me dizer o que aconteceu.

– Não, não – replicou ele, gravemente. – Não me pergunte. Prometi à minha esposa que deixaria tudo por conta dela. Ela saberá lhe dar a notícia melhor do que eu. Não seja impaciente, Emma, logo vai saber do que se trata.

– Dar-me a notícia – exclamou Emma, parando aterrorizada. – Santo Deus!... senhor Weston, diga-me de uma vez... Aconteceu alguma coisa em Brunswick Square. Sei que foi isso. Diga-me, eu lhe suplico, diga-me agora mesmo o que aconteceu.

– Não, na verdade, você está enganada...

– Senhor Weston, não brinque comigo... Considere quantas de minhas melhores amigas estão agora em Brunswick Square. De quem se trata?... Eu lhe imploro por tudo o que é mais sagrado, que não tente esconder nada.

– Palavra de honra, Emma.

– Sua palavra!... Por que não por sua honra?... Por que não jura por sua honra que não aconteceu nada com nenhum deles? Deus do céu!...

Que *notícia* devo receber que não se relacione com alguém dessa família?

– Por minha honra – disse ele, muito sério. – Não é isso. Não é minimamente relacionado com qualquer ser humano de nome Knightley.

A coragem de Emma retornou e ela voltou a andar.

– Eu errei – continuou ele – quando lhe falei em dar a *notícia*. Não deveria ter usado a expressão. Com efeito, não se refere a você... mas se refere só a mim... quer dizer, esperamos... Humm!... Em resumo, minha querida Emma, não há motivos para ficar intranquila por causa disso. Não posso dizer que o assunto não seja desagradável... mas as coisas poderiam ter sido bem piores... Se andarmos rápido, logo chegaremos a Randalls.

Emma percebeu que deveria esperar; e agora não era preciso muito esforço. Não fez mais perguntas, portanto, meramente usou sua própria imaginação e logo surgiu a probabilidade de que poderia tratar-se de algum problema de dinheiro... algo devia vir à luz, algo de natureza desagradável, relacionado com a família... algo que o recente evento em Richmond havia trazido à tona. Sua imaginação estava muito ativa. Meia dúzia de filhos naturais, talvez... e o pobre Frank cortado do testamento!... Isso, embora indesejável, não seria motivo de agonia para ela. Inspirava-lhe nada mais que uma animada curiosidade.

– Quem é aquele cavalheiro a cavalo? – disse ela, enquanto prosseguiam, falando mais para ajudar o senhor Weston a manter seu segredo do que por qualquer coisa nova.

– Não sei... Um dos Otway... Não é Frank... não é Frank, posso garantir. Você não vai vê-lo. Ele está a meio caminho de Windsor a esta hora.

– Então seu filho esteve aqui?

– Oh, sim... Você não soube?... Bem, bem, não importa.

Por um momento, ele ficou em silêncio; e então acrescentou, num tom muito mais cuidadoso e reservado.

– Sim, Frank veio esta manhã, apenas para saber como estávamos.

Eles se apressaram e logo estavam em Randalls.

– Bem, minha querida – disse ele, enquanto entravam na sala – eu a trouxe e agora espero que você logo esteja melhor. Vou deixá-las a sós. Não é bom adiar isso. Não estarei longe, se precisar de mim... – E Emma o ouviu distintamente acrescentar, em voz mais baixa, antes de deixar a sala – Mantive minha palavra. Ela não tem a mínima ideia.

A senhora Weston parecia tão abatida e tinha um ar tão perturbado que a preocupação de Emma aumentou; e assim que ficaram a sós, ela disse, com ansiedade:

– O que está acontecendo, minha querida amiga? Algo de natureza muito desagradável, creio, aconteceu... diga-me do que se trata imediatamente. Vim caminhando por todo esse percurso em completo suspense. Nós duas detestamos suspense. Não deixe que o meu se prolongue por mais tempo. Vai fazer-lhe bem falar de sua angústia, de qualquer tipo que seja.

– Não tem mesmo ideia? – disse a senhora Weston, com a voz trêmula.

– Não pode, minha querida Emma... não pode chegar a imaginar o que vai ouvir?

– Acho que pode se relacionar com Frank Churchill, imagino.

– Você está certa. Relaciona-se a ele e vou lhe contar imediatamente (retomando seu trabalho manual e parecendo decidida a não levantar os olhos). Ele esteve aqui hoje de manhã, para desincumbir-se de uma missão extraordinária. É impossível expressar nossa surpresa. Veio falar com o pai sobre um assunto... para anunciar um compromisso...

Ela parou para respirar. Emma pensou primeiro em si mesma, depois em Harriet.

– É mais que um compromisso, na verdade – continuou a senhora Weston –, um noivado... definitivamente um noivado... O que você diria, Emma... o que todos dirão quando souberem que Frank Churchill e a senhorita Fairfax estão noivos?... não, e que eles estão noivos há bastante tempo!

Emma quase pulou com a surpresa... e, horrorizada, exclamou:

– Jane Fairfax!... Meu bom Deus! Está falando sério? É realmente isso que quer dizer?

– Você deve mesmo estar surpresa – continuou a senhora Weston, ainda desviando evitando os olhos e falando com vivacidade, para que Emma pudesse ter tempo de se recuperar. – Você deve mesmo estar surpresa. Mas é assim mesmo. Houve um compromisso solene entre eles desde outubro passado... celebrado em Weymouth e mantido em segredo. Ninguém mais sabia disso, a não ser eles próprios... nem os Campbell, nem a família dela, nem a dele... É tão maravilhoso que, embora perfeitamente convencida do fato, ainda me parece quase inacreditável. Mal posso acreditar nisso... eu pensava que o conhecia.

Emma mal ouvia o que ela dizia... Sua mente estava dividida entre duas ideias... suas próprias antigas conversas com ele sobre a senhorita Fairfax e a pobre Harriet... e, por algum tempo, ela só podia exclamar, e pedir confirmação, repetida confirmação.

– Bem – disse ela finalmente, tentando se recobrar –, essa é uma circunstância sobre a qual devo pensar por pelo menos meio dia, antes que possa compreendê-la. O quê!... comprometido com ela durante todo o inverno... antes mesmo que eles viessem a Highbury ?

– Estão noivos desde outubro... secretamente noivos... isso me feriu muito, Emma. Feriu igualmente o pai dele. *Alguma parte* da conduta dele não podemos desculpar.

Emma ponderou por um momento, e então falou:

– Não vou fingir que *não* a compreendo; e dar-lhe todo o alívio a meu alcance; pode ter certeza de que as atenções dele para comigo não surtiram efeito, como parecer que está apreensiva por isso.

A senhora Weston ergueu os olhos, com receio de acreditar, mas o semblante de Emma transmitia a mesma firmeza de suas palavras.

– Para que possa ter menos dificuldade em acreditar como posso me considerar agora perfeitamente indiferente a ele – continuou ela –, vou lhe contar que houve uma época, no início de nosso relacionamento, em que eu realmente gostava dele, quando estava bem disposta a me apaixonar por ele... não, cheguei a me apaixonar... e como isso veio a acabar, é talvez o mais surpreendente. Felizmente, contudo, acabou. Realmente por algum tempo, pelo menos nos últimos três meses, não me importei mais com ele. Deve acreditar em mim, senhora Weston. É a mais pura verdade.

A senhora Weston a beijou com lágrimas de alegria; e quando recobrou a palavra, assegurou-a de que essas palavras lhe tinham feito mais bem que qualquer outra coisa no mundo.

– O senhor Weston vai ficar quase tão aliviado como eu – disse ela. – Estávamos deveras infelizes por causa disso. Era nosso desejo secreto que vocês viessem a se apaixonar... e estávamos persuadidos de que seria assim... Imagine o que sentimos depois do relato dele.

– Eu escapei; e o fato de ter escapado deve ser motivo de grata surpresa para a senhora e para mim. Mas isso não *o* absolve, senhora Weston; e devo dizer que o considero grandemente culpado. Que direito tinha ele de vir para nosso meio, com seu afeto e sua palavra empenhados, e agir como se estivesse livre? Que direito tinha ele de esforçar-se para agradar, como certamente fez... para distinguir qualquer jovem dama com suas perseverantes atenções, como certamente fez... enquanto pertencia realmente a outra?... Como pode ele dizer que não estava causando algum dano?... Como pode dizer que não estava me fazendo ficar apaixonada por ele?... Na verdade, totalmente errado, totalmente errado.

– Por uma coisa que ele disse, minha querida Emma, eu imagino...

– E como *ela* pôde aceitar tal comportamento? Compostura com uma testemunha! Para observar, enquanto repetidas atenções eram oferecidas a outra mulher, na frente dela, e não ficou ressentida... Esse é um grau de placidez que não consigo compreender nem respeitar.

– Houve alguns desentendimentos entre eles, Emma; ele disse isso expressamente. Não teve tempo para entrar em muitos pormenores. Ele ficou aqui apenas por quinze minutos, e num estado de agitação que mesmo esse tempo não foi completamente aproveitado... mas ele disse de modo incisivo que houve desentendimentos. A crise atual, na verdade, parece que foi provocada por eles mesmos e aqueles desentendimentos devem ter surgido provavelmente da impropriedade da conduta dele.

– Impropriedade! Oh, senhora Weston... é uma censura

muito branda. Muito, mas muito mais que impropriedade!... Ele se afundou, não posso dizer como ele caiu em meu conceito. Tão diferente do que um homem deve ser! Nada daquela justa integridade, daquela estrita aderência à verdade e aos princípios, daquele desdém por artimanha e a mesquinhez, que um homem deve mostrar em qualquer coisa que faça na vida.

– Não, querida Emma, agora devo tomar o partido dele; pois, embora ele tenha errado nesse caso, eu o conheço há tempo suficiente para saber que possui muitas boas qualidades, e...

– Meu bom Deus! – exclamou Emma, sem ouvi-la. – A senhora Smallridge, também! Jane estava realmente a ponto de tornar-se governanta! O que ele pretendia com tão descarada indelicadeza? Tolerar que ela se comprometesse... tolerar que ela tenha mesmo pensado numa medida dessas!

– Ele não sabia de nada disso, Emma. Nesse ponto posso absolvê-lo totalmente. Foi uma decisão só dela, que não a comunicou a ele... ou, pelo menos, não falou de modo a ser convincente... Até ontem, sei que ele disse que estava no escuro quanto aos planos dela. Tomou conhecimento, não sei como, por alguma carta ou mensagem... e foi a descoberta do que ela estava fazendo, desse plano dela, que o decidiu a resolver a situação de uma vez, contar tudo ao tio, confiar em sua bondade e, em resumo, colocar um ponto final nesse miserável estado de segredo que vinham mantendo há tanto tempo.

Emma começava a ouvir mais atentamente.

– Devo ter notícias dele em breve – continuou a senhora Weston. – Ao partir, ele me disse que logo escreveria; e falou de uma maneira que parecia prometer muitos pormenores que não podem ser explicados agora. Vamos esperar, portanto, por essa carta. Pode trazer muitas explicações. Pode tornar muitas coisas compreensíveis e desculpáveis, que agora não podem ser entendidas. Não vamos ser severas, não vamos nos apressar em condená-lo. Precisamos ter paciência. Eu devo amá-lo; e agora que estou satisfeita num ponto, o único que realmente me importa, estou ansiosa para que tudo termine bem e pronta a esperar que seja assim. Eles devem ter sofrido muito com todo esse esquema de segredo e dissimulação.

– Os sofrimentos *dele* – replicou Emma, secamente – não parecem ter-lhe causado muito dano. Bem, e como o senhor Churchill recebeu a notícia?

– Da forma mais favorável para o sobrinho... deu seu consentimento praticamente sem dificuldade. Pense o que os acontecimentos de uma semana fizeram com essa família! Enquanto a pobre senhora Churchill era viva, suponho que não devia haver uma esperança, uma chance, uma possibilidade... mas assim que seus restos mortais passaram a descansar na sepultura da família, seu marido foi persuadido a agir da forma exatamente oposta ao que ela teria exigido. Que bênção não deixa de ser quando uma influência indevida não sobrevive ao túmulo!... O senhor Churchill deu seu consentimento com mínima persuasão.

"Ah!" pensou Emma, "ele teria feito o mesmo para Harriet."

– Isso foi acertado ontem à noite e Frank partiu com a primeira luz dessa manhã. Parou em Highbury por algum tempo, na casa das Bates, imagino... e então veio para cá; mas estava com tanta pressa de voltar para junto do tio, a quem agora é mais necessário do que nunca, que, como lhe disse, só pôde ficar conosco um quarto de hora... Estava muito agitado... muito, mesmo... a tal ponto que parecia uma criatura diferente do que sempre o havia visto antes... Além de isso, teve o choque de encontrá-la tão doente, o que nem ele próprio chegara a suspeitar... e havia toda a evidência de que ele estava sofrendo muito.

– E a senhora acredita realmente que o caso foi mantido em tão perfeito segredo?... Os Campbell, os Dixon, ninguém sabia nada do noivado?

Emma não conseguia pronunciar o nome Dixon sem ficar levemente enrubescida.

– Ninguém, nem um sequer. Ele afirmou categoricamente que

não era conhecido de ninguém no mundo, a não ser deles dois.

– Bem – disse Emma –, suponho que aos poucos possamos nos acostumar com a ideia e desejo que sejam felizes. Mas sempre vou achar que foi um procedimento abominável. O que foi senão um esquema de hipocrisia e fraude... espionagem e traição?... Vir para nosso meio professando transparência e simplicidade, e unir-se em segredo para nos julgar a todos!... E aqui estávamos nós, durante todo o inverno e a primavera, completamente enganados, e nos imaginando todos no mesmo nível de verdade e honra, com duas pessoas em nosso meio que estavam comparando e julgando sentimentos e palavras que nunca deveriam ter visto ou ouvido... Eles devem arcar com as consequências, se alguma vez ouviram falar de um ou de outro de forma não exatamente agradável.

– Estou bem tranquila quanto a isso – replicou a senhora Weston. – Tenho certeza de que nunca falei nada de um para o outro, que ambos não pudessem ter ouvido.

– A senhora tem sorte... Seu único engano foi ouvido somente por mim, quando imaginou que um certo amigo nosso pudesse estar apaixonado pela dama.

– É verdade. Mas como sempre tive uma excelente opinião sobre a senhorita Fairfax, nunca poderia cometer o erro de falar mal dela; e quanto a falar mal dele, disso estou a salvo.

Nesse momento, o senhor Weston apareceu a uma pequena distância, visto da janela, evidentemente a observá-las. Sua esposa olhou-o de forma a convidá-lo a entrar; e enquanto ele se aproximava, ela acrescentou:

– Agora, querida Emma, deixe-me pedir-lhe que diga tudo o que estiver a seu alcance para deixar o coração dele tranquilo e incliná-lo a ficar satisfeito com o casamento. Vamos tirar o melhor dessa situação... e, na verdade, quase tudo de bom pode ser dito em favor dela. Não é um casamento que seja gratificante, gratificação, mas se o senhor Churchill não se importou com isso, por que nós deveríamos? E pode ser muito bom para ele, para Frank quero dizer, estar ligado a uma moça com tal firmeza de caráter e bom senso, como sempre lhe dei crédito em relação a isso... e ainda estou disposta a dar-lhe crédito, apesar desse grande desvio da estrita regra do que é certo. E quanto pode ser dito da situação dela para justificar esse erro!

– Muito, na verdade – exclamou Emma, calorosamente. – Se uma mulher pode ser sempre desculpada por pensar só em si é numa situação como a de Jane Fairfax... Quanto a isso, podemos até dizer que "o mundo não é deles, nem o são as leis do mundo".

Ela encontrou o senhor Weston na entrada e, com o rosto sorridente, exclamou:

– Um belo truque o senhor me aplicou, palavra de honra! Foi um artifício, suponho, para atiçar minha curiosidade e exercitar meu poder de adivinhação. Mas o senhor chegou a me assustar. Pensei que tivesse perdido metade de sua propriedade, pelo menos. E quando cheguei aqui, em vez de ser motivo de condolências, descobri que era de congratulações... Eu o felicito, senhor Weston, de todo o meu coração, pela perspectiva do senhor ter uma das mais adoráveis e completas jovens damas da Inglaterra como nora.

Um ou dois olhares trocados entre ele e a esposa o convenceram de que tudo estava tão bem quanto essas palavras diziam; e seu feliz efeito no espírito dele foi imediato. Seu rosto e sua voz recobraram a vivacidade usual; ele apertou a mão dela com cordialidade e gratidão, e entrou no assunto de modo a provar que apenas precisava de um pouco de tempo e persuasão para pensar que o casamento não era ruim. Elas lhe sugeriram somente o que pudesse reduzir a imprudência ou suavizar as objeções; depois que falaram de tudo outra vez juntos e que ele falou tudo de novo com Emma, no caminho de volta a Hartfield, ele já estava perfeitamente conformado com a ideia e faltava pouco para dizer que esta fora a melhor coisa que Frank poderia ter feito.

## ≈ CAPÍTULO 11 ≈

"Harriet, pobre Harriet!"... Essas foram as palavras; nelas residiam as atormentadas ideias das quais Emma não conseguia se livrar e que constituíam a verdadeira infelicidade do caso para ela. Frank Churchill se havia comportado muito mal em relação a ela... muito mal de várias maneiras... mas não era tanto o comportamento *dele*, mas o *dela mesma*, que a deixava tão zangada com ele. Era a enrascada em que ele a envolvera por causa de Harriet, que dava um tom mais profundo à ofensa dele... Pobre Harriet, ser pela segunda vez vítima de suas concepções erradas e lisonjas. O senhor Knightley havia falado profeticamente quando certa vez dissera: "Emma, você não tem sido amiga de Harriet Smith."... Temia que não tivesse feito nada por ela além de prestar-lhe um desserviço... Era verdade que não tinha nada por que culpar-se nesse caso como no anterior, em que fora a única e original autora do engano, ao ter sugerido sentimentos que de outra forma nunca teriam sido imaginados por Harriet; pois Harriet havia reconhecido sua admiração e preferência por Frank Churchill antes que ela pudesse fazer-lhe qualquer insinuação sobre o assunto; mas se sentia totalmente culpada por ter encorajado o que deveria ter reprimido. Devia ter evitado a indulgência e o aumento desses sentimentos. Sua influência teria sido suficiente. E agora tinha plena consciência de que devia tê-los impedido... Sentia que tinha posto em risco a felicidade da amiga em bases totalmente insuficientes. O bom senso devia tê-la guiado para dizer a Harriet que não devia pensar nele e que havia quinhentas chances contra uma de que ele algum dia gostasse dela... "Mas, com bom senso," acrescentou ela, "receio que tivesse pouco a fazer".

Estava extremamente zangada consigo mesma. Se não pudesse ficar zangada também com Frank Churchill, teria sido terrível... Quanto a Jane Fairfax, podia pelo menos aliviar seu coração da necessidade de alguma solicitude em relação a ela no momento. Harriet já constituía ansiedade suficiente para ela; não precisava mais ficar infeliz por mais tempo por causa de Jane, cujos problemas e cuja doença tinham, é evidente, a mesma origem, e deviam estar igualmente sendo curados... Seus dias de privações e de males tinham terminado... Logo estaria bem de saúde, feliz e próspera... Emma podia agora imaginar por que suas atenções para com ela haviam sido desprezadas. Essa descoberta esclarecia muitas pequenas questões. Não havia dúvida de que fora por ciúmes... Aos olhos de Jane, ela era uma rival; e por isso qualquer oferecimento de ajuda ou consideração devia ser recusado. Um passeio na carruagem de Hartfield teria sido uma tortura e a araruta da despensa de Hartfield teria sido veneno. Ela entendeu tudo isso; e tanto quanto sua mente podia se distanciar da injustiça e do egoísmo provocados por sentimentos de raiva, ela se dava conta de que Jane Fairfax nunca teria nem elevação nem felicidade além de seu deserto. Mas a pobre Harriet era um fardo tão pesado! Havia pouca simpatia para dispensar a qualquer outra pessoa. Emma estava tristemente temerosa de que esse segundo desapontamento fosse mais severo que o primeiro. Considerando o valor muito superior do segundo objeto de interesse, achava que podia ser assim; e julgando por seu aparentemente maior efeito na mente de Harriet, produzindo reserva e autocontrole, devia ser mesmo assim... Ela deveria, no entanto, comunicar a dolorosa verdade, e o mais cedo possível. Houvera um pedido de segredo nas palavras de despedida do senhor Weston. "No momento, o caso todo devia ficar completamente em segredo. O senhor Churchill fizera questão disso, como mostra de respeito pela esposa recentemente falecida; e todos concordaram que isso não era mais que o devido decoro." Emma havia prometido; mas ainda assim, Harriet devia ser excetuada. Era sua principal obrigação contar-lhe.

Apesar da vergonha, não podia deixar de achar quase ridículo que ela tivesse que desempenhar em relação a Harriet a mesma tarefa angustiante e delicada que a senhora Weston acabara de desempenhar com ela. A informação, que lhe havia sido transmitida com tanta ansiedade, ela devia agora transmiti-la ansiosamente a outra. Seu coração bateu mais forte ao ouvir os passos e a voz de Harriet; assim , supôs, a pobre senhora Weston devia ter sentido quando *ela* se aproximava de Randalls. Se a revelação ao menos tivesse o mesmo desfecho!... Mas em relação a isso, infelizmente, não havia a menor chance.

– Bem, senhorita Woodhouse – exclamou Harriet, entrando ansiosamente na sala –, essa não é a notícia mais estranha do mundo?

– A que notícia se refere? – replicou Emma, incapaz de adivinhar, pela expressão ou pela voz, se Harriet já havia recebido qualquer insinuação a respeito.

– Sobre Jane Fairfax. Já ouviu alguma coisa mais estranha? Oh!... a senhorita não deve ter medo de me contar, pois o próprio senhor Weston me contou. Acabei de encontrá-lo. Ele me disse que era um grande segredo; e, portanto, eu não pensaria em mencioná-lo a ninguém, a não ser à senhorita, mas ele disse que a senhorita já sabia.

– O que o senhor Weston lhe contou? – perguntou Emma, ainda perplexa.

– Oh! Ele me contou tudo; que Jane Fairfax e o senhor Frank Churchill vão se casar e que ficaram noivos em segredo por um bom tempo. Muito estranho!

Era, de fato, muito estranho. O comportamento de Harriet era tão extremamente estranho que Emma não sabia como interpretá-lo. Parecia que seu caráter mudara completamente. Parecia decidida a não mostrar nenhuma agitação ou desapontamento ou qualquer preocupação especial pela descoberta. Emma olhava para ela sem conseguir falar.

– A senhorita tinha alguma ideia – exclamou Harriet – de que ele estava apaixonado por ela?... A senhorita, talvez, tivesse... A senhorita (corando enquanto falava) que pode ver o coração de qualquer pessoa; mas ninguém mais...

– Palavra de honra – disse Emma –, começo a duvidar de ter algum talento desse tipo. Você pode me perguntar com seriedade, Harriet, se eu o imaginava comprometido com outra mulher ao mesmo tempo em que eu... tacitamente e não abertamente... estava encorajando você a dar vazão a seus próprios sentimentos?... Nunca tive a menor suspeita, até uma hora atrás, de que o senhor Frank Churchill tivesse qualquer sentimento por Jane Fairfax. Pode ter certeza de que, se eu soubesse, consequentemente teria prevenido você.

– A mim! – exclamou Harriet, corando e espantada. – Por que deveria me prevenir?... A senhorita não pode estar pensando que me importo com o senhor Frank Churchill.

– Estou encantada de vê-la falar com tanta firmeza sobre esse assunto – replicou Emma, sorrindo. – Mas não deve negar que houve um tempo... e não muito distante... em que me deu razões para acreditar que estava interessada nele.

– Nele?... Nunca, nunca... Querida senhorita Woodhouse, como pode ter me entendido tão mal? – voltando as costas, angustiada.

– Harriet! – exclamou Emma, depois de um momento de pausa. – O que quer dizer com isso?... Deus do céu! O que quer dizer?... Entendê-la mal!... Devo supor então?...

Ela não podia dizer mais nenhuma palavra... Perdera a voz; e sentou-se, esperando aterrorizada até que Harriet respondesse.

Harriet, que estava em pé a alguma distância e com o rosto virado para o outro lado, não disse nada de imediato; e quando falou, foi numa voz quase tão agitada quanto à de Emma.

– Nunca pensei que fosse possível – começou ela – que a senhorita me entendesse mal! Sei que combinamos de nunca mencionar o nome dele... mas considerando como ele é superior a todos os outros, não achei que fosse possível que pudesse estar falando de outra pessoa. O senhor Frank Churchill, realmente! Não sei quem poderia olhar para ele na presença do outro. Espero ter um gosto bem melhor do que pensar no senhor Frank

Churchill, que não é ninguém ao lado dele. E que a senhorita tenha se enganado tanto, é espantoso!... Eu acreditava que a senhorita aprovava e encorajava meu afeto; de início, considerei uma grande presunção de minha parte ousar pensar nele. Em princípio, se a senhorita não tivesse me dito que coisas mais maravilhosas já aconteceram, que já houve casamentos de maior disparidade (essas foram suas palavras exatas)... eu não teria ousado dar vazão... não teria pensado possível... Mas se a *senhorita*, que o conhece desde sempre...

– Harriet! – exclamou Emma, recompondo-se resolutamente. – Vamos nos entender agora, sem deixar qualquer possibilidade de ulterior engano. Você está falando do... senhor Knightley?

– Certamente que estou. Nunca poderia ter ideia de mais ninguém... e assim achei que a senhorita soubesse. Quando falamos sobre ele, ficou tão claro quanto possível.

– Nem tanto – retrucou Emma, com calma forçada –, pois tudo o que você me disse então parecia referir-se a outra pessoa. Eu posso quase jurar que você *mencionou* o nome do senhor Frank Churchill. Tenho certeza de que falamos do serviço que o senhor Frank Churchill lhe prestou, ao protegê-la dos ciganos.

– Oh, senhorita Woodhouse! Como pôde se esquecer!

– Minha querida Harriet, lembro-me perfeitamente do teor do que eu lhe disse na ocasião. Disse-lhe que não me surpreendia com seu interesse, considerando o serviço que ele lhe prestou e que era muito natural... e você concordou, expressando-se calorosamente de sua consciência a respeito desse serviço e mencionando até mesmo o que sentiu quando o viu aproximar-se para salvá-la... A impressão de tudo isso é viva em minha memória.

– Oh, Deus! – exclamou Harriet. – Agora entendo o que quer dizer; mas eu estava pensando em algo bem diferente no momento. Não era nos ciganos... não me referia ao senhor Frank Churchill. Não! (soerguendo-se) Estava pensando numa circunstância muito mais preciosa... no senhor Knightley caminhando em minha direção e me convidando para dançar, quando o senhor Elton se recusou a fazê-lo e não havia outro parceiro na sala. Essa foi a boa ação, essa foi a nobre benevolência e generosidade, esse foi o serviço que me fez pensar em como ele era superior a qualquer outro ser humano na terra.

– Meu bom Deus! – exclamou Emma. – Esse foi o mais infeliz... o mais deplorável dos enganos!... O que se pode fazer?

– A senhorita não teria me encorajado, então, se tivesse me compreendido? Pelo menos, contudo, não posso estar pior do que estaria, se o outro fosse a pessoa em questão; e agora, *é* possível...

Ela fez uma pausa de alguns momentos. Emma não conseguia falar.

– Não me surpreendo, senhorita Woodhouse – prosseguiu ela – que a senhorita veja uma grande diferença entre os dois, no que se refere a mim ou a qualquer outra pessoa. Deve achar que ele está cem milhões de vezes acima de mim do que o outro. Mas espero, senhorita Woodhouse, que supondo... mesmo que... possa parecer estranho... A senhorita sabe que foram suas próprias palavras, que coisas *mais* maravilhosas já aconteceram, casamentos de *maior* disparidade já ocorreram, até mais do que entre Frank Churchill e eu; e, portanto, parece que, se uma coisa como essa já ocorreu antes... e se eu for tão afortunada, além do que se pode pensar, para... se o senhor Knightley realmente desejasse... se *ele* não se importar com a disparidade, eu espero, minha querida senhorita Woodhouse, que a senhorita não se oporia e não tentaria colocar dificuldades no caminho. Mas a senhorita é boa demais para isso, tenho certeza.

Harriet estava de pé junto a uma das janelas. Emma virou-se para olhar para ela, consternada, e apressadamente disse:

– Você tem alguma ideia se o senhor Knightley haveria de corresponder à sua afeição?

– Sim – respondeu Harriet, modestamente, mas sem temor. – Devo dizer que sim.

Os olhos de Emma se fecharam instantaneamente; e ela se sentou, meditando em silêncio, numa posição fixa, por alguns minutos. Esses poucos minutos foram suficientes para que conhecesse seu próprio coração. Uma mente como a dela, uma vez aberta para a suspeita, fazia progressos rápidos. Ela tocou... ela admitiu... ela reconheceu toda a verdade. Por que era muito pior que Harriet estivesse apaixonada pelo senhor Knightley do que por Frank Churchill? Por que o mal era tão terrivelmente aumentado ao saber que Harriet tinha esperanças de ser correspondida? E a verdade atravessou sua mente, com a velocidade de uma flecha, que o senhor Knightley não podia se casar com ninguém a não ser com ela.

Sua própria conduta, assim como seu próprio coração, estava diante dela nesses mesmos poucos minutos. Viu com clareza tudo que nunca havia visto antes. Como havia agido impropriamente por Harriet! Como sua conduta havia sido desconsiderada, indelicada, irracional, insensível! Que cegueira, que loucura a tinham conduzido! Foi atingida pela força terrível dessas revelações e estava pronta a dar os piores nomes do mundo para seu comportamento. Um pouco de respeito por si mesma, no entanto, apesar desses deméritos... alguma consideração para com sua própria aparência e um forte senso de justiça por Harriet... (não havia necessidade de *compaixão* pela moça que acreditava ser amada pelo senhor Knightley... mas a justiça exigia que ela não devia torná-la infeliz tratando-a com frieza agora), propiciaram a Emma a resolução de sentar-se e suportar com calma, com até aparente bondade... Para sua própria tranquilidade, de fato, devia perguntar a respeito da extensão das esperanças de Harriet; e Harriet não fizera nada para ser privada da amizade e do interesse que lhe tinham sido tão voluntariamente oferecidos, nem merecia ser desprezada pela pessoa cujos conselhos nunca lhe fizeram bem... Despertando dessas reflexões, portanto, e dominando a emoção, voltou-se de novo para Harriet e, com uma voz mais convidativa, retomou a conversa, pois o assunto que a introduzira, a incrível história de Jane Fairfax, estava quase perdida e esquecida... Nenhuma das duas pensava em outra coisa que não fosse no senhor Knightley e nelas mesmas.

Harriet, que estivera mergulhada num devaneio nem um pouco infeliz, ainda assim ficou muito contente de vê-lo interrompido pela maneira encorajadora de tão grande juíza e grande amiga como a senhorita Woodhouse, e precisava apenas de um estímulo para contar a história de suas esperanças com grande e emocionado deleite... Emma escondia melhor seu tremor que Harriet, enquanto perguntava e ouvia, embora ele não fosse menor do que o da jovem. Mantinha a voz firme, mas sua mente estava totalmente perturbada por essa descoberta de si mesma, pela eclosão de um mal ameaçador e pela confusão que emoções inesperadas e perplexas deviam criar... Ouviu detalhes contados por Harriet com grande sofrimento interior, mas com grande paciência aparente... Não podia esperar que o relato dela fosse metódico ou bem elaborado ou muito bem referido; mas continha, quando separado de toda a fraqueza e tautologia da narração, a substância para deprimir seu espírito... especialmente com as circunstancias que o corroboravam, que sua própria memória trazia em favor do alto conceito que o senhor Knightley tinha de Harriet.

Harriet tinha tomado consciência de uma diferença no comportamento dele desde aquelas duas danças decisivas... Emma sabia que ele, naquela ocasião, a tinha achado muito superior às suas expectativas. Desde aquela noite, ou pelo menos desde que a senhorita Woodhouse a encorajou a pensar nele, Harriet tinha começado a notar que ele conversava com ela muito mais do que costumava, e falava de uma maneira diferente, com mais gentileza e doçura! Nos últimos tempos estava cada vez mais consciente disso. Quando estavam todos caminhando juntos, ele com frequência vinha caminhar ao lado dela, e falava de maneira tão deliciosa!... Parecia querer conhecê-la melhor. Emma sabia que esse era exatamente o caso. Ela tinha notado a mudança com frequência, quase com a mesma extensão da amiga... Harriet repetia expressões de aprovação e elogios dele... e Emma sabia que estavam bem de acordo com a opinião dele sobre Harriet. Ele a elogiava por ser uma moça sem artifícios ou afetação, por ter sentimentos simples, honestos e generosos... Ela sabia que ele via essas qualidades em Harriet, falara delas com Emma mais de uma vez... Muito do que Harriet guardara na memória, vários pequenos detalhes das atenções que recebera dele, um olhar, uma fala, uma mudança de cadeira, um cumprimento implícito, uma suposta preferência, não foram notados por Emma porque ela não suspeitava de nada. Circunstâncias que poderiam intensificar um relacionamento de meia hora e que continham muitas provas para ela que as tinha visto, passaram-lhe despercebidas e agora as reconhecia ao ouvi-las; mas as duas últimas ocorrências a serem mencionadas e que continham a maior promessa para Harriet, também foram testemunhadas pela própria Emma... A primeira fora a caminhada dele ao lado dela, separados dos demais, na alameda de limeiras em Donwell, onde andaram caminhando por algum tempo antes de Emma juntar-se a eles; e ele tinha tomado o cuidado (como Harriet estava convencida) de afastá-la dos outros para mantê-la junto a si... e pela primeira vez falara com ela de forma mais particular como nunca fizera antes, de forma muito particular, de fato! (Harriet não conseguia lembrar-se disso sem corar)... Ela parecia quase a ponto de perguntar se sua afeição já estava comprometida... Mas assim que ela (senhorita Woodhouse) se aproximara provavelmente para juntar-se a eles, ele mudou de assunto e começou a falar sobre a fazenda... A segunda fora quando ele se havia sentado com ela conversando por quase meia hora, enquanto esperavam Emma voltar de sua visita, exatamente na última manhã em que ele estivera em Hartfield... embora, ao entrar, tivesse dito que não poderia ficar mais que cinco minutos... e ter-lhe contado, durante essa conversa que, embora estivesse indo para Londres, deixava sua casa muito contra a vontade, o que era muito mais (como Emma sentiu) do que ele havia dito a *ela*. Esse grau superior de confiança em relação a Harriet, mostrado apenas por esse fato, causou-lhe enorme dor.

A respeito da primeira das duas circunstâncias, depois de breve reflexão, ela se aventurou a perguntar:

– Será que ele não pretendia?... Não é possível que, ao lhe perguntar, como você imagina, sobre o comprometimento de sua afeição, será que ele não estava aludindo ao senhor Martin?... ou será que tinha o interesse do senhor Martin em vista? Mas Harriet rejeitou a suspeita com veemência.

– O senhor Martin! Não, de modo algum!... Não houve nem sequer uma insinuação sobre o senhor Martin. Espero me conhecer melhor agora, a ponto de não me interessar pelo senhor Martin ou ser suspeita de fazê-lo.

Quando Harriet concluiu o seu relato, apelou para sua querida senhorita Woodhouse, para lhe dizer se tinha bons motivos para ter esperanças.

– Eu nunca teria a pretensão de pensar nisso, no início – disse ela –, se não fosse a senhorita. Foi a senhorita que me disse para observá-lo cuidadosamente e deixar que o comportamento dele servisse de guia para o meu... e assim fiz. Mas agora sinto que posso merecê-lo; e se ele me escolher, não será uma coisa assim tão fora do comum.

Os amargos sentimentos provocados por essa declaração, os muitos sentimentos amargos, exigiram o derradeiro esforço da parte de Emma, para que pudesse dizer em resposta:

– Harriet, eu só me arriscaria a dizer que o senhor Knightley é o último homem no mundo que daria intencionalmente a qualquer mulher a ideia do sentimento dele por ela ser maior do que realmente é.

Harriet parecia pronta a adorar a amiga por uma resposta tão satisfatória; e Emma só foi salva de arroubos e predileção, que nesse momento teriam lhe causado uma terrível dor, pelo som dos passos de seu pai. Ele atravessava o vestíbulo. Harriet estava muito agitada para encontrá-lo. "Ela não conseguia se recompor... o senhor Woodhouse ficaria alarmado... era melhor que ela fosse embora..." com o mais pronto encorajamento da parte da amiga, ela saiu por outra porta... e, no momento em que saía, Emma desabafou seus sentimentos, dizendo a si mesma: "Oh, Deus! Gostaria que nunca a tivesse visto".

O resto do dia e a noite seguinte mal foram suficientes para seus pensamentos... Estava perplexa no meio da confusão de tudo que a acometera nas últimas poucas horas. Cada momento havia trazido uma nova surpresa; e cada surpresa devia ser motivo de humilhação para ela... Como compreender tudo aquilo? Como entender as decepções que ela mesma provocara para si e viver com isso?... Os enganos, a cegueira de sua própria cabeça e coração!... ela ficava sentada pensativa, caminhava por aí, tentava ficar no quarto, tentava passear pelo arvoredo... em cada lugar, em cada atitude, percebia que agira com muita fraqueza, que lhe havia sido imposto por outros o mais alto grau de sofrimento e que ela mesma se havia imposto um grau de sofrimento ainda maior, que estava infeliz e provavelmente haveria de descobrir que esse dia era apenas o começo da infelicidade.

Compreender, compreender inteiramente seu próprio coração era o primeiro esforço. Para isso utilizaria qualquer momento livre que seus cuidados com o pai permitissem e qualquer momento de distração involuntária.

Há quanto tempo o senhor Knightley se tornara tão querido para ela, como cada sentimento demonstrava agora que ele era? Quando tinha começado a influência dele, aquela influência?... Quando ele tinha conseguido esse lugar em sua afeição, que Frank Churchill ocupara uma vez, por pouco tempo?... Ela olhou para o passado, comparou os dois... comparou-os pelo lugar que sempre ocuparam em sua estima, desde o momento em que passara a conhecer o último... e como deviam ter sido comparados por ela a qualquer momento, se o tivesse feito... Oh! Se o tivesse feito, que abençoada felicidade se tivesse lhe ocorrido fazer essa comparação...Percebeu que nunca houve um tempo em que não tivesse considerado o senhor Knightley infinitamente superior, ou quando seu afeto por ela não fosse infinitamente mais caro. Percebeu que, persuadindo-se, imaginando, agindo contra as circunstâncias, havia incorrido no mais completo engano, ignorando totalmente seu próprio coração... e, em resumo, que nunca se havia realmente importado com Frank Churchill, de forma alguma!

Esta foi a conclusão da primeira série de reflexões. Este foi o conhecimento de si mesma que alcançou com o primeiro questionamento e sem demorar muito a consegui-lo... Estava tristemente indignada; envergonhada de cada sensação, menos da que se revelara a ela... sua afeição pelo senhor Knightley... Todas as outras partes de sua mente eram puro desgosto.

Com que insuportável vaidade ela havia acreditado estar de posse do segredo dos sentimentos de todos; com que imperdoável arrogância se propusera a arranjar o destino de todos os outros! Provou estar inteiramente errada e não havia conseguido quase nada... pois havia causado males. Havia causado mal a Harriet, a si mesma, e temia demais que até ao senhor Knightley... Caso essa mais desigual de todas as uniões viesse a acontecer, ela deveria arcar com o desgosto de ter começado tudo, pois o afeto dele só poderia existir pela consciência do afeto de Harriet... e mesmo que não fosse esse o caso, ele jamais teria reparado em Harriet se não fosse sua loucura.

O senhor Knightley e Harriet Smith!... Era uma união para afastar qualquer surpresa... A ligação entre Frank Churchill e Jane Fairfax tornava-se apenas um lugar comum, desgastada, antiquada se comparada a essa, que não causava a menor surpresa, que não mostrava a menor disparidade, que não propiciava nada a dizer ou a pensar. O senhor Knightley e Harriet Smith!... Que elevação seria para ela! Que aviltamento seria para ele! Era horrível para Emma pensar em quanto isso o diminuiria perante a opinião geral, prevendo os sorrisos, os olhares de ironia, o divertimento que causaria à custa dele, e sofrimento e o desprezo do irmão dele, as milhares de inconveniências para ele próprio... Será que isso poderia acontecer?... Não, era impossível. E ainda assim, estava longe, muito longe de ser impossível... Era um fato novo um homem de qualidades de primeira classe ser cativado por alguém de nível inferior? O que havia de novo em alguém, talvez muito ocupado para procurar, ser o prêmio de uma moça que o procurasse?... Seria algo de novo no mundo ser desigual, inconsistente, incongruente... ou pelo fato do acaso e das circunstâncias (como segundas causas) dirigirem o destino humano?

Oh! Se ao menos ela nunca tivesse incentivado Harriet! Se a tivesse deixado no lugar a que pertencia e ao qual ele lhe dissera que ela pertencia!... Se não tivesse, com uma tolice que nenhuma língua deveria expressar, impedido que ela se casasse com o irrepreensível jovem que a teria feito feliz e respeitável no nível de vida a que ela devia pertencer... tudo poderia ter sido salvo; nenhuma dessas terríveis sequelas teria ocorrido.

Como Harriet poderia ter tido a presunção de elevar suas atenções para o senhor Knightley? Como poderia ter ousado imaginar que pudesse ser escolhida por semelhante homem, até realmente ter certeza disso!... Mas Harriet estava menos humilde, tinha menos escrúpulos que antes... Parecia perceber muito pouco sua inferioridade, fosse de mente ou de situação... Tinha parecido mais sensível à possibilidade de o senhor Elton não querer casar-se com ela do que parecia sentir agora com o senhor Knightley... Ah! Acaso não era isso também obra dela? Quem se dera ao trabalho de dar ideias de grandeza a Harriet, se não ela?... Quem, se não ela, a havia ensinado Harriet a elevar-se o mais possível e a pensar que tinha direito de conseguir um lugar muito melhor no mundo?... Se Harriet, de humilde que era passara a ser vaidosa, também era obra sua.

## ≈ CAPÍTULO 12 ≈

Até o momento em que estava ameaçada com essa perda, Emma nunca soubera quanto de sua felicidade dependia de ser a *primeira* para o senhor Knightley, primeira em interesse e afeição... Satisfeita que assim era e acreditando que era seu direito, havia usufruído isso sem refletir; e só no temor de ser suplantada, percebeu que isso havia sido expressivamente importante.... Havia tempo, muito tempo sentia que era a primeira; pois, como ele não tinha amigas entre as jovens damas, somente Isabella possuía direitos iguais comparáveis aos seus, e ela sempre soube exatamente o quanto ele amava e estimava Isabella. Ela havia sido a primeira para ele por muitos anos passados. Mas não merecera isso; muitas vezes tinha sido negligente ou perversa, desprezando seus conselhos ou até se opondo abertamente, insensível à dos méritos dele e discutindo com ele porque não aceitava a falsa e insolente avaliação que ela fazia de si mesma... Ainda assim, por afeto familiar ou por hábito e pela total excelência de sua mente, ele a havia amado e cuidado dela desde que era menina, esforçando-se para que se tornasse melhor e ansiando em vê-la agir corretamente, o que nenhuma criatura no mundo jamais havia feito. Apesar de todas as suas falhas, ela sabia que era querida para ele; e por que não poderia dizer 'muito querida'?... Quando, contudo, as sugestões de esperança, que deviam se seguir, se apresentaram, ela não conseguiu deduzir que devia ceder a elas. Harriet Smith devia achar que merecia ser singular, exclusiva e apaixonadamente amada pelo senhor Knightley. *Ela* não podia. Ela não podia se vangloriar de imaginar que o senhor Knightley ficaria cego em seu apego a *ela*. Havia tido uma prova muito recente de sua imparcialidade...

Como ele havia ficado chocado com seu comportamento para com a senhorita Bates! Como se havia expressado direta e incisivamente sobre o assunto... Não incisivo demais a ponto de ofendê-la... mas o suficiente para se distanciar de qualquer sentimento mais suave do que a verdadeira justiça e a clarividente boa vontade... Ela não tinha qualquer esperança, nada que merecesse o nome de esperança, de que ele tivesse por ela aquele tipo de afeto que agora estava em questão; mas havia uma esperança (às vezes fraca, às vezes mais forte) de que Harriet viesse a se decepcionar e que tivesse exagerado o significado das atenções dele... Ela devia desejar que assim fosse, pelo bem dele... e para ela não haveria consequências, se ele permanecesse solteiro pelo resto da vida. Se pudesse ter certeza, de fato, de que ele nunca se casaria, acreditava que ficaria perfeitamente satisfeita... Que ele continuasse a ser o mesmo senhor Knightley, para ela e o pai, o mesmo senhor Knightley para todo o mundo; que Donwell e Hartfield não perdessem nada daquela preciosa troca diária de amizade e confiança, e a paz dela estaria garantida... O casamento, com efeito, não servia para ela. Seria incompatível com o que ela devia a seu pai e com o que sentia por ele. Nada poderia separá-la do pai. Ela não se casaria, mesmo que o senhor Knightley pedisse sua mão.

Devia ser seu ardente desejo que Harriet pudesse ser desapontada; e ela esperava que, ao voltar a vê-los juntos, pudesse pelo menos determinar quais as chances disso acontecer... Devia observá-los de perto doravante; e mesmo que infelizmente até o momento tivesse cometido erros em suas observações, não sabia como poderia admitir que fosse se enganar agora... Ele estava sendo esperado de volta todos os dias. O poder de observação logo seria comprovado... assustadoramente cedo parecia-lhe, quando seus pensamentos seguiam em uma única direção. Nesse meio tempo, resolveu não ver mais Harriet... Não faria bem a nenhuma das duas falar disso mais longamente, o assunto não lhes faria bem... Ela estava decidida a não se convencer, enquanto pudesse haver dúvidas, mas ainda assim não tinha autoridade para se opor à confiança de Harriet. Falar serviria apenas para irritar... Escreveu, portanto, bondosa mas incisivamente a ela, pedindo-lhe que no momento evitasse vir a Hartfield, declarando que era sua convicção de que toda discussão confidencial sobre *um* tópico era preferível evitá-la e esperando que alguns dias deveriam passar antes que voltassem a se encontrar, exceto na companhia de outras pessoas... tinha objeções apenas a conversa frente a frente... deviam ser capazes de agir como se tivessem esquecido a conversa do dia anterior... Harriet aceitou, aprovou e ficou grata.

Esse ponto acabara de ser acertado quando chegou uma visitante para distrair um pouco os pensamentos de Emma do único assunto que a absorvia, dormindo ou acordada, nas últimas 24 horas... Era a senhora Weston, que fora fazer uma visita à futura nora e passara em Hartfield a caminho de casa, tanto por dever para com Emma como por seu próprio prazer, para relatar todos os pormenores dessa visita tão interessante.

O senhor Weston havia acompanhado a esposa à casa da senhora Bates e se havia comportado da forma mais agradável nessa visita de cortesia; mas como ela havia induzido a senhorita Fairfax a acompanhá-la a um passeio, retornava agora com muito mais para dizer e com muito mais satisfação que um quarto de hora passado na sala de visitas da senhora Bates poderia proporcionar, com todo o ônus de sentimentos embaraçosos.

Emma tinha alguma curiosidade; e a satisfez quase totalmente ao ouvir o relato da amiga. A senhora Weston havia saído para fazer a visita com grande agitação; e, de início, havia pensado em não ir, pelo menos no momento presente e, em vez disso, escrever simplesmente para a senhorita Fairfax e assim adiar a visita de cerimônia até que passasse algum tempo e o senhor Churchill pudesse aceitar que o noivado se tornasse público; pois, considerando tudo, ela achava que uma visita dessas não poderia ser feita sem suscitar comentários... mas o senhor Weston pensava diferente; estava extremamente ansioso em mostrar sua aprovação à senhorita Fairfax e à família dela e não admitia que qualquer suspeita pudesse decorrer disso; ou, se isso ocorresse, não teria consequência alguma, pois, "essas coisas", observou ele, "sempre se espalham". Emma sorriu e achou que o senhor Weston tinha boas razões para dizer isso. Eles decidiram ir, em resumo... e grande era a evidente angústia e confusão da dama. Mal havia conseguido dizer uma palavra e cada um de seus olhares e atitudes havia mostrado quão profundamente ela estava sofrendo. A calma e emocionada satisfação da velha senhora e o extasiante deleite da filha... que provou estar feliz demais para falar como de costume... tinha sido uma cena gratificante e mesmo quase afetiva. Ambas eram tão verdadeiramente respeitáveis em sua felicidade, tão desinteressadas em cada atitude, pensavam tanto em Jane e em todo o mundo, e tão pouco em si mesmas, que todos esses bons sentimentos demonstravam seu bem-estar. A recente doença da senhorita Fairfax havia oferecido um bom pretexto para a senhora Weston para convidá-la a um passeio; ela, de início, havia recuado e declinado, mas, ao ser pressionada, se havia rendido; e, no decorrer do passeio, a senhora Weston, por meio de afável encorajamento, tinha superado tão bem o embaraço dela a ponto de levá-la a conversar falar sobre o importante assunto. As desculpas dela pelo aparente silêncio indelicado na primeira recepção oferecida por eles e as mais calorosas expressões da gratidão que ela sempre sentira para com ela própria e pelo senhor Weston deviam necessariamente abrir a conversa; mas quando essas efusões foram postas de lado, elas conversaram longamente sobre o presente e o futuro do noivado. A senhora Weston estava convencida de que essa conversa deveria ser do maior alívio para a companheira, pois lhe permitira falar de coisas encerradas em sua mente havia muito tempo e ficou muito contente com tudo que ela havia dito sobre o assunto.

– Sobre a infelicidade que ela havia sofrido, ao esconder isso por tantos meses – continuou a senhora Weston –, ela foi enfática. Esta foi uma de suas expressões: "Não vou dizer que, desde que fiquei comprometida, não tive alguns momentos felizes; mas posso dizer que nunca conheci a bênção de uma hora tranquila..." e o tremor dos lábios, Emma, foi um atestado da verdade do que ela dizia, que senti de todo o coração.

– Pobre menina! – disse Emma. – Ela acha que está errada por ter consentido em esconder o noivado?

– Errada? Ninguém, creio, pode culpá-la mais do que ela própria se culpa. "A consequência", disse ela, "foi um estado de perpétuo sofrimento para mim, e devia ser assim. Mas por mais que a má conduta seja punida, continua sendo má conduta. A dor não é expiação. Nunca vou me livrar desta culpa. Venho agindo contra todo o meu senso do que é correto; e a afortunada reviravolta de tudo e a bondade que venho recebendo agora, é o que minha consciência diz que não mereço." E continuou: "Não imagine, madame, que eu fui educada mal. Não deixe que qualquer reflexo disso recaia sobre os princípios ou os cuidados dos amigos que me criaram. O erro foi todo meu, e eu lhe asseguro que, com toda a desculpa que as presentes circunstâncias podem dar, eu ainda tenho medo de contar a história ao coronel Campbell."

– Pobre menina! – disse Emma novamente. – Então ela o ama excessivamente, imagino. Deve ter sido só por amor que ela consentiu em ficar noiva. Sua afeição deve ter suplantado seu julgamento.

– Sim, não tenho dúvidas que ela o ama extremamente.

– Receio – continuou Emma, suspirando –, que muitas vezes eu tenha contribuído para torná-la infeliz.

– De sua parte, meu amor, foi algo de todo não intencional. Mas ela provavelmente deveria guardar algo disso em seus pensamentos quando aludiu aos mal-entendidos que poderiam ter nos dado alguma pista antes. Uma consequência natural desse erro em que ela se envolveu, disse ela, foi o de tornar-se *pouco razoável.* A consciência de ter agido mal a expôs a milhares de inquietudes e a tornou desconfiada e irritável, até um grau que deve ter sido... que tinha sido... muito difícil para ele suportar. "Não fiz as concessões", disse ela, "que devia ter feito para o temperamento e o humor dele... seu delicioso humor, essa alegria, essa disposição para brincar que, em qualquer outra circunstância, me teriam me deixado constantemente enfeitiçada, estou certa disso, como foi no início." Ela começou então a falar de você, e da grande bondade que mostrou durante a doença dela; e com um rubor que me mostrava como tudo estava ligado, pediu-me, desde que eu tivesse uma oportunidade, que lhe agradecesse... Eu nunca poderia agradecer-lhe o suficiente... por todo o desejo e todos os esforços no intuito de para fazer-lhe o bem. Ela sabia muito bem de que você nunca recebeu o devido reconhecimento da parte dela.

– Se eu não soubesse que ela agora está feliz – disse Emma, seriamente –, como deve estar, apesar de cada uma das reações de sua escrupulosa consciência, eu não poderia aceitar esses agradecimentos... pois, oh! Senhora Weston, se houvesse uma soma de todo o mal e de todo o bem que eu fiz à senhorita Fairfax!... Bem (recompondo-se e tentando ser mais alegre), tudo isso deve ser esquecido. A senhora é muito bondosa de me trazer esses interessantes pormenores. Eles melhoram muito a imagem dela. Tenho certeza de que ela é uma pessoa muito boa... espero que seja muito feliz. É justo que a fortuna esteja do lado dele, pois acho que o mérito estará todo do lado dela.

Tal conclusão não podia deixar sem resposta a senhora Weston. Ela pensava bem de Frank em quase todos os aspectos e, mais ainda, gostava muito dele e o defendeu, portanto, com ardor. Falou com muita razão e, pelo menos, com igual afeição... mas isso foi demais para a atenção de Emma, que logo se transportou para Brunswick Square ou Donwell; esqueceu-se de prestar atenção e quando a senhora Weston terminou com "Ainda não recebemos a carta pela qual ansiamos tanto, como sabe, mas acho que logo chegará", ela fez uma pausa antes de responder e foi obrigada a dar uma resposta aleatória, antes que pudesse lembrar-se qual carta os deixava tão ansiosos.

– Você está bem, Emma? – foi a pergunta da senhora Weston ao partir.

– Oh! Perfeitamente! Sempre estou bem, a senhora sabe. Lembre-se de me informar sobre a carta assim que possível.

As notícias da senhora Weston alimentaram ainda mais as desagradáveis reflexões de Emma, aumentando sua estima e compaixão e seu senso das injustiças passadas em relação a Jane Fairfax. Lamentou amargamente não ter procurado ser mais amiga dela e corou ao reconhecer os sentimentos de inveja que foram certamente foram a causa disso. Se tivesse seguido os conhecidos desejos do senhor Knightley e dado mais atenção à senhorita Fairfax, o que era, de qualquer modo, sua obrigação; se tivesse tentado conhecê-la melhor; se tivesse feito sua parte para se tornar mais íntima dela; se tivesse se esforçado para encontrar nele uma amiga, em vez de Harriet Smith, ela teria sido poupada, com toda a probabilidade, de todo o sofrimento que agora a oprimia... O nascimento, os talentos e a educação, tudo a recomendava como amiga a ser recebida com gratidão; e a outra... o que era?... Mesmo supondo que nunca tivessem se tornado amigas íntimas; que nunca tivesse sido admitida nas confidências da senhorita Fairfax nesse importante assunto... o que era mais provável... ainda assim, conhecendo-a como a conhecia e como devia conhecer, ela deveria ter se preservado da abominável suspeita de um afeto impróprio pelo senhor Dixon. o que ela não somente tinha tolamente criado e alimentado em sua fantasia, como também acabara por passá-la adiante de forma imperdoável; fato que, ela temia muito, devia ter provocado imensa angústia para a delicadeza de Jane, pela leviandade e negligência de Frank Churchill.

De todas as fontes de maldades que espreitavam a primeira, desde sua chegada a Highbury, ela estava persuadida de que ela devia ser a pior. Devia ter sido uma perpétua inimiga. Os três nunca podiam estar juntos, sem que ela acabasse com a paz de Jane em poucos momentos; e em Box Hill, talvez, tivesse sido a agonia de uma mente que não aguentava mais.

A tarde desse dia foi muito longa e melancólica em Hartfield. O tempo acrescentou o que podia a essa tristeza. Uma chuva tempestuosa caiu e nada parecia típico do verão, a não ser nas árvores e nos arbustos, que o vento despojava e a duração do dia, que só tornava esses cruéis sinais visíveis por mais tempo.

O clima afetou o senhor Woodhouse e ele só podia ficar toleravelmente confortável com as quase incessantes atenções da filha e com os esforços que nunca haviam custado a ela metade do que lhe custavam agora. Emma lembrou-se de sua infeliz discussão na noite do casamento da senhora Weston; mas o senhor Knightley havia chegado, logo depois do chá, e dissipou qualquer pensamento melancólico. Ah! Essas deliciosas provas de atração por Hartfield, como esse tipo de visita, logo deveriam terminar. O quadro, que havia então imaginado das privações do inverno que se aproximava, provou estar errado; nenhum amigo havia desertado, nenhum prazer havia sido perdido... Mas temia que as presentes previsões não iriam experimentar uma contradição similar. A perspectiva diante dela agora era uma ameaça de um nível que não poderia ser inteiramente dissipado... nem poderia ser parcialmente atenuado. Se tudo acontecesse, deveria acontecer no círculo de seus amigos, Hartfield ficaria comparativamente deserta; e ela seria deixada ali para animar o pai, com o pensamento apenas na felicidade perdida.

A criança que estava para nascer em Randalls representa mais do que ela mesma; e o coração e o tempo da senhora Weston seriam ocupados pelo filho. Eles iriam perdê-la; e, provavelmente, em grande medida também o marido... Frank Churchill não retornaria mais para junto deles; e a senhorita Fairfax, era razoável supor, logo deixaria de pertencer a Highbury. Eles deveriam se casar e se estabeleceriam em Enscombe ou perto de lá. Tudo o que era bom deveria acabar; se a essas perdas fosse acrescentada a perda de Donwell, o que sobraria de uma sociedade alegre e inteligente a seu alcance? O senhor Knightley não viria mais para confortar as noites deles... Não haveria mais de chegar a qualquer hora, como se quisesse trocar seu próprio lar pelo deles!... Como iria suportar isso? E se tivessem que perdê-lo por causa de Harriet; e se dali em diante ele achasse na companhia de Harriet tudo o de que precisava; se Harriet tivesse de ser a escolhida, a primeira, a mais querida, a amiga, a esposa em quem ele procurara as melhores bênçãos da existência; o que poderia aumentar a infelicidade de Emma, a não ser a reflexão, que nunca estaria longe de sua mente, de que tudo fora obra sua?

Quando chegou a esse ponto não pôde reprimir um sobressalto, ou um profundo suspiro, ou mesmo levantar-se e caminhar pela sala por alguns segundos... e a única fonte de consolo ou qualquer coisa semelhante ou a compostura que poderia ter estava na resolução de melhorar sua conduta, e na esperança de que, embora o inverno seguinte e qualquer outro inverno de sua vida futura fosse inferior em disposição e alegria, iria encontrá-la mais racional, conhecendo-se melhor a si mesma e lhe deixaria menos a lamentar quando fosse embora.

## ≈ CAPÍTULO 13 ≈

O tempo continuou o mesmo durante toda a manhã seguinte; e a mesma solidão e a mesma melancolia pareciam reinar em Hartfield... mas melhorou durante a tarde, o vento tornou-se uma brisa suave; as nuvens se dispersaram, o sol apareceu; era novamente verão. Com todo a ansiedade que tal mudança trazia, Emma decidiu sair de casa tão logo fosse possível. Nunca a aprazível vista, o cheiro, a sensação da natureza tranquila, quente e brilhante depois de uma tempestade tinham sido tão atraentes para ela. Ansiava pela serenidade que poderiam gradualmente trazer; e quando o senhor Perry chegou, logo depois do jantar, para fazer sua costumeira visita ao pai, ela não perdeu mais tempo e correu para o arvoredo... Ali, com o humor renovado e com os pensamentos um pouco aliviados, tinha dado algumas voltas, quando viu o senhor Knightley passando pela porta do jardim e vindo em sua direção... Era a primeira notícia que tinha de que ele retornara de Londres. Havia pensado nele momentos antes, como se estivesse a 16 milhas de distância... Havia tempo somente para a mais rápida ordenação da mente. Devia mostrar-se composta e calma. Em meio minuto estavam juntos. Os "como vai" foram calmos e constrangidos de ambos os lados. Ela perguntou pelos amigos comuns; estavam todos bem... Quando os havia deixado?... Apenas essa manhã. Devia ter cavalgado sob chuva... Sim... Ela achou que ele pretendia caminhar com ela. "Ele acabara de olhar na sala de jantar e, como vira que sua presença não era necessária ali, preferiu sair"... Ela percebeu que ele não falava nem parecia alegre; e a primeira causa disso, sugerida por seu receio, era que ele tinha talvez comunicado seus planos ao irmão e estava incomodado pela maneira como haviam sido recebidos.

Caminharam juntos. Ele estava silencioso. Ela achou que ele a olhava com frequência e tentando ter uma visão mais completa do rosto dela do que ela lhe mostrava. E essa crença produziu outro temor. Talvez ele quisesse falar com ela de seu afeto por Harriet; poderia estar esperando ser encorajado para começar... Ela não podia, não queria nem pensar em levar o assunto nessa direção. Ele devia fazer tudo por si. Ainda assim, ela não podia suportar esse silêncio. Era tão pouco natural nele. Ela considerou... decidiu... e, tentando sorrir, começou:

– O senhor tem algumas notícias para ouvir, agora que voltou, que vão surpreendê-lo bastante.

– Tenho? – disse ele, calmamente, olhando para ela. – De que natureza?

–Oh! da melhor natureza do mundo... um casamento.

Depois de esperar um momento, como se pretendesse ter certeza de que ela não diria mais nada, ele replicou:

– Se você se refere à senhorita Fairfax e Frank Churchill, eu já soube.

– Como é possível? – exclamou Emma, voltando suas faces

coradas para ele; pois, enquanto falava, ocorreu-lhe que ele poderia ter visitado a senhora Goddard no caminho.

– Recebi umas poucas linhas do senhor Weston sobre negócios da paróquia esta manhã e, no final, ele me fez um breve relato do que tinha acontecido.

Emma ficou muito aliviada e pôde dizer então, com um pouco mais de compostura:

– Provavelmente, o *senhor* ficou menos surpreso do que qualquer um de nós, pois já suspeitava disso... Não esqueci que uma vez tentou me advertir a respeito... Se eu o tivesse ouvido... mas (com voz baixa e olhar triste)... parece que fui condenada à cegueira.

Por um momento ou dois nada foi dito, e ela não suspeitava ter despertado qualquer interesse particular, até que ele tomou seu braço e, apertando sua mão contra o peito, ouviu-o dizer, falando em voz baixa, num tom de grande emoção:

– O tempo, minha querida Emma, o tempo vai curar a ferida... Seu próprio excelente bom senso... seus esforços para o bem de seu pai... sei que não vai se permitir... – Seu braço foi apertado de novo, enquanto ele acrescentava, num tom menos seguro e submisso: – Os sentimentos da mais calorosa amizade... Indignação... Abominável tratante! – E num tom mais alto, mais firme, concluiu: – Ele logo irá embora. Eles logo estarão em Yorkshire. Sinto pena *dela*. Merece um destino melhor.

Emma compreendeu-o, e logo que pode se recobrar da onda de prazer provocada por essa terna consideração, replicou:

– O senhor é muito bom... mas está enganado... e devo corrigi-lo... Não necessito desse tipo de compaixão. Minha cegueira para o que estava acontecendo me levou a agir em relação a eles de um modo de que sempre deverei me envergonhar e fui tolamente tentada a dizer e a fazer coisas que poderiam me expor a conjeturas desagradáveis, mas não tenho outra coisa a lamentar senão a de não ter sabido do segredo antes.

– Emma – exclamou ele, olhando-a ansiosamente –, é isso

mesmo, de verdade? – mas controlando-se: – Não, não, eu a compreendo... perdoe-me... Fico feliz de ouvi-la dizer até mesmo algo assim... Ele não é motivo de lamentações, de fato! E não falta muito, espero, para que isso se torne do conhecimento de mais do que sua razão... Por sorte que sua afeição não foi totalmente comprometida!... Confesso que nunca consegui ter certeza, por suas maneiras, da intensidade do que você sentia... Só tinha certeza de que havia uma preferência... e uma preferência que nunca achei que ele merecesse... Ele é uma desgraça para o sexo masculino... E acaso deveria ser premiado com essa doce e jovem dama?... Jane, Jane, você vai ser uma criatura infeliz.

– Senhor Knightley – disse Emma, tentando ser vivaz, mas estava realmente confusa. – Eu me encontro numa situação extraordinária. Não posso permitir que continue em seu erro, e, ainda assim, talvez, desde que minhas maneiras dão essa impressão, tenho tantas razões para me sentir envergonhada de confessar que nunca, em absoluto, estive apaixonada pela pessoa de quem falamos, o que poderia ser natural para uma mulher sentir ao confessar exatamente o contrário... Mas eu nunca estive.

Ele ouviu em perfeito silêncio. Ela desejava que ele falasse, mas ele não o fez. Ela achou que devia dizer mais alguma coisa antes que conseguisse obter sua clemência; mas era difícil ser obrigada a rebaixar-se ainda mais na opinião dele. Ela, no entanto, continuou:

– Tenho muito pouco a dizer sobre minha própria conduta... Fui tentada pelas atenções dele e me permiti ser apreciada... Uma história antiga, provavelmente... um caso comum... e não mais do que já aconteceu com centenas de pessoas de meu sexo antes; e ainda assim não serve como desculpa para alguém como eu, que tem em alta conta a inteligência. Muitas circunstâncias colaboraram para a tentação. Ele era o filho do senhor Weston... estava continuamente aqui... eu sempre o achava muito agradável... e, em resumo (com um suspiro), deixe que eu separe as causas tão engenhosamente criadas por mim, todas elas se resumem nisso, enfim... minha vaidade se sentiu recompensada e me permiti aceitar as atenções dele. Nos últimos tempos, contudo... por algum tempo, na verdade... elas não significavam coisa alguma para mim... Encarava-as como um hábito, um truque, nada que exigisse seriedade de minha parte. Ele me impressionou, mas não me ofendeu. Nunca estive apaixonada por ele. E agora posso compreender em boa parte seu comportamento. Ele nunca pensou em me dar sua afeição. Era só uma cortina para esconder sua verdadeira situação com outra pessoa... Era sua intenção cegar a todos em torno dele e ninguém, tenho certeza, poderia ser mais efetivamente cegada do que eu... exceto pelo fato de que eu *não* estava cega... e essa foi minha sorte... que, em resumo, de um modo ou de outro eu estava a salvo dele.

Ela ficou esperando por uma resposta nesse momento... pois algumas palavras que dissessem que sua conduta fora, pelo menos, compreensível; mas ele continuava em silêncio; e, pelo que ela podia julgar, imerso em pensamentos. Finalmente, e quase praticamente em seu tom normal de voz, ele disse:

– Nunca tive uma boa opinião de Frank Churchill... Posso supor, no entanto, que posso tê-lo subestimado. Meu conhecimento dele foi de todo superficial... E mesmo que eu não o tivesse subestimado até esse ponto, ele ainda poderia se sair bem... Com semelhante mulher, ele tem uma chance... Não tenho motivos para desejar-lhe mal... e, para o bem dela, cuja felicidade dependerá do bom caráter e conduta dele, eu certamente lhe desejo o bem.

– Não tenho dúvidas de que serão felizes juntos – disse Emma. –

Acredito que estão sinceramente apaixonados um pelo outro.

– Ele é um homem mais que afortunado! – continuou o senhor Knightley, com energia. – Tão cedo na vida... aos 23anos... um período em que, se um homem escolhe uma esposa, geralmente escolhe mal. Aos 23 anos, ganhar um prêmio dessa grandeza! Que anos de felicidade esse homem, por todos os cálculos humanos, tem diante de si!... Certo do amor de semelhante mulher... o amor desinteressado, pois o caráter de Jane Fairfax mostra seu total desinteresse; tudo está a favor dele... igualdade de situação... quero dizer, pelo menos no que se refere à sociedade, e todos os hábitos e modos que são importantes; igualdade em todos os pontos, menos um... e esse um, uma vez que a pureza do coração dela é indubitável, o que muito aumenta a felicidade dele, permitirá a ele proporcionar-lhe a única vantagem que falta a ela... Um homem sempre deseja dar a uma mulher um lar melhor do que aquele do qual ele a tira; e aquele que pode fazer isso, desde que não haja dúvida do amor *dela*, deve, a meu ver, ser o mais feliz dos mortais... Frank Churchill é, na verdade, um favorito da sorte. Todas as coisas evoluem para o bem dele... Ele conhece uma jovem numa estação de águas, conquista o afeto dela, não consegue afastá-la nem com seu tratamento negligente... e mesmo que ele e toda a sua família procurassem uma esposa ao redor do mundo para ele, não poderiam ter encontrado ninguém superior a ela... A tia dele está no caminho... a tia morre... Ele só tem que falar... Seus amigos estão ansiosos para promover sua felicidade... Ele usou mal todo o mundo... e todos ficam deliciados em perdoá-lo!... Ele é um homem de muita sorte, de fato!

– O senhor fala como se o invejasse.

– E eu realmente o invejo, Emma. Num aspecto ele é objeto de minha inveja.

Emma não pôde dizer mais nada. Pareciam estar a meia frase de falar de Harriet e o primeiro sentimento dela foi evitar o assunto, se possível. Elaborou um plano; falaria de algo totalmente diferente... as crianças de Brunswick Square; e só esperou respirar para começar a falar quando o senhor Knightley a surpreendeu, dizendo:

– Não vai me perguntar qual é o ponto em que o invejo?... Está determinada, pelo que vejo, a não ser curiosa.... Você é sábia... mas *eu* não posso ser sábio. Emma. devo dizer-lhe o que não vai perguntar, embora no momento seguinte desejasse não tê-lo dito.

– Oh! Então não fale, não diga nada – exclamou ela, ansiosamente. – Espere um pouco, considere bem, não se comprometa.

– Obrigado – disse ele, num tom de profunda mortificação; e nenhuma sílaba mais se seguiu.

Emma não suportava provocar-lhe sofrimento. Ele desejava fazer-lhe uma confidência... talvez até consultá-la... custasse o que custasse, deveria ouvi-lo. Poderia ajudá-lo na decisão ou reconciliá-lo com sua decisão; poderia fazer justos elogios a Harriet ou, mostrando-lhe sua própria independência, aliviá-lo desse estado de indecisão, o que devia ser mais intolerável que qualquer alternativa para uma mente como a dele... Nesse momento chegaram à casa.

– Você vai entrar, suponho? – disse ele.

– Não – replicou Emma... decidindo-se pelo modo depressivo com que ele falava. – Gostaria de dar mais uma volta. O senhor Perry ainda não saiu. – E depois de prosseguirem por alguns passos, ela acrescentou: – Eu o interrompi indelicadamente agora mesmo, senhor Knightley e receio que o ofendi.., Mas se o senhor tem algum desejo de me falar abertamente como amigo, ou pedir minha opinião sobre algum assunto que possa ter em mente...como amiga, de fato, pode falar... Vou ouvir o que desejar me contar. E lhe direi exatamente o que penso.

– Como amiga! – repetiu o senhor Knightley. – Emma, o que temo é uma palavra... Não, não desejo... Espere, sim, por que estou hesitando?... Já fui longe demais para esconder alguma coisa... Emma, aceito sua oferta... Por mais extraordinária que possa parecer, eu a aceito e vou me dirigir a você como amigo... Diga-me, então, tenho alguma chance de ser bem sucedido?

Ele parou em sua seriedade para ver a pergunta e a expressão dos olhos dele a subjugou.

– Minha querida Emma – ele disse –, pois você sempre será querida, não importa o resultado dessa hora de conversa, minha querida, minha amada Emma... Diga-me de uma vez. Diga "não" se é o que deve ser dito... – Ela não conseguia realmente dizer uma palavra. – Você fica em silêncio – exclamou ele, com grande animação –, absolutamente em silêncio; no momento, não peço mais nada.

Emma estava quase a ponto de sucumbir à agitação desse momento. O medo de ser despertada de um sonho feliz foi talvez o sentimento predominante.

– Não sei fazer discursos, Emma – ele logo recomeçou, num tom de sincera, decidida e compreensível ternura, que foi bastante convincente. – Se eu a amasse menos, poderia ser capaz de dizer mais sobre isso. Mas você sabe como sou... Não vai ouvir de mim senão a verdade... Eu a culpei e a repreendi, e você suportou isso como nenhuma mulher na Inglaterra teria feito... Peço que suporte as verdades que vou lhe dizer agora, querida Emma, tão bem como suportou as outras. O modo, talvez, não seja o melhor para recomendá-las. Deus sabe que tenho sido um apaixonado muito indiferente... Mas você me entende... Sim, veja, você entende meus sentimentos... e irá retribuí-los, se puder. No momento, só peço para ouvir sua voz, pelo menos uma vez.

Enquanto ele falava, a mente de Emma estava trabalhando depressa e, com toda a maravilhosa velocidade de pensamento, foi capaz... e ainda sem perder uma palavra... foi capaz de captar e compreender a exata verdade de tudo; foi capaz de ver que as esperanças de Harriet tinham sido inteiramente infundadas, um erro, uma ilusão, uma completa ilusão como qualquer uma das suas... que Harriet não representava nada; e que ela própria era tudo; que o que havia dito em relação a Harriet havia sido entendido como a linguagem de seus próprios sentimentos; e que sua agitação, suas dúvidas, sua relutância, seu desânimo tinham sido recebidos como desânimo da parte dela... E não somente era o momento para essas convicções, com todo o brilho de felicidade que prometiam, mas era também o momento de alegrar-se por não lhe ter escapado o segredo de Harriet e de decidir que não devia e não seria revelado... Isso era tudo o que ela podia fazer agora por sua pobre amiga; pois não possuía o heroísmo de sentimentos que poderia dispô-la a solicitar a ele que transferisse a afeição que tinha por ela para Harriet, que era infinitamente a mais merecedora das duas... ou mesmo Emma não tinha a mais simples sublimidade de resolver recusá-lo de uma vez e para sempre, sem apresentar nenhum motivo, porque ele não poderia casar-se com as duas. Sentia por Harriet, com dor e contrição; mas nenhum voo de generosidade corria solto, oposto a tudo o que podia ser provável ou razoável, entrou em sua mente. Ela havia levado a amiga para fora do caminho e sempre se reprovaria por isso; mas seu juízo era tão forte quanto seus sentimentos, e tão forte como sempre fora antes, ao reprovar semelhante aliança para ele, como desigual e degradante. O caminho dela era claro, embora não fosse suave... Ela falou, então, ao ser tão implorada... O que disse?... Só o que devia, é claro. Uma dama sempre age assim... Disse o suficiente para mostrar que não havia necessidade de desespero... e para convidá-lo a dizer mais. Ele *tinha* se desesperado por um tempo; tinha recebido tal prescrição de cautela e silêncio como o fim de qualquer esperança... ela havia começado por recusar-se a ouvi-lo... A mudança talvez tivesse sido um tanto repentina... a proposta dela de dar mais uma volta, ao retomar a conversa que ela mesma acabara de dar-lhe um fim, poderia ser um tanto extraordinária!... Ela sentia a inconsistência disso; mas o senhor Knightley foi tão amável a ponto de deixar isso de lado e não pedir mais explicações.

Raramente, muito raramente a completa verdade é inteiramente revelada; raramente acontece de alguma parte não ficar um pouco disfarçada ou um pouco mal compreendida; mas quando, num caso como esse, embora a conduta esteja errada, os sentimentos estão certos, não pode haver maiores consequências... O senhor Knightley não poderia exigir de Emma um coração mais brando do que ela possuía ou um coração mais disposto a aceitá-lo.

Com efeito, ele não tinha a menor suspeita de sua própria influência. Ele a havia seguido até o arvoredo sem intenção de tentar algo. Tinha vindo com sua ansiedade para saber como ela estava suportando o noivado de Frank Churchill, sem nenhuma intenção egoísta, sem intenção alguma, enfim, mas pretendendo, se ela lhe desse alguma abertura, consolá-la ou aconselhá-la... O resto havia sido obra do momento, o efeito imediato do que ouvira sobre seus sentimentos. A deliciosa certeza da total indiferença dela em relação a Frank Churchill, o fato de ela ter o coração completamente desimpedido, tinha dado origem à esperança de que, com o tempo, pudesse conquistar a afeição dela... mas não havia esperanças para o presente... ele só tinha, no momento em que a ansiedade suplantou a razão, aspirado saber que ela não proibiria sua tentativa de conquistá-la... As supremas esperanças que foram gradualmente se mostrando eram o que havia de mais encantador... A afeição, que ele desejava apenas ter permissão para criar, se pudesse, já pertencia a ele!... Em meia hora, ele havia passado de um estado mental de total desespero para algo bem parecido com a felicidade perfeita, algo que não merecia qualquer outro nome.

A mudança *dela* havia sido igual... Essa meia hora tinha dado a cada um deles a mesma preciosa certeza de ser amado, havia tirado de cada um o mesmo grau de desconhecimento, ciúme ou desconfiança... Da parte dele, tinha havido ciúmes de longa data, desde a chegada de Frank Churchill ou mesmo desde a expectativa da chegada de Frank Churchill... Ele estava apaixonado por Emma e com ciúmes de Frank Churchill desde essa época, um sentimento que provavelmente havia lançado luz sobre ele em relação ao outro. Fora o ciúme de Frank Churchill que o havia levado a afastar-se da região... O passeio a Box Hill o havia induzido à decisão de ir embora. Queria evitar testemunhar novamente aquelas atenções permitidas e encorajadas... Havia partido para aprender a ser indiferente... Mas tinha ido para um lugar errado. Havia muita felicidade doméstica na casa do irmão, o papel da mulher era amável demais nela; Isabella se parecia demais com Emma... diferindo somente naquelas marcantes inferioridades que sempre traziam a outra a brilhar ainda mais diante dele... Ele havia ficado lá, contudo, enfrentando tudo com vigor, dia após dia... até que o correio dessa mesma manhã havia trazido a história de Jane Fairfax... Então, com a alegria que devia sentir, não, que não tinha escrúpulos em sentir, pois nunca tinha acreditado que Frank Churchill merecesse Emma, estava lá com tamanha solicitude, com tamanha ansiedade por ela que não conseguiu ficar mais tempo. Ele havia cavalgado de volta abaixo de chuva e tinha ido a pé imediatamente depois do jantar, para ver como a melhor e mais doce das criaturas, perfeita apesar de todos os defeitos, suportara a revelação.

Ele a encontrara agitada e triste... Frank Churchill era um vilão... Ele a ouviu afirmar que ela nunca o havia amado. O caráter de Frank Churchill deixou de ser desesperador... Ela era sua própria Emma, por conduta e palavras, enquanto se dirigiam para dentro da casa; e se ele conseguisse pensar em Frank Churchill naquele momento, poderia até achar que era um bom camarada.

## ≈ CAPÍTULO 14 ≈

Que sentimentos totalmente diferentes Emma trouxe de volta para casa, se comparados com aqueles que levara consigo ao sair!.. Ela estivera somente esperando encontrar algum alívio para o sofrimento... agora estava num agradável enlevo de felicidade, e essa felicidade, assim acreditava, seria ainda maior quando o enlevo passasse.

Eles se sentaram para tomar chá... o mesmo grupo em volta da mesma mesa... quantas vezes se haviam se reunido assim!... E quantas vezes seus olhos se haviam dirigido para os mesmos arbustos na pradaria e observado o mesmo belo efeito do sol a oeste!... Mas nunca em tal estado de espírito, nunca em algo assim; e foi com dificuldade que conseguiu reunir o suficiente de seu modo usual de ser para agir como a atenta dona da casa ou mesmo como a filha atenciosa.

O pobre senhor Woodhouse mal desconfiava do que estava se conspirando contra ele no peito daquele homem a quem recebia tão cordialmente e que tão ansiosamente esperava que não tivesse apanhado um resfriado durante sua cavalgada sob chuva... Se ele pudesse ter visto o coração do senhor Knightley, teria ligado muito pouco para os pulmões; mas, sem a mais remota ideia do mal iminente, sem a menor percepção de nada extraordinário nos olhares e modos dos dois, ele lhes repetia, com muita tranquilidade, todas as novidades que havia recebido do senhor Perry e falava com muita disposição, sem suspeitar minimamente daquilo que eles poderiam ter-lhe contado em retribuição.

Enquanto o senhor Knightley esteve com eles, a febre de Emma continuava; mas quando ele foi embora, ela começou a ficar mais tranquila e abrandada... e, no decorrer da noite insone, que era o preço de uma tarde como aquela, encontrou um ou dois pontos muito sérios a levar em consideração, como se sentisse que até mesmo sua felicidade devia ter um preço. Seu pai... e Harriet. Não podia ficar sozinha sem sentir o peso do que era devido a cada um; e como poderia manter o conforto de ambos da melhor forma, era a questão. No que dizia respeito ao pai, logo a questão foi respondida. Ela não sabia ainda o que o senhor Knightley pediria, mas uma breve consulta a seu coração resultou na solene resolução de nunca deixar seu pai... Ela chegou a chorar ante a ideia, como se fosse um pecado de pensamento. Enquanto ele vivesse, deviam ficar apenas noivos; mas ela se orgulhava de que, longe do perigo de afastá-la do pai, aquele compromisso deveria aumentar o conforto dele... Como fazer o melhor por Harriet era uma decisão mais difícil... como poupá-la de qualquer sofrimento desnecessário, como proporcionar-lhe uma reparação, como não parecer sua inimiga?... Nesses aspectos, sua perplexidade e angústia eram imensas... e sua mente teve de passar muitas e muitas vezes por cada uma das amargas reprovações e dos dolorosos arrependimentos que sempre os cercavam... Ela só pôde resolver, finalmente, que ainda haveria de evitar um encontro com ela e lhe comunicar tudo o que precisasse por carta; que seria desejável que ela se afastasse por um tempo de Highbury e... abandonando-se a mais um esquema... achou que poderia ser até fácil conseguir que ela fosse convidada para Brunswick Square... Isabella havia simpatizado com Harriet; e algumas semanas em Londres deveriam lhe proporcionar algum divertimento... Ela não achava que a natureza de Harriet escaparia de ser beneficiada com as novidades e variedades, com as ruas, as lojas e as crianças... De qualquer forma, seria uma prova de atenção e bondade para com alguém que merecia tudo o que era devido; uma separação no presente, um adiamento daquele infeliz dia em que deveriam se encontrar de novo.

Ela se levantou cedo e escreveu a carta para Harriet; uma tarefa que a deixou tão séria, tão praticamente triste, que o senhor Knightley, caminhando para Hartfield para o café da manhã, não chegou cedo demais; e a meia hora que passou depois andando com ele pelos mesmos locais, literal e figurativamente, era necessária para recolocá-la num estado apropriado da felicidade do dia anterior.

Não fazia muito tempo que ele a havia deixado, de modo algum tempo suficiente para ela ter a mais leve inclinação para pensar em qualquer outro, quando chegou uma carta vinda de Randalls... uma carta bem volumosa... ela se perguntou o que deveria conter e deprecou a necessidade de lê-la... Ela estava agora em perfeita paz em relação a Frank Churchill; não queria explicações, queria somente ser deixada com seus próprios pensamentos... e se achava incapaz de entender qualquer coisa que ele tivesse escrito... Mas teria de lê-la. Abriu o pacote e era exatamente isso... um bilhete da senhora Weston para ela, incluído na carta de Frank para a senhora Weston.

"Tenho o grande prazer, minha querida Emma, de enviar-lhe a carta anexa. Sei que lhe fará total justiça e tenho pouca dúvida de seu feliz efeito... Acho que não vamos discordar totalmente e outra vez a respeito do remetente; mas não vou retê-la com um longo prefácio... Estamos muito bem... Essa carta foi a cura de todo o nervosismo que eu vinha sentindo ultimamente... *Não gostei* muito de sua aparência na terça-feira, mas foi uma manhã incomum; e embora você nunca tenha sido afetada pelo tempo, acho que todos sentem o vento nordeste... Senti temor por seu pai devido à tempestade da tarde de terça *à tarde* e de ontem de manhã, mas tive a satisfação de ouvir ontem à noite do senhor Perry, que n*ão* lhe fez mal.

Sempre sua
A. W."

*(Para a senhora Weston)*
*Windsor – julho*

*"Minha querida madame*

*Se me fiz entender bem ontem, esta carta deve estar sendo esperada; mas, esperada ou não, sei que será lida com imparcialidade e indulgência... A senhora é toda bondade e creio que será realmente preciso toda a sua bondade para aceitar algumas passagens de minha conduta passada... Mas fui perdoado por aquela que tinha ainda mais motivos para estar ressentida. Minha coragem aumenta enquanto escrevo. É muito difícil para o próspero ser humilde. Já obtive tal sucesso em dois pedidos de perdão, que posso me arriscar a pensar que devo obter também o seu e o daqueles dentre seus amigos que eu possa por algum motivo ter ofendido... Peço-lhe todo o empenho para compreender a exata natureza de minha situação quando cheguei a Randalls pela primeira vez; deve considerar que eu tinha um segredo que devia ser mantido a qualquer custo. Esse era o fato. Meu direito de me colocar numa situação que exigisse tal segredo* é outra *questão. Não vou discutir isso aqui. Quanto à minha tentação de* pensar *que eu tinha esse direito, transfiro todas as cavilações para uma casa de tijolos em Highbury, com janelas de caixilhos embaixo e venezianas em cima.* Não ousava dirigir-me a ela *abertamente; as dificuldades que eu tinha então em Enscombe devem ser bastante conhecidas para dispensar explicações; e tive a sorte de me fazer prevalecer antes de partirmos de Weymouth, e induzir a mais correta mente feminina da criação a submeter-se, por caridade, a um noivado secreto... Se ela tivesse recusado, eu teria ficado louco... A senhora pode estar pronta a dizer 'o que esperava ao fazer isso?... O que esperava do futuro?'... Eu esperava alguma coisa, tudo... tempo, sorte, circunstâncias, efeitos lentos, explosões repentinas, perseverança e fadiga, saúde e doença. Todas as possibilidades de bem estavam diante de mim, e a primeira das bênçãos estava assegurada, ao obter dela a promessa de confiança e correspondência. Se a senhora precisar de mais explicações, tenho a honra, minha querida senhora, de ser o filho de seu marido, e a vantagem de herdar uma disposição de esperar sempre o melhor, que nenhuma herança de casas ou terras jamais poderá igualar a essa em valor... Peço que me veja então sob essas circunstâncias, quando cheguei para minha primeira visita a Randalls... e aqui tenho a consciência de ter errado, pois essa visita deveria ter sido feita antes. Se a senhora olhar para trás, verá que não cheguei até que a senhorita Fairfax já estivesse em Highbury; e como* a senhora *foi a pessoa que eu desconsiderei, sei que vai me perdoar*

*Imediatamente; mas devo me esforçar para obter o perdão de meu pai, lembrando-o que quanto mais tempo fiquei longe da casa dele, tanto mais fui privado da bênção de conhecê-la.*

*Meu comportamento durante aquela quinzena tão feliz com vocês, não deixou margem, espero, a repreensões, exceto num ponto. E agora chegou ao principal, a única parte importante de minha conduta no que diz respeito à senhora, que provoca minha ansiedade ou requer a mais premente explicação. Com o maior respeito e a mais calorosa amizade, menciono a senhorita Woodhouse; meu pai talvez ache que deveria acrescentar essa menção com a profunda humilhação... As poucas palavras que ele deixou escapar ontem revelaram sua opinião e também alguma censura que reconheço merecer... Meu comportamento com a senhorita Woodhouse indicava, creio, mais do que eu pretendia... Para manter um segredo tão essencial para mim, fui levado a fazer mais do que o uso apropriado da intimidade que logo se estabeleceu entre nós...* Não posso negar *que a senhorita Woodhouse era o objeto ostensivo de minhas atenções... mas estou certo de que a senhora vai acreditar se eu disser que, se* não estivesse *convencido da indiferença dela, não teria sido induzido por qualquer desejo egoísta a prosseguir... Amável e deliciosa como é a senhorita Woodhouse, ela nunca me deu a ideia de uma jovem disposta a se comprometer; e que ela estivesse perfeitamente livre de qualquer tendência a se apaixonar por mim era tanto minha convicção quanto meu desejo... Ela recebeu minhas atenções com uma graça natural, amigável e bem-humorada, o que exatamente me convinha. Nós parecíamos nos entender. Considerando nossas situações, essas atenções eram devidas a ela, e eram sentidas dessa forma... Se a senhorita Woodhouse chegou realmente a me entender antes do término daquela quinzena, eu não posso dizer... quando a visitei para me despedir, lembro-me que houve um momento em que quase lhe confessei a verdade e então imaginei que ela já havia suspeitado, mas não tinha dúvida de que havia percebido o que ocorria, pelo menos em parte... Talvez ela não captasse a totalidade, mas sua rapidez de pensamento devia ter penetrado em alguma parte. Não posso duvidar disso. A senhora perceberá, quando esse as-*

*sunto não for mais restrito, que ela não foi apanhada totalmente de surpresa. Muitas vezes ela me insinuou algo a respeito. Lembro-me de ela ter dito no baile que eu devia agradecer* à senhora *Elton por suas atenções para com a senhorita Fairfax... Espero que essa história de minha conduta no tocante a ela seja considerada, pela senhora e por meu pai, como uma justificativa para os erros que me viram cometer. Enquanto considerarem que pequei contra Emma Woodhouse, não posso merecer nada dos dois. Peço que me absolvam disso e obtenham para mim, assim que for possível, o perdão e os votos de felicidade da mencionada Emma Woodhouse, a quem estimo com afeto de irmão, e desejo que logo esteja tão profundamente enamorada e feliz como eu estou... Sejam quais forem as coisas estranhas que eu disse ou fiz durante aquela quinzena, a senhora agora tem uma chave para compreendê-las. Meu coração estava em Highbury e meu empenho era transferir meu corpo para lá tantas vezes quanto possível e com a menor suspeita. Se a senhora se lembrar de qualquer singularidade, leve-a pelo lado bom... Sobre o piano de que tanto se falou, acho apenas necessário dizer que foi encomendado sem o menor conhecimento da senhorita F. .., que ela nunca teria permitido que eu o enviasse, se a escolha tivesse sido dada a ela... A delicadeza da mente dela durante todo o noivado, minha querida senhora, está muito além de meu poder de fazer-lhe justiça. Logo a senhora, espero seriamente, vai conhecê-la muito melhor...* Não há palavras para descrevê-la. *Logo lhe contará ela própria quem é... ainda que* não *por palavras, pois nunca houve uma criatura que tão ostensivamente diminua seus próprios méritos... Desde que comecei esta carta, que será mais longa do que previ, tive notícias dela... Ela me fez um bom relato de sua saúde; mas como nunca se queixa, não ouso confiar. Quero saber a opinião da senhora sobre a aparência dela. Sei que logo irá visitá-la; ela está com medo dessa visita. Talvez já a tenha feito. Mande-me notícias suas sem demora; estou impaciente por saber milhares de pormenores. Lembre-se dos poucos mi-*

nutos em que estive em Randalls, e de como eu estava confuso e de como estava fora de mim; e ainda não estou muito melhor; ainda continuo endoidecido, seja pela felicidade seja pela desgraça. Quando penso na gentileza e consideração que recebi, na excelência e paciência dela e na generosidade de meu tio, fico louco de alegria; mas quando me lembro da inquietação que causei a ela, e como tão pouco mereço ser perdoado, fico louco de raiva. Se pudesse vê-la novamente!... Mas não devo me propor a isso ainda. Meu tio foi bom demais para que eu abusasse dele... Devo ainda acrescentar algo a esta longa carta. A senhora ainda não soube de tudo o que devia saber. Não pude dar nenhum detalhe ontem; mas a forma súbita e, sob certo aspecto, intempestiva com que o caso foi revelado, necessita explicação; pois, embora o evento do dia 26 passado, como a senhora deve concluir, me abrisse imediatamente as mais felizes perspectivas, eu não teria consentido em tais medidas tão cedo, mas por causa de circunstâncias peculiares que não me permitiram perder uma hora sequer. Eu devia ter evitado algo assim tão apressado, e ela teria sentido os mesmos escrúpulos que os meus com multiplicada força e refinamento... Mas não tive escolha. O apressado compromisso de trabalho que ela assumiu com aquela dama... Nesse ponto, minha cara senhora, fui obrigado a sair tão abruptamente para pensar e me recompor... Estive caminhando pela região e agora, assim espero, ter voltado a ser bastante racional para redigir o resto da carta do modo como deve ser... É, de fato, um retrospecto mortificante para mim. Eu me comportei de forma vergonhosa. E aqui devo admitir que minhas maneiras para com a senhorita W., por serem descorteses com a senhorita F., foram altamente reprováveis. *Ela* as desaprovou, e tinha bastante razão para tanto... *Não achou suficiente o motivo que alegue*i para esconder a verdade... Ficou aborrecida; pensei que não era razoável agir desse modo; achei que ela, em muitas ocasiões, era desnecessariamente escrupulosa e cautelosa. Achei que era até mesmo fria. Mas ela sempre esteve certa. Se eu tivesse segui-

*do o julgamento dela e submetido meu espírito ao nível do que ela considerava apropriado, teria escapado da maior infelicidade que já conheci... Nós discutimos... A senhora se lembrar da manhã que passamos em Donwell?... Lá, todas as pequenas insatisfações que ocorreram antes levaram a uma crise. Eu estava atrasado; encontrei-a caminhando sozinha para casa e quis caminhar com ela, mas ela não permitiu. Recusou-se terminantemente a me permitir que a acompanhasse, o que achei um grande absurdo. Agora, porém, não vejo nisso nada além de um grau muito natural e consistente de discrição. Enquanto eu, para cegar o mundo a nosso compromisso, me comportava dedicando condenáveis atenções a outra mulher, deveria ela consentir a uma proposta que tornaria todas as cautelas anteriores inúteis?... Se tivéssemos sido vistos caminhado juntos entre Donwell e Highbury, teriam suspeitado da verdade... Eu fui bastante louco, no entanto, para ficar ressentido... Duvidei da afeição dela. Duvidei ainda mais no dia seguinte em Box Hill, quando, provocada por minha conduta e pela vergonhosa e insolente negligência em relação a ela, além da aparente devoção à senhorita W., que seria impossível para qualquer mulher de bom senso suportar, ela expressou seu ressentimento com palavras perfeitamente claras para mim... Em resumo, minha querida senhora, foi uma discussão em que ela não teve nenhuma culpa, mas foi algo abominável de minha parte; e retornei a Richmond na mesma noite, embora devesse ficar com a senhora até a manhã seguinte, somente porque eu estava zangado com ela até o limite. Mesmo então, eu não estava bastante louco para não procurar uma reconciliação em seguida; mas me sentia ofendido pela frieza dela e fui embora determinado a esperar que ela desse o primeiro passo. Sempre me congratulei pelo fato de a senhora não ter feito parte do grupo que foi a Box Hill. Se tivesse testemunhado meu comportamento na ocasião, dificilmente haveria de supor que a senhora viesse a pensar bem de mim novamente. O efeito sobre ela foi a imediata repulsa que produziu: logo que desco-*

*briu que eu havia partido de Randalls, aceitou a oferta dessa prestativa senhora Elton; o tratamento geral que ela dava a ela, a propósito, sempre me enchia de indignação e ódio. Não devo discutir com um espírito de paciência que me envolveu tão prodigamente, mas, de outra forma, teria protestado em altos brados contra a participação dessa senhora... Chamá-la de 'Jane', imagine* só!... *A senhora deve observar que eu ainda não me permiti chamá-la por esse nome, mesmo me dirigindo à senhora. Pense, então, no que eu tive de suportar ao ouvir o nome dela sendo brandido entre os Elton com toda a vulgaridade da repetição desnecessária e toda a insolência da imaginária superioridade deles. Tenha paciência comigo, logo vou concluir... Ela aceitou aquela oferta de emprego, resolvida a terminar inteiramente comigo, e no dia seguinte me escreveu para dizer que nunca mais deveríamos nos encontrar...* Sentia que o noivado era uma fonte de arrependimento e infelicidade para ambos: estava terminado... *Essa carta chegou a minhas mãos na mesma manhã da morte de minha pobre tia. Eu a respondi dentro de uma hora depois; mas, por causa da confusão de minha mente e da multiplicidade de coisas acontecendo ao mesmo tempo comigo, minha resposta, em vez de ser enviada junto com todas as outras cartas daquele dia, ficou trancada em minha escrivaninha; e eu, acreditando ter escrito o suficiente, embora em poucas linhas, para satisfazê-la, permaneci* à espera sem qualquer inquietação... *Fiquei desapontado por não ter notícias dela rapidamente, mas imaginava desculpas para ela e eu estava muito ocupado e... devo acrescentar?... muito confiante em minhas perspectivas para ser ardiloso... Eu e meu tio fomos para Windsor e, dois dias depois, recebi dela um pacote com todas as minhas cartas de volta!... e poucas linhas chegaram ao mesmo tempo pelo correio, ressaltando a extrema surpresa por não ter tido a mínima resposta à última carta e acrescentando que, como tal silêncio não podia ser interpretado de maneira errada e que seria igualmente desejável para os dois terminar o compromisso o mais rápido possível, ela estava me enviando, pelo transporte mais seguro, todas as minhas cartas; e pedia que, caso não pudesse mandar as dela diretamente para Highbury dentro de uma semana, deveria mandá-las depois para... em resumo, o endereço completo da senhora Smallridge, perto de Bristol, saltou diante de meus olhos. Eu conhecia o nome, o lugar, sabia tudo sobre o assunto e imediatamente vi o que ela pretendia fazer. Estava perfeitamente de acordo com a firmeza de caráter que eu sabia que ela possuía; e o segredo que havia mantido com tanto cuidado na última carta era igualmente indício de sua ansiosa delicadeza. De modo algum parecia me ameaçar... Imagine o choque; imagine como, até que descobri meu próprio erro, fiquei culpando o correio... O que devia ser feito?... Só uma coisa... eu devia falar com meu tio. Sem o consentimento dele, não tinha esperanças de que ela me ouvisse de novo... Falei com ele; as circunstâncias estavam a meu favor; o evento recente havia suavizado seu orgulho e ele se tornou, muito antes do que eu poderia imaginar, totalmente conformado; e finalmente pôde dizer, pobre homem, com um profundo suspiro, que desejava que eu encontrasse no casamento a mesma felicidade que ele tivera no dele... Senti que a minha seria de um tipo diferente... A senhora* está *disposta a ter pena de mim por tudo que sofri ao contar a situação a ele, por todo o meu suspense enquanto tudo estava sem solução?...* Não, não *fique com pena de mim antes que eu chegue a Highbury e veja como a deixei doente. Não fique com pena de mim antes de vê-la pálida e doentia... Cheguei em Highbury numa hora do dia em que, conhecendo o horário tardio em que tomavam o café da manhã, sabia que teria uma boa chance de encontrá-la sozinha...* Não me *desapontei; e finalmente não me decepcionei com o objetivo de minha viagem. Tive que dissipar todos os desgostos que lhe causei. Mas está feito; estamos reconciliados; ela é querida, mais querida que nunca e nenhuma inquietação momentânea poderá ocorrer entre nós outra vez. Agora, minha cara senhora, devo liberá-la, mas não posso concluir ainda. Milhares e milhares de agradecimentos por toda a bondade que a senhora sempre demonstrou para comigo e dezenas de milhares pelas atenções que seu coração dará a ela... Se achar que estou a caminho de ser mais feliz do que mereço, sou da mesma opinião... A senhorita W. me chama de filho da sorte. Espero que esteja certa... num aspecto minha sorte é certa, o de ser capaz* de me subscrever.

*Seu grato e afetuoso filho*
*F. C. Weston Churchill"*

## ≈ CAPÍTULO 15 ≈

Essa carta deve ter aberto o caminho para os sentimentos de Emma.

Ela foi obrigada, apesar de sua prévia determinação em contrário, a fazer-lhe total justiça, como a senhora Weston havia previsto. Assim que chegou a mencionar seu próprio nome, era irresistível; cada linha que se referia a ela era interessante, e quase cada linha era agradável; e quando esse encanto cessou, o assunto podia se manter por si só, pelo retorno natural de seu antigo afeto pelo autor da carta e pela forte atração que qualquer história de amor exercia sobre ela naquele momento. Emma não parou até tê-la lido por completo; e embora fosse impossível deixar de sentir que ele havia errado, ainda assim estivera menos errado do que ela havia pensado... e ele havia sofrido e sentia muito... e era tão agradecido à senhora Weston, e tão apaixonado pela senhorita Fairfax, e ela própria estava tão feliz que não podia ser muito severa; se ele entrasse na sala naquele momento, ela lhe teria apertado as mãos tão cordialmente como sempre.

Ficara tão bem impressionada com a carta que, quando o senhor Knightley voltou, expressou-lhe o desejo que a lesse. Estava certa de que a senhora Weston desejava que seu conteúdo fosse comunicado, especialmente para alguém, como o senhor Knightley, que havia visto tantas coisas a censurar na conduta de Frank.

– Ficaria muito feliz em ler a carta – disse ele –, mas me parece longa. Vou levá-la para casa à noite.

Mas isso não era possível. O senhor Weston viria visitá-los à noite e Emma deveria devolver a carta por ele.

– Eu preferia ficar conversando com você – replicou ele –, mas como é uma questão de justiça, que assim seja.

Ele começou a ler... parou, no entanto, quase imediatamente para dizer:

– Se tivessem me oferecido para ler uma das cartas desse cavalheiro para sua madrasta alguns meses atrás, Emma, eu não o faria com a mesma indiferença.

Prosseguiu um pouco mais, lendo para si mesmo, e então, com um sorriso, observou:

– Humm!... Uma bela introdução de cumprimentos; mas é o estilo dele. O estilo de um homem não deve servir de regra para outro. Não devemos ser severos.

– Seria natural para mim – acrescentou ele, logo depois – expressar minha opinião em voz alta enquanto leio. Ao fazê-lo, sentiria que estou perto de você. Não seria uma tão grande perda de tempo; mas se você não gosta...

– Em absoluto. Gostaria disso.

O senhor Knightley retornou à leitura com maior entusiasmo.

– Ele está brincando aqui – disse ele –, com relação à tentação. Ele sabe que está errado e não tem nada racional para alegar... Mau... Não devia ter ficado noivo... "A disposição do pai dele"... ele é injusto, no entanto, com o pai. O temperamento otimista do senhor Weston foi uma bênção em todos os seus corretos e honrados esforços; mas o senhor Weston merecia que ele primeiro o confortasse antes de obter seu perdão... Verdade; ele não chegou até que a senhorita Fairfax estivesse aqui.

– E eu não esqueci – disse Emma – como o senhor estava seguro de que ele poderia ter vindo antes, se quisesse. O senhor não mencionou isso por pura elegância...mas estava perfeitamente certo.

– Eu não fui totalmente imparcial em meu julgamento, Emma... mas, ainda assim, acho... se *você* não estivesse envolvida no caso... eu ainda teria desconfiado dele.

Quando chegou à parte que mencionava a senhorita Woodhouse, obrigou-se a ler tudo em voz alta... tudo o que se referia a ela, com um sorriso, um olhar, um meneio da cabeça, uma palavra ou duas de concordância ou desaprovação, ou simplesmente de amor, conforme o assunto o requeresse, concluindo, no entanto, com seriedade e, depois de profunda reflexão, disse:

– Muito mal... embora pudesse ter sido pior... Ele fez um jogo muito perigoso. Demasiadamente em dívida nesse caso para sua absolvição... Não julgue as atitudes dele pelas suas... Sempre decepcionado, com efeito, em seus próprios desejos e pouco se importando que não fosse sua própria conveniência... Imaginando que você tivesse descoberto seu segredo. Bastante natural!... com sua própria mente cheia de intrigas, podia suspeitar disso em outros... Mistério, refinamento... como subvertem a compreensão!... Minha Emma, tudo isso não serve para provar cada vez mais a beleza da verdade e da sinceridade em todos os nossos procedimentos um com o outro?

Emma concordou, mas ficou sensivelmente corada ao pensar em Harriet, em relação a quem não podia dar nenhuma explicação sincera.

– É melhor continuar a ler – disse ela.

Ele o fez, mas logo parou novamente para dizer:

– O piano! Ah! Esse foi o ato de um homem muito, muito jovem, jovem demais para considerar se a inconveniência poderia suplantar em muito o prazer. Um plano infantil, na verdade!... Não posso compreender que um homem deseje dar a uma mulher uma prova de afeto que sabe que ela preferiria dispensar; e ele sabia que ela teria impedido a chegada do instrumento, se pudesse.

Depois disso, ele seguiu adiante com a leitura, sem qualquer pausa. A confissão de Frank Churchill, de que se comportara vergonhosamente, foi a primeira coisa que requeria mais do que uma palavra de passagem.

– Concordo totalmente com o senhor – foi a observação dele. – O senhor se comportou de maneira vergonhosa. Nunca escreveu uma linha mais verdadeira.

E continuando com o que se seguia imediatamente sobre os motivos de seu desentendimento e a persistência dele de agir em clara oposição ao senso do certo de Jane Fairfax, ele fez uma pausa mais longa para dizer:

– Isso é muito ruim... Ele a induziu a colocar-se, pelo bem dele, numa situação de extrema dificuldade e desconforto e teria sido o primeiro objetivo dele evitar que ela sofresse desnecessariamente... Ela deve ter tido muito mais problemas do que ele para manter esse tipo de situação. Ele deveria ter respeitado até os menos razoáveis escrúpulos dela, se fosse o caso; mas os dela eram todos razoáveis. Devemos considerar nela uma única falta, e lembrar que ela agiu errado ao concordar com o noivado secreto, mas ela não merecia ser mantida em tal estado de punição.

Emma sabia que agora ele estava chegando à parte relativa ao passeio a Box Hill, e ficou mais desconfortável. O próprio comportamento dela havia sido tão impróprio! Estava profundamente envergonhada e um pouco temerosa do próximo olhar dele. Foi lido tudo, no entanto, de modo firme, atento e sem a menor observação; e. excetuando-se um momentâneo olhar para ela, instantaneamente retraído, com receio de causar-lhe dor... não parecia existir mais nenhuma lembrança de Box Hill.

– Não há muito que dizer sobre a delicadeza de nossos bons amigos, os Elton – foi a observação seguinte dele. – Os sentimentos dele são naturais... O quê? realmente decidida a terminar tudo com ele!... Sentia que o noivado era uma fonte de arrependimento e sofrimento para ambos... e rompeu... Que visão isso nos dá da percepção dela sobre o comportamento dele!..

Bem, ele deve ser realmente extraordinário...

– Não, não, continue a ler!... Verá o quanto ele sofreu.

– Espero que sim – replicou o senhor Knightley friamente e retomando a carta. – Smallridge!... O que significa isso? O que é tudo isso?

– Ela havia concordado em trabalhar como governanta das crianças da senhora Smallridge... uma querida amiga da senhora Elton... uma vizinha de Maple Grove; e, a propósito, como será que a senhora Elton vai suportar o desapontamento?

– Não diga mais nada, minha querida Emma, enquanto me obriga a ler... nem mesmo sobre a senhora Elton. Só mais uma página. Logo vou terminar. Que carta esse homem escreveu!

– Gostaria que a tivesse lido com um espírito mais benevolente em relação a ele.

– Bem, *há* sentimento nela... Parece ter sofrido ao vê-la doente... Certamente não posso ter dúvida de que ele a ama realmente. "Querida, mais querida que nunca". Espero que ele continue por muito tempo a sentir todo o valor dessa reconciliação... Ele agradece de forma muito liberal, com seus milhares e dezenas de milhares de agradecimentos... "Mais feliz do que mereço". Ora, ele se conhece bem a si mesmo. "A senhorita Woodhouse me chama de filho da sorte"... Essas foram mesmo as palavras da senhorita Woodhouse, não é?... E um belo final... aí está a carta. O filho da sorte! Era assim que o chamava, não é?

– O senhor não parece tão satisfeito com a carta quanto eu; mas ainda assim, deve, pelo menos espero que deva, pensar melhor dele por causa disso. Espero que a carta o ajude a aceitá-lo um pouco mais.

– Sim, com certeza. Ele cometeu muitos erros, erros de falta de consideração e de atenção; e concordo plenamente com a opinião dele de que provavelmente será mais feliz do que merece; mas como ele está, sem dúvida alguma, realmente apaixonado pela senhorita Fairfax e logo terá, espero, a vantagem de estar constantemente com ela, estou pronto a acreditar que seu caráter vai melhorar e que vai adquirir dela a firmeza e a delicadeza de princípios que lhe faltam. E agora gostaria de lhe falar de algo mais. Tenho, no momento, os interesses de outra pessoa tão a peito que não posso pensar mais tempo em Frank Churchill. Desde que a deixei hoje de manhã, Emma, minha mente esteve muito atarefada em pensar em outro assunto.

O assunto foi abordado; e o foi de modo claro, sem afetação, cavalheiresco como convém a um inglês, como o senhor Knightley usava mesmo com a mulher a quem; tratava-se de pedi-la em casamento sem prejudicar a felicidade do pai dela. A resposta de Emma estava pronta desde a primeira palavra: "Enquanto seu querido pai vivesse, qualquer mudança de condição deveria ser impossível para ela. Jamais haveria de deixá-lo." Só parte dessa resposta, contudo, foi aceita. O senhor Knightley sentia que a impossibilidade de ela deixar o pai era tão forte quanto ela própria, mas não poderia concordar com a inadmissibilidade de qualquer outra mudança. Ele estivera pensando nisso, profunda e intensamente; de início, havia pensado em convencer o senhor Woodhouse a mudar-se para Donwell com ela; desejava acreditar que era possível, mas conhecendo bem o senhor Woodhouse sabia que ele não suportaria decepcioná-lo por muito tempo; e agora confessava sua persuasão que essa mudança seria um risco para o conforto do senhor Woodhouse, talvez até para sua vida, que não poderia ser arriscada. Tirar o senhor Woodhouse de Hartfield!... Não, sentia que não deveria ser tentado. Mas o plano que surgiu em detrimento desse, confiava que sua querida Emma não teria qualquer objeção a respeito; era o de que ele próprio se mudasse para Hartfield; que, enquanto a felicidade do pai dela, em outras palavras, a vida dele...exigisse que Hartfield continuasse a ser o lar dela, passaria a ser igualmente o dele.

Emma já havia pensado, de passagem, na possibilidade de todos eles se mudarem para Donwell. Como ele, havia arquitetado esse plano e o rejeitou; mas não essa alternativa não lhe havia ocorrido. Ela tinha consciência de todo o afeto que revelava. Sentia que, ao deixar Donwell, ele deveria estar sacrificando grande parte de sua independência de tempo e hábitos; que viver constantemente com o pai dela e numa casa que não era a dele, implicaria em suportar muitas coisas. Ela prometeu pensar no assunto e o aconselhou-o a pensar mais sobre isso; mas ele estava plenamente convencido de que nenhuma reflexão poderia alterar seus desejos ou sua opinião sobre o assunto. Havia dedicado a isso, garantia ele, longa e calma consideração; ele se havia afastado de William Larkins durante toda a manhã, para poder pensar melhor.

– Ah! há uma dificuldade imprevista – exclamou Emma. – Tenho certeza de que William Larkins não vai gostar. Deve pedir o consentimento dele antes de pedir o meu.

Ela prometeu, no entanto, pensar sobre isso; e prometeu ainda um pouco mais, que pensaria nisso com a intenção de considerá-lo um esquema muito bom.

É notável que Emma, nos muitos e muitos pontos de vista sob os quais estava agora começando a considerar Donwell Abbey, nunca fosse tocada por qualquer senso de injustiça em relação a seu sobrinho Henry, cujos direitos como herdeiro haviam sido outrora tão tenazmente levados em consideração. Deveria estar pensando na possível diferença que isso faria para o pobre menino e, mesmo assim, ela apenas deu um insolente e cônscio sorriso ao referir-se ao assunto; e achou divertido ao descobrir a verdadeira causa de seu profundo desgosto com a ideia de ver o senhor Knightley casado com Jane Fairfax ou com qualquer outra, que na época ela havia imputado totalmente à amável solicitude de tia e irmã.

A proposta dele, esse plano de casar-se e continuar em Hartfield... quanto mais ela o considerava, mais agradável se tornava. Os problemas pareciam diminuir, as vantagens para ela aumentar, e o bem de todos parecia superar qualquer desvantagem. Ter tal companheiro com ela nas horas de ansiedade e alegria no futuro!... Um companheiro como ele em todas as obrigações e cuidados que o tempo se encarregaria de aumentar sua melancolia!

Ela estaria feliz demais, se não fosse pela pobre Harriet; mas toda bênção que caía sobre ela parecia envolver e aumentar os sofrimentos da amiga, que agora deveria ser até mesmo excluída de Hartfield. O delicioso grupo familiar que Emma estava garantindo para si, a pobre Harriet deveria, por mera precaução caridosa, ser mantida à distância dele. Ela seria uma perdedora em qualquer sentido. Emma não podia deplorar sua futura ausência como qualquer diminuição de seu próprio prazer. Em tal grupo familiar, Harriet seria mais um peso morto que o contrário, mas para a pobre moça devia parecer uma necessidade cruel e peculiar, que a deveria colocar num estado de imerecida punição.

Com o tempo, é claro, o senhor Knightley seria esquecido, isto é, suplantado; mas não se poderia esperar que acontecesse tão logo. O próprio senhor Knightley nada faria para apressar a cura... como o senhor Elton fizera. O senhor Knightley, sempre tão bondoso, tão sensível, tão cheio de consideração por todos, nunca mereceria ser menos adorado do que agora; e realmente seria demais esperar, mesmo de Harriet, que ela se apaixonasse por mais de *três* homens no mesmo ano.

## ≈ CAPÍTULO 16 ≈

Foi um grande alívio para Emma perceber que Harriet estava tão desejosa quanto ela própria de evitar um encontro. Sua comunicação por carta já era bastante dolorosa. Quanto pior seria, se elas fossem obrigadas a se encontrar!

Harriet expressou-se muito melhor do que poderia se esperar, sem reprovações ou aparente consciência de ter sido injustiçada; e Emma ainda imaginava que havia um pouco de ressentimento, algo próximo a ele em seu estilo, que aumentava a conveniência de ficarem separadas... Podia ser apenas sua própria consciência, mas lhe parecia que só um anjo poderia ter ficado totalmente sem ressentimento diante de tal golpe.

Emma não teve dificuldade em obter um convite de Isabella; e foi afortunada em ter uma razão suficiente para isso sem recorrer a subterfúgios... Harriet tinha um problema nos dentes e desejava realmente, e já tinha desejado antes, consultar um dentista. A senhora John Knightley estava contente em ajudar, tudo o que se referia a problemas de saúde era uma recomendação para ela... e embora não confiasse tanto num dentista quanto no senhor Wingfield, estava bastante ansiosa para ter Harriet sob seus cuidados... Quando estava tudo acertado com a irmã, Emma fez a proposta para a amiga e achou-a bastante receptiva... Harriet resolveu aceitar; foi convidada a ficar pelo menos quinze dias; deveria ser levada com a carruagem do senhor Woodhouse... Tudo foi arranjado, tudo foi concluído e Harriet estava a salvo em Brunswick Square.

Agora Emma podia, de fato, desfrutar das visitas do senhor Knightley; agora poderia falar e poderia ouvir com verdadeira felicidade, sem ser invadida por aquela sensação de injustiça, de culpa, ou até de algo mais doloroso que a assombrava quando se lembrava de como estava desapontado um coração ali tão perto dela, de como poderia estar naquele momento e a pouca distância, suportando um sofrimento que fora causado por ela própria.

A diferença de Harriet na casa da senhora Goddard ou em Londres fazia talvez uma diferença não tão razoável para os sentimentos de Emma; mas não, não podia pensar na amiga em Londres sem ter diversas coisas para alimentar sua curiosidade e ocupá-la, o que fariam com que evitasse pensar no passado e a levasse a espairecer.

Ela não permitiria que outra ansiedade tomasse imediatamente o lugar que Harriet tinha ocupado em sua mente. Havia uma comunicação que apenas *ela* poderia se encarregar de fazer: a confissão de seu noivado ao pai; mas não faria nada no momento... Tinha resolvido adiar a revelação até que a senhora

Weston estivesse tranquila e bem. Nenhuma outra agitação deveria surgir nesse período entre aquelas pessoas que amava... e o mal não deveria agir sobre ela por antecipação, antes do tempo certo... Devia permitir-se ter para si pelo menos quinze dias de lazer e paz de espírito, para coroar aquele caloroso deleite, sem qualquer agitação.

Ela logo decidiu, tanto por dever como por prazer, usar meia hora desse período tranquilo para visitar a senhorita Fairfax... Deveria ir... e estava ansiosa por vê-la; a semelhança de suas situações aumentava os motivos que já tinha para demonstrar sua boa vontade. Seria uma satisfação *secreta,* mas a consciência de que estavam diante de perspectivas bastante similares certamente aumentava o interesse com que ela esperava qualquer coisa que Jane desejasse lhe comunicar.

Ela foi... Já havia batido na porta sem sucesso uma vez, mas não havia entrado na casa desde a manhã seguinte ao passeio a Box Hill, quando a pobre Jane estava em tal angústia que a havia deixado cheia de compaixão, ainda que não suspeitasse da causa de todos os seus piores sofrimentos... O receio de ser novamente mal recebida, embora certa de que estavam em casa, levou-a a esperar no corredor e pedir que anunciassem seu nome... Ouviu que Patty a anunciava, mas não houve agitação alguma até que a pobre senhorita Bates se felizmente se desse a entender... Não, não ouviu nada além da pronta resposta: "Peça-lhe que suba"... e um momento depois foi recebida na escada pela própria Jane, que se adiantara ansiosamente, como se nenhuma outra recepção fosse digna dela... Emma nunca a havia visto tão bem, tão adorável, tão cativante. Havia nela confiança, animação e calor; havia tudo que sempre havia faltado à sua aparência e maneiras... Adiantou-se com a mão estendida e disse, com um tom de voz baixo, mas emocionado:

– É muita bondade sua, de fato!... Senhorita Woodhouse, é impossível para eu expressar... espero que acredite... Desculpe-me por estar totalmente sem palavras.

Emma sentiu-se gratificada e logo haveria de mostrar que

não lhe faltavam palavras, se não lhe chegasse aos ouvidos o som da voz da senhora Elton vinda da sala de estar; e preferiu então expressar todos os seus sentimentos de amizade e congratulações num sincero aperto de mãos.

A senhora Bates e a senhorita Elton estavam juntas. A senhorita Bates estava ausente, o que contribuía para uma completa tranquilidade. Emma desejaria que a senhora Elton estivesse em qualquer outro lugar; mas estava com humor que a levava a ter paciência com todos; e como a senhora Elton a cumprimentou com uma amabilidade pouco usual, ela esperou que o encontro não lhes fizesse mal.

Ela própria logo acreditou que poderia penetrar nos pensamentos da senhora Elton e entender por que estava, como ela própria, em tão bom humor; ela estivera ouvindo as confidências da senhorita Fairfax e imaginava saber de algo que ainda era segredo para as outras pessoas. Emma viu sintomas disso de imediato na expressão de seu rosto e, enquanto cumprimentava a senhora Bates e aparentava ouvir as respostas da boa e velha senhora, viu a senhora Elton com uma espécie de ansiosa aparência de mistério dobrar uma carta , que aparentemente estivera lendo em voz alta para a senhorita Fairfax, e recolocá-la na pequena bolsa cor de púrpura e dourada que estava a seu lado, dizendo, com significativos acenos:

– Podemos terminar isso em outra hora, bem sabe. Não nos faltarão oportunidades. E, de fato, você já ouviu o essencial. Eu só queria lhe provar que a senhora S. aceitou nossas desculpas e não está ofendida. Você viu como ela escreve de forma deliciosa. Oh! ela é uma doce criatura! Você teria gostado dela, se fosse para lá... Mas não falemos mais disso. Vamos ser discretas... e manter-nos em nosso bom comportamento... Psiu!... Lembra-se daqueles versos... esqueci o poema no momento...

*Pois quando uma dama está em destaque*

Sabe que todas as outras coisas abrem caminho.

Mas eu diria, minha querida, em *nosso* caso, quando se fala em *dama* deve-se entender... Humm! meia palavra basta... Estou muito animada hoje, não é? Mas quero deixar seu coração tranquilo com relação à senhora S. *Minha* intervenção, como vê, a acalmou bastante.

E novamente, assim que Emma virou a cabeça para olhar para a senhora Bates que tricotava, ela acrescentou, num sussurro:

– Não mencionei nenhum *nome*, você pode observar... Oh! não, precaução é uma questão de estado. Sei lidar com isso extremamente bem.

Emma não tinha a menor dúvida. Era um lugar comum, repetido em todas as ocasiões possíveis. Depois que falaram um pouco, em total harmonia, sobre o tempo e a senhora Weston, ela sentiu abruptamente que era chamada em causa com estas palavras:

– Não acha, senhorita Woodhouse, que nossa esperta amiguinha se recuperou encantadoramente?... Não acha que o fato de tê-la curado confere a Perry o mais alto crédito? (então lançou um olhar muito significativo para Jane)... Palavra de honra, Perry a recuperou num tempo realmente curto!... Oh! se a senhorita a tivesse visto, como eu, quando ela estava muito pior!... E quando a senhora Bates estava dizendo alguma coisa a Emma, a senhora Elton voltou a sussurrar:

– Não dissemos uma palavra sequer sobre alguma *consulta* que Perry possa ter feito; nenhuma palavra sobre certo jovem médico de Windsor... Oh! Não, Perry deve ter todo o crédito.

– Raramente tive o prazer de vê-la, senhorita Woodhouse – começou ela logo em seguida –, desde o passeio a Box Hill. Passeio muito agradável. Mas ainda assim, acho que faltou alguma coisa. As coisas não pareciam... quer dizer, parecia haver uma pequena nuvem sobre o espírito de alguns... Assim me pareceu, pelo menos; mas posso ter me enganado. De qualquer forma, acho que deveríamos tentar fazer esse passeio outra vez. O que vocês duas acham de reunirmos o mesmo grupo e explorarmos novamente Box Hill, enquanto o tempo está bom?... Deve ser o mesmo grupo, sabem, exatamente o mesmo grupo, sem *uma* exceção sequer.

Logo depois disso, a senhorita Bates entrou e Emma não pôde evitar de se distrair com a perplexidade da primeira resposta dela, decorrendo, supôs, da dúvida do que podia ser dito e da impaciência para dizer tudo.

– Obrigada, querida senhorita Woodhouse, a senhorita é tão bondosa... É impossível dizer... Sim, de fato, entendo muito bem... as perspectivas da querida Jane... quer dizer, não sei se... Mas ela está encantadoramente recuperada... Como está o senhor Woodhouse?... Fico tão contente... Não está a meu alcance... Que bela reunião temos ora aqui... Sim, de fato... Um jovem encantador!... Isto é... tão amigável. Refiro-me ao bom senhor Perry !... tão atencioso com Jane!... E de seu grande, de seu mais que comumente grato encanto pela presença da senhora Elton, Emma suspeitou que devesse ter havido algum sinal de ressentimento em relação a Jane, da parte do vicariato, que agora já estava graciosamente superado... depois de alguns sussurros, na verdade, que só vieram a confirmar as suspeitas, a senhora Elton, falando alto, disse:

– Sim, aqui estou, minha boa amiga; e aqui estou há tanto tempo, mais que em qualquer outro lugar, que acredito ser necessário desculpar-se; mas a verdade é que estou esperando por meu senhor e amo. Ele prometeu vir me buscar aqui e apresentar-lhes seus respeitos.

– O quê? Vamos ter então o prazer de uma visita do senhor Elton?... Seria uma grande honra, de fato! Pois sei que os cavalheiros não gostam de fazer visitas pela manhã e o tempo do senhor Elton está sempre tão ocupado!

– Palavra de honra, assim é, senhorita Bates... Ele vive realmente ocupado da manhã à noite... Não tem fim a quantidade de pessoas que o procuram, por um motivo ou outro... Os magistrados, os supervisores, os administradores da igreja estão sempre lhe pedindo a opinião dele. Parece que não são capazes de fazer nada sem ele!... "Palavra de honra, senhor E.", digo muitas vezes, "antes o senhor do que eu... não sei o que seria dos meus lápis ou de meu piano, se eu tivesse a metade de seus requerentes."... O pior de tudo é que venho negligenciando a ambas até um grau imperdoável... Não creio que tenha tocado um acorde sequer na última quinzena... Ele está chegando, posso garantir; sim, na verdade, para aguardar por todos. – E levando uma das mãos à boca, para que Emma não ouvisse – Uma visita de congratulações, como sabe... Oh! sim, é indispensável!

A senhorita Bates olhava para ela de modo tão feliz!...

– Ele prometeu que viria assim que conseguisse se liberar da reunião com Knightley; mas ele e Knightley estão trancados em profunda consulta... O senhor E. é o braço direito de Knightley.

Emma não iria sorrir por nada deste mundo e só perguntou:

– O senhor Elton foi a pé até Donwell?... Vai ser uma caminhada um tanto quente.

– Oh! Não, é uma reunião na Crown, uma reunião regular. Weston e Cole vão estar lá também, mas devemos falar só daqueles que comandam... Imagino que o senhor E. e Knightley façam todas as coisas a seu modo.

– A senhora não se enganou sobre o dia? – perguntou Emma. – Estou quase certa de que a reunião na Crown será amanhã... O senhor Knightley esteve em Hartfield ontem e disse que seria no sábado.

– Oh, não! Não, a reunião é certamente hoje – foi a abrupta resposta, que denotava a impossibilidade de qualquer erro da parte da senhora Elton. – Acredito – continuou ela – que esta seja a paróquia mais problemática que já existiu. Nunca ouvimos falar de tais coisas em Maple Grove.

– Mas a paróquia de lá deve ser pequena – disse Jane.

– Palavra de honra, minha querida, não sei, pois nunca ouvi falar sobre o assunto.

– Mas está provado pelo pequeno tamanho da escola, da qual a senhora falou e que está sob os cuidados de sua irmã e da senhora Bragge; a única escola e não tem mais de 25 crianças.

– Ah! Criatura esperta, é verdade. Que bela cabeça você tem! Olhe só, Jane, que personagem perfeita não formaríamos se fôssemos misturadas juntas. Minha vivacidade e sua solidez produziriam a perfeição... Não que eu pretenda insinuar, contudo, que *alguém* não imagine que *você* já é perfeita... Mas, psiu!... Nem uma palavra, por favor.

Parecia uma cautela desnecessária; Jane queria falar não com a senhora Elton, mas com a senhorita Woodhouse, como esta claramente notou. O desejo de distingui-la, tanto quanto a civilidade permitia, era bem evidente, embora não pudesse muitas vezes passar de um olhar.

O senhor Elton apareceu finalmente. Sua esposa o cumprimentou com um pouco de sua faiscante vivacidade.

– Muito bonito, senhor, palavra de honra! Mandar-me para cá, para ser um estorvo a meus amigos até que o senhor se dignasse vir!.., Mas sabia com que criatura obediente tem de lidar. Sabia que eu não iria embora até que meu senhor e amo aparecesse... Estive aqui sentada nessa última hora, dando a essas jovens damas um exemplo de obediência conjugal... pois quem poderá dizer, como sabe, se logo não irão precisar dela?

O senhor Elton estava com tanto calor e tão cansado, que toda essa esperteza parecia desperdiçada. Devia apresentar seus cumprimentos às outras damas; mas seu objetivo subsequente era lamentar-se sobre o calor que sentia e a caminhada que havia feito por nada.

– Quando cheguei a Donwell – disse ele – não encontrei Knightley. Muito estranho! Inexplicável, depois do bilhete que mandei esta manhã e que a mensagem que me retornou, dizendo que certamente estaria em casa até a uma hora.

– Donwell! – exclamou sua esposa. – Meu querido senhor E, você não foi a Donwell!... Você quer dizer a Crown, está vindo da reunião na Crown.

– Não, não, essa reunião é amanhã; e eu particularmente

queria ver Knightley hoje, precisamente sobre isso... Que manhã terrivelmente quente!... Andei pelos campos, também... (falando num tom de grande irritação) o que tornou tudo ainda pior. E ainda por cima não o achei em casa! Garanto-lhe que não estou nem um pouco satisfeito. Ele não deixou nem um bilhete de desculpas, nenhuma mensagem. A governanta disse que ela não sabia de nada sobre minha vinda... Realmente extraordinário!... E ninguém sabia que caminho ele havia tomado. Talvez tivesse ido a Hartfield, talvez a Abbey-Mill, talvez para os bosques... Senhorita Woodhouse, isso não é próprio do senhor Knightley!... Será que pode explicar isso?

Emma se divertiu ao dizer que era realmente extraordinário, sem dúvida, e que não tinha absolutamente nada a dizer sobre ele.

– Não posso imaginar – disse a senhora Elton (sentindo a indignação que se espera de uma esposa) – não posso imaginar como ele pôde fazer uma coisa dessas com você, entre todas as pessoas no mundo! A última pessoa que se poderia esperar que fosse ser esquecida!... Meu querido senhor, ele deve ter lhe deixado uma mensagem, tenho certeza de que deve... Nem mesmo Knightley poderia ser tão excêntrico... e os empregados esqueceram a mensagem. Acredite, foi o que aconteceu: e muito provavelmente foi isso que pode ter acontecido com os criados de Donwell que, como eu mesma observei, são todos extremamente desajeitados e relapsos... Tenho certeza de que não gostaria de ter uma criatura como esse tal de Harry em nossa sala sob qualquer hipótese. E quanto à senhora Hodges, Wright acha que ela é, de fato, muito vulgar... Ela prometeu uma receita para Wright e nunca a enviou.

– Encontrei William Larkins – continuou o senhor Elton – quando estava perto da casa e ele me disse que não encontraria seu patrão em casa, mas não acreditei nele... William parecia um tanto mal-humorado. Não sabia o que estava acontecendo com o patrão ultimamente, disse ele, mas raramente conseguia falar com ele. Não tenho nada a ver com as necessidades de

William, mas é realmente muito importante que *eu* possa conversar com Knightley hoje; e passa a ser, portanto, algo muito sério e inconveniente ter de fazer uma caminhada dessas sob forte calor por nada.

Emma sentiu que o melhor a fazer era ir diretamente para casa. Com toda a probabilidade já estavam esperando por ela a essa hora e talvez conseguisse evitar que o senhor Knightley fosse ainda mais agressivo com o senhor Elton, para não falar de William Larkins.

Ela ficou contente, ao despedir-se, ver que a senhorita Fairfax estava determinada a acompanhá-la na saída da sala, descendo até mesmo as escadas com ela; isso lhe deu uma oportunidade, que ela logo aproveitou para dizer:

– Talvez seja melhor que eu não tenha tido a possibilidade de falar-lhe. Se a senhorita não estivesse cercada de outros amigos, talvez eu ficasse tentada a abordar um assunto, a fazer perguntas, a falar mais abertamente do que seria estritamente correto... Sinto que certamente teria sido impertinente.

– Oh! – exclamou Jane, com um rubor e uma hesitação que Emma achou que lhe ficavam infinitamente melhor que toda a elegância de sua compostura habitual. – Não haveria perigo algum. O perigo teria sido eu incomodá-la. A senhorita não poderia me ter deixado mais gratificada do que expressando um interesse... Na verdade, senhorita Woodhouse (falando mais recatadamente), com a consciência que tenho de minha má conduta, de minha péssima conduta, é particularmente consolador saber que aqueles entre meus amigos, cuja opinião é mais digna de ser preservada, não ficaram desgostosos comigo a ponto de... Não tenho tempo para dizer nem a metade do que gostaria. Eu ansiava por me desculpar, apresentar escusas, justificar minhas atitudes. Sinto isso como um dever. Mas, infelizmente... em resumo, se sua compaixão me permitir ser sua amiga...

– Oh! A senhorita é muito escrupulosa, realmente é – exclamou Emma, calorosamente, tomando a mão da amiga. – A senhorita não me deve desculpas e todas as pessoas com quem acha que deve se desculpar estão tão perfeitamente satisfeitas, até mesmo tão deliciadas...

– A senhorita é muito bondosa, mas eu sei como me comportei com a senhorita... Tão fria e artificial!... Sempre tinha uma parte para representar... Foi uma vida de enganos!... Sei que devo tê-la desgostado.

– Por favor, não diga mais nada. Sinto que sou eu que devo pedir todas as desculpas. Vamos perdoar uma à outra de uma vez por todas. Devemos fazer o que deve ser feito o mais breve possível, e acredito que nossos sentimentos não vão mais perder tempo com isso. Espero que tenha boas notícias de Windsor?

– Muitas.

– E a próxima notícia, suponho, será a de que vamos perdê-la... precisamente quando começo a conhecê-la.

– Oh! Quanto a tudo isso, é claro que nada foi decidido ainda. Vou ficar aqui até ser chamada pelo coronel e senhora Campbell.

– Talvez nada tenha sido realmente decidido ainda – replicou Emma, sorrindo –, mas, desculpe-me, já devem ter pensado a respeito.

O sorriso foi retribuído quando Jane respondeu:

– A senhorita está certa; já pensamos nisso. E vou lhe confessar (tenho certeza de que guardará o segredo) que já está tudo acertado quanto a morarmos junto com o senhor Churchill, em Enscombe. Devemos aguardar três meses, pelo menos, de luto fechado, mas quando esse período terminar, imagino que não haverá mais motivo para esperar.

– Obrigada, obrigada... Era disso que eu queria ter certeza... Oh! Se a senhorita soubesse quanto aprecio tudo o que é decidido e claro! Adeus, adeus.

## ≈ CAPÍTULO 17 ≈

Todos os amigos da senhora Weston ficaram muito felizes em saber que ela estava bem; e se fosse possível aumentar a satisfação de Emma em ver a amiga bem de saúde, só podia ser por saber que ela se tornara mãe de uma menina. Emma se havia definido por almejar que nascesse uma senhorita Weston. Não haveria de admitir que fosse com qualquer intenção de arrumar-lhe um casamento no futuro com algum dos meninos de Isabella; mas estava convencida de que uma menina seria o melhor para os dois, pai e mãe. Seria um grande conforto para o senhor Weston quando começasse a envelhecer... mesmo que o senhor Weston só fosse começar a envelhecer dali a uns dez anos... ter o espaço perto da lareira animado pelas brincadeiras e diversões, pelos caprichos e fantasias de uma criança que nunca precisasse ser banida do lar; e a senhora Weston... ninguém poderia duvidar que uma filha fosse o melhor para ela; e seria uma pena que uma pessoa que sabia tão bem ensinar não pudesse mais exercitar suas aptidões.

– Ela teve a vantagem, sabe, de praticar comigo – continuou Emma – como a Baronesa d'Almane fez com a Condessa d'Ostalis, em "Adelaide e Theodore", de Madame de Genlis; agora poderemos ver sua própria Adelaide ser educada de acordo com o mais perfeito dos planos.

– Ou seja – replicou o senhor Knightley –, ela vai ser ainda mais indulgente com a filha do que foi com você, e acreditará que não está sendo, de modo algum, indulgente. Será a única diferença.

– Pobre criança! – exclamou Emma. – Desse modo, o que será dela?

– Nada de muito ruim... O mesmo destino de milhares de outras.

Será desagradável na infância e vai se corrigir à medida que crescer. Estou perdendo toda minha amargura contra crianças mimadas, minha querida Emma. Logo eu, que devo toda a minha felicidade a *você*, se não fosse horrível ingratidão ser severo para com elas?

Emma riu e respondeu:

– Mas eu tinha a meu favor todos os seus esforços para contrabalançar a indulgência de outras pessoas. Duvido que meu próprio bom senso me tivesse corrigido, se não fosse isso.

– Será?... Eu não tenho dúvidas. A natureza lhe deu compreensão... e a senhorita Taylor lhe deu princípios. Você teria se saído bem. Minha interferência poderia provavelmente fazer-lhe mal ou bem. Seria muito natural para você dizer 'que direito ele tem de me recriminar?'... e receio que seria natural também se achasse que era feito de maneira desagradável. Não creio que lhe tenha feito algum bem. O bem foi todo para mim, por fazer de você o objeto de minha mais terna afeição. Não poderia pensar tanto em você, se não dedicasse grande afeto, apesar de suas falhas e todo o resto; e à força de imaginar tantos erros, acabei me apaixonando por você desde que tinha pelo menos treze anos.

– Tenho certeza que foi muito útil para mim – exclamou Emma.

– Muitas vezes fui influenciada positivamente por você... muito mais do que podia admitir na época. Estou totalmente certa de que você me fez bem. E se a pobrezinha da Anna Weston vier a ser mimada, seria um gesto de grande humanidade de sua parte fazer por ela o mesmo que fez por mim, exceto apaixonar-se pela menina quando ela tiver treze anos.

– Quantas vezes, quando era menina, você me dizia, com um de seus olhares atrevidos: "Senhor Knightley, vou fazer isso e aquilo; papai diz que posso"; ou então: "Tenho permissão da senhorita Taylor"... algo que, você sabia, que eu não aprovava. Nesses casos, minha interferência lhe dava dois sentimentos ruins, em vez de um.

– Que criatura amável eu era!... Não é de admirar que guarde lembranças tão afetuosas de minhas conversas...

– "Senhor Knightley"... Você sempre me chamava de senhor Knightley e, por força do hábito, não é que fosse tão formal. Mas, ainda assim, é formal. Gostaria que me chamasse de outra coisa, mas não sei de quê.

– Eu me lembro de tê-lo chamado de "George" uma vez, quando estava num de meus momentos mais amáveis, cerca de dez anos atrás. Fiz isso porque achava que poderia ofendê-lo; mas como você não reclamou, nunca mais o chamei assim.

– E não pode me chamar de "George" agora?

– Impossível!... Nunca poderia chamá-lo de outra forma a não ser "senhor Knightley". Não vou prometer igualar a elegante concisão da senhora. Elton, de chamá-lo de senhor K... Mas prometo – acrescentou ela, rindo e corando – prometo que vou chamá-lo, ao menos uma vez, por seu nome de batismo. Não vou dizer quando, mas talvez você adivinhe onde... no recinto local em que N. recebe M. para o melhor e o pior.

Emma afligia-se por não poder falar mais abertamente sobre algo em que o bom senso dele teria sido de grande valia, para preveni-la do que poderia salvá-la da pior de todas as suas tolices femininas... sua obstinada intimidade com Harriet Smith; mas era um assunto muito delicado... Não podia abordá-lo... Harriet raramente era mencionada entre eles. Da parte dele, isso podia simplesmente decorrer de que não pensava muito nela; mas Emma estava mais inclinada a atribuir isso à delicadeza, e a uma suspeita, provocada por algumas aparências, de que a amizade delas estava declinando. Ela tinha consciência de que, fossem outras as circunstâncias, elas certamente estariam se correspondendo mais e que as notícias de Harriet não viriam, como era o caso agora, por meio das cartas de Isabella. Ele devia ter observado que assim era. A dor de ser obrigada a esconder algo dele era muito inferior que a dor de ter feito Harriet infeliz.

Isabella mandava relatos tão bons sobre a visitante quanto seria de se esperar; na primeira visita dela, Isabella havia achado que ela estava abatida, o que parecia perfeitamente natural, visto que teria de consultar um dentista; mas, uma vez feito isso, ela não parecia achar que Harriet estivesse diferente de antes... Isabella, com certeza, não era uma boa observadora, mas se Harriet não estivesse disposta a brincar com as crianças, isso não lhe teria escapado. O conforto e a esperança de Emma melhoraram ao saber que Harriet deveria ficar por mais tempo; seus quinze dias se tornariam provavelmente um mês, pelo menos. O senhor e a senhora John Knightley deveriam vir em agosto e foi convidada a ficar até que eles pudessem levá-la de volta.

– John nem sequer menciona sua amiga – disse o senhor Knightley. – Aqui está a resposta dele, se quiser vê-la.

Era a resposta à comunicação de sua intenção de se casar. Emma tomou-a com mão ansiosa, com uma viva impaciência para saber o que ele diria a respeito, e nem um pouco preocupada em saber que sua amiga não era mencionada.

– John compartilha como verdadeiro irmão de minha felicidade –continuou o senhor Knightley –, mas não é pródigo em elogios; e embora eu saiba que ele tem, provavelmente, o afeto mais fraternal por você, ele está longe de fazer floreios, que qualquer outra jovem mulher acharia que ele é bem frio em questão de elogios. Mas não tenho receio que você veja o que ele escreve.

– Ele escreve como um homem sensível – replicou Emma, depois de ler a carta. – Louvo a sinceridade dele. Está muito claro que ele considera a vantagem do compromisso como pendendo totalmente para meu lado, mas ele não deixa de ter esperanças de que, com o tempo, eu venha a me tornar merecedora de seu afeto, da forma que você já me considera agora. Se ele tivesse se expressado de modo diverso, eu não teria acreditado nele.

– Minha Emma, ele não quis dizer isso. Ele só quis dizer...

– Eu e ele diferimos muito pouco em nossas opiniões a respeito um do outro – interrompeu ela, com uma espécie de sorriso triste –, muito menos, talvez, do que ele pensa, se pudéssemos abordar o assunto sem cerimônia ou sem reserva.

– Emma, minha querida Emma...

– Oh! – exclamou ela, com mais expansiva alegria. – Se você imagina que seu irmão não me faz justiça, só espere até que meu querido pai esteja de posse de nosso segredo, e dê a opinião dele. Acredite, ele estará ainda mais distante de fazer justiça a *você*. Vai achar que toda a felicidade, todas as vantagens serão suas e todo o mérito será meu. Espero que ele não me deixe oprimida de uma vez com seus "pobre Emma"... Sua terna compaixão para com os oprimidos não vai além disso.

– Ah! – exclamou ele. – Espero que seu pai seja tão facilmente convencido como John será, de que nós dois temos os mesmos direitos de sermos felizes juntos. Eu me diverti com uma parte da carta de John... você reparou?... onde ele diz que minha informação não o apanhou totalmente de surpresa, que ele já esperava ouvir alguma coisa desse tipo.

– Se entendo seu irmão, ele só quer dizer que você tem planos de se casar. Nem sequer pensava em mim. Parece inteiramente despreparado para isso.

– Sim, sim... mas acho interessante que ele tenha conseguido penetrar tanto em meus sentimentos. Com que base estaria julgando isso?... Não tenho consciência de qualquer diferença em minha disposição ou em minha conversa que possa tê-lo preparado para a ideia de que eu iria me casar nesse momento e não em outro... Mas assim foi, suponho. Ouso dizer que houve uma diferença quando fiquei na casa deles outro dia. Acredito que não brinquei com as crianças como de costume. Lembro-me de que uma noite, os pobres meninos disseram: "O tio parece que está sempre cansado, agora."

Estava chegando o momento em que as notícias deviam ser espalhadas, para que fosse testada sua receptividade por outras pessoas. Logo que a senhora Weston estava suficientemente recuperada para receber as visitas do senhor Woodhouse, Emma, pensando que a meiga compreensão dela poderia ser empregada em proveito de sua causa, resolveu primeiramente anunciá-la em casa e depois em Randalls... Mas como dar a notícia ao pai, afinal?... Pensou em fazê-lo numa hora em que o senhor Knightley estivesse ausente ou quando seu coração não aguentasse mais e ela tivesse de falar de uma vez; mas o senhor Knightley chegou precisamente nessa hora e seguiu adiante, pois já tinha começado... Foi forçada a falar e a falar de modo alegre. Não devia transformar a notícia num assunto decididamente triste para ele, falando em tom melancólico. Não devia parecer que considerava isso uma infelicidade... Com todo o autocontrole possível, preparou-o primeiro para algo estranho e então, em poucas palavras, disse que, se seu consentimento e aprovação pudessem ser obtidos... que, esperava, seriam concedidos sem dificuldade, visto que se tratava de um plano para promover a felicidade de todos... ela e o senhor Knightley desejavam se casar; dessa maneira, Hartfield receberia o acréscimo da companhia de uma pessoa que ela sabia que ele, depois das filhas e da senhora Weston, mais amava no mundo.

Pobre homem!... de início, foi um considerável choque para ele e tentou sinceramente dissuadi-la da ideia. Lembrou-lhe, mais de uma vez, que ela sempre havia dito que jamais se casaria, e assegurou-lhe que seria muito melhor se continuasse solteira, e falou da pobre Isabella e da pobre senhorita Taylor... Mas não adiantou. Emma o abraçou afetuosamente, sorriu e disse que devia ser assim; e que não devia compará-la com Isabella ou com a senhora Weston, cujos casamentos, ao afastá-las de Hartfield, tinham produzido, de fato, uma melancólica mudança; mas ela não sairia de Hartfield; estaria sempre ali; não haveria de introduzir mudança alguma em seus hábitos ou confortos, a não ser para melhor; e ela estava bastante certa de que ele ficaria muito mais feliz por ter o senhor Knightley sempre à disposição, assim que se acostumasse com a ideia... Ele não adorava o senhor Knightley ?... Não poderia negar isso, ela estava certa... A quem ele sempre queria consultar a respeito de negócios, se não o senhor Knightley?... Quem era tão útil para ele, tão disposto a escrever suas cartas, tão contente em poder ajudá-lo?... Quem era tão gentil, tão atencioso e tão apegado a ele?... Será que não gostaria de tê-lo sempre por perto?... Sim. Tudo isso era verdade. O senhor Knightley não podia ficar em Hartfield tanto quanto ele desejava; ficaria contente de vê-lo todos os dias... mas eles o viam todos os dias, do modo como as coisas estavam agora... Por que não podiam continuar como sempre haviam feito?

O senhor Woodhouse não podia ser logo contentado; mas o pior estava feito; a ideia fora lançada; o tempo e a constante repetição deviam fazer o resto. Às súplicas e promessas de Emma seguiram-se as do senhor Knightley, cujos enormes elogios a ela levaram o assunto a uma espécie de algo bem-vindo, e ele logo se acostumou a ouvi-los falar do assunto, em todas as ocasiões propícias... Receberam todo a ajuda que Isabella podia dar, com cartas da mais incisiva aprovação; e a senhora Weston estava pronta, no primeiro encontro, a considerar o assunto sob a perspectiva mais favorável... primeiro, como coisa já acertada e, segundo, como uma ótima ideia... sabendo da importância quase igual dessas duas recomendações para a mente do senhor Woodhouse... Houve uma concordância total, como deveria ser; e todos aqueles cuja opinião ele mais respeitava, asseguraram-lhe que isso seria para sua felicidade; e como ele mesmo tinha alguns sentimentos que quase o levavam a aceitar o fato, começou a pensar que algum dia ou outro... dentro de um ou dois anos, talvez... não seria assim tão ruim se o casamento se realizasse.

A senhora Weston não estava representando um papel nem fingindo algum sentimento em tudo que dizia a favor do casamento... Havia ficado extremamente surpresa, como nunca ficara antes, quando Emma lhe revelou o caso; mas viu nisso somente um aumento da felicidade de todos e não teve escrúpulos em incitá-lo ao máximo para aceitar... Tinha tanta consideração pelo senhor Knightley, a ponto de pensar que ele merecia até mesmo sua querida Emma; e seria, sob todos os aspectos, uma ligação apropriada, conveniente e irrepreensível e, num aspecto, num ponto da maior importância, tão peculiarmente adequada, tão singularmente afortunada que agora parecia que Emma jamais poderia ter-se apaixonado de modo seguro por qualquer outro homem e que ela mesma havia sido a mais estúpida das criaturas, por não ter pensado nisso nem o ter desejado desde longa data... Muito poucos teriam sido os homens em condições de pretender a mão de Emma que teriam renunciado ao próprio lar para viver em Hartfield! E quem, senão o senhor Knightley, podia conhecer e aceitar as manias do senhor Woodhouse, a ponto de imaginar um arranjo tão conveniente! A dificuldade da situação do pobre senhor Woodhouse sempre fora sentida nos planos do marido e dela própria quando pensavam num casamento entre Frank e Emma. Como combinar as necessidades de Enscombe e Hartfield era um constante impedimento... menos conhecido do senhor Weston do que dela própria... mas mesmo ele nunca tinha conseguido terminar o assunto sem dizer... "Essas coisas se arranjam por si mesmas; os jovens vão encontrar um jeito." Mas aqui não havia nada para ser mudado, se fosse feita qualquer especulação quanto ao futuro. Estava tudo certo, tudo claro, tudo igual. Não haveria nenhum sacrifício de alguma das partes que merecesse esse nome. Era uma união que trazia em si mesma a mais alta promessa de felicidade e sem uma única verdadeira e racional dificuldade para opor-se a ela ou adiá-la.

A senhora Weston, com o bebê no colo, permitindo-se reflexões como essas, era uma das mulheres mais felizes do mundo. Se alguma coisa podia aumentar sua felicidade era perceber que o bebê logo teria crescido o bastante para não caber mais em seu primeiro conjunto de roupinhas.

A notícia foi uma surpresa universal, onde quer que fosse divulgada; e o senhor Weston teve seus cinco minutos de participação nisso; mas cinco minutos foram suficientes para que se familiarizasse com a ideia na rapidez de sua mente... Viu as vantagens da união e nelas se alegrou com toda a constância de sua esposa; mas logo o espanto inicial se reduziu a nada e, no final de uma hora, ele não estava longe de acreditar que sempre havia previsto isso.

– Isso deve ficar em segredo, concluo – disse ele. – Essas coisas sempre são secretas, até que se descobre que todo o mundo já sabia. Só me avise quando vou poder falar abertamente do assunto... Fico imaginando se Jane tem alguma suspeita.

Ele foi a Highbury na manhã seguinte e satisfez sua curiosidade em relação a esse ponto. Contou-lhe a notícia. Afinal, ela não era como uma filha, sua filha mais velha?... devia contar-lhe; e como a senhorita Bates estava presente, passou-a, é claro, para a senhora Cole, a senhora Perry e para a senhora Elton imediatamente depois. Eram as principais interessadas; tinham calculado quanto tempo levaria a notícia, desde que fosse ouvida em Randalls, para se espalhar por toda Highbury; e estavam pensando como, ao entardecer, elas próprias deveriam ser consideradas mulheres de grande sagacidade em muitos dos círculos familiares.

Em geral, o casamento foi muito bem aprovado. Alguns achavam que era ele o mais afortunado, outros pensavam que era ela. Uma parte chegava a recomendar que eles deviam se mudar para Donwell e deixar Hartfield para a família de John Knightley ; outra parte previa desentendimentos entre os criados; mas ainda assim, considerando tudo, ninguém levantou uma objeção séria, exceto os moradores do Vicariato... Ali, a surpresa não foi atenuada por nenhum sentimento de satisfação. O senhor Elton pouco se importou, comparado com sua esposa; ele só esperava que "o orgulho da jovem dama estivesse agora satisfeito" e supunha que "ela sempre pretendera conquistar Knightley, se pudesse". E quanto ao ponto de viverem em Hartfield, exclamou ousadamente: "Antes ele que eu!..." Mas, na verdade, a senhora Elton ficou muito mais perturbada e disse: "Pobre Knightley! Pobre homem!... triste coisa para ele..." Ela estava muito preocupada, pois, embora um pouco excêntrico, ele tinha milhões de boas qualidades... Como podia ter-se deixado envolver?... Não podia imaginar que ele estivesse apaixonado... de forma alguma!... Pobre Knightley!... As agradáveis conversas com ele agora haveriam de terminar... Como ele ficava feliz em visitá-los e jantar com eles, sempre que o convidavam! Mas tudo isso iria acabar... Pobre camarada!... Não haveria mais passeios de exploração em Donwell organizados para *ela*. Oh! não; haveria uma senhora Knightley para jogar água fria em tudo... Extremamente desagradável! Mas não lamentava ter falado mal da governanta dele, outro dia... Plano chocante viverem juntos. Nunca iria dar certo. Conhecia uma família, perto de Maple Grove, que havia tentado algo assim e tinha sido obrigada a separar-se em menos de três meses.

## ≈ CAPÍTULO 18 ≈

O tempo passou. Mais alguns dias e a família de Londres estaria chegando. Era uma mudança alarmante; e Emma estava pensando nisso certa manhã, como algo que haveria de trazer muita agitação e tristeza para ela, quando o senhor Knightley chegou, e os pensamentos sombrios foram postos de lado. Depois da primeira conversa prazerosa, ele ficou em silêncio e então, num tom mais grave, começou dizendo:

– Tenho algo para lhe contar, Emma, uma notícia.

– Boa ou ruim? – perguntou ela, rapidamente, olhando para o rosto dele.

– Não sei bem como deveria considerá-la.

– Oh! Boa, tenho certeza... Vejo isso em seu semblante. Você está tentando não sorrir!

– Receio – disse ele, recompondo suas feições –, receio realmente, minha querida Emma, que não vai sorrir quando a ouvir.

– É mesmo? Mas como assim?... Dificilmente posso imaginar que algo que o agrade ou divirta não me agrade e me divirta também.

– Há um assunto – replicou ele –, espero que seja o único, a respeito do qual nós não pensamos da mesma maneira. – Ele parou por um momento, sorrindo de novo, com os olhos fixos no rosto dela – Não lhe ocorre nada?... Não se lembra?... Harriet Smith.

As faces dela ficaram vermelhas ao ouvir esse nome, e teve medo de alguma coisa, embora não soubesse de quê.

– Teve alguma notícia dela esta manhã? – exclamou ele. – Você teve, acredito, e já sabe de tudo.

– Não, não tive. Não sei de nada; por favor, conte-me.

– Vejo que está preparada para o pior... e é mesmo muito ruim. Harriet Smith vai se casar com Robert Martin.

Emma teve um sobressalto, mostrando que parecia não estar preparada... e seus olhos ficaram esbugalhados e pretendia dizer "Não, isso é impossível!", mas sua boca ficou fechada.

– É isso mesmo, de verdade – continuou o senhor Knightley. – Soube da notícia do próprio Robert Martin. Ele me deixou não faz meia hora.

Ela ainda olhava para ele com o mais extraordinário espanto.

– Gostou disso, minha querida Emma, tão pouco quanto eu receava... Gostaria que nossas opiniões fossem as mesmas. Mas com o tempo serão. O tempo, pode estar certa, fará um de nós pensar de modo diferente; e, nesse meio tempo, não precisamos falar muito no assunto.

– Você está enganado, você está me enganando – replicou ela, fazendo grande esforço. – Não é que essa circunstância me deixe infeliz, mas não posso acreditar. Parece impossível!... Você não pode estar dizendo que Harriet Smith aceitou Robert Martin. Não pode estar dizendo que ele já propôs casamento a ela novamente... Você só quer dizer que ele pretende pedi-la em casamento.

– Quero dizer que ele já fez isso – respondeu o senhor Knightley, com um sorriso, mas em tom bem decidido – e foi aceito.

– Meu bom Deus! – exclamou ela. – Bem!... – Então recorrendo a seu cesto de costura, como desculpa para baixar a cabeça e esconder todos os estranhos sentimentos de alívio e prazer que sabia estar expressando, acrescentou: – Bem, conte-me tudo; torne os fatos claros para mim. Como, onde, quando?... Conte-me tudo. Nunca fiquei mais surpresa... mas não me deixa infeliz, asseguro-lhe... Como... Como foi possível?

– É uma história muito simples. Ele foi à cidade a negócios, três dias atrás, e eu lhe pedi que levasse alguns documentos que eu precisava mandar para John... Ele entregou esses papéis a John, em seu escritório, e meu irmão o convidou para juntar-se a eles aquela tarde no Astley's. Eles iam levar os dois meninos mais velhos a Astley's. O grupo incluía meu irmão, sua irmã, Henry, John ... e a senhorita Smith. Meu amigo Robert não pôde resistir. Eles o apanharam no caminho; todos se divertiram muito; e meu irmão o convidou para jantar com eles no dia seguinte... ele aceitou... e no decorrer dessa visita (pelo que entendi), ele encontrou uma oportunidade de conversar com Harriet; e certamente não falou em vão... Ela o deixou, por sua aceitação, tão feliz quanto ele merecia. Ele tomou a carruagem de ontem e estava comigo hoje pela manhã, logo depois do café, para me relatar as notícias, primeiro sobre meus negócios, e então me falou de seus próprios assuntos. Isso é tudo o que posso dizer sobre como, onde e quando. Sua amiga Harriet vai contar uma história bem mais longa quando você a encontrar... Ela vai lhe dar todos os pormenores em suas minúcias, que só a linguagem feminina consegue tornar interessantes... Em nossas comunicações, nós, homens, tratamos só do essencial... Mas devo dizer que o coração de Robert Martin parece, tanto para *ele* quanto para *mim*, transbordante de felicidade; e ele mencionou também, embora não viesse muito a propósito, que, ao deixarem Astley's, meu irmão tomou consigo a senhora Knightley e o pequeno John, enquanto ele seguiu com a senhorita Smith e Henry; e que nas ocasiões em que eles ficavam em meio a muitas outras pessoas, ela se sentia pouco à vontade.

Ele parou... Emma não ousava tentar qualquer resposta imediata. Estava certa de que, se falasse, iria trair seu imenso grau de felicidade. Devia esperar um momento ou ele pensaria que estava louca. O silêncio dela o deixava perturbado; e, depois de observá-la por um instante, acrescentou:

– Emma, meu amor, você disse que esse fato não iria deixá-la infeliz agora, mas receio que lhe cause mais dor do que esperava. A situação dele não é muito boa... mas você deve considerá-la que satisfaz sua amiga; e garanto-lhe que, à medida que o conhecer, vai pensar cada vez melhor dele. O bom senso e os bons princípios dele vão encantá-la... No que diz respeito ao jovem, você não poderia desejar que sua amiga estivesse em melhores mãos. Se eu pudesse, alteraria a posição dele na sociedade, o que seria uma grande coisa, posso lhe assegurar, Emma... Você ri de mim por causa de William Larkins, mas eu podia ser poupado em relação a Robert Martin.

Ele gostaria que ela levantasse os olhos e sorrisse; e ela, tendo conseguido conter-se para não rir escancaradamente... sorriu... e respondeu alegremente:

– Você não precisa se incomodar para que eu me conforme com o casamento. Acho que Harriet está agindo extremamente bem. As ligações familiares *dela* podem ser piores do que as *dele*. No que se refere ao caráter, não há dúvida de que ambos são respeitáveis. Fiquei calada somente porque estava surpresa, excessivamente surpresa. Não imagina como isso foi inesperado para mim! Como estava particularmente despreparada!... pois tinha razões para acreditar que, ultimamente, ela estava ainda mais determinada a não aceitá-lo do que estivera antes.

– Você deve conhecer muito bem sua amiga – replicou o senhor Knightley –, mas eu diria que ela é uma menina de bom temperamento e de bom coração, e não é provável que ficasse muito determinada contra qualquer jovem que diz que a ama.

Emma não pôde deixar de rir enquanto respondia:

– Acredito que você a conhece tão bem quanto eu... Mas, senhor Knightley, tem absoluta certeza de que ela o *aceitou*, completa e definitivamente? Posso imaginar que ela o fizesse com o tempo... mas agora já?... Não o entendeu mal? Vocês dois estavam falando de outras coisas, negócios, mostras de gado ou novas sementeiras... e não poderia, na confusão de tantos assuntos, tê-lo entendido mal?... Não era da mão de Harriet que ele estava tão seguro... mas era do tamanho de algum boi famoso.

O contraste entre o semblante e a aparência do senhor Knightley e de Robert Martin era, nesse momento, tão forte para os sentidos de Emma, quanto forte era a lembrança de tudo o que recentemente se havia passado com Harriet; tão vivo era ainda o som daquelas palavras, ditas com tanta ênfase: "Não, espero que já me conheço o suficiente para não me interessar por Robert Martin", que ela realmente esperava que a notícia se comprovasse, de alguma forma, prematura. Não podia ser de outro modo.

– Você ousa dizer isso? – exclamou o senhor Knightley. – Ousa supor que sou tão bobo para não entender o que um homem diz?... O que acha que merece?

– Oh! Sempre mereço o melhor tratamento, porque nunca aceito nenhum outro; e, portanto, você me deve dar uma resposta simples e direta. Tem certeza de que entendeu bem os termos em que está agora o relacionamento de Robert Martin e Harriet?

– Estou totalmente certo – respondeu ele, falando de forma precisa – que ele me disse que ela o aceitou, e não havia nada de obscuro, nada de duvidoso nas palavras que ele usou; e acho que posso dar-lhe uma prova de que realmente é assim. Ele pediu minha opinião sobre o que fazer agora. Ele não sabia de mais ninguém, a não ser da senhora Goddard, a quem possa pedir informações sobre os parentes ou amigos de Harriet. Pediu-me se havia algo mais adequado a fazer, além de dirigir-se à senhora Goddard. Assegurei-lhe que não. Então, ele disse, que iria se empenhar para encontrá-la no decorrer desse dia.

– Estou perfeitamente satisfeita – replicou Emma, com o mais brilhante sorriso – e desejo sinceramente que sejam felizes.

– Você mudou radicalmente desde que conversamos sobre esse assunto antes.

– Espero que sim... pois naquela época eu era uma tola.

– E eu também mudei; pois agora estou bastante disposto a creditar a você todas as boas qualidades de Harriet. Fiquei muito preocupado por você e por Robert Martin (que sempre acreditei estar mais apaixonado por ela do que nunca), se viesse a se casar com Harriet. Falei bastante com ela muitas vezes. Você deve ter reparado que fiz isso. Na verdade, às vezes cheguei a pensar que você estivesse suspeitando que eu estava defendendo a causa do pobre Robert Martin, o que nunca foi o caso; mas, por todas as minhas observações, estou convencido de que ela é uma moça ingênua, amável, com boas ideias e de muito bons princípios, que deseja ter sua felicidade na afeição e na utilidade de uma vida doméstica... A maioria dessas coisas, não tenho dúvidas, ela deve a você.

– A mim? – exclamou Emma, sacudindo a cabeça. – Ah! Pobre Harriet!

Ela se conteve, no entanto, e se submeteu a um pouco mais de elogios do que realmente merecia.

A conversa foi logo depois interrompida pela entrada do pai dela. Ela não lamentou. Queria ficar sozinha. Sua mente estava num estado de flutuação e de graça, o que fazia com que fosse impossível para ela se controlar. Seu espírito desejava dançar, cantar e exclamar; e até que ela se movimentasse um pouco, falasse para si mesma, risse e refletisse, não poderia estar pronta para nada de racional.

O objetivo do pai era anunciar que James estava preparando os cavalos para que fizessem a visita diária a Randalls; e ela teve, portanto, uma desculpa imediata para se retirar.

Pode-se imaginar a sensação de alegria, gratidão e encantamento que tomou conta dela. Seu único motivo de queixa e tristeza era assim removido e, com a perspectiva do bem-estar de Harriet, ela estava realmente sob o risco de ficar por demais segura e feliz... O que mais poderia desejar? Nada, além de ser ainda mais merecedora dele, cujas intenções e discernimento sempre foram tão superiores aos dela. Nada, a não ser que as lições de sua loucura passada lhe ensinassem a humildade e a circunspecção no futuro.

Ela era séria, muito séria em sua gratidão e em suas resoluções; e ainda assim não podia evitar de rir, às vezes enquanto pensava em coisas sérias. Devia rir com tal desfecho! Um final tão feliz para o doloroso desapontamento de cinco semanas atrás! Que coração... que pessoa era Harriet!

Agora poderia haver prazer em seu retorno... Tudo seria apenas prazer. Seria um grande prazer conhecer Robert Martin.

No alto da classificação de suas mais profundas e sinceras alegrias estava o pensamento de que toda a necessidade de esconder isso ao senhor Knightley logo chegaria ao fim. A dissimulação, o equívoco, o mistério, coisas tão odiosas de manter, logo haveriam de terminar. Ela poderia olhar para ele de frente para lhe dar aquela plena e perfeita confiança que sua disposição estava mais que pronta a cumprir como uma obrigação.

Foi com a maior alegria e com a mais feliz disposição que ela saiu com o pai, nem sempre ouvindo, mas concordando com o que ele dizia; e, se na fala ou em silêncio, congratulando-se por sua cômoda persuasão de fazê-lo ir a Randalls todo dia, caso contrário a pobre senhora Weston ficaria desapontada.

Eles chegaram... A senhora Weston estava sozinha na sala de estar... mal tinham ouvido as notícias do bebê e os agradecimentos da dama pela bondade do senhor Woodhouse em ter ido até lá, quando perceberam de relance, através da janela, duas pessoas que passavam lá fora.

– É Frank e a senhorita Fairfax – disse a senhora Weston. – Eu ia justamente contar-lhes da agradável surpresa que tivemos ao vê-lo chegar esta manhã. Ele fica até amanhã e conseguimos persuadir a senhorita Fairfax a passar o dia conosco... Eles estão entrando, espero.

Em meio minuto os jovens estavam na sala. Emma ficou extremamente feliz ao vê-lo... mas houve certa confusão... certo número de lembranças embaraçosa da parte de ambos. Cumprimentaram-se sorrindo, mas um tanto constrangidos para lhes permitir falar muito; e quando todos se sentaram novamente, houve por algum tempo um tal silêncio no grupo, que Emma começou a duvidar se o desejo que há muito sentia de rever Frank Churchill, especialmente ao lado de Jane, lhe traria algum prazer. Quando o senhor Weston se juntou ao grupo, no entanto, e quando o bebê foi trazido, não houve mais falta de assunto ou de animação... ou de coragem e oportunidade para Frank Churchill se aproximar dela e dizer:

– Gostaria de agradecer-lhe, senhorita Woodhouse, pela bondosa mensagem de perdão que me enviou numa das cartas da senhora Weston. Espero que o tempo não a tenha tornado menos disposta a perdoar. Espero que não se retrate do que disse antes.

– Não, realmente – exclamou Emma, muito feliz para começar –, de forma alguma. Estou particularmente feliz em vê-lo e apertar sua mão... e desejar-lhe felicidades pessoalmente.

Ele agradeceu de todo coração e continuou a conversar por algum tempo, demonstrando sinceramente sua gratidão e felicidade.

– Ela não está com uma boa aparência? – disse ele, voltando seus olhos para Jane. – Mais do que costumava estar?... A senhorita sabe como meu pai e a senhora Weston a adoram.

Logo seu espírito estava novamente brincalhão e, com expressão risonha, depois de lembrar do esperado retorno dos Campbell, ele citou os Dixon... Emma corou e o proibiu de falar novamente nesse nome em sua presença.

– Não posso nem pensar nisso – exclamou ela –, sem sentir extrema vergonha.

– A vergonha – respondeu ele – é toda minha ou deveria ser. Mas é possível que a senhorita nunca suspeitou?... Digo, no final... No início, eu sei, não tinha qualquer suspeita.

– Nunca tive a menor suspeita, asseguro-lhe.

– Parece totalmente espantoso. Estive uma vez muito perto de... acho que devia... teria sido muito melhor. Mas, embora eu estivesse sempre fazendo coisas erradas, era coisas realmente muito ruins, e que não me ajudaram em nada... Teria cometido uma transgressão muito melhor se tivesse quebrado o vínculo do segredo e lhe contado tudo.

– De nada adianta arrepender-se agora – disse Emma.

– Tenho alguma esperança – recomeçou ele – de que meu tio possa ser persuadido a fazer uma visita a Randalls; ele quer ser apresentado a Jane. Quando os Campbell tiverem voltado, devemos encontrá-los em Londres e continuar lá até que eu possa levá-la ao norte... Mas agora estou tão distante dela... Não é horrível, senhorita Woodhouse?... Até esta manhã, não havíamos nos encontrado desde o dia em que nos reconciliamos. A senhorita não tem pena de mim?

Emma falou de sua pena com tanta gentileza que ele teve um acesso de riso e exclamou:

– Ah! A propósito – baixando a voz e parecendo reservado por um momento –, espero que o senhor Knightley esteja bem... – Ele fez uma pausa... Ela corou e riu... – Sei que a senhorita leu a minha carta e espero que se lembre de meu desejo a seu favor. Permita que retribua suas congratulações... Asseguro-lhe que soube da notícia com o mais caloroso interesse e satisfação... Ele é um homem que dispensa elogios.

Emma ficou encantada e só esperava que ele continuasse no mesmo estilo; mas a mente dele, no momento seguinte, já se voltara a seus próprios assuntos e à sua Jane; e suas palavras seguintes foram:

– A senhorita já viu uma pele como a dela?... tal suavidade! tal delicadeza!... e sem ser realmente clara... Não se pode dizer que é clara. É de uma aparência incomum, com seus cílios e cabelos negros... que pele mais distinta! Sua beleza é toda peculiar!... Justo a cor suficiente para a beleza.

– Sempre admirei sua pele – replicou Emma, maliciosamente –, mas me lembro do tempo em que o senhor achava um defeito o fato de ela ser tão pálida... Quando falamos sobre ela pela primeira vez... Será que esqueceu?

– Oh! não... que patife eu era então!... Como poderia ousar...

Mas ele ria com tanto gosto dessa lembrança que Emma não pôde evitar de dizer:

– Suspeito que no meio de suas perplexidades daquela época, o senhor se divertia muito em enganar a todos nós... Tenho certeza que sim... Tenho certeza de que isso lhe serviu de consolo.

– Oh, não! Não, não... Como pode suspeitar de tal coisa a meu respeito? Eu era o mais infeliz dos homens!

– Nem tão infeliz assim a ponto de ficar insensível à alegria. Tenho certeza de que foi uma fonte de enorme divertimento sentir que estava nos enganando a todos... Talvez eu seja a pessoa mais indicada para suspeitar, porque, para dizer a verdade, creio que eu mesma me divertiria muito na mesma situação. Acho que há alguma semelhança entre nós.

Ele fez uma reverência.

– Se não em nossa disposição – acrescentou ela, com um olhar de verdadeira sensibilidade – há uma semelhança em nosso destino; o destino que nos oferece a ligação com duas pessoas de caráter muito superior ao nosso.

– É verdade, é verdade – exclamou ele, acaloradamente. – Não, não é verdade em seu caso. Não há ninguém superior à senhorita, mas bem verdade em meu caso... Ela é um verdadeiro anjo. Olhe para ela. Não é um anjo em cada gesto? Observe a conformação do pescoço dela. Observe os olhos dela enquanto olha para meu pai... A senhorita ficará contente em saber (inclinando a cabeça e sussurrando seriamente) que meu tio pretende dar a ela todas as joias que foram de minha tia. Vou mandar montá-las novamente. Estou decidido a transforma algumas num ornamento para a cabeça. Não vai ficar bonito nos cabelos negros dela?

– Muito bonito, realmente – replicou Emma; e falou com tanta gentileza que ele, muito grato, exclamou:

– Como fiquei encantado em vê-la novamente! E vê-la com essa excelente aparência!... Não gostaria de ter perdido este encontro por nada deste mundo. Se a senhorita não viesse, certamente eu teria ido visitá-la em Hartfield.

Os outros haviam ficado falando da criança e a senhora Weston lhes contava do pequeno alarme que sentira na noite anterior, quando a criança parecia não estar muito bem. Ela agora achava que tinha sido tola, mas havia ficado tão alarmada que estivera quase a ponto de mandar chamar o senhor Perry. Talvez ficasse envergonhada, mas o senhor Weston estava tão intranquilo quanto ela... Dez minutos depois, no entanto, a criança estava perfeitamente bem. Essa era a história, particularmente interessante para o senhor Woodhouse, que achou muito conveniente da parte dela ter pensado em chamar o senhor Perry, e só lamentava que ela não o tivesse feito. "Ela devia sempre chamar o senhor Perry, se a criança apresentasse o menor sinal de distúrbio, mesmo que fosse apenas por um momento. Nunca era cedo para se alarmar, nem era demais chamar o senhor Perry. Era uma pena, talvez, que não tivesse vindo na noite passada; pois, embora a criança parecesse bem agora, considerando tudo, provavelmente teria sido melhor se o senhor Perry a tivesse visto."

Frank Churchill tomou nota do nome .

– Perry! – disse ele para Emma, e tentando, enquanto falava, atrair o olhar da senhorita Fairfax. – Meu amigo senhor Perry! O que estão dizendo sobre o senhor Perry?... Ele esteve aqui esta manhã?... E como ele se desloca agora... Já comprou a carruagem?

Emma lembrou-se imediatamente e entendeu; e enquanto ria

junto com ele, era evidente pelo semblante de Jane que ela também o estava ouvindo realmente, embora se fingisse de surda.

– Que sonho extraordinário que eu tive! – exclamou ele. – Não consigo pensar nisso sem rir... Ela está nos ouvindo, está ouvindo, senhorita Woodhouse. Vejo isso no rosto dela, no sorriso e na vã tentativa de franzir a testa. Olhe para ela. Não dá para perceber que, neste instante, está passando sob seus olhos o próprio trecho da carta em que me contava esse fato?... que toda a bobagem está escancarada diante dela... que só consegue ouvir o que digo, embora finja estar escutando os outros?

Jane foi forçada a abrir um largo sorriso por um momento; e o sorriso permaneceu impassível enquanto se virou para ele e disse numa voz consciente, baixa, mas firme:

– Como pode suportar essas lembranças é algo espantoso para mim!... Algumas vezes elas *vão* se impor... mas como pode *cortejá-las*?

Ele tinha muito a dizer em resposta e de modo muito divertido; mas os sentimentos de Emma concordavam com os de Jane nessa questão; e, ao deixar Randalls e passando naturalmente a uma comparação entre os dois homens, sentia que, mesmo bastante contente por ter encontrado Frank Churchill e considerando-o realmente com amizade, nunca estivera mais consciente da imensa superioridade de caráter do senhor Knightley. A felicidade desse dia mais feliz foi completada na animada contemplação dos méritos do noivo, que essa comparação produziu.

## ≈ CAPÍTULO 19 ≈

Se Emma ainda tinha, de vez em quando, um ansioso sentimento por Harriet, se tinha uma momentânea dúvida de que fosse possível para ela ficar realmente curada de seu afeto pelo senhor Knightley e estar realmente disposta a aceitar outro homem de forma imparcial, não haveria de sofrer por longo tempo dessas incertezas recorrentes. Poucos dias depois chegou o grupo de Londres e ela logo teve uma oportunidade de passar uma hora sozinha com Harriet, quando ficou perfeitamente satisfeita ao saber que... por mais inacreditável que fosse!... Robert Martin havia suplantado inteiramente o senhor Knightley nas afeições da moça e agora estava elaborando todos os seus planos de felicidade.

Harriet ainda estava um pouco angustiada... e pareceu um pouco insegura à primeira vista; mas ao admitir de vez que tinha sido presunçosa e tola e que se havia decepcionado a si mesmo antes, sua dor e confusão pareciam desaparecer com as palavras; deixava transparecer que não se importava mais com o passado e estava exultante em relação ao presente e ao futuro; pois, quanto à aprovação da amiga, Emma havia instantaneamente afastado todo receio dessa natureza, ao recebê-la com as mais efusivas congratulações... Harriet ficou mais que feliz em lhe descrever todos os pormenores da noite no Astley's e do jantar do dia seguinte; podia falar disso com o maior prazer. Mas o que esses detalhes explicavam?... O fato era que, como Emma podia perceber agora, que Harriet sempre havia gostado de Robert Martin; e o fato de ele continuar a amá-la havia sido irresistível... Qualquer coisa além disso seria sempre um mistério para Emma.

O reencontro, porém, foi o mais alegre possível; e cada dia lhe dava novas razões para pensar assim... A paternidade de Harriet foi descoberta. Ela provou ser filha de um comerciante, bastante rico para mantê-la com o conforto que sempre desfrutara, e bastante decente para sempre ter desejado esconder a verdade... Esse era o sangue nobre que Emma anteriormente estava tão disposta a comprovar!... Era provavelmente menos contaminado que o sangue de muitos nobres, mas que ligação ela estivera preparando para o senhor Knightley... ou para os Churchill... ou mesmo para o senhor Elton!... A mancha da ilegitimidade, não suavizada pela nobreza ou pela riqueza, teria sido sempre uma mancha.

Não houve objeção alguma da parte do pai de Harriet; e o jovem foi tratado com liberalidade; tudo correu como deveria: e quando Emma passou a conhecer Robert Martin, que foi apresentado em Hartfield, reconheceu plenamente nele todo o bom senso e a retidão que teria desejado para sua amiga. Não tinha dúvida da felicidade de Harriet com qualquer homem de bom temperamento; mas com ele e no lar que ele lhe oferecia, haveria esperança de mais: segurança, estabilidade e prosperidade. Estaria entre pessoas que a amavam e que tinham melhor senso que ela própria, viveria suficientemente retirada para estar segura e bastante ocupada para ser alegre. Nunca estaria exposta a tentações, nem ficaria sem proteção. Seria respeitável e feliz; e Emma acreditava que ela era a criatura com a maior sorte do mundo por ter inspirado um afeto tão firme e perseverante num homem como ele... ou, se não era a de maior sorte, vinha logo depois dela própria.

Harriet, afastada necessariamente por seus compromissos com os Martin, passou a ir cada vez menos a Hartfield, o que não era motivo para lamentar... A intimidade entre ela e Emma devia diminuir, sua amizade deveria transformar-se num tipo de calmo de benevolência; e, felizmente, o que deveria ser parecia já estar começando e da maneira mais gradual e natural.

Antes do fim de setembro, Emma acompanhou Harriet à igreja e viu sua mão ser concedida a Robert Martin com tamanha satisfação que nenhuma lembrança poderia empanar, nem mesmo aquelas ligadas ao senhor Elton quando se colocou de pé diante deles para a celebração... Talvez, a essa altura, ela não visse o senhor Elton senão como o clérigo cuja bênção no altar deveria em seguida recair sobre ela... Robert Martin e Harriet Smith, o último casal a ficar noivo entre os três, era o primeiro a se casar.

Jane Fairfax já havia deixado Highbury e estava desfrutando do conforto de seu amado lar com os Campbell... Os dois Churchill também estavam na cidade; e eles estavam só esperando o mês de novembro.

O mês intermediário foi o escolhido por Emma e pelo senhor Knightley, tanto quanto se permitiam esperar... Haviam determinado que seu casamento deveria se realizar enquanto John e Isabella ainda estivessem em Hartfield, a fim de permitir que partissem para uma viagem de quinze dias ao litoral, como planejado... John e Isabella, assim como todos os seus amigos, aprovaram a ideia. Mas o senhor Woodhouse... como poderiam induzir o senhor Woodhouse a consentir nisso?... ele, que nunca havia aludido ainda ao casamento deles senão como um evento distante.

Quando falaram no assunto pela primeira vez, ele ficou tão infeliz que eles quase perderam as esperanças... Uma segunda alusão, na verdade, causou menos dor... Ele começou a aceitar isso como inevitável e como algo que não poderia impedir... um passo muito promissor da mente dele no caminho da resignação. Ainda assim, contudo, não estava feliz. Não, parecia tão infeliz que a coragem da filha fraquejou. Ela não suportava vê-lo sofrer, sabendo que se imaginava abandonado; e embora os dois senhores Knightley lhe assegurassem que, uma vez feito o casamento, a angústia dele logo acabaria também, o que ela estava quase propensa a aceitar, mas hesitava... não podia prosseguir.

Nesse estado de suspense eles foram ajudados, não por alguma súbita iluminação da mente do senhor Woodhouse, nem por alguma maravilhosa mudança em seu sistema nervoso, mas pela atuação desse mesmo sistema nervoso de outro modo... Uma noite, todos os perus do aviário da senhora Weston foram roubados... evidentemente pela destreza de alguém. Outros aviários das redondezas também sofreram... O furto era *arrombamento* para os temores do senhor Woodhouse... Ele ficou muito intranquilo; e se não fosse o senso de proteção de seu genro, teria continuado sob o infame alarme durante todas as noites de sua vida. A força, a resolução e a presença de espírito dos dois senhores Knightley foram determinantes para sua completa rendição. Enquanto um dos dois estivesse ali para protegê-lo e aos seus, Hartfield estaria segura... Mas o senhor John Knightley devia voltar a Londres em torno do final da primeira semana de novembro.

O resultado dessa angústia foi que, com um consentimento muito mais voluntário e alegre do que sua filha teria sequer imaginado naquele momento, ela conseguiu marcar a data do casamento... e o senhor Elton foi então novamente chamado, menos de um mês depois do casamento do senhor e da senhora Robert Martin, para unir as mãos do senhor Knightley e da senhoria Woodhouse.

O casamento foi igual a muitos outros, nos quais os convidados nem sempre têm gosto por refinamento ou ostentação; e a senhora Elton, ao ouvir os pormenores detalhados pelo marido, achou que o casamento fora extremamente pobre e muito inferior ao dela própria... "Pouquíssimo cetim branco, poucos véus de renda, verdadeiramente digno de pena!... Selina ficaria chocada quando soubesse." Mas, apesar dessas deficiências, os votos, as esperanças, a confiança e as previsões do pequeno grupo de verdadeiros amigos que testemunharam a cerimônia, foram plenamente recompensados pela perfeita felicidade da união.

# RAZÃO E SENSIBILIDADE

Título original: *Sense and Sensibility*


**Edição Brasileira**

**Direção Editorial** *Ethel Santaella*
**Tradução** *Ciro Mioranza*
**Revisão** *Suely Furukawa*
**Diagramação** *Demetrios Cardozo*
**Imagem Capa** *Shutterstock.com*
**Produção Gráfica** *Giliard Andrade*
**Imagem** *Ilustração de C. E. Brock (edição de 1907) adaptados para p&b*

**Dados Internacionais de Catalogação na Publicação (CIP)**
**(Câmara Brasileira do Livro, SP, Brasil)**

Austen, Jane, 1775-1817
Razão e sensibilidade / Jane Austen ; tradução Ciro Mioranza. -- São Paulo : Lafonte, 2020.

Título original: Sense and sensibility
ISBN 978-65-86096-21-7

1. Ficção inglesa I. Título.

20-34879 CDD-823

**Índices para catálogo sistemático:**

1. Ficção : Literatura inglesa 823

Cibele Maria Dias - Bibliotecária - CRB-8/9427

**Editora Lafonte**
Av. Profª Ida Kolb, 551, Casa Verde, CEP 02518-000
São Paulo - SP, Brasil – Tel.: (+55) 11 3855-2100
Atendimento ao leitor (+55) 11 3855-2216 / 11 3855-2213 – atendimento@editoralafonte.com.br
Venda de livros avulsos (+55) 11 3855-2216 – vendas@editoralafonte.com.br
Venda de livros no atacado (+55) 11 3855-2275 – atacado@escala.com.br

JaneAusten

# Razão e Sensibilidade

Tradução

Ciro Mioranza

Lafonte

2020 – Brasil

Pintura a óleo, de 1875, baseada em uma aquarela pintada por sua irmã Cassandra em 1810 – autor desconhecido

JANE AUSTEN (1775 - 1817)

## ≈ CAPÍTULO 1 ≈

Fazia muito tempo que a família Dashwood morava em Sussex. Sua propriedade era extensa e sua residência ficava em Norland Park, no centro de suas terras onde, por muitas gerações, tinham vivido numa maneira tão respeitável que granjearam a simpatia geral de seus vizinhos. O último proprietário dessas terras era um solteirão, que viveu até avançada idade e que, durante muitos anos de sua vida, teve em sua irmã uma constante companheira e governanta. Mas a morte dela, ocorrida dez anos antes da dele, trouxe uma grande alteração nesse lar. Para suprir a perda da irmã, convidou e recebeu em sua casa a família de seu sobrinho Henry Dashwood, o herdeiro legal da propriedade de Norland, e a pessoa a quem pretendia legá-la. Na companhia desse sobrinho, sua mulher e os filhos deles, os dias do velho senhor se passaram de modo confortável. Seu apego a todos eles só crescia. A constante atenção do senhor Henry Dashwood e esposa a todos os seus desejos, que procediam não meramente por interesse, mas pela bondade de coração, deram a ele todas as formas de inteiro conforto que sua idade podia almejar; e a alegria das crianças acrescentou mais sabor à sua existência.

De um casamento anterior, o senhor Henry Dashwood tivera um filho; de sua mulher atual, três filhas. O filho, um jovem resoluto e respeitável, tinha sido amplamente favorecido pela imensa fortuna de sua mãe, e cuja metade lhe coube ao atingir a maioridade. Com seu casamento, ocorrido pouco depois, aumentou mais ainda sua riqueza. Para ele, portanto, a sucessão da propriedade de Norland não era tão importante quanto para suas irmãs; pois a fortuna destas, independentemente do que poderia resultar se o pai herdasse a propriedade, era realmente pequena. Sua mãe nada tinha e seu pai dispunha somente de sete mil libras em moeda corrente; pois a metade restante da fortuna de sua primeira esposa estava destinada ao filho, e ele só detinha o usufruto dela.

O velho cavalheiro morreu: seu testamento foi lido; e, como acontece com quase todo testamento, provocou tanto desapontamento como alegria. Não havia sido nem injusto nem ingrato ao passar sua propriedade ao sobrinho; deixou-a, porém, em tais termos que destruiu metade do valor do legado. O senhor Dashwood havia ansiado com ela mais por causa da mulher e das filhas do que por sua própria causa ou do filho; para o filho, porém, e para o neto, uma criança de quatro anos, a cessão estava de tal modo assegurada que não deixava ao senhor Dashwood poder algum para prover em favor daquelas que lhe eram mais caras e que mais necessitavam de seu auxílio, tanto no que se referia à propriedade ou à venda de seus valiosos bosques. Tudo havia sido estipulado em benefício dessa criança que, em visitas ocasionais com seus pais a Norland, logo havia conquistado as afeições de seu tio; atrativos desse gênero não são de forma alguma raros em crianças de dois ou três anos – uma articulação imperfeita, um intenso desejo de fazer tudo a seu modo, muitas travessuras astuciosas e muito barulho –, mas acabaram por superar o valor de todas as atenções que, durante anos, ele recebera da sobrinha e de suas filhas. Não quis, no entanto, ser indelicado e, como prova de sua afeição para com as três meninas, deixou uma soma de mil libras a cada uma.

O desapontamento do senhor Dashwood foi, de início, profundo; mas seu temperamento era alegre e otimista; na realidade, contava viver muitos anos ainda e, por levar seus dias de modo econômico, deixar uma considerável soma com o produto de uma propriedade já extensa e capaz de gerar renda quase imediata. Mas a fortuna, que chegara tão tardiamente, não gozou dela por mais de um ano. De fato, não sobreviveu por muito mais tempo a seu tio; e dez mil libras, incluindo o último legado, era tudo o que restou para a viúva e filhas.

Logo que seu estado de saúde se tornou preocupante, o senhor Dashwood mandou chamar o filho e lhe recomendou, com todas as forças e urgência que a doença podia permitir, que cuidasse da madrasta e irmãs.

John Dashwood não tinha os vivos sentimentos do resto da família; mas, tocado por uma recomendação de tal natureza e em tais circunstâncias, prometeu fazer todo o possível para não deixá-las desamparadas. Seu pai morreu tranquilo com tal garantia e John Dashwood teve então todo o tempo à disposição para considerar o que e quanto, prudentemente, poderia fazer por elas.

Ele não era um jovem de más intenções, a menos que alguém bastante frio e egoísta seja considerado mal-intencionado; de modo geral, era bem respeitado, pois se portava com propriedade no desempenho de seus deveres usuais. Se tivesse casado com uma mulher mais cordial, teria se tornado ainda mais respeitado do que era: podia ter-se tornado, quem sabe, mais amável, porque se havia casado muito jovem e era extremamente apaixonado por sua esposa. Mas a senhora John Dashwood era uma clara caricatura dele; mais estreita de espírito e egoísta que ele.

Quando fez a promessa ao pai, meditou consigo mesmo em aumentar a fortuna de suas irmãs por meio de uma doação de mil libras a cada uma delas. Pensou então em fazer isso. A perspectiva de quatro mil libras por ano, somadas a seus rendimentos atuais, além da metade restante da herança da própria mãe, tocaram seu coração e o fizeram sentir-se capaz de tal generosidade. "Sim, ele lhes daria três mil libras: seria um gesto de liberalidade e simpatia! Seria o suficiente para deixá-las inteiramente tranquilas. Três mil libras! Poderia privar-se de soma tão considerável sem grandes inconvenientes." Pensou nisso o dia inteiro e por vários dias sucessivos, e não se arrependeu.

Mal o funeral do pai acabou, eis que a senhora John Dashwood, sem notificar sua intenção à sogra, chegou com o filho e criados. Ninguém poderia negar seu direito de vir; a casa era de seu marido a partir do momento da morte do pai dele; mas a deselegância de sua conduta foi a pior possível e, para uma mulher na situação da senhora Dashwood, considerando os sentimentos comuns do momento, deve ter sido altamente desagradável. Mas em seu espírito havia um senso de honra tão vivo, uma generosidade tão romântica, que nenhuma afronta desse tipo, feita ou sofrida por quem quer que fosse, era para ela fonte de desgosto irreparável. A senhora John Dashwood nunca havia sido realmente estimada por qualquer um da família de seu marido; mas até esse momento não tivera oportunidade de mostrar-lhes a pouca atenção com que podia agir no tocante ao bem-estar dos demais quando a ocasião o requeresse. A senhora Dashwood sentiu tão agudamente esse indelicado comportamento e tão seriamente passou a desprezar sua nora por causa disso que, na chegada desta última, teria deixado a casa para sempre, se as súplicas de sua filha mais velha não a tivessem induzido a refletir primeiramente sobre a conveniência de partir. Por outra, seu terno amor pelas três filhas determinou-a posteriormente a ficar. Além do mais, queria evitar uma ruptura delas com o irmão.

Elinor, a filha mais velha, cuja recomendação fora tão eficaz, possuía grande força de entendimento e frieza de julgamento, o que a qualificava, apesar de ter somente 19 anos, a ser a conselheira da mãe e a capacitava a contrapor-se com frequência e em benefício de todas, à impetuosidade de espírito da senhora Dashwood, o que podia, por vezes, levá-la à imprudência. Tinha excelente coração, era afetuosa e disposta e tinha sentimentos fortes; mas sabia como administrá-los: era um conhecimento que sua mãe ainda tinha que aprender e que uma de suas irmãs estava decidida a jamais nunca aprender.

As qualidades de Marianne eram, sob muitos aspectos, bastante parecidas às de Elinor. Era sensível e inteligente, mas impulsiva em tudo: suas tristezas, suas alegrias não tinham moderação. Era generosa, amável, interessada; era tudo, menos prudente. Sua semelhança com a mãe era de todo transparente.

Elinor via, com preocupação, o excesso de sensibilidade de sua irmã, ao passo que era enaltecida e apreciada pela senhora Dashwood. Elas se encorajavam agora ante a violência da aflição do momento. O peso da dor que, de início, as dominara, era agora voluntariamente renovado, até mesmo desejado, vivido de forma quase contínua. Elas se entregaram inteiramente à dor, procurando aumentar sua desdita em cada reflexão que pudesse provocá-la e se recusavam mesmo a admitir consolo no futuro. Elinor estava também profundamente aflita; mas ainda conseguia lutar e se esforçava para tanto. Conseguiu trocar ideias com o irmão, receber a cunhada que chegava e tratá-la com a devida atenção; e conseguiu empenhar-se para levar sua mãe ao mesmo esforço e encorajá-la a semelhante clemência.

Margaret, a outra irmã, era uma menina bem-humorada, bem-disposta. Mas como já havia absorvido boa parte do romantismo de Marianne, sem ter muito bom senso, não conseguia, com seus 13 anos, rivalizar com suas irmãs, que já estavam em período de vida mais avançado.

## ≈ CAPÍTULO 2 ≈

A senhora John Dashwood se comportava agora como dona de Norland; e sua sogra e cunhadas foram rebaixadas à condição de visitantes. Apesar disso, eram tratadas por ela, no entanto, com bastante civilidade, enquanto seu marido as tratava com todo o carinho que dispensava a qualquer um, só superado ao que dedicava à esposa e ao filho. Na realidade, insistia com elas, com certo empenho, para que considerassem Norland como sua própria casa; e, como não aparecesse qualquer plano mais atraente para a senhora Dashwood como o de permanecer ali até que pudesse acomodar-se numa casa na vizinhança, acabou aceitando o convite.

A permanência num lugar onde tudo lhe relembrava a felicidade anterior era exatamente o que satisfazia seu espírito. Em momentos de alegria, nenhum temperamento podia ser mais alegre que o seu, ou possuir, em maior grau, aquela expectativa otimista de felicidade, que já é a própria felicidade. Mas na tristeza, era igualmente arrebatada por sua fantasia e levada para muito além de qualquer consolo, como nos momentos de prazer se extravasava em júbilo.

A senhora John Dashwood não aprovava de forma alguma o que o marido pretendia fazer para suas irmãs. Tirar três mil libras da fortuna de seu querido menino seria empobrecê-lo até o mais tenebroso grau. Suplicava-lhe para que pensasse mais no assunto. Como poderia admitir roubar seu filho, seu único filho, de quantia tão significativa? E que pretensão poderiam ter as senhoritas Dashwood, que eram aparentadas com ele somente pela metade, o que para ela não significava laço de parentesco algum, que pretensão poderiam ter de sua generosidade para tão grande soma? Era por demais sabido não existir qualquer afeto mais profundo entre os filhos de diferentes casamentos; e por que haveria ele de arruinar-se, juntamente com seu pobre pequeno Harry, ao esbanjar todo o seu dinheiro para suas meias-irmãs?

"Foi o último pedido de meu pai", retrucou o marido, "que eu desse assistência à sua viúva e filhas."

"Ele não sabia o que estava falando, ouso dizer; há dez possibilidades contra uma de que ele estava delirando naquela hora. Se estivesse lúcido, não teria pensado em tal coisa ao pedir-lhe para subtrair metade da fortuna de seu próprio filho."

"Ele não estipulou nenhuma soma em especial, querida Fanny; só me pediu, em termos genéricos, para ampará-las e tornar sua situação mais confortável do que estivera em seu alcance fazer. Quem sabe, o mesmo que se ele tivesse deixado o caso a meu critério. Dificilmente haveria de supor que eu negligenciasse dar-lhes amparo. Mas como me fez prometer, não poderia deixar de fazê-lo: pelo menos foi o que pensei no momento. A promessa, contudo, foi feita e deve ser cumprida. Algo deve ser feito por elas quando deixarem Norland e se passarem a residir em nova casa."

"Bem, então, que se faça algo por elas; mas esse algo não precisa ser três mil libras. Considere que," acrescentou ela, "uma vez o dinheiro dado, nunca mais vai voltar. Suas irmãs vão se casar, e terá partido para sempre. Se, na verdade, o dinheiro pudesse ser recuperado para nosso menino..."

"É, certamente," disse o marido, seriamente, "isso faria grande diferença. Virá o tempo em que Harry haverá de lamentar que tão grande soma tenha sido doada. Se tiver uma família numerosa, por exemplo, tal quantia a mais seria bem conveniente."

"Certamente que sim."

"Talvez, então, seria melhor para todas as partes, se a soma fosse reduzida à metade. Quinhentas libras seria um prodigioso acréscimo para as fortunas delas!"

"Oh! Excelente! Que irmão no mundo haveria de fazer metade disso por suas irmãs, mesmo que fossem realmente suas irmãs? E neste caso – irmãs só pela metade! – Mas, na verdade,que espírito generoso você tem!"

"Não gostaria de deixar por menos," respondeu. "Em tais ocasiões, é preferível fazer mais do que muito pouco. Ninguém, pelo menos, pode pensar que não tenha feito bastante por elas: nem elas próprias, acredito,estariam esperando mais."

"Não há como saber o que elas poderiam esperar", disse a mulher, "mas não podemos pensar nas expectativas delas: a questão é o de que você pode dispor para fazê-lo."

"Certamente. Acho que posso dispor de quinhentas libras para cada uma. E ainda, sem levar em conta isso, cada uma delas vai receber mais três mil libras com a morte da mãe – uma fortuna bem significativa para qualquer moça."

"Com certeza; e, na verdade, parece-me estranho que elas possam querer mais que isso. Vão ter dez mil libras a dividir entre elas. Se acaso se casarem, estarão seguras ou vivendo muito bem, e se não, poderão viver juntas muito confortavelmente com os juros de dez mil libras."

"Isso é verdade e, por isso, não sei se, considerando tudo, não seria mais prudente fazer algo pela mãe enquanto viver do que para elas – algo do tipo de renda anual, quero dizer. Minhas irmãs usufruiriam isso bem como a mãe. Cem libras por ano as deixariam todas perfeitamente confortáveis."

Sua mulher, contudo, hesitou um pouco em dar seu consentimento a esse plano.

"Com certeza," disse ela, "é melhor do que dar mil e quinhentas libras de uma vez. Mas se a senhora Dashwood viver quinze anos, estaremos completamente logrados."

"Quinze anos! Querida Fanny; não haverá de viver tanto para receber a metade dessa soma."

"Certamente que não; mas se observar, as pessoas vivem para sempre quando têm alguma renda anual a receber. Por outra, ela é toda vigor e saudável, e mal tem quarenta anos. Anuidade é um negócio muito sério; volta ano após ano, e não há como livrar-se dela. Você não está ciente do que está fazendo. Fiquei sabendo de muitos aborrecimentos com anuidades. Minha mãe andava enlouquecida com o pagamento de três altas rendas para antigos criados por disposição testamentária de meu pai, e é espantoso como ela achava isso desagradável. Essas anuidades deviam ser pagas duas vezes ao ano e ainda havia o aborrecimento de entregá-las aos destinatários. Ouviu-se dizer então que um deles havia falecido, e depois chegava a notícia de que não era verdade. Minha mãe ficou quase doente com isso. Sua renda não era dela própria, dizia, com essas contínuas reivindicações. A decisão de meu pai havia sido um tanto injusta porque, de outro modo, o dinheiro estaria inteiramente à disposição de minha mãe, sem qualquer tipo de restrição. Isso me causou tal aversão a anuidades, que, com certeza, não me sujeitaria a fazer o pagamento de uma só por nada deste mundo."

"Certamente é uma coisa desagradável," replicou o senhor Dashwood, "ter esses tipos de escoamento anual da própria renda. A fortuna da gente, como apropriadamente diz sua mãe, não é própria da gente. Estar obrigado ao pagamento regular de semelhante soma, em cada dia do vencimento, não é nada agradável: acaba tirando a própria independência."

"Sem dúvida; e, acima de tudo, nem gratidão recebe. Elas se sentem seguras; você não faz nada mais do que se espera, sem almejar qualquer gratidão. Se eu fosse você, tudo ficaria inteiramente a meu critério. Não me sujeitaria a dar-lhes qualquer coisa anualmente. Em alguns anos poderia ser até difícil economizar cem libras, ou mesmo cinquenta, de nossas próprias despesas."

"Creio que você tem razão, querida; seria melhor que não houvesse qualquer anuidade neste caso: o que quer que eu lhes der ocasionalmente será uma assistência muito maior que um auxílio anual, porque elas só melhorariam seu estilo de vida se estivessem seguras de uma renda maior, e não ficariam nenhum centavo mais ricas por isso ao final do ano. Com certeza seria o melhor jeito. Um presente de cinquenta libras, de vez em quando, haverá de impedir que fiquem preocupadas por causa de dinheiro e assim estaria me desobrigando amplamente da promessa feita a meu pai."

"Sem dúvida alguma. Na verdade, para ser sincera, estou intimamente convencida de que seu pai não suspeitava que você lhes daria qualquer dinheiro. A assistência em que ele pensava, ouso dizer, seria somente o que pode ser razoável esperar de você; por exemplo, procurar uma pequena e confortável casa para elas, ajudá-las a fazer a mudança e mandar-lhes presentes de peixe e carne de caça, etc., quando for a época. Tenho certeza absoluta de que ele não pretendia mais que isso; na verdade, seria muito estranho e fora de propósito se pensasse outra coisa. Faça-o, mas considere, meu caro Dashwood, como deveriam viver excessivamente tranquilas sua madrasta e filhas com os juros de sete mil libras, além das mil libras de cada uma das moças, o que rende cinquenta libras ao ano para cada uma e, com certeza, elas pagariam à mãe, por meio dessa renda, pela casa e comida. Juntas, teriam quinhentas libras ao ano, e que poderiam querer mais que isso, neste mundo, quatro mulheres? – Seus gastos são tão diminutos! A manutenção da casa não deverá custar quase nada. Não terão carruagem, cavalos e dificilmente algum criado; não receberão visitas e, portanto, não terão despesas de qualquer outro tipo! Pense somente que vida tranquila hão de levar! Quinhentas libras por ano! Certa estou de que nem posso imaginar como iriam gastar metade disso; e o fato de você pensar em dar-lhes mais é realmente absurdo. Elas é que poderiam dar algo a você."

"Palavra de honra," disse o senhor Dashwood, "acredito que você tem inteiramente razão. Meu pai certamente nada mais queria exprimir com seu pedido do que você acaba de dizer. Entendo-o claramente agora, e vou cumprir estritamente meu compromisso por esses atos de assistência e solidariedade para com elas, como você aludiu. Quando a mãe se mudar para outra casa, meus serviços serão prontamente prestados para acomodá-la da melhor forma possível. Algum pequeno presente de móveis também poderá ser de bom tom."

"Certamente," retrucou a senhora John Dashwood. "Mas uma coisa, no entanto, deve ser levada em consideração. Quando seu pai e sua madrasta se mudaram para Norland, embora tivessem vendido a mobília de Stanhill, trouxeram os serviços de mesa, a prataria e a roupa de cama, que agora são deixados para sua madrasta. Sua casa, portanto, estará quase completamente montada logo que a ocupar."

"Esta é uma consideração material a levar em conta, sem dúvida. Na verdade, é um legado valioso! E algumas peças da prataria não destoariam se fossem adicionadas a nosso conjunto."

"Sim; e o jogo de café de porcelana é duas vezes mais bonito do que o desta casa. Muito mais bonito, na minha opinião, seja qual for o lugar em que podem pensar em morar. Mas, assim é. Seu pai só pensou *nelas.* E finalmente devo dizer que você não deve gratidão especial a ele nem atenção a seus desejos, pois sabemos muito bem que, se ele pudesse, teria deixado quase tudo para *elas.*"

Este argumento era irresistível. Deu às intenções dele o golpe final na decisão que poderia estar faltando antes. Finalmente resolveu que era absolutamente desnecessário, se não altamente indecoroso, fazer mais pela a viúva e pelas filhas de seu pai do que tais atos de boa vizinhança como sua própria esposa lhe havia assinalado.

## ≈ CAPÍTULO 3 ≈

A senhora Dashwood permaneceu em Norland vários meses; não porque não se dispusesse a mudar quando a visão de cada um daqueles locais bem conhecidos cessou de provocar a violenta emoção que produzia por momentos; pois, quando seu ânimo começou a reavivar-se e sua mente foi capaz de outro esforço que aquele de aumentar sua aflição pelas lembranças melancólicas, mostrou-se ansiosa por partir de vez e infatigável na procura por uma moradia adequada nas proximidades de Norland. Mudar-se para longe daquele adorável local era impossível. Mas não conseguia ouvir a respeito de qualquer local que, de uma vez, respondesse a suas noções de conforto e bem-estar e contentasse a prudência de sua filha mais velha, cujo julgamento mais firme rejeitou várias casas por serem grandes demais para seus rendimentos, casas que a mãe teria aprovado.

A senhora Dashwood havia sido informada pelo marido da solene promessa de seu filho em favor delas, o que deu conforto em suas últimas reflexões terrenas. Como ocorrera com o marido, ela não duvidava da sinceridade dessa promessa e pensava nela com satisfação por causa das filhas, embora estivesse persuadida de que uma provisão muito menor que 7.000 libras a teria amparado sobejamente. Por causa do irmão delas, também, por causa de si mesma, ela se regozijou. Recriminou-se por ter sido injusta para com os méritos do enteado, julgando-o incapaz de generosidade. Seu comportamento atencioso para com ela e suas irmãs convenceu-a de que seu bem-estar era valioso para ele e, durante muito tempo, ela confiou firmemente na liberalidade de suas intenções.

O desprezo que havia sentido por sua nora, desde que a conhecera, aumentara com o conhecimento mais profundo de seu caráter, durante meio ano de convivência familiar; talvez, apesar de toda consideração de polidez ou afeição maternal por parte da primeira, as duas mulheres teriam achado impossível conviver por tanto tempo, se uma circunstância peculiar não tivesse ocorrido para proporcionar maior possibilidade, segundo a opinião da senhora Dashwood, para a permanência de suas filhas em Norland.

Tal circunstância era um crescente apego entre sua filha mais velha e o irmão da senhora John Dashwood, um jovem e agradável cavalheiro, que havia sido apresentado logo depois da instalação de sua irmã em Norland e que, desde então,ali passava a maior parte de seu tempo.

Certas mães poderiam ter encorajado a intimidade por motivos de interesse, pois Edward Ferrars era o filho mais velho de um homem que, morto, deixou imensa riqueza; outras mães poderiam tê-la reprimido por motivos de prudência, pois, exceto por uma soma insignificante, toda a sua fortuna dependia do testamento da mãe. Mas a senhora Dashwood não se deixava influenciar por qualquer dessas considerações. Para ela bastava que fosse cortês, que gostasse de sua filha e que Elinor correspondesse. Era contrário a todos os seus princípios que diferença de fortuna pudesse separar qualquer casal quando ambos fossem atraídos por semelhança de pendores; e lhe parecia impossível compreender que alguém, conhecendo-a, não se sentisse atraído pelos dotes de Elinor.

Edward Ferrars não conquistou sua simpatia por qualquer traço peculiar de sua pessoa ou por atitudes. Não era elegante e suas maneiras requeriam alguma intimidade para se mostrarem agradáveis. Era muito acanhado, para fazer-lhe justiça; mas quando conseguia vencer sua timidez natural, seu comportamento deixava todas as indicações de um coração aberto e afetuoso. Seu discernimento era bom, aperfeiçoado solidamente por sua educação. Mas não era dotado de capacidade e disposição para corresponder aos desejos de sua mãe e irmã, que ansiavam em vê-lo distinguir-se – como – nem mesmo elas sabiam em que. Queriam vê-lo fazer bela figura social de uma forma ou de outra. A mãe desejava interessá-lo em politica, vê-lo eleito para o parlamento ou ligado a um dos grandes homens da época. A senhora John Dashwood desejava o mesmo; mas, nesse meio tempo, até que um desses superiores desígnios pudesse ser alcançado, para satisfazer sua ambição, bastaria vê-lo conduzindo uma carruagem. Mas Edward não tinha a menor inclinação para os grandes homens ou para as carruagens. Todos os seus anseios se concentravam no conforto doméstico e a quietude da vida privada. Felizmente tinham um irmão mais novo que era mais promissor.

Edward já estava na casa havia várias semanas antes de chamar realmente a atenção da senhora Dashwood; porque estava, nesse período, em tal aflição que a tornava alheia ao que a circundava. Via apenas que era quieto e reservado, e gostava dele por isso. Não perturbava a infelicidade de espírito com conversas fora de propósito. Só mais tarde foi impelida, pela primeira vez, a observá-lo e apreciá-lo por causa de uma reflexão que Elinor fez um dia sobre a diferença entre ele e sua irmã. Era um contraste que o recomendou mais convincentemente à sua mãe.

"É suficiente," disse ela; "dizer que ele é diferente de Fanny é o que basta. Implica tudo o que é amável. Já gosto dele."

"Acho que você vai gostar dele mais ainda," disse Elinor, "quando souber mais a seu respeito."

"Gostar dele!" replicou a mãe com um sorriso. "Não consigo perceber nenhum sentimento de aprovação inferior ao amor."

"Pode estimá-lo."

"Ainda não consegui saber como distinguir estima de amor."

A senhora Dashwood se empenhava agora para conhecê-lo melhor. Suas maneiras eram atraentes e logo baniram sua reserva. Ela percebeu rapidamente todos os seus méritos; a persistência de sua atenção para com Elinor talvez ajudasse sua acuidade; mas ela se sentiu realmente segura de seu valor; e mesmo aquela calma nos modos, que militava contra todas as suas ideias estabelecidas do que devia ser o comportamento de um jovem, deixara de ser desinteressante quando percebeu que seu coração era ardente e seu temperamento afeiçoado.

Tão logo percebeu um sintoma de amor em seu comportamento para com Elinor, considerou seu sério apego como certo e sentiu que o casamento estava se aproximando com rapidez.

"Em poucos meses, querida Marianne," disse ela, "Elinor, com toda a probabilidade, estará estabelecida na vida. Vamos sentir sua falta; mas *ela* será feliz."

"Oh, mãe, o que vamos fazer sem ela?"

"Minha querida, não vai ser uma separação. Vamos morar a poucas milhas de distância e poderemos nos encontrar todos os dias de nossas vidas. Você vai ganhar um irmão, um verdadeiro e afetuoso irmão. Tenho o mais elevado conceito do coração de Edward. Mas você está séria, Marianne; será que desaprova a escolha de sua irmã?"

"Talvez," disse Marianne, "deva considerá-la com certa surpresa. Edward é muito gentil e gosto dele ternamente. Mas – ele não é o tipo de jovem – há algo que lhe falta – sua figura não é marcante; nada tem daquela graça que poderia esperar do homem que pudesse atrair seriamente minha irmã. Seus olhos carecem daquele espírito, daquela faísca que anuncia de imediato virtude e inteligência. E, além de tudo isso, temo, mãe, que ele não tem bom gosto. Parece que a música não o atrai minimamente; e, embora admire muito os desenhos de Elinor, não é a admiração de uma pessoa que chega a entender o valor deles. É evidente, apesar de sua contínua atenção para com ela quando desenha, que, de fato, nada entende do assunto. Ele admira como amante, não como entendedor. Para me satisfazer, essas características devem estar unidas. Eu não me sentiria feliz com um homem cujos gostos não coincidissem em todos os pontos com os meus. Ele deveria penetrar em todos os meus sentimentos: os mesmos livros, a mesma música deveria nos encantar a ambos. Oh, mãe, como era sem graça, insípido o modo de ler de Edward ontem à noite! Senti profundamente por minha irmã. Ainda assim ela suportou a leitura com muita compostura e parecia que ela nem notou. Eu mal conseguia ficar sentada. Ouvir aqueles belos versos, que frequentemente me haviam levado quase à loucura, pronunciados com tal impenetrável calma, com tão terrível indiferença!"

"Certamente ele deve dar mais valor à simples e elegante prosa. Pensei isso no momento; mas você deveria dar-lhe Cowper."

"Não, mãe, não sei como poderia ficar animado com Cowper! – Mas devemos admitir a diferença de gosto. Elinor não tem as mesmas preferências que eu e, por isso, pode não se importar e ser feliz com ele. Mas teria partido meu coração, se fosse eu a amá-lo, e ouvi-lo ler com tão pouca sensibilidade. Mãe, quanto mais conheço o mundo mais me convenço que nunca vou encontrar um homem que eu possa realmente amar. Sou tão exigente! Deveria ter todas as virtudes de Edward e sua pessoa e maneiras devem ornamentar sua bondade com todo o charme possível."

"Lembre-se, minha querida, que você ainda não tem dezessete anos. É muito cedo ainda para desesperar-se por semelhante felicidade. Por que você deveria ser menos afortunada que sua mãe? Em uma circunstância apenas, Marianne, seu destino pode ser diferente do dela!"

## ≈ CAPÍTULO 4 ≈

"Que pena, Elinor," disse Marianne, "que Edward não tenha gosto pelo desenho."

"Não tem gosto pelo desenho?" replicou Elinor, "Por que pensa assim? Ele não desenha, é verdade, mas tem em alto apreço o trabalho dos outros; e lhe asseguro que não é totalmente desprovido de bom gosto, embora não tenha tido oportunidade de aprimorá-lo. Se tivesse tido um meio de aprender, acho que desenharia muito bem. Por outro lado, não confia muito em seu próprio julgamento nessa matéria; por isso não se sente à vontade em opinar sobre qualquer obra; mas tem uma capacidade inata e uma simplicidade de gosto que, em geral, o orientam perfeitamente bem."

Marianne tinha receio de ofendê-la e nada mais disse sobre o assunto; mas o tipo de aprovação que Elinor declinou como se ele fosse entusiasta pelo desenho dos outros estava bem longe daquele prazer extasiante que, em sua opinião, podia ser chamado de bom gosto. Ainda assim, embora sorrindo intimamente pelo equívoco dela, admirava sua irmã por aquela cega parcialidade com que defendia Edward.

"Espero, Marianne," continuou Elinor, "que você não o considere como desprovido de bom gosto em geral. Na verdade, acho que posso dizer que não pode mesmo, porque sua maneira de tratá-lo é perfeitamente cordial e, se essa fosse sua opinião, estou certa de que você nunca seria tão gentil com ele."

Marianne ficou sem saber o que dizer. Não haveria de ferir os sentimentos de sua irmã de maneira alguma, e ainda admitir algo em que não acreditava era impossível. Por fim, replicou:

"Não fique ofendida, Elinor, se meu apreço por ele não é em tudo igual ao que você pensa sobre os méritos dele. Não tive tantas oportunidades de estimar as detalhadas propensões de seu espírito, suas inclinações e gostos como você teve; mas tenho o mais alto conceito do mundo sobre sua bondade e bom senso. Acho-o em tudo digno e amável."

"Estou certa," retrucou Elinor, com um sorriso, "de que seus mais caros amigos não ficariam insatisfeitos com tais elogios. Não percebo como você poderia se expressar de modo mais caloroso."

Marianne sentiu-se bem ao ver sua irmã ficar contente com tanta facilidade.

"De seu bom senso e de sua bondade," continuou Elinor, "acho que ninguém pode duvidar, de modo particular aqueles que se entretiveram com ele em conversa informal. A excelência de sua compreensão e de seus princípios só podem ser obnubilada por aquela timidez que muitas vezes o mantém silencioso. Você o conhece bastante bem para fazer justiça a seus sólidos valores. Mas de suas secretas propensões, como você as chama, por circunstâncias especiais você tem ficado sabendo muito menos do que eu. Ele e eu ficamos muito tempo juntos, enquanto você tem sido totalmente envolvida pela proximidade afetuosa por minha mãe. Tenho visto muitas coisas dele, estudei seus sentimentos e ouvi sua opinião sobre assuntos de literatura e gosto; e, acima de tudo, ouso afirmar que seu espírito tem boa formação, seu gosto por livros é sobremaneira grande, sua imaginação viva, suas observações justas e corretas, e seu gosto delicado e puro. Suas habilidades em todos os sentidos se aperfeiçoam com o convívio, bem como suas maneiras e pessoa. À primeira vista, sua figura não é certamente marcante; e seu porte dificilmente poderia ser chamado de elegante, embora não se possa deixar de perceber a expressão de seus olhos, que são incomumente belos, e a suavidade de sua postura reservada. Agora já o conheço tão bem que o acho realmente lindo; ou, pelo menos, quase. O que me diz, Marianne?"

"Logo o acharei lindo, Elinor, se já não o acho. Visto que me pede para amá-lo como irmão, não mais hei de ver imperfeição em seu rosto como agora não a vejo em seu coração."

Elinor sobressaltou-se com essa declaração e ficou triste pelo ardor que havia demonstrado ao falar dele. Sentiu que Edward era colocado numa posição muito elevada em sua opinião. Acreditava que o respeito era mútuo, mas exigia maior certeza para levar Marianne a convencer-se de que o compromisso de ambos era sério. Sabia que o que Marianne e sua mãe conjecturavam num momento acreditavam nele no momento seguinte – que para elas desejar era esperar, e esperar era estar em expectativa. Tentou explicar a situação real do caso à sua irmã.

"Não pretendo negar," disse ela, "que penso de modo elevado a respeito dele – que o estimo muito, que gosto dele."

Marianne explodiu então com indignação:

"Estimá-lo! Gostar dele! Menina de coração frio! Oh! Elinor, pior que isso! Tem vergonha de ser diferente. Arrisque-se a usar de novo essas palavras, que saio já desta sala."

Elinor não pôde deixar de rir. "Desculpe," disse ela; "e esteja certa de que não quis ofendê-la ao falar desse jeito de meus próprios sentimentos. Acredite que são mais fortes do que declarei; em resumo, acredite que estão à altura dos méritos dele, e a suspeita – a esperança de seu afeto por mim me permitem dizê-lo sem medo de imprudência ou loucura. Mas você não deve acreditar em nada mais além disso. Não tenho de modo algum segurança de seu interesse por mim. Há momentos em que sua dedicação parece duvidosa; e,embora seus sentimentos sejam inteiramente conhecidos, você não pode se surpreender com meu desejo de evitar qualquer exagero de minha correspondência, acreditando ou considerando-a maior do que é. Em meu coração sinto pouco – quase nenhuma dúvida sobre sua preferência. Mas há outros pontos a considerar além de sua inclinação. Ele está longe de ser independente. O que sua mãe é realmente, não podemos imaginar; mas, pelas menções ocasionais de Fanny sobre sua conduta e opiniões, nunca tivemos disposição em julgá-la afável; e posso estar muito enganada ou o próprio Edward não está ciente de que haverá de encontrar muitas dificuldades em seu caminho, se desejar casar-se com uma mulher que não tenha grande fortuna nem desfrute de alta posição social."

Marianne estava espantada ao ver quanto a imaginação de sua mãe e a dela própria tinham sobrepujado a verdade.

"E você não está ainda realmente comprometida com ele!" disse ela. "Mas certamente logo acontecerá. Há duas vantagens, porém, nessa demora. Não vou perdê-la tão cedo e Edward vai ter mais oportunidades para aprimorar o gosto natural por sua inclinação favorita que deve ser tão indispensavelmente necessária para a futura felicidade dos dois. Oh! Se ele fosse estimulado por seu talento para aprender a desenhar também, como seria bom!"

Elinor tinha dado sua opinião real a sua irmã. Não podia considerar seu compromisso com Edward em tão próspera fase como Marianne tinha julgado. Havia, por vezes, uma falta de disposição por parte dele que, se não denotava indiferença, evidenciava algo como que nada promissor. Uma dúvida a respeito dela, supondo que ele a sentisse, não devia transmitir-lhe mais que inquietação. Não seria como que produzir aquela rejeição de espírito que, com frequência, o assaltava. Um motivo mais razoável devia ser buscado na situação de dependência que bloqueava a demonstração de seu afeto. Ela sabia que a mãe dele não se importava caso quisesse ter sua casa confortável no presente nem em dar-lhe qualquer garantia se pretendesse formar um lar próprio, sem a exigência de respeitar estritamente suas condições em vista do engrandecimento dele. Sabendo disso, era impossível para Elinor sentir-se tranquila nesse aspecto. Estava ainda na dependência do resultado do real interesse dele por ela, o que sua mãe e irmã já consideravam como certo. Não, por mais tempo que permanecessem juntos mais duvidosa lhe parecia a natureza de sua consideração para com ela; e, às vezes, por poucos e sofridos momentos, acreditava que tudo não passasse de simples amizade.

Fossem quais fossem, porém, seus limites, isso era suficiente, quando percebido pela irmã dele, para deixá-la desconfortável, e ao mesmo tempo (o que era ainda mais comum) deixá-la indelicada e ríspida. Aproveitou a primeira oportunidade que teve para afrontar sua sogra, falando-lhe tão expressivamente das grandes expectativas que pesavam sobre seu irmão, da determinação da senhora Ferrars para que seus dois filhos tivessem bons casamentos, e do perigo que aguardava qualquer moça que tentasse envolver-se com ele. Diante disso, a senhora Dashwood não pôde fingir que não lhe dizia respeito nem procurar manter calma. Deu-lhe uma resposta que ressaltava seu desdém e deixou a sala de imediato. Por mais que pudesse ser inconveniente ou dispendiosa uma mudança tão repentina, sua querida Elinor não poderia continuar exposta mais uma semana a semelhantes insinuações.

Nesse estado de ânimo, foi-lhe entregue uma carta pelo correio, contendo uma proposta particularmente oportuna. Era a oferta de uma pequena casa, em termos bem favoráveis, pertencente a um parente seu, um cavalheiro notável e de largas posses, residente em Devonshire. A carta era do próprio cavalheiro e escrita no verdadeiro espírito de amistosa colaboração. Ficara sabendo que ela estava à procura de moradia e, embora a casa que ora lhe oferecia fosse um simples chalé, garantia-lhe que reparos podiam ser feitos nele, desde que achasse necessário, e se sua localização lhe agradasse. Instou seriamente, depois de dar detalhes da casa e do jardim, para que viesse com as filhas a Barton Park, local de sua própria residência, a fim de julgar por si própria se o chalé de Barton, que se situava na mesma paróquia, poderia, com alguma alteração, tornar-se confortável para ela. Parecia realmente ansioso em acomodá-las; e toda a carta estava redigida em estilo tão amigável que não podia deixar de agradar a sua prima; mas especificamente no momento em que ela estava sofrendo com o frio e insensível comportamento de seus parentes mais próximos. Não se demorou em deliberações ou perguntas. Ao terminar de ler a carta, sua decisão já estava tomada. A localização de Barton, numa região tão distante de Sussex como Devonshire que, poucas horas antes teria sido objeção suficiente para sopesar toda possível vantagem que o local tivesse, era agora sua primeira recomendação. Deixar a vizinhança de Norland não era mais um mal; era um objeto de desejo; era uma bênção, em comparação com a angústia de continuar como hóspede de sua nora: e mudar para sempre daquele amado lugar seria menos doloroso do que habitar nele ou visitá-lo enquanto semelhante mulher fosse sua dona. Ela escreveu imediatamente ao senhor John Middleton em reconhecimento por sua bondade e sobre a aceitação da proposta; e então se apressou em mostrar as duas cartas às filhas, porque estava segura de sua aprovação antes mesmo que sua resposta fosse enviada.

Elinor sempre havia pensado que seria mais prudente para elas estabelecer-se a alguma distância de Norland do que imediatamente entre seus novos parentes. Nesse ponto, porém, não pretendia opor-se à intenção da mãe de mudar-se para Devonshire. A casa, como descrita por Sir John, era de proporções tão simples e o aluguel tão incomumente moderado que não lhe deixava direito de objeção nesse ponto também. Ainda que não fosse um plano que lhe insuflasse a fantasia, e embora um distanciamento da vizinhança de Norland estivesse além de seus desejos, não fez qualquer tentativa para dissuadir sua mãe de enviar a carta de aquiescência.

## ≈ CAPÍTULO 5 ≈

Tão logo enviou sua resposta, a senhora Dashwood entregou-se ao prazer de anunciar ao enteado e esposa que já havia alugado uma casa e que não iria incomodá-los por mais tempo até que tudo estivesse pronto para habitar nela. Eles a ouviram com surpresa. A senhora John Dashwood nada disse; mas seu marido disse educadamente esperar que não se estabelecesse longe de Norland. Ela teve grande satisfação em responder que estava indo para Devonshire. – Edward voltou-se bruscamente para ela ao ouvir isso e, com voz de surpresa e inquietação, cujo motivo não necessitava explicação, repetiu, "Devonshire! Vocês estão mesmo indo para lá? Tão longe daqui! E em que local dessa região?" Ela explicou a exata localização. Estava aproximadamente a quatro milhas ao norte de Exeter.

"Não passa de um chalé," continuou ela, "mas espero que muitos de meus amigos venham me visitar. Um quarto ou dois podem facilmente ser adicionados; e se meus amigos não tiverem dificuldade em viajar tão longe para me ver, tenho certeza de que não encontrarei nenhuma em acomodá-los."

Concluiu com um convite muito amável ao senhor e senhora

John Dashwood para visitá-la em Barton; e estendeu o convite a Edward, mas com visível maior afeição. Embora sua última conversa com a nora a tivesse levado a decidir que não permaneceria em Norland senão o estrito inevitável, isso não produziu o menor efeito nela, principalmente sob o ponto de vista que a envolvia. Separar Edward e Elinor estava fora de cogitação; quis mostrar à senhora John Dashwood, pelo convite feito a seu irmão, como rejeitava inteiramente sua desaprovação ao namoro dos dois.

O senhor John Dashwood disse repetidas vezes à madrasta como se sentia sobremaneira triste por ela ter alugado uma casa a tal distância de Norland, pretendendo com isso preveni-la de que não teria como servi-la no transporte de sua mudança. Ele se sentia intimamente magoado nesse momento, pois o único empenho a que havia reduzido a realização da promessa feita ao pai, com esse fato novo se tornara agora impraticável. – A mobília foi despachada via barco. Consistia principalmente de roupa de cama, prataria, porcelana e livros, além do belo piano de Marianne. A senhora John Dashwood viu a partida dos pacotes e caixas com um suspiro: não pôde deixar de sentir inveja, pois sendo a renda da senhora Dashwood tão trivial em comparação com a deles, tivesse tão belos artigos de mobília.

A senhora Dashwood alugou a casa por um ano; estava realmente mobiliada e podia tomar posse imediatamente. Não houve qualquer dificuldade de ambos os lados para o contrato; ela aguardou somente a arrumação de seus pertences em Norland para dispor seu futuro lar, antes de partir para o oeste; e isso, como era muito rápida na realização de tudo o que lhe interessava, logo estava pronto. – Os cavalos que o marido lhe havia deixado tinham sido vendidos logo após sua morte, e agora era o momento de dispor de sua carruagem; concordou em vendê-la também, seguindo o sábio conselho da filha mais velha. Se tivesse auscultado somente seus próprios desejos, ela a teria conservado para conforto das filhas; mas a discrição de Elinor prevaleceu. *Seu* bom senso limitou também o número de seus criados a três;

duas criadas e um homem, que rapidamente escolheram entre aqueles que formavam o quadro de seu pessoal em Norland.

O homem e uma das criadas foram enviados imediatamente para Devonshire, a fim de preparar a casa para a chegada das patroas; como a senhora Middleton fosse inteiramente desconhecida para elas, a senhora Dashwood preferiu ir diretamente para o chalé em vez de se hospedar em Barton Park. Confiou totalmente na descrição de Sir John da casa e não sentiu nenhuma curiosidade em examiná-la pessoalmente antes de entrar nela como sua. A ansiedade em partir de Norland era preservada de enfraquecimento pela evidente satisfação da nora diante da perspectiva de sua mudança; satisfação que não passava de uma débil tentativa de disfarce sob um frio convite para que adiasse a partida. Agora era o momento em que a promessa do enteado ao pai deveria ser apropriadamente cumprida. Visto que a negligenciou em cumpri-la quando de sua vinda para a propriedade, agora que as via partir de sua casa poderia parecera ocasião mais adequada para cumpri-la. Mas a senhora Dashwood começou, no entanto, a derrubar qualquer esperança do gênero, convencendo-se, pelo intento geral de seu discurso, que sua assistência não se estendia para além da manutenção delas por seis meses em Norland. Falava com tanta frequência do aumento das despesas de manutenção da casa e dos contínuos pedidos de dinheiro, a que estava exposto, além do que se pode calcular, qualquer homem de projeção social, que mais parecia ele próprio estar necessitado de mais dinheiro do que ter qualquer desígnio de dá-lo a outros.

Poucas semanas depois da chegada da primeira carta de Sir John Middleton a Norland, tudo estava arrumado em sua futura habitação de tal modo a possibilitar à senhora Dashwood e filhas a iniciar sua viagem.

Muitas lágrimas foram derramadas por elas em seu último adeus ao lugar que tanto amavam. "Querida, querida Norland!" disse Marianne, caminhando sozinha na frente da casa na última tarde de sua permanência ali. "Quando hei de parar de sentir por ti! – Quando hei de aprender a sentir-me em casa em outro lugar! – Oh! Feliz casa, pode imaginar quanto sofro agora ao ver-te deste local, de onde, talvez, nunca mais te verei! – E vós, árvores bem conhecidas! – mas continuareis as mesmas. Nenhuma folha há de cair porque estamos mudando, nenhum galho ficará sem movimento, embora não possamos mais observá-los! – Não; continuareis as mesmas; alheias ao prazer ou ao pesar que ocasionais e insensíveis a qualquer mudança naqueles que caminham sob vossa sombra! – Mas quem vai ficar para deleitar-se convosco?!"

## ≈ CAPÍTULO 6 ≈

A primeira parte da viagem correu em tal estado de melancolia, que só podia ser tediosa e aborrecida. Mas quando se dirigiam para o fim dela seu interesse pela paisagem de uma região em que deveriam habitar superou seu desânimo; e a vista do vale de Barton, ao entrar nele, deu-lhes alegria. Era um local aprazível e fértil, coberto de bosques e rico em pastagens. Depois de percorrê-lo por mais de uma milha, chegaram à própria casa. Um pequeno e verde pátio era tudo o que havia na frente da propriedade; e um portãozinho limpo e estreito lhes liberava a entrada.

Como casa, Barton Cottage, embora pequena, era confortável e sólida; mas como chalé era incompleto, pois a construção era bem comum, coberto de telhas, as venezianas não estavam pintadas de verde nem as paredes estavam recobertas com madressilva. Uma estreita passagem levava diretamente através da casa para o jardim nos fundos. Em cada lado da entrada havia uma sala de estar, de aproximadamente 16 pés quadrados; e além delas havia a área de serviço e as escadas. Quatro quartos e duas águas-furtadas formavam o resto da casa. Não havia muitos anos que fora construída e estava em bom estado. Em comparação com Norland, era pobre e verdadeiramente pequena! – mas as lágrimas que recordações faziam escorrer logo secaram quando entraram na casa. Foram recebidas com alegria pelos criados em sua chegada e todos resolveram mostrar-se felizes em atenção aos outros. Era no início de setembro; a estação estava linda; e pelo fato de ver pela primeira vez o local com a vantagem de temperatura amena, tiveram uma impressão favorável, o que recomendou sua aprovação definitiva.

A localização da casa era boa. Altas colinas se erguiam-se imediatamente atrás e a não muita distância, de ambos os lados. Algumas dessas colinas eram de campo aberto, outras cultivadas e cobertas de árvores. A vila de Barton estava situada no alto de uma dessas colinas e constituía uma vista agradável se olhada através das janelas do chalé. A vista da frente era bem mais ampla; dominava todo o vale e alcançava a região próxima. As colinas que circundavam o chalé delimitavam o vale naquela direção; sob outro nome e em outro sentido, este ramificava-se novamente entre dois dos mais íngremes.

Com as dimensões e a mobília da casa a senhora Dashwood estava mais que satisfeita; embora seu estilo ade vida anterior exigisse muitos acréscimos indispensáveis, o fato de acrescentar e melhorar era um prazer para ela. Nesse momento ela dispunha de dinheiro suficiente para suprir tudo o que faltava para maior elegância das acomodações. "Para a casa propriamente dita, certamente," dizia ela, "é muito pequena para nossa família, mas por nos sentiremos minimamente confortáveis, mesmo porque é muito tarde este ano para melhorias. Talvez na primavera, se tiver bastante dinheiro (e ouso dizer que terei), poderemos pensar em reformas. Estas salas de visitas são muito pequenas para festas de nossos amigos que espero ver reunidos aqui; e tenho ideia de deslocar a passagem para uma delas com talvez parte da outra e assim deixar o resto desta outra para uma entrada; com uma nova sala de estar, que pode ser facilmente acrescentada, e um quarto de dormir na água-furtada em cima, faria dela um pequena chalé bem agradável. Gostaria que as escadas fossem mais belas. Mas não se pode querer tudo, embora pense que não seria difícil alargá-las. Devo ver de antemão quanto terei na primavera e vamos planejar nossas melhorias de acordo."

Entrementes, até que todas essas alterações pudessem ser feitas com as economias de uma renda de quinhentas libras por ano para uma mulher que nunca economizou em sua vida, elas eram bastante sensatas para contentar-se com a casa como estava; e cada uma delas se ocupava em arranjar seus pertences,atarefadas em pôr em ordem seus livros e outros objetos, para montar o próprio lar. O piano de Marianne foi desencaixotado e disposto adequadamente; os desenhos de Elinor foram afixados nas paredes da sala de estar.

Em meio a esses afazeres foram interrompidas, logo depois do café do dia seguinte, pela chegada do dono do chalé, que viera dar-lhes as boas-vindas a Barton, e oferecer-lhes tudo o que precisassem de sua própria casa e jardim, porque estariam sentindo falta no momento. Sir John Middleton era um homem de boa aparência, com seus quarenta anos. Anos atrás visitara-as em Stanhill, mas fazia tanto tempo que suas jovens primas não se lembravam mais dele. Seu semblante era inteiramente bem-humorado; e suas maneiras eram tão gentis quanto o estilo de sua carta. A chegada delas pareceu dar-lhe real satisfação e o conforto delas pareceu ser-lhe objeto de real solicitude. Falou muito de seu ardente desejo de que tivessem o melhor trato social com a família dele, e instou-as cordialmente a jantar em Barton Park todos os dias até que estivessem mais bem acomodadas em casa, o que, embora seus pedidos fossem levados a um ponto de perseverança, que ia além da cortesia, elas não podiam ofender-se. Sua bondade não se limitou a palavras, pois uma hora depois de deixá-las, chegou de sua propriedade um grande cesto cheio de produtos hortícolas e frutas, que foi seguido, antes do final do dia, por um presente de carne de caça. Além do mais, insistiu em levar-lhes todas as suas cartas que recebessem e postar no correio as que quisessem expedir; e não se negaria à satisfação de enviar-lhes seu jornal todos os dias.

A senhora Middleton tinha enviado por ele uma mensagem muito cordial, manifestando sua intenção de visitar a senhora

Dashwood tão logo pudesse estar segura de que sua visita não seria inconveniente; e como essa mensagem foi respondida com um convite igualmente polido, a senhora Middleton lhes foi apresentada no dia seguinte.

Estavam certamente muito ansiosas para ver a pessoa de quem tanto devia depender seu conforto em Barton; e a elegância de seu aspecto correspondeu ao que dela pensavam. A senhora Middleton não tinha mais que 26 ou 27 anos; seu rosto era lindo, sua estatura alta e marcante, e seu trato gracioso. Suas maneiras tinham toda a elegância que seu marido queria ter. Mas poderiam ter sido aprimoradas se tivesse a mesma franqueza cordialidade dele. A visita foi suficientemente longa para esmorecer algo do encanto da primeira impressão, ao mostrar que, apesar de sua perfeita educação, ela era reservada, fria e nada tinha a dizer de si além das corriqueiras perguntas ou observações.

Conversa, no entanto, não faltou, pois Sir John era um tipo falante e a senhora Middleton tinha tomado a sábia precaução de trazer consigo seu filho mais velho, um menino esperto de aproximadamente seis anos. Desse modo, sempre havia um assunto a ser abordado pelas senhoras em casos extremos, pois queriam saber seu nome, sua idade; admiravam sua beleza e lhe faziam perguntas que sua mãe respondia por ele, enquanto ele se agarrava a ela e ficava de cabeça baixa, para grande surpresa da senhora Middleton que estranhava por se mostrar tão tímido em companhia, quando em casa fazia muito barulho. Uma criança deveria participar de toda visita formal, a fim de fomentar a conversa. No caso presente, passaram-se dez minutos para determinar se o menino era mais parecido com o pai ou com a mãe, e em que detalhe ele se parecia com qual dos dois; certamente todos diferiam e todos ficavam admirados com a opinião dos outros.

Logo surgiria uma oportunidade às Dashwood de discutir sobre os demais filhos do casal, visto que Sir John não haveria de ir embora sem antes assegurar-se da promessa delas de jantar em sua casa no dia seguinte.

## ≈ CAPÍTULO 7 ≈

Barton Park ficava a aproximadamente meia milha do chalé. As mulheres haviam passado por perto em seu caminho ao longo do vale, mas ficava oculto da vista desde sua casa pela projeção de uma colina. A casa era grande e bela; e os Middleton levavam um estilo de vida a um tempo de hospitalidade e de elegância. A primeira era prerrogativa de Sir John, a segunda era-o de sua mulher. Raramente estavam sem amigos hospedados em sua casa e recebiam mais visitas de todo tipo que qualquer outra família da redondeza. Era necessário para a felicidade de ambos; embora diferentes em temperamento e conduta externa, eles se pareciam decisivamente na total falta de talento e gosto, o que limitava suas atividades, desconectados com o convívio em sociedade, a um âmbito muito diminuto. Sir John era um esportista, a senhora Middleton simplesmente mãe. Ele caçava e praticava tiro, ela criava os filhos; e essas eram suas únicas atividades. A senhora Middleton tinha a vantagem de poder mimar seus filhos durante o ano todo, enquanto as atividades independentes de Sir John se resumiam, na realidade, só à metade desse tempo. Compromissos contínuos, porém, em casa e fora, mantinham toda a boa disposição de Sir John e davam oportunidade de mostrar as boas maneiras de sua esposa.

A senhora Middleton orgulhava-se da elegância de sua mesa e de todos os seus arranjos domésticos; e dessa espécie de vaidade auferia o maior prazer em todas as suas reuniões festivas. A satisfação de Sir John em sociedade era, porém, muito mais realista; deleitava-se em reunir a seu redor mais gente jovem do que sua casa podia comportar, e quanto mais algazarra esses jovens fizessem, maior era seu prazer. Era uma ótima referência para toda a juventude da vizinhança pois no verão se dava a organizar festas ao ar livre, oferecendo petiscos variados; e no inverno, seus bailes atraíam numerosos jovens que faziam a alegria das senhoritas que não sentiam mais a influência dos insaciáveis apetites dos 15 anos.

A chegada de uma nova família na região era sempre motivo de alegria para ele; e, sob todos os pontos de vista, estava encantado com os habitantes que havia conseguido para o chalé de Barton. As senhoritas Dashwood eram jovens, bonitas e sem afetação. Era o suficiente para garantir sua simpatia, pois não ser afetada era tudo o que uma jovem bonita podia desejar para que seu espírito fosse tão cativante quanto sua pessoa. A afabilidade de seu caráter deixava-o feliz ao acomodar aquelas cuja situação podia ser considerada, se comparada ao passado, como ingrata. Por isso, ao demonstrar simpatia pelas primas, tinha a verdadeira satisfação de um bom coração; e ao instalar uma família composta unicamente por mulheres em seu chalé, invadia-o toda a satisfação de um esportista; pois um esportista, embora estime apenas os de seu sexo que sejam igualmente esportistas, raramente tende a estimular seus gostos admitindo-as numa residência dentro de seus domínios.

A senhora Dashwood e suas filhas foram recebidas à porta da casa por Sir John, que lhes deu as boas-vindas a Barton Park com natural sinceridade e, ao encaminhá-las para a sala, repetia às senhoritas a preocupação que já lhes havia confidenciado no dia anterior, de não ter conseguido trazer alguns moços elegantes para lhes fazer companhia. Iriam ver, disse, que além dele, havia apenas um cavalheiro; um amigo pessoal hospedado em sua casa, mas que não era nem muito jovem nem muito alegre. Esperava que elas perdoassem a insignificância da reunião festiva, garantindo-lhes que isso não ocorreria novamente. Passara por várias famílias aquela manhã na esperança de conseguir alguém para aumentar o número de convivas, mas era uma noite de luar e todos estavam cheios de compromissos. Por sorte, a mãe da senhora Middleton havia chegado a Barton na última hora; e, como era uma mulher extremamente alegre e agradável, esperava que as senhoritas não haveriam de achar o encontro muito enfadonho, quanto podiam imaginar. As moças, bem como sua mãe, estavam perfeitamente satisfeitas com a presença de apenas dois estranhos na reunião, e não desejavam mais nenhum.

A senhora Jennings, mãe da senhora Middleton, era uma mulher idosa, bem-humorada, divertida, gorda, falava sem parar, parecia extremamente feliz, mas um tanto vulgar. Contava piada atrás de outra e ria à vontade; e, antes de terminado o jantar, já havia desfilado muitas coisas engraçadas sobre amantes e maridos; esperava que não tivessem deixado os corações em Sussex e afirmava que as viu corar, fosse verdade ou não. Marianne estava constrangida por causa da irmã, e voltou os olhos para Elinor, a fim de verificar como aturava essas insinuações; fez isso com tal gravidade que causou a Elinor mais pesar que as pilhérias vulgares da senhora Jennings poderiam provocar.

O coronel Brandon, amigo de Sir John, não parecia adequado, pela diferença de modos, para ser seu amigo do que a senhora Middleton para ser sua mulher, ou a senhora Jennings para ser mãe da senhora Middleton. Era calado e sério. Sua aparência, contudo, não era desagradável, apesar de ser, na opinião de Marianne e Margaret, um convicto solteirão, pois já passava, salvo engano, dos 35 anos; embora seu semblante não fosse belo, sua conduta era apreciável e seus modos particularmente cavalheirescos.

Nada havia em nenhum dos participantes da reunião que pudesse recomendá-los como companhia para as Dashwood; mas a fria insipidez da senhora Middleton era tão particularmente repulsiva que, comparada a ela, a gravidade do coronel Brandon e mesmo a rumorosa alegria de Sir John e de sua sogra se tornavam interessantes. A senhora Middleton parecia ter-se animado somente quando entraram na sala, após o jantar, seus quatro filhos barulhentos, que lhe davam puxões, descompunham-lhe as vestes e acabaram com qualquer tipo de conversa que não fosse relacionada a eles.

Mais tarde, ao descobrirem os dotes musicais de Marianne, convidaram-na a tocar piano. O instrumento foi aberto, todos se prepararam para se sentir encantados, e Marianne, que cantava muito bem, executou, a pedido dos presentes, uma série de melodias que a senhora Middleton trouxera para casa por ocasião do casamento e que, desde então, haviam sido deixadas na mesma posição sobre o piano; ela celebrara assim aquele evento, desistindo a seguir da música, embora, na opinião de sua mãe ela tocasse extremamente bem e, na sua própria, gostasse realmente de fazê-lo. A performance de Marianne foi amplamente aplaudida. Sir John exprimia em voz alta sua admiração ao final de cada canção e conversava igualmente em voz alta com os outros enquanto durava cada uma das canções. A senhora Middleton chamava a atenção dele com frequência, admirando-se de que a atenção de uma pessoa pudesse se afastar da música por um só momento; então pediu a Marianne que cantasse uma determinada canção que acabara de tocar. De todos os presentes, somente o coronel Brandon a ouvia sem arroubos. Concedia-lhe tão só o aplauso da atenção; e ela sentiu por ele um imediato respeito que os outros, com toda razão, não mereciam, por sua desavergonhada falta de gosto. Seu gosto pela música, muito embora não atingisse aquele auge de encanto, que pudesse ser equiparado ao dela, era apreciável se comparado à horrível insensibilidade dos outros. E ela era suficientemente racional para admitir que um homem de 35 anos já devia ter ultrapassado toda a sutileza de sentimentos e toda a deliciosa força do prazer. Estava inteiramente disposta a fazer todas as concessões, em vista da idade um tanto avançada do coronel, que o senso de humanidade requer.

## ≈ CAPÍTULO 8 ≈

A senhora Jennings era uma viúva com amplo dote. Tinha somente duas filhas, vivera para ver ambas respectivamente casadas e agora, portanto, nada mais tinha a fazer senão casar todo o resto do mundo. Na intenção de alcançar esse objetivo, era zelosamente ativa, tanto quanto sua habilidade podia lhe permitir; não perdia oportunidade para promover casamentos entre todos os jovens de seu círculo de relações. Era notavelmente rápida em descobrir afinidades e se gabava faceira de fazer corar e ferir a vaidade de muitas jovens por insinuações de seu poder sobre tal ou qual moço. Esse tipo de discernimento ajudou-a decisivamente, logo depois de sua chegada a Barton, para anunciar que o coronel Brandon estava intensamente apaixonado por Marianne Dashwood. Suspeitara disso logo de início, na primeira noite em que estiveram juntos, quando ele prestava especial atenção enquanto ela cantava; e quando a visita foi retribuída e os Middleton jantavam no chalé, o fato foi confirmado pela maneira como ele a ouvia novamente. É isso mesmo. Ela estava perfeitamente convencida disso. Seria um belo par, porque ele era rico e *ela* era linda. A senhora Jennings estava ansiosa por ver o coronel Brandon bem casado, desde que sua aproximação com Sir John lhe deu a oportunidade de conhecê-lo e ela andava sempre ansiosa em arranjar um bom marido para toda moça bonita.

A vantagem imediata que tirava disso era incomensurável, pois a supria com intermináveis piadas sobre ambos. Na mansão de Sir John ria do coronel e no chalé, de Marianne. Para o primeiro, suas brincadeiras eram provavelmente, enquanto diziam respeito somente a ele, perfeitamente indiferentes; mas para a segunda eram primeiramente incompreensíveis e quando captou seu objetivo, não sabia exatamente se ria de seus absurdos ou se censurava sua impertinência; pois considerava-as como uma reflexão sem sentido em vista da idade avançada do coronel e de sua condição de irremediável solteirão.

A senhora Dashwood, que não podia admitir que um homem cinco anos mais novo que ela fosse considerado tão excessivamente velho como parecia à fantasia juvenil de sua filha, aventurou-se a inocentar a senhora Jennings sobre a probabilidade de querer pôr ao ridículo a idade dele.

"Mas pelo menos, mãe, não pode negar o absurdo da acusação, embora não a julgue intencionalmente malvada. O coronel Brandon é certamente mais jovem que a senhora Jennings, mas tem idade suficiente para ser meu pai; e se tivesse bastante disposição para apaixonar-se, deve ter, há muito tempo, superado qualquer sensação desse tipo. É por demais ridículo! Quando um homem estará a salvo de tais motejos, se a idade e a doença não o protegem?"

"Doença!" disse Elinor, "você julga o coronel Brandon doente? Posso facilmente supor que a idade dele pode parecer a você muito mais avançada do que para minha mãe; mas dificilmente pode negar que ela tem agilidade para se locomover!"

"Você não o ouviu queixar-se de reumatismo? E não é essa a mais comum das enfermidades dos idosos?"

"Minha querida filha," disse a mãe, rindo, "desse modo você deve estar em contínuo terror por minha velhice; e pode parecer-lhe um milagre que minha vida tenha sido estendida até a avançada idade de quarenta anos."

"Mãe, você não esta agindo corretamente comigo. Sei muito bem que o coronel Brandon não é tão velho para deixar seus amigos apreensivos de perdê-lo por morte natural. Pode viver mais vinte anos. Mas trinta e cinco nada têm a ver com casamento."

"Talvez," disse Elinor, "fosse melhor que 35 e 17 nada tivessem a ver com casamento. Mas se por algum motivo acontecer que uma mulher ainda estivesse solteira aos 27 anos, não pensaria que o coronel Brandon, sendo solteiro aos 35, tivesse qualquer objeção em casar-se com *ela*."

"Uma mulher de 27 anos," disse Marianne, depois de breve pausa, "nunca pode esperar sentir ou inspirar afeição novamente e, se sua casa for desconfortável ou sua fortuna insignificante, atrevo-me a supor que ela deveria optar por submeter-se ao trabalho de enfermeira, a fim de conseguir os rendimentos e a segurança de uma esposa. Ao casar-se com semelhante mulher, portanto, não haveria nada de impróprio para um homem. Seria um pacto de conveniência e o mundo ficaria satisfeito. A meu ver, não seria propriamente um casamento, mas isso nada tem a ver. Para mim, pareceria somente uma troca comercial, em que cada um desejasse ser beneficiado às expensas do outro."

"Seria impossível, eu sei," replicou Elinor, "convencer você de que uma mulher de 27 possa sentir algo que se achegue ao amor por um homem de 35 anos, de modo tê-lo junto a si como um desejável companheiro. Mas devo objetar a que condene o coronel Brandon e sua esposa ao constante confinamento em um quarto para doentes, simplesmente porque ele se queixou ontem (um dia muito frio e úmido) de uma leve sensação de reumatismo em um dos ombros."

"Mas ele falou de coletes de flanela," disse Marianne; "e para mim colete de flanela está invariavelmente conectado com dores, câimbras, reumatismo e toda espécie de doença que pode afligir os velhos e os fracos."

"Se tivesse estado somente com febre alta, você não o teria desprezado tanto. Confesse, Marianne, não há algo de interessante para você nas bochechas coradas, olhos fundos e pulso acelerado de uma pessoa com febre?"

Logo a seguir, depois que Elinor saiu da sala, "Mãe," disse Marianne, "estou alarmada a propósito de doenças que não posso esconder de você. Estou certa de que Edward Ferrars não está bem. Estamos aqui há quase quinze dias e ele ainda não apareceu. Nada a não ser uma real indisposição poderia ocasionar essa extraordinária demora. O que mais pode detê-lo em Norland?"

"Você acha que haveria de vir tão depressa?" disse a senhora Dashwood. "Eu não. Pelo contrário, se alguma vez fiquei ansiosa com isso, foi ao lembrar que ele uma vez mostrou certa falta de prazer e presteza em aceitar meu convite, quando lhe falava para que viesse a Barton. Elinor já está à espera dele?"

"Nunca mencionei isso a ela, mas certamente deve estar."

"Acho que você se engana, pois quando lhe estava falando ontem para instalar uma nova grade para quarto de reserva, ela observou que não havia tanta pressa nisso, visto que não era provável fazermos uso desse quarto por algum tempo."

"Muito estranho! Qual seria o significado disso? Mas todo o comportamento de um para com o outro tem sido inexplicável! Como foram frias, formais suas últimas despedidas! Como foi lânguida sua conversa na última noite em que estiveram juntos! Na despedida de Edward não houve distinção entre Elinor e eu; eram os desejos de felicidade de um afeiçoado irmão de ambas. Duas vezes eu os deixei a sós propositadamente no decorrer da última manhã e, em ambas as vezes, ele inexplicavelmente me seguiu para fora da sala. E Elinor, ao deixar Norland e Edward, não chorou como eu. Mesmo agora seu autodomínio é invariável. É dado saber quando está acabrunhada ou melancólica? Quando procura evitar o convívio social ou mostrar-se nele cansada ou insatisfeita?"

## ≈ CAPÍTULO 9 ≈

As Dashwood estavam agora estabelecidas em Barton com certo conforto. A casa e o jardim, com todas as coisas que os rodeavam, já se tinham tornado familiares e as atividades corriqueiras que tinham conferido a Norland metade de seu charme eram retomadas com muito mais prazer do que Norland pudera oferecer desde a perda de seu pai. Sir John Middleton, que as visitava todos os dias durante a primeira quinzena e que não estava acostumado a ver tanta atividade em sua casa, não podia esconder sua admiração ao encontrá-las sempre ocupadas.

As visitas, exceto as de Barton Park, não eram muitas; apesar dos insistentes pedidos de Sir John para que travassem conhecimento com gente da redondeza, oferecendo-lhes inclusive os serviços de sua própria carruagem, a independência de espírito da senhora Dashwood superava o desejo de convívio social das filhas; e estava resolvida a declinar da visita a qualquer família que residisse mais além da distância de uma caminhada. Havia poucas que podiam entrar nessa lista e nem todas podiam ser alcançadas a pé. Aproximadamente a uma milha e meia do chalé, ao longo do estreito e sinuoso vale de Allenham, que partia daquele de Barton, como anteriormente descrito, as moças tinham descoberto, em uma de suas primeiras caminhadas, uma antiga e respeitável mansão que, por recordar-lhes um pouco Norland, despertou sua imaginação e levou-as a desejar conhecê-la melhor. Mas, perguntando, souberam que a proprietária, uma velha senhora de bom caráter, infelizmente estava muito doente para se comunicar com as pessoas e nunca se movia de casa.

Toda a região em torno abundava em belas caminhadas. As altas encostas que as convidavam de quase todas as janelas do chalé a procurar o raro prazer do ar de seus cumes eram uma alternativa feliz quando a poeira dos vales embaixo ocultava sua beleza ímpar; e para uma dessas colinas, numa memorável manhã, Marianne e Margaret dirigiram seus passos, atraídas por um sol encoberto num céu chuvoso, depois de não poderem mais suportar o confinamento que os dois dias precedentes de chuva lhes haviam imposto. O tempo não estava ainda suficientemente convidativo para arrancar as outras duas de seus lápis e livros, apesar da afirmação de Marianne de que o dia se conservaria bom e que cada uma daquelas nuvens ameaçadoras seria arrastada para além das colinas; e as duas partiram.

Subiram alegremente a colina, admirando com entusiasmo cada nesga de céu azul; e quando receberam no rosto o animado sopro do impetuoso vento sudoeste, lamentaram os receios que haviam impedido a mãe e Elinor de compartilharem tais agradáveis sensações.

"Haverá felicidade no mundo," disse Marianne, "superior a esta? – Margaret, vamos caminhar por aqui pelo menos duas horas."

Margaret concordou e continuaram seu caminho contra o vento, resistindo com gostosas risadas por aproximadamente vinte minutos quando, repentinamente, as nuvens se conglomeraram sobre suas cabeças e uma chuva pesada batia em cheio em seus rostos. Mortificadas e surpresas, foram obrigadas, embora contra a vontade, a voltar porque não havia abrigo mais próximo que sua própria casa. Uma alternativa, porém, lhes restava, que a exigência do momento tornou mais que apropriada – era o de correr o mais velozmente possível pelo lado mais íngreme da colina que levava diretamente ao portão do jardim.

Passaram a correr. De início, Marianne tinha boa vantagem, mas um passo em falso levou-a de repente ao chão; e Margaret, incapaz de parar para ajudá-la, sentiu-se involuntariamente impelida até chegar embaixo em segurança.

Um cavalheiro carregando uma espingarda, com dois cães brincando ao redor dele, estava passando no alto da colina e a pouca distância de Marianne quando ocorreu o acidente. Pôs a arma no chão e correu em sua ajuda. Ela já se havia levantado, mas havia torcido o pé na queda, e tinha dificuldade em manter-se ereta. O cavalheiro ofereceu seus serviços; percebendo que sua modéstia declinava o que sua situação tornava necessário, tomou-a em seus braços sem demora e carregou-a colina abaixo. Passando então pelo jardim, cujo portão que havia sido deixado aberto por Margaret, ele a carregou diretamente para dentro de casa, onde Margaret mal havia chegado, e não deixou de segurá-la nos braços até sentá-la em uma cadeira da sala.

Elinor e sua mãe levantaram-se espantadas à entrada deles; e enquanto os olhos de ambas estavam fixos nele com evidente surpresa e secreta admiração, que se estamparam igualmente no semblante dele, pediu desculpas por sua intrusão, relatando a causa numa maneira tão franca e graciosa que sua fisionomia, incomumente bela, recebia charme adicional com sua voz e expressão. Se fosse velho, feio e rude, a gratidão e a bondade da senhora Dashwood estariam garantidas por esse ato de atenção para com a filha; mas a influência da juventude, beleza e elegância deu mais realce à ação que correspondia a seus sentimentos.

Agradeceu-lhe repetidas vezes; e, com uma doçura de expressão que sempre a distinguia, convidou-o a sentar-se. Mas declinou, pois estava sujo e molhado. A senhora Dashwood pediu então para saber a quem se sentia obrigada. Seu nome, respondeu ele, era Willoughby, e sua moradia atual se situava em Allenham, de onde esperava que ela lhe desse a honra de vir no dia seguinte para ter notícias da senhorita Dashwood. A honra foi prontamente concedida e então ele partiu, tornando-o ainda mais interessante, em meio à pesada chuva.

Sua beleza masculina e sua rara simpatia foram instantaneamente o tema da admiração geral; e o riso que seu galanteio para com Marianne provocou recebeu menção particular por causa de seus atrativos. Marianne havia reparado menos em sua fisionomia que as outras, pois a confusão que se estampara em seu rosto quando a ergueu do chão havia-lhe furtado a coragem de olhá-lo depois de entrar em casa. Mas tinha visto bastante para apoiar toda a admiração das outras e com uma energia que sempre adornava seus elogios. Sua figura e aparência eram iguais ao que sua fantasia sempre tinha sonhado para o herói de uma história favorita; e o fato de carregá-la para dentro de casa com tão pouca formalidade prévia acusava uma rapidez de raciocínio que recomendava particularmente a ação praticada em favor dela. Todas as circunstâncias relacionadas a ele eram interessantes. Tinha bom nome, sua residência estava em seu vilarejo predileto e ela logo descobriu que, de todas as indumentárias masculinas, o que mais a atraía era uma jaqueta de caçador. Sua imaginação corria mundos, suas reflexões eram agradáveis e a dor de um tornozelo torcido não merecia atenção.

Sir John foi visitá-las logo que um intervalo de bom tempo naquela manhã lhe permitiu sair de casa; assim que o acidente de Marianne lhe foi relatado, todas lhe perguntaram ansiosamente se conhecia um cavalheiro chamado Willoughby em Allenham.

"Willoughby!" exclamou Sir John; "o quê, ele está por aqui? Que uma boa notícia; irei a cavalo para lá amanhã e convidarei para jantar na quinta-feira."

"Então você o conhece", disse a senhora Dashwood.

"Se o conheço! Evidente que sim. Claro, ele vem aqui todos os anos."

"E que tipo de jovem é ele?"

"Um bom camarada como nunca houve, garanto-lhes. Um exímio atirador e não há cavaleiro mais intrépido na Inglaterra."

"E é isso tudo o que pode dizer dele?" exclamou Marianne, com indignação. "Mas como são suas maneiras com conhecidos mais íntimos? Quais suas atividades, seus talentos, sua índole?"

Sir John estava bastante embaraçado.

"Palavra de honra," disse ele, "não sei muito sobre ele com relação a isso. Mas é um camarada agradável, bem-humorado e tem a mais linda cadela preta que já vi. Estava com ele hoje?"

Marianne, porém, não pôde satisfazê-lo sobre a cor da cadela do senhor Willoughby, assim como ele não podia descrever-lhe as qualidades da mente do moço.

"Mas quem é ele?" perguntou Elinor. "De onde vem? Tem casa em Allenham?"

Sobre esse ponto Sir John podia dar informações mais seguras; contou-lhes que o senhor Willoughby não tinha propriedade na região; que residia ali somente quando visitava a velha senhora de Allenham Court, com quem era aparentado e cujas posses estava para herdar; e acrescentou: "Sim, sim, vale a pena pegá-lo, posso garantir-lhe, senhorita Dashwood; ele possui uma bela e pequena propriedade em Somersetshire, além disso; e se eu fosse você, não desistiria em favor de sua irmã mais nova, apesar de toda essa derrapada colina abaixo. A senhorita Marianne não deve esperar ter todos os homens só para si. Brandon ficará enciumado, se ela não tomar cuidado."

"Não acredito," disse a senhora Dashwood, com um sorriso bem-humorado, "que o senhor Willoughby ficará incomodado com as tentativas de uma ou outra de minhas filhas com relação ao que você chama de pegá-lo. Não é empreitada para a qual foram criadas. Os homens estão bem seguros conosco, por mais ricos que sejam. Estou contente, todavia, por achar, pelo que o senhor disse, que é um jovem respeitável e cuja convivência não é de desprezar."

"Ele é um bom camarada, creio, como jamais vi," repetiu Sir John. "Lembro-me do último Natal, num pequeno baile no parque, ele dançou das oito até as quatro horas sem sentar-se uma só vez."

"Fez isso, verdade?" exclamou Marianne, com olhos arregalados, "e com elegância, com espírito?"

"Sim, e já estava de pé às oito para ir à caça."

"Assim é que eu gosto; assim é que um jovem deve ser.

Quaisquer que sejam seus objetivos, sua ânsia em persegui-los não deve conhecer moderação nem deve deixar nele qualquer sinal de cansaço."

"Eh, eh, já vejo tudo," disse Sir John, "vejo como será. Você vai atirar a rede agora e nunca mais vai pensar no pobre Brandon."

"Esta é uma expressão, Sir John," disse Marianne, cordialmente, "de que particularmente não gosto. Aborreço todas as frases comuns entendidas como espirituosas; e 'atirar a rede a um homem' ou 'fazer uma conquista' são as mais odiosas de todas. Sua intenção é grosseira e mesquinha; e se sua construção pôde alguma vez ser vista como inteligente, há muito que o tempo destruiu todo o seu sentido."

Sir John não entendeu essa recriminação; mas riu de bom gosto, como se tivesse entendido, e então replicou:

"Ah, você vai fazer muitas conquistas, ouso dizer, de um jeito ou de outro. Pobre Brandon! Já deve estar bastante ferido; e valia realmente a pena de atirar-lhe a rede, digo-lhe, apesar da derrapada morro abaixo e da torção de tornozelos."

## ≈ CAPÍTULO 10 ≈

O protetor de Marianne, como Margaret, com mais elegância que precisão, apelidou Willoughby, chegou ao chalé bem cedo na manhã seguinte para certificar-se pessoalmente do estado dela. Foi recebido pela senhora Dashwood com extrema polidez; com uma amabilidade inspirada pelo relato de Sir John a respeito dele e por sua própria gratidão; e tudo o que se passou durante a visita tendeu a assegurá-lo do bom senso, elegância, afeição mútua e conforto doméstico dessa família, que um acidente o levara a conhecer agora. Não houve necessidade de segunda entrevista para convencer-se dos encantos pessoais delas.

A senhorita Dashwood tinha uma compleição delicada, feições regulares e uma marcante e bela figura. Marianne era ainda mais bela. Suas formas, embora não tão perfeitas como as de sua irmã, no tocante à altura, eram mais atraentes; e seu rosto era tão amável que, na fala comum quando se elogia, era chamada de menina linda, a verdade era menos violentamente ultrajada do que usualmente acontece. Sua pele era bem morena, mas, por sua transparência, sua compleição era incomumente brilhante; suas feições eram belas; seu sorriso era doce e atraente; e em seus olhos carregadamente negros, havia vida, espírito, ansiedade, que não podiam ser vistos sem prazer. A expressão deles era, de início, retraída perante a figura de Willoughby pelo embaraço que a lembrança de sua ajuda lhe causava. Mas quando isso passou, quando sua disposição se reavivou, quando viu que aquele cavalheiro incrivelmente educado unia franqueza e vivacidade, e, acima de tudo, quando ela o ouviu declarar que era apaixonadamente fã de música e dança, ela lhe dirigiu tal olhar de aprovação como se pretendesse assegurar-lhe o prazer de seu colóquio durante o resto de sua permanência.

Bastava mencionar qualquer um de seus divertimentos favoritos para impeli-la a falar. Não podia ficar calada quando tais temas eram tocados e não mostrava timidez nem reserva ao discuti-los. Rapidamente descobriram que seu gosto pela dança e pela música era mútuo e que surgia de uma conformidade de pensamento em tudo o que se relacionava a ambos. Encorajada por isso a prosseguir no exame de suas opiniões, passou a perguntar-lhe a respeito de livros: seus autores favoritos foram citados e descritos com tal prazer arrebatador que qualquer jovem de 25 anos teria de ser realmente insensível para não se render de imediato à excelência de tais obras, mesmo que não as levassem em conta anteriormente. Seu gosto era marcantemente similar. Os mesmos livros, as mesmas passagens eram idolatradas pelos dois; ou, se alguma diferença aparecia, se alguma objeção surgia, não duravam mais que a força dos argumentos dela e o brilho de seus olhos pudessem dissipar. Ele consentia em todas as decisões dela, compartilhava de todo o seu entusiasmo; e muito antes de concluir sua visita, já conversavam com a familiaridade de um longo e sólido conhecimento.

"Bem, Marianne," disse Elinor, logo depois que ele as deixou, "acho que para uma manhã você se saiu muito bem. Você já captou a opinião do senhor Willoughby em quase todos os assuntos de importância. Sabe o que ele pensa de Cowper e Scott; está certa de que estima suas belezas como se deve e recebeu todas as garantias de que admira Pope na justa medida. Mas como seus conhecimentos podem ser aprofundados, se você arremata com tão extraordinária precipitação todos os temas de conversa? Logo terão exaurido todos os tópicos prediletos. Outro encontro será suficiente para explicar seus sentimentos sobre a beleza pictórica e segundas núpcias e então poderá não ter mais nada a perguntar."

"Elinor," exclamou Marianne, "julga bonito isso? É justo? Minhas ideias são tão escassas? Mas sei o que quer dizer. Fiquei muito à vontade, muito feliz, muito espontânea. Ataquei todas as noções comuns de decoro; fui aberta e sincera quando devia ter sido reservada, tímida, tola e hipócrita: se eu tivesse falado somente do tempo e das estradas e se tivesse aberto a boca somente a cada dez minutos, esta recriminação teria sido poupada."

"Minha querida," disse sua mãe, "não deve ficar ofendida com Elinor – ela estava só brincando. Eu mesma a teria repreendido se ela pretendesse interferir no prazer de sua conversa com nosso novo amigo." Marianne recobrou acalma num instante.

Willoughby, por seu lado, deu todas as provas de seu prazer por ter travado conhecimento com elas, o que poderia demonstrar um evidente desejo de aprimorá-lo. Vinha para a casa delas todos os dias. De início, vinha com a desculpa de informar-se sobre o estado de Marianne; mas o entusiasmo com que era recebido, que a cada dia era acrescido de maior gentileza, fez tal desculpa desnecessária antes de se tornar impossível, em vista da perfeita recuperação de Marianne. Ficou confinada por alguns dias em sua casa; mas jamais um confinamento tinha sido menos aborrecido. Willoughby era um jovem de boas habilidades, raciocínio rápido, espírito vivaz e aberto, de maneiras afáveis. Era exatamente feito para conquistar o coração de Marianne; pois, a tudo isso, aliava não somente uma personalidade cativante, mas também um entusiasmo natural de espírito, que agora se via estimulado e acrescido pelo exemplo do dela própria, e que o recomendava à sua afeição acima de qualquer outra coisa.

Sua companhia tornou-se gradativamente, para ela, o mais primoroso contentamento. Eles liam, falavam, cantavam juntos; os talentos musicais dele eram consideráveis; e lia com toda a sensibilidade e espírito que infelizmente faltavam a Edward.

Na opinião da senhora Dashwood, como na de Marianne, ele era irrepreensível; e Elinor nada via nele a censurar a não ser uma propensão (tão estimada pela irmã, e em que ele em muito se assemelhava à dela), de dizer o que pensava em qualquer ocasião, sem dar importância a pessoas ou circunstâncias. Ao formar e dar apressadamente sua opinião sobre outras pessoas, ao sacrificar toda cortesia ao prazer de captar a atenção indivisa daquela a quem havia empenhado seu coração, ao menosprezar com demasiada facilidade as formas de convenção social, demonstrava uma falta de cautela que Elinor não podia aprovar, apesar de tudo o que ele e Marianne pudessem dizer em sua defesa.

Marianne começou a perceber agora que o desespero que dela se havia apoderado aos 16 anos e meio, de poder encontrar um homem que satisfizesse suas ideias de perfeição, era algo precipitado e injustificável. Willoughby era tudo o que sua fantasia tinha delineado, naquela infeliz hora e em todos os períodos mais brilhantes, como sendo capaz de conquistá-la; e seu comportamento mostrava que seus desejos, nesse aspecto, eram tão ardentes quanto suas aptidões eram sólidas.

A queda do coronel Brandon por Marianne, que tão cedo havia sido descoberta por seus amigos, voltava-se agora, quando os demais deixaram de notá-lo, para Elinor, que foi a primeira a perceber. A atenção e interesse deles estavam agora voltados para seu rival mais afortunado; e a zombaria em que o outro havia incorrido antes que a afeição se manifestasse foi removida quando seus sentimentos começaram realmente a despertar o ridículo, tão justamente associado à sensibilidade. Elinor foi obrigada, embora contra a vontade, a admitir que os sentimentos dele por ela,que a senhora Jennings havia assinalado, para sua própria satisfação eram agora realmente inspirados por sua irmã; e que, não obstante uma semelhança geral de inclinações entre as partes pudesse estimular o afeto de Willoughby, uma igualmente marcante oposição de caracteres não seria obstáculo em relação ao coronel Brandon. Via isso com preocupação; pois, que poderia esperar um fechado senhor de 35 anos, quando se opunha a ele um jovem vivaz de 25? E embora não pretendesse vê-lo vitorioso, ela desejava de coração que se mantivesse indiferente. Gostava dele – apesar de sua gravidade e reserva, via nele um objeto de interesse. Suas maneiras, ainda que sérias, eram suaves; e sua reserva parecia mais o resultado de alguma opressão do espírito do que de melancolia natural de temperamento. Sir John havia aludido a ferimentos e desapontamentos passados, que a tinham levado a acreditar que era um homem infeliz, e passou a olhá-lo com respeito e compaixão.

Talvez se compadecesse mais dele e o estimasse porque era menosprezado por Willoughby e Marianne que, predispostos contra ele porque não era nem vigoroso nem jovem, pareciam decididos a subestimar seus méritos.

"Brandon é exatamente o tipo de homem," disse Willoughby um dia, quando estavam falando dele, "de quem todos falam bem e ninguém lhe dá atenção; todos ficam contentes em vê-lo e ninguém se lembra de falar dele."

"Isso é exatamente o que penso dele," completou Marianne.

"Não se gabem disso, porém," disse Elinor, "porque é injusto da parte de ambos. Ele é altamente estimado por toda a família em Barton Park e eu própria nunca o vi numa reunião que não tivesse dificuldade em conversar com ele."

"Vê-se que você tenta protegê-lo," replicou Willoughby, "está certamente a favor dele; mas quanto à estima dos outros, é realmente um despropósito. Quem haveria de sujeitar-se à indignidade de ter a consideração de mulheres como a senhora Middleton e a senhora Jennings, que poderiam merecer a indiferença de qualquer um?"

"Mas talvez os ultrajes de pessoas como você e Marianne poderiam melhorar a consideração da senhora Middleton e de sua mãe. Se o elogio delas é censura, a censura de vocês pode ser elogio, pois elas não são mais obtusas do que vocês são preconceituosos e injustos."

"Em defesa de seu protegido você chega a ser até insolente."

"Meu protegido, como o chama, é um homem sensível; e sensibilidade sempre exerce atração em mim. Sim, Marianne, mesmo num homem entre trinta e quarenta anos. Conhece grande parte do mundo; esteve no exterior, leu muito e tem uma mente pensante. Passou-me muitas informações sobre vários assuntos; e sempre respondeu a minhas indagações com a presteza de pessoa bem-educada e de bom caráter."

"Isso quer dizer," retrucou Marianne desdenhosamente, "ele lhe contou que nas Índias orientais o clima é quente e que os mosquitos são insuportáveis."

"Poderia ter-me falado isso, não duvido, se tivesse feito tais perguntas, mas acontece que são pontos sobre os quais eu estava informada previamente."

"Talvez," disse Willoughby, "suas observações se tenham estendido sobre a existência de nababos, moedas de ouro e palanquins."

"Atrevo-me a dizer que as observações *dele* superam de longe a candura de *vocês*. Mas por que não gostam dele?"

"Não é que não goste dele. Considero-o, ao contrário, um homem muito respeitável, que recebe elogios de todos e da atenção de ninguém; um homem que tem mais dinheiro do que pode gastar, mais tempo do que saber como empregá-lo, e dois casacos novos todo ano."

"Acrescente a isso," interrompeu Marianne, "que não tem talento, gosto nem espírito. Que sua compreensão não tem brilho, seus sentimentos não têm ardor e sua voz não tem expressão."

"Vocês criticam as imperfeiçoes de Brandon em conjunto," replicou Elinor, "e muito por força de sua própria imaginação, de modo que a recomendação que eu possa dar dele deverá ser comparativamente fria e insípida. Só posso declarar que é um homem sensível, bem-educado, bem informado, de maneiras gentis, e, acredito, que possui um coração bondoso."

"Senhorita Dashwood," exclamou Willoughby, "está sendo descortês comigo. Você se esforça em me desarmar pela razão e convencer-me contra minha vontade. Mas não conseguirá. Vai me encontrar tão teimoso quanto você está sendo astuciosa. Tenho três razões irrespondíveis para não gostar do coronel Brandon: ameaçou-me com chuva, quando eu queria que fizesse bom tempo; achou errôneo meu jeito de atrelar a carruagem, e não consigo convencê-lo a comprar minha égua parda. Se for de seu agrado, no entanto, saber que julgo seu caráter irrepreensível sob todos os outros aspetos; estou pronto a confessá-lo. E em troca de uma confissão, que me é um tanto dolorosa, não me pode negar o privilégio de não gostar dele como nunca gostei."

## ≈ CAPÍTULO 11 ≈

A senhora Dashwood ou suas filhas mal podiam imaginar, quando vieram para Devonshire, que surgiriam tantos compromissos para ocupar seu tempo, como logo se apresentaram a elas, ou que teriam convites tão frequentes e tão constantes visitas, de modo a deixar-lhes pouco tempo para compromissos mais sérios. Era o que acontecia, porém. Logo que Marianne se recuperou, os programas de diversões dentro de casa e fora, que Sir John vinha arquitetando previamente, foram postos em execução. Então começaram os bailes em Barton Park; e os passeios à beira do rio eram feitos sempre que um outubro chuvoso os permitisse. Willoughby era sempre incluído; o desembaraço e a familiaridade com que comparecia naturalmente a essas festas eram calculadas exatamente para proporcionar-lhe crescente intimidade com as Dashwood, para dar-lhe a oportunidade de testemunhar as qualidades de Marianne, para manifestar sua viva admiração por ela, e receber da parte dela a mais profunda evidência de sua afeição.

Elinor não poderia se surpreender com aquele afeto. Só queria que não fosse mostrado tão ostensivamente; e uma vez ou duas atreveu-se a sugerir a Marianne a decência de certo autodomínio. Mas Marianne odiava todos os encobrimentos quando a falta de reserva não causasse nenhum mal; e visar à repressão sentimentos que não fossem pouco louváveis em si mesmos parecia-lhe não apenas um esforço desnecessário, mas uma vergonhosa sujeição da razão ao senso comum e a noções errôneas. Willoughby pensava o mesmo; e a conduta deles era, em todos os momentos, a ilustração de suas opiniões.

Quando ele estava presente, ela não tinha olhos para mais ninguém. Tudo o que fazia estava certo. Tudo o que dizia era sábio. Se as noitadas em Barton Park terminavam com um jogo de baralho, ele se prejudicava e aos demais parceiros para que ela fizesse uma boa jogada. Se dançavam, eles formavam, durante o tempo todo, o par mais animado da noite; e, quando eram obrigados a se separar, por algumas danças, cuidavam para ficar perto e raramente dirigiam a palavra a alguém. Tal conduta, sem dúvida, fazia com que fossem motivo de riso contínuo; mas o ridículo não os envergonhava e dificilmente parecia provocá-los.

A senhora Dashwood compartilhava de todos os seus sentimentos com um entusiasmo que a deixava sem disposição para verificar essa excessiva demonstração deles. Para ela não passavam das consequências naturais de uma intensa afeição em espíritos jovens e ardentes.

Esse foi um período de felicidade para Marianne. Devotava seu coração a Willoughby, e o profundo apego a Norland que trouxera consigo de Sussex, parecia mais fácil de ser amenizado do que tinha julgado antes, por causa dos encantos que a vida social conferia à sua casa atual.

A felicidade de Elinor não era tão plena. Seu coração não estava tão tranquilo nem tão pura era a satisfação naqueles divertimentos. Não lhe propiciavam qualquer companhia que pudesse ser comparada àquela que deixara para trás, tampouco a levá-la a pensar em Norland com menos tristeza que antes. Nem a senhora Middleton nem a senhora Jennings podiam suprir as conversações de que sentia falta, embora a segunda fosse uma tagarela eterna e a primeira lhe desse atenção com uma bondade que lhe assegurava grande parte de suas conversas. A senhora Jennings já repetira sua própria história a Elinor por três ou quatro vezes; e se a memória de Elinor fosse tão boa quanto a capacidade de improvisação da outra, teria sabido, desde o começo do relacionamento de ambas, todos os detalhes da última doença do senhor Jennings, e o que ele disse à esposa minutos antes de morrer. A senhora Middleton era mais agradável que sua mãe apenas por ser mais calada. Elinor não precisava observar muito para perceber que sua reserva era uma mera compostura de calma com a qual a razão nada tinha a ver. Para com o esposo e a mãe, portava-se da mesma forma como fazia com elas; nada, portanto, na intimidade, a ser procurado ou desejado. Nada tinha a dizer num dia que já não o tivesse dito no dia anterior. Sua insipidez era invariável, pois seu modo de ser era sempre o mesmo; e embora não se opusesse às festas organizadas pelo marido, providenciava para que tudo transcorresse com estilo, e que os dois filhos mais velhos a acompanhassem, nunca parecendo ter maior satisfação em estar com os convidados do que experimentava ao estar sentada em casa; e tão pouco sua presença acrescentava ao prazer dos demais, sempre que participava da conversa deles, que, às vezes, só notavam que ela estava presente no meio deles pela solicitude por seus irrequietos meninos.

Dentre todos os novos conhecidos, somente no coronel Brandon encontrou Elinor uma pessoa que pudesse, sob todos os aspectos, merecer respeito por sua inteligência, despertar o interesse por sua amizade e dar prazer por sua companhia. Willoughby estava fora de questão. Admiração e respeito, até mesmo um respeito fraternal, era tudo o que lhe dedicava; mas ele era um apaixonado, suas atenções estavam todas voltadas para Marianne, e um homem bem menos agradável que ele podia muito bem cair no gosto de todos. O coronel Brandon, infelizmente para ele, não tivera tal alento para pensar só em Marianne, e, ao conversar com Elinor, encontrou o maior consolo para a total indiferença da irmã.

A compaixão de Elinor por ele crescia à medida que tinha motivos para suspeitar de que o sofrimento de uma decepção amorosa já o havia afetado antes. Essa suspeita surgira por algumas palavras que ele deixou escapar numa noite em Barton Park,no momento em que os dois estavam sentados conversando, enquanto os outros dançavam. Seus olhos estavam fixos em Marianne, e, após um silêncio de alguns minutos, disse com um leve sorriso:"- Sua irmã, pelo que entendo, não aprova segundos amores."

"Não," disse Elinor, "suas opiniões são todas românticas."

"Ou antes, segundo creio, ela julga impossível que possam existir."

"Acho que sim. Mas como consegue fazê-lo sem refletir no caráter de seu próprio pai que teve duas esposas, não sei. Daqui a alguns anos, contudo, terá assentado suas opiniões nas bases racionais do senso comum e da observação; e então será mais fácil do que agora defini-las e justificá-las por qualquer um e por si própria."

"Será provavelmente o caso," replicou ele; "e, no entanto, há algo de tão encantador nos preconceitos de uma mente jovem, que dá dó vê-la receptiva a opiniões mais gerais."

"Neste ponto não posso concordar com você," disse Elinor. "Há inconvenientes em tais sentimentos como os de Marianne, que nem todos os encantos do entusiasmo e ignorância do mundo podem reparar. Seus esquemas mentais têm a tendência infeliz de valorizar nulidades; e espero que um melhor conhecimento do mundo possa ser de maior proveito possível para ela."

Após breve pausa, ele retomou a conversa dizendo:

"Sua irmã não faz distinção, em suas objeções,com relação a um segundo envolvimento afetivo? Ou é igualmente criminosa para todos? Aqueles que se desiludiram com sua primeira escolha, seja pela inconstância da pessoa amada ou pela persistência de certas circunstâncias, deveriam ficar indiferentes pelo resto de suas vidas?"

"Palavra de honra, não estou inteirada com esses pormenores de seus princípios. Sei apenas que nunca a ouvi admitir que um segundo amor fosse de qualquer maneira perdoável."

"Isto," disse ele, "não se sustenta; mas uma mudança, uma mudança total de sentimentos – Não, não, não desejo isso; pois quando os requintes românticos de um espírito jovem são obrigados a ceder, com que frequência são substituídos por essas opiniões demasiado comuns ou demasiado perigosas! Falo por experiência própria. Conheci uma vez uma senhora que se assemelhava muito à sua irmã no temperamento e no espírito, que pensava e julgava como ela, mas que por uma mudança forçada – por uma série de circunstâncias infelizes... – E parou de repente; pareceu pensar que tinha falado demais, e por sua contenção deu oportunidade a conjecturas que, de outro modo, talvez não tivessem entrado na cabeça de Elinor. Essa senhora estaria provavelmente fora de toda suspeita, se ele não tivesse convencido a senhorita Dashwood de que quanto se referia à outra não devia ter-lhe escapado dos lábios. Dessa forma, bastou-lhe um leve esforço de fantasia para relacionar a emoção dele com a terna lembrança de uma afeição passada. Elinor não insistiu mais. Marianne, em seu lugar, porém, não teria deixado assim. Toda a história haveria de montar-se rapidamente em sua fértil imaginação; e tudo haveria de compor-se na ordem mais melancólica de um amor desastrado.

## ≈ CAPÍTULO 12 ≈

Quando Elinor e Marianne passeavam juntas na manhã seguinte, esta última deu uma notícia à irmã que, apesar de tudo o que ela já sabia da imprudência de Marianne e de sua falta de juízo, surpreendeu Elinor pelo extravagante testemunho de ambos. Marianne contou-lhe, com a maior satisfação, que Willoughby lhe havia dado um cavalo, criado por ele próprio em sua propriedade em Somersetshire, e que havia sido treinado especialmente para montaria de mulheres. Sem considerar que não estava nos planos da mãe manter qualquer cavalo, que, caso a mãe mudasse sua decisão em favor desse presente, teria de comprar outro para o criado, criado que seria mantido para montá-lo, e,além de tudo, construir um estábulo para abrigar a ambos; apesar disso, ela havia aceitado o presente sem hesitação, e contava isso à irmã entre arroubos de alegria.

"Ele pretende mandar seu criado imediatamente a Somersetshire para isso," acrescentou ela, "e quando chegar, vamos cavalgar todos os dias. Você pode compartilhar seu uso comigo. Imagine, cara Elinor, o prazer de galopar por algumas dessas colinas!"

Muito contra a vontade, teve de despertar desse sonho de felicidade para compreender a triste realidade que o assunto envolvia; e por algum tempo se recusou a submeter-se a ela. Com relação a outro criado, a despesa seria insignificante; tinha toda a certeza de que a mãe não se oporia; um cavalo qualquer estaria bem para ele; sempre poderia conseguir um em Barton Park;-quanto ao estábulo, um simples abrigo seria suficiente. Então Elinor atreveu-se a questionar a conveniência de ela receber tal presente de um homem a quem conhecia tão pouco, ou pelo menos há tão pouco tempo. Isso era demais.

"Você está enganada, Elinor," disse ela, acaloradamente, "ao supor que conheço muito pouco Willoughby. É verdade que não o conheço há muito tempo, mas estou mais familiarizada com ele do que com qualquer outra criatura do mundo, com exceção de você e de mamãe. Não é o tempo ou a oportunidade que determina a intimidade; mas tão somente a disposição. Para certas pessoas, sete anos não seriam suficientes para estabelecer uma amizade verdadeira, enquanto para outras, bastam apenas sete dias. Eu me sentiria culpada de maior inconveniente se aceitasse um cavalo de meu irmão do que de Willoughby. De John sei muito pouco, embora tenhamos vivido alguns anos juntos; mas sobre Willoughby, tenho minha opinião formada há muito tempo."

Elinor julgou mais prudente não tocar mais no assunto. Conhecia o temperamento da irmã. Fazer-lhe oposição em assunto tão delicado só a faria apegar-se ainda mais à sua própria opinião. Mas, ao apelar à sua afeição pela mãe, ao apresentar-lhe os inconvenientes que pesariam sobre sua indulgente mãe se (como provavelmente seria o caso) ela consentisse com esse aumento de despesas, Marianne logo foi persuadida e prometeu que não tentaria a mãe a tão imprudente gentileza, que nem lhe mencionaria a oferta, e que diria a Willoughby, tão logo o visse, que declinava do presente.

Foi fiel à palavra; e quando Willoughby apareceu no chalé, naquele mesmo dia, Elinor ouviu-a expressar-lhe seu desapontamento em voz baixa, por sentir-se obrigada a desistir da aceitação do presente. As razões dessa mudança ao mesmo tempo relatadas, e eram tais que tornavam impossível qualquer insistência da parte dele. Sua preocupação, no entanto, era de todo transparente; e, depois de expressá-la com veemência, acrescentou, também em voz baixa:"Mas, Marianne, o cavalo é seu da mesma forma, embora não posso utilizá-lo agora. Vou guardá-lo somente até que você possa reclamá-lo. Quando deixar Barton para se estabelecer em sua própria e definitiva casa, Queen Mab estará à sua espera."

Tudo isso foi entreouvido pela senhorita Dashwood; e pelo teor de toda a frase, pela maneira como a pronunciou, pela forma de dirigir-se à irmã pelo nome de batismo, ela instantaneamente percebeu uma intimidade tão evidente, um significado tão direto, que demonstravam um perfeito entendimento entre eles. A partir daquele momento não teve mais dúvida de que estavam comprometidos; e, ao certificar-se disso não lhe causou outra surpresa senão que ela como qualquer um de seus amigos, em vista do caráter tão franco dos dois, só o tivessem descoberto por acidente.

Margaret relatou-lhe algo no dia seguinte que pôs esse assunto ainda mais ás claras. Willoughby passara a noite anterior com elas; e Margaret, que ficara algum tempo na sala só com ele e Marianne, tivera oportunidade de fazer algumas observações que, com o rosto bem compenetrado, comunicou à irmã mais velha, quando estavam sozinhas.

"Oh! Elinor," exclamou ela, "tenho um segredo para contar sobre Marianne. Estou certa de que ela vai se casar muito em breve com o senhor Willoughby."

"Você tem dito isso," replicou Elinor, "quase todos os dias desde a primeira vez que se encontraram na colina Highchurch; acho que nem se passara uma semana que se haviam conhecido e você já tinha certeza de que Marianne usava seu retrato preso ao pescoço; mas logo descobrimos que era apenas a miniatura de nosso tio-avô."

"Mas agora é bem outra coisa, é verdade. Estou certa de que vão se casar muito em breve, porque ele tem uma mecha dos cabelos dela."

"Cuidado, Margaret. Pode ser apenas o cabelo de algum tio--avô dele."

"Mas é verdade, Elinor, que é de Marianne. Tenho quase certeza de que é, pois eu o vi cortar. Ontem à noite, depois do chá, quando você e mamãe saíram da sala, eles estavam cochichando e falando juntos muito rápido, e ele parecia estar pedindo algo dela; de repente apanhou a tesoura dela e cortou uma longa mecha de seu cabelo, que lhe caía pelas costas; depois beijou-a, enrolou-a num pedaço de papel branco e colocou-a dentro da carteira."

Diante desses pormenores, expressos com tal autoridade, Elinor não pôde deixar de acreditar nela; nem se dispunha a isso, pois, as circunstâncias estavam em perfeito uníssono com o que ela própria havia ouvido e visto.

A sagacidade de Margaret nem sempre era mostrada de maneira satisfatória à irmã. Quando a senhora Jennings a pressionou certa noite em Barton Park para revelar o nome do jovem eleito de Elinor, que havia muito tempo era objeto da curiosidade dessa senhora, Margaret respondeu olhando para a irmã e dizendo: "Não devo dizer, não é, Elinor?"

Isso naturalmente fez com que todos rissem; e Elinor tentou rir também. Mas o esforço foi penoso. Estava convencida de que Margaret pensava numa pessoa cujo nome ela não tolerar com compostura que se tornasse alvo das brincadeiras da senhora Jennings.

Marianne sentiu sinceramente por ela; mas fez mais mal que bem para o caso ao voltar-se enrubescida e dizendo de maneira irritada a Margaret:

"Lembre-se de que, sejam quais forem suas conjecturas, você não tem o direito de revelá-las."

"Nunca fiz conjecturas a respeito," replicou Margaret; "foi você mesma que me disse."

Isso aumentou a hilaridade dos presentes, e Margaret foi ansiosamente pressionada para que dissesse mais alguma coisa.

"Oh! Por favor, senhorita Margaret, deixe-nos saber de tudo," disse a senhora Jennings. "Qual é o nome do cavalheiro?"

"Não posso dizê-lo, minha senhora. Mas sei muito bem de quem se trata; e sei também onde está."

"Sim, sim, podemos adivinhar onde ele está; em sua própria casa em Norland, certamente. É o cura da paroquia, ouso dizer."

"Não, *isso* é que não. Ele não tem profissão alguma."

"Margaret," disse Marianne, muito irritada, "você sabe muito bem que tudo isso é pura invenção sua, e que não existe tal pessoa."

"Bem, então deve ter morrido recentemente, Marianne, pois estou certa de que esse homem existiu alguma vez e que seu nome começa com F."

Elinor ficou profundamente agradecida à senhora Middleton por ter observado, nesse momento,"que estava chovendo muito", embora acreditasse que a interrupção foi provocada menos por consideração a ela do que pelo grande desgosto da dona da casa diante de todos esses assuntos tão deselegantes de brincadeiras, que tanto agradavam ao marido e à mãe. A ideia introduzida por ela foi imediatamente seguida pelo coronel Brandon, que em todas as ocasiões se mostrava atento aos sentimentos dos outros; e muito foi dito por ambos a respeito da chuva. Willoughby abriu o piano e pediu a Marianne que tocasse; e assim, entre as várias tentativas de diferentes pessoas para deixar de lado esse tópico, caiu no esquecimento. Mas não foi tão fácil para Elinor recobrar-se do susto que o fato lhe causara.

Nessa noite foi formado um grupo que, no dia seguinte,iria visitar um local muito bonito, a cerca de doze milhas de Barton, pertencente a um cunhado do coronel Brandon, sem cuja companhia não poderia ser visitado, pois o proprietário, que se encontrava no exterior, havia deixado ordens estritas nesse sentido. A área era considerada extremamente bonita, e Sir John, que era o mais ardoroso em elogiá-la, podia ser considerado um juiz confiável, pois havia formado grupos de visitantes pelo menos duas vezes a cada verão dos últimos dez anos. Nela havia um belo lago – velejar nele comporia boa parte dos divertimentos da manhã; levariam comidas frias, viajariam só em carruagens abertas e tudo seria conduzido dentro dos padrões usuais de um prazeroso passatempo.

Para uns poucos do grupo, pareceu uma empresa bastante temerária, considerando a época do ano, pois chovera todos os dias da última quinzena; e a senhora Dashwood, que já estava resfriada, foi persuadida por Elinor a ficar em casa.

## ≈ CAPÍTULO 13 ≈

A planejada excursão a Whitwell aconteceu de modo muito diferente do que Elinor tinha pensado. Ela estava preparada para ficar toda molhada, cansada e assustada; mas o ocorrido foi mais inauspicioso ainda, pois acabaram não indo.

Por volta das dez horas, todo o grupo já estava reunido em Barton Park para tomar o café. A manhã estava bastante favorável, embora tivesse chovido durante toda a noite; as nuvens estavam se dispersando no céu e o sol aparecia com frequência. Todos estavam muito entusiasmados e de bom humor, ansiosos por se divertirem e determinados a submeter-se aos maiores percalços e apuros, sem esperar que ocorresse o contrário.

Enquanto estavam tomando o café, chegaram cartas do correio. Entre elas, havia uma para o coronel Brandon: – apanhou-a, verificou o remetente, mudou de cor e imediatamente deixou a sala.

"O que aconteceu com Brandon?" perguntou Sir John.

Ninguém soube dizer.

"Espero que não tenha más notícias," disse a senhora Middleton. "Deve ser algo extraordinário para fazer o coronel Brandon abandonar a mesa tão repentinamente."

Cerca de cinco minutos depois, ele retornou.

"Não são más notícias, coronel, espero," disse a senhora Jennings, quando ele entrava na sala.

"Certamente não, minha senhora, muito obrigado."

"Veio de Avignon? Espero que não seja para informá-lo de que sua irmã piorou."

"Não, minha senhora. Veio da cidade, e é uma simples carta comercial."

"Mas como é que se descompôs tanto, se é apenas uma carta comercial? Vamos, vamos, não deve ser isso, coronel; diga a verdade."

"Minha querida mãe," disse a senhora Middleton, "pondere o que está dizendo."

"Será que é para informá-lo de que sua prima Fanny se casou?" disse a senhora Jennings, sem se importar com a recriminação da filha.

"Não, na verdade, não."

"Bem, então sei de quem é, coronel. E espero que ela esteja bem."

"A quem se refere, minha senhora?" perguntou ele, corando um pouco.

"Oh! Sabe a quem me refiro."

"Estou particularmente sentido, minha senhora," disse ele, dirigindo-se à senhora Middleton, "por ter recebido esta carta hoje, pois se refere a negócios que exigem minha imediata presença na cidade."

"Na cidade!" exclamou a senhora Jennings. "Que teria a fazer na cidade nesta época do ano?"

"Perco, e muito," continuou ele, "ao ser obrigado a abandonar tão agradável passeio; mas estou mais preocupado ainda ao pensar que minha presença é necessária para que possam visitar Whitwell."

Que choque para todos essas palavras!

"Mas se o senhor escrever um bilhete à governanta, senhor Brandon," disse Marianne, ansiosamente, "não seria o suficiente?"

Ele meneou a cabeça.

"Temos que ir," disse Sir John. "Não há como desistir quando estamos tão próximos. Não pode ir à cidade amanhã, Brandon? Isso resolve tudo."

"Até que gostaria, se fosse tão fácil assim. Mas não depende de minha vontade adiar a viagem por um dia!"

"Se pelo menos nos contasse de que negócio se trata," disse a senhora Jennings, "poderíamos saber se pode ser adiado ou não."

"Não se atrasaria nem seis horas," disse Willoughby, "se adiasse sua viagem para depois de nosso regresso."

"Não posso me permitir o atraso de uma hora sequer."

Elinor ouviu então Willoughby dizer em voz baixa a Marianne: "Há pessoas que não suportam encontros divertidos. Brandon é uma delas. Atrevo-me a dizer que estava com receio de pegar um resfriado, e cogitou esse truque para evitar o passeio. Apostaria até um dinheiro que ele mesmo escreveu a carta."

"Não tenho a menor dúvida," replicou Marianne.

"Não há como persuadi-lo a mudar de opinião, Brandon, sei disso há tempos," disse Sir John, "quando você está decidido a uma coisa. Mas espero que reflita melhor sobre o caso. Considere bem: aqui estão as duas senhoritas Careys, que vieram de Newton, as três senhoritas Dashwood, que caminharam desde o chalé, e o senhor Willoughby, que acordou duas horas mais cedo que o habitual, especialmente para ir a Whitwell."

O coronel Brandon tornou a repetir que se sentia magoado por ser a causa do desapontamento de todos; mas, ao mesmo tempo, declarava que sua partida era inadiável.

"Está bem, e quando vai estar de volta?"

"Espero que o veremos em Barton," acrescentou a dona da casa, "tão logo possa deixar, sem inconveniências, a cidade; podemos adiar o passeio a Whitwell até seu retorno."

"Vocês são muito gentis. Mas é tão incerto quando poderei voltar, que não me atrevo de forma alguma comprometer-me com isso."

"Oh! Deve e tem de voltar," bradou Sir John. "Se não estiver aqui até o fim da semana, eu vou à sua procura."

"Eh! Isso mesmo, Sir John," exclamou a senhora Jennings, "talvez então poderá descobrir de que negócio se trata."

"Não quero me intrometer nos assuntos de outros. Suponho que seja algo de que ele se envergonha."

Vieram anunciar que os cavalos do coronel estavam a postos.

"Não vai à cidade a cavalo, não é?" acrescentou Sir John.

"Não. Só até Honiton. Dali irei na diligência."

"Bem, já que está decidido a ir, desejo-lhe boa viagem. Mas o melhor seria mudar de ideia."

"Asseguro-lhe que não depende de mim."

Então se despediu de todos.

"Haverá alguma chance de vê-la e a suas irmãs na cidade neste inverno, senhorita Dashwood?"

"Receio que nenhuma de nós."

"Então devo despedir-me por mais tempo do que desejaria."

Diante de Marianne ele simplesmente se inclinou e nada disse.

"Vamos, coronel," disse a senhora Jennings, "antes de partir, diga-nos o que vai fazer por lá."

Ele desejou-lhe um bom dia e, acompanhado de Sir John, deixou a sala.

Os queixumes e lamentações que a polidez tinha até então reprimido agora explodiam de parte de todos; e concordaram, mais de uma vez, como fora provocador serem desapontados desse jeito.

"Posso adivinhar que tipo de negócio é esse," disse a senhora Jennings exultante.

"É mesmo, senhora?" perguntaram quase todos.

"Sim; trata-se da senhorita Williams, tenho certeza."

"E quem é a senhorita Williams?" perguntou Marianne.

"Como! Não sabe quem é a senhorita Williams? Estou certa de que deve ter ouvido falar dela antes. É uma parente do coronel, minha querida; uma parenta muito próxima. Não vamos dizer o quanto é próxima para não chocar as senhoritas." Então, baixando um pouco a voz, disse a Elinor: "É a filha natural do coronel."

"Verdade?"

"Oh, sim; e parecida com ele a olhos vistos. Atrevo-me a dizer que o coronel lhe deixará toda a sua fortuna."

Quando Sir John voltou, juntou-se com toda a sinceridade ao pesar geral por acontecimento tão lamentável; concluiu, no entanto, vendo que todos estavam reunidos, que deviam fazer algo para tornar o encontro mais agradável; depois de trocar ideias, concordaram que, embora o verdadeiro prazer tivesse sido o de visitar Whitwell, poderiam encontrar uma maneira de distrair a mente passeando pela região. Mandaram vir as carruagens; a de Willoughby foi a primeira a chegar e Marianne nunca se mostrara mais feliz do que ao entrar nela. Ele partiu pelo parque em disparada e logo estavam fora de vista;e ninguém mais os viu até seu retorno, que só ocorreu depois do regresso de todos os outros. Ambos pareciam encantados com o passeio; mas disseram apenas em breves palavras que tinham seguido por atalhos, enquanto os outros haviam ido pelas encostas.

Ficara combinado que haveria uma dança à noite e que todos poderiam se divertir muito durante o dia todo. Mais alguns membros da família Careys vieram para jantar; e teriam o prazer de ver sentadas à mesa perto de vinte pessoas, como observou Sir John com grande contentamento. Willoughby tomou seu lugar habitual entre as duas senhoritas mais velhas da família Dashwood. A senhora Jennings sentou-se do lado direito de Elinor; e pouco depois de todos se acomodaram, inclinou-se por trás dela e de Willoughby e disse a Marianne, em voz bastante alta para que os dois ouvissem: "Eu descobri tudo, apesar de todos os seus truques. Sei onde passaram a manhã."

Marianne corou replicou apressadamente: "Onde, por favor?"

"A senhora não sabia," disse Willoughby, "que saímos em minha carruagem?"

"Claro que sim, senhor Imprudência, sabia muito bem, mas estava determinada a saber onde tinham estado. Espero que goste de sua casa, senhorita Marianne. Sei que é muito grande;e quando eu for visitá-la, espero que tenha trocado a mobília, pois já estava realmente necessitando disso quando lá estive seis anos atrás."

Marianne virou-se de lado, muito confusa. A senhora Jennings riu de bom gosto; e Elinor descobriu que, em sua determinação de saber onde os dois haviam estado, a senhora Jennings interpelara pessoalmente o criado do senhor Willoughby; e com esse estratagema tinha sido informada que eles haviam ido a Allenham, onde passaram um tempo considerável, passeando pelo jardim e percorrendo a casa toda.

Elinor mal podia acreditar que isso fosse verdade, pois lhe parecia improvável que Willoughby propusesse, e Marianne aceitasse, entrar na casa enquanto lá estivesse a senhora Smith, com quem Marianne não tinha o menor relacionamento.

Tão logo abandonaram a sala de jantar, Elinor indagou-a sobre isso; e grande foi sua surpresa quando descobriu que todos os detalhes narrados pela senhora Jennings eram perfeitamente verdadeiros. Marianne estava zangada com a irmã por ter duvidado disso.

"Por que haveria de imaginar, Elinor, que não iriamos para lá ou que não veríamos a casa? Não é o que você própria desejou fazer muitas vezes?"

"Sim, Marianne, mas eu não iria enquanto a senhora Smith lá estivesse, e sem outra companhia além do senhor Willoughby."

"O senhor Willoughby, no entanto, é a única pessoa que tem o direito de mostrar essa casa; e como foi numa carruagem aberta, era impossível levar mais alguém em companhia. Nunca passei uma manhã tão agradável em minha vida."

"Temo," replicou Elinor, "que o prazer de uma ação não justifique necessariamente sua conveniência."

"Pelo contrário, nada poderia ser melhor prova disso, Elinor; se houvesse alguma inconveniência no que fiz, eu o teria sentido na hora, pois sempre sabemos quando estamos agindo mal e,com tal convicção, não teria sentido prazer algum."

"Mas, querida Marianne, como você já foi exposta a algumas observações bem impertinentes, não começa agora a duvidar da discrição de sua conduta?"

"Se as observações impertinentes da senhora Jennings forem prova de conduta imprudente, estamos todos cometendo deslizes a todo instante de nossas vidas. Não dou mais importância à sua censura do que a seus elogios. Não sinto que tenha feito qualquer coisa de errado ao entrar nos terrenos da senhora Smith ou ao ver sua casa. Um dia serão propriedade do senhor Willoughby e..."

"Mesmo que um dia venham a ser seus, Marianne, não se justificaria o que você fez agora."

Ela corou com essa insinuação; mas lhe era ainda visivelmente gratificante o que fizera; e depois de um intervalo de dez minutos de compenetração, voltou para junto da irmã e disse com humor sereno:"Elinor, talvez tenha sido precipitada demais ao ir a Allenham, mas o senhor Willoughby queria especialmente mostrar-me o local; e é uma casa encantadora, posso lhe garantir. Há uma sala de visitas extremamente bela no andar de cima; de tamanho conveniente e confortável para uso constante e, com móveis modernos, seria agradabilíssima. Localizada num canto, tem janelas para os dois lados. De um deles, você avista os gramados, atrás da casa, e um belo bosque ao fundo; e do outro, você tem uma vista da igreja e da vila, e, mais além, daquelas belas colinas íngremes que tantas vezes admiramos. Só não a achei mais linda porque nada poderia estar em pior estado que os móveis. Mas se fosse mobiliada de novo – isso custaria uma centena de libras, diz Willoughby – poderia tornar-se uma das mais agradáveis salas de verão da Inglaterra."

Se Elinor tivesse continuado a ouvi-la sem a interrupção dos demais, teria descrito cada cômodo da casa com o mesmo entusiasmo.

## ≈ CAPÍTULO 14 ≈

A súbita interrupção da visita do coronel Brandon em Barton Park e sua obstinação em não ocultar sua causa ocuparam a mente e despertaram a imaginação da senhora Jennings por dois ou três dias; era muito curiosa, como ocorre com quem mostra um interesse muito vivo pelas idas e vindas de todos os seus conhecidos. Ficava matutando, quase de modo contínuo, qual poderia ser a razão disso; estava certa de que deveria alguma notícia má e pensou em todo tipo de infortúnio que poderia ter-lhe acontecido, com a firme convicção de que ele não escaparia de todos.

"Deve ser algo muito triste, estou certa," disse ela. "Pode-se vê-lo em seu rosto. Pobre homem! Receio que sua situação não é das melhores. A propriedade de Delaford nunca rendeu mais que duas mil libras por ano, e seu irmão deixou todas as coisas em péssimas condições. Penso que teve de ir por questões de dinheiro, pois que outra coisa poderia ser? Imagino que seja isso. Daria tudo para saber a verdade. Talvez seja por causa da senhorita Williams e, pelo visto, ouso dizer que seja, porque se mostrou muito pensativo, a mencionei. Talvez esteja doente em Londres; nada mais provável no mundo, pois fiquei sabendo que sempre foi bastante doentia. Apostaria qualquer coisa que se trata da senhorita Williams. Não é tão provável que esteja em apuros financeiros agora, pois é um homem muito prudente e, com certeza, já deve ter posto em ordem a propriedade. Não sei realmente o que possa ser! Talvez a irmã tenha piorado em Avignon e mandou chamá-lo. Sua partida feita com tanta pressa parece apontar para isso. Bem, desejo vê-lo livre de todas as suas preocupações, de coração,e, de quebra, que encontre uma boa esposa.

Assim ia imaginando, assim ia falando a senhora Jennings em suas conjecturas. Sua opinião variava a cada nova conjectura, e todas pareciam igualmente prováveis à medida que surgiam. Elinor, embora se sentisse realmente interessada no bem-estar do coronel Brandon, não podia manifestar toda a surpresa com sua súbita partida, como a senhora Jennings estava desejosa em adivinhar, visto que, em sua opinião, além da circunstância não justificar tal prolongada estupefação ou a variedade das especulações, sua surpresa estava voltada em outra direção. Estava preocupada com o extraordinário silêncio da irmã e Willoughby sobre o assunto, que deviam saber que era particularmente interessante para todos. Como esse silêncio perdurasse, a cada dia que passava parecia mais estranho e mais incompatível com o temperamento de ambos. Elinor não entendia por que não participavam abertamente à mãe e a ela aquilo que o constante comportamento de ambos demonstrava haver.

Ela podia facilmente compreender que o casamento não estava de imediato ao alcance deles, pois, embora Willoughby fosse independente, não havia razões para crer que fosse rico. Sua propriedade devia render, segundo Sir John, cerca de seiscentas ou setecentas libras por ano; mas ele vivia com despesas que essa entrada anual dificilmente poderia cobrir, e ele próprio havia se queixado, não poucas vezes, de sua pobreza. Mas ela não conseguia entender essa estranha espécie de segredo que os dois mantinham em relação a seu compromisso que, de fato, nada podia encobrir; era tão contraditório às suas opiniões gerais e a sua conduta que ela, por vezes, ficava em dúvida se estariam realmente comprometidos, e essa dúvida era suficiente para impedir que fizesse qualquer indagação a Marianne.

Nada podia ser mais indicativo do compromisso dos dois que o comportamento de Willoughby. Tinha para com Marianne toda a distinta ternura que o coração de um apaixonado pode demonstrar e, para com o resto da família, mostrava a afetuosa atenção de um filho e de um irmão. Parecia considerar e amar o chalé como se fosse sua própria casa; passava muito mais horas ali que em Allenham; e se nenhum compromisso geral os reunia em Park, e o passeio, que o convidava a sair pela manhã, era quase certo que terminava ali, onde passava o resto do dia ao lado de Marianne, com seu cão favorito aos pés dela. Certa noite em particular, aproximadamente uma semana depois que o coronel Brandon havia deixado a região, seu coração parecia mais aberto que de costume a todos os sentimentos de apego aos objetos em seu entorno; e quando a senhora Dashwood mencionou seu desígnio de fazer melhorias no chalé durante a primavera, ele se opôs acaloradamente a qualquer alteração de um lugar que sua afeição o considerava perfeito.

"Como!" exclamou ele, "melhorar este adorável chalé! Não. Nunca hei de consentir nisso. Nenhuma pedra deverá ser acrescida a suas paredes, nem uma polegada a suas dimensões, se tiver consideração por meus sentimentos."

"Não fique assim alarmado," disse a senhorita Dashwood, "nada desse tipo vai ser feito; pois minha mãe nunca terá dinheiro suficiente para tentá-lo.

"Fico profundamente contente com isso," exclamou ele. "Tomara que ela seja sempre pobre, visto que não sabe empregar melhor a riqueza."

"Obrigada, Willoughby. Pode ficar tranquilo que eu não sacrificaria um sentimento de seu apego pelo local, ou de qualquer outra pessoa a quem estimo, por todas as melhorias do mundo. Depende da quantia que pode sobrar, quando fizer minhas contas na primavera, ainda assim preferiria deixá-la sem emprego que dispor dela de uma maneira tão penosa para você. Mas está realmente tão apegado a este local que não veja nele nenhum defeito?"

"Estou," disse ele. "Para mim, é impecável. Não, mais ainda, considero-o como a única forma de construção em que se alcança a felicidade e, se eu fosse bastante rico, poria imediatamente minha casa de Combe abaixo e a reconstruiria seguindo exatamente o projeto deste chalé."

"Com escadas escuras e estreitas, e uma cozinha que deita fumaça, suponho," disse Elinor.

"Sim," exclamou ele no mesmo tom acalorado, "com tudo e com todas as coisas que lhe pertencem; – a mínima variação poderia ser percebida em nenhuma de suas conveniências ou inconveniências. Então, e só então, sob tal teto, talvez eu pudesse ser tão feliz em Combe como tenho sido em Barton."

"Sinto-me lisonjeada," replicou Elinor, "se, mesmo com as desvantagens de melhores quartos e de uma escada mais ampla, você vier no futuro a achar a sua própria casa tão impecável quanto a nossa agora."

"Há certamente circunstâncias," disse Willoughby, "que a tornam muito cara para mim; mas este local terá sempre uma influência em minha afeição que nenhuma outra possivelmente poderá ter."

A senhora Dashwood olhou com prazer para Marianne, cujos belos olhos estavam fixados tão expressivamente em Willoughby, que demonstravam claramente o quanto ela o entendia.

"Quantas vezes desejei," acrescentou ele, "quando estive em Allenham há um ano, que o chalé de Barton estivesse habitado! Nunca passava perto dele sem admirar sua localização e sem lamentar que ninguém morasse nele. Nem sequer podia imaginar que a primeira notícia que haveria de ouvir da senhora Smith, logo que cheguei a esta região, que o chalé de Barton estava alugado; senti uma satisfação imediata e interesse pelo fato, que nada a não ser uma espécie de pressentimento da felicidade que haveria de sentir aqui pode explicar. Não deverá ter sido isso, Marianne?" falando-lhe em voz mais baixa. Depois, continuando no tom anterior, disse: "E é esta casa que haveria de estragar, senhora Dashwood? Haveria de roubar-lhe a simplicidade com melhoramentos imaginários? E esta encantadora sala de estar, onde nos conhecemos e na qual desde então passamos juntos tantas horas felizes, você haveria de degradá-la à condição de uma entrada comum, e todos haveriam de passar ansiosos pela sala que até então continha mais acomodações e conforto do que qualquer outro ambiente de dimensões mais generosas do mundo poderia possivelmente oferecer?"

A senhora Dashwood tornou a assegurar-lhe que nenhuma alteração desse tipo seria tentada.

"A senhora é uma mulher bondosa," replicou ele calorosamente. "Sua promessa me deixa tranquilo. Estenda o chalé um pouco mais e me fará feliz. Diga-me que não apenas sua casa permanecerá igual, mas que sempre haverei de encontrar a senhora e os seus tão inalterados quanto a casa; e que sempre haverá de me tratar com a bondade que me tornou tão caras todas as coisas que lhe pertencem."

A promessa foi imediatamente feita e o comportamento de Willoughby durante o resto da noite demonstrava, a uma vez, sua afeição e felicidade.

"Haveremos de vê-lo amanhã para o jantar?" perguntou a senhora Dashwood quando ele estava se despedindo. "Não lhe peço para vir de manhã, pois temos que ir a Barton Park visitar a senhora Middleton."

Ele se comprometeu a estar com elas às quatro horas.

## ≈ CAPÍTULO 15 ≈

A visita da senhora Dashwood à senhora Middleton ocorreu no dia seguinte e duas de suas filhas foram com ela; mas Marianne se desculpou por não poder ir, alegando um pretexto trivial de outros afazeres; e sua mãe, chegando à conclusão de que, na noite anterior, Willoughby lhe teria feito a promessa de vê-la enquanto elas estivessem ausentes, esteve plenamente de acordo em deixá-la ficar em casa. De regresso de Barton Park, elas encontraram o coche de Willoughby e o criado esperando na frente do chalé, e a senhora Dashwood ficou convencida de que sua conjectura havia sido justa. Até então tudo se passara como havia previsto; mas, ao entrar em casa, notou algo que nenhuma previsão a fizera esperar. Mal haviam chegado ao corredor, Marianne saiu apressadamente da sala de estar, aparentemente tomada de violenta aflição, com seu lenço nos olhos, e, sem reparar nelas, correu escada acima. Surpresas e alarmadas, entraram diretamente na sala que Marianne acabara de deixar, onde encontraram somente Willoughby, reclinado contra a lareira, de costas para elas. Voltou-se ao ouvi-las entrar e seu semblante demonstrava que havia participado intensamente da emoção que dominara Marianne.

"Que aconteceu com ela?" perguntou a senhora Dashwood ao entrar. "Está se sentindo mal?"

"Espero que não," replicou ele, tentando mostrar-se alegre; e com um sorriso forçado, logo acrescentou: "Eu é que tenho motivo para não me sentir bem – pois estou sofrendo por causa de um grande desapontamento!"

"Desapontamento?"

"Sim, porque me sinto incapaz de manter a promessa que lhes fiz. A senhora Smith exerceu sobre mim, esta manhã, o privilégio do rico sobre o pobre primo dependente, enviando-me a Londres a negócios. Acabo de receber meus encargos e de despedir-me de Allenham; e tomei a liberdade de vir agora despedir-me de vocês."

"Para Londres! – e vai partir esta manhã?"

"Praticamente agora."

"É algo muito triste. Mas a senhora Smith deve estar forçada a isso; e seus negócios não irão afastá-lo de nós por muito tempo, espero."

Ele corou ao responder: "A senhora é muito amável, mas não tenho ideia se vou retornar a Devonshire imediatamente. Minhas visitas à senhora Smith nunca se repetem mais de uma vez por ano."

"E a senhora Smith é sua única amiga? Allenham é a única casa desta redondeza em que seria bem-vindo? Que vergonha, Willoughby! Acredita que deve esperar por um convite para vir aqui?"

Seu rubor aumentou e, com os olhos fitos no chão, replicou apenas: "A senhora é boa demais."

A senhora Dashwood olhou para Elinor com surpresa. Elinor sentia a mesma perplexidade. Por alguns momentos todos ficaram em silêncio. A senhora Dashwood foi a primeira a voltar a falar:

"Tenho somente a acrescentar, meu caro Willoughby, que sempre será bem-vindo neste chalé; e não pretendo pressioná--lo a voltar imediatamente para cá, porque só você pode julgar quanto isso poderia não agradar à senhora Smith; e, neste ponto, não me sinto de modo algum disposta a questionar seus motivos como a duvidar de seus propósitos."

"Meus compromissos atuais," replicou Willoughby, confuso, "são de tal natureza – que – não ouso me gabar..."

Parou. A senhora Dashwood estava abismada demais para falar e outra pausa sucedeu-se. Foi Willoughby quem quebrou o silêncio, dizendo, com um sorriso apagado: "É loucura protelar isso dessa maneira. Não quero me atormentar por mais tempo permanecendo entre amigos de cuja convivência me será impossível doravante desfrutar."

Então despediu-se de todos apressadamente e deixou a sala. Viram-no subir na carruagem e, num minuto, já estava fora de vista.

A senhora Dashwood estava muito emocionada para poder falar e instantaneamente saiu da sala para abrandar a sós a inquietação e o sobressalto que aquela partida imprevista ocasionara.

O mal-estar de Elinor era pelo menos igual ao da mãe. Pensava no que se havia passado há pouco com ansiedade e desconfiança. O comportamento de Willoughby ao despedir-se delas, seu embaraço, seu fingimento de alegria e, acima de tudo, sua indiferença em aceitar o convite da mãe, relutância tão incompreensível para alguém apaixonado, tão despropositado para ele próprio, era o que a perturbava enormemente. Em um momento temeu que nunca tivesse havido uma intenção mais séria da parte dele e, em outro, que tivesse surgido alguma discussão desastrada entre ele e a irmã: – a tristeza com que Marianne havia deixado a sala era tanta que só poderia justamente ocorrer de uma séria discussão, embora, ao considerar quanto Marianne o amava, um desentendimento lhe parecesse quase impossível. Mas, fossem quais fossem os motivos da separação deles, a aflição da irmã era indubitável; e pensou com a mais terna compaixão na violenta dor que Marianne, com toda a probabilidade, não estava tentando aliviar, mas alimentando e encorajando como um dever.

Cerca de meia hora depois, sua irmã retornou e, embora seus olhos estivessem vermelhos, seu semblante não parecia carregado.

"Nosso caro Willoughby deve estar agora a algumas milhas de Barton, Elinor," disse ela enquanto se sentava para trabalhar, "e quem sabe com que peso no coração deve estar viajando!"

"Tudo é muito estranho. Partir assim tão repentinamente! Parece obra do acaso. E ontem à noite estava conosco tão feliz, tão alegre, tão afetuoso! E agora, depois de nos avisar só dez minutos antes – partir sem pretender voltar! – Algo mais do que nos revelou deve ter acontecido. Não falava nem se comportava como se fosse o próprio. *Você* deve ter reparado na diferença tanto quanto eu. Que poderia ser? Será que discutiram? Que outro motivo teria para mostrar tal indiferença em aceitar seu convite para vir aqui?"

"Não era vontade o que lhe faltava, Elinor; pude ver isso claramente. Não estava em seu poder aceitá-lo. Pensei muito bem nisso e agora posso compreender perfeitamente tudo o que de início pareceu estranho a mim como a você."

"Pode mesmo?"

"Posso. Já o expliquei a mim mesma da maneira mais satisfatória; mas você, Elinor, que gosta de duvidar de tudo que pode – não a satisfará, eu sei; mas não vai conseguir derrubar minha convicção. Estou persuadida de que a senhora Smith suspeita de sua consideração por Marianne, desaprova-a (talvez por ter outra em vista para ele) e, por essa razão, está ansiosa em mandá-lo embora; e os negócios a fechar, para os quais ela o mandou partir, são inventados como desculpa para tirá-lo daqui. Julgo que é isso o que deve ter acontecido. Além do mais, ele deve estar ciente de que ela realmente desaprova o namoro, e por isso não ousa até hoje confessar-lhe seu compromisso com Marianne, e se sente obrigado, por sua situação de dependência, a seguir a vontade dela e ausentar-se de Devonshire por algum tempo. Você me dirá, eu sei, que isso pode ter acontecido ou não; mas não darei ouvidos a objeções capciosas, a menos que me indique outro método para entender a questão tão satisfatório quanto este. E agora, Elinor, o que tem a dizer?"

"Nada, visto que se antecipou à minha resposta."

"Então você me teria dito que isso pode ter acontecido ou não. Oh! Elinor, como são incompreensíveis seus sentimentos. Você dá mais crédito ao mal que ao bem. Está à procura de uma desgraça para Marianne e de uma culpa para o pobre Willoughby, e não de uma desculpa para ele. Está decidida a considerá-lo culpado por ter se despedido de nós com menos afeição do que seu comportamento usual tem mostrado. E não se deve admitir que foi feito por inadvertência ou por estar deprimido pelos recentes desapontamentos? As possibilidades não devem ser aceitas simplesmente porque não constituem certezas? Será que não devemos nada ao homem que sempre nos deu razões para amá-lo e nenhuma neste mundo para desconfiar dele? Para a possibilidade de motivos irrespondíveis em si, embora inevitável segredo por ora? Enfim, por que suspeita dele?"

"Dificilmente saberia dizê-lo eu mesma. Mas a suspeita de algo desagradável é a consequência inevitável de tal alteração que nele acabamos de testemunhar. É bem verdade, contudo,o que tange à condescendência que devemos ter com ele, e meu desejo é manter-me isenta no julgamento de quem quer que seja. Willoughby deve, indubitavelmente, ter razões suficientes para sua conduta, e espero que as tenha. Mas teria sido mais condizente com Willoughby que nos desse a conhecer essas razoes de imediato. O segredo pode ser recomendável; mas ainda assim não posso deixar de me admirar de que o queira guardar."

"Não o censure, porém, por desviar-se de seu caráter quando

o desvio é necessário. Mas você admite realmente a justeza do que eu disse em defesa dele? – Estou feliz – e ele, absolvido."

"Não inteiramente. Pode ser oportuno ocultar seu compromisso (se estão comprometidos) à senhora Smith; se for este o caso, deve ser altamente estratégico para Willoughby permanecer o mínimo possível em Devonshire no momento. Mas isso não é desculpa para que eles o escondam de nós."

"Escondê-lo de nós! Minha querida filha, acusa Willoughby e Marianne de dissimulação? Isso é estranho, de verdade, quando seus olhos viviam recriminando-os todos os dias por falta de discrição."

"Não preciso de prova para o afeto deles," disse Elinor, "mas para seu compromisso, sim."

"Estou perfeitamente satisfeita com os dois."

"Nenhuma sílaba, no entanto, lhe foi dita sobre o assunto por qualquer um deles."

"Não necessito de sílabas quando as ações falam tão claramente. A conduta dele com Marianne e com todas nós, pelo menos nestas duas últimas semanas, declarava que a amava e a considerava como sua futura esposa, e que sentia por nós todo o afeto de parentes próximos? Não nos temos entendido perfeitamente bem? Meu consentimento não tem sido diariamente solicitado por seus olhares, seus modos, seu respeito atento e afetuoso? Elinor,é possível duvidar de seu compromisso? Como tal pensamento pode lhe ocorrer? Como se poderia supor que Willoughby, persuadido como deve estar do amor de sua irmã, fosse deixá-la e talvez deixá-la por meses, sem lhe dizer de seu afeto – que pudessem separar-se sem troca recíproca de confidências?"

"Confesso," replicou Elinor, "que todas as circunstâncias, exceto uma, estão a favor de seu compromisso; mas essa uma é o total silêncio de ambos sobre o assunto, e para mim ela quase supera em peso todas as outras."

"Que estranho! Você deve certamente pensar da pior forma possível de Willoughby se, depois de tudo quanto se passou abertamente entre eles, ainda consegue duvidar da natureza das razões pelas quais estão juntos. Será que ele esteve, em seu comportamento, ludibriando sua irmã durante todo esse tempo? Considera-o indiferente a ela realmente?"

"Não, não posso pensar isso. Deve amá-la, sim, sem dúvida."

"Mas com uma estranha espécie de ternura, visto que pode abandoná-la com tal indiferença, com tal despreocupação pelo futuro, que você lhe atribui."

"Deve lembrar-se, querida mãe, de que nunca considerei essa questão como certa. Tive minhas dúvidas, confesso; mas são mais tênues do que já foram, e em breve poderão desaparecer inteiramente. Se soubermos que eles se correspondem, todos os meus receios se dissiparão."

"Uma grande concessão, sem dúvida! Se chegar a vê-los no altar, deverá supor que vão se casar. Menina indelicada! Mas *eu* não preciso de tal prova. Nada ocorreu, em minha opinião, que justificasse suspeitas; nunca ocultaram segredo algum; tudo se passou de maneira bem aberta e sem reservas. Você não pode duvidar dos desejos de sua irmã. Deve ser de Willoughby, portanto, que você suspeita. Mas por quê? Não é um homem honrado e de sentimentos? Houve alguma inconsistência da parte para acender o alarme? Julga-o falso?"

"Espero que não, acredito que não," exclamou Elinor. "Gosto de Willoughby, gosto sinceramente dele; e suspeitar de sua integridade não pode ser mais penoso para a senhora que para mim. Foi involuntária e não vou acalentá-la. Estava chocada, confesso, pela alteração de suas maneiras esta manhã: ele não falava como sempre, nem respondeu à sua bondade com cordialidade. Mas tudo isso pode ser explicado pela situação de seus negócios, como a senhora supõe. Tinha acabado de separar-se de minha irmã, vira-a deixá-lo na maior aflição; se acaso se sentia obrigado, com receio de ofender a senhora Smith, a resistir à tentação de voltar aqui em breve, e ainda, consciente de que, ao declinar de seu convite dizendo que partiria só por algum tempo, pareceria agir de maneira indelicada, levantando suspeitas por parte de nossa família, quando podia estar bem embaraçado e perturbado. Em tal caso, acredito que uma clara e aberta confissão de suas dificuldades teria sido mais digna de sua honra e mais coerente com seu caráter; – mas não levantarei objeções contra a conduta de quem for, com base tão mesquinha, como a diferença de julgamento de minha parte ou o desvio daquilo que julgo correto e consistente."

"Você fala com propriedade. Willoughby certamente não merece que suspeitemos dele. Embora não o conheçamos há muito, não é nenhum estranho por estes lados; e quem já falou mal dele? Se estivesse em situação de agir do modo independente e casar-se imediatamente, poderia parecer estranho deixar-nos sem me informar logo de tudo: mas este não é o caso. Trata-se de um compromisso que, sob certos aspectos, não começou de maneira muito próspera, pois o casamento deles deve estar a uma distância muito incerta; e até mesmo o segredo, pelo que se pode deduzir, é realmente aconselhável que seja guardado."

Foram interrompidas pela entrada de Margaret; e Elinor estava agora livre para pensar nas conjecturas de sua mãe, para apreciar a probabilidade de muitas e esperar pela correção de todas.

Marianne não foi vista até a hora do jantar, quando ela entrou na sala e ocupou seu lugar à mesa sem dizer uma palavra. Seus olhos estavam vermelhos e inchados e parecia ainda conter as lágrimas com dificuldade. Evitou os olhares de todas, não conseguiu comer nem falar e depois de algum tempo, quando a mãe lhe apertou a mão com uma terna compaixão, seu pequeno grau de controle foi completamente vencido,desabou em choro e deixou a sala.

Essa violenta opressão continuou por toda a noite. Estava sem forças, porque não tinha o menor desejo de controlar-se. A mais leve menção de qualquer coisa relativa a Willoughby a afetava profundamente num instante; e embora a família estivesse ansiosamente atenta para confortá-la, era impossível para elas, se falassem, manter-se afastadas de todos os assuntos que ligavam os sentimentos dela para com ele.

## ≈ CAPÍTULO 16 ≈

Marianne pensou que seria imperdoável se tivesse conseguido dormir na noite após a partida de Willoughby. Teria vergonha de encarar a família na manhã seguinte, se não se levantasse da cama com mais necessidade de repouso do que quando se deitara. Mas os sentimentos de que tal compostura seria desgraça não permitiram que nela incorresse. Passou a noite toda acordada, chorando durante a maior parte do tempo. Acordou com dor de cabeça, não conseguia falar e sem vontade de tomar qualquer alimento; causava aflição a todo instante à mãe e às irmãs e lhes impedia todas as tentativas de consolo. Sua sensibilidade era suficientemente forte!

Quando acabaram o café da manhã, ela saiu sozinha e foi espairecer pelos lados da aldeia de Allenham, acalentando a lembrança das alegrias passadas e chorando o revés presente, durante a maior parte da manhã.

Transcorria a noite na mesma entrega a seus sentimentos. Tocava várias vezes ao pano todas as melodias favoritas que costumava tocar para Willoughby, todas as canções em que suas vozes, na maioria das vezes, se uniam e, sentada ao instrumento, ficava olhando fixamente todas as pautas musicais que ele havia copiado, até sentir o coração tão pesado que nenhuma outra tristeza podia caber nele; e essa alimentação da tristeza era intensificada dia por dia. Passava horas inteiras ao piano, cantando e chorando alternadamente; sua voz, muitas vezes, era totalmente embargada pelas lágrimas. Também nos livros, como na música, cortejava a amargura que o contraste entre o passado e o presente certamente lhe daria. Só lia aquilo que costumavam ler juntos.

Tal violência aflitiva não podia, na verdade, ser suportada para sempre; em poucos dias passou gradualmente a uma melancolia mais tranquila; mas os afazeres a que diariamente recorria, as caminhadas solitárias e as meditações silenciosas ainda produziam ocasionais efusões de dor, tão vivas como antes.

Não chegava carta alguma de Willoughby; e Marianne parecia não esperar por nenhuma. A mãe estava surpresa e Elinor voltou a sentir-se apreensiva. Mas a senhora Dashwood conseguia encontrar explicações sempre que precisasse e que, pelo menos, a satisfaziam.

"Lembre-se, Elinor," disse ela, "quantas vezes Sir John traz nossas cartas do correio e leva as nossas para postá-las. Já concordamos que a discrição é necessária, e devemos convir que não poderia ser mantida se a correspondência deles passasse pelas mãos de Sir John."

Elinor não podia negar a verdade dessa afirmação e tentou encontrar nela o motivo do silêncio de ambos. Mas havia um método tão direto, tão simples e, em sua opinião, tão apropriado para saber a situação real da questão, método que podia desvendar todo o mistério instantaneamente, que não pôde deixar de sugeri-lo à mãe.

"Por que não pergunta a Marianne," disse ela, "se está ou não comprometida com Willoughby? Partindo da senhora, mãe tão bondosa e indulgente, a pergunta não a ofenderia. Seria o resultado natural de sua afeição por ela. E ela costumava ser expansiva, especialmente com a senhora."

"Não faria tal pergunta de modo algum. Supondo que não estejam comprometidos, quanta mágoa não causaria essa pergunta! De qualquer modo, não seria nada generoso. Nunca haveria de merecer novamente sua confiança, após forçá-la a uma confissão daquilo que, no presente, não é do conhecimento de ninguém. Conheço o coração de Marianne: sei que ela me ama profundamente e que eu não serei a última a quem confiará seu segredo, quando a circunstâncias tornarem sua revelação oportuna. Não tentaria forçar a confidência de qualquer pessoa, muito menos de minha filha, porque o senso do dever lhe impediria a negação que seus desejos poderiam ordenar."

Elinor achou essa generosidade excessiva, considerando a juventude da irmã, e quis levar adiante o assunto, mas em vão;

bom senso, cuidado, prudência, tudo estancava na delicadeza romântica da senhora Dashwood.

Passaram-se dias antes que o nome de Willoughby fosse mencionado diante de Marianne por alguém da família; Sir John e a senhora Jennings, contudo, não foram tão delicados; suas brincadeiras acrescentaram mágoa a horas tão penosas; mas certa noite, a senhora Dashwood, tomando por acaso um volume de Shakespeare, exclamou:

"Não terminamos de ler Hamlet, Marianne; nosso caro Willoughby foi embora sem que tivéssemos acabado sua leitura. Vamos deixá-lo de lado, e quando ele voltar... Mas pode levar meses, talvez, antes que isso aconteça."

"Meses!" exclamou Marianne, com enorme surpresa. "Não – apenas algumas semanas."

A senhora Dashwood ficou sentida pelo que havia dito; mas causou satisfação a Elinor, porque havia provocado uma resposta tão expressiva de Marianne de confiança em Willoughby, e que conhecia suas intenções.

Certa manhã, cerca de uma semana depois da partida dele, Marianne foi persuadida a acompanhar as irmãs em sua caminhada habitual, em vez de andar sozinha. Até então havia evitado cuidadosamente qualquer companhia em suas andanças. Se as irmãs decidiam caminhar pelas encostas, ela saía às escondidas diretamente para os atalhos; se falavam em seguir pelos vales, ela subia rapidamente pelas colinas e não era mais vista pelas outras. Mas aos poucos foi sendo convencida pelos argumentos de Elinor, que desaprovava totalmente aquela segregação contínua. Caminharam pela estrada através do vale, na maior parte do tempo em silêncio, pois Marianne não podia controlar sua mente, e Elinor, satisfeita por já ter ganhado um ponto, por ora não queria tentar mais. Depois da entrada do vale, onde a campanha, embora ainda rica, era menos selvagem e mais aberta, surgiu à sua frente um longo trecho de estrada por onde haviam passado quando vieram de mudança para Barton; ao atingirem esse ponto, pararam para olhar ao redor delas e examinar a altura da distância de sua visão desde o chalé, a partir de um ponto onde nunca tinham chegado antes em suas caminhadas.

Entre os objetos do cenário, logo perceberam um que se movia: era um homem a cavalo que vinha em sua direção. Em poucos minutos, puderam distinguir a figura de um cavalheiro;no momento seguinte, Marianne exclamou, extasiante:

"É ele! É ele mesmo! Sei que é ele!" E se apressava para ir a seu encontro, quando Elinor gritou:

"Verdade, Marianne? Acho que você está enganada. Não é Willoughby. Essa pessoa não é tão alta como ele e não tem o jeito dele."

"Tem sim, tem sim!" gritava Marianne. "Estou certa de que tem. Seu jeito, seu casaco, seu cavalo. Sabia que deveria voltar logo."

Caminhava ansiosamente enquanto falava; e Elinor, para proteger Marianne de algo qualquer, pois tinha quase certeza de que não era Willoughby, acelerou o passo e seguia a seu lado. Logo estavam a uma distância de 30 jardas do cavalheiro. Marianne olhou novamente; seu coração estremeceu; virando-se abruptamente, voltava correndo, quando as vozes das duas irmãs chegaram até ela para detê-la; uma terceira, quase tão conhecida quanto a de Willoughby, se unia a elas pedindo-lhe para que parasse; virou-se e ficou surpresa ao ver e cumprimentar Edward Ferrars.

Era a única pessoa do mundo que podia naquele momento ser perdoada por não ser Willoughby; o único que poderia obter dela um sorriso; conteve suas lágrimas para sorrir e, para a felicidade da irmã, esqueceu por algum tempo seu próprio desapontamento.

Ele apeou e, entregando o cavalo ao criado, caminhou com elas de volta para Barton, para onde estava indo com o propósito de visitá-las.

Foi cumprimentado por todas com grande cordialidade, mas especialmente por Marianne, que demonstrou mais calorosa consideração por sua vinda do que a própria Elinor. Para Marianne, na verdade, o encontro de Edward e sua irmã não passava da continuação daquela inexplicável frieza que seguidamente observava em Norland no comportamento dos dois. No tocante a Edward, havia a falta de tudo aquilo que um apaixonado costuma acenar e dizer em tais ocasiões. Estava confuso, parecia pouco sensível à satisfação em vê-las, não parecia exultante nem alegre, pouco disse além daquilo que as perguntas o forçavam a dizer, e não distinguiu Elinor com qualquer sinal de afeto. Marianne via e ouvia com crescente surpresa. Quase começou a sentir certa antipatia por Edward;e acabou, como todos os sentimentos costumavam nela por acabar, reconduzindo seus pensamentos a Willoughby, cujas maneiras formavam um contraste suficientemente marcante com as do eleito de sua irmã.

Depois de breve silêncio, que se sucedeu à surpresa inicial do encontro e às indagações, Marianne perguntou a Edward se tinha vindo diretamente de Londres. Não, ele já estava em Devonshire havia quinze dias.

"Quinze dias!" repetiu ela, surpresa por estar há tanto tempo no mesmo município de Elinor, sem ter vindo vê-la antes.

Parecia bastante perturbado ao acrescentar que estivera com alguns amigos perto de Plymouth.

"Tem estado ultimamente em Sussex?" perguntou Elinor.

"Estive em Norland há cerca de um mês."

"E como está nossa querida, querida Norland?" exclamou Marianne.

"Querida, querida Norland," disse Elinor, "provavelmente está como sempre está nessa época do ano. Os bosques e caminhos totalmente cobertos de folhas secas."

"Oh!" exclamou Marianne, "com que enlevada sensação eu as via cair naqueles tempos! Que grande prazer sentia ao caminhar para vê-las cair em torno de mim como chuva carregada pelo vento! Que sentimentos a estação e o vento me inspiravam! Agora não há ninguém para apreciá-los. São vistas apenas como um estorvo, varridas às pressas e retiradas o mais rápido possível da vista."

Nem todos," disse Elinor, "têm sua paixão por folhas mortas."

"Não; meus sentimentos não são muitas vezes compartilhados, nem sempre compreendidos. Mas, às vezes sim." – Ao dizer isso, deixou-se levar a devaneios por alguns minutos; mas, ao recompor-se, exclamou: "Aqui, Edward," chamando sua atenção para a paisagem, "aqui está o vale de Barton. Olhe para ele e fique indiferente se puder! Olhe para aquelas colinas! Já viu outras iguais? À esquerda está Barton Park, entre aqueles bosques e plantações. Pode-se ver daqui parte da casa. E lá,abaixo daquela colina mais distante, que se ergue com tanta imponência, está nosso chalé."

"É uma bela região," replicou ele, "mas estes sopés devem ficar bem sujos no inverno."

"Como pode pensar em sujeira com tantas coisas à sua frente?"

"Porque," retrucou ele, sorrindo, "entre o resto das coisas à minha frente, vejo um caminho muito sujo."

"Que estranho!" disse Marianne para si mesma, enquanto caminhava.

"Têm bons vizinhos por aqui? Os Middleton são gente agradável?"

"Não, nem tanto," respondeu Marianne; "não podemos estar localizadas de maneira pior."

"Marianne," exclamou a irmã, "como pode dizer isso? Como pode ser tão injusta? Eles são uma família respeitável, senhor Ferrars; e têm se portado conosco da maneira mais amigável. Esqueceu, Marianne, dos muitos dias agradáveis que devemos a eles?"

"Não," disse Marianne em voz baixa," nem dos muitos momentos penosos."

Elinor não deu atenção a isso; e, dirigindo sua atenção para o visitante, esforçou-se por manter uma espécie de conversação com ele, falando de sua residência atual, suas vantagens etc., extorquindo dele ocasionais perguntas e observações. Sua frieza e reserva mortificavam-na profundamente; estava aborrecida e um tanto zangada; mas, decidida a controlar sua atitude para com ele, mais pelo passado que pelo presente, evitou qualquer demonstração de ressentimento ou desprazer, e tratou-o como pensou que devia ser tratada uma pessoa da família.

## ≈ CAPÍTULO 17 ≈

A senhora Dashwood ficou surpresa só no momento em que o viu, pois sua vinda a Barton, em sua opinião, era a coisa mais natural possível. Sua alegria e expressões de consideração ultrapassaram em muito sua admiração. Ele recebeu a mais cordial das boas vindas; e timidez, frieza, reserva não podiam resistir a semelhante recepção. Tinham começado a desaparecer antes que ele entrasse na casa e foram quase totalmente vencidas com as cativantes maneiras da senhora Dashwood. Na verdade, homem algum podia estar enamorado de uma de suas filhas sem estender ela sua afeição; e Elinor teve a satisfação de vê-lo logo tornar-se mais parecido consigo mesmo. Sua afeição parecia reanimar-se para com todas elas, e seu interesse pelo bem-estar delas tornou-se de novo perceptível. Não se sentia ainda à vontade, porém; elogiou a casa, admirou a vista, era atencioso e cordial; mas não estava ainda bem à vontade. Toda a família o percebeu;e a senhora Dashwood, atribuindo isso a uma falta de liberalidade da mãe dele, sentou-se à mesa indignada contra os pais egoístas.

"Quais são os planos da senhora Ferrars para você neste momento, Edward?" perguntou ela, quando o jantar terminou e estavam todos acomodados ao da lareira. "Ainda deseja que se torne um grande orador, mesmo contra sua vontade?"

"Não. Espero que minha mãe já esteja convencida de que não tenho nenhuma inclinação ou talento para a vida pública."

"Mas então, como vai se tornar famoso? Pois, famoso terá de ser para satisfazer sua família; e sem nenhuma propensão a gastos, sem afeição por estranhos, sem profissão e sem segurança você verá que vai ser difícil."

"Nem sequer vou tentá-la. Não tenho desejos de distinguir-me e tenho todas as razões para esperar que nunca tenha. Graças a Deus! Não posso ser forçado a ter talento e eloquência."

"Você não tem ambições, bem sei. Todos os seus desejos são moderados."

"Tão moderados quanto os do resto do mundo, creio. Desejo, como todos, ser perfeitamente feliz; mas, como todos, quero ser feliz de meu jeito. A fama certamente não me fará feliz."

"Estranho se o fizesse" exclamou Marianne. "Que tem a ver riqueza ou fama com a felicidade?"

"A fama tem muito pouco," disse Elinor, "mas a riqueza tem muito a ver."

"Que vergonha, Elinor!" disse Marianne. "O dinheiro só pode trazer felicidade onde não houver mais nada que possa trazê-la. Além do estrito necessário, não pode dar satisfação por ele mesmo."

"Talvez," disse Elinor, sorrindo, "cheguemos ao mesmo ponto. Seu necessário e minha riqueza são muito parecidos, ouso dizer; e sem eles, no mundo de hoje, temos de concordar que todas as formas de conforto exterior estariam faltando. Suas ideias são apenas mais nobres que as minhas. Vamos, qual seria seu necessário?"

"Cerca de mil e oitocentas a duas mil libras por ano; nada mais que *isso*."

Elinor riu. "Duas mil libras por ano! Mil já me faria rica! Estava adivinhando como iria terminar."

"E, no entanto, duas mil libras por ano é uma renda muito modesta," disse Marianne. "Uma família não pode manter-se com menos. Estou certa de que não estou exagerando em minhas pretensões. Um adequado número de criados, uma carruagem, talvez duas, cães de caça não podem ser mantidos com menos."

Elinor sorriu novamente, ao ouvir sua irmã descrevendo de modo acurado suas futuras despesas em Combe Magna.

"Cães de caça!" repetiu Edward; "por que deve ter cães de caça? Nem todo mundo vai á caça."

Marianne corou ao responder: "Mas muitos vão."

"Gostaria," disse Margaret, lembrando uma cena descrita em novela, "que alguém nos deixasse uma grande fortuna para cada uma!"

"Ah! Quem dera!" exclamou Marianne, com os olhos brilhando de animação e as faces rubras pelo antegozo dessa felicidade imaginária.

"Estamos todos de acordo com esse desejo, suponho" disse Elinor, "apesar da irrelevância do dinheiro."

"Oh! Céus!" disse Margaret, "como seria feliz! Nem sei o que faria com ela!"

Marianne olhou-as como se não tivesse dúvidas sobre esse ponto.

"Eu ficaria embaralhada em gastar uma grande fortuna," disse a senhora Dashwood, "se minhas filhas fossem todas ricas e não precisassem de minha ajuda."

"Poderia começar a fazer os melhoramentos desta casa," observou Elinor, "e suas dificuldades logo desapareceriam."

"Quantas encomendas a família faria a Londres," disse Edward, "se tal acontecesse. Que dia feliz para os livreiros, as casas de música, os vendedores de gravuras! Você, senhorita Dashwood, faria uma encomenda de todas as novas gravuras de valor que estivessem disponíveis; – e para Marianne, conheço sua grandeza de alma, não haveria partituras suficientes em Londres que a contentassem. E livros! A – Thomson, Cowper, Scott – ela os compraria todos sem exceção; creio que compraria até todos os exemplares para impedir que caíssem em mãos indignas; e mandaria vir todos os livros que lhe descrevessem como admirar uma velha árvore retorcida. Não é, Marianne? Desculpe-me se estou sendo irônico. Mas desejava mostrar-lhe que não me esqueci de nossas antigas discussões."

"Gosto que me lembrem do passado, Edward – seja ele melancólico ou risonho; adoro relembrá-lo – e você nunca me ofenderá ao falar dos velhos tempos. Tem toda a razão em supor como eu gastaria meu dinheiro – parte dele pelo menos;meu dinheiro seria certamente empregado para melhorar minha coleção de música e livros."

"E a maior parte de sua fortuna seria gasta em pensões anuais aos autores ou a seus herdeiros."

"Não, Edward,teria algo mais que fazer com ela."

"Talvez então você instituiria um prêmio para quem escrevesse a melhor defesa de sua máxima preferida que ninguém se apaixona realmente mais de uma vez na vida – pois sua opinião a respeito permanece imutável, estou certo?"

"Sem dúvida. Nesta altura de minha vida as opiniões em geral são imutáveis. Não me parece plausível que agora tivesse de ver e ouvir tudo para mudá-las."

"Marianne está cada vez mais convicta, pode ver," disse Elinor. "Não mudou em nada."

"Ela só se tornou um pouco mais séria."

"Não, não, Edward," disse Marianne, "não precisa me recriminar. Você mesmo não é lá muito alegre."

"Por que pensa assim?" replicou ele com um suspiro, "Mas a alegria nunca fez parte de meu caráter."

"Nem acho que fizesse do de Marianne," disse Elinor; "dificilmente a chamaria uma moça vivaz – é muito séria, muito determinada em tudo que faz – às vezes fala muito e sempre com animação – mas muitas vezes não é realmente alegre."

"Creio que você tem razão," replicou ele, "e, no entanto, sempre a considerei uma menina vivaz."

"Eu mesma caí com frequência em semelhante tipo de erro," disse Elinor, "numa total falta de apreensão do caráter sob um ou outro aspecto: imaginando alguém muito mais alegre ou triste, ou inteligente ou ignorante, do que realmente é; nem posso dizer por que ou onde tal falsa percepção se originou. Às vezes a gente é levado por aquilo que alguns dizem dei e, com muita frequência, por aquilo que os outros dizem deles, sem que a gente tome tempo para deliberar e julgar."

"Mas eu achava que estava certo, Elinor," disse Marianne, "ser guiado totalmente pela opinião dos outros. Pensava que nossas opiniões nos são dadas somente ara serem submetidas às de nosso próximo. Esse sempre foi seu modo de pensar, não é verdade?"

"Não, Marianne, nunca. Meu modo de pensar nunca visou à sujeição do entendimento. O que sempre tentei influenciar foi o comportamento. Você não deve confundir o que quero dizer. Confesso que me sinto culpada por ter muitas vezes desejado que você tratasse os conhecidos em geral com maior atenção; mas quando a aconselhei a adotar seus modos de pensar ou submeter-se às opiniões deles em assuntos sérios?"

"Você nunca foi capaz, então, de cooptar sua irmã para seu plano de civilidade geral," disse Edward a Elinor. "Você levou alguma vantagem?"

"Pelo contrário," replicou Elinor, olhando expressivamente para Marianne.

"Minha opinião," retornou ele, "está inteiramente a seu favor nesta questão; mas receio que meu modo de agir está mais do lado de sua irmã. Nunca desejo ofender, mas sou tão tolamente tímido, que muitas vezes pareço negligente, quando fico somente com um pé atrás por causa de meu embaraço natural. Não poucas vezes pensei que devo ter sido destinado pela natureza a preferir o povo simples, visto que me sinto tão pouco à vontade entre estranhos refinados!"

"Marianne não tem nenhuma timidez para desculpar qualquer desatenção da parte dela," disse Elinor.

"Ela conhece muito bem seu próprio valor para ter falsa modéstia," replicou Edward. "A timidez é apenas o efeito do sentimento de inferioridade de um modo ou de outro. Se eu conseguisse persuadir-me de que minhas maneiras são perfeitamente naturais e graciosas, não seria tímido."

"Mas continuaria sendo reservado," disse Marianne, "e isso é pior."

Edward se assustou. "Reservado? Sou reservado, Marianne?"

"Sim, muito."

"Não a compreendo," replicou ele, corando. "Reservado! – como, de que maneira? Que devo dizer-lhe? O que está imaginando?"

Elinor mostrou-se surpresa com sua emoção; mas, tentando rir do assunto, disse a ele: "Não conhece minha irmã o suficiente para entender o que ela quer dizer? Não sabe que chama de reservado qualquer um que não fale muito rápido e que não admire de modo tão arrebatador como ela própria admira?"

Edward não respondeu. Seu ar grave e pensativo desenhou-se com pleno impacto em seu semblante – e sentou-se por algum tempo, silencioso e deprimido.

## ≈ CAPÍTULO 18 ≈

Elinor percebeu, com grande contrariedade, a depressão de seu amigo. Sua visita só lhe havia proporcionado uma satisfação muito parcial, visto que a própria alegria dele parecia tão imperfeita. Era evidente que estava infeliz;ela desejava que fosse igualmente evidente que ele ainda a distinguisse com o mesmo afeto que, sem dúvida, lhe havia uma vez inspirado; mas agora a continuidade de sua preferência parecia muito incerta; e a reserva de suas maneiras para com ela contradizia num momento o que um olhar mais animado havia insinuado no momento precedente.

Ele a encontrou com Marianne na sala do café, na manhã seguinte, antes que as outras tivessem descido; e Marianne, que estava sempre ansiosa para promover a felicidade dos dois, logo os deixou a sós. Mas, antes que tivesse chegado à metade da escada, ouviu a porta da sala se abrir e, voltando-se, ficou admirada ao ver que o próprio Edward estava saindo.

"Vou até a vila ver meus cavalos," disse ele, "uma vez que o café ainda não está pronto; volto daqui a pouco."

Edward retornou com nova admiração pela paisagem dos arredores: em sua caminhada para a vila, havia visto muitas partes do vale desde um ponto mais elevado; e o próprio vilarejo, situado muito mais alto que o chalé, lhe havia permitido uma vista geral do conjunto, que lhe tinha agradado imensamente. Esse era um assunto que despertava a atenção de Marianne; e ela começava a descrever sua própria admiração por esses cenários, e a perguntar a ele mais detalhes pelos pontos que o haviam impressionado de modo particular, quando Edward a interrompeu, dizendo: "Não deve me fazer tantas perguntas,

Marianne: lembre-se que nada entendo de pintura e poderei ofendê-la com minha ignorância e falta de gosto, se descermos a pormenores. Poderei chamar de íngremes as colinas, que deveriam ser chamadas abruptas; superfícies estranhas e incultas, em vez de irregulares e agrestes; e pontos distantes fora de vista, em vez de dizer somente que são indistintos por causa de uma tênue atmosfera enevoada. Você já deveria ficar satisfeita pela admiração que ora manifesto honestamente. Vejo-a como uma região muito bonita – as colinas são íngremes, os bosques parecem ricos em madeiras e o vale é aprazível e acolhedor–com ricas pradarias e várias de gado fazendas espalhadas aqui e acolá. Isso corresponde exatamente à minha ideia de uma região bonita, porque une beleza e utilidade – e ouso dizer que é também uma região pitoresca, porque você a admira; posso até acreditar que esteja cheia de rochas e promontórios, de musgo cinzento e capoeira, mas estes não têm significado algum para mim. Nada sei do que vem a ser pictórico."

"Receio que isso seja bem verdade," disse Marianne, "mas por que você se gaba disso?"

"Suspeito," disse Elinor, " que, para evitar uma espécie de afetação, Edward cai aqui em outra. Porque julga que muitos pretendem mostrar mais admiração pelas belezas naturas do que realmente sentem, e fica desgostoso com tais pretensões, e assim ele afeta maior indiferença e menos discriminação ao vê-las do que realmente tem. Torna-se fastidioso e continua com uma afetação própria dele."

"É verdade," disse Marianne, " que a admiração pelos cenários paisagísticos se transformou em puro palavreado. Todos fingem senti-los e tentam descrevê-los com o gosto e a elegância de quem por primeiro definiu o que era a beleza pictórica. Detesto toda espécie de palavreado sem sentido; e, às vezes,conservo meus sentimentos só para mim mesma, porque não encontro os termos para descrevê-los, senão aqueles já desgastados e destituídos de todo sentido."

"Estou convencido," disse Edward, "de que você sente realmente toda a satisfação que mostra sentir em uma linda paisagem. Mas, em compensação, sua irmã deve me permitir não sentir nada mais do que demonstro. Gosto de uma bela paisagem, mas não segundo princípios pictóricos. Não gosto de árvores tortas, retorcidas, caídas. Admiro-as muito mais se forem altas, retas e viçosas. Não gosto de chalés em ruinas, em escombros. Não gosto de urtigas ou cardos ou flores de urzes. Prefiro uma aconchegante casa de campo a uma torre de sentinela – e um bando de camponeses bem dispostos e alegres me agradam mais que os mais refinados bandidos do mundo."

Marianne olhou para Edward com espanto e, para a irmã, com compaixão. Elinor riu apenas.

O assunto não continuou; Marianne permaneceu pensativa e em silêncio, até que repentinamente um novo objeto prendeu sua atenção. Estava sentada ao lado de Edward e este, ao servir-se do chá que a senhora Dashwood lhe alcançava, passou a mão diretamente diante dela, deixando bem à vista num dos dedos um anel com uma trança de cabelos ao centro.

"Nunca vi você usando um anel antes, Edward," exclamou ela. "É cabelo de Fanny? Lembro-me de que lhe prometeu isso. Mas eu pensava que seu cabelo fosse mais escuro."

Marianne falou de modo impensado o que realmente sentia; mas quando viu como havia deixado Edward embaraçado, seu próprio embaraço, por sua falta de tato, superou o dele. Ele ficou intensamente corado e, lançando um olhar momentâneo a Elinor, replicou: "Sim; é o cabelo de minha irmã. Você sabe que o engaste sempre o deixa mais sombreado."

Os olhos de Elinor cruzaram com os dele, e parecia igualmente embaraçada. Aquele cabelo era dela e ficou tão satisfeita quanto Marianne; a única diferença em suas conclusões era que aquilo que Marianne considerava um simples presente da irmã, Elinor estava certa de que tinha sido obtido por meio de roubo ou de algum expediente desconhecido para ela. Não estava disposta, contudo, a considerar aquilo como afronta e, fingindo não perceber o que se passava ao falar imediatamente de outra coisa, no íntimo decidiu a aproveitar, daí em diante, todas as oportunidades de observar o cabelo e certificar-se, sem a menor dúvida, de que era exatamente a cor de seu próprio cabelo.

O embaraço de Edward durou algum tempo e terminou numa ausência de humor ainda mais marcante. Ficou totalmente sério durante toda a manhã. Marianne censurou-se severamente pelo que havia dito; mas seu perdão seria mais rápido se pudesse saber até que ponto havia ofendido a irmã.

Antes do meio-dia, receberam a visita de Sir John e da senhora Jennings que, tendo sabido da chegada de um cavalheiro no chalé, vieram para tomar conhecimento do hóspede. Com a ajuda da sogra, Sir John não demorou muito para descobrir que o sobrenome Ferrars começava com F. E isso iria desencadear contra a devotada Elinor uma mina de gracejos que não eclodiram de imediato só porque o relacionamento deles com Edward havia iniciado há poucos momentos. De qualquer modo, porém, ela pôde perceber, por alguns olhares muitos significativos da parte deles, quão longe iam suas ilações, fundadas na tagarelice de Margaret.

Sir John nunca vinha à das Dashwood sem convidá-las para jantar em Barton Park no dia seguinte, ou para tomar chá com eles naquela mesma noite. Nessa ocasião, para melhor entretenimento do visitante, para cuja distração ele próprio se sentia inclinado a contribuir, convidou a todos para ambas as coisas.

"Vocês têm de vir tomar chá conosco esta noite," disse ele, "porque vamos estar muito sós; e amanhã deverão de qualquer maneira jantar conosco, pois convidaremos muita gente."

A senhora Jennings reforçou o convite. "E quem sabe se não pode organizar um baile?" disse ela. "E isso vai tentá-la, senhorita Marianne."

"Um baile!" exclamou Marianne. "Impossível! Quem iria dançar?"

"Quem! Pois vocês e os Careys e os Whitakers, seguramente.

O quê! Você pensava que ninguém pudesse dançar porque certa pessoa desconhecida foi embora!"

"Desejaria do fundo do coração," exclamou Sir John, "que Willoughby estivesse novamente aqui conosco."

Essas palavras e Marianne corando suscitaram novas suspeitas a Edward. "E quem é Willoughby?" perguntou ele, em voz baixa, à senhorita Dashwood, ao lado da qual estava sentado.

Ela lhe deu uma breve resposta. A fisionomia de Marianne foi mais elucidativa. Edward viu o suficiente para compreender não somente o significado de outras, mas também o de certas expressões de Marianne que antes o haviam intrigado; e quando os visitantes foram embora, ele se achegou imediatamente para junto dela e perguntou num sussurro: "Estive tentando adivinhar. Quer que lhe diga o que penso?"

"O que está querendo dizer?"

"Devo dizê-lo?"

"Certamente."

"Pois bem, acho que o senhor Willoughby gosta de caçar."

Marianne ficou surpresa e confusa, embora não pudesse deixar de sorrir ante a sutil brincadeira da parte dele e, depois de um momento de silêncio, disse:

"Oh, Edward! Como pode? – Mas virá o tempo, espero – que você certamente vai gostar dele."

"Não duvido," replicou ele, um tanto espantado com a franqueza e entusiasmo dela; pois,se não pensasse que era simples brincadeira para melhorar o relacionamento com ela, fundamentado somente em algo ou em uma ninharia entre o senhor Willoughby e ela, nunca teria se aventurado a mencionar o fato.

## ≈ CAPÍTULO 19 ≈

Edward permaneceu uma semana no chalé;era sinceramente instado pela senhora Dashwood para que ficasse por mais tempo;mas como estava disposto a mortificar-

-se, parecia decidido a partir quando a satisfação de estar entre amigos estivesse no auge. Seu humor, nos últimos dois ou três dias, embora ainda bastante desigual, havia melhorado muito – tornou-se cada vez mais apegado à casa e arredores – nunca falava em partir sem um suspiro; afirmava não estar vinculado a nada de preciso no momento – chegava até a duvidar para que local iria quando os deixasse – mas ainda assim, tinha de partir. Nunca uma semana passara tão depressa – mal podia acreditar que já tivesse passado. Dizia isso repetidas vezes;dizia outras coisas também que marcavam a modificação de seus sentimentos e contradiziam suas ações. Não encontrava prazer em Norland; detestava viver na cidade; mas, fosse para Norland ou para Londres, tinha de ir. Estimava sua bondade acima de tudo e sua maior felicidade era esta com elas. Apesar de tudo, tinha que partir dentro de uma semana e sem mais delongas.

Elinor expôs tudo o que havia de estranho nesse modo de agir em conversa com a mãe; o que a deixava tranquila é que não conhecia absolutamente nada do caráter da mãe dele, o que representava ampla desculpa para todas as atitudes estranhas do filho. Desapontada, contudo, e contrariada como estava e, às vezes, aborrecida com seu comportamento incerto para com ela, estava disposta a aceitar suas ações com toda a cândida compreensão e os generosos atributos que lhe tinham sido dolorosamente extorquidos por sua mãe, em relação a Willoughby. A falta de humor dele, de abertura, de consistência era geralmente atribuída à sua falta de independência e a melhor conhecimento por parte dela das intenções e desígnios da senhora Ferrars. Sua curta visita, sua determinação em deixá-las teriam origem na mesma agrilhoada inclinação, na mesma necessidade inevitável de contemporizar com a mãe. A velha e arraigada disputa entre dever e vontade, entre pais e filhos, era a causa de tudo. Ela gostaria de saber quando essas dificuldades iriam acabar, quando essa oposição iria capitular – quando a senhora Ferrars estaria modificada e seu filho estaria livre para ser feliz. Mas diante desses desejos vãos, ela era forçada a recorrer, para confortar-se, à renovação de sua confiança no afeto de Edward, à lembrança de todo e qualquer sinal de seus olhares ou de suas palavras que ele deixara em Barton e, acima de tudo, àquela prova lisonjeadora que ele trazia constantemente no dedo.

"Edward, acho que, disse a senhora Dashwood enquanto tomavam café na última manhã, "você seria mais feliz se tivesse uma profissão para aplicar seu tempo e dar motivação a seus planos e ações. Algum inconveniente resultaria disso para seus amigos, é verdade – você não lhes poderia dar tanto de seu tempo a eles. Mas, (com um sorriso) você seria materialmente beneficiado num aspecto, pelo menos – saberia para onde ir quando os deixasse."

"Asseguro-lhe," replicou ele, "que pensei muito sobre esse ponto como você faz agora. Foi, é e provavelmente será sempre um pesado infortúnio para mim que não um negócio para me ocupar, uma profissão para empregar meu tempo ou que me propicie alguma independência. Mas infelizmente essa situação privilegiada, como a de meus amigos, fez de mim o que sou, um ser ocioso e inútil. Nunca chegamos a um acordo sobre a escolha da profissão. Sempre preferi estar ligado à igreja, como ainda estou. Mas isso não era visto muito bem por minha família. Eles me recomendaram o exército. Mas isso não me atraía. O Direito seria algo distinto para mim: muitos jovens que hoje trabalham no Palácio da Justiça fazem ótima figura na alta sociedade e passeiam pela cidade em carruagens bem aparelhadas. Mas eu não tinha inclinação para o Direito, mesmo em suas formas menos empenhativas e que minha família aprovava. Quanto à marinha, podia ser atraente, mas eu já estava passando da idade quando começamos a falar dela; e, com o decorrer do tempo, como não tivesse necessidade alguma de ter uma profissão, uma vez que podia viver tranquilamente com uniforme ou sem ele, a ociosidade se mostrou sob todas as formas como a coisa mais vantajosa e honrada; e, em geral, um jovem de 18 anos não está seriamente inclinado a ter uma ocupação e a resistir às solicitações de seus amigos para não fazer nada. Foi por isso que entrei em Oxford e permaneci convenientemente ocioso desde então."

"A consequência disso, suponho," disse a senhora Dashwood, "visto que o lazer não lhe trouxe felicidade, você haverá de educar seus filhos em tantas atividades, empregos, profissões e negócios como Columella."

"Serão educados," disse ele, com ar sério, "para parecerem o mínimo possível comigo. Em sentimentos, nas ações, na condição, em tudo."

"Vamos lá, calma! Isso tudo não passa de uma efusão de repentina falta de otimismo, Edward. Você está melancólico e imagina que todos os que são diferentes de você estão felizes. Lembre-se, porém, de que sua partida será muito sentida por todos os seus amigos, seja qual for sua educação ou condição. Conheça sua própria felicidade. Nada lhe falta a não ser paciência – ou pode dar-lhe outro nome fascinante, e chame-a esperança. Sua mãe vai lhe dar, no devido tempo, aquela independência por que tanto anseia; é seu dever, ela o fará; brevemente a felicidade dela consistirá em impedir que toda a sua juventude se perca em descontentamentos. O que poucos meses não podem fazer?"

"Acho," replicou Edward, "que vão desfilar muitos meses sem que veja algo de bom para mim."

Esse desalentado estado de espírito, embora não pudesse ser transmitido à senhora Dashwood, trouxe maior tristeza a todos na partida, que logo teve lugar, e deixou uma impressão desagradável especialmente nos sentimentos de Elinor, que precisou de algum trabalho e tempo para dissipá-la. Mas como estava determinada a suplantá-la e a impedir-se de parecer estar sofrendo mais do que a família com a partida dele, não adotou o método tão judiciosamente empregado por Marianne, em ocasiões semelhantes, ou seja, aumentar e fixar sua tristeza, buscando o silêncio, a solidão e a ociosidade. Seus meios tão diferentes quanto seus objetivos, mas convinham igualmente para a consecução de ambos.

Elinor sentou-se à mesa de desenho tão logo ele saiu de casa e ocupou-se com afinco o dia todo, não procurou nem evitou pronunciar o nome dele, mostrou-se interessar-se, quase tanto como de costume, pelos assuntos gerais da família; e se, com essa conduta, não conseguia diminuir sua própria dor, pelo menos impedia que aumentasse desnecessariamente, o que poupava a mãe e as irmãs de ficarem muito preocupadas por sua causa.

Tal comportamento, tão exatamente o oposto do seu, não parecia a Marianne mais meritório do que o seu parecera condenável a Elinor. A questão do autodomínio era posta de maneira bem simples por Marianne: nas paixões fortes era impossível e, nas fracas, poderia não haver mérito algum. Não podia negar que as afeições da irmã eram moderadas, embora corasse ao reconhecê-lo; e da força de suas próprias afeições dava uma prova muito marcante, ao continuar amando e respeitando a irmã, apesar de sua mortificante convicção.

Sem se afastar do convívio dos de sua família, ou deixar a casa para buscar a solidão no intuito de evitá-los, ou passar a noite inteira acordada para entregar-se à meditação, Elinor encontrava todos os dias momentos de lazer para pensar em Edward, e no procedimento dele em todas as possíveis variedades que podia produzir o diverso estado de espírito em diferentes ocasiões – com ternura, compaixão, aprovação, censura e dúvida. Houve não poucos momentos em que, se não pela ausência da mãe e das irmãs, pelo menos pela natureza de suas tarefas, a conversa era impossível entre elas, e todos os efeitos da solidão se produziam. Sua mente ficava inevitavelmente em liberdade; seus pensamentos não podiam ater a outra coisa; e o passado e o futuro, num assunto tão interessante, ficavam à sua frente, forçavam sua atenção, enchiam sua memoria, sua reflexão e sua fantasia.

Certa manhã foi arrancada dessa espécie de devaneios enquanto estava sentada à mesa de desenho, logo depois da partida de Edward, pela chegada de visitas. Por acaso estava sozinha. Ao ouvir o pequeno portão ser fechado, à entrada do gramado em frente à casa, dirigiu seu olhar para a janela e viu um belo grupo de pessoas que caminhava em direção à porta. Entre elas estavam Sir John, a senhora Middleton e a senhora Jennings, mas havia duas outras, um cavalheiro e uma senhora, que não conhecia. Estava sentada junto à janela; tão logo Sir John a percebeu, deixou que o resto da comitiva bater à porta e, caminhando sobre o gramado, obrigou-a abrir a janela para lhe falar, embora o espaço entre a janela e a porta fosse tão diminuto que tornaria impossível qualquer conversa entre eles que os outros não ouvissem.

"Olá," disse ele, "trouxemos alguns estranhos para cá. Que acha disso?"

"Psiu! Eles vão ouvi-lo."

"Não importa. São apenas os Palmer. Charlote é muito bonita, posso lhe garantir. Pode vê-la se olhar nessa direção."

Como Elinor estava certa de que a veria em poucos instantes, sem tomar essa liberdade, desculpou-se.

"Onde está Marianne? Será que fugiu ao ver-nos chegar? Vejo que seu piano está aberto."

"Deve estar passeando, creio."

Agora a senhora Jennings se aproximou deles; e não teve paciência para esperar que abrissem a porta, passando a contar *sua* história. Chegou gritando para a janela: "Como está, minha querida? Como vai a senhora Dashwood? E onde estão suas irmãs? O quê? Sozinha aí! Vai ficar contente com as visitas para conversar. Trouxe minha outra filha e o marido dela para vê-las. Pense só, chegaram tão de repente! Ontem à noite, enquanto estávamos tomando chá, ouvi uma carruagem, mas nunca podia passar por minha cabeça que fossem eles! Nada mais imaginei a não ser que fosse o coronel Brandon voltando; então eu disse para Sir John 'Creio estar ouvindo uma carruagem;talvez seja o coronel Brandon voltando para cá'..."

Elinor foi obrigada a interrompê-la no meio de sua história para receber o resto do grupo: a senhora Middleton apresentou os dois desconhecidos; a senhora Dashwood e Margaret desceram as escadas ao mesmo tempo e todos se sentaram e ficaram olhando uns para os outros, enquanto a senhora Jennings continuava sua história ao entrar pelo corredor que conduzia à sala, acompanhada de Sir John.

A senhora Palmer era uns anos mais nova que a senhora Middleton e totalmente diferente sob todos os aspectos. Baixa e robusta, tinha um rosto muito bonito e a melhor expressão de bom humor que poderia haver. Seus modos não eram de maneira alguma tão elegantes quanto os da irmã, mas muito mais cativantes. Entrou com um sorriso, sorriu durante todo o tempo da visita, exceto quando dava risada, e sorriu quando foi embora. Seu marido era um jovem muito sério, de 25 ou 26 anos, com um ar mais refinado e sisudo que o da esposa, mas com menos disposição de agradar ou ser agradado. Entrou na sala com um olhar de altivez, inclinou-se levemente para as senhoras, sem dizer uma palavra e, depois de examiná-las rapidamente bem como os cômodos da casa, apanhou da mesa um jornal e ficou lendo durante todo o tempo da visita.

A senhora Palmer, pelo contrário, que era fortemente dotada pela natureza com um modo de ser sempre educado e alegre, quase nunca ficou sentada antes que se esgotasse toda a sua admiração pela sala e por tudo o que nela havia.

"Oh! Mas que linda sala! Nunca vi nada tão encantador! Olhe só, mamãe, como foi melhorada desde a última vez em que estive aqui! Sempre achei o lugar aconchegante, mas (voltando-se para a senhora Dashwood) a senhora soube torná-la tão encantadora! Veja só, minha irmã, como tudo aqui é agradável! Como gostaria de ter uma casa assim! Não gostaria, senhor Palmer?"

O senhor Palmer não respondeu e nem se dignou tirar os olhos do jornal.

"O senhor Palmer não me ouve," disse ela, rindo; "nunca me ouve, às vezes. É tão engraçado!"

Essa era uma coisa nova para a senhora Dashwood; nunca estivera acostumada a achar graça na falta de atenção para quem quer que fosse, e não pôde deixar de olhar com surpresa para ambos.

Nesse meio tempo, a senhora Jennings falava tão alto quanto podia e continuava a contar sobre a surpresa de todos na noite anterior ao verem seus amigos, só parando depois de contar tudo. A senhora Palmer riu com prazer ao lembrar do espanto deles, e todos concordaram, duas ou três vezes, que tinha sido uma agradável surpresa.

"Podem imaginar como todos ficamos alegres ao vê-los," acrescentou a senhora Jennings, inclinando-se para frente em direção a Elinor, e falando em voz baixa como se não quisesse ser ouvida por mais ninguém, embora elas estivessem sentadas em diferentes lados da sala; "mas não posso deixar de lamentar que tenham viajado tão depressa e empreendido uma viagem tão longa, pois vieram de Londres por causa de negócios, e você sabe (continuou, balançando significativamente a cabeça e apontando para a filha) que estava errado na condição dela. Queria que ela ficasse em casa e descansasse esta manhã, mas ela queria vir conosco; tinha muita vontade de conhecê-las!

A senhora Palmer riu e disse que isso não lhe faria mal algum.

"Ela está esperando um bebê para fevereiro," continuou a senhora Jennings.

A senhora Middleton não conseguia mais suportar tal conversa e por isso perguntou ao senhor Palmer se havia notícias de interesse no jornal.

"Não, absolutamente nada," replicou ele e continuou lendo.

"Aí vem Marianne," exclamou Sir John. "Agora, Palmer, você vai ver uma moça realmente bonita."

Caminhou imediatamente para o corredor, abriu a porta da frente e a fez entrar. A senhora Jennings perguntou-lhe, logo que apareceu, se não tinha ido a Allenham; e a senhora Palmer riu abertamente à pergunta, como para mostrar que tinha entendido tudo. O senhor Palmer olhou-a quando entrou na sala, fitou-a por alguns instantes e retornou a seu jornal. O olhar da senhora Palmer tinha sido atraído agora pelos desenhos dependurados nas paredes. Levantou-se para examiná-los.

"Olhe só, que lindos! Que encantadores! Olhe bem, mamãe, que delicados! Decididamente são tão espetaculares que passaria um tempo sem fim a olhá-los." E então, sentando novamente, logo acabou esquecendo que havia coisas tão maravilhosas na sala.

Quando a senhora Middleton levantou para ir embora, o senhor Palmer levantou também, repôs o jornal no lugar, esticou-se e olhou para todos.

"Meu bem, você andou dormindo?" disse sua mulher, rindo.

Não deu resposta; só observou, depois de examinar novamente a sala, viu que tinha o pé-direito muito baixo e o teto arqueado. Então fez uma inclinação e partiu com o resto do grupo.

Sir John havia insistido com todas para passar o dia seguinte em Barton Park. A senhora Dashwood, que não admitia jantar com eles mais vezes do que eles viessem jantar no chalé, recusou-se de modo categórico a ir; as filhas podiam, se quisessem. Mas elas não tinham a menor curiosidade em ver como o senhor e a senhora Palmer se portavam à mesa, e não esperavam deles qualquer outra forma de descontração. Por isso tentaram desculpar-se; o tempo estava incerto e não prometia melhorar. Mas Sir John não se conformava; mandaria a carruagem e elas tinham que ir. A senhora Middleton também, embora não insistisse com a mãe, as pressionou a aceitar o convite. A senhora Jennings e a senhora Palmer reforçaram o pedido – todos pareciam igualmente ansiosos em evitar uma reunião de família; mas as jovens tiveram de render-se.

"Por que nos convidam?" disse Marianne, logo que eles foram embora. "O aluguel deste chalé é considerado baixo; mas vamos pagar um preço salgado se tivermos de jantar em Barton Park sempre que houver visitas na casa deles ou na nossa."

"Querem simplesmente mostrar-se educados e bondosos conosco," disse Elinor, "com esses convites frequentes do que com aqueles que recebemos deles algumas semanas atrás. Não é que eles mudaram, se suas reuniões se tornaram tediosas e maçantes. Devemos buscar essa mudança em outra parte."

## ≈ CAPÍTULO 20 ≈

Quando as senhoritas Dashwood entraram por uma porta na sala de estar de Barton Park, no dia seguinte, a senhora Palmer chegou correndo por outra porta, parecendo tão bem-humorada e alegre como antes. Tomou-as todas elas afetuosamente pelas mãos e expressava grande prazer por tornar a vê-las.

"Estou tão contente em vê-las!" disse, sentando-se entre Elinor e Marianne; "pois o dia está tão feio que fiquei receosa de que não viessem, o que seria lamentável, visto que estamos indo embora amanhã. Temos que ir, pois os Westons vão nos visitar na semana que vem. Nossa vinda para cá foi uma coisa repentina; e eu nada sabia até que carruagem parou à porta e então o senhor Palmer me pediu para que fosse com ele até Barton. Ele é tão engraçado! Nunca me diz nada! Sinto muito não podermos ficar mais tempo; mas espero, contudo,poder encontrar-nos em breve na cidade.

Elas foram obrigadas a pôr um fim naquela expectativa.

"Não ir à cidade!" exclamou a senhora Palmer, com uma risada; "ficarei muito desapontada se não forem. Posso arranjar a mais bela casa do mundo para vocês, ao lado da nossa, na Hanover Square. Devem ir, verdade. Estou certa de que ficaria muito feliz em acompanhá-las, até que tenha de me resguardar por causa da gravidez, caso a senhora Dashwood não goste de sair à rua."

Elas agradeceram, mas foram obrigadas a resistir a todas as suas súplicas.

"Oh, meu bem!" exclamou a senhora Palmer a seu marido, que então entrava na sala, "precisa me ajudar a persuadir as senhoritas Dashwood a ir à cidade neste inverno."

Seu bem não lhe deu resposta; e depois de uma leve inclinação às meninas, começou a queixar-se do tempo.

"Que horror!" disse ele. "Esse tempo deixa tudo e todos desgostosos. A chuva torna tudo enfadonho tanto dentro de casa como fora. Leva a gente a detestar todos os conhecidos. Por que diabos Sir John não tem uma mesa de bilhar em sua casa? Como são poucas as pessoas que sabem o que é conforto! Sir John é tão estúpido quanto a chuva."

Logo entrou o resto do grupo.

"Receio, senhorita Marianne," disse Sir John, "que hoje não tenha conseguido fazer sua habitual caminhada até Allenham."

Marianne pareceu muito séria e nada disse.

"Oh, não fique tão acanhada diante de nós," disse a senhora Palmer, "pois sabemos de tudo, asseguro-lhe; e admiro muito seu gosto, porque o julgo extremamente bonito. Não moramos muito longe dele na região, sabe. Não mais que dez milhas, poderia dizer."

"Mais perto de trinta," disse o marido. "Ah, bem! Não há muito diferença. Nunca estive na casa dele, mas dizem que é um belo e delicioso lugar."

"É o local mais abominável que jamais vi em minha vida," disse o senhor Palmer.

Marianne permaneceu perfeitamente silenciosa, embora seu semblante demonstrasse seu interesse pelo que andavam dizendo.

"É muito feio?" continuou a senhora Palmer; "então deve ser outro lugar que é tão bonito, suponho."

Quando estavam sentados na sala de jantar, Sir John observou com pesar que eram somente oito ao todo.

"Querida," disse ele á sua mulher, "é muito irritante sermos tão poucos. Por que não convidou também os Gilberts hoje?"

"Não lhe disse, Sir John, quando falamos a respeito antes, que não podia convidá-los? Eles jantaram conosco por último."

"Você e eu, Sir John," disse a senhora Jennings, "não podemos nos ater muito a esses protocolos."

"Então seria muito mal-educada," exclamou o senhor Palmer.

"Meu bem, você contradiz sempre a todos," disse sua esposa com sua usual risada. "Sabe que está sendo bastante rude?"

"Não acredito que eu contradiga alguém ao chamar sua sogra de mal-educada."

"Pois bem, pode falar mal de mim quanto quiser," disse a velha benévola senhora, "você tirou Charlotte de minhas mãos e agora não pode devolvê-la. Desse modo, quem leva vantagem sou eu."

Charlote riu com gosto ao pensar que seu marido não podia livrar-se dela; e exultante disse que não se importava com a cruz que ele representava para ela, uma vez que tinham de viver juntos. Era impossível que alguém fosse radicalmente mais bem-disposto ou mais determinado a ser feliz do que a senhora Palmer. A estudada indiferença, a insolência e o descontentamento de seu marido não a molestavam; e quando se irritava ou a tratava com grosseria, ela se divertia.

"O senhor Palmer é tão engraçado!" disse ela, num sussurro, a Elinor. "Está sempre de mau humor."

Elinor estava inclinada, depois de uma pequena observação, a acreditar que ele fosse tão autêntica e claramente mal-educado e malcriado como queria aparentar. Seu temperamento podia ter-se azedado um pouco ao perceber, como ocorre a muitos outros de seu sexo, que, embora com inegáveis traços de beleza, ele era o marido de uma mulher realmente idiota – mas ela sabia que essa espécie de erro estúpido era comum demais para que um homem sensível se atormentasse permanentemente. Era mais um desejo de distinguir-se, acreditava ela, que produzia o tratamento desdenhoso para com todos e a aspereza com tudo o que lhe andava por perto. Era o desejo de parecer superior aos outros. O motivo era por demais comum para causar surpresa; mas os meios, ainda que conseguissem estabelecer sua superioridade em má educação, não pareciam apropriados para atrair ninguém, exceto sua esposa.

"Oh, querida senhorita Dashwood," disse a senhora Palmer pouco depois, "tenho um grande favor a pedir a você e à sua irmã. Não querem vir passar um tempo em Cleveland neste Natal? Venham, por favor, – e venham enquanto os Westons estiverem conosco. Não podem imaginar como eu ficaria feliz! Será maravilhoso! – Meu bem," dirigindo-se ao marido, "não está ansioso para que as senhoritas Dashwood venham nos visitar em Cleveland?"

"Certamente," replicou ele, com ar de ironia; "não vim a Devonshire com outro intuito."

"Aí está," disse a mulher, "estão vendo que o senhor Palmer as espera; desse modo, não podem recusar-se em vir."

As duas declinaram, impulsiva e resolutamente, do convite.

"Mas realmente vocês devem vir e virão. Tenho certeza de que vão gostar de tudo. Os Westons estarão conosco e vai ser deveras delicioso. Não podem imagina que lugar aprazível é Cleveland; e estamos muito contentes agora, porque o senhor Palmer está sempre viajando pelo interior por causa das eleições; e aparecem para jantar tantas pessoas que nem conheço; é algo bem interessante! Mas, pobre homem! É muito cansativo para ele, pois é obrigado a conquistar a simpatia de todos."

Elinor mal pôde conter sua compostura ao admitir a dificuldade de semelhante obrigação.

"Como vai ser maravilhoso," disse Charlotte, "quando ele estiver no Parlamento! – não é? Como vou rir! Vai ser tão engraçado ver todas as cartas endereçadas a ele com um M.P. (Membro do Parlamento). – Mas sabem que ele diz que nunca vai franquear as minhas? Afirma que não o fará. Não é, senhor Palmer?"

O senhor Palmer não lhe deu a mínima atenção.

"Ele não suporta ter de escrever, sabem," continuou ela, "diz que é muito chato."

"Não," disse ele, "nunca disse nada tão irracional. Não jogue sobre mim todos os seus maus usos da linguagem."

"Aí está; vocês podem ver como ele é engraçado! É sempre desse jeito! Às vezes fica sem falar comigo mais de meio dia e então sai com algo tão engraçado – sobre qualquer coisa que possa lhe ocorrer."

Ela deixou Elinor muito surpresa quando retornaram para a sala de visitas ao perguntar-lhe se não gostava sobremaneira do senhor Palmer.

"Certamente," disse Elinor; "ele parece muito agradável."

"Muito bem, fico contente com isso. Pensava mesmo que o achasse, ele é tão agradável; e o senhor Palmer está realmente contente com você e suas irmãs, posso afirmar; e não podem imaginar como ficaria desapontado se não forem a Cleveland. Não consigo adivinhar por que se recusam a ir."

Elinor foi novamente obrigada a declinar do convite; e, mudando de assunto, pôs um ponto final em suas insistências. Achava provável, visto que moravam na mesma área, que a senhora Palmer estivesse em condições de dar algumas informações mais detalhadas sobre o caráter de Willoughby do que podia ter obtido dos Middleton, uma vez que o conheciam pouco; e estava ansiosa em obter de qualquer um deles a confirmação dos méritos dele, podendo assim removera possibilidade de temores de Marianne. Começou por perguntar-lhe se viam com frequência o senhor Willoughby em Cleveland e se mantinham relações muito próximas com ele.

"Oh, minha querida, sim; conheço-o extremamente bem," replicou a senhora Palmer; – "não que tenha falado alguma vez com ele; mas tenho-o visto seguidamente na cidade. Nunca aconteceu de estarmos em Barton quando ele estava em Allenham. Mamãe o tinha visto por aqui uma vez; mas eu estava com meu tio em Weymouth. Atrevo-me a dizer, no entanto, que o teríamos visto muitas vezes em Somersetshire, se infelizmente não acontecesse de nunca termos estado na região ao mesmo tempo. Acho que ele fica muito pouco em Combe; mas mesmo que permanecesse mais tempo por lá, não creio que o senhor Palmer o visitasse, pois ele está ligado à oposição, sabe, e além disso, o lugar é bem mais afastado. Sei, e muito bem, por que pergunta a respeito dele; sua irmã vai se casar com ele. Estou extremamente satisfeita com isso, pois assim vou tê-la como vizinha, sabe."

"Palavra de honra," replicou Elinor, "você sabe bem mais que eu sobre isso, se tem alguma razão para esperar por esse casamento."

"Não tente negá-lo, porque sabe que é isso que todos andam

falando. Asseguro-lhe que ouvi falar dele em minhas andanças pela cidade."

"Minha cara senhora Palmer!"

"Por minha honra, ouvi sim. Encontrei o coronel Brandon segunda-feira de manhã na Bond Street, pouco antes de deixarmos a cidade, e ele me contou isso diretamente."

"A senhora me surpreende, e não pouco. O coronel Brandon lhe falou a respeito? Certamente a senhora deve estar enganada. Passar tal informação a uma pessoa que poderia não estar interessada no assunto, mesmo que fosse verdade, é algo que não esperaria do coronel Brandon."

"Mas eu lhe garanto que foi assim, e vou contar-lhe como tudo aconteceu. Quando o encontramos, ele retornou e foi caminhando conosco; e então começamos a falar de meu irmão e de minha irmã, de uma coisa e outra, e eu lhe disse: Então, coronel, há uma nova família morando no chalé de Barton, assim ouvi, e mamãe mandou dizer que as meninas são muito bonitas e que uma delas vai se casar com o senhor Willoughby de Combe Magna. É verdade, é? Pois certamente você deve sabê-lo, uma vez que esteve em Devonshire ultimamente."

"E o que disse o coronel?"

"Oh, não disse muito, não; mas demonstrou que sabia ser verdade, e a partir daquele momento me convenci de que era algo certo. Será maravilhoso, posso dizer. Quando vai ser?"

"O coronel Brandon estava bem? Espero."

"Oh, sim, muito bem! E a elogiou tanto que nada mais dizia a não ser coisas encantadoras a seu respeito."

"Sinto-me lisonjeada pelos elogios dele. Parece um homem excelente; e acho-o notavelmente agradável."

"Também acho. É um homem tão encantador que é uma pena que seja tão sério e tão tedioso. Mamãe diz que também está apaixonado por sua irmã. Asseguro-lhe que seria uma grande honra se realmente estiver, pois ele nunca se apaixonou verdadeiramente por ninguém."

"O senhor Willoughby é muito conhecido em Somersetshire?" disse Elinor.

"Oh! sim, extremamente conhecido: ou seja, não creio que muita gente o conheça, porque Combe Magna fica muito afastada; mas estou certa de que todos o acham muito agradável, garanto-lhe. Ninguém é mais apreciado que o senhor Willoughby aonde quer que vá, e assim pode dizê-lo à sua irmã. Ela é uma moça de muita e muita sorte, palavra de honra; não que ele não tenha tido mais sorte em conquistá-la, porque ela é muito bonita e agradável,e teria difícil encontrar alguém que a contentasse. Não a julgo, porém,em absoluto mais bonita que você, garanto-lhe, pois acho as duas extremamente bonitas, assim como, estou certa, o senhor Palmer também acha, embora ontem à noite não tivéssemos conseguido que o admitisse."

A informação do senhor Palmer a respeito de Willoughby não era muito consistente; mas qualquer testemunho em favor dele, por menor que fosse, deixava-a satisfeita.

"Estou feliz por finalmente nos termos conhecido," continuou Charlotte. "E agora espero que sejamos grandes amigas para sempre. Não pode imaginar quanto eu ansiava em conhecê-la. É com muita alegria que vejo vocês morando no chalé! Nada melhor que isso, com certeza! E estou tão feliz ao saber que sua irmã vai se casar tão bem! Espero que passem muito tempo em Combe Magna. É um lugar delicioso sob todos os aspectos."

"A senhora conhece o coronel Brandon há muito tempo, não?"

"Sim, há muito tempo; desde que minha irmã se casou. Ele sempre foi amigo muito chegado de Sir John. Creio," acrescentou em voz baixa, "que ele teria ficado muito contente se tivesse casado comigo, se tivesse podido. Sir John e a senhora Middleton desejavam que assim fosse. Mas mamãe achou que o casamento não era suficientemente bom para mim; do contrário, Sir John o teria mencionado ao coronel Brandon, e nos teríamos casado imediatamente."

"O coronel Brandon não sabia da proposta de Sir John à sua mãe antes que fosse feita? Ele nunca lhe confidenciou sua afeição?"

"Oh! não; mas se mamãe não interpusesse objeção, ouso dizer que ele teria adorado, mais que qualquer outra coisa. Não me tinha visto ainda mais que duas vezes, pois foi antes que eu saísse da escola. Estou, porém, muito mais feliz como estou. O senhor Palmer é precisamente o tipo de homem de que gosto."

## ≈ CAPÍTULO 21 ≈

Os Palmer retornaram a Cleveland no dia seguinte e as duas famílias de Barton foram novamente deixadas para se entreterem mutuamente. Mas isso não durou muito. Elinor mal tinha tirado de sua cabeça o encontro dos últimos visitantes – ainda estava estupefato com a senhora Palmer que se sentia feliz sem ter motivo para tanto, com o senhor Palmer que agia de modo tão esquisito, embora com bons predicados, e com a estranha incompatibilidade demonstrada muitas vezes entre marido e mulher – antes que o zelo ativo de Sir John e da senhora Jennings pela causa da sociedade lhe arranjassem novos conhecidos para visitar e observar.

Numa excursão matinal a Exeter, haviam se encontrado com duas jovens que a senhora Jennings teve a satisfação de descobrir que eram de suas relações; e isso foi o suficiente para que Sir John as convidasse imediatamente a Barton Park, tão logo se livrassem de seus compromissos em Exeter. Esses compromissos foram instantaneamente abandonados ante tal convite; e a senhora Middleton viu-se alarmada, no retorno de Sir John, ao ouvir que logo mais receberia a visita de duas jovens, que ela nunca tinha visto em sua vida, e de cuja elegância – e mesmo de sua provável posição social – não tinha a menor informação, visto que as afirmações do marido e da mãe a esse respeito de nada serviam. Em sendo gente de suas relações só piorava o caso; e as tentativas da senhora Jennings de contornar a situação careciam de qualquer fundamento quando ela advertiu a filha que não desse muita importância por não serem elas tão elegantes, porquanto eram todas primas e deviam dar-se bem entre si. Como era impossível nessa hora impedir sua vinda a senhora Middleton resignou-se à ideia com toda a filosofia de uma mulher bem-educada, contentando-se apenas em dar ao marido uma polida recriminação a respeito, repetida cinco ou seis vezes no decorrer do dia.

As moças chegaram; sua aparência não era de modo algum deselegante e desagradável. Seus vestidos eram muito modernos, suas maneiras, muito refinadas; estavam encantadas com a casa e enlevadas com a mobília; e como gostassem imensamente de crianças, a boa opinião da senhora Middleton se inclinava em favor delas a menos de uma hora de sua chegada a Barton Park. Achou as meninas realmente muito agradáveis, o que,a seu ver,significava entusiástica admiração. A confiança de Sir John em seu próprio julgamento aumentou com esse animado elogio e ele partiu diretamente para o chalé, a fim de comunicar às senhoritas Dashwood a chegada das senhoritas Steele e assegurar-lhes que eram as mais adoráveis meninas do mundo. De uma recomendação dessas, contudo, não havia muito que deduzir: Elinor sabia muito bem que as mais adoráveis meninas do mundo podiam ser encontradas em qualquer lugar da Inglaterra, sob a maior variedade possível de forma, rosto, temperamento e conhecimento. Sir John queria que toda a família fosse diretamente para Barton Park, a fim de conhecer suas hóspedes. Que homem benevolente e filantropo! Era penoso para ele conservar só para si até uma terceira prima.

"Venham agora mesmo," dizia ele, "por favor, venham – devem vir – reafirmo que têm de vir. Não sabem o quanto vão gostar delas. Lucy é espantosamente linda, e tão engraçada e agradável! As crianças estão todas grudadas nela, como se fosse uma velha conhecida. E as duas estão ansiosas mais que nunca em conhecê-las, pois ouviram falar em Exeter que vocês são as mais belas criaturas do mundo; e eu confirmei que era tudo verdade, e muito mais que isso. Vão ficar encantadas com elas, tenho certeza. Trouxeram a carruagem cheia de brinquedos para as crianças. Como podem ser tão insensíveis, recusando-se a vir? Afinal de contas, de certa forma são também suas primas. Vocês são minhas primas e elas são primas de minha mulher; logo, devem ser parentas."

Mas Sir John não teve êxito: só conseguiu obter uma promessa de que iriam visitá-lo dentro de um dia ou dois; ele partiu chocado com a indiferença delas, voltando para casa e ali alardear de novo os atrativos das senhoritas Dashwood, como a estas já tinha elogiado as Steele.

Quando a prometida visita a Barton Park e a consequente apresentação às jovens senhoras se realizaram, as Dashwood acharam a aparência da mais velha, que estava perto dos trinta anos, com um rosto bastante comum e pouco sensível, nada a admirar; mas na outra, que não tinha mais de 22 ou 23 anos, reconheceram uma considerável beleza: suas feições eram belas, tinha um olhar vivo e agudo, um ar inteligência que, embora não lhe desse realmente elegância ou graça, conferia distinção à sua pessoa. As maneiras das duas eram particularmente gentis e Elinor logo lhes concedeu crédito de uma espécie de sensatez quando percebeu a forma judiciosa e constante com que agradavam a senhora Middleton. Com as crianças estavam em contínuos arroubos, lisonjeando sua beleza, cativando sua atenção e divertindo-se com todos os seus caprichos; e, se algum tempo lhes restava, depois de atenderam àquelas solicitações impertinentes com polidez, era dedicado a admirar tudo o que a dona da casa fazia, caso estivesse fazendo alguma coisa, ou a copiar o molde de algum vestido novo e elegante, como o que a senhora usara na véspera e que as tinha deixado num encantamento inexplicável. Felizmente para os que fazem a sua corte por meio desses pontos fracos, a mãe zelosa, embora, na busca de elogios a seus filhos, seja o mais ávido dos seres humanos, é igualmente o mais crédulo: suas exigências são exorbitantes, mas engole qualquer coisa. E a excessiva afeição e a paciência das senhoritas Steele para com seus rebentos eram vistas, portanto, pela senhora Middleton sem a menor surpresa ou desconfiança. Via com maternal complacência todas as impertinentes transgressões e travessuras maliciosas a que se submetiam suas primas. Via as crianças desfazerem-lhes os laços, puxavam-lhes os cabelos na altura das orelhas, vasculhavam-lhes as bolsas, roubando-lhes canivetes e tesouras, e não tinha dúvida de que não passava de um divertimento recíproco. Não lhe causava surpresa alguma, a não a de que Marianne e Elinor pudessem ficar sentadas tão comportadamente, sem reclamarem sua parte no que estava se passando.

"John está tão animado hoje!" disse ela, ao vê-lo tirar o lenço da senhorita Steele e atirá-lo pela janela, "Não para de fazer travessuras."

Logo depois, quando o segundo menino beliscou violentamente um dos dedos da mesma senhorita, a mãe orgulhosamente observou: "Como William é brincalhão!"

"E aqui está minha pequena e doce Annamaria," acrescentou ela, acariciando ternamente a menininha de três anos, que não tinha aprontado nada nos últimos dois minutos; "e ela está sempre comportada e quieta. Nunca vi coisinha tão quieta!"

Mas infelizmente, ao dar esses abraços, um grampo do penteado da senhora Middleton arranhou levemente o pescoço da criança;e esse modelo de delicadeza produziu gritos tão violentos que dificilmente poderiam ser suplantados por uma criatura confessadamente barulhenta. A consternação da mãe foi excessiva; mas não pôde ultrapassar o alarme das senhoritas Steele e tudo foi feito pelas três, em tão crítica emergência, que o afeto poderia sugerir, a fim de minorar os sofrimentos da pequena criatura. Ela estava sentada no colo da mãe, que a cobria de beijos; o ferimento era banhado com água de lavanda, por uma das senhoritas Steele, que se pusera de joelhos para melhor atendê-la, e a outra irmã lhe entupia a boca com torrões de açúcar.

Diante de tais recompensas por suas lágrimas, a criança era sabida demais para parar de chorar. Gritava e soluçava escandalosamente, dava pontapés aos dois irmãos que queriam tocá-la; e todos os cuidados reunidos se mostravam infrutíferos até que a senhora Middleton felizmente se lembrou de que,numa cena de semelhante aflição ocorrida na semana anterior, fora aplicada com sucesso geleia de abricó numa contusão da têmpora; e propôs com insistência o mesmo remédio para esse infortunado arranhão, o que ocasionou uma leve pausa na gritaria da criança, dando-lhes razão de esperar que o medicamento não seria rejeitado. Foi levada para fora da sala nos braços da mãe, em busca do remédio; e como os dois meninos insistissem em segui-las, apesar de seriamente obrigados pela mãe a ficarem, as quatro jovens foram deixadas numa calma que a sala não conhecera por várias horas.

"Pobre criaturinha!" disse a senhorita Steele, logo que saíram; "poderia ter sido um acidente muito triste."

"Não saberia como," exclamou Marianne, "a não ser que tivesse ocorrido em circunstâncias totalmente diferentes. Mas esse é o meio usual para aumentar o alarme onde, na realidade, não há nada para se alarmar."

"Que mulher graciosa é a senhora Middleton!" disse Lucy Steele.

Marianne ficou calada. Era impossível dizer o que ela não sentia, por mais trivial que fosse a ocasião; por isso tocava a Elinor todo o trabalho, sempre cruel, de dizer mentiras, quando a polidez o requeria. Fez o que pôde, quando solicitada, para falar bem da senhora Middleton, fazendo-o com mais calor do que sentia, embora com muito menos que a senhorita Lucy.

"E Sir John também," exclamou a outra irmã, "que homem encantador!"

Aqui também, os elogios da senhorita Dashwood, sendo apenas simples e justos, saíram de sua boca sem qualquer brilho. Observou meramente que ele era perfeitamente bem-humorado e cordial.

"E que família encantadora eles compõem! Nunca vi crianças tão lindas em minha vida. Estou praticamente enlouquecida por elas e, na realidade, não sou muito chegada a crianças."

"Poderia achar que sim," disse Elinor, com um sorriso, "pelo que testemunhei esta manhã."

"Tenho a impressão," disse Lucy, "de que julga os pequenos Middleton mimados demais; talvez sejam algo mais do que deveriam ser; mas isso é tão natural na senhora Middleton; de minha parte, gosto de ver as crianças cheias de vida e energia; não consigo suportá-las se forem muito dóceis e quietas."

"Confesso," replicou Elinor, "que, enquanto estou em Barton Park, nunca penso em crianças dóceis e quietas sem algum aborrecimento."

A essa conversa seguiu-se uma breve pausa, que foi rompida pela senhorita Steele, que parecia muito disposta a continuar a conversa e que agora dizia, quase abruptamente: "Está realmente gostando de Devonshire, senhorita Dashwood? Suponho que tenha ficado muito triste por ter de deixar Sussex."

Com alguma surpresa pela familiaridade dessa pergunta ou, pelo menos, pela maneira em que foi feita, Elinor replicou que sim.

"Norland é um lugar prodigiosamente belo, não é?" acrescentou a senhorita Steele.

"Ouvimos Sir John elogiá-lo de modo até excessivo," disse Lucy, que parecia procurar alguma desculpa necessária por causa da liberdade da irmã.

"Acho que todos os que conheceram aquele lugar devem admirá-lo," retrucou Elinor; "embora não acredite que alguém possa estimar suas belezas como nós."

"E havia muitos moços interessantes por lá? Acho que não há tantos assim por estes lados. De minha parte, penso que quantos mais, melhor."

"Mas por que haveria de pensar," disse Lucy, olhando envergonhada para a irmã, "que não há tantos rapazes em Devonshire como em Sussex?"

"Não, minha querida, certamente não é isso que pretendo dizer. Estou certa de que há grande número de moços em Exeter; mas você sabe, eu não poderia dizer quantos belos jovens há em Norland;só estava receosa de que as senhoritas Dashwood pudessem achar Barton enfadonho, se aqui não houvesse tantos como havia por lá. Mas talvez vocês, jovens senhoras, nem se importam com os jovens, e vivam de bom grado com eles ou sem eles. De minha parte, acho-os extremamente agradáveis, desde que se vistam de modo elegante e se portem com civilidade. Mas não suporto vê-los sujos e malvestidos. Há em Exeter o senhor Rose, um prodigioso jovem elegante,um galanteador, empregado do senhor Simpson; mas se acaso o encontrar pela manhã, não vale a pena ser visto. Suponho que seu irmão, antes de casar-se, fosse também muito galanteador, senhorita Dashwood, visto que era tão rico."

"Palavra de honra," replicou Elinor, "não posso dizer nada, pois não compreendo perfeitamente o significado da palavra. Mas posso dizer-lhe que, se ele era galanteador antes de se casar, ainda o é, pois não há a mínima alteração nele."

"Oh, querida! Nem se deve pensar que homens casados sejam galanteadores – eles têm outras coisas a fazer."

"Meu Deus! Anne!" exclamou sua irmã, "você não consegue falar de nada a não ser de belos moços; você leva a senhorita Dashwood a acreditar que não pensa em outra coisa." E então, para mudar a conversa, começou a admirar a casa e a mobília.

Essa amostra das senhoritas Steele foi suficiente. A liberdade vulgar e a loucura da mais velha não a recomendavam em nada; e como Elinor não estava ofuscada pela beleza ou pela astuciosa aparência da mais nova, não se importando com sua falta de verdadeira elegância e de inclinação pelas artes, deixou a casa sem qualquer vontade de conhecê-las melhor.

O mesmo não ocorreu com as senhoritas Steele. Voltaram de Exeter cheias de admiração pela conduta de Sir John Middleton, sua família e todas as pessoas de suas relações; e uma proporção nada desprezível de admiração era agora destinada às belas primas, declarando que eram as moças mais bonitas, elegantes, talentosas e agradáveis que conheceram, e com as quais estavam particularmente ansiosas por aprofundar a amizade. E para se conhecerem melhor, como Elinor logo descobriria, era a sina inevitável delas, pois, como Sir John estava inteiramente do lado das senhoritas Steele, seu partido era forte demais para admitir oposição, e elas foram submetidas a uma espécie de intimidade, que consistia em ficar sentadas uma ou duas horas juntas, na mesma sala e quase todos os dias. Mais que isso Sir John não podia fazer; mas ele não sabia que algo mais devia ser feito; estar juntas, em sua opinião, equivalia a ficarem íntimas; e visto que seus contínuos esquemas para propiciar-lhes encontros davam resultados efetivos, não tinha dúvida de que haveriam de tornar-se amigas."

Para fazer-lhe justiça, fez tudo o que estava a seu alcance para torná-las menos reservadas, fazendo com as senhoritas Steele tomassem conhecimento de tudo o que ele sabia ou supunha saber sobre a situação de suas primas, até mesmo nos mais delicados detalhes; e Elinor não as tinha visto mais que duas vezes antes que a mais velha expressasse sua alegria pelo fato de sua irmã ter tido a sorte de conquistar um belo cavalheiro pouco tempo depois de chegar a Barton.

"Certamente será ótimo que ela se case tão jovem," disse ela, "e ouvi dizer que ele é um elegante cavalheiro e prodigiosamente bonito. Espero que você logo tenha a mesma sorte; mas, talvez, já tenha um pretendente logo ali."

Elinor não podia supor que Sir John fosse mais discreto em proclamar suas suspeitas com relação a seu afeto por Edward do que tinha sido em relação a Marianne; na verdade, era a brincadeira favorita das duas, pois era algo mais recente e conjectural; e desde a visita de Edward, nunca jantaram juntos sem que ele brindasse à sua afeição de modo tão significativo e com tantos acenos e piscadas, o que chamava a atenção geral. A letra F tinha sido igual e invariavelmente trazida à tona, e como se tornara a fonte de inúmeras piadas, ficou estabelecido com Elinor que essa letra era a mais divertida do alfabeto.

As senhoritas Steele, como ela esperava, gozavam agora de todo o benefício dessas piadas; e na mais velha despertou a curiosidade para saber o nome do cavalheiro a quem aludiam; embora muitas vezes expressa de modo impertinente, essa curiosidade fazia perfeitamente parte de seus mexericos sobre assuntos da família. Mas Sir John não demorou muito para brincar com a curiosidade que ele se comprazia em despertar, pois ele tinha, pelo menos, tanto prazer em revelar o nome como a senhorita Steele em ouvi-lo.

"Seu nome é Ferrars," disse ele, num sussurro bem audível; "mas, por favor, não o repita, pois é um grande segredo."

"Ferrars," repetiu a senhorita Steele, "senhor Ferrars é o felizardo, não é? O quê! O irmão de sua cunhada, senhorita Dashwood? Um jovem muito agradável, certamente; conheço-o muito bem."

"Como pode dizer isso, Anne?" exclamou Lucy, que geralmente fazia ressalvas às asserções da irmã. "Embora o tenhamos visto uma ou duas vezes na casa de nosso tio, é um tanto exagerado afirmar que o conhecemos muito bem."

Elinor ouviu tudo isso com atenção e surpresa. "E quem era esse tio? Onde morava? Como se haviam conhecido?" Queria muito que o assunto fosse levado adiante, embora não pretendesse ela mesma dar-lhe continuação; mas nada mais foi dito a respeito e, pela primeira vez em sua vida, achou a senhora Jennings deficiente tanto em curiosidade ante essa insignificante informação, como na disposição em seguir a abordá-la. A maneira como a senhorita Steele havia falado de Edward aumentou sua curiosidade, pois pareceu-lhe algo até mal-intencionado e sugeria a suspeita de que a moça sabia, ou fingia saber,alguma coisa que o desacreditasse. Mas sua curiosidade ficou sem resposta, porque nenhuma palavra mais foi dita sobre o nome do senhor Ferrars pela senhorita Steele quando se aludia a ele, nem mesmo quando Sir John o mencionava abertamente.

## ≈ CAPÍTULO 22 ≈

Marianne, que nunca teve muita tolerância por nada que se relacionasse a impertinência, vulgaridade, inferioridade de prendas ou mesmo diferença de gostos, estava a essa altura particularmente indisposta, por causa de seu estado de ânimo, que nem tentava ser afável com as senhoritas Steele ou encorajar suas indiscrições; à invariável frieza de seu comportamento para com elas, que impedia qualquer esforço de intimidade da parte das mesmas, Elinor atribuía principalmente essa preferência por ela, que logo se tornou evidente pelas maneiras de ambas, mas especialmente da parte de Lucy, que não perdia oportunidade de envolvê-la em conversa ou de empenhar-se em melhorar seu relacionamento por meio de tranquila e franca comunicação de seus sentimentos.

Lucy era esperta por natureza; suas observações eram, na maioria das vezes, justas e divertidas; e, como companhia por meia hora, Elinor frequentemente a achava agradável; mas suas qualidades não tinham recebido ajuda da educação: era ignorante e iletrada; e sua deficiência de aperfeiçoamento mental, sua falta de informação sobre os assuntos mais comuns não podiam passar despercebidas à senhorita Dashwood, apesar de seu constante esforço em mostrar-se superior. Elinor notou, e teve pena dela,a negligência por suas habilidades, que a educação poderia tê-las tornado respeitáveis; mas viu, com menos ternura de sentimentos, a total falta de delicadeza, de retidão, de integridade de espírito que suas atenções, suas diligências, seus elogios em Barton Park traíam; e não podia ter nenhuma satisfação duradoura na companhia de uma pessoa que juntava insinceridade e ignorância, cuja falta de instrução impedia uma conversação em termos de igualdade, e cuja conduta para com os outros tornava qualquer mostra de atenção e deferência para com ela perfeitamente sem valor.

"Você vai pensar que minha pergunta é singular, ouso dizer," falou-lhe Lucy um dia em que caminhavam juntas de Barton

Park ao chalé; "mas, por favor, você tem, pessoalmente, intimidade com a mãe de sua cunhada, a senhora Ferrars?"

Elinor achou a pergunta realmente muito singular, e sua fisionomia o expressou, ao responder que nunca tinha visto a senhora Ferrars.

"Verdade?" replicou Lucy; "Fico admirada com isso, pois pensei que a tivesse visto algumas vezes em Norland. Então, talvez não possa me dizer que tipo de mulher é?"

"Não," retrucou Elinor, cautelosa em dar sua verdadeira opinião sobre a mãe de Edward e nada desejosa de satisfazer o que lhe parecia curiosidade impertinente; "nada sei dela."

"Estou certa de que me acha muito estranha por perguntar a respeito dela dessa maneira", disse Lucy, olhando para Elinor atentamente enquanto falava, "mas talvez tenha razões – gostaria de poder contar-lhe; mas, seja como for, espero que me faça justiça, acreditando que não pretendo ser impertinente."

Elinor lhe deu uma resposta educada e continuaram caminhando por alguns minutos em silêncio. Foi rompido por Lucy, que retomou o assunto dizendo, com alguma hesitação:

"Não posso suportar que você pense que sou impertinentemente curiosa. Com certeza faria de tudo neste mundo para que não se pensasse assim, especialmente por uma pessoa como você, cuja opinião é tão valiosa para mim. E estou certa que não teria o menor receio em confiar em você; na verdade, ficaria muito contente se você me aconselhasse como proceder nessa desconfortável situação em que me encontro; mas, de qualquer modo, não é a ocasião para importuná-la. Sinto que não tenha conhecido a senhora Ferrars."

"Sinto muito também," disse Elinor, com grande surpresa, "se fosse útil para *você* saber minha opinião sobre ela. Mas realmente nunca soube que vocês se relacionavam com aquela família e por isso estou um tanto surpresa, confesso, com indagação tão séria sobre o caráter dela."

"Parece-me que está e, de minha parte, não estou nada admirada com isso. Mas se eu ousasse contar tudo, você não ficaria tão surpresa. A senhora Ferrars não representa nada para mim no momento; mas pode chegar o tempo – quando há de vir, depende dela – em que estaremos intimamente ligadas."

Olhou para baixo enquanto dizia isso, amavelmente acanhada, olhando de soslaio para sua companheira, a fim de observar o efeito que nela desencadeara.

"Oh, céus!" exclamou Elinor, "o que quer dizer? Você conhece o senhor Robert Ferrars? Conhece?" E não se sentiu nada bem com a ideia de ter semelhante cunhada.

"Não," replicou Lucy, "não o senhor *Robert* Ferrars – nunca o vi em minha vida; mas," fixando os olhos em Elinor, "seu irmão mais velho."

O que sentiu Elinor naquele momento? Perplexidade, que teria sido tão dolorosa quanto profunda, se não tivesse imediatamente duvidado daquela afirmação. Voltou-se para Lucy com silencioso espanto, incapaz de adivinhar a razão ou o objetivo dessa declaração; e, embora suas feições mudassem, manteve-se firme na incredulidade e não sentiu sintoma algum de um ataque histérico ou de um desmaio.

"Você deve estar realmente surpresa," continuou Lucy, "pois certamente não fazia ideia disso antes; atrevo-me a dizer que ele jamais fez a menor insinuação a respeito, tanto a você como a membros de sua família, porque sempre foi tratado como um grande segredo, que o guardei fielmente até este momento. Nenhuma pessoa de minhas relações sabe disso, a não ser Anne, e eu nunca haveria de mencioná-lo a você se não confiasse integralmente em sua discrição; e realmente notei que meu comportamento ao lhe fazer tantas perguntas sobre a senhora Ferrars poderia parecer estranho e exigia, portanto, explicações. E não acredito que o senhor Ferrars vá ficar desgostoso quando souber que confiei em você, porque sei que nutre por sua família o mais alto conceito deste mundo, e considera você e as outras senhoritas Dashwood, como suas próprias irmãs. – Fez uma pausa.

Elinor ficou em silêncio por alguns momentos. Sua perplexidade pelo que acabara de ouvir foi de início demasiado grande para proferir qualquer palavra; mas, aos poucos, forçando-se para falar, e falar cautelosamente, disse, com uma calma que ocultava sofrivelmente sua surpresa e ansiedade: "Posso perguntar se seu namoro é de longa data?"

"Namoramos durante estes últimos quatro anos."

"Quatro anos!"

"Sim."

Elinor. Embora profundamente chocada, ainda se sentia incapaz de acreditar.

"Não sabia," disse ela, "até outro dia, que vocês se conheciam."

"Nosso conhecimento, contudo, já data de muitos anos. Ele esteve sob os cuidados de meu tio, sabe, durante um tempo considerável."

"Seu tio?"

"Sim; o senhor Pratt. Nunca o ouviu falar do senhor Pratt?"

"Acho que sim," replicou Elinor, com um esforço da mente, que crescia à medida que aumentava sua emoção.

"Esteve quatro anos com meu tio, que mora em Longstaple, perto de Plymouth. Foi lá que nos conhecemos, porque minha irmã e eu ficávamos muitas vezes na casa de meu tio, e foi lá que começamos a namorar, mas somente um ano depois que ele deixou de ser seu aluno; mesmo depois, porém, ele estava sempre conosco. Não me sentia muito à vontade em continuar, como pode imaginar, sem o conhecimento e a aprovação da mãe dele; mas eu era muito jovem e o amava demais para ser tão prudente como devia sê-lo. Embora você não o conheça tão bem quanto eu, senhorita Dashwood, deve tê-lo observado bastante para sentir que é capaz de fazer uma mulher apegar-se sinceramente a ele.

"Certamente," respondeu Elinor, sem saber o que dizia; mas, depois de um momento de reflexão, acrescentou, com renovada segurança da honra e do amor de Edward e da falsidade da companheira: "Comprometida com o senhor Edward Ferrars! – Confesso-me totalmente surpresa diante do que me diz, que realmente – peço-lhe perdão; mas certamente deve haver algum erro de pessoa ou nome. Não podemos estar falando do mesmo senhor Ferrars."

"Não podemos estar falando de outro," exclamou Lucy, sorrindo. "O senhor Edward Ferrars, o filho mais velho da senhora Ferrars de Park Street, e irmão de sua cunhada, senhora John Dashwood, é a pessoa a que me refiro; você deve admitir que eu não posso estar enganada desse jeito no tocante ao nome do homem de quem depende toda a minha felicidade."

"É estranho," replicou Elinor, na mais dolorosa perplexidade, "que eu nunca o tenha ouvido mencionar seu nome."

"Não; considerando nossa situação, não é estranho. Nosso primeiro cuidado foi manter o assunto em segredo. Você nada sabia de mim ou de minha família e, portanto, pode não ter surgido ocasião para citar meu nome; e, como ele estava sempre particularmente receoso de que a irmã dele suspeitasse de alguma coisa, essa razão era suficiente para que ele não o mencionasse."

Ela estava em silêncio. A segurança de Elinor naufragou, mas seu autodomínio não sucumbiu.

"Faz quatro anos que estão comprometidos," disse ela, com voz firme.

"Sim; e só Deus sabe quanto tempo ainda teremos de esperar. Pobre Edward! Isso o deixa com o coração nas mãos." Então, tirando uma pequena miniatura do bolso, acrescentou: "Para evitar a possibilidade de engano, tenha a bondade de olhar para este rosto. Não lhe faz justiça, com certeza, mas mesmo assim acho que você não pode se enganar quanto à pessoa que aí está. Tenho-a comigo há três anos."

Enquanto falava, colocou-a nas mãos dela; e quando Elinor viu a pintura, quaisquer outras dúvidas que seu receio de uma conclusão demasiado precipitada, ou o desejo de detectar uma falsificação pudessem ainda resistir em seu espírito, logo se esvaíram diante da certeza de que era realmente o rosto de Edward. Devolveu-a quase instantaneamente, reconhecendo a semelhança.

"Nunca fui capaz," continuou Lucy, "de lhe dar meu retrato em troca, o que me deixa muito aborrecida, pois ele estava sempre ansioso por recebê-lo! Mas agora estou determinada a fazê-lo na primeira oportunidade que tiver."

"Você tem todo o direito," replicou Elinor, calmamente. Depois prosseguiram por alguns passos em silêncio. Então Lucy foi a primeira a falar.

"Tenho certeza," disse ela, "não tenho nenhuma dúvida de que você vai guardar fielmente este segredo, porque deve saber a importância que representa para nós que ele não chegue ao conhecimento da mãe dele, pois ela, atrevo-me a dizer, nunca o aprovaria. Não possuo fortuna alguma e posso imaginar que ela seja uma mulher excessivamente orgulhosa."

"Eu não pedi, com toda a certeza, sua confidência," disse Elinor; "mas você me faz justiça imaginando que pode confiar em mim. Seu segredo está seguro comigo; mas perdoe-me se expresso minha surpresa por uma solicitação tão desnecessária. Deve ter sentido, pelo menos, que o fato de eu ter conhecimento dele em nada aumentou a segurança do segredo."

Ao dizer isso, olhou seriamente para Lucy, esperando descobrir alguma coisa em sua fisionomia; talvez a falsidade da maior parte do que havia dito; mas o semblante de Lucy não sofreu qualquer mudança.

"Fiquei com receio de que você pensasse que eu estivesse tomando uma grande liberdade,"disse ela, "ao lhe contar tudo isso. "Não a conheço há muito, pessoalmente pelo menos, mas há muito tempo sabia de sua família por referências; e, logo que a vi, senti quase como se fôssemos velhas conhecidas. Além disso, no presente caso, achei que lhe devia realmente algumas explicações, depois que lhe fiz perguntas de caráter pessoal sobre a mãe de Edward; e sou tão infeliz que não tenho ninguém a quem possa pedir conselho. Anne é a única pessoa que sabe disso, mas não tem capacidade de julgar; na verdade, me causa mais dano que ajuda, pois vivo em constante receio de que ela me traia.

Não sabe segurar a língua, como deve perceber; e, outro dia, senti o maior medo do mundo, quando o nome de Edward foi mencionado por Sir John, de que ela pudesse revelar tudo. Não pode imaginar o que se passa em minha cabeça por causa de tudo isso. Só me admiro de estar viva, depois do que sofri por causa de Edward nos últimos quatro anos. Tudo nessa ansiedade e incerteza; vendo-o tão raramente – dificilmente conseguimos nos ver mais que duas vezes ao ano. Admiro-me, com certeza, de não ter o coração despedaçado."

Nesse ponto, ela tirou o lenço, mas Elinor não se sentiu muito compadecida.

"Às vezes," continuou Lucy, depois de enxugar os olhos, "penso se não seria melhor para nós dois acabar com tudo de uma vez." Ao dizer isso, olhou diretamente para a companheira. "Mas então, em outras ocasiões... não tenho coragem suficiente para isso. Não posso suportar a ideia de deixá-lo tão infeliz, porque sei que a simples menção de tal coisa o deixaria. E também por minha causa – tão caro ele é para mim – nem quero pensar se faria isso. O que me aconselha a fazer em tal caso, senhorita Dashwood? O que você faria?"

"Perdoe-me," replicou Elinor, assustada com a pergunta; "mas não posso dar-lhe nenhum conselho em tais circunstâncias. Seu próprio julgamento é que deve dirigi-la."

"Certamente," continuou Lucy, depois de alguns minutos de silêncio de ambos os lados, "a mãe dele, mais cedo ou mais tarde, deverá deixá-lo seguir seu caminho; mas o pobre Edward está tão deprimido por isso! Não o achou terrivelmente abatido quando esteve em Barton? Estava tão infeliz quando nos deixou em Longstaple para visitá-los que fiquei receosa de que o julgassem bastante doente."

"Vinha da casa de seu tio, então, quando nos visitou?"

"Oh, sim; tinha ficado quinze dias lá conosco. Pensou que tivesse vindo direto da cidade?"

"Não," replicou Elinor, profundamente sensível a cada nova

circunstância que favorecia a veracidade de Lucy; "lembro-me que nos disse que havia estado quinze dias com alguns amigos perto de Plymouth." Lembrava-se também de sua própria surpresa na ocasião porque ele nada mais mencionou a respeito daqueles amigos e de seu total silêncio até com relação a seus nomes.

"Não achou que ele estava tristemente fora do normal?" repetiu Lucy.

"Na verdade, foi o que achamos, especialmente na hora em que chegou."

"Supliquei-lhe que se esforçasse para parecer melhor, receando que vocês suspeitassem de alguma coisa; mas o fato de não poder ficar mais de quinze dias conosco e vendo-me tão afetada por sua causa, tornou-o melancólico. Pobre rapaz! Receio que esteja na mesma situação agora, pois me escreve como se fosse com disposição tristonha. Tive notícias dele pouco antes de partir de Exeter." Tirou uma carta da bolsa e descuidadamente mostrou o endereço a Elinor. "Acredito que conhece sua letra – linda letra; mas não está escrita tão bem como de costume. Estava cansado, suponho, pois encheu a folha de todos os jeitos."

Elinor viu que era a letra dele e não pôde mais duvidar. O retrato, ela se havia permitido acreditar que poderia ter sido obtido por acaso; não teria sido um presente de Edward; mas a correspondência entre os dois por carta só podia subsistir diante de um compromisso real, nada mais a podia autorizar: por alguns momentos esteve prestes a desmaiar – seu coração soçobrou dentro dela e mal podia ficar de pé; mas um esforço era indispensavelmente necessário; e lutou tão resolutamente contra a opressão de seus sentimentos que seu êxito foi imediato e, com o tempo, completo.

"Troca de correspondência," disse Lucy, repondo a carta na bolsa, "é o único conforto que temos nessas longas separações. Sim, eu tenho outro conforto nesta gravura, mas o pobre Edward não tem nem isso. Se pelo menos tivesse meu retrato, seria mais fácil diz ele. Dei-lhe uma mecha de meu cabelo, engastada num anel, quando esteve a última vez em Longstaple e isso lhe foi de certo conforto, disse ele, mas não como igual ao de um retrato. Talvez você tenha reparado no anel quando o viu?"

"Sim, reparei," disse Elinor, com uma compostura na voz, sob a qual se ocultavam uma emoção e uma angústia bem mais profundas de tudo o que havia sentido antes. Estava mortificada, chocada, confusa.

Felizmente para ela, tinham chegado ao chalé e a conversa não podia mais continuar. Depois de sentar-se com elas por alguns minutos, as senhoritas Steeles voltaram para Barton Park e Elinor ficou então livre para pensar e curtir a desdita.

## ≈ CAPÍTULO 23 ≈

Por menor que fosse, contudo, a dependência de Elinor na veracidade das afirmações de Lucy, lhe era impossível, refletindo seriamente, suspeitar no presente caso, em que nenhuma indagação encontraria resposta para a loucura de inventar uma falsidade com descrição tão detalhada. O que Lucy havia afirmado como verdade, portanto Elinor não podia, não ousaria duvidar por mais tempo, ancorado como estava por todos os lados e por tais probabilidades e provas, e contraditado por nada a não ser por seus próprios desejos. A oportunidade de seu relacionamento na casa do senhor Pratt era o fundamento de todo o resto, ao mesmo tempo inquestionável e alarmante; e a visita de Edward perto de Plymouth, seu melancólico estado de espírito, sua insatisfação com seus projetos, seu procedimento indeciso para com ela, o conhecimento íntimo que a senhorita Steele tinha de Norland e das relações de sua família, que tantas vezes a surpreendera, o retrato, a carta, o anel, tudo formava um conjunto de evidências que superava o receio de condená-lo injustamente, e estabelecia como um fato, que nenhuma parcialidade poderia subestimar, seu mau procedimento com ela. O ressentimento por tal proceder, sua indignação de ter sido enganada, por breve tempo fizeram com que só sentisse pena de si mesma; mas logo surgiram outras ideias, outras considerações. Edward a havia enganado intencionalmente? Teria fingido por ela uma afeição que não sentia? Seu compromisso com Lucy vinha do fundo do coração? Não; ainda que o pudesse ter sido no passado, ela não podia acreditar que ainda o fosse no presente. O afeto dele era só dela. Nisso não podia estar enganada. A mãe, as irmãs, Fanny, todos estavam cientes de sua consideração por ela em Norland; não era uma ilusão de sua própria vaidade. Certamente ele a amava. Como suavizava seu coração essa persuasão! Quanto haveria de levá-la a perdoar! Ele fora culpado, altamente culpado por ter permanecido em Norland depois de sentir que sua influência sobre ele era maior do que devia. Nisso, não havia como defendê-lo; mas, se ele a magoara, muito mais se havia magoado a si mesmo; se seu caso era lamentável, o dele era desesperador. A imprudência dele tornara-a infeliz por um momento; mas parecia tê-lo privado de toda chance para mudar. Com o tempo, ela haveria de readquirir tranquilidade, mas ele, que poderia esperar ele do futuro? Poderia ser razoavelmente feliz com Lucy Steele? Poderia, deixando de lado sua afeição por ela, com sua integridade, sua delicadeza, seu espírito bem formado, estar satisfeito com uma esposa como ela – iletrada, ardilosa e egoísta?

As loucas paixões juvenis dos 19 anos o teriam naturalmente cegado para tudo que não fosse a beleza e o bom caráter dela; mas os quatro anos sucessivos – anos que, se racionalmente aproveitados, propiciam amadurecimento do espírito – devem ter-lhe aberto os olhos para os defeitos de educação dela, enquanto o mesmo período de tempo, vivido ao lado dela numa sociedade inferior e em passatempos frívolos, talvez lhe tenham roubado aquela simplicidade que antigamente talvez conferisse um caráter interessante à sua beleza.

Se, a supor que ele quisesse casar-se com ela, as dificuldades criadas pela mãe pareciam grandes, muito maiores haveriam de ser agora, quando o objeto de sua paixão era sem dúvida inferior em relações humanas e provavelmente inferior em fortuna. Essas dificuldades, na verdade, com o coração tão afastado de Lucy, não deveriam exercer muita pressão sobre sua paciência; mas a melancolia era o estado da pessoa para quem a expectativa da oposição da família e a insensibilidade poderiam ser sentidas como um alívio!

Enquanto essas considerações lhe ocorriam em dolorosa sequência, Elinor chorou por ele mais que por si mesma. Baseada na convicção de que nada havia feito para merecer sua presente infelicidade e consolada pela crença de que Edward nada fizera para perder sua estima, julgou que podia, mesmo agora, ainda sob o efeito imediato de um pesado golpe, controlar-se o suficiente para evitar qualquer suspeita da verdade por parte da mãe e das irmãs. E tão bem conseguiu corresponder às suas próprias expectativas, que, ao reunir-se com elas no jantar, só duas horas depois de haver sofrido a extinção de suas mais caras esperanças, ninguém poderia supor, pela aparência das irmãs, que Elinor estava lamentando em segredo os obstáculos que deveriam afastá-la para sempre do objeto de seu amor, e que Marianne estava meditando interiormente nas perfeições de um homem, cujo coração ela sentia possuir inteiramente e que esperava ver em cada carruagem que passava perto da casa.

A necessidade de ocultar da mãe e de Marianne o que lhe havia sido confiado em segredo, embora a obrigasse a contínuo esforço, não constituía agravamento algum da angústia de Elinor. Pelo contrário, era um alívio para ela ser poupada de revelar-lhes algo que lhes causaria tanta aflição tristeza, e ser igualmente poupada de ouvi-las condenar Edward, o que provavelmente surgiria do excesso de afeição por ela, e que era mais do que ela se sentia capaz de suportar.

Sabia que nenhuma ajuda poderia receber dos conselhos ou das conversas delas; a ternura e a tristeza delas deveriam aumentar sua angústia, ao passo que seu autodomínio não receberia encorajamento nem do exemplo nem dos elogios delas.

Era mais forte sozinha; e seu bom senso lhe era de tal apoio, que sua firmeza era tão inabalável, sua aparência de bom humor tão invariável, quanto era possível que fossem diante de desgostos tão penetrantes e recentes.

Por mais que tivesse sofrido na primeira conversa com Lucy sobre o assunto, logo sentiu um intenso desejo de voltar ao mesmo; e isso por mais razões que uma só. Queria ouvir mais pormenores, repetidos novamente, do namoro deles; queria compreender mais claramente o que Lucy sentia realmente por Edward, se havia sinceridade em sua declaração de terno afeto por ele; e, de modo particular, queria convencer Lucy, por sua presteza em entrar novamente no assunto e por sua sobranceria em falar sobre ele, de que não estava interessada nele senão como amiga, pois temia que sua involuntária agitação, na conversa da manhã, a pudesse ter deixado em dúvida. Que Lucy estiva inclinada a sentir ciúmes dela parecia bem provável: estava claro que Edward sempre falara em termos altamente elogiosos a seu respeito, não somente pela afirmação de Lucy, mas também pelo fato de ter-se arriscado a confiar-lhe, apesar de conhecer-se pessoalmente há tão pouco, um segredo tão confessada e evidentemente importante. E até mesmo as brincadeiras de Sir John devem ter tido algum peso. Mas, na verdade, enquanto Elinor permanecesse convencida de que Edward a amava realmente, não era necessário considerar probabilidades para comprovar que era natural que Lucy sentisse ciúmes; e que assim fosse, sua própria confidência era uma prova. Que outra razão podia ter para lhe revelar seu caso, senão que Elinor fosse informada das pretensões superiores de Lucy em relação a Edward, e adverti-la a evitá-lo no futuro? Não teve muita dificuldade em perceber as intenções da rival; e, embora estivesse firmemente decidida a agir, como exigem os princípios de honra e honestidade, para combater sua própria afeição por Edward e vê-lo o mínimo possível, não podia negar-se a si mesma o conforto de tentar convencer Lucy de que seu coração não estava ferido. E como agora não tivesse mais nada penoso a ouvir sobre o assunto, que já não tivesse sido contado, confiava em sua habilidade em suportar a repetição de todos os pormenores com compostura

Não foi imediatamente, porém, que se apresentou uma oportunidade de agir assim, embora Lucy estivesse disposta como ela própria a aproveitar a primeira que pudesse surgir; pois nem sempre o tempo era favorável para uma caminhada juntas e lhes permitisse separar-se facilmente das outras; e, embora se encontrassem pelo menos a cada dois dias em Barton Park ou no chalé, e principalmente no primeiro, anda não se haviam encontrado para mais uma conversa. Tal pensamento nunca poderia passar pela cabeça de Sir John ou da senhora Middleton; por isso o tempo livre que lhes era concedido para conversas em grupo era muito pouco, e nenhum para conversas pessoais. Encontravam-se para comer, beber e rir juntos, jogando cartas ou outros jogos, ou para qualquer outra diversão que era suficientemente barulhenta.

Um ou dois encontros desse tipo já se haviam realizado, sem dar a Elinor qualquer chance de falar com Lucy em particular, até que, certa manhã, Sir John chegou ao chalé para pedir o especial favor que todas fossem jantar com a senhora Middleton nesse dia, pois ele tinha de ir ao clube em Exeter, e ela ficaria praticamente sozinha, em companhia tão somente da mãe e das duas senhoritas Steele. Elinor, que anteviu nisso uma clara abertura para o que tinha em vista, aceitou imediatamente o convite, ainda mais que, numa reunião como essa, era provável que houvesse mais liberdade entre elas sob a tranquila e bem-educada direção da senhora Middleton do que quando o marido as reunia com intentos ruidosos; Margaret, com a permissão da mãe, estava igualmente disposta a ir, e Marianne, embora sempre relutante em participar dessas reuniões, foi persuadida a ir pela mãe, que não podia suportar vê-la reclusa, evitando toda oportunidade de divertimento.

As jovens foram e a senhora Middleton felizmente foi poupada da desagradável solidão que a ameaçara. A insipidez da reunião foi exatamente como Elinor havia previsto; não produziu qualquer novidade de pensamento ou expressão; e nada podia ser menos interessante do que toda a conversa tanto à mesa como na sala de visitas: nesta última, estavam também as crianças; e, enquanto ali permaneceram, ela estava tão convicta da impossibilidade de atrair a atenção de Lucy que nem o tentou. Só a deixaram quando retiraram o serviço de chá. Prepararam então a mesa para o jogo de cartas; e Elinor passou a admirar-se por haver alimentado a esperança de encontrar tempo para uma conversa em Barton Park. Todas se levantaram, preparando-se para uma partida de cartas.

"Estou contente," disse a senhora Middleton a Lucy, "porque você não vai terminar esta noite o cesto da pobre Annamaria; pois estou certa de que, à luz de velas, esse trabalho de filigranas iria cansar sua vista. E amanhã faremos alguns retoques por causa do desapontamento da pobrezinha e espero que ela não se importe muito com isso."

Essa insinuação foi suficiente, Lucy lembrou-se imediatamente e replicou: "Na verdade, está muito enganada, senhora Middleton; só estou esperando saber como pode continuar a partida sem mim, caso contrário já estaria no trabalho de filigrana. Não haveria de desapontar esse anjinho por nada deste mundo; e se a senhora precisar de mim agora na mesa de cartas, estou decidida a terminar o cesto depois do jantar."

"Você é tão boa, – espero que não prejudique sua vista... Quer tocar a campainha para pedirmos mais velas? Minha pobre menininha iria ficar tristemente desapontada, eu sei, se o cesto não estiver pronto amanhã; embora lhe tenha dito que certamente não ficaria pronto, estou certa de que ela espera que fique."

Lucy puxou a mesa de trabalho diretamente para perto dela e tornou a sentar-se, trabalhando com tal alacridade e disposição, que parecia mostrar que não podia sentir maior prazer do que fazer um cesto de filigrana para uma criança mimada.

A senhora Middleton propôs um róber de Cassino às outras.

Ninguém fez qualquer objeção, exceto Marianne que, com sua habitual desatenção para com as regras de civilidade, exclamou: "A senhora terá a bondade de desculpar-me – sabe que detesto cartas. Vou ao piano; não o toquei desde que foi afinado." E, sem mais cerimônia, virou-se e caminhou para o instrumento.

A senhora Middleton lançou um olhar como se agradecesse aos céus por nunca ter falado de forma tão rude.

"Marianne não pode ficar muito tempo longe desse instrumento, sabe, minha senhora," disse Elinor, esforçando-se para amenizar a ofensa; "e não me admiro muito, pois é o piano mais afinado que já ouvi."

As cinco remanescentes estavam agora tirando as cartas.

"Talvez," continuou Elinor, "se eu for eliminada, possa ser de alguma ajuda à senhorita Steele, enrolando os papéis para ela; e há tanta coisa a fazer no cesto que deve ser impossível, acredito, visto que trabalha sozinha, terminá-lo esta noite. Gostaria imensamente de fazer algo, se me permitisse ajudá-la."

"Na verdade, ficaria imensamente grata por sua ajuda," retrucou Lucy, "pois estou vendo que há mais a fazer do que pensava; e, afinal, seria até chocante desapontar a querida Annamaria."

"Oh! Seria terrível!" disse a senhorita Steele. "Essa querida criancinha, como gosto dela!"

"Você é muito gentil," disse a senhora Middleton a Elinor, "e como você gosta realmente do trabalho, talvez seja melhor não tirar a carta e esperar pela próxima rodada, ou gostaria de tentar a sorte agora?"

Elinor optou alegremente pela primeira das propostas, e assim, graças a um pouco desse ardil, a que Marianne não condescenderia em recorrer, atingiu seu próprio objetivo e agradou à senhora Middleton ao mesmo tempo. Lucy deu-lhe lugar com pronta atenção; e as duas belas rivais estavam agora sentadas lado a lado e, na maior harmonia, se dedicaram a levar adiante o mesmo trabalho. Marianne continuava no piano, envolta em sua música e nos próprios pensamentos, a esta altura tinha esquecido que havia mais gente na sala, além dela; por sorte, o piano estava tão perto delas que a senhorita Dashwood julgou que podia estar segura, com a proteção da música, se abordasse o interessante assunto sem qualquer risco de ser ouvida por que estava à mesa de jogo.

## ≈ CAPÍTULO 24 ≈

Em tom firme, embora cauteloso, Elinor assim começou:

"Seria indigna da confiança com que você me honrou, se não sentisse o desejo de continuar o assunto ou não demonstrasse maior curiosidade. Não pedirei desculpas, portanto, por trazê-lo novamente à tona."

"Obrigada," exclamou Lucy, calorosamente, "por romper o gelo: você deixou meu coração tranquilo, pois estava, de um modo ou de outro, receosa que a tivesse ofendido por aquilo que lhe contei naquela segunda-feira."

"Ofender-me! Como pôde supor isso? Acredite," e Elinor falou com a maior sinceridade, "nada podia estar mais distante de minha intenção do que lhe passar semelhante ideia. Você poderia ter um motivo para a confiança que não fosse honroso e lisonjeiro para mim?"

"Ainda assim, asseguro-lhe," replicou Lucy, com seus pequenos e penetrantes olhos cheios de significado, "pareceu-me que havia uma frieza e um desgosto em suas maneiras, que me deixaram bastante desconfortável. Tive certeza de que estava zangada comigo; e passei a me recriminar desde então por ter tomado a liberdade de perturbá-la com minha vida pessoal. Mas fico feliz ao saber que nada mais era que fantasia minha, e que você realmente não me culpou. Se soubesse o consolo que foi para mim aliviar meu coração, ao falar-lhe do que ando sempre pensando em todos os momentos de minha vida, sua compaixão a levaria a superar qualquer outra coisa, estou segura."

"Na verdade, posso facilmente acreditar que foi um grande alívio para você ao me dar a conhecer sua situação, e esteja certa de que não terá razões para se arrepender. Seu caso é muito triste; parece-me que está cercada de dificuldades; e vocês terão necessidade de toda a afeição mútua para suportá-las. O senhor Ferrars, creio, é inteiramente dependente da mãe."

"Ele só tem duas mil libras de rendimentos: seria loucura casar contando só com isso; embora, de minha parte, eu pudesse desistir de qualquer perspectiva de mais que isso, sem um soluço. Sempre estive acostumada a viver com renda baixa e poderia lutar com qualquer situação de pobreza por ele; mas amo-o demais para ser tão egoísta a ponto de roubar-lhe tudo o que sua mãe haverá de dar-lhe, se porventura se casar ao gosto dela. Temos de esperar, talvez por muitos anos. Com quase qualquer outro homem no mundo, seria uma perspectiva alarmante; sei, porém, que a afeição de Edward e a constância ninguém pode tirar de mim."

"Essa convicção deve ser tudo para você; e ele, indubitavelmente, está apoiado na mesma confiança em você. Se a força de sua afeição recíproca tivesse fracassado, como ocorre com muita gente e sob as mais variadas circunstâncias, sua situação, depois de quatro anos de compromisso, seria realmente digna de pena."

Nesse ponto, Lucy soergueu os olhos; mas Elinor estava atenta, preservando sua fisionomia de qualquer expressão que pudesse dar a suas palavras uma tendência suspeita.

"O amor de Edward por mim," disse Lucy, "tem sido posto bastante bem à prova por nossa longa, deveras longa ausência, desde que nos conhecemos, e resistiu tão bem a essas provações, que seria imperdoável de minha parte duvidar dele agora. Posso dizer com segurança que ele nunca me deixou em momentos de alerta sob esse aspecto, desde o início."

Elinor mal sabia, ante esta afirmação, se devia sorrir ou suspirar.

Lucy continuou: "Eu também sou um tanto ciumenta por natureza; e por causa de nossa situação diferente na escala social, pelo fato de ele ter muito mais relações na sociedade do que eu, e por causa de nossa contínua separação, eu estava bastante inclinada por suspeita a descobrir a verdade num instante, caso ocorresse a mais leve alteração em seu comportamento para comigo quando nos encontrávamos, ou qualquer prostração de espírito com que eu não contasse, ou se ele falasse mais de uma senhora que de outra, ou se parecesse, sob qualquer aspecto, menos feliz em Longstaple que de costume. Não quero dizer que seja particularmente observadora ou perspicaz em geral, mas em tal caso tenho certeza de que não poderia me enganar."

"Tudo isso," pensou Elinor, "é muito bonito; mas não pode enganar nenhuma de nós."

"Mas quais são," perguntou ela, depois de breve silêncio, "seus planos? Ou não tem outro a não ser esperar pela morte da senhora Ferrars, o que é um final melancólico e chocante? Estará o filho determinado a submeter-se a isso, e a todo o tédio de tantos anos de espera, em que você pode estar envolvida, ou preferirá correr o risco de desgostá-la por uns tempos, confessando a verdade?"

"Se tivéssemos certeza de que seria só por uns tempos! Mas a senhora Ferrars é uma mulher obstinada e orgulhosa, e em seu primeiro ímpeto de raiva ao ouvir isso, poderia muito bem legar tudo a Robert; e essa ideia, por causa de Edward, espanta toda minha inclinação por medidas apressadas."

"E por sua causa também ou você está levando seu desinteresse para além da razão."

Lucy olhou novamente para Elinor e ficou em silêncio.

"Conhece o senhor Robert Ferrars?" perguntou Elinor.

"Não – nunca o vi; mas imagino que é muito diferente do irmão – estulto e um grande presunçoso."

"Um grande presunçoso!" repetiu a senhorita Steele, cujo ouvido tinha captado essas palavras numa repentina pausa da música de Marianne. "Oh! Estão falando de seus galãs favoritos, ouso dizer."

"Não, minha irmã," exclamou Lucy, "você está enganada – nossos galãs favoritos não são grandes presunçosos."

"Posse responder por isso e afirmo que o da senhorita Dashwood não é," disse a senhora Jennings, rindo à vontade; "pois é um dos jovens mais modestos, mais bem comportados que já vi; mas quanto a Lucy, é uma criatura tão furtiva, que não há como saber quem é o seu."

"Oh!" exclamou a senhorita Steele, olhando significativamente em redor, "posso dizer que o jovem predileto de Lucy é tão modesto e tão bem-educado como o da senhorita Dashwood."

Elinor corou, malgrado seu. Lucy mordeu o lábio e olhou furiosamente para a irmã. Um silêncio mútuo reinou por algum tempo. Lucy rompeu-o, dizendo, em voz baixa, porquanto Marianne estava agora lhes oferecendo a poderosa proteção de um magnífico concerto:

"Vou contar-lhe honestamente a respeito de um esquema que me ocorreu ultimamente para resolver o assunto de vez; na verdade, sou compelida a deixá-la a par do segredo porque você é parte interessada. Ouso dizer que você tem visto Edward suficientemente para saber que preferiria a igreja a qualquer outra profissão; meu plano é que ele receba a ordenação o mais breve possível; e então, por meio de sua influência, que estou certa de que seria tão gentil de usá-la pela amizade que tem por ele e pela afeição que tem por mim, espero, seu irmão pode ser persuadido a dar-lhe a freguesia de Norland, que é muito boa, pelo que ouço, e cujo titular atual não viverá muito mais, parece. Isso seria suficiente para que pudéssemos nos casar e, para o resto, confiaríamos no tempo e na sorte."

"Eu ficaria imensamente feliz," replicou Elinor, "em mostrar qualquer sinal de minha estima e amizade pelo senhor Ferrars; mas não percebe que minha intercessão em tal caso seria perfeitamente desnecessária? Ele é irmão da senhora John Dashwood – essa deve ser recomendação suficiente para o marido."

"Mas a senhora John Dashwood não aprovaria que Edward fosse ordenado."

"Então suspeito que minha intercessão de muito pouco sirva."

Ficaram novamente em silêncio por vários minutos. Finalmente, Lucy exclamou, com um profundo suspiro:

"Acredito que o meio mais sensato seria pôr um fim ao caso de uma vez, dissolvendo o compromisso. Estamos tão envolvidos em dificuldades por todos os lados, que, embora ficássemos na miséria por algum tempo, talvez seríamos mais felizes no fim. Mas não vai me dar seu conselho, senhorita Dashwood?"

"Não," respondeu Elinor, com um sorriso, que ocultava sentimentos muito agitados; "em semelhante assunto, certamente que não. Sabe muito bem que minha opinião não teria peso algum para você, a menos que fosse favorável a seus desejos."

"Na verdade, você me confunde," replicou Lucy, com grande solenidade; "não conheço ninguém cujo julgamento mereça mais consideração do que o seu; e acredito realmente que, se você me dissesse 'Aconselho-a a pôr fim, por todos os meios, a seu compromisso com Edward Ferrars, pois será melhor para a felicidade de ambos', eu decidiria fazê-lo imediatamente."

Elinor corou ante a insinceridade da futura esposa de Edward e replicou: "Este elogio me intimida efetivamente para poder dar qualquer opinião sobre o assunto, mesmo se a tivesse. Eleva demais minha influência: o poder de separar duas pessoas tão ternamente ligadas é demais para uma pessoa indiferente."

"É porque você é uma pessoa indiferente," disse Lucy, com certo ressentimento, e dando ênfase particular a estas palavras, "que seu julgamento pode ter justamente maior peso para mim. Se você estivesse, de qualquer modo, pressionada por seus próprios sentimentos, não valeria a pena ter sua opinião."

Elinor julgou mais prudente não dar resposta a isso, com receio de que elas pudessem estimular-se uma à outra até atingir um insustentável incremento de franqueza e intimidade; e estava mesmo parcialmente decidida a nunca mais mencionar o assunto. Seguiu-se outra pausa de vários minutos de duração e foi novamente Lucy a terminar com ela.

"Vai viajar para a cidade neste inverno, senhorita Dashwood?" perguntou ela, com toda a sua costumeira complacência.

"Certamente não."

"Sinto por isso," retrucou a outra, enquanto seus olhos brilhavam pela informação; "me daria muito prazer encontrá-la por lá! Mas acho que você não vai deixar de ir. Estou certa de que seu irmão e sua cunhada vão convidá-la para visitá-los."

"Não vai depender de mim aceitar o convite, se o fizerem."

"Que pena! Estava esperançosa de encontrá-la por lá. Anne e eu deveremos ir, em fins de janeiro, para a casa de alguns parentes que há vários anos vêm nos convidando para visitá-los. Mas eu só vou por causa de Edward. Ele vai estar lá em fevereiro; de outra forma, Londres não teria encantos para mim; não me sinto bem nela."

Elinor foi logo chamada para a mesa com a conclusão da primeira partida de róber, e a conversa confidencial das duas moças, portanto, chegou ao fim; conversa a que ambas se submeteram sem nenhuma relutância, pois nada fora dito por qualquer das partes que as fizesse gostar menos uma da outra, como ocorrera antes: e Elinor sentou-se à mesa de jogo com a melancólica persuasão de que Edward não estava somente sem afeto pela pessoa que seria sua futura esposa, mas que não teria até mesmo a possibilidade de ser razoavelmente feliz no casamento, o que poderia ocorrer se houvesse afeição sincera por parte dela; pois só o interesse próprio poderia induzir uma mulher a manter um homem fiel a um compromisso, do qual, ela parecia estar mais do que ciente, ele já estava cansado.

A partir de então o assunto nunca mais foi recordado por Elinor; e quando era tocado por Lucy, que raramente perdia uma oportunidade de voltar a ele, e era particularmente cuidadosa em informar sua confidente de sua felicidade sempre que recebia uma carta de Edward; Elinor tratava isso com calma e cautela, mas se despedia tão logo a delicadeza o permitisse, pois achava que essas conversas eram uma concessão que Lucy não merecia e que eram perigosas para si própria.

A visita das senhoritas Steele a Barton Park prolongou-se muito além do que havia sido previsto no primeiro convite. A afeição por elas aumentava; e elas não podiam privar-se da ocasião; Sir John não podia ouvir falar em partida; e, apesar de seus numerosos e antigos compromissos em Exeter, apesar da absoluta necessidade de retornar para atender imediatamente a esses compromissos, que eram inadiáveis ao fim de cada semana, elas foram persuadidas a ficar quase dois meses em Barton Park, e a participar na devida celebração daquele festival que requer mais que o número usual de bailes privados e grandes jantares para proclamar sua importância.

## ≈ CAPÍTULO 25 ≈

Embora a senhora Jennings tivesse por hábito passar a maior parte do ano em casa de seus filhos e amigos, não deixava de ter sua própria casa. Desde a morte do marido, que tinha sido comerciante de sucesso numa parte menos elegante da cidade, ela costumava residir, durante o inverno,numa casa situada numa das ruas próximas da Portman Square. Com a proximidade de janeiro, ela começou a dirigir seus pensamentos para essa casa; e um dia, repentinamente, e de maneira totalmente inesperada para elas, convidou as duas senhoritas Dashwood mais velhas para acompanhá-la na viagem para lá. Elinor, sem observar a diversa expressão da irmã e o animado olhar que não transparecia indiferença para o plano, deu imediatamente como resposta uma agradecida mas absoluta recusa pelas duas, pois acreditava estar falando pela inclinação de ambas. A razão alegada foi a firme decisão de não deixar a mãe sozinha naquela época do ano. A senhora Jennings recebeu a recusa com certa surpresa e repetiu o convite imediatamente

“Oh! Senhor! Estou certa de que sua mãe pode dispensá-las muito bem, e realmente lhes rogo que me favoreçam com sua companhia, pois estou ansiosa por isso. Não fiquem imaginando que vão me criar inconvenientes, pois não vou alterar em nada meu modo de viver por causa de vocês. Será necessário somente mandar Betty pela diligência, e acho que posso providenciar isso. Nós três iremos muito bem em minha carruagem; e, quando estivermos na cidade, se não gostarem de ir aos lugares onde vou, poderão sair em companhia de uma de minhas filhas. Tenho certeza de que sua mãe não vai fazer objeção a isso; pois tive tanta sorte ao casar minhas filhas, que ela há de pensar que sou a pessoa adequada para cuidar de vocês; e se não conseguir que uma, pelo menos, diante do que fiz por vocês, retorne bem casada, não será culpa minha. Vou tecer os maiores elogios de ambas a todos os jovens, podem confiar."

"Tenho a impressão," disse Sir John, "que a senhorita Marianne não faria objeção a esse plano, se a irmã mais velha concordasse. Realmente é uma pena que não se permita um pouco de prazer, porque a senhorita Dashwood não o deseja. Por isso aconselho as duas a partir para a cidade quando estiverem cansadas de Barton, sem dizer palavra à senhorita Dashwood."

"Não," exclamou a senhora Jennings, "estou certa de que ficarei extremamente satisfeita com a companhia da senhorita Marianne, quer a senhorita Dashwood vá ou não, só que seria mais divertido, digo eu, e pensei que seria mais agradável para elas se fossem juntas; porque, se acaso se cansarem de mim, elas podem conversar uma com a outra e rir de meus modos esquisitos às minhas costas. Mas uma ou outra, senão as duas, quero levar. Deus meu! Como podem pensar que posso viver bisbilhotando comigo mesma, eu que, até este inverno, sempre tive Charlotte como companhia? Venha, senhorita Marianne, vamos apertar as mãos pelo acordo e, se a senhorita Dashwood mudar de ideia até lá, tanto melhor."

"Agradeço-lhe, senhora, sinceramente muito obrigada," disse Marianne, calorosamente: "seu convite lhe garantiu minha eterna gratidão; e me daria tal felicidade, sim, quase a maior felicidade de que sou capaz, se me fosse dado aceitá-lo. Mas minha mãe, minha querida e bondosa mãe – sinto que é justo o que Elinor frisou, e se ela tivesse de ficar menos feliz, menos satisfeita com nossa ausência – oh, não, nada poderia me tentar a deixá-la. Não podíamos, não devíamos estar neste conflito."

A senhora Jenning reiterou sua certeza de que a senhora Dashwood poderia perfeitamente dispensá-las; e Elinor,que agora compreendia a irmã, e via que, indiferente a tudo mais, era levada pela ânsia de estar com Willoughby novamente, não fez mais oposição direta ao plano e simplesmente transferiu-o à decisão da mãe, de quem, no entanto, não esperava receber qualquer apoio em seu empenho para evitar uma visita que não podia aprovar para Marianne e que, para seu próprio bem, tinha razões particulares para evitar. Tudo o que Marianne desejava, sua mãe se mostrava zelosa em atender – Elinor não esperava influenciar a mãe a agir com cautela num assunto que nunca tinha conseguido inspirar-lhe desconfiança; e não ousava explicar o motivo de sua própria falta de vontade de ir a Londres. Que Marianne, exigente como era, inteiramente familiarizada com as maneiras da senhora Jennings e invariavelmente desgostosa com elas, omitisse todo inconveniente desse tipo, pudesse desconsiderar tudo o que mais devia ferir seus irritáveis sentimentos, na busca de um objetivo, era uma prova tão forte, tão completa da importância desse objetivo para ela, que Elinor, apesar de tudo o que havia passado, não estava preparada a testemunhar.

Ao ser informada do convite, a senhora Dashwood, persuadida de que tal excursão haveria de proporcionar muita distração para ambas as filhas, e percebendo, através de sua afeiçoada atenção para com ela própria, quanto o coração de Marianne ansiava por isso, nem quis ouvir que declinassem da oferta por sua causa; insistiu para que ambas a aceitassem imediatamente; e então começou a antever, com sua habitual disposição, a quantidade de vantagens que devia advir para todas com essa separação.

"Estou satisfeita com o plano," exclamou ela; "é exatamente o que podia desejar. Margaret e eu seremos tão beneficiadas quanto vocês. Quando vocês e os Middleton partirem, vamos nos entreter calma e alegremente com nossos livros e com nossa música! Vocês vão encontrar Margaret bem mais amadurecida quando voltarem! E tenho também um pequeno plano de reforma para seus quartos, que agora pode ser realizado sem inconvenientes para ninguém. É muito justo que tenham a chance de ir à cidade; por mim, todas as jovens de sua condição social deveriam conhecer os costumes e diversões de Londres. Vocês vão estar sob os cuidados de uma mulher de trato maternal e de boa índole, de cuja afabilidade para com vocês não posso duvidar. E com toda probabilidade vão ver seu irmão; e quaisquer que sejam suas faltas e as de sua mulher, ao considerar de quem é filho, não posso admitir que vocês se comportem como totalmente estranhos uns com os outros."

"Embora com sua usual ansiedade por nossa felicidade," disse Elinor, "a senhora tenha removido todo impedimento que lhe ocorresse para este plano, resta ainda uma objeção que, em minha opinião, não pode ser tão facilmente removida."

A expressão de Marianne se modificou.

"E o que," disse a senhora Dashwood, "minha querida e prudente Elinor está sugerindo? Que formidável obstáculo vai trazer à tona agora? Não diga uma palavra a respeito de despesas."

"Minha objeção é a seguinte: embora eu ache a senhora Jennings uma pessoa de bom coração, ela não é uma mulher cuja companhia nos possa dar prazer ou cuja proteção possa nos conferir importância."

"Isso é bem verdade," replicou a mãe; "mas raramente vão privar de sua companhia separadamente da de outras pessoas e vão aparecer em público quase sempre com a senhora Middleton."

"Se Elinor está temerosa pelo fato de não gostar da senhora Jennings," disse Marianne, "pelo menos não precisa impedir a aceitação do convite de minha parte. Não tenho esses escrúpulos; e estou certa de que poderia superar qualquer aborrecimento desse tipo com o mínimo esforço."

Elinor não pôde deixar de sorrir dessa demonstração de indiferença pelas maneiras de uma pessoa com a qual ela tivera dificuldade de persuadir Marianne a comportar-se com mais razoável polidez; e decidiu que, se a irmã persistisse em ir, ela iria também, porque não achava correto que Marianne se guiasse unicamente por seu próprio julgamento, ou que a senhora Jennings ficasse à mercê de Marianne durante todas as horas passadas no conforto doméstico. Mais facilmente ainda a satisfazia essa decisão ao saber que Edward Ferrars, segundo informação de Lucy, não estaria na cidade antes de fevereiro, e que a visita delas, sem qualquer diminuição imotivada, haveria de terminar antes desse mês.

"Gostaria que ambas fossem," disse a senhora Dashwood; "estas objeções não fazem sentido. Vocês vão desfrutar com muita alegria sua estada em Londres, especialmente por estarem juntas; e se Elinor se dispor a levar em consideração esse divertimento, poderá obter informações a respeito através de variadas fontes; talvez poderá provar satisfação ao estreitar seu relacionamento com a família de sua cunhada."

Não poucas vezes Elinor desejara ter uma oportunidade para tentar atenuar a confiança da mãe sobre o compromisse de Edward com ela própria, de modo que o choque fosse menor quando toda a verdade fosse revelada; e agora, nessa investida, embora quase sem esperança de êxito, esforçou-se para dar início a seu desígnio, dizendo, tão calmamente quanto podia: "Gosto muito de Edward Ferrars e sempre terei prazer em vê-lo; mas, quanto ao resto da família, é algo perfeitamente indiferente para mim que chegue a conhecê-los ou não."

A senhora Dashwood sorriu e nada disse. Marianne soergueu os olhos com espanto, e Elinor conjecturava que bem podia ter segurado a língua.

Depois de alguma conversa a mais, foi finalmente decidido que o convite seria, sem dúvida, aceito. A senhora Jennings recebeu a informação com grande alegria e muitas declarações de gentileza e cuidado; e não somente para ela o plano era objeto de prazer. Sir John estava encantado; pois, para um homem cuja ansiedade predominante era o medo de estar só, o acréscimo de duas pessoas ao número de habitantes em Londres já era alguma coisa. Até a senhora Middleton se deu ao incômodo de mostrar-se satisfeita, o que para ela era quase como pôr-se fora dos trilhos; e, quanto às senhoritas Steele, especialmente Lucy, nunca se haviam sentido tão felizes em sua vida quando souberam da novidade.

Elinor submeteu-se ao acordo que contrariava seus desejos com menos relutância do que havia esperado sentir. No tocante a ela, era agora indiferente se fosse ou não à cidade; e quando viu a mãe tão inteiramente feliz com o plano, e a irmã radiante no olhar, na voz e nos gestos, recuperada em toda sua habitual animação e enlevada com uma alegria muito maior que a habitual, não podia mostrar-se insatisfeita com a causa e dificilmente poderia permitir-se desconfiar das consequências.

A alegria de Marianne estava quase um grau acima da felicidade, tão grandes eram a perturbação de seu espírito e sua impaciência em partir. Sua falta de vontade de deixar a mãe era o único meio de retornar à calma; e, no momento da partida, sua tristeza, nessa contagem, era excessiva. A aflição da mãe dificilmente era menor; e Elinor era a única das três que parecia considerar a separação como algo muito breve.

A partida teve lugar na primeira semana de janeiro. Os Middleton seguiriam dentro de uma semana. As senhoritas Steele permaneceram em Barton Park e deveriam deixar o local somente com o resto da família.

## ≈ CAPÍTULO 26 ≈

Elinor não podia ver-se numa carruagem com a senhora Jennings, e começando uma viagem para Londres sob sua proteção, e como sua hóspede, sem deixar de se surpreender com sua própria situação, tão recente era seu relacionamento com essa senhora, tão inteiramente diversas eram em idade e preferências, e tantas haviam sido as objeções contra tal medida apenas poucos dias antes! Mas essas objeções tinham sido todas superadas ou preteridas por aquele alegre ardor juvenil de Marianne e igualmente compartilhado pela mãe; e Elinor, apesar de toda dúvida ocasional sobre a constância de Willoughby, não podia testemunhar o êxtase de alegre expectativa que enchia totalmente a alma e irradiava nos olhos de Marianne, sem perceber quão vazio era seu próprio futuro e quão melancólico era seu próprio estado de espírito em comparação ao dela; e com que prazer se entregaria ao apelo de uma situação como a de Marianne para ter o mesmo objetivo animador em vista e a mesma possibilidade de esperança. Um breve, brevíssimo tempo, contudo, deveria agora definir quais eram as intenções de Willoughby; com toda a probabilidade, ele já estava na cidade. A ânsia de Marianne em partir demonstrava sua intenção de encontrá-lo por lá; e Elinor estava decidida não somente a obter novas luzes sobre seu caráter por sua própria observação ou por informações de outros, mas igualmente a observar seu comportamento para com a irmã, com atenção tão zelosa para certificar-se quem era e o que queria, antes que tivessem tido muitos encontros. Se o resultado de sua observações fosse desfavorável, estava decidida, a todo custo, a abrir os olhos da irmã; caso contrário, seu empenho seria de natureza diversa; deveria então tentar evitar toda comparação egoísta e banir toda a mágoa que pudesse diminuir sua satisfação com a felicidade de Marianne.

Foram três dias de viagem, e o comportamento de Marianne, enquanto faziam o percurso, deu uma clara amostra do que se devia esperar de sua sociabilidade e afabilidade para com a senhora Jennings. Ficou sentada em silêncio durante quase todo o caminho, envolta em suas próprias meditações, pouco falando voluntariamente, exceto quando aparecia à vista alguma paisagem de pitoresca beleza lhe arrancava uma exclamação de alegria, dirigida exclusivamente à irmã. Para reparar essa atitude, Elinor assumiu imediatamente conduta civilizada, que se havia imposto, portou-se com a maior atenção à senhora Jennings, falou com ela, riu com ela e a ouviu sempre que pôde; e a senhora Jennings, por seu lado, tratou as duas com toda a delicadeza possível, era solícita em todas as ocasiões para conforto e distração delas, incomodada somente porque não conseguia fazê-las escolher sua própria comida nas estalagens, nem levá-las a confessar se preferiam salmão ou bacalhau, ou cozido de carne de ave a costeletas de vitela. Chegaram à cidade às três horas do terceiro dia, alegres por se verem livres, depois de dessa longa viagem, do confinamento de uma carruagem e prontas para desfrutar da delícia de uma lareira.

A casa era bonita e elegantemente mobiliada; e as jovens tiveram imediatamente à disposição um quarto muito confortável. Havia sido o de Charlotte; e acima da lareira ainda pendia uma paisagem em seda colorida, feita por ela, como prova de ter passado sete anos em importante escola da cidade com algum proveito.

Como o jantar não estaria pronto em menos de duas horas depois da chegada, Elinor decidiu empregar o intervalo para escrever à mãe e, com esse propósito, sentou-se. Em poucos minutos Marianne fez o mesmo. "Eu estou escrevendo para casa, Marianne," disse Elinor; "não seria melhor você adiar sua carta por um ou dois dias?"

"Não vou escrever para a mãe," replicou Marianne, impacientemente, como se desejasse evitar qualquer outra pergunta. Elinor nada mais disse: imediatamente lhe ocorreu que então deveria estar escrevendo para Willoughby; e a conclusão a que instantaneamente chegou era que, por mais misteriosamente que eles quisessem conduzir o assunto, deviam estar comprometidos. Esta convicção, embora não inteiramente satisfatória, deu-lhe prazer e continuou sua carta com maior alacridade. Marianne terminou a sua carta em poucos minutos; pela extensão, não podia ser mais que um bilhete; foi então dobrada, selada e endereçada com ansiosa rapidez. Elinor julgou ter conseguido distinguir um grande W no endereço; mal acabara de escrever, Marianne tocou a campainha, pediu ao criado que veio atender que a levasse em seguida ao correio. Isso encerrou o assunto de vez.

Sua disposição ainda continuava excelente; mas havia um alvoroço nessa disposição que preveniu a irmã de algo prazeroso devia ocorrer; e essa agitação crescia à medida que a noite avançava. Ela nada pôde comer no jantar; e quando, logo depois, voltaram à sala de visitas, parecia escutar ansiosamente o ruído de todas as carruagens que passavam.

Foi uma grande satisfação para Elinor que a senhora Jennings, por estar muito ocupada em seu próprio quarto, pouco podia ver do que estava se passando. O serviço de chá foi trazido. Marianne já se havia desapontado mais de uma vez por uma voz na porta do vizinho, quando uma mais forte foi repentinamente ouvida, que não podia ser confundida com a de qualquer outra casa. Elinor estava certa de que anunciariam a chegada de Willoughby; Marianne levantou-se bruscamente e correu para a porta. Tudo estava em silêncio: não podendo suportá-lo mais que segundos, ela abriu a porta, avançou alguns passos em direção das escadas e depois de ficar à escuta meio minuto, retornou à sala com toda a agitação que uma convicção de tê-lo ouvido pode naturalmente produzir; e no êxtase de seus sentimentos daquele instante não pôde deixar de exclamar: "Oh, Elinor, é Willoughby, é ele, de verdade!" e parecia quase pronta para atirar-se em seus braços quando o coronel Brandon apareceu.

Foi um choque grande demais para ser suportado com calma; e ela deixou imediatamente a sala. Elinor também estava desapontada; mas, ao mesmo tempo, sua consideração pelo coronel Brandon não a eximiu de dar as boas-vindas; e sentia-se particularmente constrangida que um homem, tão afeiçoado à sua irmã, tivesse percebido que ela só demonstrara desgosto e desapontamento ao vê-lo. Viu instantaneamente que não lhe havia passado despercebido ; que até mesmo observou Marianne, quando saiu da sala, com tal espanto e preocupação que mal se lembrou do que a civilidade exigia fazer no tocante a ela.

"Sua irmã está doente?" disse ele.

Elinor respondeu com certa angústia que sim; e então falou de dor de cabeça, indisposição e cansaço excessivo; e de tudo aquilo a que ela pudesse decentemente atribuir o comportamento da irmã.

Ele a ouviu com a maior atenção; mas, parecendo lembrar-se de alguma coisa, nada mais disse sobre o assunto e começou a falar diretamente de seu prazer ao vê-las em Londres, fazendo as perguntas habituais sobre a viagem e os amigos que haviam deixado.

Nesse modo calmo, com muito pouco interesse de ambas as partes, continuaram conversando; ambos abatidos e os pensamentos dos dois voltados para outra direção. Elinor desejava muito perguntar se Willoughby estava na cidade, mas tinha receio de fazê-lo sofrer com qualquer indagação a respeito de seu rival; finalmente, tanto para dizer alguma coisa, perguntou-lhe se tinha estado em Londres desde a última vez que o havia visto. "Sim," replicou ele, com algum embaraço, "quase o tempo todo; estive uma ou duas vezes em Deaford por poucos dias, mas nunca mais tive a possibilidade de retornar a Barton."

Essas palavras e a maneira como foram ditas, trouxe-lhe imediatamente de volta à lembrança todas as circunstâncias de sua partida daquele lugar, com o incômodo e as suspeitas que tinham causado à senhora Jennings; e ela ficou temerosa de que sua pergunta envolvesse muito mais curiosidade sobre o assunto do que ela realmente sentira.

A senhora Jennings entrou logo depois. "Oh! Coronel," disse ela, com sua habitual alegria ruidosa, "estou extremamente contente em vê-lo – sinto muito, não pude vir antes – peço perdão – mas fui forçada a cuidar um pouco de mim e pôr em ordem meus assuntos; pois estive fora desta casa por muito tempo e sabe que a gente sempre tem um mundo de pequenas coisas a fazer quando se fica fora por algum tempo; e depois tive de acertar com reparador de carruagens. Meu Deus, estive ocupada como uma abelha desde a hora do jantar. Mas diga, coronel, como ficou sabendo que eu estaria na cidade hoje?"

"Tive o prazer de ouvir a notícia na casa do senhor Palmer, onde fui jantar."

"Oh! Foi? Bem, e como vão passando todos eles nessa casa? Como está Charlotte? Garanto-lhe que ela deve estar com um belo tamanho a esta altura."

"A senhora Palmer me pareceu estar bastante bem; e fui incumbido de dizer-lhe que a senhora certamente há de vê-la amanhã."

"Ah! Na verdade, já imaginava. Bem, coronel, trouxe duas jovens comigo – ou seja, está vendo somente uma delas agora, mas há outra por aí. Sua amiga senhorita Marianne, também – que não ficará triste em ouvi-la. Não sei o que você e o senhor Willoughby vão fazer com relação a ela. Ah, que coisa maravilhosa é ser jovem e bonita. Bem – já fui jovem também, mas nunca fui muito bonita – pior para mim. Apesar disso, arranjei um ótimo marido e não sei o que a maior beleza pode fazer mais. Ah, pobre homem! Já morreu faz oito anos e meio. Mas, coronel, por onde andou desde que nos separamos? E como vão seus negócios? Vamos, conte-me, nada de segredos entre amigos."

Ele respondeu com sua costumeira suavidade a todas as suas perguntas, mas sem satisfazê-la em nenhuma. Elinor começou a servir o chá e Marianne foi obrigada a aparecer novamente.

Depois da entrada dela, o coronel Brandon ficou mais pensativo e silencioso do que antes, e a senhora Jennings não conseguiu convencê-lo a permanecer por mais tempo. Nenhuma outra visita apareceu aquela noite e as senhoras concordaram unanimemente em deitar mais cedo.

Marianne levantou-se na manhã seguinte com disposição renovada e de boa aparência. O desapontamento da noite anterior parecia esquecido na expectativa do que poderia acontecer naquele dia. Na fazia muito que tinham terminado o café da manhã quando a carruagem da senhora Palmer parou à porta e, em poucos minutos, ela entrou na sala rindo: estava tão encantada em vê-las todas que é difícil dizer se sentiu mais prazer em encontrar sua mãe ou ver novamente as senhoritas Dashwood.

Tão surpresa estava por sua vinda à cidade, embora fosse o que esperava há muito; tão zangada estava por terem aceito o convite de sua mãe depois de terem declinado do seu, embora, ao mesmo tempo, nunca haveria de perdoar se não tivessem vindo!

"O senhor Palmer vai ficar tão feliz em vê-las," disse ela; "o que acham que disse quando soube que vinham com mamãe? Esqueci agora, mas era algo tão engraçado!"

Depois de uma hora ou duas do que sua mãe chamou de papo agradável ou, em outras palavras, de um lado a senhora Jennings fazia todo tipo de perguntas relativas a todos os seus conhecidos e, de outro, a senhora Palmer sempre rindo sem motivo; esta última propôs que todos a acompanhassem naquela manhã a algumas lojas, onde iria fazer compras; a senhora Jennings e Elinor prontamente concordaram porque tinham igualmente algumas compras a fazer; e Marianne, embora de início declinasse do convite, foi induzida a ir também.

Para onde quer que fossem, ela estava evidentemente sempre à espreita. Especialmente na Bond Street, onde se localizam muitas lojas, seus olhos estavam em constante perquirição; e em qualquer loja em que o grupo entrava, sua mente se abstraía também de tudo quanto estava realmente diante delas, de tudo o que interessava e ocupava as outras. Agitada e insatisfeita em todo lugar, a irmã nunca conseguiu obter sua opinião sobre qualquer artigo a comprar, ainda que pudessem interessar a ambas; não sentia prazer em nada; só estava impaciente para voltar para casa e com dificuldade conseguia dominar sua irritação diante do tédio da senhora Palmer, cujos olhos eram atraídos por tudo o que era bonito, caro ou novo; era ávida de comprar tudo, não se decidia por nada e perdia seu tempo entre arrebatamentos e indecisões.

Já era tarde pela manhã quando voltaram para casa; e mal entraram em casa, Marianne voou ansiosamente escada acima; e quando Elinor a seguiu, encontrou-a voltando da mesa com uma fisionomia tristonha, que demonstrava que nenhum Willoughby tinha estado por lá.

"Nenhuma carta foi entregue para mim, enquanto estivemos

fora?" perguntou ela ao criado, que então entrava com os pacotes. A resposta foi negativa. "Tem certeza mesmo?", replicou ela. "Tem certeza de que nenhum criado, nenhum portador deixou qualquer carta ou bilhete?"

O homem replicou que nada havia recebido.

"Que estranho!" disse ela, em voz baixa e desapontada, enquanto se voltava para a janela.

"Verdade, que estranho!" repetiu Elinor consigo mesma, olhando para a irmã com inquietude. "Se não soubesse que ele está na cidade, não lhe teria escrito, como fez; teria escrito para Combe Magna; e se ele está na cidade, é estranho mesmo que não tenha vindo nem escrito! Oh, querida mãe, a senhora deve estar errada ao permitir um compromisso entre uma filha tão jovem e um homem tão pouco conhecido possa ser levado adiante de maneira tão duvidosa, tão misteriosa! Eu tenho vontade de indagar; mas como seria tolerada minha interferência?"

Depois de algumas considerações, decidiu que, se as coisas continuassem por muitos dias mais tão desagradáveis como estavam agora, iria expor à mãe, da maneira mais enérgica, a necessidade de algumas sérias indagações sobre o assunto.

A senhora Palmer e duas senhoras idosas, amigas íntimas da senhora Jennings, a quem esta havia encontrado e convidado pela manhã, vieram jantar com elas. A primeira as deixou logo depois do chá, a fim de atender a seus compromissos daquela noite, e Elinor foi obrigada a participar do jogo de uíste com as outras. Marianne não servia para nada nessas ocasiões, pois nunca iria aprender o jogo; mas, embora seu tempo estivesse a seu próprio dispor, a noite não foi, de modo algum, mais produtiva em prazer para ela do que para Elinor, pois passou-o na ansiedade da expectativa e na dor do desapontamento. Às vezes, esforçava-se durante alguns minutos para ler; mas o livro era logo jogado de lado; e retornava à distração mais interessante que tinha, caminhando de um lado a outro do quarto, parando por um momento quando chegava à janela, na esperança de distinguir a tão aguardada batida.

## ≈ CAPÍTULO 27 ≈

"Se o tempo aberto continuar muito mais," disse a senhora Jennings, quando se encontraram para o café na manhã seguinte, "Sir John não vai querer deixar Barton na próxima semana; é triste para os esportistas perderam um dia de prazer. Pobre gente! Sempre lamento por eles quando o perdem; parece que levam isso tão a sério!"

"É verdade," exclamou Marianne, com voz alegre e caminhando para a janela enquanto falava, para espiar o tempo. "Não tinha pensado nisso. Esse tempo vai prender muitos esportistas na campanha."

Era uma feliz lembrança; toda a sua disposição se recuperou com ela. "O tempo, na verdade, está esplêndido para eles," continuou, ao sentar à mesa do café com um semblante feliz. "Como devem apreciá-lo! Mas (com pequeno retorno da ansiedade) não se pode esperar que dure muito. Nessa época do ano, e depois de tal sequência de chuvas, certamente teremos poucos dias assim. Logo virão as geadas e, com toda a probabilidade, com rigor. Dentro de um ou dois dias, talvez; essa extrema amenidade dificilmente vai durar muito mais – não, talvez possa gear esta noite!"

"De qualquer modo," disse Elinor, desejando impedir que a senhora Jennings visse os pensamentos da irmã tão claramente quanto ela, "atrevo-me a dizer que teremos Sir John e a senhora Middleton na cidade pelo fim da semana que vem."

"Ah! Minha querida, posso garantir que sim. Mary sempre dá seu jeito."

"E agora," conjecturava Elinor, silenciosamente, "ela vai escrever para Combe para enviar pelo correio de hoje."

Mas se ela o fez, a carta foi escrita e expedida com uma discrição que iludiu toda a sua vigilância para assegurar-se do fato. Fosse qual fosse a verdade, e Elinor estava longe de sentir total contentamento com isso, mas quando viu Marianne bem disposta não pôde deixar de ficar satisfeita. E Marianne estava bem disposta; feliz com a amenidade do tempo e ainda mais feliz com a expectativa de uma geada.

Passaram a manhã especialmente entregando cartões nas casas de conhecidos da senhora Jennings para informá-los de que ela estava na cidade; e Marianne estava o tempo todo ocupada observando a direção do vento, espiando as variações do céu e imaginando uma alteração no ar.

"Não acha que está mais frio do que estava de manhã, Elinor? Parece-me uma diferença sensível. Dificilmente consigo manter as mãos quentes, mesmo em minhas luvas. Acho que ontem não estava assim. As nuvens parecem afastar-se também; o sol deverá aparecer num instante e teremos uma tarde ensolarada."

Elinor se sentia alternadamente divertida e pesarosa; mas Marianne perseverava e via, a cada noite no brilho do fogo e a cada manhã na aparência da atmosfera, os sintomas certos da aproximação da geada.

As senhoritas Dashwood não tinham maiores motivos para estarem insatisfeitas com o estilo de vida da senhora Jennings e de seu círculo de conhecidos, nem de seu comportamento para com elas, que era invariavelmente simpático. Tudo em sua casa era conduzido da maneira mais liberal possível e, exceto alguns poucos velhos amigos que, para tristeza da senhora Middleton, a mãe nunca largou, ela não visitou ninguém cuja apresentação poderia descompor os sentimentos de suas jovens companheiras. Contente por sentir-se mais confortavelmente à vontade nesse particular do que havia imaginado, Elinor estava disposta a resignar-se com a falta de verdadeiro prazer naquelas reuniões à noite que, dentro de casa ou fora, eram feitas só para jogar cartas e por isso pouco ofereciam para diverti-la.

O coronel Brandon, que tinha convite permanente da casa, encontrava-se com elas quase todos os dias; vinha para ver Marianne e conversar com Elinor que, muitas vezes, provava mais satisfação em falar com ele do que em qualquer outra ocorrência do dia, mas viu, ao mesmo tempo, com muita preocupação, seu contínuo interesse pela irmã. Temia que o interesse acabasse se fortalecendo. Afligia-se ao ver o ardor com que às vezes observava Marianne; e seu estado de espírito era certamente pior do quando estava em Barton.

Cerca de uma semana depois de sua chegada, tiveram certeza de que Willoughby tinha igualmente chegado. Seu cartão estava sobre a mesa quando voltaram do passeio matinal.

"Meu Deus!" exclamou Marianne, "ele esteve aqui enquanto saímos." Elinor, alegre por saber que ele estava em Londres, arriscou-se a dizer: "Não tenho dúvida, vai voltar amanhã." Mas Marianne mal parecia ouvi-la e, com a entrada da senhora Jennings, saiu apressada com o precioso cartão. Este fato, ainda que soerguesse o ânimo de Elinor, reavivava na irmã toda a sua antiga agitação e mais que todas. A partir desse momento, sua mente não sossegava; a expectativa de vê-lo a qualquer hora do dia tornou-a imprestável para qualquer coisa. Insistiu em ficar para trás na manhã seguinte, quando as outras saíram.

Os pensamentos de Elinor estavam concentrados no que se teria passado em Berkeley Street durante sua ausência; mas um olhar de relance para a irmã, quando retornaram, foi suficiente para informá-la de que Willoughby não fizera uma segunda visita. Nesse exato momento, trouxeram um bilhete que foi posto sobre a mesa.

"Para mim!" exclamou Marianne, caminhando apressadamente para a mesa.

"Não, senhora, para minha patroa."

Mas Marianne, sem se convencer, tomou-o instantaneamente.

"Na verdade, é para a senhora Jennings; decepcionante!"

"Está esperando uma carta, é?" disse Elinor, incapaz de ficar por mais tempo em silêncio.

"Sim, um pouco – não muito."

Depois de breve pausa, "Não tem confiança em mim, Marianne?"

"Não, Elinor, esta recriminação de sua parte – você que não tem confiança em ninguém."

"Eu!" retrucou Elinor, um tanto confusa; "na verdade, Marianne, nada tenho a dizer."

"Nem eu," respondeu Marianne, com energia; "nossa situação é em tudo igual. Nenhuma de nós tem nada a dizer; você, porque você nada tem a comunicar e eu, porque nada tenho a esconder."

Elinor, magoada com essa acusação de ser reservada, que não estava no direito de contradizer, não sabia como, em tais circunstâncias, pressionar Marianne a se abrir mais.

A senhora Jennings logo apareceu e, ao receber o bilhete, leu-o em voz alta. Era da senhora Middleton, anunciando sua chegada a Conduit Street na noite anterior e solicitando a companhia da mãe e das primas na noite seguinte. Os negócios de parte de Sir John e, da parte dela, um violento resfriado impediram sua visita a Berkeley Street. O convite foi aceito; mas quando a hora do encontro se aproximava, sendo necessário por razões de civilidade para com a senhora Jennings que ambas tivessem de acompanhá-la em tal visita, Elinor teve alguma dificuldade em persuadir a irmã a ir, porque ainda não tinha visto Willoughby; e por isso não estava nada disposta em distrair-se fora de casa e relutante ainda em correr o risco de que ele viesse novamente em sua ausência.

Quando o encontro da noite terminou, Elinor achou que a disposição não se altera materialmente pela mudança de teto; pois, mal chegara à cidade, Sir John já tinha excogitado reunir em torno de si perto de vinte jovens, que iria animá-los com um baile. Esta era, contudo, uma coisa que a senhora Middleton não aprovava. No interior, um baile improvisado era admissível; mas em Londres, onde a reputação de elegância era mais importante e menos facilmente conquistada, era arriscar demais para a satisfação de algumas jovens, sabendo que a senhora Middleton havia organizado um pequeno baile para oito ou nove pares, com dois violinos e uma modesta refeição.

O senhor e a senhora Palmer estavam na festa; o primeiro, a quem não tinham visto ainda desde sua chegada à cidade, pois tomava o cuidado de evitar demonstrar qualquer atenção para com a sogra e por isso nunca viera vê-la, elas não receberam nenhum sinal de reconhecimento à entrada. Ele as olhou rapidamente, sem parecer que soubesse quem eram, e simplesmente acenou com a cabeça para a senhora Jennings, do outro lado da sala. Marianne deu uma olhada ao redor do aposento ao entrar; foi o bastante, ele não estava lá – sentou-se, indisposta a receber ou a trocar gentilezas. Depois de estarem reunidos por aproximadamente uma hora, o senhor Palmer encaminhou-se em direção das senhoritas Dashwood para expressar sua surpresa ao vê-las na cidade, embora o coronel Brandon tivesse sido informado da chegada delas em sua casa e ele próprio havia dito algo muito engraçado ao ouvir que elas viriam.

"Pensava que ambas estivessem em Devonshire," disse ele.

"É mesmo?" replicou Elinor.

"Quando vão voltar?"

"Não sei," E assim terminou sua conversa.

Marianne nunca estivera tão sem vontade de dançar em sua vida como naquela noite e nunca tão cansada com esse exercício. Queixou-se disso ao retornarem a Berkeley Street.

"Eh, eh," disse a senhora Jenning, "sabemos muito bem a razão de tudo isso: se certa pessoa, cujo nome não pode ser dito, tivesse estado lá, você não estaria nem um pouco cansada; e, para dizer a verdade, não foi muito correto da parte dele não ter vindo encontrá-la, visto que foi convidado."

"Convidado!" exclamou Marianne.

"Foi isso que minha filha Middleton me disse; pois parece que Sir John o encontrou em algum lugar na rua, esta manhã." Marianne não disse mais nada, mas parecia profundamente ferida. Impaciente com essa situação para fazer algo que pudesse trazer alívio à irmã, Elinor resolveu escrever, na manha seguinte, à mãe, e esperava, ao despertar seus cuidados pela saúde de Marianne, provocar aquelas pergunta que tinham sido por tanto tempo adiadas; e estava ainda mais ansiosamente inclinada a essa medida quando percebeu, após o café na manhã seguinte, que Marianne estava escrevendo novamente a Willoughby, pois não podia supor que fosse para qualquer outra pessoa.

Por volta do meio-dia, a senhora Jennings saiu sozinha a negócios e Elinor começou sua carta de imediato, enquanto Marianne, agitada demais para fazer o que quer que fosse, ansiosa demais para uma conversa, caminhava de uma janela a outra ou sentava perto da lareira em melancólica meditação. Elinor foi muito incisiva em seu pedido à mãe, relatando tudo o que se havia passado, suas suspeitas sobre a inconstância de Willoughby, pressionando-a, com todos os argumentos do dever e da afeição, a exigir de Marianne um relato de sua situação real com respeito a ele.

Mal havia terminado a carta, quando uma batida à porta anunciou a chegada da visita, e o coronel Brandon foi recebido. Marianne, que o havia visto da janela e odiava companhia de qualquer espécie, deixou a sala antes que ele entrasse. Ele parecia mais sério que de costume; e, embora expressasse satisfação por encontrar a senhorita Dashwood sozinha, como se tivesse algo de particular a dizer-lhe, sentou-se por algum tempo sem proferir qualquer palavra. Elinor, persuadida de que tinha alguma comunicação a fazer referente à irmã, esperou impacientemente que falasse. Não era a primeira vez que sentia a mesma espécie de convicção; pois, mais de uma vez anteriormente, começando com observações como "Sua irmã não parece estar bem hoje" ou "Sua irmã parece indisposta", ele parecia estar a ponto de revelar ou indagar algo particular sobre ela. Depois de uma pausa de vários minutos, rompeu o silêncio, perguntando-lhe, numa voz um tanto agitada, quando deveria parabenizá-la por ganhar um irmão. Elinor não estava preparada para semelhante pergunta; e, não tendo nenhuma resposta pronta, foi obrigada a adotar o expediente simples e comum de perguntar o que pretendia dizer. Ele tentou sorrir, ao replicar: "O compromisso de sua irmã com o senhor Willoughby já é conhecido de todos."

"Não pode ser conhecido de todos," retrucou Elinor, "pois sua própria família não tem conhecimento dele."

Pareceu surpreso e disse: "Peço perdão, receio que minha pergunta tenha sido impertinente; mas não supunha que houvesse segredo nisso, uma vez que se correspondem abertamente e todos falam de seu casamento."

"Como é possível? Mas quem você ouviu mencioná-lo?"

"Muitos – alguns que você não conhece, outros que privam de sua intimidade, a senhora Jennings, a senhora Palmer e os Middleton. Mas ainda não me sinto a ponto de acreditar, pois quando a mente não está disposta, talvez, a convencer-se, sempre encontra algo para apoiar suas dúvidas, se não tivesse por acaso, quando o criado me recebeu à porta hoje, visto uma carta nas mãos dele, endereçado ao senhor Willoughby, com a letra de sua irmã. Quis perguntar, mas já estava convencido antes de fazer a pergunta. Está tudo arranjado? É impossível...? Mas não tenho direito e não teria mesmo nenhuma chance de êxito. Perdoe-me, senhorita Dashwood. Creio que errei em dizer tanto, mas já não sei o que fazer e confio inteiramente em sua prudência.

Essas palavras, que transmitiram a Elinor a confissão direta de seu amor pela irmã, afetaram-na profundamente. Não foi imediatamente capaz de dizer qualquer coisa; e mesmo quando recuperou o ânimo, titubeou algum tempo sobre a resposta mais apropriada a dar. A verdadeira situação entre Willoughby e a irmã era tão pouco conhecida para ela que, ao esforçar-se para explicá-la, poderia acabar falando demais ou muito pouco. Sim, estava convencida que o afeto de Marianne por Willoughby não devia deixar esperança alguma de êxito do coronel Brandon, qualquer que fosse a eventualidade daquela afeição, e ao mesmo tempo desejava proteger a conduta da irmã de censura, pensou então ser mais prudente e cortês, depois de alguma consideração, dizer mais do que realmente sabia ou acreditava. Certificou-o, portanto, embora nunca tivesse sido informada por eles dos termos sobre os quais mantinham seu relacionamento, que de sua mútua afeição não tinha dúvida alguma e que não estava surpresa ao ouvir de sua correspondência.

Ele a ouviu com atenção silenciosa; e quando ela parou de falar, levantou-se imediatamente da cadeira e, depois de dizer com voz emocionada "Para sua irmã desejo toda a felicidade imaginável; para Willoughby, que se esforce por merecê-la," – despediu-se e foi embora.

Elinor não provou nenhum sentimento de conforto com essa conversa que pudesse diminuir o desassossego de sua mente sobre outros pontos; pelo contrário, ficou com a melancólica impressão da infelicidade do coronel Brandon e não se sentia até mesmo em condições de desejar que se dissipasse pela ansiedade provocada pelos acontecimentos que deviam confirmá-la.

## ≈ CAPÍTULO 28 ≈

Nada ocorreu nos três ou quatro dias seguintes que levasse Elinor a lamentar o que havia feito, ou seja, de recorrer à mãe, pois Willoughby não apareceu nem escreveu. Preparavam-se, por volta do final desse período de dias, para acompanhar a senhora Middleton a uma festa, da qual a senhora Jennings fora afastada pela indisposição de sua filha mais nova; e para essa festa, Marianne, totalmente desanimada, descuidada em sua aparência e parecendo igualmente indiferente se ia ou ficava, aprontava-se sem qualquer expressão de esperança, sem qualquer expressão de prazer. Sentou-se perto da lareira da sala de visitas, após o chá, até a chegada da senhora Middleton, sem levantar-se da cadeira uma vez ou mudar de posição, perdida em seus próprios pensamentos e insensível à presença da irmã; e quando finalmente foram informadas de que a senhora Middleton as esperava à porta, estremeceu como se tivesse esquecido de que esperavam por alguém.

Chegaram à hora certa no lugar de destino; e tão logo a fila de carruagens à sua frente o permitiu, apearam, subiram as escadas, ouviram seus nomes anunciados de um palco a outro em voz audível, e entraram numa sala esplendidamente iluminada, cheio de convivas e insuportavelmente quente. Depois de cumprirem as regras de polidez para com a dona da casa, permitiram-se misturar-se na multidão e compartilhar do calor e do desconforto que sua chegada veio necessariamente aumentar. Depois de algum tempo perdido em dizer bem pouco e em fazer ainda menos, a senhora Middleton sentou-se à mesa de jogos; e como Marianne não estivesse disposta a circular pelo ambiente, ela e Elinor felizmente conseguiram cadeiras colocadas a pouca distância da mesa.

Não tinham permanecido muito tempo assim sentadas, quando Elinor percebeu Willoughby, de pé a poucos metros delas, conversando com uma jovem de bela aparência. Ela deu com seus olhos e ele imediatamente fez uma inclinação, mas sem tentar falar com ela ou aproximar-se de Marianne, embora não pudesse deixar de tê-la visto; e continuou a conversar com a mesma jovem. Elinor voltou-se involuntariamente para Marianne, a fim de saber se isso lhe tinha passado despercebido. Nesse momento ela o avistou pela primeira vez; e seu semblante resplandeceu com súbita alegria; e teria disparado instantaneamente na direção dele, se a irmã não a tivesse contido.

"Oh, céus!" exclamou ela, "ele está ali – ele está ali! – Oh! Por que não olha para mim? Por que não posso falar com ele?"

"Por favor, por favor, controle-se," exclamou Elinor, "e não revele o que você sente para todos os presentes. Talvez não a tenha visto ainda."

Isso, contudo, era mais do que ela podia acreditar; e ficar controlada num momento desses não estava somente fora do alcance de Marianne, mas estava muito além de seu desejo. Sentou-se numa agonia de impaciência que afetou todas as suas feições.

Por fim, voltou-se novamente e olhou para as duas; ela se levantou inopinadamente e, pronunciando seu nome num tom afetuoso, estendeu-lhe a mão. Ele se aproximou e, dirigindo-se mais a Elinor que a Marianne, como se quisesse evitar seus olhos e decidido a não observar suas reações, perguntou, de maneira apressada, pela senhora Dashwood e quis saber há quanto tempo estavam na cidade. Elinor sentiu-se privada de toda a presença de espírito com aquele trato e foi incapaz de dizer uma palavra. Mas os sentimentos da irmã tiveram instantânea expressão. Seu rosto ficou totalmente vermelho e ela exclamou, numa voz com a mais profunda emoção: "Meu Deus! Willoughby, o que significa isso? Não recebeu minhas cartas? Não me dá um aperto de mãos?"

Ele não pôde então evitá-lo; mas seu toque pareceu-lhe penoso e segurou sua mão só por um instante. Durante todo esse tempo estava evidentemente lutando para manter a compostura. Elinor observou sua fisionomia e viu sua expressão tornar-se mais tranquila. Depois de um momento de pausa, ele falou com calma.

"Tive a honra de estar na Berkeley Street na última terça-feira e lamentei muito não ter tido a sorte de encontrá-las e à senhora Jennings. Meu cartão não foi perdido, espero."

"Mas não recebeu meus bilhetes?" exclamou Marianne, com a mais incontrolada ansiedade. "Aqui há um engano, tenho certeza – um terrível engano. Que significa isso? Diga, Willoughby; pelo amor de Deus, diga-me; o que está acontecendo?"

Ele não deu resposta: seu semblante se alterou e todo o seu embaraço retornou; mas, ao perceber o olhar da jovem com estivera conversando antes, sentiu a necessidade de autodomínio, recobrou-se novamente e, depois de dizer, "Sim, tive o prazer de receber a informação de sua chegada à cidade, que vocês tiveram a gentileza de comunicar-me," voltou-se rapidamente com uma leve inclinação e foi para junto de sua amiga.

Marianne, agora terrivelmente pálida e incapaz de ficar de pé, afundou na cadeira; e Elinor, esperando a todo instante vê-la desmaiar, tentou encobri-la da observação dos outros, enquanto a reavivava com água de lavanda.

"Vá procurá-lo, Elinor," exclamou ela, tão logo pôde falar, "e force-o a vir. Diga-lhe que preciso vê-lo de novo – que preciso falar com ele imediatamente. Não posso sossegar – não terei um momento de paz até que tudo isso seja esclarecido – algum terrível mal-entendido ou qualquer coisa. Oh! Vá logo."

"Como posso fazer isso? Não, minha querida Marianne, você vai ter que esperar. Este não é um lugar para explicações. Espere só até amanhã."

Com dificuldade, porém, conseguiu impedir que ela própria o seguisse; e foi impossível persuadi-la a controlar sua agitação, a esperar pelo menos com a aparência composta até que pudesse falar com ele com mais privacidade e com mais eficácia, pois Marianne continuava incessantemente a dar vazão, em voz baixa, à tristeza de seus sentimentos, com exclamações de infelicidade. Pouco depois, Elinor viu Willoughby deixar a sala pela porta que levava à escada; e, dizendo a Marianne que ele havia ido embora, insistiu na impossibilidade de falar com ele novamente naquela noite, novo argumento para ela se acalmar. Ela instantaneamente suplicou à irmã que solicitasse à senhora Middleton que as levasse para casa, porque se sentia demasiado infeliz para ficar ali por mais um minuto.

A senhora Middleton, embora na metade de um róber, ao ser informada que Marianne não estava bem, polida demais para recusar por um só instante o desejo dela de ir embora, passou as cartas para uma amiga e partiram assim que a carruagem foi encontrada. Mal disseram palavra durante seu retorno para Berkeley Street. Marianne estava numa silenciosa agonia, oprimida demais até para verter lágrimas; mas, como a senhora Jennings não tinha voltado ainda para casa, elas puderam ir diretamente para o quarto, onde uma infusão de sais a recuperara um pouco. Logo depois se despiu e deitou; e como desejasse ficar sozinha, a irmã então a deixou; e, enquanto esperava o retorno da senhora Jennings, teve tempo suficiente para pensar no ocorrido.

Não podia duvidar de que aquela espécie de compromisso tinha existido entre Willoughby e Marianne, e que Willoughby se cansara dele parecia igualmente claro; pois, embora Marianne pudesse alimentar ainda seus próprios desejos, *ela* não podia atribuir tal comportamento a equívoco ou mal-entendido de qualquer espécie. Nada, a não ser uma total modificação de sentimentos, podia ser a causa disso. Sua indignação poderia ter sido ainda mais forte, se não tivesse testemunhado aquele embaraço que parecia evidenciar a consciência de sua má conduta e a impedia de acreditar que ele fosse tão sem princípios a ponto de ter-se prestado a brincar, desde o início, com os sentimentos da irmã, sem qualquer outro propósito que pudesse exigir investigação. A ausência podia ter enfraquecido sua afeição e as conveniências podiam tê-lo determinado a superá-lo; mas que tal afeição tivesse anteriormente existido, ela não podia sequer duvidar.

Ela não podia ponderar senão com a mais profunda preocupação a situação de Marianne, mergulhada nos agudos sofrimentos que um encontro tão infeliz já lhe havia causado e naqueles mais violentos ainda que poderiam sobrevir como provável consequência. Sua própria situação, em comparação, era bem melhor, pois, embora pudesse estimar Edward tanto como antes, caso viessem a separar-se no futuro, seu espírito sempre poderia suportar o fato. Mas todas as circunstâncias que podiam exasperar esse mal pareciam unir-se para aumentar a dor de Marianne numa separação definitiva de Willoughby – numa imediata e irreconciliável ruptura com ele.

## ≈ CAPÍTULO 29 ≈

Antes que a criada tivesse acendido o fogo no dia seguinte, ou antes que sol tivesse adquirido algum poder sobre a fria e triste manhã de janeiro, Marianne, apenas meio vestida, estava ajoelhada num banco sob a janela para usufruir de toda e pouca luz que penetrava, escrevendo tão depressa quanto um contínuo escorrer de lágrimas o permitia. Elinor, despertada do sono pela agitação e soluços da irmã, viu-a nessa posição e, depois de observá-la por alguns momentos com silenciosa ansiedade, disse, num tom de atenciosa meiguice:

"Marianne, posso perguntar...?"

"Não, Elinor," interrompeu, "não pergunte nada; logo vai saber de tudo."

A espécie de calma desesperada com que isso foi dito durou apenas enquanto falou e foi seguida imediatamente por um retorno da mesma excessiva aflição. Foi minutos antes que pudesse continuar sua carta; e as frequentes explosões de dor que ainda a obrigavam, a intervalos, a suspender a pena eram provas suficientes de que, mais que provável, estava escrevendo, pela última vez, a Willoughby.

Elinor deu-lhe toda a calma e discreta atenção de que era capaz; e teria tentado aliviá-la e tranquilizá-la ainda mais, se Marianne não lhe tivesse suplicado, com toda a impaciência de sua mais nervosa irritabilidade, que não falasse com ela por nada deste mundo. Em tais circunstâncias, era melhor para as duas que não permanecessem junto por mais tempo; e o desassossegado estado de espírito de Marianne não só a impedia de permanecer no quarto um momento mais depois de estar vestida, mas exigia também, ao mesmo tempo, solidão e contínua mudança de lugar, o que a impelia a vaguear pela casa até a hora do café, evitando encontrar-se com alguém.

Durante o café, não comeu nem tentou comer qualquer coisa, e a atenção de Elinor estava toda voltada não em instar com ela nem em compadecer-se dela ou parecer observá-la, mas em esforçar-se para atrair a atenção da senhora Jennings inteiramente para si própria.

Como esta era a refeição predileta da senhora Jennings, durou um tempo considerável; e elas ainda estavam se acomodando, depois do café, em torno da mesa comum de trabalho, quando uma carta foi entregue a Marianne, que a tomou ansiosamente das mãos do criado e, adquirindo uma palidez mortal, saiu correndo instantaneamente da sala. Elinor, que percebeu tão claramente por essa atitude como se tivesse visto o remetente, que devia ser de Willoughby, sentiu imediatamente o coração apertado que mal conseguiu manter sua cabeça erguida e sentou-se num tremor tão grande que receou ser impossível para a senhora Jennings não notá-lo. A boa senhora, contudo, só viu que Marianne tinha recebido uma carta de Willoughby, o que lhe pareceu motivo para uma boa piada, e que tratou de não perdê-la, desejando, com uma risada, que nela encontrasse quanto almejava. Quanto à aflição de Elinor, ela estava muito ocupada, medindo fios de lã para o tapete, para perceber qualquer coisa; e calmamente continuou a falar, assim que Marianne desapareceu. E disse:

"Palavra de honra, nunca vi uma jovem tão desesperadamente apaixonada em minha vida! Minhas filhas em nada se comparavam a ela, e não obstante fossem bastante tolas; mas a senhorita Marianne é uma criatura bem alterada. Desejo, do fundo do coração, que ele não a faça esperar muito mais tempo, pois é bastante penoso vê-la parecer tão doente e desolada. Por favor, quando vão se casar?"

Elinor, embora nunca tivesse estado menos disposta a falar do que naquele momento, sentiu-se obrigada a responder a semelhante provocação e, por isso, tentando sorrir, replicou: "E tem falado realmente consigo mesmo, senhora, para persuadir-se de que minha irmã está comprometida com o senhor Willoughby? Pensei que tinha sido somente uma piada, mas uma pergunta tão séria parece que exige dizer mais; e devo por isso pedir que não se iluda por mais tempo. Asseguro-lhe que nada me surpreenderia mais do que ouvir dizer que vão se casar."

"Que vergonha, que vergonha, senhorita Dashwood! Como pode dizer isso? Não sabemos todos que vai haver casamento, – que estão perdidamente apaixonados desde o primeiro momento em que se encontraram? Não os vi juntos em Devonshire todos os dias e durante o dia todo? E não sabia que sua irmã veio à cidade comigo com a finalidade de enxoval de casamento? Ora, ora, isso não cai bem. Como você é muito reservada sobre o assunto, acha que ninguém mais tem sensibilidade; mas não é bem assim, posso dizer-lhe, pois toda a cidade o sabe, e há muito tempo. Eu o conto a todos e Charlotte faz o mesmo."

A senhora Jennings riu novamente, mas Elinor não teve ânimo para dizer mais; e ansiosa, em todo caso, em saber o que

Willoughby tinha escrito, correu para o quarto onde, ao abrir a porta, viu Marianne estirada na cama, quase sufocada pela dor, com uma carta nas mãos e outras duas ou três caídas perto dela. Elinor se aproximou, mas sem dizer palavra; e sentando-se na cama, tomou-lhe a mão, beijou-a afetuosamente por várias vezes e explodiu em lágrimas, que a princípio eram pouco menos violentas que as de Marianne. Esta, embora incapaz de falar, parecia sentir toda a ternura desse comportamento; e depois de passar assim algum tempo em aflição conjunta, ela pôs todas as cartas nas mãos de Elinor e, cobrindo seu rosto com o lenço, quase gritou de angústia. Elinor, que sabia que semelhante dor, tão chocante de presenciar, devia ter seu curso, cuidou dela até que esse excesso de sofrimento se esvaísse um pouco; e então voltando-se ansiosamente para a carta de Willoughby, leu o seguinte:

*Bond Street, janeiro.*
*"Minha cara senhora,*

*Acabo de ter a honra de receber sua carta, pela qual peço que aceite meus sinceros agradecimentos. Estou muito preocupado por saber que houve algo em meu comportamento a noite passada que não mereceu sua aprovação; e, embora eu esteja embaraçado em descobrir em que ponto poderia ter sido tão infeliz em chegar a ofendê-la, peço-lhe perdão pelo que, posso assegurar-lhe, tem sido perfeitamente não intencional. Nunca posso pensar sobre meu relacionamento anterior com sua família em Devonshire sem o mais grato prazer e espero sinceramente que não seja rompido por algum erro ou mal-entendido de meus atos. Minha estima por toda a sua família é realmente sincera; mas se fui tão infeliz em dar motivo para que acreditasse em algo mais do que eu sentia ou queria expressar, devo recriminar-me por não ter sido mais moderado em minhas manifestações dessa estima. Que eu quisesse significar mais que isso, haverá de admitir que era impossível, quando entender que meu afeto estava comprometido, havia muito, em outra parte, e não passarão muitas semanas, creio, antes que esse compromisso seja ratificado. É com grande pesar que obedeço a suas ordens de devolver-lhe as cartas com as quais me senti honrado, e a mecha de cabelos com que tão distintamente me havia presenteado.*

*Sou, cara senhora, seu mais obediente e humilde servidor,*

*John Willoughby."*

Pode-se imaginar com que indignação uma carta como essa deve ter sido lida por Elinor. Embora ciente, antes de começar a ler, de que devia trazer a confissão de sua inconstância e a confirmação de uma separação definitiva, não tinha ideia de tal linguagem pudesse ser usada para anunciá-la; nem podia supor que Willoughby fosse capaz de afastar-se tanto da aparência de qualquer sentimento honroso e delicado – tão longe do decoro comum de um cavalheiro – a ponto de enviar uma carta tão imprudentemente cruel: uma carta que, em vez de trazer com seu desejo de libertação os protestos de arrependimento, não confessava sua quebra de palavra e negava toda peculiar afeição; – uma carta em que cada linha era um insulto e que proclamava seu autor um aproveitador da pior espécie.

Elinor ficou olhando a carta por algum tempo com indignada estupefação; depois leu-a e releu-a; mas cada leitura atenta só servia para aumentar sua repugnância pelo homem; e tão amargos eram seus sentimentos contra ele, que não se atreveu a falar, com receio de que pudesse ferir Marianne mais profundamente ainda, tratando aquele rompimento de compromisso não como a perda de um possível bem, mas como uma fuga do pior e mais irremediável dos males – a ligação por toda a vida com um homem sem princípios –, como a mais verdadeira das libertações, a mais importante das bênçãos

Em suas sérias meditações sobre o conteúdo da carta, sobre a depravação daquela mente que pôde ditá-la e, provavelmente, sobre a mente muito diversa de uma pessoa muito diferente, que não tivera qualquer outra ligação com o caso a não ser o que o coração dela lhe deu em tudo; Elinor esqueceu a presente mágoa da irmã, esqueceu que tinha no colo ainda três cartas por ler, e esqueceu até totalmente quanto tempo havia permanecido no quarto que, ao ouvir uma carruagem chegar à porta, foi até a janela para saber quem poderia estar chegando tão despropositadamente cedo, e ficou estupefata ao ver a carruagem da senhora Jennings, que sabia que deveria chegar só à uma hora. Decidida a não abandonar Marianne, embora sem esperança de contribuir no momento para seu caso, foi depressa desculpar-se de não poder acompanhar a senhora Jennings, porque sua irmã estava indisposta. A senhora Jennings, com interesse inteiramente bem-humorado pelo motivo, aceitou prontamente as desculpas; Elinor, logo que se viu livre do empenho, retornou para junto de Marianne e a encontrou tentando levantar da cama; e chegou a tempo de evitar que ela caísse no chão, debilitada e com vertigens pela falta de repouso e alimentação adequados; pois fazia muitos dias que não tinha apetite e havia muitas noites que não dormia realmente; e agora que seu espírito não era nutrido pela febre do suspense, a consequência de tudo isso se fazia sentir numa dor de cabeça, num estômago enfraquecido e numa fraqueza nervosa geral. Um copo de vinho, que Elinor lhe trouxe imediatamente, deixou mais animada e, finalmente, ela se sentiu em condições de expressar algum reconhecimento pela bondade da irmã, dizendo-lhe: "Pobre Elinor! Como a faço infeliz!"

"Só desejaria," replicou a irmã, "que houvesse algo que eu *pudesse* fazer para lhe dar conforto."

Essas palavras, e quaisquer outras que fosse, foram demais para Marianne, que só pôde exclamar, na angústia de seu coração, "Oh! Elinor, como sou infeliz, realmente!", antes que sua voz se perdesse inteiramente entre soluços.

Elinor não conseguiu mais testemunhar em silêncio aquela torrente sem resistência de desgosto.

"Faça um esforço, querida Marianne," exclamou ela, "se não quiser matar-se a si mesma e a todos os que a amam. Pense na mãe; pense na dor dela enquanto *você* sofre; por amor dela é que você deve recobrar-se."

"Não posso, não posso," exclamava Marianne; "deixe-me, deixe-me, se a aflijo; deixe-me, odeie-me, esqueça-me! Mas não me torture assim. Oh! como é fácil para quem não tem desgosto falar de ânimo para se recuperar! Feliz, feliz Elinor, *você* não pode fazer ideia de como sofro."

"E me diz que sou feliz, Marianne? Ah, se você soubesse! E pode acreditar que o seja quando a vejo tão desditosa?"

"Perdoe-me, perdoe-me," e jogou seus braços em torno do pescoço da irmã; "sei o que sente por mim; sei o coração que você tem; mas você é – você deve ser feliz; Edward a ama – o que, oh! o que pode lhe tirar essa felicidade?"

"Muitas, muitas circunstâncias," disse Elinor, solenemente.

"Não, não, não," exclamou Marianne, descontroladamente: "ele a ama, e só a você. Não pode ter qualquer desgosto."

"Não posso ser feliz enquanto você continuar nesse estado."

"E nunca me verá de outra forma. A minha é uma infelicidade que nada poderá eliminar."

"Não deve falar assim, Marianne. Não tem outros confortos? Não tem amigos? Sua perda é tanta que não deixa nenhuma abertura para o consolo? Por mais que sofra agora, pense no que haveria de sofrer se a descoberta do caráter dele tivesse sido adiada para bem mais tarde; – se o compromisso tivesse sido levado adiante por meses a fio, como podia ter acontecido, antes que ele decidisse a dar-lhe um fim. Cada dia a mais de infeliz confiança, de sua parte, teria tornado o golpe mais terrível ainda."

"Compromisso!", exclamou Marianne, "não houve compromisso."

"Não houve compromisso?"

"Não, ele não é tão indigno quanto você pensa. Ele não rompeu nenhum compromisso comigo."

"Mas ele lhe disse que a amava."

"Sim – não – nunca de forma expressa. Era todos os dias implícito, mas nunca abertamente declarado. Às vezes pensava que o tivesse feito, mas nunca o fez."

"E ainda assim você lhe escreveu?"

"Sim; podia estar errado, depois de tudo o que se havia passado? Mas não posso falar."

Elinor nada mais disse e, voltando para as três cartas, que agora suscitavam uma curiosidade mais intensa que antes, correu os olhos sobre o conteúdo de todas. A primeira, que a irmã havia enviado no dia de sua chegada à cidade, dizia o seguinte:

*Berkeley Street, janeiro.*

*"Como deverá ficar surpreso, Willoughby, ao receber esta; e penso que sentirá algo mais que surpresa, quando souber que estou na cidade. A oportunidade de vir para cá, embora com a senhora Jennings, era uma tentação a que não podíamos resistir. Espero que receba esta a tempo de vir aqui esta noite, mas não conto com isso. De qualquer modo, espero você amanhã. Por ora, até mais."*

M.D.

O segundo bilhete, que havia sido escrito na manhã depois do baile na casa dos Middleton, constava destas palavras:

*"Não posso expressar meu desapontamento por não tê-lo encontrado anteontem nem meu espanto por não ter recebido qualquer resposta a um bilhete que lhe enviei há mais de uma semana. Fiquei esperando notícias suas e, ainda mais sua visita, a cada hora do dia. Por favor, venha visitar-nos quanto antes, e explique-me o motivo de me ter feito esperar em vão. Seria melhor que viesse mais cedo da próxima vez, porque geralmente saímos em torno da uma. Ontem à noite estivemos na casa da senhora Middleton, onde houve um baile. Soube que você tinha sido convidado para a festa. Mas será que é verdade? Você deve ter mudado muito desde que nos separamos; se esse tiver sido o caso, e você não compareceu... mas não posso supor que isso seja possível e espero receber em breve sua confirmação pessoal de que não foi isso."*

M.D.

O conteúdo de seu último bilhete era o seguinte:

*"O que posso pensar, Willoughby, de sua atitude de ontem à noite? Peço-lhe mais uma vez uma explicação a respeito. Eu estava preparada para encontrá-lo com o prazer que nossa separação naturalmente produziria, – com a familiaridade que nossa intimidade em Barton me parecia justificar. Na verdade, fui rejeitada! Passei uma noite horrível esforçando-me por desculpar uma conduta que raramente pode ser considerada menos que insultuosa; mas, embora não tenha conseguido ainda encontrar qualquer desculpa razoável por seu comportamento, estou perfeitamente pronta a ouvir sua justificativa. Talvez tenha sido mal informado ou propositadamente enganado em algo a meu respeito, que me tenha diminuído em sua opinião. Diga-me o que é; explique-me com que base você agiu, e ficarei satisfeita ao conseguir satisfazê-lo. Na verdade, ficaria magoada se fosse obrigada a pensar mal de você; mas se tiver de fazê-lo, se ficar sabendo que você não é o que até então acreditávamos ser, que sua consideração para todos nós era insincera, que sua conduta para comigo visava somente a ludibriar-me, diga-o o mais breve possível. No presente, meus sentimentos estão num estado de terrível indecisão; desejo inocentá-lo, mas, seja como for, certamente será preferível ao que sofro agora. Se seus sentimentos não são mais o que eram, espero que devolva meus bilhetes e a mecha de meus cabelos que está em seu poder.*

M.D.

Que tais cartas, tão cheias de afeto e confiança, pudessem ser respondidas do modo como foram, Elinor, pelo próprio bem de Willoughby, estava relutante em acreditar. Mas a condenação que lhe imputava não a cegava a ponto de desconsiderar a inconveniência de terem sido escritas; e estava lamentando silenciosamente a imprudência que propiciara tão espontâneas provas de ternura, não garantidas por qualquer precedente e mais severamente condenadas pelos acontecimentos, quando Marianne, percebendo que havia terminado de ler as cartas, observou-lhe que não continham nada mais do que qualquer um poderia ter escrito na mesma situação.

"Eu me sentia," acrescentou ela, "tão solenemente comprometida com ele como se estivéssemos ligados pelos mais estritos laços legais."

"Acredito," disse Elinor; "mas infelizmente ele não sentia o mesmo."

"Ele sentia o mesmo, Elinor – por semanas e mais semanas ele o sentia. Sei que sentia. Seja o que for que o tenha mudado (e nada a não ser a magia negra contra mim o pode ter feito), eu lhe era tão cara quanto só minha alma poderia desejar. Esta mecha de cabelos, da qual ele se desfez agora tão rapidamente, foi-me pedida com as mais intensas súplicas. Se visse seu olhar, seus gestos, se tivesse ouvido sua voz naquele momento! Você se esqueceu da última noite que passamos juntos em Barton? Da manhã em que nos separamos! Quando me disse que talvez passassem semanas sem nos encontrarmos de novo – sua aflição – nunca poderei esquecer sua aflição!"

Por um momento não conseguiu dizer mais nada; mas quando essa emoção passou, acrescentou num tom mais firme:

"Elinor, fui cruelmente tratada; mas não por Willoughby."

"Querida Marianne, quem a não ser ele? Por quem pode ter sido instigado?"

"Por todo mundo, menos por seu próprio coração. Estaria mais propensa a acreditar que todas as pessoas de minhas relações se uniram para arruinar a opinião dele a meu respeito, do que acreditar que sua natureza fosse capaz de tal crueldade. Essa mulher de quem fala na carta – seja ela quem for – ou qualquer outra pessoa em resumo, menos você, mamãe e Edward, pode ser tão ignóbil para me desmoralizar. Além de vocês três, há outra criatura no mundo de quem eu nunca suspeitaria, exceto Willoughby, cujo coração conheço tão bem?"

Elinor não quis discutir e replicou apenas: "Seja quem for seu tão detestável inimigo, frustre seu maligno triunfo, minha querida irmã, mostrando quão nobremente a consciência de sua própria inocência e boas intenções protegem seu espírito. É um orgulho justo e louvável que resiste a essa malevolência."

"Não, não," exclamou Marianne, "uma prostração como a minha não tem orgulho. Não importa que se saiba que estou destruída. O triunfo de me verem nesse estado ficará escancarado para todo mundo. Elinor, Elinor, os que sofrem pouco podem ser orgulhosos e independentes como quiserem – podem resistir a insultos ou devolver mortificação – mas eu não posso. Tenho de sentir – tenho de ser infeliz – e eles são bem-vindos para alegrar-se com a consciência disso..."

"Mas pelo amor da mãe e meu..."

"Faria mais por vocês do que por mim mesma. Mas parecer feliz quando estou num estado tão miserável – oh, oh, quem pode exigir isso?"

Ficaram novamente em silêncio. Elinor passou a caminhar pensativa da lareira à janela, da janela à lareira, sem perceber que recebia calor de uma ou discernia objetos através da outra; e Marianne, sentada ao pé da cama, com a cabeça apoiada a uma de suas colunetas, tomou de novo a carta de Willoughby e, estremecendo a cada frase, exclamou:

"É demais! Oh! Willoughby, Willoughby. Pode esta ser sua? Cruel, cruel – nada poderá absolvê-lo. Elinor, nada poderá. Seja o que for que tenha ouvido contra mim, não devia ter deixado de acreditar? Não devia ter-me dito, não devia dar-me o ensejo de me explicar? 'A mecha de cabelos (repetindo a frase da carta) que tão gentilmente me presenteou' – isso é imperdoável. Willoughby, onde estava seu coração quando escreveu estas palavras? Oh! Barbaramente insolente! – Elinor, poderá ele justificar-se?"

"Não, Marianne, de modo algum."

"E, no entanto, essa mulher – quem sabe quais terão sido suas artimanhas? – por quanto tempo o terá premeditado e quão profundamente planejado por ela? – Quem é ela? – Quem poderá ser? – Alguma vez o terei ouvido falar de alguma jovem atraente entre suas relações femininas? – Oh! nenhuma, nem uma só. – Só falava de mim."

Seguiu-se outra pausa. Marianne estava totalmente agitada e terminou assim:

"Elinor, tenho de voltar para casa. Tenho de ir e confortar mamãe. Não poderíamos partir amanhã?"

"Amanhã, Marianne!"

"Sim; por que haveria de ficar aqui? Só vim por causa de Willoughby – e agora, quem se importa comigo? Quem há de respeitar-me?

"É impossível partir amanhã. Devemos à senhora Jennings muito mais que cortesia; e a cortesia mais elementar impede uma partida tão precipitada."

"Bem, então daqui a um ou dois dias talvez; mas não posso ficar aqui por mais tempo; não posso ficar para aguentar as perguntas e observações de toda essa gente. Esses Middleton e Palmer – como poderei suportar sua compaixão? A compaixão de uma mulher como a senhora Middleton! Oh! o que diria ele a respeito disso?"

Elinor aconselhou-a a deitar-se de novo e por um momento o fez; mas nenhuma posição podia dar-lhe conforto; e na dor sem descanso da mente e do corpo, mudava de uma posição para outra até que, ficando cada vez mais histérica, a irmã teve dificuldade em mantê-la na cama e, durante algum tempo, ficou receosa de ser obrigada a pedir ajuda. Algumas gotas de lavanda, contudo, que finalmente conseguiu persuadi-la a tomar, tiveram efeito; e desde então até o retorno da senhora Jennings, ela continuou na cama, calma e sem se mover.

## ≈ CAPÍTULO 30 ≈

A senhora Jennings, logo que chegou, dirigiu-se imediatamente para o quarto delas e, sem esperar que atendessem à sua batida, abriu a porta e entrou com um semblante que mostrava muita preocupação.

"Como está, minha querida?" disse ela, numa voz de grande compaixão, a Marianne, que virou o rosto sem tentar responder.

"Como está ela, senhorita Dashwood? Pobrezinha! Parece

muito mal. Não é de admirar. Ah! Então é realmente verdade! Ele vai se casar muito em breve – sujeito que não vale nada! Não consigo suportá-lo. Se a senhora Taylor não me tivesse contado, meia hora atrás, que ficara sabendo disso por um amigo particular da própria senhorita Grey, certamente não teria acreditado; e quase desmaiei ao saber de tudo. Muito bem, disse eu, tudo o que posso falar é que, se for verdade, ele se aproveitou de uma jovem de minhas relações de modo abominável e desejo, do fundo de minha alma, que sua esposa lhe arranque o coração. E assim vou falar sempre, minha querida, pode confiar. Nunca soube de homem que vá adiante dessa forma; e, se algum dia o encontrar de novo, vou dar-lhe tal repreensão como nunca mais vai ouvir por muitos dias. Mas há um conforto, querida senhorita Marianne – ele não é o único jovem de valor no mundo; e com seu belo rosto, nunca terá falta de admiradores. Bem, pobrezinha! Não quero perturbá-la mais, pois é melhor que chore de uma vez e está feito. Felizmente os Parry e os Sanderson vão vir esta noite, sabe, e isso deverá distraí-la."

Então saiu do quarto, caminhando na ponta dos pés, supondo que a aflição de sua jovem amiga pudesse aumentar com o barulho.

Marianne, para surpresa da irmã, decidiu jantar com eles. Elinor chegou a aconselhar-lhe o contrário. Mas, "não, iria descer; podia aguentar muito bem e o alvoroço por causa dela seria menor". Elinor, contente ao vê-la deixar-se guiar por esse motivo por uns momentos, embora achasse pouco possível que ela viesse sentar-se à mesa do jantar, nada mais disse; e ajeitando-lhe o vestido da melhor maneira, enquanto Marianne ainda permanecia na cama, prontificou-se a levá-la à sala de jantar logo que fossem chamadas.

Uma vez ali, embora com o semblante ainda muito carregado, ela se alimentou bem e estava mais calma do que a irmã havia esperado. Se tivesse tentado falar ou se tivesse notado a metade das boas mas injudiciosas atenções da senhora Jennings para com ela, essa calma não poderia ter sido mantida; mas nem uma sílaba escapou de seus lábios; e a abstração de seus pensamentos preservou-a na ignorância de tudo o que se passava diante dela.

Elinor, que fazia justiça à bondade da senhora Jennings, embora suas efusões fossem por vezes desoladoras e às vezes quase ridículas, mostrou seu reconhecimento e retribuiu as gentilezas, o que a irmã podia fazer ou retribuir por si mesma. Sua boa amiga viu que Marianne estava infeliz e julgou que lhe cabia fazer de tudo para que ela se sentisse um pouco mais feliz. Tratou-a, portanto, com toda a indulgente ternura de uma mãe para com a filha predileta no último dia de férias. Marianne foi colocada no melhor lugar perto da lareira, foi tentada a comer cada uma das iguarias da casa e distraiu-se com o relato de todas as novidades do dia. Se Elinor não tivesse visto, na triste fisionomia da irmã, uma restrição a toda alegria, ela podia ter sido entretida pelos esforços da senhora Jennings em curar uma decepção amorosa com uma variedade de doces e azeitonas, além de uma boa lareira. Logo que, no entanto, teve consciência de que tudo isso era forçado pela contínua repetição, Marianne não conseguiu mais ficar ali. Com uma impaciente exclamação de desgosto e um sinal para que a irmã não a seguisse, levantou-se imediatamente e saiu correndo da sala.

"Pobre criatura!", exclamou a senhora Jennings, logo que ela saiu, "como me aflige vê-la assim! E vejam só, foi embora sem terminar o vinho! E as cerejas secas também! Oh! Deus! Parece que não gosta de mais nada. Estou certa de que, se soubesse de alguma coisa de que ela gostasse, mandaria procurá-la em qualquer canto da cidade. Bem, é realmente a coisa mais estranha para mim que um homem pudesse se aproveitar de uma menina tão bonita! Mas quando há muito dinheiro de um lado e quase nada do outro, louvado seja Deus! Não se importam mais com tais coisas!"

"A moça então – a senhorita Grey, acho que a chamou assim – é muito rica?"

"Cinquenta mil libras, minha querida. Você já chegou a vê-

-la? Uma moça inteligente, elegante, dizem, mas nada bonita. Lembro-me muito bem da tia dela, Biddy Henshawe; casou-se com um homem muito rico. Mas a família toda é rica. Cinquenta mil libras! E, ao que tudo indica, vieram no momento certo, pois dizem que ele está falido. Não me admira! Andando vistosamente para cima e para baixo com sua carruagem e cães de caça! Bem, não adianta continuar falando; mas quando um jovem, seja quem for, chega e se apaixona por uma moça bonita e lhe promete casamento, não há motivo para que falte com sua palavra só porque caiu na pobreza e uma moça mais rica esteja disposta a aceitá-lo. Por que, em tal caso, não vende seus cavalos, aluga sua casa, despede seus criados e muda inteiramente de vez? Garanto-lhe, a senhorita Marianne estaria pronta a esperar até que as coisas se pusessem a prumo. Mas isso não ocorre hoje em dia; os jovens dessa idade nunca se dispõem a renunciar a algum de seus prazeres."

"Sabe que tipo de moça é a senhorita Grey? É pessoa cordial?"

"Nunca ouvi nada em desabono dela; na verdade, quase nunca ouvi mencioná-la; exceto o que a senhora Taylor me disse esta manhã, que um dia a senhorita Walker lhe insinuou acreditar que o senhor e a senhora Ellison não ficariam tristes ao ver a senhorita Grey casada, porque ela e a senhora Ellison nunca andaram muito de acordo."

"E quem são os Ellison?"

"Os tutores dela, minha querida. Mas agora ela atingiu a maioridade e pode fazer suas escolhas; e que bela escolha ela fez! – Que agora," depois de fazer uma pausa de um instante, "sua pobre irmã foi para o quarto, suponho, para lamentar-se. Não há nada que se possa fazer para confortá-la? Pobre menina, parece bastante cruel deixá-la sozinha. Mas logo teremos alguns amigos e isso haverá de distraí-la um pouco. O que vamos jogar? Sei que ela odeia o uíste; mas não há outro jogo que ela aprecie?"

"Cara senhora, toda essa gentileza é desnecessária. Marianne, ouso dizer, não vai deixar o quarto novamente esta noite.

Vou tentar persuadi-la, se puder, a deitar-se cedo, pois tenho certeza de que precisa de repouso."

"Ah! Creio que será o melhor para ela. Que diga o que quer jantar e vá para a cama. Deus! Não admira que estivesse parecendo tão mal e tão abatida esta última semana ou duas, pois esse assunto, suponho, devia estar martelando em sua cabeça o tempo todo. E assim, a carta que chegou hoje acabou com tudo! Pobre criatura! Estou certa de que, se tivesse tido alguma noção disso, não teria feito brincadeiras com ela nem por todo o meu dinheiro. Mas então, sabe, como poderia adivinhar semelhante coisa? Tinha certeza de que nada mais era que uma simples carta de amor e sabe como os jovens gostam de ouvir gracejos sobre essas coisas. Meu Senhor! Como vão ficar Sir John e minhas filhas quando souberem! Se eu estivasse totalmente ligada, poderia ter passado na Conduit Street em meu caminho de volta para casa e contado tudo a eles. Mas vou vê-los amanhã."

"Estou certa de que seria desnecessário prevenir a senhora Palmer e Sir John de não mencionar o senhor Willoughby ou de fazer a menor alusão ao que se passou diante de minha irmã. A própria bondade deles deve indicar-lhes a verdadeira crueldade de parecer que conhecem tudo sobre o fato quando ela estiver presente; e quanto menos me falarem do assunto, mais haverão de poupar meus sentimentos, como minha cara senhora há de facilmente acreditar."

"Oh! Deus! Sim, claro que acredito. Deve ser terrível para você ouvir falar do assunto; quanto à sua irmã, esteja certa de que não lhe diria uma palavra a respeito por nada deste mundo. Viu que nada disse durante todo o jantar. Nem o haverão de fazer Sir John e minhas filhas, pois são muito atenciosos e circunspectos; especialmente se eu lhes sugerir, como certamente o farei. De minha parte, quanto menos se falar sobre essas coisas tanto melhor, tanto mais depressa se esvairá e será esquecido. E de que serve ficar falando disso?"

"Nesse caso, só pode fazer mal; ainda mais, talvez, do que em muitos casos desse mesmo tipo; pois foi acompanhado de circunstâncias que, por causa de cada um dos envolvidos, o tornam inadequado como assunto de conversa de todos. Devo fazer esta justiça ao senhor Willoughby – ele não rompeu nenhum compromisso real com minha irmã."

"Justiça, minha querida! Não pretenda defendê-lo. Nenhum compromisso real, é mesmo? Depois de levá-la a Allenham e escolher os aposentos que iriam ocupar mais adiante!"

Elinor, por causa de sua irmã, não quis insistir mais no assunto e esperou não ser obrigada a tanto em prol de Willoughby, visto que, embora Marianne pudesse perder muito, ele muito pouco poderia ganhar com a revelação da verdade. Depois de breve silêncio de ambas as partes, a senhora Jennings, com toda a sua alegria natural, novamente não se conteve:

"Bem, minha querida, encerra muita verdade o ditado sobre os maus ventos, pois vai ser tanto melhor para o coronel Brandon. Finalmente haverá de tê-la; sim, com toda a certeza. Duvido muito que não estejam casados em meados do verão. Oh! Deus! Como ele vai explodir de alegria com a notícia! Espero que venha aqui hoje à noite. Será, sob qualquer aspecto, um casamento muito melhor para sua irmã. Duas mil libras por ano, sem dívidas nem taxas – exceto a linda menina, claro; Ah! Já a tinha esquecido; mas ela pode ser colocada na casa de alguém como aprendiz a baixo custo; e então, o que significa isso? Delaford é um belo lugar, posso assegurar-lhe; exatamente aquilo que chamo de um lugar antiquado mas bonito, cheio de conforto e comodidades; bem fechado com os grandes muros do jardim que escondem as melhores árvores frutíferas da região; e com uma maravilhosa amoreira num canto! Deus! Como Charlotte e eu nos divertimos na única vez em que lá estivemos. Há também um pombal, alguns pequenos lagos encantadores e um canal muito bonito; e tudo, em resumo, o que alguém poderia desejar; e, além do mais, fica perto da igreja, e apenas a um quarto de milha da rodovia principal, de modo que nunca é enfadonho, pois basta ir e sentar sob um velho caramanchão de teixos, atrás da casa, para ver todas as carruagens que passam. Oh! É um belo lugar! Há um açougue perto da vila e a casa do pároco fica bem próxima. Para mim, mil vezes mais bonito que Barton Park, onde eles são obrigados a mandar vir provisões a três milhas de distância e onde o vizinho mais próximo é sua mãe. Bem, vou animar o coronel Brandon o mais cedo possível. Você sabe, um pernil de carneiro pede outro. Se pelo menos pudéssemos tirar Willoughby da cabeça!"

"Ah! Se pudéssemos fazer isso, senhora," disse Elinor, "passaríamos muito bem com o coronel Brandon ou sem ele." E então, levantando-se, saiu e foi para junto de Marianne, que encontrou, como esperava, em seu quarto, em silenciosa tristeza, inclinada sobre os pequenos restos de fogo da lareira que, até Elinor entrar, tinha sido a única luz.

"Seria melhor que me deixasse," foi tudo o que a irmã ouviu dela.

"Vou deixá-la," disse Elinor, "se você for para a cama. Mas, levada pela momentânea perversidade de impaciente sofrimento, de início recusou-se a isso. A séria, embora gentil, insistência da irmã logo a levou a condescender; e Elinor viu-a pousar sua cabeça dolorida sobre o travesseiro e viu-a, como esperava, prestes a entregar-se a tranquilo repouso, antes que ela a deixasse.

Na sala de visitas, para onde então retornou, logo veio a ela a senhora Jennings trazendo na mão um copo de vinho cheio.

"Minha querida," disse ela, entrando, "acabo de lembrar-me que tinha em casa um pouco do excelente vinho de Constança, que já havia sido provado, e trouxe um copo para sua irmã. Meu pobre marido! Como gostava deste vinho! Sempre que tinha um ataque de sua velha gota, dizia que isso o fazia sentir-se melhor do que com qualquer outra coisa deste mundo. Leve-o à sua irmã."

"Querida senhora," replicou Elinor, sorrindo pela diferença de enfermidade para os quais era recomendado, "como é bondosa! Mas acabei de deixar Marianne na cama e, espero, quase adormecida; e como acho que nada lhe será mais útil que o repouso, se a senhora permitir, eu mesma vou tomar o vinho."

A senhora Jennings, embora lamentando não ter chegado cinco minutos antes, ficou satisfeita com a proposta; e Elinor, ao tomar a maior parte dele, refletia que, embora seus bons efeitos sobre a gota fossem, no presente, de pouca importância para ela, seus poderes curativos, sobre um coração desapontado, podiam ser moderadamente experimentados tanto sobre ela quanto sobre sua irmã.

O coronel Brandon entrou quando o grupo estava tomando o chá; e, por sua maneira de olhar em torno da sala à procura de Marianne, Elinor imaginou imediatamente que ele não esperava nem queria vê-la ali e, em resumo, que já estava ciente do que havia ocasionado a ausência dela. A senhora Jennings não teve o mesmo pensamento, pois, logo após a entrada dele, atravessou a sala até a mesa em cuja cabeceira estava Elinor e cochichou: "O coronel parece mais sério que nunca; não deve saber de nada; conte-lhe tudo, minha querida."

Pouco depois, ele puxou uma cadeira para perto dela e, com um olhar que lhe assegurava perfeitamente de que estava informado de tudo, perguntou-lhe pela irmã.

"Marianne não está bem," disse ela. "Esteve indisposta o dia inteiro e nós a persuadimos a ir para a cama."

"Talvez, então," replicou ele, hesitante, "o que ouvi esta manhã pode ser – deve haver mais verdade nisso do que pude, de início, acreditar."

"O que você ouviu?"

"Que um cavalheiro, de quem tinha razão em pensar – em resumo, que um homem, que eu sabia estar comprometido – mas como posso dizê-lo? Se você já sabe, como certamente deverá sabê-lo, sentir-me-ei poupado."

"Está falando," respondeu Elinor, com calma forçada, "do casamento do senhor Willoughby com a senhorita Grey. Sim, todos sabemos. Hoje parece ter sido um dia de elucidação geral, pois foi revelado justamente esta manhã. O senhor Willoughby é impenetrável! Onde ficou sabendo?"

"Numa papelaria de Pall Mall, onde tinha negócios. Duas senhoras estavam esperando a carruagem e uma delas estava relatando à outra o futuro casamento em voz tão pouco indicativa de segredo, que me foi impossível não ouvir tudo. O nome de Willoughby, John Willoughby, frequentemente repetido, de início atraiu minha atenção; e o que se seguiu foi uma asserção positiva de que tudo estava finalmente preparado para seu casamento com a senhorita Grey – já não era mais segredo – teria lugar dentro de poucas semanas com muitos pormenores sobre os preparativos e outras coisas. Lembro-me especialmente de uma coisa, porque serviu para identificar melhor ainda o homem: – logo que a cerimônia terminasse, iriam para Combe Magna, seu sítio em Somersetchire. Que surpresa! – mas seria impossível descrever o que senti. Aquela comunicativa senhora, fiquei sabendo, ao perguntar – pois permaneci na loja até que elas se foram – era a senhora Ellison que, como também me informaram, é a tutora da senhorita Grey."

"É. Mas ouviu também que a senhorita Grey tem cinquenta mil libras? Nisso, se não em outra coisa, devemos encontrar uma explicação."

"Pode ser; mas Willoughby é capaz – pelo menos acho..." Parou um momento; então acrescentou, numa voz que parecia trair-se: "E sua irmã – como ela..."

"Seu sofrimento foi muito severo. Só espero que possa ser proporcionalmente breve. Foi e é a mais cruel aflição. Até ontem, acredito, ela nunca duvidara desse afeto; e mesmo agora, talvez – mas eu estou quase convencida de que ele nunca esteve realmente apaixonado por ela. Foi um verdadeiro pilantra! E, sob certos aspectos, parece que encarna a dureza de coração."

"Ah!" disse o coronel Brandon, "é isso, verdade! Mas sua irmã não – acho que disse isso – ela não considera isso como você?"

"Você conhece sua disposição e pode imaginar com que impulsividade haveria ainda de justificá-lo, se pudesse."

Ele não deu resposta; e logo em seguida, com a remoção do

serviço de chá e com os preparativos para o jogo de cartas, o assunto necessariamente morreu. A senhora Jennings, que os observou com prazer enquanto falavam e que esperava vislumbrar o efeito da comunicação da senhorita Dashwood, como que a provocar uma instantânea alegria no coronel Brandon, como se tivesse voltado a ser um homem na flor da juventude, da esperança e da felicidade, percebeu-o, com estranheza, permanecer a noite toda mais sério e pensativo do que habitualmente.

## ≈ CAPÍTULO 31 ≈

Depois de uma noite de mais sono do que esperava, Marianne acordou na manhã seguinte na mesma miserável realidade na qual havia cerrado os olhos.

Elinor encorajou-a tanto quanto possível a falar sobre o que sentia; e, antes que o café da manhã estivesse pronto, já tinham analisado o assunto repetidas vezes, com a mesma firme convicção e afetuoso conselho por parte de Elinor, e com os mesmos sentimentos impetuosos e opiniões instáveis pela de Marianne, como anteriormente. Às vezes ela acreditava que Willoughby era tão infeliz e inocente quanto ela, e, em outras, perdia todo consolo de poder absolvê-lo. Num momento estava absolutamente indiferente à observação de todo mundo; no outro, iria isolar-se deste para sempre e, num terceiro, resistiria com toda a energia. Numa coisa, contudo, ela era constante, na firme decisão de evitar, o quanto fosse possível, a presença da senhora Jennings, e fechar-se num silêncio resoluto quando obrigada a suportá-la. Seu coração estava insensibilizado contra a opinião de que a senhora Jennings compartilhava de seu sofrimento com compaixão.

"Não, não, não pode ser," exclamava ela. "Ela não pode sentir. Sua bondade não é simpatia; sua amabilidade não é ternura. Tudo o que ela quer é bisbilhotar; e só gosta de mim agora porque lhe dou motivo."

Elinor não precisava disso para assegurar-se da injustiça em que a irmã incorria muitas vezes ao opinar sobre os outros, pelo irritadiço refinamento de sua mente e pela importância demasiada que dava às sutilezas de uma forte sensibilidade e aos encantos de maneiras polidas. Como meio mundo, se é que a metade dele é inteligente e boa, Marianne, com excelentes qualidades e caráter, não era sensata nem cândida. Esperava dos outros as mesmas opiniões e sentimentos que os seus e jugava as atitudes dos outros pelo imediato efeito de suas ações sobre ela. Algo ocorreu certa vez, quando as irmãs estavam em seu quarto, depois do café da manhã, que diminuiu ainda mais a estima que ela podia ter pela senhora Jennings, porque, através de sua própria fraqueza, deu ocasião para reavivar uma fonte de sofrimento recente, embora a senhora Jennings fosse levada a isso por um impulso de extrema boa vontade.

Com uma carta em sua mão estendida e fisionomia com alegre sorriso, ela entrou no quarto, convencida de que trazia conforto, dizendo:

"Agora, minha querida, trago-lhe algo que, estou certa, lhe fará bem."

Marianne ouvira o suficiente. Num instante, sua imaginação colocou diante dela uma carta de Willoughby, cheia de ternura e contrição, explicando tudo o que havia acontecido de modo satisfatório, convincente; e instantaneamente seguida pelo próprio Willoughby, correndo ansiosamente ao quarto para reforçar, a seus pés, com a eloquência de seus olhos, as afirmações de sua carta. O trabalho de um momento foi destruído pelo seguinte. A caligrafia de sua mãe, sempre até então bem-vinda, estava diante dela; e, no auge do desapontamento, que se seguiu a esse êxtase que fora mais do que esperança, ela se sentiu como se, até aquele instante, nunca tivesse sofrido.

Nenhuma linguagem a seu alcance em seus momentos de mais feliz eloquência poderia expressar a crueldade da senhora Jennings; e agora ela podia reprová-la somente pelas lágrimas que escorriam de seus olhos com passional violência; – uma reprovação, contudo, tão inteiramente perdida em seu objetivo, que, depois de muitas expressões de piedade, ela se retirou, ainda se referindo ao conforto que a carta lhe daria. Mas a carta, quando se acalmou o suficiente para lê-la, trouxe-lhe pouco conforto. Willoughby ocupava todas as páginas. A mãe, ainda confiante em seu compromisso, e acreditando tão calorosamente como sempre sua constância, escrevia à filha por solicitação de Elinor, suplicando a Marianne uma franqueza maior entre ambos; e fazia-o com tanta ternura para com ela e com tal afeição por Willoughby, e com tal convicção na felicidade futura de ambos, que ela chorou agoniada durante toda a leitura.

Toda aquela impaciência de voltar para casa retornou; a mãe era-lhe mais cara do que nunca; mais cara, apesar do excesso de sua infundada confiança em Willoughby; e ela estava desesperadoramente ansiosa por partir. Elinor, incapaz de determinar se era melhor para Marianne estar em Londres ou em Barton, não lhe deu nenhum conselho, exceto o de ter paciência até tomarem conhecimento dos desejos da mãe; finalmente obteve o consentimento da irmã para esperar a resposta da mãe.

A senhora Jennings deixou-as mais cedo que de costume pois não se sentiria tranquila até que os Middleton e os Palmer não estivessem em condições de lamentar o ocorrido tanto quanto ela; e, recusando categoricamente a companhia de Elinor, que se oferecera para isso, saiu sozinha pelo resto da manhã. Elinor, com um peso no coração, sabendo da dor que ela causaria e, percebendo, pela carta de Marianne,como tinha fracassado por não subsistir nela qualquer fundamento, sentou-se então para escrever à mãe um relato do que se havia passado e pedindo sua orientação para o futuro; enquanto Marianne, que viera para a sala de visitas quando a senhora Jennings saiu, permaneceu olhando para a mesa em que Elinor escrevia, observando a rapidez de sua pena, lamentando a sua espinhosa incumbência e lamentando ainda mais ternamente os efeitos que ela iria causar na mãe.

Continuaram assim por cerca de um quarto de hora, quando Marianne, cujos nervos não conseguiam suportar qualquer barulho repentino, se assustou com uma batida à porta.

"Quem pode ser?" exclamou Elinor. "Agora, tão cedo! Pensei que *estávamos* livres."

Marianne foi até a janela.

"É o coronel Brandon!" disse ela, aborrecida. "Nunca estamos livres dele."

"Ele não vai entrar quando souber que a senhora Jennings está fora de casa."

"Não creio que seja assim," disse, retirando-se para o quarto. "Um homem que não tem nada a fazer com seu próprio tempo não tem consciência de sua intrusão no dos outros."

O ocorrido provou que sua conjectura estava certa, embora estivesse fundada em injustiça e erro, pois o coronel Brandon realmente entrou; e Elinor, que estava convencida de que essa solicitude por Marianne o trazia ali, e que via essa solicitude em sua aparência perturbada e melancólica e em sua ansiosa, embora breve, pergunta por ela, não podia perdoar a irmã por estimá-lo tão pouco.

"Encontrei a senhora Jennings na Bond Street," disse ele, depois da primeira saudação, "e ela insistiu para que eu viesse; e fui facilmente convencido, porque achei provável que iria encontrá-las sozinhas, o que muito desejava que fosse. Meu objetivo – meu desejo – meu desejo – meu único desejo ao desejá-lo – espero, acredito que é – é o de ser um meio de dar conforto;– não, não devo dizer conforto – não conforto imediato – mas convicção, convicção duradoura ao espírito de sua irmã. Minha consideração por ela, pela senhorita, por sua mãe – peço que me permita prová-la pelo relato de algumas circunstâncias, que nada a não ser um sério desejo de ser útil – acho que me justifiquei – embora tenha passado muitas horas convencendo-me de que tenho razão, não haverá também algum motivo para temer que me engane? Ele silenciou.

"Compreendo," disse Elinor. "Você tem algo a dizer a respeito de Willoughby,o que dará maior transparência sobre seu caráter. Contar isso será a maior prova de amizade que poderá demonstrar por Marianne. Minha gratidão a expresso de imediato por qualquer informação que tenda a esse fim, e a dela deverá tê-la em seu devido tempo. Por favor, por favor, quero ouvir tudo."

"E vai ouvir; para ser breve, quando deixei Barton em outubro último – mas isso não lhe dará qualquer ideia – devo recuar ainda mais no tempo. Vai me achar que sou um narrador muito desajeitado, senhorita Dashwood; não sei por onde começar. Um breve relato a meu respeito, creio,será necessário e será muito breve. Sobre esse assunto," suspirou profundamente, "não tenho grande tentação em ser prolixo."

Parou um instante para relembrar e então, com outro suspiro, continuou.

"A senhorita terá provavelmente esquecido de todo uma conversa – (não é de supor que lhe tivesse causado qualquer impressão) – uma conversa entre nós, numa noite em Barton Park – foi numa noite de baile – na qual aludia a uma senhora que uma vez conhecera e que, sob certos aspectos, se assemelhava à sua irmã Marianne."

"Na verdade," respondeu Elinor, "nunca me esqueci disso." Ele pareceu contente com essa lembrança e acrescentou:

"Se não estou enganado pela incerteza, pela parcialidade de uma terna lembrança, há uma semelhança muito grande entre elas, tanto no espírito quanto no aspecto físico. O mesmo calor humano, a mesma impetuosidade de fantasia e disposição. Essa senhora era uma parenta muito próxima, órfã desde a infância e sob a tutela de meu pai. Tínhamos aproximadamente a mesma idade, e desde crianças fomos companheiros de jogos e amigos. Não posso lembrar-me de um tempo em que não tivesse amado Eliza; e minha afeição por ela, à medida que crescíamos, era tal que, talvez, julgando por minha desolada e triste gravidade de agora, a senhorita possa achar-me incapaz de tê-la provado. A dela por mim era, creio, tão ardente quanto o afeto de sua irmã por Willoughby, e foi, embora por motivos diferentes, não menos infeliz. Aos 17 anos, perdi-a para sempre. Ela se casou – casou-se contra sua vontade com meu irmão. A fortuna dela era muito grande e as propriedades de nossa família estavam muito oneradas. E isso, receio, é tudo o que possa ser dito sobre a conduta daquele que era, ao mesmo tempo, seu tio e tutor. Meu irmão não a merecia; nem sequer a amava. Esperava que sua consideração por mim a faria suportar todas as dificuldades e, por algum tempo, assim foi; mas, por fim, a tristeza de sua situação, pois ela sofreu não poucos maus tratos, venceu toda a sua resistência, e, embora me tivesse prometido que nada – mas como estou contando de modo confuso! – Nunca lhe contei como isso terminou. Estávamos a poucas horas de fugir juntos para a Escócia. A traição, ou a insensatez, da criada de minha prima nos denunciou. Fui banido para a casa de um parente muito distante dali, e ela foi privada de qualquer liberdade, sem convívio social, sem distração alguma, até que o objetivo de meu pai fosse alcançado. Tinha confiado demasiadamente em sua força, e o golpe foi muito forte; – mas, se o casamento tivesse sido feliz, jovem como então eu era, alguns meses teriam bastado para conformar-me ou, pelo menos, não teria que lamentar agora. Mas não foi este o caso. Meu irmão não tinha qualquer consideração por ela; seus prazeres não eram o que deviam ser e, desde o início, ele a tratou mal. As consequências disso, sobre um espírito tão jovem, tão vivo, tão inexperiente quanto o da senhora Brandon foram mais que normais. No começo, ela se resignou a toda a infelicidade de sua situação; e teria sido feliz se não tivesse vivido para superar aqueles desgostos que minhas lembranças lhe ocasionavam. Mas podemos nos admirar de que, com tal marido a provocar inconstância e sem um amigo para aconselhá-la ou contê-la (pois meu pai vivera ainda poucos meses depois do casamento deles, e eu estava com meu regimento nas Índias Ocidentais), ela afinal caísse? Se eu tivesse permanecido na Inglaterra, talvez – mas eu estava decidido a assegurar a felicidade de ambos, afastando-me dela por anos, e com essa finalidade solicitei minha transferência. O choque que seu casamento me causou," continuou ele, numa voz que mostrava grande agitação, "não foi grande coisa – nada foi em comparação com o que senti ao saber, cerca de dois anos depois, de seu divórcio. Foi isso que me atirou nesta tristeza, – mesmo agora, a lembrança do que sofri..."

Não conseguiu dizer mais nada e, levantando-se repentinamente, caminhou por alguns minutos pela sala. Elinor, emocionada como relato, e mais ainda com a mágoa dele, não podia falar. Ele viu sua preocupação e, aproximando-se dela, tomou-lhe a mão, apertou-a e beijou-a com reverente respeito. Alguns minutos mais de esforço silencioso possibilitaram-lhe prosseguir com tranquilidade.

"Foi cerca de três anos depois desse período infeliz que eu retornei à Inglaterra. Meu primeiro cuidado, ao chegar, foi sem dúvida procurá-la; mas a busca foi tão infrutífera quanto melancólica. Não consegui obter vestígios dela além de seu primeiro sedutor, e havia fortes razões para temer que ela tivesse se afastado dele somente para mergulhar mais fundo numa vida de pecado. Sua pensão lega não fora proporcional à sua fortuna, nem era suficiente para manter-se com conforto; e fiquei sabendo por meio de meu irmão que ela havia transferido, poucos meses antes, o direito de recebê-la para outra pessoa. Ele imaginava, e com que clama o imaginava, que sua extravagância e consequente infortúnio a tinham obrigado a dispor dela por alguma necessidade urgente. Finalmente, contudo, e depois de seis meses que eu já estava na Inglaterra, consegui encontrá-la. A consideração que eu tinha por um antigo criado meu, que havia caído em desgraça, levou-me a visitá-lo numa prisão, onde estava confinado por dívidas; e lá, na mesma prisão, sob semelhante confinamento, estava minha infeliz cunhada. Tão mudada – tão decaída – gasta por agudo sofrimento de toda espécie! Mal pude acreditar que aquela melancólica e doentia figura à minha frente fosse o que restava daquela moça bonita, exuberante e saudável, que, no passado, tanto atraíra. O que sofri ao contemplá-la – mas não tenho o direito de ferir seus sentimentos tentando descrevê-lo – já a magoei por demais. Que ela estivesse, pela aparência, no último estágio de uma doença incurável era – sim, em tal situação, era meu maior alívio. A vida nada mais podia fazer por ela além de dar-lhe tempo para uma melhor preparação para a morte; e isso lhe foi concedido. Empenhei-me para que lhe dessem acomodações condizentes e sob os cuidados de assistentes apropriados; visitei-a todos os dias durante o resto de sua curta vida; estive a seu lado em seus últimos momentos."

Parou novamente para recobrar-se; e Elinor expressou seus sentimentos numa exclamação de terna preocupação diante do destino de seu infortunado amigo.

"Espero que sua irmã não se ofenda," disse ele, "pela semelhança que imaginei existir entre ela e minha pobre desafortunada parenta. Seus destinos, suas sortes não podem ser os mesmos; e, se o natural e meigo temperamento de uma tivesse sido protegido por uma mente mais firme, ou por um casamento mais feliz, ela poderia ter sido tudo aquilo que você viverá para ver a outra ser. Mas a que leva tudo isso? Parece que a perturbei por nada. Ah! Senhorita Dashwood – um assunto como este – intocado durante 14 anos – é perigoso trazê-lo à tona! Serei mais comedido – mais conciso. Ela deixou a meus cuidados sua única filha, fruto de sua primeira ligação pecaminosa, que então tinha cerca de três anos. Amava a criança e sempre a manteve consigo. Era um valioso, um precioso encargo para mim; e de bom grado teria me desincumbido dele, no mais estrito sentido do termo, velando eu próprio por sua educação, se minha situação o tivesse permitido; mas eu não tinha família, não tinha um lar; e minha pequena Eliza, portanto, foi colocada como interna numa escola. Ia vê-la sempre que podia; e, depois da morte de meu irmão (que ocorreu cerca de cinco anos atrás e que me deixou de posse da propriedade da família), ela me visitava com frequência em

Delaford. Dizia que era uma parenta distante; mas estou ciente de que em geral suspeitavam de um grau de parentesco bem mais próximo com ela. Faz agora de três anos (ela havia apenas completado 14 anos), retirei-a da escola para colocá-la sob os cuidados de uma respeitável senhora, residente em Dorsetshire, que estava encarregada da educação de quatro ou cinco outras meninas da mesma idade; e durante dois anos tive todas as razões para estar satisfeito com sua situação. Mas em fevereiro último, quase um ano atrás, ela de repente desapareceu. Eu lhe havia permitido (imprudentemente, como se constatou mais tarde), por seu insistente desejo, a ir a Bath com uma de suas jovens amigas, que lá estava cuidando da saúde do pai. Eu o conhecia, era um homem muito bom, e eu tinha boa impressão da filha – mais do que ela merecia; pois, com o mais obstinado e irresponsável silêncio, nada disse, não deu o menor indício, embora certamente soubesse de tudo. O pai dela, homem bem-intencionado mas nada perspicaz, não podia realmente, creio, dar qualquer informação; pois tinha geralmente permanecido confinado em casa, enquanto as meninas vagueavam pela cidade, travando conhecimento com toda espécie de gente; e tentou convencer-me, como ele próprio estava inteiramente convencido, de que a filha não estava em absoluto envolvida no assunto. Em resumo, nada consegui saber a não ser que havia fugido; todo o resto, durante oito longos meses, ficou no terreno das conjecturas. Pode imaginar o que pensei, o que temi; e também o que sofri."

"Deus do céu!" exclamou Elinor, "teria sido – seria Willoughby!..."

"As primeiras notícias que tive dela," continuou ele, "chegaram-me por uma carta dela própria, em outubro passado. Fora enviada de Delaford e a recebia naquela exata manhã de nosso passeio combinado a Whitwell; e essa foi a razão de minha partida tão repentina de Barton, que estou certo de que, naquela altura,todos estranharam e que, acredito, alguns até se ofenderam. Nem sequer podia o senhor Willoughby imaginar, suponho, quando seus olhares me censuraram por minha indelicadeza em haver frustrado o passeio, porque eu havia sido chamado para assistir alguém que ele havia tornado pobre e infeliz; mas se ele o *tivesse* sabido, de que adiantaria? Teria ficado menos alegre e feliz diante dos sorrisos de sua irmã? Não, já havia feito o que nenhum homem de algum sentimento para com o outro poderia fazer. Havia abandonado a menina, cuja juventude e inocência havia seduzido, numa situação de extremo embaraço, sem casa digna, sem auxílio, sem amigos, ignorando onde ele residia! Ele a havia abandonado, prometendo voltar; nem voltou nem escreveu nem a socorreu."

"Isso ultrapassa até o inimaginável!" exclamou Elinor.

"Aí está, pois, seu caráter – gastador, libertino e pior que isso. Sabendo de tudo, como eu o sabia há muitas semanas, imagine o que devia sentir ao ver sua irmã tão apaixonada por ele, e na certeza de que iria casar-se com ele; imagine o que devia sentir por causa de vocês. Quando vim visitá-las na semana passada e as encontrei sozinhas, vim decidido a saber a verdade; embora ainda irresoluto quanto ao que fazer após isso. Minha conduta deve ter parecido estranha para vocês então; mas agora pode compreender. Sofria por vê-las tão enganadas, por ver sua irmã – mas que podia fazer? Não tinha esperanças de interferir com êxito; e às vezes pensava que a influência de sua irmã poderia ainda corrigi-lo. Mas agora, depois de tão desonroso procedimento, quem pode dizer quais eram seus desígnios com ela? Fossem quais fossem, no entanto, ela pode agora, e sem dúvida que depois disso o fará, sentir-se gratificada com sua própria condição, se a comparar com a da minha pobre Eliza, quando considerara ignóbil e desesperada situação dessa pobre moça, e se imaginar em seu lugar, com uma afeição por ele tão forte, ainda tão forte quanto a sua própria, e com a mente atormentada pelo remorso, que a deverá acompanhar por toda a vida. Certamente essa comparação deverá ser-lhe útil. Verá que seus sofrimentos nada são: não decorrem de má conduta e não podem ocasionar nenhuma desgraça. Pelo contrário, cada amigo se tornará ainda mais amigo.

A preocupação com sua infelicidade e o respeito por sua força de vontade fortalecerão todas as amizades. Use toda a sua discrição, contudo, ao comunicar-lhe o que lhe contei. Deve saber melhor do que eu os efeitos sobre ela; mas se não acreditasse seriamente e do fundo de meu coração que isso lhe seria útil, que poderia diminuir seus desgostos, não me teria preocupado em incomodá-la com este relato de minhas aflições familiares – com uma narrativa que parece ter por finalidade elevar-me à custa dos outros. Os agradecimentos de Elinor seguiram-se a essa conversa com a mais grata sinceridade; e foram recebidos também com a certeza de que seriam de proveito material para Marianne, depois que ela lhe comunicasse o que havia acontecido.

"Senti mais," disse Elinor, "pelos esforços dela em inocentá-lo do que por todo o resto; pois isso estimula mais sua mente do que a mais perfeita convicção da indignidade dele. Agora, ainda que de início tenha que sofrer muito, estou certa de que logo haverá de melhorar. Chegou a ver novamente," continuou ela, depois de breve silêncio, "o senhor Willoughby depois que deixou Barton?"

"Sim," replicou ele, gravemente, "uma vez. Um encontro era inevitável."

Elinor, assustada com suas maneiras, olhou para ele ansiosamente, dizendo:

"O quê? Encontrou-o para..."

"Não podia encontrá-lo de outro modo. Eliza me havia revelado, embora com a maior relutância, o nome de seu amante; e quando ele retornou à cidade, que ocorreu uns quinze dias depois de minha chegada, marcamos um encontro; ele para defender sua honra, eu para punir sua conduta. Saímos sem ferimentos e por isso o duelo nunca teve repercussão."

Elinor suspirou e fantasiou sobre a necessidade disso; mas a um homem e soldado pressupôs que nada devia censurar.

"Tal foi," disse o coronel Brandon, depois de uma pausa, "a infeliz semelhança entre o destino da mãe e da filha; e tão imperfeitamente eu me desincumbi de minha obrigação."

"Ela está ainda na cidade?"

"Não; tão logo se recuperou do parto, pois a encontrei prestes a dar à luz, eu as transferi, ela e a criança, para o interior, onde está no momento."

Lembrando-se, logo depois, de que estivesse provavelmente separando Elinor da irmã, encerrou a visita, recebendo dela novamente os mesmos agradecimentos e deixando-a cheia de compaixão e estima por ele.

## ≈ CAPÍTULO 32 ≈

Quando os pormenores dessa conversa foram repetidos pela senhorita Dashwood à irmã, pois foram transmitidos logo a seguir, o efeito que exerceram sobre ela não foram tais como a primeira imaginara. Não que Marianne parecesse desconfiar da veracidade deles, pois ouviu tudo com a mais firme e submissa atenção, sem fazer objeção ou observação, sem tentar justificar Willoughby, e parecia demonstrar pelas lágrimas que achava impossível fazê-lo. Mas, embora esse comportamento desse a Elinor a certeza de ter conseguido inculcar na mente da irmã a convicção da culpa dele e embora visse com satisfação o efeito disso, pois ela não evitava mais a presença do coronel Brandon quando este as visitava, conversando com ele, conversando até mesmo voluntariamente, com uma espécie de compadecido respeito, e embora seu humor fosse menos violentamente irritadiço que antes, ela não conseguia vê-la menos angustiada. Seu espírito se acalmou, mas acalmou-se num triste abatimento. Sentiu a falta de caráter de Willoughby mais fortemente do que havia sentido a perda de seu coração. A sedição e o abandono a senhorita Williams, o miserável estado da pobre menina e a dúvida sobre quais poderiam ser os desígnios dele em relação a ela, tudo isso desgastava de tal modo seu espírito, que ela não via condições de falar do que sentia nem mesmo a Elinor; e,meditando sobre suas mágoas em silêncio, dava mais aflição à irmã do que poderia ser transmitido pela mais aberta e frequente confissão delas.

Expressar os sentimentos ou a linguagem da senhora Dashwood ao receber e responder à carta de Elinor seria tão somente repetir o que as filhas já tinham sentido e dito; um desapontamento pouco menos doloroso que o de Marianne e uma indignação ainda maior que a de Elinor. Longas cartas da parte dela rapidamente sucediam para dizer tudo quanto ela sofria e pensava, para expressar sua ansiosa inquietação por Marianne e para pedir-lhe que suportasse com fortaleza esse infortúnio. Na verdade, pungente devia ser o estado de aflição de Marianne para que a mãe chegasse a falar em fortaleza! Que mortificante e humilhante devia ser a origem desses desgostos, para que *ela* chegasse a aconselhá-la a não perdoar!

Contra o interesse de seu próprio consolo pessoal, a senhora Dashwood tinha decidido que seria melhor para Marianne permanecer, nesse momento, em qualquer outro lugar menos em Barton, onde tudo, nos arredores, lhe traria de volta o passado de uma maneira mais forte e aflitiva, colocando constantemente Willoughby diante dela, da forma como sempre o tinha visto por lá. Recomendou, portanto, às filhas quede modo algum abreviassem a visita à senhora Jennings, cuja duração, embora nunca fosse exatamente fixada, todos presumiam que fosse de cinco ou seis semanas. Uma variedade de ocupações, de objetivos e de companhias, que em Barton eram impossíveis de encontrar, seria ali inevitável e poderia ainda, esperava ela, estimular Marianne, por vezes, a buscar algum interesse para além de si mesma ou até mesmo alguma distração, embora a simples ideia de ambos pudesse ser agora rejeitada por ela.

Quando ao perigo de ver Willoughby novamente, a mãe considerava-a pelo menos igualmente a salvo tanto na cidade como no interior, visto que sua presença devia ser agora evitada por todos aqueles que as consideravam amigas. O destino nunca haveria de fazê-los trilhar o mesmo caminho: a negligência nunca poderia deixá-las expostas a uma surpresa; e a oportunidade seria menos favorecida entre a de Londres do que no isolamento de Barton, onde poderia encontrar-se com ela ao visitar Allenham por ocasião de seu casamento, que a senhora Dashwood de início previa como evento provável e que agora já esperava como certo.

Tinha ainda outra razão para querer que as filhas permanecessem onde estavam; uma carta do enteado lhe comunicava que ele e a mulher estariam na cidade antes da metade de fevereiro, e ela achava justo que elas vissem de vez em quando o irmão.

Marianne tinha prometido seguir a opinião da mãe e por isso submeteu-se a ela sem oposição, embora fosse totalmente diversa da que ela havia querido e esperado, embora a considerasse inteiramente errada, fundamentada em pretextos errôneos; e que, ao solicitar sua permanência em Londres, a privava do único alívio possível para seu desgosto, a simpatia pessoal da mãe, e a condenava a tal convívio social e a tais espetáculos que deviam impedi-la de ter um momento de repouso.

Mas era grande consolo para ela saber que o que lhe trouxera mal traria bem para a irmã; e Elinor, por sua vez, suspeitando que não estaria a seu alcance evitar inteiramente Edward, confortava-se pensando que, embora essa longa permanência fosse colidir contra a sua própria felicidade, era melhor para Marianne do que o retorno imediato a Devonshire.

Seu cuidado em evitar até mesmo que a irmã ouvisse mencionar o nome de Willoughby não foi em vão. Marianne, embora não o soubesse, colheu todos os benefícios, pois nem a senhora Jennings, nem Sir John, nem mesmo a própria senhora Palmer nunca mais falaram dele à sua frente. Elinor queria que a mesma omissão se estendesse a ela própria , mas isso era impossível, e foi obrigada a ouvir, dia após dia, a indignação de todos.

Sir John não conseguia pensar que fosse possível. "Um homem que ele sempre teve boas razões para pensar bem dele! Um rapaz tão afável! Não acreditava que houvesse cavaleiro mais destemido em toda a Inglaterra. Era algo inexplicável. Queria que fosse para os diabos. Nunca mais voltaria a dirigir-lhe uma só palavra, que o encontrasse onde quer que fosse! Não, nem mesmo que estivessem no mesmo abrigo de caçadores em Barton e tivessem de esperar juntos por mais de duas horas. Que grande patife! Enganador de um cão! E da última vez que se encontraram, lhe havia oferecido um dos filhotes da Folly! Isso era o fim do mundo!"

A senhora Palmer, a seu modo, estava igualmente zangada. "Estava decidida a eliminá-lo de seu círculo de amizades imediatamente, e se sentia muito satisfeita por nunca ter realmente chegado a ser amiga dele. Desejava do fundo do coração que Combe Magna não fosse tão perto de Cleveland; mas isso nada significava, pois ficava longe demais para visitar; odiava-o tanto que estava resolvida a nunca mais mencionar seu nome, e havia de dizer a todos que visse, como era um sujeito que não valia nada."

O resto da simpatia da senhora Palmer foi demonstrado ao conseguir todos os pormenores, a seu alcance, do futuro casamento para comunicá-los a Elinor. Em pouco tempo, pôde informar em que oficina estava sendo construída a nova carruagem, que pintor faria o retrato da senhora Willoughby e em que loja o enxoval da senhorita Grey poderia ser visto. O calmo e polido desinteresse da senhora Middleton na ocasião era um feliz alívio para o ânimo de Elinor, oprimido como muitas vezes estava pela clamorosa simpatia dos outros. Era um grande conforto para ela saber que não suscitava interesse em pelo menos *uma* pessoa de seu círculo de amizades; um grande conforto por saber que havia pelo menos *alguém* que podia encontrá-la sem sentir qualquer curiosidade a respeito de pormenores ou qualquer ansiedade quanto à saúde da irmã.

Toda qualificação às vezes depende mais das circunstâncias do momento do que de seu valor real; e,por vezes, ela ficava aborrecida com as manifestações oficiais de pesar daqueles que consideravam a boa educação mais indispensável ao conforto do que a bondade.

A senhora Middleton expressava sua opinião sobre o caso uma vez por dia, ou duas, se o assunto ocorria com muita frequência, dizendo: "É realmente chocante!"E, por meio desse desabafo contínuo, embora delicado, conseguia não somente ver a senhorita Dashwood, de início sem a menor emoção, mas também ver as duas sem uma única palavra sobre o assunto; e assim, mantendo a dignidade de seu próprio sexo e manifestando sua enérgica censura contra o que estava errado no oposto, julgava-se com liberdade para cuidar do interesse de suas próprias reuniões e, portanto, decidida (embora um tanto contra a opinião de Sir John), visto que a senhora Willoughby seria em breve uma mulher de elegância e fortuna, a deixar seu cartão com ela tão logo se casasse.

As indagações delicadas e discretas do coronel Brandon eram sempre bem-vindas à senhorita Dashwood. Ele tinha merecido o privilégio de discorrer com intimidade sobre o desapontamento da irmã, graças ao zelo amigável com que se esforçava em mitigá-lo, e conversavam sempre com a maior confiança. Sua principal recompensa pelo doloroso esforço de revelar tristezas passadas e humilhações presentes estava no piedoso olhar com que Marianne às vezes o observava, e a doçura de sua voz quando ela (embora não ocorresse com frequência) era obrigada ou se obrigava a si mesma a conversar com ele. *Isso* lhe assegurava que sua atitude havia produzido um aumento de benevolência para com ele e isso *dava* a Elinor a esperança de que essa pudesse continuar aumentando daí em diante; mas a senhora Jennings, que nada sabia a esse respeito, que só sabia que o coronel continuava mais grave que nunca, e que não podia nem persuadi-lo a fazer o pedido, nem incumbir-se a si própria de fazê-lo por ele, no fim de dois dias começou a pensar que, em vez de em meados do verão, eles não deviam casar-se senão no final de setembro e, depois de uma semana, que não haveria casamento algum. O bom entendimento entre o coronel e a senhorita Dashwood pareciam indicar que as honras da amoreira, do canal e do caramanchão de teixos passariam para *ela* e a senhora Jennings, por algum tempo, deixou de pensar no senhor Ferrars.

No início de fevereiro, depois de uns 15 dias do recebimento da carta de Willoughby, Elinor teve a penosa incumbência de informar a irmã que ele se havia casado. Tivera o cuidado de ser ela própria a transmitir-lhe a notícia, logo que soube que a cerimônia havia terminado, pois era seu desejo que Marianne não recebesse a primeira notícia do fato pelos jornais, que ela a viu examinando ansiosamente todas as manhãs.

Ela recebeu a notícia com uma compostura sobranceira; não teceu qualquer observação e, de início, não derramou uma lágrima; mas depois de pouco tempo, elas jorraram e, pelo resto do dia, ficou num estado dificilmente menos lastimável do que quando soube que o evento se realizaria. Os Willoughby deixaram a cidade logo depois do casamento; e Elinor, agora que não havia mais o perigo de encontrar-se com eles, esperava persuadir a irmã, que ainda não havia deixado a casa depois do golpe que sofrera, a tornar a sair aos poucos, como fazia antes.

Nesse meio tempo, as duas senhoritas Steele, que haviam chegado fazia pouco à casa do primo em Balrtlett's Buildings, em Holborn, apresentaram-se novamente diante de suas relações mais importantes da Conduit e Berkeley Street; e foram saudadas por elas com grande cordialidade.

Somente Elinor estava triste em vê-las. A presença delas sempre lhe causava angústia, e mal soube expressar cortês agradecimento à exuberante alegria de por encontrá-la *ainda* na cidade.

"Teria ficado bastante desapontada se não a tivesse encontrado ainda aqui," disse ela repetidas vezes, com acentuada ênfase nas palavras. "Mas sempre pensei que a *encontraria*. Estava quase certa de que não deixaria Londres tão cedo, embora me tivesse dito em Barton que não ficaria aqui mais de um mês. Mas já naquela época pensava que mudaria de ideia em seu devido tempo. Teria sido uma pena realmente se tivessem partido antes que seu irmão e cunhada chegassem. E agora decerto não terão *pressa* alguma em partir. Estou imensamente satisfeita por não terem mantido *sua palavra*."

Elinor compreendeu-a perfeitamente e foi forçada a usar todo o seu autocontrole para dar a impressão que *não*.

"Então, minha querida," disse a senhora Jennings, "como fizeram a viagem?"

"Não foi com a diligência comum, asseguro-lhe," replicou a senhorita Steele, com repentina exultação; "fizemos todo o percurso pela diligência postal e tivemos a companhia de um jovem elegante. O Dr. Davies estava vindo à cidade e pensamos em viajar junto com ele nessa carruagem; e ele foi muito gentil, e pagou dez ou doze xelins mais do que nós."

"Oh! oh!" exclamou a senhora Jennings; "bem interessante, realmente! E o doutor é solteiro, eu lhe garanto."

"Pois é," disse a senhorita Steele, sorrindo de modo afetado, "todos andam brincando comigo por causa do doutor,e não consigo saber por quê. Meus primos andam dizendo que acabo de fazer uma conquista; mas, de minha parte, afirmo que nunca penso nele sob esse prisma. 'Ora, pois! Aí vem seu pretendente, Nancy,' disse minha prima outro dia, ao vê-lo atravessando a rua em direção à casa. Meu pretendente! disse eu – não posso atinar a quem se refere. O doutor não é nenhum pretendente meu."

"Ah! Ah! É uma bela conversa – mas não funciona – o doutor é realmente o homem, tenho certeza."

"Não, garanto!" replicou a prima, com afetada seriedade, "e peço que o desmintam, se ouvirem falar a respeito."

A senhora Jennings deu-lhe imediatamente a gratificante certeza de que ela seguramente *não* o faria, e a senhorita Steele ficou totalmente feliz.

"Suponho que vocês vão ficar com seu irmão e cunhada, senhorita Dashwood, quando chegarem à cidade," disse Lucy, voltando à carga depois de cessadas as insinuações hostis.

"Não, acho que não."

"Oh! E eu continuo afirmando que sim."

Elinor não lhe daria o prazer de continuar a contradizê-la.

"É realmente estranho que a senhora Dashwood possa ficar sem as duas por tanto tempo!"

"Tanto tempo!" interpôs a senhora Jennings. "Por que, se a visita delas mal começou?!"

Lucy ficou em silêncio.

"Sinto muito não podermos ver sua irmã, senhorita Dashwood," disse a senhorita Steele. "Sinto realmente por não estar passando bem;" pois Marianne havia deixado a sala com a chegada delas.

"Bondade sua. Minha irmã ficará igualmente sentida por não ter o prazer de vê-las; mas ultimamente ela tem sido importunada por intensas dores de cabeça que a deixam sem condições de ficar em companhia ou até de conversar."

"Oh! Querida, é uma pena! Mas para velhas amigas como Lucy e eu! – acho que ela poderia *nos* ver; e tenha a certeza de que não iríamos dizer uma palavra sequer."

Elinor, com toda a cortesia, declinou da proposta. A irmã talvez estivesse deitada ou em trajes de dormir e, portanto, impossibilitada de vir até elas.

"Oh! Se for só isso," exclamou a senhorita Steele, "podemos subir para vê-*la*."

Elinor começou a julgar essa impertinência demasiada para seu temperamento; mas foi poupada do incômodo de detê-la pela incisiva recriminação de Lucy, que agora, como em muitas ocasiões, embora não tenha conferido mais suavidade às maneiras de uma irmã, teve o efeito de controlar as da outra.

## ≈ CAPÍTULO 33 ≈

Depois de alguma oposição, Marianne acedeu às súplicas da irmã e consentiu em sair uma manhã, por meia hora, com ela e com a senhora Jennings. Pôs expressamente, contudo, a condição de não fazer visitas e que ela se limitaria a acompanhá-las ao Gray's, na Sackville Street, onde Elinor estava em negociação para a troca de algumas joias antigas da mãe.

Quando pararam na porta, a senhora Jennings lembrou-se de que havia uma senhora no outro extremo da rua a quem devia visitar; e, como não tivesse negócios no Gray's, foi decidido que, enquanto suas jovens amigas tratassem de seu assunto, ela faria sua visita e se encontraria com elas depois.

Ao subir as escadas da loja, as senhoritas Dashwood encontraram tantas pessoas na sala, que não havia uma só pessoa disponível para atendê-las; e foram obrigadas a esperar. Tudo o que podiam fazer era sentar-se perto da do extremo do balcão que parecia prometer-lhes atendimento mais rápido; só um cavalheiro estava lá e provavelmente Elinor esperava que ele, por cortesia, tentasse se despachar mais depressa. Mas a correção de seu olhar e a delicadeza de seu gosto provaram não condizer com sua polidez. Esta encomendando um paliteiro; e até que o tamanho, o formato e os ornamentos não ficaram determinados, os quais, depois de ter examinado, por um quarto de hora, todos os outros paliteiros existentes na loja e ter opinado sobre eles, foram finalmente adequados à sua própria inventiva fantasia, não se dignou dar a menor atenção às duas senhoras além de fitá-las com três ou quatro olhares demorados; o tipo de atenção que serviu para deixar a Elinor a impressão de uma pessoa e face de forte, natural e legítima insignificância, embora vestida ao rigor da moda.

Marianne poupou-se dos perturbadores sentimentos de desprezo e ressentimento, diante desse impertinente exame que o cavalheiro de suas formas e da presunção de seu modo de definir os horrores de todos os paliteiros apresentados à sua inspeção, permanecendo alheia a tudo isso; pois estava tão acostumada a concentrar-se em seus pensamentos e a ignorar o que se passava a seu redor na loja do senhor Gray, como se estivesse em seu próprio quarto.

Por fim, o assunto foi resolvido. O marfim, o ouro e as pérolas, tudo foi selecionado a contento; e o cavalheiro, tendo fixado o último dia em que sua vida podia passar sem a posse do paliteiro, calçou as luvas com vagaroso cuidado e, lançando mais um olhar às senhoritas Dashwood, mas um olhar que mais parecia implorar que exprimir admiração, saiu com um ar feliz de transparente vaidade e afetada indiferença.

Elinor não perdeu tempo em tratar de seus negócios, e já estava a ponto de concluí-los, quando outro cavalheiro se apresentou a seu lado. Voltou os olhos para ele e percebeu com surpresa que era seu irmão.

Sua afeição e prazer ao encontrar-se foram suficientes para dar respeitável animação à loja do senhor Gray. John Dashwood estava realmente longe de mostrar-se triste por rever as irmãs;isso as deixou cheias de satisfação; e suas perguntas sobre a madrasta foram respeitosas e sinceras.

Elinor soube que ele e Fanny já estavam na cidade há dois dias.

"Quis muito visitá-las ontem," disse, "mas foi impossível, pois fomos obrigados a levar Harry para ver os animais selvagens em Exeter Exchange; e passamos o resto do dia com a senhora Ferrars. Harry ficou deveras contente. Esta manhã também pretendia visitá-las,se tivesse conseguido encontrar meia hora disponível, mas temos sempre muito que fazer ao vir à cidade. Passei aqui para encomendar um sinete para Fanny. Mas acho que amanhã certamente conseguirei ir até Berkeley Street e espero ser apresentado à sua amiga, senhora Jennings. Soube que é pessoa de razoável fortuna. E os Middleton também, vocês podem me apresentar a eles. Como pessoas das relações de minha madrasta, gostaria de apresentar-lhes meus respeitos. Ouvi dizer que são excelentes vizinhos seus em Barton."

"É verdade, excelentes. A atenção deles por nosso conforto,sua amizade sob todos os aspectos são muito mais do que posso expressar."

"Fico extremamente satisfeito em ouvir isso, palavra; extremamente satisfeito de verdade. Mas assim é que deve ser; são pessoas de grande fortuna; são parentes seus; toda a gentileza e favores que possam servir para tornar sua situação agradável seriam normalmente de se esperar. Sei que estão instaladas confortavelmente em seu pequeno chalé e não precisam de nada!

Edward nos deu uma encantadora descrição do lugar: a coisa mais aconchegante em seu gênero, ele disse, e parece que vocês gostam muito desse ambiente. Posso assegurar-lhes que foi para nós uma grande satisfação saber disso."

Elinor sentiu-se um pouco envergonhada pelo irmão; e não lamentou ter sido poupada da necessidade de uma resposta pela chegada do criado da senhora Jennings, que lhe veio dizer que a senhora as esperava à porta.

O senhor Dashwood acompanhou-as até a rua, foi apresentado à senhora Jennings à porta de sua carruagem e, repetindo que esperava poder visitá-las no dia seguinte, despediu-se.

A visita ocorreu pontualmente. Ele chegou com um pretenso pedido de desculpas da cunhada por não ter podido acompanhá-lo: "pois ela estava tão comprometida com a mãe, que não tinha realmente tempo livre para ir a qualquer lugar". A senhora Jennings, contudo, assegurou-lhe que não era necessário proceder com cerimônia, visto que eram todas primas, ou algo parecido, e certamente estaria à espera da visita da senhora John Dashwood para breve e traria suas irmãs para vê-la. Os modos dele para com *elas,* embora calmos, eram perfeitamente afáveis; para com a senhora Jennings, atentamente gentis; e para o coronel Brandon, que entrou pouco depois dele, olhou-o com uma curiosidade que parecia dizer que só queria saber se era rico, para ser igualmente cortês com *ele.*

Depois de permanecer meia hora com elas, pediu a Elinor que o acompanhasse a Conduit Street e o apresentasse a Sir John e à senhora Middleton. O tempo estava consideravelmente bom e ela prontamente concordou. Logo que estavam fora de casa, suas indagações começaram:

"Quem é o coronel Brandon? É homem de fortuna?"

"Sim; tem uma boa propriedade em Dorsetshire."

"Fico contente em sabê-lo. Parece um cavalheiro de ótima presença; e acho, Elinor, que posso felicitá-la pela perspectiva de uma respeitável posição na vida."

"Eu, meu irmão! O que quer dizer com isso?"

"Ele gosta de você. Observei-o minuciosamente e estou convencido disso. Qual o montante de sua fortuna?"

"Creio que cerca de duas mil libras por ano."

"Duas mil libras por ano!" e então, buscando alcançar um nível de entusiástica generosidade, acrescentou: "Elinor, desejaria, de todo o meu coração, que fosse *duas* vezes mais que isso, para seu bem."

"Na verdade, acredito em você," replicou Elinor; "mas estou bem certa de que o coronel Brandon não tem a menor vontade de casar-se *comigo*."

"Você está enganada, Elinor; está muito enganada. Com muito pouco esforço de sua parte poderá amarrá-lo. Talvez, precisamente agora, esteja indeciso; a insignificância de sua fortuna pode fazer com que ele se esquive; os amigos dele podem adverti-lo a esse respeito. Mas, com algumas daquelas pequenas atenções e estímulos que as senhoras podem tão facilmente dar, haverá de ceder, mesmo contra a sua vontade. E não há razão para que você não concorra para isso. Não é de se supor que qualquer afeição anterior que você tivesse – em resumo, sabe que uma afeição dessa espécie está fora de questão porque as objeções são intransponíveis – você é muito sensata para não ver tudo isso. O coronel Brandon deve ser o homem; e não faltará gesto de cordialidade de minha parte para fazer com que ele se sinta satisfeito com você e sua família. É um casamento que deve trazer satisfação para todos. Em resumo, é uma espécie de coisa que," baixando a voz para um importante sussurro, "será extremamente bem-vinda para *ambas as partes*."Tentando, contudo, lembrar-se, acrescentou: "Ou seja, quero dizer – seus amigos estão todos verdadeiramente ansiosos por vê-la bem instalada; particularmente Fanny, pois se interessa por você de coração, asseguro-lhe. E a mãe dela também, a senhora Ferrars, mulher realmente benévola, e tenho certeza de que isso lhe daria o maior prazer; assim me falou outro dia."

Elinor não se dignou a dar-lhe qualquer resposta.

"Seria uma coisa notável, agora," continuou ele, "algo muito engraçado, se Fanny tivesse um irmão, e eu, uma irmã casados ao mesmo tempo. E olhe que não deixa de ser improvável."

"O senhor Edward Ferrars," perguntou Elinor, resoluta, "está para casar-se?"

"Não está realmente marcado, mas há um alvoroço em torno disso. Ele tem uma mãe extraordinária. A senhora Ferrars, com extremada liberalidade,se adiantará e colocará nas mãos dele mil libras por ano, se o casamento se realizar. A jovem é a senhorita Morton, filha única do falecido Lorde Morton, que tem uma renda de trinta mil libras. Uma união altamente desejável de ambas as partes, e não tenho dúvidas de que terá lugar a seu tempo. Mil libras por ano é uma boa soma para uma mãe doar sem problemas; mas a senhora Ferrars tem um espírito magnânimo. Para lhe dar outro exemplo de sua liberalidade: – outro dia, quando estávamos prontos para via à cidade, ciente de que não contávamos com muito dinheiro nesse momento, pôs cédulas na mão de Fanny no valor de duzentas libras. E foi altamente oportuno para nós, porquanto teremos de enfrentar grandes despesas enquanto estivermos aqui."

Fez uma pausa, à espera de seu assentimento e compaixão; ela se esforçou para dizer:

"Suas despesas, tanto na cidade como no interior, certamente devem ser consideráveis; mas sua renda é também grande."

"Não tão grande, ouso dizer, como muitos supõem. Não é que me possa queixar, no entanto; indubitavelmente é uma renda significativa e espero que, com o tempo, aumente ainda mais. O muro de Norland Common, agora em construção,representa um gasto muito grande. Além disso, fiz uma pequena compra nesse meio de ano; a fazenda de East Kingham, você deve lembrar-se do lugar, onde vivia o velho Gibson. A terra, imediatamente contígua com minha propriedade, despertava tanto em mim o desejo de tê-la, sob todos os aspectos, que me senti na obrigação de comprá-la. Não poderia viver em paz com minha consciência se a deixasse cair em mãos de terceiros. Às vezes temos que pagar caro por nossas conveniências; e me custou uma grande soma de dinheiro."

"Mais do que considera real e intrinsecamente seu valor?"

"Bem, espero que não. Poderia tê-la vendido no dia seguinte

por mais do que dei: mas, no tocante ao dinheiro da aquisição, poderia ter-me dado muito mal; pois as ações estavam, na época, tão baixas que, se não tivesse no banco a quantia necessária, deveria ter liquidado essas ações com grande perda."

Elinor só pôde sorrir.

"Tivemos outras grandes e inevitáveis despesas também, logo que chegamos a Norland. Nosso respeitável pai, como bem sabe, legou todos os bens de Stanhill que ficavam em Norland (e eram muito valiosos) à sua mãe. Longe de mim queixar-me por ter feito isso; ele tinha o direito inquestionável de dispor do que lhe pertencia como bem lhe aprouvesse. Mas, em consequência disso, fomos obrigados a fazer grandes compras de roupa de cama, louça, etc. para substituir o que fora levado. Pode imaginar, depois de todas essas despesas, o quanto estamos longe de ser ricos, e quanto foi oportuna a generosidade da senhora Ferrars.

"Certamente," disse Elinor; "e assistidos por sua liberalidade, espero que ainda possam viver em circunstâncias bem confortáveis."

"Mais um ano ou dois, podem nos encaminhar a isso," replicou ele, gravemente, "mas por ora há muito que fazer. Não há uma única pedra assentada para a construção da estufa de Fanny, e nada a não ser o projeto para nosso jardim."

"Onde vai ser a estufa?"

"Na elevação atrás da casa. Vamos derrubar as velhas nogueiras para dar lugar a ela. Será uma bela construção, visível de muitas partes do parque; e o jardim começará na frente dela e se estenderá encosta abaixo: será extremamente lindo. Já arrancamos todos os velhos espinheiros que cresciam em moitas pelas beiradas."

Elinor guardou sua preocupação e sua censura para si própria; e sentiu-se muito grata de Marianne não estar presente para compartilhar da provocação.

Tendo já dito o bastante para deixar evidente sua pobreza e para se livrar da necessidade de comprar um par brincos para cada uma das irmãs, em sua próxima visita ao Gray's, seus pensamentos tomaram um rumo mais alegre, e ele começou a dar os parabéns a Elinor por ter uma amiga tão simpática como a senhora Jennings.

"Ela parece, na verdade, uma pessoa muito rica. Sua casa, seu estilo de vida, tudo evidencia uma renda excelente; e é uma amizade que não só lhes tem sido de grande proveito até agora, mas que, no futuro, poderá ser materialmente vantajosa. O convite que ela lhes fez para que viessem à cidade já é certamente uma grande coisa em favor de vocês; e, na verdade, isso demonstra uma tão grande consideração por vocês que, com toda a probabilidade, quando ela morrer, não ficarão esquecidas. Ela deve ter muito o que deixar."

"Absolutamente nada, prefiro supor; pois ela tem o usufruto dos bens, que deverão passar a suas filhas."

"Mas não se pode imaginar que gaste todos os seus rendimentos. Poucas pessoas de bom senso fariam *isso*; e tudo o que ela economizar poderá dispor livremente."

"E não acha mais provável que ela o deixe para as filhas e não para nós?"

"As filhas estão ambas muito bem casadas; e por isso não posso ver a necessidade de gratificá-las ainda mais. Ao passo que, em minha opinião, por ser tão solícita com vocês e tratando-as dessa maneira, conferiu-lhes uma espécie de direito em sua futura tomada de posição, que uma senhora conscienciosa não iria desconsiderar. Nada pode ser mais benévolo que seu comportamento; e dificilmente poderia fazer tudo isso sem estar ciente da expectativa que ela desperta."

"Mas ela não desperta nenhuma sob esse estrito aspecto. Francamente, meu irmão, sua ansiedade por nosso bem-estar e nossa prosperidade o leva longe demais."

"Porque, seguramente," disse ele, parecendo lembrar-se de algo, "as pessoas têm pouco, muito pouco em seu poder. Mas, minha cara Elinor, que está acontecendo com Marianne? – Ela parece muito mal, perdeu as cores e emagreceu bastante. Está doente?"

"Não se sente bem; foi acometida de uma crise nervosa por várias semanas."

"Lamento muito. Na idade dela, qualquer pequena doença destrói a beleza para sempre. A dela foi muito breve! Era uma moça muito linda em setembro passado, como nunca havia visto outra igual, – capaz de atrair os homens. Havia algo em seu tipo de beleza que lhes agradava de modo particular. Lembro-me de que Fanny costumava dizer que ela havia de casar-se antes e melhor que você; nada contra, pois Fanny gosta demais de você, mas era o que lhe dava a impressão. Deverá enganar-se, no entanto. Pergunto-me se Marianne, agora, conseguiria casar-se com um homem de mais de quinhentas ou seiscentas libras de renda anual no máximo, ao passo que ficaria decepcionado se *você* não conseguisse muito mais. Dorsetshire! Conheço Dorsertshire muito pouco; mas, querida Elinor, ficaria extraordinariamente feliz se pudesse conhecer melhor o lugar; e acho que posso garantir-lhe que deverá ter Fanny e eu entre seus primeiros e mais felizes visitantes."

Elinor tentou seriamente convencê-lo de que não havia qualquer probabilidade de ela vir a casar-se com o coronel Brandon; mas era uma expectativa que dava satisfação demais ao irmão para que pudesse renunciar a ela;e estava realmente decidido a estabelecer relações de amizade com esse cavalheiro e promover o casamento por todos os meios possíveis. Estava bastante arrependido por não ter feito nada por suas irmãs, e por isso estava extremamente ansioso que outros poderiam fazer muito;e uma proposta de casamento do coronel Brandon ou um legado da parte da senhora Jennings eram os meios mais fáceis de atenuar sua própria negligência.

Tiveram bastante sorte de encontrar a senhora Middleton em casa e Sir John chegou antes que a visita terminasse. Houve um excesso de gentilezas de ambos os lados. Sir John estava sempre pronto a gostar de todos; e, embora o senhor Dashwood não parecesse entender muito de cavalos, logo o classificou como um rapaz afável, enquanto a senhora Middleton o achou bastante elegante em sua aparência para ser digno de tornar-se seu amigo; e o senhor Dashwood foi embora encantado com os dois.

"Tenho um relato encantador para levar a Fanny," disse ele, ao voltar com a irmã. "A senhora Middleton é realmente uma senhora muito elegante! Uma mulher que, tenho certeza, Fanny gostará de conhecer. E a senhora Jennings também, uma mulher sobremaneira educada, embora não tão elegante quanto a filha. Sua cunhada não precisa ter escrúpulos em visitá-la, o que, para dizer a verdade, era um pouco o caso, e com muita razão; pois só sabíamos que a senhora Jennings era a viúva de um homem que tinha ganho todo o seu dinheiro de maneira escusa; e Fanny e a senhora Ferrars estavam ambas fortemente convencidas de que nem ela nem as filhas eram pessoas com quem Fanny gostaria de se dar. Mas agora posso levar-lhe as mais satisfatórias informações sobre ambas."

## ≈ CAPÍTULO 34 ≈

A senhora John Dashwood tinha tanta confiança no julgamento do marido que logo no dia seguinte foi visitar a senhora Jennings e sua filha; e essa confiança foi inteiramente confirmada ao achar que mesmo a primeira, a senhora em cuja casa suas cunhadas estavam hospedadas, era digna de sua consideração; e quanto à senhora Middleton, julgou-a uma das mulheres mais encantadoras deste mundo!

A senhora Middleton estava igualmente encantada com a senhora Dashwood. Havia uma espécie de frio egoísmo de ambas as partes, que as atraía mutuamente; e simpatizaram uma com a outra graças a uma insipida convenção de boas maneiras e à falta geral de conhecimento.

As mesmas boas maneiras, contudo, que recomendavam a senhora John Dashwood no bom conceito da senhora Middleton não se adaptavam ao gosto da senhora Jennings, e para *ela* a senhora John Dashwood nada mais era que uma mulherzinha orgulhosa, de atitudes nada cordiais, que cumprimentou as cunhadas sem a menor afeição,e quase sem nada a lhes dizer; pois, dos 15 minutos passados na Berkeley Street, permaneceu pelo menos sete e meio deles em silêncio.

Elinor queria muito saber, embora não se arriscasse a perguntar-lhe, se Edward estava na cidade; mas nada induziria Fanny a mencionar voluntariamente o nome dele diante dela, até o momento que pudesse lhe dizer que seu casamento com a senhorita Morton já estava marcado, ou até que as expectativas de seu marido quanto ao coronel Brandon fossem confirmadas; porque os julgava ainda muito atraídos um pelo outro, que não podiam ser diligentemente separados por palavras e atos em todas as ocasiões. A informação, porém, que *ela* não daria logo,- surgiu de outra fonte. Lucy veio, pouco depois, queixar-se com Elinor por não ter conseguido ver Edward, embora tivesse chegado à cidade com o senhor e a senhora Dashwood. Ele não se atrevia a vir a Bartlett's Buildings com receio de ser descoberto; e, embora sua mútua impaciência em encontrar-se fosse indizível, nada mais podiam fazer por ora senão corresponder-se.

O próprio Edward deu-lhes certeza de que ele estava na cidade, pois, em pouco tempo, foi procurá-las por duas vezes na Berkeley Street. Duas vezes encontraram seu cartão sobre a mesa, ao regressar de seus compromissos da manhã. Elinor estava satisfeita de que ele as tivesse procurado; e mais satisfeita ainda por não tê-lo encontrado.

Os Dashwood estavam tão prodigiosamente encantados com os Middleton que, embora não tivessem o hábito de dar alguma coisa, decidiram dar-lhes – um jantar; e logo depois de travarem conhecimento, convidaram-nos para jantar em Harley Street, onde haviam alugado uma bela casa por três meses. Suas irmãs e a senhora Jennings foram igualmente convidadas; e John Dashwood teve o cuidado de assegurar a presença do coronel Brandon que, sempre contente de estar onde as senhoritas Dashwood estivessem, recebeu a insistente cortesia com alguma surpresa, mas com muito mais prazer. Iriam encontrar a senhora Ferrars;mas Elinor não tinha como saber se os filhos dela estariam no encontro. A expectativa de vê-*la*, no entanto, era o suficiente para que se interessasse no convite; pois, embora pudesse agora encontrar a mãe de Edward sem aquela forte ansiedade que tal apresentação antes prometia, embora pudesse agora vê-la com perfeita indiferença à opinião dela a seu respeito, o desejo de estar em companhia da senhora Ferrars, sua curiosidade em saber como ela era, eram tão fortes como sempre.

O interesse com que ela antevia a festa, logo aumentou, de modo mais intenso que agradável, ao ouvir que as senhoritas Steele também estariam presentes.

Tão bem se haviam elas próprias recomendado à senhora Middleton, tão agradáveis as diligências que lhe haviam dispensado que, embora Lucy não fosse certamente elegante, e sua irmã, nem sequer educada, estava pronta, como também Sir John,a pedir para passarem uma semana ou duas na Conduit Street; e foi deveras conveniente para as senhoritas Steele, tão logo souberam do convite dos Dashwood, que a visita começasse poucos dias antes do encontro ser realizado.

Suas tentativas de chamar a atenção da senhora Dashwood, na condição de sobrinhas do cavalheiro que por muitos anos tivera sob os cuidados seu irmão, não deram muito resultado, contudo, para que pudessem conseguir lugares à mesa dela; mas, como hóspedes da senhora Middleton, tinham de ser bem-vindas; e Lucy, que há muito desejava conhecer pessoalmente a família, para observar mais de perto seu caráter e suas próprias dificuldades, e ter uma oportunidade para tentar agradar-lhes, poucas vezes tinha sido mais feliz em sua vida do que ao receber o cartão da senhora John Dashwood.

Em Elinor, o efeito foi muito diferente. Começou imediatamente a pensar que Edward, que vivia com a mãe, teria de ser convidado, como a mãe dele o foi, para um jantar oferecido por sua cunhada; e vê-lo pela primeira vez depois de tudo o que havia acontecido, em companha de Lucy! – Dificilmente sabia como poderia suportá-lo.

Essas apreensões talvez não fossem inteiramente razoáveis, e certamente nem de todo verdadeiras. Foram dissipadas, porém, não por suas próprias recordações, mas pela boa vontade de Lucy, que acreditava estar lhe infligindo um severo desapontamento, quando lhe contou que Edward certamente não estaria na Harley Street na terça-feira; e esperando aumentar seu sofrimento mais ainda, persuadiu-a que seu comparecimento foi cancelado pela extrema afeição por ela e que não conseguia esconder quando estavam juntos.

Chegou finalmente a importante terça-feira em que as duas jovens seriam apresentadas à essa temível sogra.

"Tenha pena de mim, querida senhorita Dashwood!" disse Lucy, enquanto subiam juntas as escadas – pois os Middleton chegaram tão imediatamente depois da senhora Jennings, que todas seguiram o criado ao mesmo tempo. – "Aqui não há ninguém a não ser você que possa sentir por mim. Afirmo que mal posso ficar de pé. Oh! Meu Deus! Daqui a um instante vou ver a pessoa de quem depende toda a minha felicidade – que vai ser minha sogra!"

Elinor podia proporcionar-lhe alívio imediato ao sugerir a possibilidade de que a pessoa que iriam ver se tornasse a sogra da senhorita Morton do que a sua própria; mas, em vez de fazer isso, assegurou-lhe, e com grande sinceridade, que tinha pena dela – para total espanto de Lucy que, embora realmente desconfortável, esperava pelo menos ser objeto de irreprimível inveja para Elinor.

A senhora Ferrars era uma mulher baixa, magra, aprumada, bastante formal em sua aparência, e séria, até mesmo azeda, em seu aspecto. De aparência pálida, suas traços fisionômicos diminutos, sem beleza e naturalmente sem expressão; mas uma feliz contração das sobrancelhas salvava seu semblante da desgraça da insipidez, dando-lhe as fortes características do orgulho e do mau gênio. Não era mulher de muitas palavras; pois, ao contrário das pessoas em geral, ela as proporcionava ao número de suas ideias; e das poucas sílabas que lhe escaparam, nem uma só se destinou à senhorita Dashwood, a quem ela observava com a viva determinação de não gostar dela de forma alguma. Elinor não podia *agora* sentir-se infeliz com esse comportamento. Poucos meses antes a teria ferido profundamente; mas não estava ao alcance da senhora Ferrars magoá-la com isso; e a diferença de tratamento devotado às senhoritas Steele, diferença que parecia propositadamente acentuada para humilhá-la ainda mais, só a divertia. Não podia deixar de sorrir ao ver a afabilidade com que ambas, mãe e filha, se dirigiam exatamente à pessoa – pois Lucy era particularmente distinguida – a quem, dentre todas, se soubessem o que sabia, estariam mais ansiosas por mortificar; enquanto ela própria, que comparativamente não tinha nenhum poder de feri-las, era intencionalmente negligenciada por ambas. Mas enquanto sorria por essa afabilidade tão mal-empregada, não podia refletir sobre a insensatez mesquinha da qual brotava, nem observar as estudadas atenções com as quais as senhoritas Steele cortejavam sua continuidade, sem desprezar inteiramente as quatro.

Lucy estava exultante por ser tão honrosamente distinguida; e a outra senhorita Steele só almejava que brincassem com ela em relação ao Dr. Davies para sentir-se perfeitamente feliz.

O jantar era grandioso, numerosos eram os criados;tudo evidenciava a inclinação da dona da casa para a exibição e a habilidade do marido em patrociná-la. Apesar das melhorias e acréscimos que estavam fazendo na propriedade de Norland e apesar de seu proprietário ter estado, por causa de alguns milhares de libras,a ponto de vender suas ações com prejuízo, nada apresentava qualquer sintoma daquela indigência que ele tentara disso inferir; não havia pobreza de qualquer espécie, exceto na conversa; mas, nesta, a deficiência era considerável. John Dashwood não tinha muito a dizer que valesse a pena ouvir, e sua esposa ainda menos. Mas não havia nenhuma descrédito peculiar nisso, pois era também o caso da maioria de seus convidados que, para mostrar-se agradáveis, quase todos se empenhavam sob uma ou outra destas desqualificações: – falta de senso, tanto natural quanto adquirido – falta de elegância – falta de espírito – ou fata de caráter.

Quando as senhoras se retiraram para a sala de estar depois do jantar, essa pobreza era particularmente evidente, porque os cavalheiros tinham incrementado a conversa com alguma variedade:– abordaram política, divisa das terras, doma de cavalos – mas então tudo acabou; e um único assunto ocupava as senhoras até ser servido o café, ou seja, a comparação entre a altura de Harry Dashwood e de William, segundo filho da senhora Middleton, que eram praticamente da mesma idade.

Se as duas crianças estivessem ali, o assunto poderia ter sido resolvido facilmente tomando a medida de ambas; mas como só Harry estava presente, tudo não passava de conjecturas de ambos os lados; e todos tinham o direito de ter igualmente razão na opinião emitida e repeti-la continuamente, quantas vezes quisessem.

Os grupos se dividiam assim:

As duas mães, embora cada uma estivesse realmente convencida de que o próprio filho era mais alto, polidamente decidiam em favor do outro.

As duas avós, com não menos parcialidade, mas com maior sinceridade, estavam igualmente decididas a defender seu próprio descendente.

Lucy, que se mostrava ansiosa em agradar tanto uma mãe quanto a outra, achava que ambos os meninos eram consideravelmente altos para sua idade e não podia conceber que houvesse a menor diferença deste mundo entre eles; e a senhorita Steele, com maior veemência ainda, logo que pôde, optou em favor da mesma altura para os dois.

Elinor, que já havia dado sua opinião a favor de William, com o que ofendeu ainda mais Fanny e a senhora Ferrars, não viu necessidade de reforçá-la com qualquer ulterior asserção; e Marianne, quando solicitada a dar a sua, ofendeu a todas elas, declarando que não tinha opinião a dar, visto que nunca tinha pensado a respeito.

Antes de sua mudança de Norland, Elinor havia pintado para a cunhada um par de telas de biombo, muito bonitas, que depois de montadas e trazidas para casa, ornamentavam sua atual sala de visitas; e essas telas, cativando o olhar de John Dashwood ao acompanhar os outros cavalheiros para a sala, e de imediato os indicou ao coronel Brandon para que os admirasse.

"Foram pintadas por minha irmã mais velha," disse ele; "e o senhor, como homem de bom gosto, saberá, atrevo-me a dizer, apreciá-las. Não sei se já teve oportunidade de ver outros trabalhos dela, mas a maioria estima que ela desenha extremamente bem.

O coronel, embora negando toda pretensão de ser um conhecedor do assunto, admirou animadamente as telas, como teria feito por qualquer outra coisa pintada pela senhorita Dashwood; e excitando obviamente a curiosidade dos outros, foram indicadas a todos para inspeção geral. A senhora Ferrars, sem saber que eram uma obra de Elinor, pediu de modo particular para observá-las; e depois que receberam o gratificante testemunho de aprovação da senhora Middleton, Fanny apresentou-as à mãe, informando-a atenciosamente ao mesmo tempo que tinham sido feitas por Elinor.

"Hum," disse a senhora Ferrars, "muita bonitas," e, sem olhá-las novamente, devolveu-as à filha.

Talvez Fanny tenha pensado, por um momento, que a mãe tinha sido bastante rude, pois, corando um pouco, disse imediatamente:

"São muito bonitas, mamãe – não acha?" Mas novamente o medo de ter sido polida demais, de ter-se entusiasmado em demasia, provavelmente se abateu sobre ela, pois logo acrescentou:

"Não acha que são um pouco no estilo da senhorita Morton, mamãe? – *Ela* pinta encantadoramente! Como pintou graciosamente bem sua última paisagem!"

"Graciosamente, de fato! Mas *ela faz* tudo muito bem."

Marianne não podia suportar aquilo. Já estava muito descontente com a senhora Ferrars; e esse inoportuno elogio de outra, à custa de Elinor, embora não tivesse qualquer noção do que principalmente estava por trás disso, provocou-a imediatamente a dizer com irritação:

"Esta é uma admiração de todo peculiar! O que é a senhorita Morton para nós? Quem a conhece ou quem se importa com ela? – É a respeito de Elinor que estamos pensando e falando."

E dizendo isso, tomou as telas das mãos da cunhada, para admirá-las como devia ser.

A senhora Ferrars parecia excessivamente furiosa e, levantando-se mais rijamente que nunca, retorquiu com esta amarga invectiva:"A senhorita Morton é a filha de Lorde Morton."

Fanny parecia igualmente zangada e o marido estava aterrorizado com a audácia da irmã. Elinor sentia-se muito mais ferida com a excitação de Marianne do que por aquilo que a havia provocado; mas os olhos do coronel Brandon, que estavam fixos em Marianne, exprimiam que ele notara somente o que havia de amigável na reação, o coração afetuoso que não pudera suportar ver a irmã menosprezada até esse ponto.

Os sentimentos de Marianne não pararam por aqui. A fria insolência do comportamento geral da senhora Ferrars para com sua irmã pareceu-lhe prenunciar tais dificuldades e desgostos para Elinor como seu próprio coração ferido induziu-a a pensar com horror; e, levada por um forte impulso de afetuosa sensibilidade, achegou-se, após um momento, ao lado da cadeira da irmã e, pondo um braço ao redor do pescoço dela, encostou sua face à dela e disse, em voz baixa mas ansiosa:

"Querida, querida Elinor, não se importe com eles. Não permita que *a* façam infeliz."

Não pôde dizer mais nada; seu espírito estava abalado; e, escondendo a face no ombro de Elinor, rompeu em lágrimas. Despertou a atenção de todos, e quase todos eles estavam preocupados. O coronel Brandon levantou-se e foi até elas, sem saber o que fazer. A senhora Jennings, com uma exclamação inteligente, "Ah! Pobrezinha!", imediatamente deu-lhe seu frasco de sais; e Sir John sentiu-se tão desesperadamente enraivecido contra a autora dessa crise nervosa, que instantaneamente mudou de lugar para outro perto de Lucy Steele e, em sussurros, fez-lhe um breve resumo de todo o chocante incidente.

Em poucos minutos, porém, Marianne já se havia recobrado o bastante para pôr fim ao alvoroço, sentou-se entre os demais; embora seu espírito retivesse a impressão do que se havia passado toda a noite.

"Pobre Marianne!", disse o irmão ao coronel Brandon, em voz baixa, tão logo pôde obter sua atenção: "Não goza de boa saúde como a irmã, – é muito nervosa, – não tem a constituição de Elinor; – deve-se admitir que é muito penoso para uma jovem, que já *foi* muito bela, perder seus atrativos pessoais. O senhor talvez não pudesse crer, mas Marianne era notavelmente linda alguns meses atrás; era tão atraente quanto Elinor. Agora, como vê, tudo ruiu."

## ≈ CAPÍTULO 35 ≈

A curiosidade de Elinor em conhecer a senhora Ferrars estava satisfeita. Havia encontrado nela tudo o que tendia a tornar indesejável uma aproximação maior entre as famílias. Havia visto o suficiente de seu orgulho, de sua mesquinhez, de seu incisivo preconceito contra ela própria, para compreender todas as dificuldades que deveriam ter perturbado o compromisso e retardado o casamento dela com Edward, se ele estivesse livre para tanto; e havia visto quase o suficiente para estar agradecida, para seu *próprio* bem, que um obstáculo ainda maior a preservou de sofrer sob qualquer outro filho da senhora Ferrars, a preservou de toda dependência de seus caprichos, ou de toda espécie de solicitudes para obter suas graças. Ou, pelo menos, se não chegou quase a ponto de alegrar-se por Edward estar comprometido com Lucy, tinha a convicção de que, se Lucy fosse mais simpática, *deveria* sentir-se alegre.

Admirava-se de que o moral de Lucy pudesse estar tão elevado com as atenções da senhora Ferrars; de que seu interesse e sua vaidade fossem tão fortes a ponto de cegá-la, fazendo-a crer que as atenções, que pareciam dirigidas a ela somente porque *não* era *Elinor*, parecessem um cumprimento para ela própria, – ou permitir-lhe sentir-se encorajada por uma preferência que só lhe era concedida porque sua real situação era desconhecida. Mas assim era, fato não só evidente nos olhos de Lucy naquela noite, mas afirmado mais abertamente por ela própria na manhã seguinte; pois a senhora Middleton a deixou na Berkeley Street, atendendo a seu desejo particular de ter a oportunidade de encontrar Elinor sozinha para dizer-lhe como se sentia feliz.

A sorte lhe deu essa oportunidade, pois logo após sua chegada, uma mensagem da senhora Palmer levou a senhora Jennings a sair.

"Minha querida amiga," exclamou Lucy, logo que se encontraram sozinhas, "vim para falar de minha felicidade. Pode haver algo mais lisonjeiro do que a maneira como a senhora Ferrars me tratou ontem? Foi extraordinariamente afável! Você bem sabe como eu temia só ao pensar em encontrá-la; mas no exato momento em que lhe fui apresentada, houve tal afabilidade em seu comportamento que realmente parecia que tinha simpatizado inteiramente comigo. Não foi isso mesmo? Você viu tudo; não ficou totalmente impressionada com aquilo?

"Certamente, ela foi muito gentil com você."

"Gentil!– Acha que foi só gentileza?– Eu vi muito, mas muito mais. Quanta amabilidade, compartilhada com ninguém a não ser comigo! – Nenhum orgulho, nenhuma soberba, e sua cunhada igualmente – toda delicadeza e afabilidade!

Elinor queria falar de outra coisa, mas Lucy ainda insistia em confessar que tinha razões para sua felicidade;e Elinor foi obrigada a continuar.

"Sem dúvida, se soubessem do compromisso de vocês," disse ela, "nada poderia ser mais lisonjeiro que o tratamento para com você; – mas como não era o caso..".

"Sabia que você ia dizer isso," replicou Lucy, rapidamente; – "mas não havia qualquer razão para que a senhora Ferrars simulasse gostar de mim; se assim não foi, o fato de ela gostar de mim é tudo. Você não vai me privar de minha satisfação. Tenho a certeza de que tudo acabará bem e de que não haverá dificuldades que eu pensava haver. A senhora Ferrars é uma mulher encantadora, assim como sua cunhada. Ambas são realmente mulheres admiráveis! – Fico admirada por nunca ter-me dito como a senhora Dashwood é agradável!"

A isso, Elinor não tinha resposta a dar, nem tentou alguma.

"Está passando mal, senhorita Dashwood? – Parece abatida – não fala – certamente não está bem."

"Nunca estive melhor de saúde."

"Fico contente com isso, de todo o coração; mas realmente não parece. Sentiria muito se estivesse doente; você, que tem sido o maior conforto que tenho no mundo! – Só Deus sabe o que eu teria feito sem sua amizade."

Elinor tentou dar uma resposta educada, embora duvidando de seu sucesso. Mas pareceu satisfazer Lucy, porque replicou imediatamente:

"Na verdade, estou convencida de sua afeição por mim e, depois do amor de Edward, é o maior conforto que tenho. Pobre Edward! Mas agora há uma coisa boa, poderemos nos encontrar, e encontrar-nos com bastante frequência, pois a senhora Middleton está encantada com a senhora Dashwood, de modo que estaremos bastante tempo na Harley Street, assim penso, e Edward passa metade de seu tempo com a irmã – além disso, a senhora Middleton e a senhora Ferrars vão visitar-se agora; – e a senhora Ferrars e sua cunhada foram ambas tão bondosas em dizer, mais de uma vez, que teriam muito prazer em me ver. São mulheres tão encantadoras! – Estou certa de que, se alguma vez disser à sua cunhada o que penso dela, você não terá palavras mais elogiosas a dirigir-lhe."

Mas Elinor não lhe daria qualquer estímulo para sonhar que dissesse isso à cunhada. Lucy continuou:

"Estou certa de que eu teria percebido num instante, se a senhora Ferrars não gostasse de mim. Se ela me tivesse feito somente uma cortesia formal, por exemplo, sem dizer uma palavra, e nunca me dar a menor atenção, e nunca olhar para mim de forma amável – você sabe o que quero dizer – se eu tivesse sido tratada rudemente, eu teria ficado em desespero total. Não o teria suportado. Pois, quando ela não gosta realmente de alguém, sei que é muito violenta."

Elinor foi impedida de responder a esse triunfo, porque a porta se abriu, o criado anunciou o senhor Ferrars, e Edward entrou imediatamente.

Foi um momento muito embaraçoso; a expressão de cada um mostrou que assim era. Todos pareciam extraordinariamente bobos; e Edward parecia muito mais inclinado a sair novamente da sala do que a continuar avançando. A exata circunstância, em sua forma mais desagradável, que todos queriam ansiosamente evitar, acabava de acontecer. Os três não estavam somente juntos, mas estavam juntos sem o alívio da presença de qualquer outra pessoa. As moças se recuperaram mais depressa. Não cabia a Lucy a avançar e a aparência de segredo devia ser mantida. Ela, portanto, só podia *olhá*-lo com ternura e, depois de cumprimentá-lo ligeiramente, nada mais disse.

Mas Elinor precisava fazer mais; e tão ansiosa estava, por causa dele e dela própria, para fazê-lo bem, que se esforçou, após um momento de reflexão, em dar-lhe as boas-vindas com um olhar e gestos quase normais e quase espontâneos; uma luta mais e outro esforço conseguiram melhorá-los. Não permitiria que a presença de Lucy nem a consciência de alguma injustiça feita a ela a dissuadissem de dizer que estava feliz em vê-lo e que havia lamentado muito estar ausente por ocasião de sua visita a Berkeley Street. Não recearia conceder-lhe essas atenções que, como amigo e quase parente, lhe eram devidas, diante dos olhos observadores de Lucy, embora logo percebesse que a estavam fitando minuciosamente.

Essa atitude deu alguma segurança a Edward, que teve coragem suficiente para sentar-se; mas seu embaraço, embora raro em seu sexo, ainda superava o das moças numa proporção que o caso tornava razoável; pois seu coração não tinha a indiferença de Lucy, nem sua consciência, totalmente a calma de Elinor.

Com um ar sério e composto, Lucy parecia decidida a não contribuir para o conforto dos outros, e por isso não diria uma só palavra; e quase tudo o que *foi* dito procedia de Elinor, que era obrigada a adiantar todas as informações sobre a saúde da mãe, a vinda delas à cidade, etc., que Edward devia ter pedido, mas não o fez. Seus esforços não pararam por aí; pois, logo em seguida, sentiu-se tão heroicamente disposta que decidiu, com o pretexto de procurar Marianne, deixá-los a sós: e realmente o fez, e da maneira mais simpática, pois demorou-se alguns minutos no mezanino, com a mais magnânima fortaleza, antes de ir ter com a irmã. Quando finalmente o fez, contudo, já era hora para que os arrebatamentos de Edward cessassem; pois a alegria da irmã a fez correr imediatamente para a sala de visitas. Seu prazer em vê-lo foi como qualquer outro de seus sentimentos, forte em si e fortemente demonstrado. Foi ao encontro dele com a mão estendida e uma voz que exprimia a afeição de uma irmã.

"Querido Edward!" exclamou, "este é um momento de grande felicidade! Isso me faz esquecer praticamente todo o resto!"

Edward tentou retribuir-lhe a amabilidade como ela merecia, mas diante dessas testemunhas não ousou dizer metade do que realmente sentia. Sentaram-se todos de novo e, por um momento, permaneceram em silêncio; enquanto Marianne olhava com a mais expressiva ternura, para Edward, ora para Elinor, lamentando apenas que o prazer de ambos estivesse prejudicado pela presença indesejável de Lucy. Edward foi o primeiro a falar e foi se referir à fisionomia alterada de Marianne e expressar seu receio de que não estivesse se dando bem em Londres.

"Oh! Não pense em mim!" replicou, com corajosa severidade, embora seus olhos estivessem cheios de lágrimas enquanto falava. "Não pense em *minha* saúde. Elinor está bem, como vê. Isso é o bastante para nós duas."

Esta observação não fora prevista para deixar Edward ou Elinor mais à vontade, nem para granjear a boa vontade de Lucy, que olhava para Marianne com uma expressão não muito benigna.

"Está gostando de Londres?" perguntou Edward, querendo dizer qualquer coisa que pudesse introduzir outro assunto.

"Não, em absoluto. Esperava muita distração, mas não encontrei nenhuma. Vê-lo, Edward, foi o único conforto que me concedeu; e, graças a Deus, você continua o mesmo!"

Ela fez uma pausa – ninguém falou.

"Acho, Elinor," acrescentou ela, "que devíamos encarregar Edward de nos acompanhar em nosso retorno a Barton. Dentro de uma semana ou duas, suponho, vamos partir; e espero que Edward não se mostre relutante em aceitar a incumbência."

O pobre Edward murmurou qualquer coisa, mas o que foi ninguém soube, nem ele próprio. Mas Marianne, que viu sua agitação, e que podia facilmente referi-la à causa que melhor lhe agradasse, estava perfeitamente satisfeita, e logo passou a falar de outra coisa.

"Edward, ontem passamos um dia na Harley Street! Mas tão maçante, tão tristemente maçante! Mas tenho muito a lhe falar sobre isso, que não pode ser dito agora."

E com essa discrição admirável adiou para quando estivessem a sós a revelação de que havia achado seus parentes mútuos mais desagradáveis do que nunca, e que, de modo particular, não havia gostado da mãe dele.

"Mas, por que não estava lá, Edward?... Por que não compareceu?"

"Estava empenhado em outro lugar."

"Empenhado? Mas que podia ser, quando devia estar presente para rever seus amigos?"

"Talvez, senhorita Marianne," exclamou Lucy, ansiosa para se vingar dela, "você pensa que os jovens nunca mantêm seus empenhos, que não têm caráter para mantê-los, sejam eles pequenos ou grandes."

Elinor ficou muito zangada, mas Marianne parecia inteiramente insensível à aguilhoada, pois calmamente replicou:

"Não, na verdade; pois, falando seriamente, estou certa de que só a consciência impediu a presença de Edward em Harley Street. E acredito realmente que ele *tem* a consciência mais delicada do mundo; a mais escrupulosa em responder a todos os empenhos, por mínimos que sejam, e mesmo que o faça contra seu interesse ou prazer. Ele é o homem que mais receia magoar, frustrar expectativas e o mais incapaz de egoísmo que jamais vi. Edward, é assim, e devo dizê-lo. Como! Nunca ouviu ninguém elogiá-lo? Então, você não pode ser meu amigo; pois aqueles que aceitam meu afeto e minha estima devem submeter-se a meus rasgados louvores."

A natureza dos elogios dela no presente caso era, no entanto, particularmente imprópria para os sentimentos de dois terços dos ouvintes, e foi tão deprimente para Edward, que logo se levantou para sair.

"Indo tão cedo?" perguntou Marianne; "meu querido Edward, não pode ser!"

E puxando-o um pouco à parte, sussurrou-lhe sua persuasão de que Lucy não devia permanecer por muito mais tempo. Mas mesmo essa expectativa falhou, pois ele decidiu ir-se; e Lucy, que teria permanecido mesmo que sua visita durasse duas horas, saiu a seguir.

"O que pode trazê-la aqui tantas vezes?" perguntou Marianne, depois que ela as deixou. "Não viu que queríamos que ela se fosse? – Que aborrecimento para Edward!"

"Por que assim? Éramos todas amigas dele, e Lucy é a que o conhece há mais tempo. É mais que natural que quisesse vê-la, tanto quanto nós."

Marianne olhou para ela fixamente e disse:"Você sabe, Elinor, que esse é um tipo de conversa que não posso suportar. Se você só espera ter sua afirmação contradita, como suponho ser o caso, deve lembrar-se de que sou última pessoa no mundo a fazê-lo. Não posso me rebaixar a enfeitar afirmações que não são realmente desejadas."

Então saiu da sala; Elinor não ousou acompanhá-la para discutir mais, pois, presa como estava à sua promessa de manter o segredo para Lucy, não podia dar qualquer informação que pudesse convencer Marianne; e por mais penosas que fossem as consequências de ela continuar persistindo num erro, era obrigada a submeter-se a isso. Tudo o que podia esperar era que Edward não a expusesse, ou a si próprio, ao desgosto de ouvir o inflamado equívoco de Marianne, nem à repetição da angústia que dominara seu recente encontro – e isso ela tinha todas as razões para esperar.

## ≈ CAPÍTULO 36 ≈

Poucos dias depois desse encontro, os jornais anunciavam ao mundo que a esposa do ilustríssimo senhor Thomas Palmer dera à luz um filho e herdeiro; notícia de grande interesse e satisfação, pelo menos para aqueles amigos íntimos que já o sabiam.

Esse acontecimento, da maior importância para a felicidade da senhora Jennings, produziu uma alteração temporária no emprego de tempo, e influiu, no mesmo grau, nos compromissos de suas jovens amigas; pois, como desejasse estar o máximo possível com Charlotte, ia para a casa dela todas as manhãs, logo que estava devidamente vestida, e só retornava tarde da noite; e as senhoritas Dashwood, a pedido especial dos Middleton, passavam a maior parte do dia na Conduit Street. Para seu próprio conforto, teriam preferido ficar, pelo menos de manhã, na casa da senhora Jennings; mas não era algo em que podiam insistir contra os desejos de todos. Suas horas, portanto, eram passadas com a senhora Middleton e as senhoritas Steele, para as quais sua companhia era, de fato, tão pouco apreciada quanto abertamente solicitada.

Tinham percepção aguçada demais para serem companheiras desejáveis para a primeira; e para as últimas, eram consideradas com olhos invejosos, como intrusas em *seu* terreno e compartilhando da amabilidade que queriam monopolizar. Embora nada pudesse ser mais polido que o comportamento da senhora Middleton para com Elinor e Marianne, na realidade ela não gostava delas. Como não a elogiassem nem às crianças, não podia acreditar que fossem bondosas; e como fossem apaixonadas por leitura, imaginava que fossem satíricas: talvez sem saber exatamente o que vinha a ser satírico; mas *isso* não tinha importância. Era uma censura de uso muito comum e facilmente feita a quem quer que fosse.

A presença das irmãs Dashwood era um incômodo tanto para ela quanto para Lucy. Deixava transparecer a ociosidade de uma e os serviços em demasia da outra. A senhora Middleton ficava envergonhada de nada fazer na presença delas, e a adulação, que Lucy tinha orgulho de ter imaginado e manifestado em outras ocasiões, se fosse reiterada, temia que elas a desprezassem. A senhorita Steele era, das três, a que menos se inquietava com a presença delas; e cabia a elas acostumá-la inteiramente a essa presença. Se uma delas só lhe tivesse feito uma descrição completa e minuciosa do caso entre Marianne e o senhor Willoughby, ela se sentiria amplamente recompensada pelo sacrifício do melhor lugar junto à lareira depois do jantar, que sua chegada ocasionou. Mas essa conciliação não era outorgada; pois, embora ela às vezes deixasse escapar expressões de pena sobre a irmã para Elinor, e mais de uma vez fizesse uma reflexão sobre a inconstância dos jovens galanteadores diante de Marianne, nenhum efeito produzia, senão um olhar de indiferença da primeira ou de desgosto da última. Um esforço, ainda que mínimo, podia torná-la amiga: – se só brincassem com ela sobre o médico! Mas estavam tão pouco inclinadas a obsequiá-la, assim como as outras, que, se Sir John jantava fora de casa, ela podia passar o dia inteiro sem ouvir qualquer gracejo sobre o assunto, a não ser os que ela se comprazia em conceder-se a si própria.

Todos esses ciúmes e descontentamentos, no entanto, eram tão inteiramente insuspeitos à senhora Jennings, que achava encantador ver as moças reunidas; e geralmente se congratulava todas as noites com suas jovens amigas por terem escapado da companhia de uma velhota estúpida. Às vezes ia encontrá-las na residência de Sir John e outras vezes em sua própria casa; mas, fosse onde fosse, chegava sempre muito bem-humorada, cheia de encanto e consideração, atribuindo a ótima condição de Charlotte a seus próprios cuidados, e pronta a dar detalhes tão exatos e minuciosos de sua situação, que só a senhorita Steele tinha curiosidade suficiente para saber. Uma coisa a perturbava realmente e dela se queixava diariamente. O senhor Palmer mantinha a opinião comum, mas pouco paternal entre os de seu sexo, de que todas as crianças eram iguais; e, embora ela pudesse claramente perceber, em diferentes momentos, a mais evidente semelhança entre essa criança e qualquer outra dos parentes dele de ambos os lados, não havia como de convencer disso o pai; nem de persuadi-lo a acreditar que não era exatamente igual a todos os outros bebês da mesma idade; nem mesmo podia ser levado a reconhecer a simples proposição de que era a criança mais linda do mundo.

Vou agora relatar um infortúnio que, por volta dessa época, sobreveio à senhora John Dashwood. Aconteceu que, quando as cunhadas e a senhora Jennings lhe fizeram a primeira visita na Harley Street, outra senhora conhecida também esteve lá – uma circunstância que, em si, não poderia aparentemente causar-lhe mal algum. Mas, enquanto a imaginação dos outros os levar a fazer julgamentos falsos de nossa conduta e a arbitrar através de leves aparências, nossa felicidade estará sempre, em certa medida, à mercê do acaso. No presente exemplo, a senhora que chegara por último permitiu que sua imaginação a subtraísse tanto da realidade e da probabilidade que, mal ouviu o nome das senhoritas Dashwood e soube que eram irmãs do senhor Dashwood, concluiu imediatamente que estivessem hospedadas na Harley Street; e essa interpretação errônea acarretou, dentro de um dia ou dois, a chegada de cartões de convite dirigidos a elas, bem como ao irmão e à cunhada, para uma pequena apresentação musical em sua casa; em consequência disso, a senhora John Dashwood foi obrigada a submeter-se não somente à enorme inconveniência de mandar sua carruagem para as senhoritas Dashwood, mas, o que era pior ainda, devia sujeitar-se a todo o dissabor de parecer tratá-las com atenção; e quem poderia dizer que não haveriam de esperar sair com ela uma segunda vez? Teria sempre, é verdade, a possibilidade de desapontá-las. Mas isso não era suficiente; pois, quando as pessoas estão determinadas a um tipo de conduta que sabem estar errado, sentem-se ofendidas quando se espera algo melhor da parte delas.

Marianne tinha sido levada, aos poucos, de tal modo ao hábito de sair todos os dias, que se tornara indiferente para ela sair ou não; e se preparava calma e mecanicamente para os compromissos de cada noite, embora sem esperar a menor distração de qualquer um deles e, muitas vezes, sem saber, até o último momento, aonde a levariam.

Tornara-se tão perfeitamente indiferente ao que vestia e à sua aparência, que não conferia metade da consideração, durante todo o tempo de sua toalete, que a senhorita Steele lhe dispensava nos primeiros cinco minutos em que estavam juntas. Com relação a esta, nada escapava à sua minuciosa observação e curiosidade geral; via tudo e perguntava tudo; não ficava em paz até que não soubesse o preço de cada peça do vestuário de Marianne; podia estimar o número de todos os seus vestidos com mais precisão do que a própria Marianne; e não perdia a esperança de descobrir quanto lhe custava a lavagem de roupa por semana e quanto recebia por ano para gastos pessoais. A impertinência dessa espécie de escrutínios, além disso, era geralmente concluída com elogios que, embora ditos com brandura, eram considerados por Marianne como a maior das impertinências; pois, depois de ser submetida a um exame do valor e do feitio de seu vestido, da cor de seus sapatos e do arranjo de seu cabelo, tinha quase a certeza de que a ouviria dizer que "jurava que estava elegante demais e ousava dizer que iria fazer muitas conquistas".

Com tal estímulo como este, ela pediu licença para partir, na presente ocasião, na carruagem do irmão, na qual estavam prontas para entrar cinco minutos depois de parar à porta, pontualidade nada agradável para a cunhada, que as havia precedido à casa de sua conhecida e já estava lá esperando por algum atraso da parte delas, o que poderia ser inconveniente para ela própria ou para o cocheiro.

Os acontecimentos da noite não foram dignos de nota. A festa, como outros concertos musicais, compreendia um grande número de pessoas que realmente tinham verdadeiro gosto pela apresentação e um número muito maior das que não tinham gosto algum; e os próprios músicos eram, como de costume, em sua própria opinião, bem como na de seus amigos mais chegados, o melhor conjunto amador da Inglaterra.

Como Elinor não era ligada à música nem fingia sê-lo, não teve escrúpulos de desviar os olhos do grande piano, sempre que tinha vontade, e livre, mesmo com presença de uma harpa e de um violoncelo, para fixá-los a bel-prazer em qualquer outro objeto da sala. Num desses olhares errantes, percebeu, entre um grupo de jovens, exatamente aquele que lhes dera uma aula sobre paliteiros na loja Gray's. Logo em seguida viu-o olhando para ela e conversando familiarmente com seu irmão; já estava decidida a saber seu nome por meio deste último, quando ambos vieram em sua direção e John Dashwood apresentou-lhe o senhor Robert Ferrars.

Ele lhe dirigiu a palavra com afável cortesia e curvou a cabeça numa inclinação que lhe assegurou, mais claramente do que as palavras poderiam fazer, que era exatamente o presunçoso que Lucy lhe havia descrito. Que felicidade teria sido para ela, se seu afeto por Edward dependesse menos de seu próprio mérito que do mérito dos parentes mais próximos dele! Pois, então a inclinação de seu irmão teria sido o golpe final ao que o mau humor da mãe e da irmã havia começado. Mas enquanto se surpreendia com a diferença entre os dois jovens, não percebeu que a vacuidade e a presunção de um levou-a a indispor-se com a modéstia e o valor do outro. Por que *eram* diferentes, o próprio Robert no lhe explicou no decurso de uma conversa de um quarto de hora; pois, falando do irmão, e lamentando a extrema falta de tato, que realmente julgava ser o que o mantinha afastado do convívio social, ele, cândida e generosamente, a atribuía muito menos a qualquer deficiência natural do que ao infortúnio de uma educação particular; ao passo que ele, embora provavelmente sem qualquer superioridade particular ou material por natureza, meramente graças à vantagem de uma escola pública, estava bem preparado para viver na sociedade como qualquer outro homem.

"Palavra de honra," acrescentou ele, "acredito que não é nada mais que isso; e assim falo seguidamente à minha mãe, quando anda aflita por essa razão. 'Minha querida senhora', sempre lhe digo, 'fique tranquila. O mal é irremediável agora e a culpa é inteiramente sua. Por que a senhora se deixou persuadir por meu tio, Sir Robert, contra o seu próprio parecer, a colocar Edward com um tutor particular, no momento mais crítico de sua vida? Se o tivesse mandado para Westminster, como fez comigo, em vez de colocá-lo sob a tutela do senhor Pratt, tudo isso teria sido evitado.' Desse modo é que sempre considero o assunto, e minha mãe está perfeitamente convencida de seu erro."

Elinor não se oporia à sua opinião, porque, qualquer que pudesse ser sua avaliação geral das vantagens de uma escola pública, não conseguia pensar na permanência de Edward na família do senhor Pratt com alguma satisfação.

"Acho que a senhorita reside em Devonshire," foi sua observação seguinte, "num chalé próximo de Dawlish."

Elinor corrigiu-o quanto à sua localização; e pareceu-lhe bastante surpreendente que alguém pudesse morar em Devonshire sem viver perto de Dawlish. Manifestou, contudo, sua sincera aprovação pelo tipo de casa em que residiam.

"De minha parte," disse ele, "sou por demais apaixonado por chalés; sempre há neles tanto conforto, tanta elegância. E garanto que, se tivesse algum dinheiro de sobra, compraria uma pequena área de terras e mandaria construir um, a breve distância de Londres, para onde pudesse ir a qualquer momento e reunir alguns amigos à minha volta, e ser feliz. Aconselho a todos os que pretendem construir, a construir um chalé. Outro dia, meu amigo Lorde Courtland me procurou com o propósito de pedir meu conselho e pôs à minha frente três projetos de Bonomi. Eu devia decidir qual o melhor deles. 'Meu caro Courtland,' disse eu, atirando imediatamente os três ao fogo, 'não opte por nenhum deles, mas dê-se ao trabalho de construir um chalé.' E isso, suponho, será o que vai fazer.

"Algumas pessoas imaginam que não há acomodações nem espaço num chalé; mas é um erro. No mês passado, estive na casa de meu amigo Elliott, perto de Dartford. A senhora Elliott queria organizar um baile. 'Mas como vou fazer?' disse ela. 'Meu caro Ferrars, diga-me como posso proceder. Não há nenhuma sala deste chalé que possa comportar dez pares; e onde vou servir a ceia?' Vi imediatamente que não havia a menor dificuldade e então eu disse: 'Minha cara senhora Elliott, não se preocupe. Na sala de jantar caberão 18 pares com facilidade; mesas de jogo pode ser dispostas na sala de estar; a biblioteca poderá ser aberta para o chá e refrescos; e mande servir a ceia no salão.' A senhora Elliottt ficou encantada com a ideia. Medimos a sala de jantar e vimos que comportaria exatamente 18 pares – e a questão se arranjou precisamente de acordo com meu plano. Assim, com efeito,se as pessoas souberem como dispor as coisas, todo conforto pode ser desfrutado num chalé como em moradia mais espaçosa."

Elinor concordou com tudo, pois achava que ele não merecia a honra de uma oposição racional.

Como o senhor John Dashwood não sentia mais prazer pela música que sua irmã mais velha, sua mente estava igualmente livre para fixar-se em qualquer outra coisa; durante a noite da apresentação musical, ocorreu-lhe uma ideia que, enquanto voltavam para casa, comunicou à esposa para sua aprovação. A consideração do engano da senhora Dennison, ao supor que suas irmãs fossem suas hóspedes, sugeriu-lhe a conveniência de serem realmente convidadas nessa condição, enquanto os compromissos da senhora Jennings a obrigassem a ficar fora de casa. As despesas seriam mínimas; os inconvenientes, menores ainda; e era ao mesmo tempo uma atenção que a delicadeza de sua consciência indicava como requisito para o completo cumprimento da promessa feita ao pai. Fanny ficou surpresa com a proposta.

"Não vejo como podemos fazê-lo," disse ela, "sem ofender a senhora Middleton, visto que passam todos os dias com dela; caso contrário, ficaria imensamente satisfeita em fazê-lo. Sabe que estou sempre pronta a dar-lhes toda a atenção a meu alcance, como fiz ao levá-las ao show desta noite. Mas são hóspedes da senhora Middleton. Como posso pedir-lhes para que saiam de lá?"

O marido, com grande humildade, não conseguiu vislumbrar a força da objeção dela. "Elas já passaram uma semana dessa maneira na Conduit Street e a senhora Middleton não ficaria descontente ao conceder-lhes o mesmo número de dias para passar na casa de parentes tão próximos."

Fanny fez uma pausa de um momento, e então, com novo vigor, disse:

"Meu bem, eu as convidaria de todo o coração, se estivesse a meu alcance. Mas já tinha resolvido comigo mesma convidar as senhoritas Steele a passar alguns dias conosco. São muito educadas, boas meninas; e acho que lhes devemos atenção, visto que o tio delas fez tanto por Edward. Podemos convidar suas irmãs num dos próximos anos; mas as senhoritas Steele não deverão mais vir à cidade. Estou certa de que vai gostar delas; na verdade, você gosta realmente delas, muito mesmo, e minha mãe também; e elas são as meninas prediletas de Harry!"

O senhor Dashwood se convenceu. Viu a necessidade de convidar as senhoritas Steele imediatamente; e sua consciência ficou em paz com a resolução de convidar as irmãs outro ano; ao mesmo tempo, contudo, suspeitava secretamente de que no ano seguinte o convite seria desnecessário, pois Elinor viria a Londres na qualidade de esposa do coronel Brandon e Marianne seria *sua* hóspede.

Fanny, regozijando-se com sua escapatória, e orgulhosa da destreza com que a obtivera, escreveu na manhã seguinte a Lucy, pedir sua companhia e da irmã, por alguns dias, na Harley Street, assim que a senhora Middleton pudesse dispensá-las. Isso foi suficiente para que Lucy ficasse realmente feliz, e com razão. A senhora Dashwood parecia estar verdadeiramente trabalhando em seu favor,alimentando todas as suas esperanças e promovendo todos os seus objetivos! Tal oportunidade de estar com Edward e sua família era, acima de tudo, mais que essencial para seus interesses e tal convite, mais que gratificante para seus sentimentos! Era uma vantagem que não podia ser demonstrada com excessiva gratidão, nem utilizada com demasiada pressa; e a visita à senhora Middleton, que antes não tinha qualquer data precisa, foi instantaneamente revelado que sempre se havia pensado que terminasse em dois dias.

Quando, dez minutos depois ter chegado, o convite foi mostrado a Elinor, deu-lhe, pela primeira vez,alguma certeza nas expectativas de Lucy; pois semelhante mostra de amabilidade incomum, concedida a tão recente conhecida, parecia revelar que a boa vontade em relação a ela surgiu de algo mais do que à mera malignidade contra ela própria; e poderia levar, com o tempo e o trato, a fazer tudo o que Lucy desejava. Sua bajulação já havia subjugado o orgulho da senhora Middleton e penetrara no coração fechado do senhor John Dashwood;e estes eram efeitos que deixavam em aberto a probabilidades maiores.

As senhoritas Steele transferiram-se para Harley Street; e tudo o que Elinor soube da influência delas ali reforçou sua expectativa do acontecimento. Sir John, que as visitou mais de uma vez, trazia para casa as notícias dos favores que desfrutavam, que todos consideravam impressionantes. A senhora Dashwood nunca se sentira tão encantada por duas jovens em sua vida, como estava por elas; deu a cada uma um estojo de agulhas feito por um emigrante; chamava Lucy pelo nome de batismo; e não sabia se seria capaz de separar-se delas.

## ≈ CAPÍTULO 37 ≈

A senhora Palmer já estava tão bem no final de 15 dias, que sua mãe não sentiu que não era mais necessário dedicar-lhe todo o seu tempo; e, contentando-se em visitá-la uma ou duas vezes por dia, retornou então à sua própria casa e a seus próprios hábitos, nos quais encontrou as senhoritas Dashwood prontas em reassumir sua antiga participação.

Em torno da terceira ou quarta manhã, depois de estar novamente instaladas na Berkeley Street, a senhora Jennings, ao voltar de sua visita habitual à senhora Palmer, entrou na sala de estar, onde Elinor estava sentada, com um ar de tão urgente importância, como se a preparasse para ouvir algo extraordinário; e dando-lhe tempo apenas para formar-se uma ideia, começou imediatamente a justificá-la, dizendo;

"Meu Deus! Minha cara senhorita Dashwood! Já sabe da notícia?"

"Não, minha senhora. Que houve?"

"Algo tão estranho! Mas vai ouvir tudo. Quando cheguei na casa do senhor Palmer, encontrei Charlotte muito agitada por causa da criança. Tinha certeza de que estava muito doente – chorava, revirava-se e cheia de bolhas. Olhei imediatamente para ela e disse logo, 'Oh! Deus!' disse eu, 'não é nada a não ser erupções cutâneas;' e a ama disse exatamente a mesma coisa. Mas Charlotte não ficou satisfeita, por isso mandou chamar o Dr. Donavan;felizmente, ele passava pela Harley Street; entrou diretamente e, logo que viu a criança, disse exatamente o que eu dissera, que nada mais eram que erupções cutâneas, e então Charlotte se acalmou. E assim, quando ele ia saindo, veio-me à cabeça, na verdade não sei por que pensei nisso, mas me veio a ideia de perguntar-lhe se havia alguma novidade. Como resposta, deu um sorriso malicioso, depois sorriu de novo,olhou com semblante sério e parecia saber de alguma coisa; finalmente, disse num sussurro: 'Com receio de que alguma notícia desagradável possa chegar às jovens sob seus cuidados, quanto à indisposição da cunhada, julgo aconselhável dizer-lhes que eu creio que não há grande razão para alarme; espero que a senhora Dashwood vá se restabelecer muito bem.'"

"O quê! Fanny está doente?"

"Foi exatamente o que eu disse, minha cara. 'Oh! Deus!' perguntei,'A senhora Dashwood está doente?' Então tudo ficou esclarecido; e, pelo que pude entender,parece que é isso. O senhor Edward Ferrars, o próprio jovem a respeito do qual eu costumava brincar com você (mas, como se vê, estou extremamente satisfeita, pois nunca houve nada mesmo), o senhor Edward Ferrars, ao que parece, estava comprometido, há mais de um ano, com minha prima Lucy! Aí está, minha querida! E ninguém sabia absolutamente nada do assunto, exceto Nancy! Pode-se acreditar numa coisa dessas? Não é que seja de admirar que gostem um do outro; mas que pudessem levar adiante esse envolvimento entre eles por tanto tempo e em segredo, e ninguém suspeitava! *Isso* é estranho! Nunca os vi juntos, senão, tenho certeza de que eu teria descoberto imediatamente. Bem, e assim isso foi mantido em grande segredo, com receio da senhora Ferrars, e nem ela nem seu irmão nem sua cunhada suspeitavam do caso; até que hoje de manhã, a pobre Nancy, que, como sabe, é uma criatura bem-intencionada, mas que não faz milagres, deixou escapar a coisa. 'Meu Deus!', pensou consigo mesma, 'eles gostam tanto de Lucy que certamente não vão criar caso por causa disso'; e então foi ter com sua cunhada, que estava sentada, totalmente só, tecendo um tapete, sem suspeitar do que estava por vir – pois havia acabado de falar a seu irmão cinco minutos antes apenas, que pensava casar Edward com a filha de um lorde, não me lembro quem seria. Pode imaginar então o golpe que foi para toda a sua vaidade e orgulho. Teve imediatamente um violento ataque histérico, com tais gritos que chegaram aos ouvidos de seu irmão, que estava sentado em seu próprio quarto de vestir, no andar de baixo, pensando em escrever uma carta ao administrador da propriedade. Subiu voando imediatamente e deparou-se com uma cena terrível, pois Lucy, nesse meio tempo, havia corrido para junto delas, sem sonhar do que estava acontecendo. Pobre coitada! Tenho pena *dela*! Deve ter sido tratada duramente demais; pois sua cunhada a xingou com tal fúria que a moça logo desmaiou. Nancy caiu de joelhos e gritava desesperadamente; e seu irmão não parava de andar pela sala sem saber o que fazer. A senhora Dashwood garantiu que elas não iriam ficar nem mais um minuto naquela casa; e seu irmão foi obrigado a pôr-se de joelhos para persuadi-la a deixá-las ficar até que elas pudessem pôr nas malas seus pertences. *Então* ela teve nova crise histérica e ele ficou tão apavorado que mandou chamar o Dr. Donavan; e o doutor encontrou a casa nesse rebuliço todo. A carruagem estava à porta, pronta para levar minhas pobres primas embora, e estavam embarcando, quando ele saiu; a pobre Lucy em tal condição, disse ele, que mal podia andar; e Nancy, quase tão mal quanto ela. Afirmo que não compactuo com o comportamento de sua cunhada; e espero, de todo o coração, que o casamento venha a acontecer apesar dela. Meu Deus! Que choque o pobre senhor Edward vai ter quando souber disso! Ver sua noiva tratada tão desdenhosamente! Pois dizem que ele é loucamente apaixonado por ela, o que pode bem ser. Não me admiraria se estava na maior paixão! – e o Dr. Donavan pensa exatamente o mesmo. Ele e eu ficamos conversando um bom tempo sobre o assunto; e foi melhor que ele tenha voltado para a Harley Street, pois poderá estar por perto quando contarem o fato à senhora Ferrars; mandaram chamá-la logo que minhas primas deixaram a casa, pois sua cunhada estava certa que ela também iria ficar histérica; e deve ficar, pelo que imagino. Não tenho pena de nenhuma delas. Não faço ideia por que as pessoas criam tanta confusão por causa de dinheiro e grandeza. Não há razão no mundo para que o senhor Edward e Lucy não possam se casar; pois estou certa de que a senhora Ferrars pode disponibilizar uma bela quantia de dinheiro em favor de seu filho; e embora Lucy não tenha quase nada de seu, sabe melhor do que ninguém como se arranjar perfeitamente com tudo; atrevo-me a dizer que, se a senhora Ferrars lhe der somente quinhentas libras ao ano, ela conseguirá manter uma aparência tão boa que nenhuma outra o faria com oitocentas. Meu Deus! Como viveriam confortavelmente num chalé como o de vocês – ou um pouco maior – com duas criadas e dois criados; e creio que poderia ajudá-los a conseguir uma, pois minha Betty tem uma irmã desempregada, que serviria exatamente para eles.

Aqui a senhora Jennings parou;e como Elinor tinha tido tempo suficiente para juntar suas ideias, estava em condições de dar resposta e fazer observações que o assunto podia naturalmente requerer. Estava feliz por perceber que não havia revelado nenhum extraordinário interesse neste fato; que a senhora Jennings (como ela ultimamente muito esperava que fosse o caso) tinha deixado de imaginá-la presa a Edward; e feliz, acima de tudo, pela ausência de Marianne, sentiu-se totalmente em condições de falar do caso sem embaraço e de dar sua opinião, como acreditava, com imparcialidade sobre a conduta de cada um dos envolvidos nele.

Dificilmente poderia determinar qual sua própria perspectiva com relação ao desfecho desse caso; embora tentasse seriamente afastar a possibilidade de terminar de outra forma que não o casamento de Edward e Lucy. O que diria e faria a senhora Ferrars, embora não pudesse haver dúvida em relação à sua natureza, estava ansiosa por saber; e mais ansiosa ainda estava em saber como o próprio Edward haveria de se conduzir. Sentia muita compaixão por ele; – por Lucy, muito pouco – e custou-lhe algum sofrimento para obter esse pouco; – e não sentia absolutamente nada pelo resto do grupo.

Como a senhora Jennings não conseguisse falar de outro assunto, Elinor logo viu a necessidade de preparar Marianne para a discussão do mesmo. Não havia tempo a perder para livrá-la do engano, para deixá-la a par da verdade real e em esforçar-se para levá-la a ouvir o assunto comentado pelos outros, sem mostrar que sentia qualquer constrangimento por causa da irmã ou qualquer ressentimento contra Edward.

A missão de Elinor foi penosa. Ela ia remover o que acreditava ser realmente o maior consolo da irmã, – dar tais pormenores sobre Edward que temia pudessem arruiná-lo para sempre em seu bom conceito – e fazer Marianne sentir todo o seu desapontamento reavivado pela semelhança de suas situações que, para sua fantasia, pareceria intensa. Mas, por mais desagradável que fosse essa tarefa, era necessário cumpri-la, e por isso Elinor se apressou em levá-la a termo.

Estava longe de querer demorar-se em seus próprios sentimentos ou de mostrar-se a si própria em estado de muito sofrimento, nem permitiria que o autodomínio mantido desde que tivera conhecimento do compromisso de Edward pudesse insinuar o que teria podido fazer a Marianne. Seu relato foi claro e simples; e, embora não pudesse ser feito sem emoção, não foi acompanhado por violenta agitação nem por profunda tristeza. *Isso* coube mais à ouvinte, pois Marianne ouviu com horror e chorou excessivamente. Em seus próprios infortúnios, Elinor devia confortar as outras e muito mais o fazia nos delas; e todo conforto que pudesse ser dado pela afirmação de sua própria retidão de espírito e por sua sincera defesa de Edward de qualquer culpa, menos de imprudência, foi prontamente oferecido.

Mas Marianne, por algum tempo, não dava crédito nenhum. Edward lhe parecia um segundo Willoughby; sabendo como Elinor o *tinha* amado sinceramente, percebia não podia sentir menos que ela própria! Quanto a Lucy Steele, considerava-a tão antipática, tão absolutamente incapaz de conquistar um homem sensível, que não podia acreditar, a princípio, nem depois perdoar qualquer afeição anterior de Edward por ela. Nem mesmo podia admitir que isso tivesse sido natural; e Elinor deixou-a convencer-se que assim fora somente por aquilo que podia convencê-la, um melhor conhecimento da humanidade.

Seu relato inicial tinha chegado apenas a expor o fato do compromisso e há quanto tempo durava. Os sentimentos de Marianne o haviam interrompido e colocado um fim a toda a regularidade de detalhes; e, por algum tempo, tudo o que podia fazer era amenizar sua angústia, diminuir seus temores e combater seu ressentimento. Sua primeira pergunta, que levou a outros pormenores, foi:

"Há quanto tempo você sabia disso, Elinor? Ele escreveu a você?"

"Fiquei sabendo há quatro meses. Quando Lucy foi pela primeira vez a Barton Park, em novembro último, contou-me em segredo a respeito de seu compromisso com Edward."

A essas palavras, os olhos de Marianne expressaram o espanto que seus lábios não conseguiam proferir. Depois de uma pausa de espanto, exclamou:

"Quatro meses! Há quatro meses você sabia disso?"

Elinor confirmou.

"Como! Enquanto você me consolava de toda minha aflição, tudo isso palpitava em seu coração? E eu a recriminei por estar feliz!"

"Não era bom que você soubesse então quanto eu estava abalada!"

"Quatro meses!" – exclamou Marianne de novo. "Tão calma! Tão alegre! Como conseguiu suportar?"

"Sentindo que cumpria meu dever. Minha promessa a Lucy me obrigava ao segredo. Devia-o a ela, por isso evitava fornecer qualquer indício da verdade; e devia à minha família e amigos o dever de não lhes criar apreensão a meu respeito que não estava em meu alcance satisfazer."

Marianne parecia muito chocada.

"Muitas vezes desejei esclarecer a você e à mãe," acrescentou Elinor, "e uma ou duas vezes tentei fazê-lo; mas, sem trair a palavra dada, nunca conseguiria convencê-las."

"Quatro meses! E ainda o amava!"

"Sim. Mas não amava só a ele; e como o bem-estar dos outros era caro para mim, ficava feliz em poupar-lhes o conhecimento de meu sofrimento. Agora posso pensar e falar do assunto com pouca emoção. Não teria mais que fazê-la sofrer por minha causa; pois asseguro-lhe que eu mesma não sofro mais com isso. Tenho muitas coisas que me dão apoio. Não me vem à mente ter provocado o desapontamento por qualquer imprudência de minha parte, e o suportei o máximo possível sem dar conhecimento dele a ninguém. Absolvo Edward de qualquer conduta imprópria. Desejo que seja muito feliz; estou certa de que ele sempre cumprirá seu dever e que, apesar de agora poder guardar algum remorso, no fim de tudo haverá de ser feliz. Lucy não é destituída de bom senso, e isso é o fundamento sobre o qual tudo de bom pode ser construído. E depois de tudo, Marianne, depois de tudo isso estar fascinado com a ideia de um único e constante amor, e tudo o que se possa dizer da felicidade de alguém depender inteiramente de uma determinada pessoa, não funciona – não se ajusta – não é possível que seja assim. Edward vai se casar com Lucy; vai se casar com uma mulher superior, como pessoa e entendimento, à metade de seu sexo; o tempo e a rotina vão ensinar-lhe a esquecer que alguma vez pensou em outra superior a ela"

"Se esse é seu modo de pensar," disse Marianne, "se a perda do que lhe é mais valioso é tão facilmente compensada por algo mais, sua resolução, seu autocontrole são, talvez, menos dignos de serem menos admirados. E chegam mais próximos de minha compreensão."

"Compreendo-a. Não supõe que eu tenha sentido muito. Durante quatro meses, Marianne, tive tudo isso encerrado em minha mente, sem a liberdade de poder falar do assunto com qualquer um, sabendo que tornaria você e a mãe infelizes caso o revelasse, e achava-me incapaz de prepará-las pelo menos para isso. Foi-me revelado – fui de certo modo forçada a conhecê-lo pela própria pessoa cujo afeto anterior ao meu arruinava todas as minhas expectativas; e foi-me revelado, como pensei, com uma sensação de triunfo. Tive de opor-me, portanto, às suspeitas dessa pessoa, esforçando-me para parecer indiferente quando estava interessada da forma mais profunda; e não foi uma vez só; tive de ouvir suas esperanças e exultação repetidas vezes. Convenci-me que estava separada de Edward para sempre, sem ouvir uma única circunstância que não me fizesse desejar menos essa ligação. Nada o mostrava indigno; nem o declarava indiferente a mim. Tive de lutar contra a indelicadeza de sua irmã e a insolência de sua mãe; e tive de sofrer a punição de um amor sem ter provado suas vantagens. E tudo isso aconteceu numa época em que, como você bem sabe, não era esse minha única desventura. Se me acha capaz de alguma vez ter sentido, certamente há de supor agora que sofri. A tranquilidade de espírito que consigo ter agora para tecer considerações sobre o assunto, o consolo que andei desejando me conceder, foram o efeito de constante e doloroso esforço; não surgiram por si; não ocorreram desde o início para aliviar minha imaginação. Não, Marianne! Se eu não estivesse sujeita ao silêncio *então*, talvez nada me tivesse impedido inteiramente – nem mesmo o que devo a meus amigos mais caros – de mostrar abertamente que eu era *muito* infeliz...

Marianne estava completamente rendida.

"Oh! Elinor," exclamou ela, "você me faz odiar-me para sempre. Como fui cruel para com você!– Você, que foi meu único conforto, que suportou comigo toda a minha aflição, que parecia sofrer somente por minha causa! É esta minha gratidão? É esta a única retribuição que posso lhe dar? Porque seu mérito grita sobre mim, estive tentando afastá-lo."

Os mais ternos carinhos seguiram-se a essa confissão. Em tal estado de espírito como estava agora, Elinor não teve dificuldade em obter dela todas as promessas que quisesse; e, a seu pedido, Marianne se comprometeu a nunca falar do assunto a quem quer que fosse com a menor aparência de amargura; prometeu que, ao encontrar Lucy, não deixaria transparecer o menor sinal de aumento de sua antipatia por ela; e ao ver o próprio Edward, se o acaso os levasse a encontrar-se, o trataria sem qualquer diminuição de sua cordialidade habitual. Eram grandes concessões; Marianne faria de tudo para reparar a quem sentia ter ofendido.

Cumpriu admiravelmente sua promessa de ser discreta. Ouviu tudo o que a senhora Jennings tinha a dizer sobre o assunto, com uma fisionomia imutável, em nada discordando dela, e ouviram-na dizer por três vezes, 'Sim, senhora'. Ouviu os elogios a Lucy,só mudando de uma cadeira para outra; e quando a senhora Jennings falou do amor de Edward, custou-lhe apenas um espasmo na garganta. Tais avanços em direção ao heroísmo de sua irmã fizeram com que Elinor se sentisse bem mais tranquila.

A manhã seguinte trouxe nova provação, com a visita do irmão, que veio com aspecto sério falar sobre o desagradável incidente e trazer notícias da esposa.

"Suponho que souberam," disse ele, com grande solenidade, logo que sentou, "da chocante descoberta que foi feita ontem sob nosso teto."

Todas assentiram, sem palavra; o momento parecia grave demais para falar.

"Sua cunhada," continuou ele, "sofreu terrivelmente; a senhora Ferrars também – em resumo, foi uma cena de tão complicada aflição – mas espero que a tempestade serene sem que nenhum de nós saia totalmente abalado. Pobre Fanny! Passou ontem o dia inteiro com os nervos à flor da pele. Mas não quero alarmá-las muito. O Dr. Donavan diz que não há por que ficar apreensivo; sua constituição é muito boa e seu ânimo é igualmente bom. Suportou tudo com a fortaleza de um anjo! Disse que nunca mais vai pensar bem dos outros; e não nos podemos admirar disso, depois de ficar tão decepcionada! – receber tanta ingratidão de quem havia tratado com tanta bondade, em quem havia depositado tanta confiança! Foi realmente um excesso de benevolência de seu coração que a levou a convidar essas jovens para sua casa; somente porque pensava que merecessem alguma atenção, fossem inocentes, meninas bem-educadas e pudessem ser companheiras agradáveis; pois, de outro modo, teríamos antes convidado você e Marianne para ficar conosco enquanto sua cara amiga estivesse cuidando da filha. E agora sermos recompensados dessa forma! 'Preferia, de todo o coração', diz a pobre Fanny, com seu jeito afetuoso, 'que tivéssemos convidado suas irmãs em vez delas'."

Parou aqui para que lhe agradecessem; isso feito, continuou.

O que a pobre senhora Ferrars sofreu, quando Fanny lhe contou o caso, não há como descrever. Enquanto ela estava planejando, com a mais sincera afeição, arranjar-lhe uma ligação mais conveniente, não podia sequer supor que ele estivesse durante todo esse tempo secretamente comprometido com outra pessoa! – Tal suspeita jamais poderia passar por sua cabeça! Se suspeitasse de qualquer outra ligação, não poderia vir *daqueles* lados. '*Dali*, certamente', disse ela, 'eu me sentia segura'. Ficou totalmente em desespero. Discutimos juntos sobre o que deveria ser feito e, por fim, ela decidiu mandar chamar Edward. Ele veio. Mas lamento relatar o que se seguiu. Tudo o que a senhora Ferrars pôde dizer para que ele pusesse um fim ao compromisso, ajudada ainda, como podem muito bem supor, por meus argumentos, e pelas súplicas de Fanny, tudo foi inútil. Dever, afeto, tudo foi menosprezado. Nunca pensei que Edward fosse tão teimoso, tão insensível. A mãe lhe expôs seus generosos desígnios, se ele se casasse com a senhorita Morton; disse-lhe que lhe passaria a propriedade de Norfolk, que, livre de impostos, rende umas boas mil libras ao ano; ofereceu-lhe até, quando a discussão ficou tensa, mil e duzentas libras; caso contrário, se persistisse nessa ligação inferior, representaria para ele a verdadeira penúria, que deveria se abater sobre o casal. Suas próprias duas mil libras de direito seria tudo o que iria receber; que ela não o queria ver nunca mais; e que, além de não lhe dar a menor assistência, caso ele ingressasse em alguma profissão com a perspectiva de melhorar sua situação, ela faria tudo o que estivesse a seu alcance para que não conseguisse se fixar nela."

Nesse ponto, Marianne, num êxtase de indignação, juntou as mãos e exclamou:

"Meu Deus! Será possível!"

"Bem pode imaginar, Marianne," replicou o irmão, "a obstinação que teve para resistir a argumentos como esses. Sua exclamação é muito natural."

Marianne estava pronta para retorquir, mas lembrou-se de suas promessas e se conteve.

"Tudo isso, no entanto," continuou ele, "foi invocado em vão. Edward pouco disse; mas o que disse foi da maneira mais incisiva. Nada o persuadiria a desistir de seu compromisso. Manter-se-ia fiel a ele, custasse o que custasse."

"Então," exclamou a senhora Jennings com áspera sinceridade, sem conseguir calar-se por mais tempo, "agiu como um homem honesto! Peço que me desculpe, senhor Dashwood, mas se tivesse procedido de outro modo, eu o consideraria um ignóbil. Tenho algum pequeno interesse no assunto, assim como o senhor, pois Lucy Steele é minha prima; e acredito que não existe moça melhor que ela no mundo, nem uma que mereça mais um bom marido."

John Dashwood ficou muito espantado; mas seu temperamento era calmo, não aberto a provocação; e jamais quis ofender ninguém, especialmente alguém de grande fortuna. Por isso replicou sem qualquer ressentimento:

"De maneira alguma quis falar desrespeitosamente de algum parente seu, minha senhora. A senhorita Lucy, ouso dizer, é jovem mulher de muitos méritos; mas, no presente caso, a senhora sabe que esta ligação é impossível. E selar um compromisso secreto com um jovem sob os cuidados de seu tio, filho especialmente de uma mulher de tão grande fortuna como a senhora Ferrars, é talvez, no conjunto, um tanto raro. Em resumo, não pretendo criticar o comportamento de qualquer pessoa que tenha em consideração, senhora Jennings. Todos nós queremos vê-la extremamente feliz; e a conduta da senhora Ferrars foi, durante todo o tempo, aquela que qualquer outra mãe consciencioSa e boa adotaria em tais circunstâncias. Foi dignificante generosa. Edward jogou sua própria sorte e receio que não tenha sido uma boa jogada."

Marianne suspirou com similar apreensão; e o coração de Elinor se condoeu pelos sentimentos de Edward, enquanto enfrentava as ameaças da mãe, por uma mulher que não poderia recompensá-lo.

"Então, senhor," disse a senhora Jennings, como acabou?"

"Lamento dizer, senhora, na mais infeliz ruptura; – Edward foi afastado para sempre da vista de sua mãe. Deixou a casa ontem mesmo, mas para onde foi, ou se ainda está em Londres, não sei; pois certamente não cabe a *nós* fazer indagações."

"Pobre rapaz! E que será dele?"

"O que, na verdade, senhora! É uma consideração melancólica. Nascido para a perspectiva de tal fortuna! Não posso conceber situação mais deplorável. Com os juros de duas mil libras – como poderá um homem viver! E quando a isso se adiciona a lembrança de que, se não fosse sua própria loucura, em três meses poderia receber duas mil e quinhentas libras (pois a senhorita Morton tem trinta mil libras), não posso imaginar condição mais desditosa. Devemos todos sentir por ele; e mais ainda porque está totalmente fora de nosso alcance dar-lhe assistência."

"Pobre rapaz!" exclamou a senhora Jennings. "Certamente seria muito bem-vindo em minha casa, onde teria cama e mesa; e lhe direi isso se o encontrar. Não fica bem que esteja vivendo agora às próprias custas, em hospedarias e tabernas."

O coração de Elinor agradeceu-lhe por semelhante bondade em relação a Edward, embora não pudesse deixar de sorrir pela forma que como foi expressa.

"Se ele só fizesse por si próprio," disse John Dashwood, "o que seus amigos estão dispostos a fazer por ele, poderia agora estar numa situação conveniente, e não lhe faltaria nada. Mas, assim como está, deve estar fora do alcance de todos ajudá-lo. E há outra coisa ainda em preparo contra ele, que pode ser a pior de todas: – a mãe decidiu, de uma forma muito natural, transferir imediatamente para Robert a propriedade que devia caber a Edward, em condições adequadas. Deixei-a esta manhã com seu advogado, discutindo o assunto."

"Bem!" disse a senhora Jennings, "esta é vingança *dela*. Cada pessoa tem sua própria maneira. Não acho que a minha fosse tornar um filho independente porque o outro me aborreceu."

Marianne levantou-se e caminhou pela sala.

"Pode haver coisa mais aflitiva para o espírito de um homem," continuou John, "do que ver seu irmão mais novo na posse de uma propriedade que deveria lhe caber? Pobre Edward! Sinto sinceramente por ele."

Depois de passar mais alguns minutos na mesma espécie de efusões, concluiu sua visita; e com repetidas garantias a suas irmãs de que realmente acreditava não haver perigo algum na indisposição de Fanny, e que, portanto, não deviam se preocupar com isso, partiu, deixando as três senhoras unânimes em seus sentimentos na presente ocasião, pelo menos no tocante à conduta da senhora Ferrars, dos Dashwood e de Edward.

A indignação de Marianne irrompeu tão logo ele deixou a sala; e, como sua veemência tornasse impossível a reserva para Elinor, e desnecessária para a senhora Jennings, todas se uniram no mesmo espírito crítico contra aquele grupo de pessoas.

## ≈ CAPÍTULO 38 ≈

A senhora Jennings mostrava-se muito calorosa em seu elogio à conduta de Edward, mas só Elinor e Marianne compreenderam seu verdadeiro mérito. Só *elas* sabiam que pouco ganhara ao tentar ser desobediente e que pequeno era seu consolo, além da consciência de agir corretamente, que lhe restaria com a perda de amigos e fortuna. Elinor exultava com sua integridade; e Marianne perdoava todas as ofensas dele em compaixão por sua punição. Mas, embora a confiança entre elas fosse restabelecida, por essa descoberta pública, restabelecida em seu completo estado, não era um assunto sobre o qual as duas gostassem de demorar-se quando estavam a sós. Elinor evitava-o por princípio, tendendo a fixar-se ainda mais em seus pensamentos, por causa das afirmações demasiado acaloradas e positivas de Marianne em acreditar na persistente afeição de Edward por ela, que desejava afastar de vez; e a coragem de Marianne logo minguou ao tentar conversar sobre um tópico que sempre a deixava mais insatisfeita do que nunca consigo mesma, diante da comparação que necessariamente se estabelecia entre a conduta de Elinor e a sua própria.

Sentia toda a força dessa comparação; mas não como sua irmã esperara, de modo a levá-la a esforçar-se agora; sentia-a com toda a dor do remorso contínuo e lamentava amargamente nunca ter-se esforçado antes; mas trazia-lhe somente a tortura da penitência, sem a esperança de emenda. Sua mente estava tão enfraquecida que ela imaginava o esforço atual impossível e que, portanto, só a deprimia mais.

Nada mais souberam, por um ou dois dias, do que ocorria na Harley Street ou em Bartlett's Buildings. Mas, embora elas já soubessem o suficiente sobre o assunto, que a senhora Jennings teria bastante a fazer para espalhar a notícia, sem procurar saber mais, esta tinha resolvido desde o início fazer uma visita de conforto e investigação a suas primas tão logo pudesse; e nada a não ser o obstáculo de mais visitantes que o usual a tinha impedido de ir visitá-las nesse meio tempo.

O terceiro dia depois de saber dos pormenores do caso era um domingo tão agradável e bonito de modo a levar muitas pessoas aos jardins de Kensington, embora fosse ainda a segunda semana de março. A senhora Jennings e Elinor estavam entre elas; Marianne, porém, que sabia que os Willoughby estavam novamente em Londres, e que tinha um medo constante de encontrá-los, preferiu ficar em casa a aventurar-se num lugar tão frequentado.

Uma amiga íntima da senhora Jennings juntou-se a elas logo depois que entraram nos jardins; e Elinor ficou contente porque, permanecendo com elas e entretendo animada conversa com a senhora Jennings, ela própria se sentia livre para sossegadas reflexões. Não viu nem os Willoughby nem Edward e, por algum tempo, nem alguém que pudesse, por algum motivo, sério ou alegre, ser interessante para ela. Mas, por fim, viu-se, com certa surpresa, abordada pela senhorita Steele que, embora parecendo um tanto tímida, expressou grande satisfação por encontrá-las;e, ao sentir-se incentivada pela peculiar bondade da senhora Jennings, deixou seu próprio grupo por breve tempo e veio juntar-se ao delas. A senhora Jennings imediatamente sussurrou a Elinor:

"Arranque tudo dela, minha querida. Ela lhe contará tudo, se perguntar. Bem vê que não posso deixar a senhora Clarke."

Seria uma sorte, contudo, para a curiosidade da senhora Jennings, e também para a de Elinor, que lhe contasse tudo *sem* fazer qualquer pergunta, pois, do contrário, de nada saberiam.

"Estou tão contente por encontrá-la," disse a senhorita Steele, tomando-a familiarmente pelo braço, "pois queria vê-la mais que tudo neste mundo." E então, baixando a voz: "Suponho que a senhora Jennings já esteja sabendo de tudo. Ela está zangada?"

"De maneira alguma, acredito, com você."

"Isso é bom. E a senhora Middleton, está zangada?"

"Não posso imaginar que esteja."

"Estou extremamente contente com isso. Meu Deus! Que sufoco passei! Nunca vi Lucy tão enraivecida em minha vida. De início, jurou que nunca mais enfeitaria meu gorro novo nem faria mais nada para mim enquanto vivesse; mas agora totalmente apaziguada e somos tão amigas como antes. Olhe, foi ela que pôs esta fita em meu chapéu e adornou-o com a pena ontem à noite. E então, *você* também vai rir de mim. Mas por que não haveria de usar fitas cor-de-rosa? Não me importa que seja a cor predileta do doutor. De minha parte, asseguro-lhe que nunca soube que ele gostava mais do rosa do que qualquer outra cor, se ele próprio não me tivesse dito. Meus primos não param de me importunar! Confesso que às vezes não sei como me portar na frente deles."

Ela divagava sobre um assunto e Elinor nada tinha a comentar a respeito; por isso julgou oportuno fazê-la voltar de novo ao primeiro.

"Bem, mas senhorita Dashwood," falando triunfalmente, "as pessoas podem dizer o que quiserem sobre a declaração do senhor Ferrars de que não se casaria com Lucy, mas não é isso, garanto-lhe; e é realmente uma vergonha que essas insinuações maldosas sejam espalhadas por aí. Seja o que for que a própria Lucy possa pensar disso, não é algo para que as outras pessoas o deem como certo."

"Nunca ouvi nada desse tipo insinuado antes, garanto-lhe," disse Elinor.

"Oh, nunca ouviu? Mas *foi* dito, sei muito bem e por mais de uma pessoa; pois a senhorita Godby disse à senhorita Sparks que ninguém de bom senso poderia esperar que o senhor Ferrars desistisse de uma mulher como a senhorita Morton, com uma fortuna de trinta mil libras, por causa de Lucy Steele, que não tem absolutamente nada; e quem me contou foi a própria senhorita Sparks. Além disso, meu primo Richard disse que, quando chegar o momento certo, receava que o senhor Ferrars cairia fora; e quando Edward não veio ver-nos durante três dias, não posso dizer o que eu própria pensei; acredito, de coração, que Lucy deu tudo por perdido; pois saímos da casa de seu irmão na quarta-feira e nada de vê-lo nem quinta-feira nem sexta nem sábado, e nem sabíamos o que lhe acontecera. Uma vez Lucy pensou em escrever-lhe, mas seu espírito se insurgiu contra isso. Esta manhã, contudo, ele veio exatamente quando, saindo da igreja, nos dirigíamos para casa; e então nos contou tudo, como tinha sido chamado à Harley Street na quarta-feira, como tinha falado com a mãe e todos os outros, e como tinha declarado na frente de todos eles que não amava ninguém senão Lucy e que com ninguém a não ser com ela se casaria. E contou que estava tão aborrecido com o que ocorrera, que tão logo saiu da casa de sua mãe, montou a cavalo e cavalgou pelo interior sem destino; e ainda como tinha passado numa hospedaria toda a quinta e a sexta-feira com o propósito de encontrar a melhor solução para o caso. E depois de pensar sem trégua no assunto, disse ele, pareceu-lhe que, agora sem nenhuma fortuna e sem absolutamente nada, seria totalmente indelicado obrigá-la ao compromisso, porque seria desastroso para ela, visto que só tinha duzentas libras e nenhuma esperança de algo mais; e se ingressasse na carreira eclesiástica, como já havia pensado, só conseguiria era um curato; e como poderiam viver com isso? Não podia nem pensar em vê-la passar necessidade, e por isso lhe suplicou que, se tivesse até a menor intenção para isso, pusesse um fim a tudo imediatamente e o deixasse arranjar-se sozinho. Ouvi-o dizer isso tão claramente quanto possível. E era tudo inteiramente para o bem *dela*, por causa *dela*, que ele falava em se separarem; não por sua própria causa. Juro que ele não deixou escapar uma sílaba para dizer que estava cansado dela, ou para expressar o desejo de casar-se com a senhorita Morton, ou qualquer coisa assim. Mas com certeza Lucy não deu ouvidos a esse tipo de conversa; então ela lhe disse imediatamente (com grande doçura e amor, você sabe, e tudo aquilo – Oh! Nossa! Não há como repetir esse tipo de coisas, sabe) – disse-lhe que não tinha a menor intenção de separar-se dele, pois com ele podia viver com qualquer ninharia; e que, por menos que ele tivesse, ela gostaria de ficar com ele assim mesmo, ou, sabe, alguma outra coisa desse tipo. Então ele ficou extremamente feliz e falaram por algum tempo sobre o que fariam, e concordaram que ele devia ser ordenado imediatamente e que iriam esperar para casar-se até que ele tivesse um benefício eclesiástico. E então não pude ouvir mais nada, pois minha prima me chamou para me dizer que a senhora Richardson tinha vindo em sua carruagem e iria levar uma de nós aos jardins de Kensington; assim, fui forçada a entrar na sala e interrompê-los, para perguntar a Lucy se gostaria de ir, mas ela nem cogitava em deixar ali Edward; então, subi as escadas correndo, calcei as meias de seda e vim para cá com os Richardson.

"Não sei o que quis dizer com interrompê-los," disse Elinor; "vocês estavam todos juntos na mesma sala, não?"

"Não, na verdade, não nós. Ah! Senhorita Dashwood, acha que as pessoas namoram quando alguém está por perto? Oh, que vergonha! Você deve saber melhor do que eu (rindo afetadamente). "Não, não, eles estavam trancados na sala de estar, e tudo o que ouvi foi somente porque estava escutando por trás da porta."

"Como!" exclamou Elinor, "Você andou me repetindo o que só soube porque estava escutando atrás da porta? Sinto muito não tê-lo sabido antes; pois certamente não teria permitido que você me contasse pormenores de uma conversa que você não devia ter ouvido. Como pôde proceder tão incorretamente com sua irmã?"

"Oh! Não há nada *nisso*! Só fiquei de pé junto à porta e ouvi o que pude. E estou certa de que Lucy teria feito exatamente a mesma coisa comigo; pois, há um ano ou dois, quando Martha Sharpe e eu tínhamos tantos segredos em comum, ela nunca teve dúvidas de esconder-se num quartinho ou atrás da lareira para ouvir o que dizíamos!"

Elinor tentou falar de outra coisa; mas a senhorita Steele não podia ficar mais de dois minutos longe do que predominava em sua mente.

"Edward fala em ir para Oxford em breve," disse ela, "mas agora está alojado no número... da Pall Mall. Que mulher malvada é a mãe dele, não é? E seu irmão e sua cunhada não foram muito bondosos! Mas não posso falar nada contra eles a você; e, na verdade, mandaram-nos de volta para casa em sua própria carruagem, o que foi mais do que eu esperava. E, de minha parte, estava muito medo de que sua cunhada nos pedisse de volta os estojos de agulhas que nos havia dado um ou dois dias antes; mas nada foi dito sobre eles e eu tomei o cuidado de manter o meu escondido. Edward tem alguns assuntos a resolver em Oxford, diz ele; assim, deverá permanecer por lá algum tempos; e depois *disso*, assim que conseguir a aprovação de um bispo, será ordenado. Imagino que curato pode obter! Meu Deus! (dando uma risadinha enquanto falava) daria a vida para saber o que meus primos vão dizer quando souberem disso. Vão me dizer que eu poderia escrever ao doutor para que conseguisse para Edward o curato. Sei que vão fazer isso; mas garanto que não vou fazê-lo por nada deste mundo. 'Nossa!' Vou dizer imediatamente, 'não sei como podem pensar em tal coisa. *Eu* escrever ao doutor, era só o que faltava!'"

"Bem," disse Elinor, "é um consolo estar preparada para o pior. Já se tem a resposta pronta."

A senhorita Steele ia replicar sobre o mesmo assunto, mas a aproximação de seu grupo levou-a a abordar outro mais premente.

"Oh! Aí vêm os Richardson. Tinha muitas coisas mais para lhe dizer, mas não posso ficar longe deles mais tempo. Asseguro-lhe que são pessoas muito distintas. Ele ganha enormes somas de dinheiro e eles possuem seu próprio coche. Não tenho tempo de falar à senhora Jenning sobre o assunto, mas, por favor, diga-lhe que estou imensamente feliz em saber que ela não está zangada conosco e transmita o mesmo à senhora Middleton; e, se acontecer algo que obrigue você e sua irmã a partir, e a senhora Jennings precisar de companhia, asseguro-lhe que ficaríamos muito satisfeitas em permanecer com ela por todo o tempo que quisesse. Suponho que a senhora Middleton não nos convidará mais desta vez. Até logo! Lamento que a senhorita Marianne não estivesse aqui. Lembranças minhas para ela. Olhe só! Se você não está usando seu vestido de musselina pontilhado! Estou maravilhada que não esteja com receio de rasgá-lo."

Foi essa sua preocupação ao partir; depois disso, só teve tempo despedir-se da senhora Jennings, antes de retornar ao grupo dos Richardson; e Elinor ficou na posse de conhecimentos que poderiam alimentar suas reflexões por algum tempo, embora tivesse sabido muito pouco além do que já havia previsto e conjecturado em sua própria mente. O casamento de Edward com Lucy estava firmemente decidido, mas a data permanecia absolutamente incerta, como havia concluído que seria; – tudo dependia, exatamente como esperava, da obtenção daquela promoção que, no presente, parecia não haver a menor chance de consegui-la.

Tão logo voltaram para a carruagem, a senhora Jennings mostrou-se ansiosa por novidades; mas como Elinor desejasse espalhar, tão pouco quanto possível, informações que, em primeiro lugar, haviam sido obtidas de maneira tão imprópria, limitou-se a breve repetição de simples pormenores que a assegurava de que Lucy, para seu próprio bem, teria escolhido para divulgar. A manutenção do compromisso e os meios que haveriam de ser usados em prol do casamento, era tudo o que ela haveria de comunicar; e isso provocou por parte da senhora Jennings a seguinte observação natural:

"Esperam que ele obtenha um benefício eclesiástico! – Ai! Todos nós sabemos como isso vai acabar – vão esperar um ano e, vendo que nada de bom aparece, vão sobreviver com um curato de cinquenta libras por ano mais os juros de suas duas mil libras, e o pouco que o senhor Steele e o senhor Pratt podem dar a ela. Depois vão ter um filho por ano! Que Deus os ajude! Como vão ser pobres! Vou ver o que posso lhes dar para mobiliar sua casa. Duas empregadas e dois criados! Como falei outro dia. Não, não, eles precisam arranjar uma moça forte para todos os serviços. A irmã de Betty não daria certo para eles *agora*."

Na manhã seguinte, Elinor recebeu pelo correio uma carta da própria Lucy. Dizia o seguinte:

*Barlett's Buildings, março*

*"Espero que minha querida senhorita Dashwood me perdoe a liberdade que ora tomo de escrever-lhe; mas sei que sua amizade por mim a deixará contente de saber tão boas notícias minhas e de meu querido Edward, depois de todas as provações pelas quais temos passado ultimamente; por isso, sem mais desculpas, prossigo dizendo que, graças a Deus, embora tenhamos sofrido terrivelmente, estamos perfeitamente bem agora e tão felizes como deveremos estar sempre no amor que temos um pelo outro. Tivemos grandes desgostos e grandes perseguições, mas, ao mesmo tempo, penhoradamente agradecemos a muitos amigos, você que não é a última entre*

*todos, cuja grande bondade haverei de gratamente lembrar sempre, como também Edward, a quem tudo contei. Estou certa de que você, assim como a querida senhora Jennings, ficará contente em saber que ontem à tarde passei duas horas felizes com ele: não quis ouvir falar de nossa separação, embora eu tenha insistido seriamente, como pensei que meu dever exigia, que o fizesse por prudência; e teríamos nos separado ali mesmo, se ele o consentisse; mas ele disse que isso nunca ocorreria, que não se importava com a ira de sua mãe enquanto pudesse ter meu afeto; nossas perspectivas não são muito brilhantes, certamente, mas devemos esperar e acreditar no melhor; ele será ordenado em breve; e, se estiver a seu alcance recomendá-lo a quem quer que tenha um benefício eclesiástico a conceder, estou realmente certa de que não se esquecerá de nós; o mesmo seja transmitido à senhora Jennings, confiando que faça uma boa recomendação por nós a Sir John ou ao senhor Palmer ou a qualquer outro amigo que esteja em condições de nos ajudar. – A pobre Anne deveria ser severamente repreendida pelo que fez, mas agiu de boa fé, por isso não lhe direi nada; espero que a senhora Jennings não considere muito incômodo visitar-nos, se passar por aqui qualquer manhã; seria uma grande amabilidade e meus primos ficariam orgulhosos em conhecê-la. – O papel me sujeita a concluir; pedindo que transmita minhas mais gratas e respeitosas recomendações a ela, a Sir John, à senhora Middleton e às queridas crianças quando tiver a oportunidade de vê-los, e meus afetos à senhorita Marianne.*

*De sua amiga, etc., etc."*

Assim que Elinor terminou a leitura, fez o que concluía que fosse a intenção real da remetente, colocando a carta nas mãos da senhora Jennings, que a leu em voz alta com muitos comentários de satisfação e louvor.

"Muito bem, na verdade! – Como ela escreve bem! – ah! foi totalmente apropriado deixá-lo livre do compromisso, se assim o quisesse. Esse é mesmo o jeito de Lucy. Pobre alma! Gostaria do fundo do coração, se *pudesse*, dar-lhe um benefício eclesiástico. Ela me chama de querida senhora Jennings, veja só. É uma menina generosa como nunca vi. E é mesmo, palavra de honra.

Essa frase está muito bem redigida. Sim, sim, vou visitá-la, sem dúvida. Como foi atenciosa ao pensar em todos! – Muito obrigada, minha querida, por ter-me mostrado a carta. Nunca vi outra tão bonita, e dá grande crédito à cabeça e ao coração de Lucy."

## ≈ CAPÍTULO 39 ≈

Fazia agora mais de dois meses que as senhoritas Dashwood estavam na cidade, e a impaciência de Marianne para partir dali aumentava a cada dia. Suspirava pelo ar puro, pela liberdade, pela tranquilidade do interior; e imaginava que, se algum lugar poderia lhe dar paz, esse lugar era Barton. Elinor não estava muito menos ansiosa que a irmã pela volta e só menos inclinada a efetuá-la imediatamente, por estar ciente das dificuldades de uma viagem tão longa; Marianne, porém, não se deixava convencer. Começava, contudo, a dirigir seriamente seus pensamentos para a realização da viagem; já havia mencionado seus desejos à sua amável hospedeira, que resistiu com toda a eloquência de sua boa vontade, quando foi sugerido um plano que, embora as detivesse longe de casa por mais algumas semanas, pareceu a Elinor mais aceitável que qualquer outro. Os Palmer pretendiam transferir-se para Cleveland em torno do final de março, para as férias de Páscoa; e a senhora Jennings, com suas duas amigas, receberam um caloroso convite de Charlotte para que fossem com eles. Isso, em si, não seria suficiente para a suscetibilidade da senhorita Dashwood; mas o convite foi reforçado com tão transparente polidez pelo senhor Palmer, acrescida da grande mudança de suas maneiras para com elas desde o infortúnio da irmã, que a induziu a aceitá-lo com prazer.

Quando, no entanto, contou a Marianne o que havia feito, sua primeira reação não foi muito auspiciosa.

"Cleveland!" exclamou, com grande agitação. "Não, não posso ir para Cleveland."

"Você se esquece," disse Elinor gentilmente, "de que sua localização não é – de que não fica nas proximidades de..."

"Mas é em Somersetshire. Não posso ir a Somersetshire. Lá, onde realmente desejava ir; – não, Elinor, você não pode esperar que eu vá."

Elinor não iria argumentar em prol da conveniência de superar esses sentimentos; só procurou a eles invocando outros; e mostrou claramente, como uma medida que iria fixar o momento do retorno para sua querida mãe que tanto desejava ver, ser o modo mais conveniente e confortável que qualquer outro plano e, talvez, sem demora muito maior. De Cleveland, que estava a poucas milhas de Bristol, a distância para Barton não chegava além de um dia, embora fosse um longo dia de viagem; e o criado de sua mãe poderia facilmente ir até lá para acompanhá-las até em casa; e como não havia razão para ficar mais de uma semana em Cleveland, poderiam estar em casa em pouco mais de três semanas. Como o afeto de Marianne pela mãe era sincero, acabou por triunfar com pouca dificuldade sobre os males imaginários que havia apresentado no começo.

A senhora Jennings estava tão longe de estar enfadada de suas hóspedes, que as instou seriamente a voltar com ela de Cleveland. Elinor ficou agradecida pela atenção, mas não podia modificar seu plano; e, tendo obtido prontamente a concordância da mãe, tudo o que se relacionava com seu retorno foi arranjado o mais rapidamente possível; e Marianne encontrou certo alívio em fazer o cálculo das horas que ainda a separavam de Barton.

"Ah! Coronel, não sei o que você e eu vamos fazer sem as senhoritas Dashwood," foram as palavras da a senhora Jennings dirigidas a ele quando veio visitá-la, depois que a partida delas estava definida. "Elas estão firmemente decididas a voltar para casa depois da visita aos Palmer; como vamos ficar desconsolados quando eu voltar! Meu Deus! Vamos nos sentar e bocejar alternadamente tão enfadonhos como dois gatos."

Talvez a senhora Jennings estivesse na esperança, com esse vigoroso esboço de seu futuro tédio, de provocá-lo a fazer o pedido de casamento que lhe daria uma maneira de escapar disso;assim sendo, ela teve em seguida boas razões para pensar ter alcançado seu objetivo; pois, quando Elinor se dirigiu à janela para tirar mais diligentemente as medidas de um quadro, que iria copiar para sua amiga, ele a seguiu com um olhar significativo e conversou com ela por vários minutos. O efeito de suas palavras sobre a jovem não pôde também escapar à sua observação; pois, embora fosse honrada demais para ficar à escuta e tivesse até mudado de cadeira, para *não* ouvir, para uma mais perto do piano em que Marianne estava tocando, não pôde deixar de ver que Elinor mudou de cor, ouvia com agitação e que estava atenta demais ao que ele dizia para que pudesse continuar sua ocupação. Para confirmar mais ainda suas esperanças, no intervalo em que Marianne passava de uma partitura a outra, algumas palavras do coronel alcançaram inevitavelmente seus ouvidos, em que ele parecia estar se desculpando pelo mau estado de sua casa. Isso colocou o assunto acima de qualquer dúvida. Na verdade, admirava-se de que ele achasse necessário dizer isso, mas supôs que fosse a etiqueta apropriada. Não pôde distinguir o que Elinor disse em resposta, mas julgou, pelo movimento de seus lábios, que ela não considerava aquilo uma objeção de importância; e a senhora Jennings, elogiou-a em seu íntimo por ter sido tão honesta. Falaram então por alguns minutos mais sem que ela conseguisse captar uma única sílaba, quando outra feliz pausa na performance de Marianne lhe trouxe estas palavras na voz calma do coronel:

"Receio que não possa realizar-se muito breve."

Surpresa e chocada com fala tão distante da de um apaixonado, a senhora Jennings estava quase pronta a exclamar: "Meu Deus! O que o impediria?" Mas, controlando seu desejo, limitou-se a esta silenciosa exclamação:

"É muito estranho! – certamente não precisa esperar ficar mais velho."

Essa demora da parte do coronel não parecia, contudo, ofender nem mortificar em nada sua bela companheira; pois, ao terminar a conversa logo depois e rumar em diferentes direções, a senhora Jennings ouviu claramente Elinor dizer, numa voz que mostrava que sentia fundo o que dizia:

"Sempre me sentirei profundamente grata."

A senhora Jennings estava encantada com sua gratidão e só se admirava de que, depois de ouvir essa frase, o coronel conseguisse despedir-se delas, como imediatamente o fez, com o maior sangue-frio, e indo embora sem lhe dar qualquer resposta! Não pensava que seu velho amigo fosse um pretendente tão indiferente.

O que realmente se havia passado entre eles foi o seguinte:

"Ouvi falar," disse ele, com grande compaixão, "da injustiça que seu amigo, o senhor Ferrars, sofreu por parte da família; pois, se compreendi bem, ele foi inteiramente despojado por manter seu compromisso com uma jovem de grandes méritos. Fui bem informado? Foi isso?"

Elinor lhe disse que era isso mesmo.

"A crueldade, a crueldade imprudente," replicou ele, com grande rigor, "de separar, ou tentar separar, dois jovens há muito ligados um ao outro é terrível. A senhora Ferrars não sabe o que pode estar provocando – a que ela pode levar o filho. Vi o senhor Ferrars duas ou três vezes na Harley Street e gostei muito dele. Não é um jovem com quem se possa chegar à intimidade em pouco tempo, mas percebi nele o suficiente para lhe desejar todo o bem; e, como amigo de vocês, desejo-lhe ainda mais. Soube que ele pretende ordenar-se. Gostaria que tivesse a bondade de dizer-lhe que o benefício eclesiástico de Delaford, agora vacante, como fui informado pelo correio de hoje, é dele, se o considerar digno de sua aceitação; mas *isso*, talvez, nas infelizes circunstâncias em que agora ele se encontra, possa ser tolice duvidar; só desejo que lhe traga mais rendimentos. É um reitorado, mas modesto; o antigo beneficiário, acredito, não ganhava mais que duzentas libras por ano; e embora haja certamente possibilidade de aumento, receio que não alcance uma soma que lhe assegure um rendimento confortável. Assim sendo, contudo, meu prazer em oferecê-lo a ele será muito grande. Por favor, transmita-lhe isso."

O espanto de Elinor por essa incumbência dificilmente poderia ser maior, mesmo se o coronel lhe tivesse pedido realmente a mão em casamento. O cargo, que só dois dias antes ela havia considerado impossível para Edward, já estava providenciado, possibilitando-lhe realizar o casamento; e *ela*, dentre todas as pessoas do mundo, fora chamada para concedê-lo! Sua emoção foi tamanha que a senhora Jennings a tinha atribuído a uma causa bem diferente; mas quaisquer sentimentos menos puros, menos agradáveis, que tivessem concorrido naquela emoção, sua estima pela benevolência em geral e sua gratidão pela amizade em particular, que juntas tinham levado o coronel Brandon àquela ação, foram fortemente sentidas e calorosamente externadas. Agradeceu-lhe de todo o coração, falou dos princípios e do caráter de Edward com aqueles elogios que sabia que ele merecia; e prometeu assumir a incumbência com prazer, se fosse realmente seu desejo conceder a outro um encargo tão agradável. Mas, ao mesmo tempo, não podia deixar de pensar que ninguém podia desempenhar melhor isso do que ele próprio. Era um encargo do qual, em resumo, relutante em dar a Edward a mágoa de receber um favor seu, ficaria muito satisfeita se fosse poupada; mas o coronel Brandon, por motivos de igual delicadeza, declinando-o igualmente, parecia tão desejoso de que fosse conferido por intermédio dela, que finalmente ela não se opôs mais. Acreditava que Edward ainda estivesse na cidade, e felizmente soubera de seu endereço por meio da senhorita Steele. Por isso poderia incumbir-se de informá-lo no decorrer desse mesmo dia. Depois de ter combinado tudo, o coronel Brandon começou a falar de sua própria vantagem em proporcionar-se tão respeitável e agradável vizinho, e foi *então* que mencionou com pesar que a casa era pequena e estava em mau estado; mal a que Elinor, como supôs a senhora Jennings, não deu maior importância, pelo menos no tocante a seu tamanho.

"Em relação às diminutas dimensões da casa," disse ela, "não posso imaginar nenhum inconveniente nisso, pois estará em proporção à sua família e a seu rendimento."

O coronel mostrou-se surpreso por achar que *ela* estava considerando o casamento do senhor Ferrars como consequência certa da oferta que ele fazia; pois não julgava possível que o benefício eclesiástico de Delaford pudesse render o suficiente para que alguém, com o estilo de vida dele, se aventurasse a instalar--se ali, e foi o que disse.

"Esse pequeno reitorado não *pode* fazer mais do que deixar confortável o senhor Ferrars como solteiro; não lhe permitirá casar-se. Informo que meu padroado termina com isso; e meu interesse dificilmente pode ir mais além. Se, contudo, por alguma oportunidade imprevista estiver a meu alcance servi-lo melhor, deverei ter mudado meu bom conceito dele, que ora tenho, se não me prontificar a ser-lhe útil como sinceramente pude sê-lo no presente. O que estou fazendo agora, na verdade, não me parece nada, visto que o ajuda tão pouco a avançar em direção no que deve ser seu principal e seu único objetivo de felicidade. Seu casamento pode estar ainda distante; pelo menos, receio que não possa realizar-se muito breve."

Essa foi a frase que, malcompreendida, tão justamente ofendeu os delicados sentimentos da senhora Jennings; mas depois dessa narrativa sobre o que realmente se passou entre o coronel Brandon e Elinor enquanto estiveram à janela, a gratidão que esta última expressou ao se despedirem pode talvez parecer, em geral, menos mais razoavelmente excitante e menos apropriadamente elaborada do que se tivesse surgido de uma proposta de casamento.

## ≈ CAPÍTULO 40 ≈

"Bem, senhorita Dashwood," disse a senhora Jennings, sorrindo sagazmente, tão logo o cavalheiro se retirou, "não lhe pergunto o que o coronel andou lhe dizendo; pois, embora, palavra de honra, *tentasse* não ouvir, não pude deixar de captar o suficiente para entender do que ele tratava; garanto-lhe que nunca me senti mais satisfeita em minha vida e desejo-lhe de todo o coração que se regozije."

"Muito obrigada, minha senhora," disse Elinor. "É motivo de grande alegria para mim, e sinto-me profundamente sensibilizada pela bondade do coronel Brandon. Não há muitos homens que agiriam da maneira como ele o fez. Poucas pessoas têm um coração tão compassivo! Nunca fiquei mais abismada em minha vida."

"Meu Deus! Minha querida, como você é modesta. Eu não fiquei nada abismada, pois, ultimamente, andei pensando muitas vezes que não havia nada mais plausível para que isso acontecesse."

"Julgou de acordo com seu conhecimento da benevolência do coronel; mas, pelo menos, a senhora não podia prever que a oportunidade fosse ocorrer tão cedo."

"Oportunidade!" repetiu a senhora Jennings. "Oh! Quanto a isso, quando um homem decidiu uma vez sobre semelhante coisa, mais cedo ou mais tarde há de encontrar uma oportunidade. Bem, minha querida, desejo que se regozije muitas e muitas vezes; e se alguma vez houve um casal feliz no mundo, acho que logo saberemos onde encontrá-lo."

"Quer dizer que a senhora vai a Delaford atrás desse casal, suponho," disse Elinor com um sorriso tímido.

"Ah, minha querida, vou, de verdade; e quanto à casa ser ruim, não sei o que o coronel quer dizer com isso, pois é das melhores que tenho visto."

"Falou que necessitava de alguns consertos."

"Bem, e de quem é a culpa? Por que ele não a conserta? Quem haveria de fazê-lo senão ele?"

Foram interrompidas pela entrada do criado anunciando que a carruagem estava à porta; e a senhora Jennings, preparando-se para sair imediatamente, disse:

"Bem, minha querida, tenho de ir, apesar de não ter falado metade do que queria! Mas espero podermos fazê-lo à vontade à noite, pois estaremos sozinhas. Não lhe peço para ir comigo, uma vez que está com a mente totalmente envolvida nesse assunto para servir de companhia; além disso, deve estar ansiosa para contar tudo à sua irmã."

Marianne havia deixado a sala antes que a conversa começasse.

"Certamente, minha senhora, que vou contar a Marianne; mas por ora não o mencionarei a mais ninguém."

"Oh! Muito bem!" disse a senhora Jennings, bastante desapontada. "Então não quer que eu o conte a Lucy; pois pensava ir até Holborn hoje."

"Não, minha senhora, nem mesmo a Lucy, por favor. Um dia a mais não tem tanta importância; e até que não tenha escrito ao senhor Ferrars, acho que não se deve mencioná-lo a mais ninguém. Vou fazer *isso* imediatamente. É oportuno não perder tempo em informá-lo, pois certamente tem muito a fazer com relação à sua ordenação."

Essas palavras confundiram completamente a senhora Jennings. Não pôde compreender imediatamente por que haveria de escrever ao senhor Ferrars a respeito disso e com tanta pressa. Alguns momentos de reflexão, contudo, deram-lhe uma ideia muito feliz; e ela exclamou:

"Ah! Oh! Compreendo. O senhor Ferrars será o celebrante. Bem, tanto melhor para ele. Ah! Sem dúvida que precisa ser ordenado com a maior rapidez; e fico satisfeita em saber que as coisas estão bem encaminhadas entre vocês. Mas, minha querida, isso não é um tanto fora de propósito? Não seria melhor o próprio coronel escrever? Verdade, ele é a pessoa indicada."

Elinor não compreendeu muito bem o início da fala da senhora Jennings, nem achou justo pedir-lhe que a repetisse; por isso respondeu somente à sua conclusão:

"O coronel Brandon é um homem de tanta delicadeza que prefere que qualquer outro anuncie suas intenções ao senhor Ferrars e não ele próprio."

"E então *você* é forçada a fazê-lo! Bem, esse é um tipo estranho de delicadeza! Não vou perturbá-la mais, no entanto(vendo-a preparar-se para escrever). Você sabe melhor o que lhe diz respeito. Então, até logo, minha querida. Nada soube que mais me alegrasse tanto desde que Charlotte deu à luz."

E encaminhava-se para ir embora; mas, voltando-se por um momento:

"Há pouco estive pensando na irmã de Betty, minha querida.

Vou ficar muito contente de arranjar-lhe uma patroa tão boa. Mas se ela pode servir de dama de companhia para uma senhora, certamente não sei dizer. É uma excelente criada e trabalha muito bem com a agulha. Pode pensar nisso, contudo, em seu tempo livre."

"Certamente, minha senhora," replicou Elinor, sem ouvir muito bem o que ela dizia, e mais ansiosa para ficar sozinha do que decidir esse assunto.

Como haveria de começar, – como iria expressar-se em sua nota a Edward,– era agora toda a sua preocupação. As circunstâncias especiais entre eles tornavam difícil aquilo que para outra pessoa qualquer seria a coisa mais fácil deste mundo; mas ela estava temia igualmente dizer demais ou de menos, e sentou-se diante do papel, com a pena na mão, deliberando, quando foi interrompida pela entrada do próprio Edward.

Ele havia encontrado a senhora Jennings à porta, a caminho da carruagem, quando chegava para deixar seu cartão de despedida; e ela, depois de pedir-lhe desculpas por não voltar, pediu-lhe para que entrasse, dizendo que a senhorita Dashwood estava em casa e queria falar com ele sobre um assunto particular.

Elinor estava exatamente se felicitando, em meio à sua perplexidade, por ter concluído que, por mais difícil que fosse expressar-se apropriadamente por carta, era pelo menos preferível a ter de dar a informação oral e pessoalmente, quando o visitante entrou, obrigando-a a mais esse esforço supremo. Seu espanto e confusão foram enormes com essa súbita aparição. Não o via desde que seu compromisso se tornara público e, portanto,não desde o momento em que ele soube que ela estava ciente do caso; o que, com a consciência daquilo em que ela estivera pensando e do que tinha a dizer-lhe, levaram-na a sentir-se particularmente desconfortável por alguns minutos. Ele também estava muito angustiado; e sentaram-se juntos num embaraço quase total. Se havia pedido perdão por sua intrusão ao chegar à sala, ele não conseguia se lembrar; mas, decidido a permanecer na defensiva, apresentou suas desculpas formais, tão logo conseguiu dizer alguma coisa, depois de tomar uma cadeira.

"A senhora Jennings me informou," disse ele, "que a senhorita desejava falar comigo, pelo menos assim o entendi, – ou certamente não teria penetrado em sua casa dessa maneira; embora, ao mesmo tempo, teria ficado extremamente triste ter de partir de Londres sem ver você e sua irmã; especialmente porque é plausível que me ausente por algum tempo – não é provável que tenha o prazer de vê-la novamente. Amanhã parto para Oxford."

"Não poderia partir, contudo," disse Elinor, recuperando-se, e decidida a desincumbir-se o mais rápido possível daquilo que tanto a apavorava, "sem receber nossos votos de felicidade, mesmo que não os pudéssemos transmitir pessoalmente. A senhora Jennings tinha toda a razão no que disse. Tenho algo de importância a comunicar-lhe, e estava a ponto de fazê-lo por carta. Fui incumbida de uma missão muito agradável (respirando mais rapidamente do que normalmente ao falar). O coronel Brandon, que esteve aqui há apenas dez minutos, desejou que eu lhe dissesse que, sabendo que pretende ordenar-se, tem o grande prazer de oferecer-lhe o benefício eclesiástico de Delaford, que acaba de ficar vacante, desejando apenas que ele fosse mais rendoso. Permita-me que o cumprimente por ter um amigo tão respeitável e bem-intencionado, e que me junte a seu desejo de que o benefício – é de cerca de duzentas libras por ano – fosse muito mais considerável e tal que lhe possibilitasse melhor – que possa ser mais que uma acomodação temporária para você – tal, em resumo, que possa assentar todas as suas perspectivas de felicidade."

O que Edward sentiu, nem mesmo ele podia dizer, nem é de esperar que alguém o possa dizer por ele. *Demonstrou* todo o espanto que essa informação inesperada e impensável não podia deixar de produzir; mas disse apenas estas duas palavras:

"Coronel Brandon!"

"Sim," continuou Elinor, assumindo maior firmeza, visto que o pior havia passado, "o coronel Brandon o quer como testemunho de sua preocupação pelo que ocorreu ultimamente, – pela cruel situação em que a injustificável conduta de sua família o deixou, – preocupação de que, estou certa, Marianne, eu própria e todos os seus amigos devem compartilhar; e, do mesmo modo, uma prova de sua grande estima por seu caráter e de especial aprovação à sua conduta no presente caso."

"O coronel Brandon *me* concede um benefício! É possível?"

"A insensibilidade de seus próprios parentes fez com que se espantasse de encontrar amizade nos outros."

"Não," replicou ele, com súbita percepção, "não por encontrá-la em *você*; pois não posso ignorar que a você, à sua bondade devo tudo. Sinto-o – gostaria de expressá-lo se pudesse – mas, como bem sabe, não sou orador."

"Está muito enganado. Asseguro-lhe que o deve inteiramente, pelo menos quase inteiramente, a seus próprios méritos e ao discernimento que o coronel Brandon teve deles. Não pus minhas mãos no caso. Nem mesmo sabia, até compreender seu propósito, que o benefício estava vacante; tampouco me ocorreu que ele tivesse um benefício que podia conceder. Como meu amigo e de minha família, deve talvez, na verdade sei que ele tem o maior prazer em concedê-lo; mas, palavra de honra, nada me deve."

A verdade obrigou-a a reconhecer uma pequena participação na ação; mas estava ao mesmo tempo tão relutante em aparecer como benfeitora de Edward, que o reconheceu com hesitação, o que provavelmente contribuiu para fortalecer essa suspeita na mente dele. Por algum tempo ficou sentado, pensativo, depois que Elinor terminou de falar; por fim, como se fizesse um grande esforço, disse:

"O coronel Brandon parece um homem de grande valor e respeitabilidade. Sempre ouvi as melhores referências a respeito dele e sei que seu irmão tem elevada estima por ele. Indubitavelmente, é um homem sensível e, em suas maneiras, um perfeito cavalheiro."

"É verdade," replicou Elinor, "acredito que, ao conhecê-lo melhor, vai comprovar tudo quanto dizem dele; e como vocês vão ser vizinhos muito próximos (pois ouvi dizer que o padroado fica muito perto da mansão dele) é particularmente importante que ele seja tudo isso."

Edward não respondeu; mas quando ela voltou a cabeça, ele lhe lançou um olhar tão sério, tão intenso, tão triste, que parecia dizer que daqui por diante desejaria que a distância entre o padroado e a mansão fosse muito maior.

"O coronel Brandon, acho, reside na St. James Street," disse ele, logo depois, levantando-se da cadeira.

Elinor lhe passou o número da casa.

"Então tenho de me apressar em ir para lá, a fim de lhe apresentar meus agradecimentos, visto que não me permite apresentá-los a *você*; para assegurar-lhe que fez de mim – um homem extremamente feliz."

Elinor não quis detê-lo; e eles se separaram;ela, com a mais firme confiança ao desejar-lhe incessantes votos de felicidade em toda mudança de situação que pudesse sobrevir; ele,com uma tentativa de retribuir-lhe os mesmos votos, mas sem poder expressá-los.

"Quando o vir de novo," disse Elinor para si mesma, quando a porta se fechou, "vou vê-lo como marido de Lucy."

E com essa agradável antecipação, sentou-se para reconsiderar o passado, recordar as palavras e esforçar-se para compreender todos os sentimentos de Edward; e, sem dúvida, refletir sobre o seu próprio descontentamento.

Quando a senhora Jennings voltou para casa, embora retornasse da casa de pessoas a quem nunca visitara antes, e de quem, portanto,devia ter muita coisa a dizer, sua mente estava muito mais ocupada com o importante segredo em seu poder do que com qualquer outra coisa, tanto que voltou a ele assim que Elinor apareceu.

"Bem, minha querida!" exclamou ela. "Mandei o jovem vir ter com você. Não fiz bem? Suponho que não tenha tido grande dificuldade – não o achou relutante em aceitar sua proposta?"

"Não, minha senhora; *isso* não era muito provável."

"Bem, e quando ele vai estar pronto! Pois parece que tudo depende disso."

"Realmente," disse Elinor, "conheço tão pouco dessa espécie de formalidades, que mal posso conjecturar sobre a data ou sobre a preparação necessária; mas suponho que dois ou três meses são suficiente para sua ordenação."

"Dois ou três meses!" exclamou a senhora Jennings. "Oh! Deus! Minha querida, com que calma me diz isso; e o coronel pode esperar dois ou três meses! Que Deus me abençoe! Estou certa de que *me* deixaria totalmente sem paciência! E embora tivéssemos todos muito prazer em fazer uma amabilidade ao pobre senhor Ferrars, acho que não vale a pena esperar dois ou três meses para ele. Seguramente se poderia encontrar algum que o fizesse tão bem quanto ele; alguém que já esteja ordenado."

"Minha cara senhora," disse Elinor, "em que está pensando? Se o único objetivo do coronel Brandon é ser útil ao senhor Ferrars!"

"Deus a abençoe, minha querida! Seguramente não vai querer me persuadir de que o coronel só se casa com você para dar dez guinéus ao senhor Ferrars!"

O equívoco não podia continuar depois disso; e logo teve lugar um esclarecimento, com o qual as duas se divertiram muito no momento, sem qualquer perda de felicidade de ambas as partes; pois a senhora Jennings só trocou uma forma de satisfação por outra e, ainda, sem perder sua expectativa pela primeira.

"Ah! Ah! O padroado é realmente pequeno," disse ela, depois que a primeira ebulição de surpresa e satisfação havia terminado, "e muito provavelmente está sem reparos; mas ouvir um homem pedir desculpas, como pensei, por uma casa que, conforme fiquei sabendo, tem cinco salas de estar no andar térreo e, segundo me disse a governanta, pode abrigar 15 leitos no de cima! E até para você, que está habituada a morar no chalé de Barton! Parece totalmente ridículo. Mas, minha querida, devemos incentivar o coronel para fazer algo pelo padroado, tornando-o confortável antes que Lucy se instale nele."

"Mas o coronel Brandon parece achar que o benefício não seja suficiente para permitir que eles se casem."

"O coronel é um tolo, minha querida; porque tem rendimentos de duas mil libras por ano, pensa que ninguém pode casar-se com menos. Guarde bem o que digo, pois, se estiver viva, quero fazer uma visita ao padroado de Delaford antes da festa de São Miguel; mas certamente que não vou se Lucy não estiver lá."

Elinor era da mesma opinião que ela quanto à probabilidade de que eles não estivessem esperando por nada mais.

## ≈ CAPÍTULO 41 ≈

Edward, depois de apresentar seus agradecimentos ao coronel Brandon, correu feliz para Lucy; e tão grande era sua felicidade na hora em que chegou a Bartlett's Buildings, que ela pôde garantir à senhora Jennings, que foi visitá-la na manhã seguinte para apresentar-lhe suas congratulações, nunca tê-lo visto antes tão contente em sua vida.

A própria felicidade e entusiasmo dela eram evidentes; e juntou-se com o maior prazer à senhora Jennings na sua expectativa de estarem todos confortavelmente juntos no padroado de Delaford, antes da festa de São Miguel. Estava tão longe, ao mesmo tempo, de qualquer hesitação em dar a Elinor aquele crédito que Edward lhe teria conferido, que falou de sua amizade por ambos com o mais grato calor e que estava pronta a reconhecer toda a sua obrigação para com ela; e declarou abertamente que nenhum esforço da parte da senhorita Dashwood em favor deles, tanto no presente como no futuro, haveria de surpreendê-la, pois sabia que era capaz de fazer tudo por aqueles que realmente estimava. Com relação ao coronel Brandon, não só estava pronta a venerá-lo como um santo, mas também estava, além disso,verdadeiramente ansiosa para que o tratassem com toda e melhor consideração possível; estava ansiosa ainda para que seus rendimentos fossem elevados ao máximo; e secretamente decidiu avaliar ela própria em Delaford, tão logo fosse possível fazê-lo, seus criados, sua carruagem, suas vacas e suas aves.

Já fazia mais de uma semana que John Dashwood havia estado na Berkeley Street, e como, desde então, não tinham tido notícia da indisposição de sua esposa, Elinor começou a julgar necessário fazer-lhe uma visita. Era, no entanto, uma obrigação que não só se opunha à sua própria inclinação a fazê-la, como também não recebia o apoio nem o estímulo por parte de suas companheiras. Marianne, não contente em recusar-se inteiramente a ir, insistia tenazmente para evitar que a própria irmã fosse; e a senhora Jennings, embora sua carruagem estivesse sempre à disposição de Elinor, sentia tal aversão pela senhora John Dashwood, que nem mesmo sua curiosidade em ver qual o semblante dela depois da última descoberta, nem seu forte desejo de afrontá-la defendendo Edward podiam superar sua má vontade em estar novamente em sua companhia. Como consequência, Elinor teve de ir sozinha fazer a visita, para a qual ninguém realmente estava menos inclinada que ela, e correr o risco de um encontro cara a cara com uma mulher a quem nenhuma das outras tinha tantas razões para ter aversão.

A senhora Dashwood mandou dizer que não estava; mas, antes que a carruagem retornasse voltar para casa, por acaso seu marido saía. Expressou grande prazer em encontrar Elinor, disse-lhe que estava indo exatamente à Berkeley Street, e, assegurando-lhe que Fanny ficaria muito contente em vê-la, convidou-a a entrar.

Subiram as escadas para a sala de estar. Não havia ninguém.

"Suponho que Fanny esteja em seu quarto," disse ele: "vou ter com ela agora mesmo, pois estou certo de que ela não terá a menor objeção em vê-la. Na verdade, bem pelo contrário. Especialmente *agora* não pode – mas,de qualquer modo, você e Marianne sempre foram suas preferidas. Por que Marianne não veio?"

Elinor deu a desculpa que pôde por ela.

"Não é que eu sinta vê-la sozinha," replicou ele, "pois tenho muitas coisas a lhe dizer. Esse benefício do coronel Brandon – será verdade? Concedeu-o realmente a Edward? Soube disso ontem por acaso, e me preparava para visitá-la, a fim de saber mais a respeito."

"É pura verdade. O coronel Brandon concedeu esse benefício eclesiástico de Delaford a Edward."

"Realmente! Bem, é algo verdadeiramente espantoso! – nem

há parentesco! – nem ligação há entre eles! – e agora que os benefícios alcançam tal preço! – qual foi o valor deste?"

"Cerca de duzentas libras por ano."

"Muito bem – e para uma próxima apresentação de um benefício desse valor – supondo que o último beneficiário estivesse velho e doente, e que provavelmente o cargo ficasse vago em breve – ele poderia ter conseguido, atrevo-me a dizer – mil e quatrocentas libras. Por que não se empenhou em dispor tudo antes da morte daquela pessoa? *Agora*, com efeito, seria muito tarde para vendê-lo, mas um homem com o bom senso do coronel Brandon! Fico admirado de que tenha sido tão imprevidente num ponto tão comum, de solução tão natural! Bem, estou convencido de que há grande inconsistência no caráter de quase todo ser humano. Suponho, de qualquer modo – ponderando bem – que o caso possa ser provavelmente o *seguinte*: Edward só vai usufruir do benefício até que a pessoa para quem o coronel o vendeu realmente tenha experiência suficiente para recebê-lo. Ah! Ah! Sim, sim, esta é a realidade, pode confiar."

Elinor discordou, porém, com todo o vigor, relatando-lhe que tinha sido ela própria incumbida de transmitir a oferta do coronel Brandon a Edward, e que, portanto,devia ter conhecimento dos termos em que foi feita, o que a obrigava a submeter-se à sua autoridade.

"É verdadeiramente espantoso!" exclamou ele, depois de ouvir o que ela disse. "Qual poderia ter sido o motivo do coronel?"

"Muito simples – o de ser útil ao senhor Ferrars."

"Bem, bem; seja quem for o coronel Brandon, Edward é um homem de sorte! De qualquer modo, não deverá mencionar o assunto a Fanny, pois, embora eu já lhe tenha contado e ela o suporte muito bem, não vai gostar muito de falar disso."

Elinor teve aqui alguma dificuldade em conter-se ao observar que, pensava ela, Fanny devia ver com serenidade a aquisição de melhor condição de vida por parte do irmão, com a qual nem ela nem seu filho haveriam de possivelmente ficar empobrecidos.

"A senhora Ferrars," acrescentou ele, baixando a voz no tom

apropriado para assunto tão importante, "nada sabe a respeito até agora; e acredito que seja melhor mantê-lo inteiramente escondido dela o maior tempo possível. Quando se realizar o casamento, receio que acabe por saber de tudo."

"Mas para que tanta precaução? Embora não se deva supor que a senhora Ferrars tenha a menor satisfação em saber que seu filho tem agora dinheiro suficiente para viver, pois isso deve estar totalmente fora de questão, por que então, depois de seu último procedimento, deveria ela sentir? O que fez com o filho – expulsou-o para sempre de casa e fez com que todos aqueles, sobre os quais tinha alguma influência, a afastar-se dele também. Seguramente, depois de agir assim, não é de imaginar que possa ser tocada por sentimento de dor ou de alegria por causa do filho: não pode estar interessada em nada do que se refira a ele. Não será tão fraca que pode expulsar um filho e ainda reter a ansiedade de uma mãe!"

"Ah! Elinor," disse John, "seu raciocínio é muito bom, mas está baseado na ignorância da natureza humana. Quando o infeliz casamento de Edward se realizar, confie nisso, sua mãe vai sentir tanto como se nunca o tivesse expulsado; e, portanto, qualquer circunstância que possa acelerar esse terrível acontecimento deve permanecer oculto para ela, tanto quanto possível. A senhora Ferrars nunca poderá esquecer que Edward é seu filho."

"Você me surpreende: estou propensa a pensar que agora já deve ter praticamente fugido da memória dela."

"Você a julga extremamente mal. A senhora Ferrars é uma das mães mais extremosas do mundo."

Elinor ficou em silêncio.

"Pensamos *agora*," disse o senhor Dashwood, depois de breve pausa, "em casar Robert com a senhorita Morton."

Elinor, sorrindo do tom grave e de decisiva importância do irmão, replicou calmamente:

"A jovem senhora, suponho, não tem qualquer escolha."

"Escolha! O que quer dizer?"

"Só quero dizer que suponho, por sua maneira de falar, que,

para a senhorita Morton, deve ser o mesmo se casar com Edward ou com Robert."

"Certamente, não pode haver diferença; pois Robert agora, para todos os devidos efeitos, é considerado como o filho mais velho; e, para tudo o mais, ambos são jovens muito simpáticos: não sei em que um possa ser superior ao outro."

Elinor nada mais disse e também John ficou em silêncio por breves instantes. Suas reflexões terminaram assim:

"De *uma* coisa, minha querida irmã," tomando-lhe carinhosamente a mão e falando num respeitoso sussurro, "posso lhe garantir; e vou fazê-lo porque sei que isso lhe será gratificante. Tenho boas razões para pensar – na verdade, tenho a maior autoridade ou não o repetiria; caso contrário, seria realmente insensato dizer algo a respeito, – mas tenho a maior autoridade, – não que já tenha ouvido precisamente a própria senhora Ferrars dizê-lo, mas sua filha o disse e soube-o por ela – que, em resumo, sejam quais forem as objeções que houvesse contra certa – certa parenta, você me compreende, – seria realmente preferível para ela, – pois esse casamento não lhe teria dado metade do vexame que este lhe causa. Fiquei extremamente satisfeito em ouvir que a senhora Ferrars o considera sob esse ângulo; uma circunstância muito gratificante, você sabe, para todos nós. 'Não haveria qualquer comparação,' disse ela, 'de dois males o menor;e estaria contente agora, se pudesse obter o menos pior.' Mas, de qualquer modo, tudo isso está totalmente fora de questão – nem para ser pensado ou mencionado. Certa ligação, você sabe, nunca poderia ser: tudo isso já passou. Mas achei que lhe devia falar porque sabia o quanto isso poderia deixá-la contente. Não que você tenha qualquer razão para lamentar-se, minha cara Elinor: não há dúvida de que procedeu extremamente bem – tão bem ou melhor, talvez, levando em consideração todas as coisas. O coronel Brandon tem estado com você ultimamente?"

Elinor tinha ouvido o suficiente, se não para satisfazer sua vaidade e aumentar sua própria importância, pelo menos para agitar seus nervos e encher sua mente; e estava, portanto, contente por ter sido poupada da necessidade de dizer muito em resposta ou do perigo de ouvir mais alguma coisa do irmão, com a entrada do senhor Robert Ferrars. Depois de alguns momentos de conversa, John Dashwood, lembrando-se de que Fanny ainda não sabia da presença de sua irmã, deixou a sala e foi à sua procura; e Elinor foi deixada para melhorar seu relacionamento com Robert que, pela alegre despreocupação e a feliz autocomplacência de suas maneiras, enquanto gozava da injusta divisão do amor e da liberalidade de sua mãe em prejuízo de seu irmão banido, conquistada somente por sua vida dissipada e pela integridade do irmão, confirmava para ela a mais desfavorável opinião que tinha de sua cabeça e de seu coração.

Não fazia dois minutos ainda que estavam juntos, que ele começou a falar de Edward, pois também ficara sabendo do benefício eclesiástico e estava muito curioso a respeito. Elinor repetiu os pormenores do caso, como os havia transmitido a John; e seu efeito sobre Robert, embora muito diferente, não foi muito menos chocante do que havia sido para o primeiro. Ria do modo mais imoderado possível. A ideia de Edward ser um clérigo, habitando uma pequena casa paroquial, divertia-o além de qualquer medida; e quando a isso se adicionava a imagem de Edward lendo sermões vestindo uma sobrepeliz branca e divulgando proclamas de casamento entre John Smith e Mary Brown, ele não podia conceber nada mais ridículo.

Elinor, enquanto esperava em silêncio e com imóvel gravidade a conclusão daquele desatino, não pôde impedir que seus olhos se fixassem nele com um olhar que mostrava todo o desprezo que isso lhe inspirava. Era um olhar, contudo, muito bem calculado, pois aliviava seus próprios sentimentos e não dava qualquer percepção a ele. Robert foi reconduzido da brincadeira à sensatez, não por qualquer reprovação dela, mas pela própria sensibilidade dele.

"Podemos tratar isso como brincadeira," disse ele, por fim, recuperando-se do riso afetado que prolongara consideravelmente a genuína graça do momento;"mas, palavra de honra, é um assunto da maior seriedade! Pobre Edward! Está arruinado para sempre. Sinto-o profundamente, pois sei que ele é uma criatura de muito bom coração, – um rapaz bem-intencionado, talvez como ninguém deste mundo. Não deve julgá-lo, senhorita Dashwood, com o pouco conhecimento que dele tem. Pobre Edward! Suas maneiras, por natureza, certamente não são as mais felizes. Mas nem todos nascemos, como sabe, com os mesmos faculdades, – com o mesmo tino. Pobre rapaz! Vê-lo num círculo de estranhos! Certamente, é bastante lastimável; mas, por minha alma, creio que ele tem o melhor coração deste reino; confesso e afirmo-lhe que nunca me senti tão chocado em minha vida como no momento em que tudo veio à tona. Não pude acreditar. Minha mãe foi a primeira pessoa a me falar do caso; e eu, sentindo-me chamado para agir com decisão, imediatamente lhe disse: – 'Querida mãe, não sei o que a senhora pretende fazer; mas, quanto a mim, devo dizer que, se Edward realmente se casar com aquela jovem, nunca mais tornarei a vê-lo.' Foi o que eu disse imediatamente. Na verdade, estava extremamente chocado. Pobre Edward! Extraviou-se completamente – isolou-se para sempre de toda a sociedade decente! Mas como disse logo à minha mãe, não me sentia nada surpreso: com seu tipo de educação, era de se esperar. Minha pobre mãe estava desvairada."

"Você já viu a jovem?"

"Sim; uma vez, quando esteve nesta casa, ocorreu-me entrar por dez minutos; e a vi o suficiente: uma desajeitada moça do interior, sem estilo ou elegância, e quase sem beleza. Lembro-me dela perfeitamente. O tipo de jovem, exatamente, que podia supor que seria capaz de cativar o pobre Edward. Ofereci-me de imediato, logo que minha mãe me relatou o caso, a falar-lhe pessoalmente e dissuadi-lo dessa união; mas *então* já era tarde demais, achei, para fazer alguma coisa; pois, infelizmente, eu não estava a par no começo e nada sabia até que ocorresse ruptura, quando não cabia a mim como sabe, interferir. Mas se eu tivesse sido informado algumas horas antes, acho muito provável que alguma coisa se poderia conseguir. Certamente teria apresentado o caso a Edward sob um aspecto decisivo. 'Meu caro rapaz,' lhe teria dito, 'considere bem o que está fazendo. Você está se envolvendo numa ligação vergonhosa, e tão vergonhosa que sua família a desaprova unanimemente.' Não posso deixar de pensar, em resumo, que uma saída deveria ser encontrada; mas agora é tarde demais. Deve estar passando necessidade, sabe, isso é certo; necessidades de todo tipo."

Mal havia acabado de tocar nesse ponto com grande serenidade, quando a entrada da senhora John Dashwood pôs fim a esse assunto. Mas, embora *ela* nunca tivesse falado a respeito fora de seu âmbito familiar, Elinor podia ver a influência dele em seu espírito pelo semblante um tanto confuso com que ela entrou e pela tentativa de cordialidade que procurava manter em seu procedimento. Até mesmo tentou interessar-se ao saber que Elinor e a irmã logo iriam deixar a cidade, afirmando que esperava vê-las mais vezes; um esforço no qual seu marido, que a havia acompanhado à sala e ouvia suspenso e enamorado suas palavras, parecia distinguir tudo o que havia de mais afetuoso e elegante.

## ≈ CAPÍTULO 42 ≈

Outra breve visita à Harley Street, em que Elinor recebeu as congratulações do irmão por sua viagem tão longa em direção a Barton sem qualquer despesa e também porque o coronel Brandon, depois de um dia ou dois,iria acompanhá-las a Cleveland, encerrou o convívio entre o irmão e as irmãs na cidade; um tímido convite de Fanny para visitá-los em Norland, caso fossem algum dia por aqueles lados, o que seria extremamente difícil de ocorrer, e com a mais calorosa, embora menos pública, promessa de John a Elinor de que iria visitá-la em Delaford, foi tudo o que prenunciou algum encontro no interior.

Divertiu-a observar que todos os seus amigos pareciam decididos a mandá-la para Delaford; lugar que, dentre todos os outros, ela jamais escolheria, agora pelo menos, para visitar ou no qual desejaria residir; pois não só era considerado seu futuro lar pelo irmão e pela senhora Jennings, mas mesmo Lucy, no momento da partida, lhe fez um insistente convite para que fosse visitá-la.

No início de abril, e de manhã até demasiado cedo, os dois grupos de Hanover Square e Berkeley Street partiram de suas respectivas casas, para se encontrar, como combinado, na estrada. Por conveniência de Charlotte e da criança, a viagem devia durar mais de dois dias; e o senhor Palmer, viajando mais rapidamente com o coronel Brandon, iria encontrá-las em Cleveland logo depois de sua chegada.

Marianne, que poucas horas de conforto havia tido em Londres, e ansiosa como estava havia muito por deixá-la, quando chegou o momento não conseguiu dizer adeus à casa em que tinha, pela última vez, acalentado suas esperanças e sua confiança em Willoughby, que agora estavam extintas para sempre, sem grande pesar. Nem podia deixar sem derramar muitas lágrimas a cidade em que Willoughby permanecia, ocupado com novos compromissos e novos esquemas, dos quais *ela* não faria parte.

A satisfação de Elinor, no momento da mudança, foi mais positiva. Não tinha motivo para fixar-se em demorados pensamentos: não deixava ninguém para trás, cuja separação definitiva lhe causasse momentos de pesar; estava contente por livrar-se da perseguição da amizade de Lucy; estava satisfeita por levar embora a irmã sem ter voltado a ver Willoughby desde o casamento; e esperava que alguns meses de tranquilidade em Barton pudessem restaurar a paz de espírito de Marianne e confirmar a sua.

Sua viagem transcorreu de maneira segura. O segundo dia levou-as ao amado, ou proibido, condado de Somerset; pois desse modo era chamado por vezes na imaginação de Marianne; e, ao entardecer do terceiro dia, chegaram em Cleveland.

A mansão de Cleveland era uma casa espaçosa e moderna, situada numa encosta coberta de relva. Não tinha parque, mas os locais de lazer eram relativamente extensos; e, como qualquer outro lugar do mesmo grau de importância, tinha manchas de arbustos mais ao longe e, perto de casa, alamedas de árvores; um caminho de cascalho fino, contornando a plantação, levava à frente da casa; o gramado era salpicado de árvores; a própria casa estava protegida por abetos, tramazeiras e acácias; e uma espessa parede formada por todas essas árvores, entremeada por altos choupos da Lombardia, encobria a área de serviço.

Marianne entrou na casa com o coração dilatado de emoção pela percepção de estar a somente oitenta milhas de Barton e a menos de trinta de Combe Magna; não fazia cinco minutos que estava entre suas paredes, enquanto as outras estavam ocupadas em ajudar Charlotte a mostrar o recém-nascido à governanta, ela a deixou de novo, saindo às escondidas pelas vielas sinuosas entre os arbustos, que exatamente agora começavam a adquirir beleza, a ganhar uma distante eminência; ali, da réplica de um templo grego, seus olhos, percorrendo um vasto trecho da paisagem a sudeste, pôde descansar ternamente na longínqua silhueta de colinas contra o horizonte, e imaginar que de seus cumes se poderia vislumbrar Combe Magna.

Em tais momentos de preciosa e inestimável miséria interior, regozijava-se em lágrimas de angústia por estar em Cleveland; e enquanto retornava por diferente caminho para a casa, sentindo todo o feliz privilégio da liberdade interiorana, de perambular de um local a outro em livre e voluptuosa solidão,resolveu passar cada hora do dia, enquanto permanecesse com os Palmer,abandonando-se a esses passeios solitários.

Regressou exatamente a tempo de reunir-se aos outros quando saíam da casa para uma excursão pelas proximidades da propriedade; e passaram o resto da manhã descansando em torno do quintal, examinando as flores nos muros e ouvindo as lamentações do jardineiro contra as pragas, – vagueando pela estufa, onde a perda de suas plantas favoritas, descuidadamente expostas e queimadas pelas contínuas geadas, arrancou uma risada de Charlotte – e visitando o aviário, onde, nas desapontadas esperanças de sua ajudante, por causa das galinhas que abandonavam seus ninhos ou eram roubadas por uma raposa, ou pela rápida perda de uma ninhada promissora, ela encontrava novas fontes de alegria.

A manhã estava bela e seca, e Marianne, com seu plano de sair, não contava com qualquer mudança de tempo durante sua estada em Cleveland. Com grande surpresa, portanto, viu-se impedida de sair de novo depois do jantar, por causa de uma forte chuva. Pretendia fazer uma caminhada, na hora do crepúsculo, até o templo grego, e talvez por todos os gramados; e uma tarde meramente fria ou úmida não haveria de detê-la; mas ante a chuva forte e contínua, nem mesmo ela podia imaginar um tempo seco e agradável para fazer a caminhada.

O grupo era pequeno e as horas passavam lentamente. A senhora Palmer tinha a criança, e a senhora Jennings, sua tapeçaria: falaram dos amigos que tinham deixado para trás; sugeriram encontros com a senhora Middleton e ficaram imaginando se o senhor Palmer e o coronel Brandon conseguiriam chegar além de Reading naquela noite. Elinor, embora pouco interessada nisso, acompanhava a conversa; e Marianne, que tinha a destreza de encontrar o caminho da biblioteca em todas as casas, mesmo que as famílias em geral o proibissem, logo conseguiu um livro para ler.

Nada estava faltando da parte da senhora Palmer que o constante e amigável bom humor pudesse fazer para que eles se sentissem inteiramente à vontade. A franqueza e a amabilidade de suas maneiras mais que compensavam sua falta de ponderação e elegância, que muitas vezes a mostravam falha nas formas de polidez; sua bondade, recomendada por um rosto tão belo, era envolvente; sua insensatez, embora evidente, não era desagradável, porque não era presunçosa; e Elinor poderia perdoar tudo menos seu riso.

Os dois cavalheiros chegaram no dia seguinte bem tarde para o jantar, permitindo uma agradável ampliação do grupo e uma bem-vinda variedade para suas conversas, que uma longa manhã da mesma chuva contínua havia reduzido em muito.

Elinor havia se encontrado tão pouco com o senhor Palmer, e nesse pouco havia visto tamanha variedade de maneiras de tratar sua irmã e ela própria, que não sabia o que esperar do tratamento dispensado à própria família. Achou-o, contudo, perfeito cavalheiro em seu comportamento para com as visitas e só ocasionalmente rude com a esposa e a sogra; julgava-o à altura para ser um companheiro agradável e só o impedia de ser sempre assim sua grande tendência de imaginar-se superior às pessoas em geral, do mesmo modo que se sentia superior à senhora Jennings e a Charlotte. Quanto ao restante de seu caráter e hábitos, era marcado, tanto quanto Elinor pôde perceber, por traços de todo comuns a seu sexo e idade. Era educado ao comer, mas não era pontual; orgulhoso de seu filho, embora afetasse fazer pouco caso dele; perdia as manhãs no bilhar, que deviam ser dedicadas aos negócios. Apesar de tudo, ela gostava dele e, acima de tudo, bem mais do que teria esperado; e, em seu íntimo, não se lamentava por não poder gostar mais ainda dele; não lamentava ser levada pela observação de seu epicurismo, de seu egoísmo e de sua vaidade a reavivar com complacência a lembrança do temperamento generoso, gosto simples e sentimentos modestos de Edward.

De Edward, ou pelo menos de alguns de seus interesses, ela recebeu agora informações por meio do coronel Brandon, que havia estado ultimamente em Dorsetshire; e que, tratando-a como se fosse a desinteressada amiga do senhor Ferrars e sua bondosa confidente, falou-lhe muitas coisas sobre o padroado de Delaford, descreveu suas deficiências e disse-lhe o que ele próprio pretendia fazer para solucioná-las. Seu procedimento com ela nesse pormenor, como em todos os outros, seu evidente prazer em encontrá-la depois de uma ausência de dez dias, sua boa vontade em conversar com ela e sua deferência por sua opinião, podiam muito bem justificar a convicção da senhora Jennings de seu afeto, e seria suficiente talvez, se Elinor, desde o início, não acreditasse que Marianne era realmente sua preferida, para que ela própria suspeitasse disso. Mas, como estavam as coisas, tal ideia dificilmente lhe entraria na cabeça, a não ser por sugestão da senhora Jennings; e ela não podia deixar de acreditar que ela própria era a melhor observadora das duas: observava os olhos dele, enquanto a senhora Jennings só espiava seu comportamento; enquanto os olhares dele eram de ansiosa preocupação com os sentimentos de Marianne, na cabeça e na garganta da própria Marianne começava um forte resfriado que, não lhe permitindo expressar-se por palavras, escapava inteiramente à observação da última senhora, – mas *ela* podia ver nos olhos dele os intensos sentimentos e o alarme supérfluo de um apaixonado.

Duas agradáveis caminhadas no crepúsculo do terceiro e do quarto dias de sua permanência na casa, não somente pelas trilhas de pedregulho seco entre os arbustos, mas por todos os gramados e especialmente em suas partes mais distantes, onde prevalecia algo mais silvestre que no resto, onde as árvores eram mais antigas e a grama mais alta e úmida – aliadas à ainda maior imprudência de ficar com sapatos e meias molhados – tinham provocado em Marianne um resfriado tão violento que, embora visto com descaso ou mesmo negado por um dia ou dois, se intensificou com crescentes sofrimentos, despertando a preocupação de todos e dela própria. Choveram receitas de todos os lados e, como de costume, todas recusadas. Embora abatida e febril, com dores nos membros, tosse e a garganta inflamada, uma boa noite de repouso deveria curá-la inteiramente; e foi com dificuldade que Elinor conseguiu convencê-la, ao deitar-se, a tomar um ou dois dos remédios mais corriqueiros.

## ≈ CAPÍTULO 43 ≈

Marianne levantou-se, na manhã seguinte, na hora de costume; a todas as indagações respondia que estava melhor e tentava prová-lo a si mesma, entregando-se a suas atividades costumeiras. Mas passando o dia sentada e tremendo ao lado da lareira com um livro na mão, que não conseguia ler, ou deitada, exausta e lânguida, no sofá, não demonstrava muito sua melhora; e quando, finalmente, foi para a cama mais cedo, sempre mais indisposta, o coronel Brandon só estava surpreso com a tranquilidade da irmã que, embora estivesse ao lado dela e a tratasse o dia todo, contra a própria vontade de Marianne, forçando-a a tomar os remédios apropriados à noite, confiava, como Marianne, na certeza e eficácia do sono, e não sentia verdadeira preocupação.

Uma noite insone e febril, contudo, desapontou a expectativa de ambas; e quando Marianne, depois de persistir em levantar-se, confessou-se incapaz de ficar de pé e voltou por própria vontade para a cama, Elinor adotou prontamente o conselho da senhora Jennings de mandar chamar o farmacêutico dos Palmer.

Ele veio, examinou a paciente e, embora dando esperanças à senhorita Dashwood de que poucos dias bastariam para restabelecer a irmã, causou, ao afirmar que seu mal-estar tinha uma tendência infecciosa e ao permitir que a palavra "infecção" escapasse de seus lábios, um instantâneo alarme na senhora Palmer por causa do bebê. A senhora Jennings que, desde o início,estivera inclinada a julgar a doença de Marianne mais séria do que Elinor pensava, mostrava-se agora muito preocupada diante do diagnóstico do senhor Harris e, confirmando os receios e a precaução de Charlotte, instou pela necessidade de sua imediato transferência com a criança; e o senhor Palmer, embora tratando suas apreensões como inúteis, achou que a ansiedade e a importunação da esposa eram grandes demais para resistir. Sua partida foi, portanto, marcada; e uma hora depois da chegada do senhor Harris, ela partiu, com o bebê e a ama, para a casa de um parente próximo do senhor Palmer, que vivia a poucas milhas, no outro lado do Bath; para onde, o marido prometeu, diante de suas sinceras súplicas, iria reunir-se a ela dentro de um dia ou dois; e para onde, pedia quase com a mesma insistência, a mãe a acompanhasse. A senhora Jennings, contudo, com uma bondade de coração que levou Elinor a amá-la realmente, declarou sua resolução de não mover-se de Cleveland enquanto Marianne estivesse doente, e se esforçaria, com seus atenciosos cuidados, suprir o lugar da mãe que estava distante; e Elinor encontrou nela, em todas as ocasiões, a mais disposta e ativa ajudante, desejosa de compartilhar de todas as suas fadigas e, muitas vezes, de importante serventia por sua maior experiência em assistir aos enfermos.

A pobre Marianne, lânguida abatida pela natureza de sua doença, sentindo-se totalmente mal, já não esperava que no dia seguinte estivesse recuperada; e a ideia do que podia ocorrer no dia seguinte, por causa de sua infeliz doença, tornou toda a sua indisposição mais sentida ainda, pois, naquele dia deveriam começar sua viagem de volta para casa; e, acompanhadas em todo o trajeto por um criado da senhora Jennings, deveriam colher de surpresa sua mãe na tarde seguinte. O pouco que disse se referia tudo à lamentação por essa inevitável demora; embora Elinor tentasse elevar seu humor e a fizesse acreditar, como ela realmente acreditava, que seria de pequena duração.

O dia seguinte trouxe pouca ou nenhuma alteração ao estado da paciente; certamente não estava melhor e, apesar de não ter havido qualquer mudança, não parecia pior. Seu grupo estava agora bem reduzido;pois o senhor Palmer, embora relutante em partir, seja por verdadeira humanidade e altruísmo, seja por aversão a parecer ter sido assustado pela esposa, foi finalmente persuadido pelo coronel Brandon a cumprir sua promessa de segui-la; e enquanto se preparava para ir, o próprio coronel Brandon, com maior esforço ainda, começou a falar em partir também. Nessa altura, contudo, a bondade da senhora Jennings se interpôs com êxito; pois deixar o coronel ir embora enquanto sua amada estava tão aflita por causa da irmã seria privá-los a ambos, pensava ela, de todo o consolo; e dizendo-lhe, portanto, que sua permanência em Cleveland era necessária para si própria, que precisava dele para jogar cartas à noite, enquanto a senhorita Dashwood estivesse com a irmã, etc.; insistiu com ele com tal veemência para que ficasse, que ele, que estava satisfazendo o primeiro desejo de seu próprio coração em condescender, não pôde sequer simular objeção; especialmente porque o pedido da senhora Jennings era calorosamente secundado pelo senhor Palmer, que parecia sentir alívio ao deixar ali uma pessoa tão capaz de assistir ou aconselhar a senhorita Dashwood em qualquer emergência.

Marianne foi evidentemente mantida na ignorância de todos esses arranjos. Não sabia que fora a causa da partida dos proprietários de Cleveland, sete dias depois de sua chegada. Não ficou surpresa por não ver a senhora Palmer; e como isso também não lhe causava preocupação, nunca mencionou seu nome.

Dois dias se haviam passado desde a partida do senhor Palmer; e a situação de Marianne continuava, com pequena variação, a mesma. O senhor Harris, que vinha vê-la todos os dias, ainda falava claramente de uma rápida recuperação; e a senhorita Dashwood estava igualmente otimista; mas a expectativa dos demais não era de modo algum tão animadora. A senhora Jennings estava convicta, desde o surgimento da doença repentina, de que Marianne nunca se haveria de recuperar; e o coronel Brandon, que era especialmente quem mais dava atenção aos pressentimentos da senhora Jennings, não estava em condições mentais de resistir à sua influência. Tentava livrar-se de seus receios que, segundo o diverso parecer do farmacêutico, parecia torná-los absurdos; mas as muitas horas de cada dia em que permanecia inteiramente sozinho eram mais que favoráveis à admissão de toda ideia melancólica; e não conseguia expelir de sua mente a persuasão de que nunca mais veria Marianne.

Na manhã do terceiro dia, contudo, as tristes previsões de ambos quase desapareceram; pois, quando o senhor Harris chegou, declarou sua paciente visivelmente melhor. Seu pulso era muito mais forte e todos os sintomas mais favoráveis do que na visita anterior. Elinor, confirmadas todas as prazenteiras esperanças, estava exultante, alegrando-se por ter, em suas cartas à mãe, seguido seu próprio julgamento do que o de seus amigos, dando muito pouca importância à indisposição que as havia retido em Cleveland; e quase fixando uma data em que Marianne estaria em condições de viajar.

Mas o dia não terminou tão auspiciosamente como havia começado. Ao cair da tarde, Marianne piorou novamente, mostrando-se mais abatida, fatigada e desconfortável que antes. A irmã, no entanto, ainda otimista, queria atribuir a mudança a nada mais que à fadiga de ter ficado sentada enquanto arrumavam sua cama; e, administrando-lhe cuidadosamente os medicamentos prescritos, viu-a com satisfação mergulhar finalmente num sono suave, do qual esperava os mais benéficos efeitos. O sono, embora não tivesse sido tão tranquilo como Elinor desejava, durou um tempo considerável; e ansiosa para observar o resultado, resolveu ficar sentada ao lado dela durante todo o tempo. A senhora Jennings, não percebendo mudança alguma na paciente, foi excepcionalmente cedo para a cama; a criada, que era uma das principais atendentes, estava se entretendo na sala da governanta e Elinor ficou sozinha com Marianne.

O repouso da última tornou-se cada vez mais agitado; e a irmã, que observava com incessante atenção suas contínuas mudanças de posição e ouvia os frequentes mas inarticulados sons de queixa que saiam de seus lábios, estava a ponto de acordá-la de tão doloroso sono, quando Marianne, repentinamente despertada por algum ruído acidental na casa, rapidamente se soergueu e, com febril irreflexão, gritou:

"Mamãe está chegando?"

"Ainda não," replicou a outra, escondendo seu terror e ajudando Marianne a deitar-se de novo, "mas estará aqui, espero, em pouco tempo. É um longo trajeto, como sabe, daqui a Barton."

"Mas ela não deve vir via Londres," exclamou Marianne, da mesma maneira precipitada. "Nunca voltarei a vê-la, se vier por Londres."

Elinor percebeu, alarmada, que ela não estava em seu estado normal e, enquanto tentava acalmá-la, tomou-lhe ansiosamente o pulso. Estava mais fraco e mais rápido que nunca. E como Marianne seguisse falando desconexamente da mãe, seu medo aumentou tão rapidamente que decidiu mandar chamar no mesmo instante o senhor Harris e enviar um mensageiro a Barton para trazer a mãe. Consultar o coronel Brandon sobre o melhor meio de efetivar este último quesito foi um pensamento que se seguiu imediatamente à sua resolução de levá-lo a termo; e tão logo chamou a criada para tomar seu lugar ao lado da irmã, correu para a sala de estar,onde sabia que geralmente poderia encontrá-lo mesmo em horas mais tardias que a presente.

Não havia tempo para hesitação. Seus receios e dificuldades estavam imediatamente diante dele. Com relação aos receios dela, ele não tinha nem coragem, nem confiança para tentar removê-los: ouviu-os em silencioso desânimo; mas suas dificuldades foram instantaneamente remediadas, pois, com uma presteza que a ocasião parecia exigir e com o serviço já planejado em sua mente, ofereceu-se ele próprio como mensageiro que traria a senhora Dashwood. Elinor não opôs resistência que não pudesse ser facilmente superada. Agradeceu-lhe com breves mas ardentes palavras de gratidão; e enquanto ele mandava o criado com uma mensagem urgente ao senhor Harris e uma ordem para que fossem preparados imediatamente os cavalos de posta, ela escreveu algumas linhas à mãe.

O conforto, naquele momento, de tal amigo como o coronel Brandon – de tal companheiro para a mãe – como foi gratificante! Um companheiro cujo bom senso a guiaria, cuja assistência a aliviaria e cuja amizade deveria acalmá-la! Tanto quanto o choque de um chamado desses *pudesse* ser amenizado, certamente sua presença, suas maneiras, sua assistência haveriam de diminuí-lo.

*Ele*, entrementes, por mais que pudesse sentir, agia com toda a firmeza de um espírito sereno, tomava todas as providências necessárias com a máxima rapidez e calculava com exatidão a hora em que ela deveria esperar por seu retorno. Nem um momento se perdeu com demora de qualquer espécie. Os cavalos chegaram antes mesmo do previsto; e o coronel Brandon, depois de apertar a mão dela com um olhar solene e algumas palavras ditas em voz tão baixa que não lhe chegaram aos ouvidos, precipitou-se para a carruagem. Era então cerca de doze horas e ela voltou para os aposentos da irmã, a fim de esperar a chegada do farmacêutico, para depois cuidar dela pelo resto da noite. Foi uma noite de sofrimento quase igual para ambas. Passava hora após hora e Marianne sem dormir de dor e em delírio, enquanto Elinor estava na mais cruel ansiedade até a chegada do senhor Harris. Suas apreensões ora tão elevadas se equiparavam pelo excesso a toda a confiança que ela tivera anteriormente; e a criada que estava com ela, pois não consentira que chamassem a senhora Jennings, só a torturava ainda mais, com alusões ao que sua patroa sempre pensara do caso.

Os pensamentos de Marianne estavam ainda, a intervalos, fixados incoerentemente na mãe; e sempre que ela mencionava seu nome, provocava uma pontada no pobre coração de Elinor que, recriminando-se por ter feito pouco caso da doença durante tantos dias e carente de algum alívio imediato, imaginava que em breve qualquer alívio seria em vão, que tudo havia sido demasiadamente postergado e vislumbrava a mãe sofredora chegando tarde demais para ver sua amada filha ou para vê-la consciente.

Estava a ponto de mandar chamar de novo o senhor Harris ou, se ele não pudesse vir, qualquer outra recomendação, quando o primeiro chegou – mas só depois das cinco horas. Seu diagnóstico, contudo, compensou um pouco a demora; pois, embora reconhecesse uma inesperada e desagradável alteração em sua paciente, não admitia que houvesse perigo evidente e falou do alívio que um novo método de tratamento deveria proporcionar, com uma confiança que, em menor grau, comunicou a Elinor. Prometeu voltar no decorrer de três ou quatro horas, e deixou a paciente e sua ansiosa assistente mais serenas do que as havia encontrado.

Com intensa preocupação e com recriminações por não ter sido chamada em auxílio, a senhora Jennings ouviu na manhã seguinte o que se havia passado. Suas apreensões anteriores, agora com maior razão renovadas, não lhe deixavam dúvida sobre o caso; e embora tentasse consolar Elinor, sua convicção do perigo que a irmã corria não lhe permitia oferecer-lhe o conforto da esperança. Seu coração estava realmente pesaroso. A rápida decaída, a morte prematura de uma moça tão jovem, tão graciosa como Marianne, deviam comover até uma pessoa menos interessada no fato. A compaixão da senhora Jennings tinha outras razões. Ela tinha sido sua companheira por três meses, ainda estava sob seus cuidados e era sabido que tinha sido profundamente magoada e infeliz por longo tempo. A aflição da irmã também, sua predileta, a tocava; com relação à mãe delas, quando a senhora Jennings considerava que Marianne podia provavelmente ser para *ela* o que Charlotte era para ela própria, sua simpatia para com os sofrimentos *dela* era muito sincera.

O senhor Harris foi pontual em sua segunda visita; mas chegou a ficar desapontado em suas esperanças que a anterior havia produzido. Seus remédios não surtiram efeito; a febre não diminuíra; e Marianne só um pouco mais calma – não muito – permanecia num pesado estupor. Elinor, captando tudo, e mais que tudo, viu o receio dele num momento e propôs ouvir outra opinião. Mas ele a julgou desnecessária: tinha algo mais a tentar, uma nova aplicação, de cujo êxito estava quase tão confiante quanto da última; e a visita dele terminou com encorajadoras promessas que alcançaram os ouvidos, mas não penetraram no coração da senhorita Dashwood. Ela estava calma, exceto quando pensava na mãe; mas estava quase sem esperança; e nesse estado continuou até a noite, sem praticamente mover-se de perto do leito da irmã, com seus pensamentos vagueando de uma imagem de tristeza, de um amigo sofrendo a outro; e seu espírito estava oprimido ao máximo pela conversa com a senhora Jennings, que não hesitava em atribuir a gravidade e o perigo dessa doença repentina às muitas semanas de indisposição prévia que o desapontamento de Marianne havia trazido consigo. Elinor sentiu toda a razoabilidade da ideia, e lhe acrescentou mais angústia em suas reflexões.

Pela tarde, no entanto, ela começou – mas com cautela – um medo de desapontamento que, por algum tempo, a manteve em silêncio, mesmo para com sua amiga – a imaginar, a esperar que pudesse perceber uma ligeira melhora no pulso da irmã; esperou, observou e examinou-o seguidas vezes; e, finalmente, com uma agitação mais difícil de soterrar sob a calma aparente do que toda a sua angústia precedente, aventurou-se a comunicar suas esperanças à amiga. A senhora Jennings, embora forçada pelo exame a reconhecer um temporário restabelecimento, tentou impedir que sua jovem amiga se abandonasse à ideia de sua continuidade; e Elinor, acatando todos os motivos de desconfiança, disse para si mesma que não devia igualmente ter esperança. Mas era tarde demais. A esperança já havia penetrado nela; e sentindo toda a sua ansiosa palpitação, ela se inclinou sobre a irmã para observar – nem mesmo ela sabia o quê. Meia hora se passou e os sintomas favoráveis ainda a protegiam. Mais outros surgiram para confirmar. Sua respiração, sua pele, seus lábios, tudo animava Elinor como sinais de melhora; e Marianne fixou nela um olhar consciente, embora lânguido. Ansiedade e esperança a oprimiam agora com o mesmo grau e não lhe deixavam um momento de tranquilidade até a chegada do senhor Harris às quatro da tarde, quando a certeza e as felicitações dele pela recuperação da irmã, ultrapassando até mesmo sua expectativa, lhe deram confiança, conforto e lágrimas de alegria.

Marianne estava, sob todos os aspectos, visivelmente melhor; e ele a declarou fora de perigo. A senhora Jennings, talvez satisfeita com a justificação parcial de seus pressentimentos que se haviam verificado no último alarme, permitiu-se confiar no julgamento dele e admitiu com sincera alegria, e logo com inequívoco contentamento, a probabilidade de uma recuperação total.

Elinor não podia estar alegre. Sua alegria era de outra espécie, não levava a nada mais que júbilo. Marianne, recuperada para a vida, para a saúde, para os amigos, e para a mãe extremosa, era uma ideia para encher seu coração de sensações de delicado conforto e expandi-lo em ardorosa gratidão; mas não a levava a demonstrações exteriores de alegria nem a palavras nem a sorrisos. No peito de Elinor, tudo era satisfação, silenciosa e forte.

Ela continuava ao lado da irmã, com pequenos intervalos, durante a tarde inteira; acalmando todos os receios, satisfazendo todas as indagações de seu espírito enfraquecido, concedendo todo o auxílio e observando quase cada olhar, cada respiração. A possibilidade de uma recaída poderia, certamente em algum momento, ocorrer para lembrar-lhe em que ansiedade estava; mas quando viu, em seu exame frequente e minucioso, que todos os sintomas da recuperação continuavam, e viu Marianne, às seis da tarde, mergulhar num sono calmo, pesado e, sob todos os aspectos, confortável, ela silenciou todas as dúvidas.

A hora estava avançando para o momento em que o coronel Brandon deveria chegar. Às dez da noite, assim esperava ela, ou pelo menos não muito mais tarde, a mãe seria aliviada da terrível suspense em que devia estar agora, viajando ao encontro delas. O coronel também! – talvez não menos motivo de pena! Oh! Como era lento o decorrer do tempo que ainda os mantinha sem saber de nada!

Às sete horas, deixando Marianne ainda suavemente adormecida, foi ter com a senhora Jennings na sala de visitas para o chá. Ela se havia abstido do café da manhã por causa dos receios, e de comer muito, por causa da súbita recuperação; e a leve refeição de agora, portanto, com esses sentimentos de contentamento que a invadiam, era particularmente bem-vinda. A senhora Jennings tentou convencê-la, uma vez terminado o chá, a descansar um pouco, antes da chegada da mãe, e a permitir-*lhe* tomar seu lugar ao lado de Marianne; mas Elinor não tinha qualquer sensação de fadiga nem disposição para dormir naquele momento, e não iria se afastar da irmã um instante sequer. Por isso a senhora Jennings, acompanhando-a ao andar de cima até o quarto da doente, para certificar-se de que tudo continuava bem, deixou-a novamente ali com seu encargo e seus pensamentos e retirou-se a seu próprio quarto para escrever cartas e dormir.

A noite estava fria e tempestuosa. O vento zunia ao redor da casa e a chuva batia contra as janelas; mas Elinor, toda felicidade por dentro, não reparava. Marianne dormia, apesar das rajadas, e os viajantes tinham uma rica recompensa em estoque por todos esses inconvenientes.

O relógio bateu oito horas. Se tivessem sido dez, Elinor estaria ficado convencida de que naquele momento ouviu uma carruagem se aproximando da casa; e tão forte era a sua convicção de que realmente a ouviu, apesar da *quase* impossibilidade de já terem chegado, que ela se dirigiu ao quarto de vestir contíguo e abriu uma folha da janela, para constatar a verdade. Viu instantaneamente que seus ouvidos não a haviam enganado. As lanternas trêmulas de uma carruagem ficaram imediatamente à vista. Pela luz incerta, ela pensou discernir que estava sendo puxada por quatro cavalos; e isso, embora revelasse o excesso de apreensão de sua pobre mãe, dava alguma explicação para essa inesperada rapidez.

Nunca em sua vida Elinor achou tão difícil manter a calma como naquele momento. A noção do que a mãe devia estar sentindo quando a carruagem parou à porta, – suas dúvidas – seu medo – talvez seu desespero! – e o que *ela* tinha a dizer! Com tudo isso era impossível ficar calma. Tudo o que restava fazer era apressar-se; e, permanecendo somente até que pôde deixar a criada da senhora Jennings com a irmã, correu escada abaixo.

O alvoroço no vestíbulo, assim que ela atravessou uma antessala interna, assegurou-a de que já estavam dentro de casa. Correu para a sala de estar: entrou, – e deparou-se somente com Willoughby.

## ≈ CAPÍTULO 44 ≈

Elinor, recuando com um ar de horror ao vê-lo , obedeceu ao primeiro impulso de seu coração voltando-se instantaneamente para deixar a sala; e sua mão já estava na maçaneta quando seu ato foi interrompido pelo rápido avanço dele, dizendo, numa voz mais de comando que de súplica:

"Senhorita Dashwood, por meia hora – por dez minutos – imploro-lhe que fique."

"Não, senhor," replicou ela, com firmeza, "*não* ficarei. Seu assunto não tem nada a ver *comigo*. Suponho que os criados se esqueceram de dizer-lhe que o senhor Palmer não estava em casa."

"Se me tivessem dito," exclamou ele, com veemência, "que o senhor Palmer e todos os seus tinham ido para os diabos, isso não me teria afastado desta porta. Meu assunto é com você, e somente com você."

"Comigo!" disse ela,com o máximo espanto. "Pois bem, senhor – seja rápido – e se puder – menos violento."

"Sentando-me, serei as duas coisas."

Ela hesitou; não sabia o que fazer. Ocorreu-lhe logo a possibilidade de o coronel Brandon chegar e encontrá-lo ali. Mas havia prometido ouvi-lo; e sua curiosidade, não menos que sua honra, estava agora envolvida. Depois de um momento de reflexão, no entanto, concluindo que prudência requeria presteza, e que sua aquiescência seria a melhor forma de obtê-la, caminhou silenciosamente em direção à mesa e sentou-se. Ele ocupou a cadeira do lado oposto; e por meio minuto nenhum dos dois disse palavra.

"Por favor, seja rápido, senhor," disse Elinor, impacientemente. "Não tenho tempo a perder."

Ele estava sentado numa atitude de profunda meditação, e pareceu não ouvi-la.

"Sua irmã," disse ele, abruptamente, um momento depois, "está fora de perigo. Foi o criado que me falou. Deus seja louvado! Mas é verdade? É realmente verdade?"

Elinor não iria falar. Ele repetiu a pergunta com maior ansiedade ainda.

"Pelo amor de Deus, diga-me, ela está fora de perigo ou não está?"

"Esperamos que sim."

Ele se levantou e caminhou pela sala.

"Se tivesse sabido meia hora antes; – mas já que estou aqui," falando com vivacidade forçada, enquanto voltava para seu lugar, – "o que significa isso? De uma vez por todas, senhorita Dashwood – será a última, talvez – alegremo-nos juntos! Estou com ótima disposição para a alegria. Diga-me honestamente," e um rubor mais intenso se espalhou por seu rosto, "acha que sou um tratante ou um louco?"

Elinor olhou para ele com maior espanto que nunca. Começou a pensar que devia estar embriagado; – a estranheza de tal visita, de tais modos, parecia não ser compreensível de outra maneira; e com essa impressão, levantou-se imediatamente, dizendo:

"Senhor Willoughby, aconselho-o agora a voltar para Combe. Não estou sem nada a fazer para permanecer aqui com o senhor por mais tempo. Seja qual for o assunto que tenha a tratar comigo, é preferível que o guarde e o exponha amanhã."

"Compreendo-a," replicou ele, com um sorriso expressivo e uma voz perfeitamente calma; "sim, estou muito bêbado. Uma caneca de cerveja preta com meu rosbife frio em Marlborough foi o suficiente para me derrubar."

"Em Marlborough!" exclamou Elinor, cada vez mais sem entender aonde ele queria chegar.

"Sim – parti de Londres esta manhã às oito horas e os únicos dez minutos que passei fora de minha carruagem, desde aquela hora, foram para fazer um lanche em Marlborough."

A firmeza de seus gestos e a vivacidade de seus olhos enquanto falava convenceram Elinor de que, qualquer que fosse a imperdoável loucura que podia trazê-lo a Cleveland, certamente não tinha sido pela embriaguez; depois de um momento de reflexão, ela disse:

"Senhor Willoughby, o senhor *deve* sentir, e eu deveras o *sinto*, depois do que se passou, que sua vinda para cá dessa maneira, e forçando-me estar aqui para ouvi-lo, exige uma explicação muito especial. O que é que pretende com isso?"

"Pretendo," disse ele, com energia, "se puder, fazer com que me odeie um grau a menos do que *agora*. Pretendo apresentar-lhe um tipo de explicação, uma espécie de desculpa pelo passado; pretendo abrir-lhe inteiramente meu coração e, convencendo-a de que, embora eu tenha sido sempre um cabeça-dura, nunca fui um patife; pretendo obter algo como perdão de Ma... de sua irmã."

"Esse é o motivo real de sua vinda?"

"Por minha alma, é sim," foi sua resposta, com um ardor que trouxe aquele antigo Willoughby à lembrança dela e que, apesar de si própria, levou-a a pensar que era sincero.

"Se isso é tudo, já pode sentir-se satisfeito, pois Marianne já *perdoou*, faz muito tempo que o perdoou."

"É mesmo?" exclamou ele, no mesmo tom ansioso. "Então me perdoou antes do que deveria. Mas vai me perdoar novamente e por motivos mais razoáveis. Poderia ouvir-me, pois?"

Elinor curvou a cabeça em assentimento.

"Não sei," disse ele, depois de uma pausa de expectativa por parte dela e de meditação do lado dele, "como pode ter considerado meu comportamento para com sua irmã e que diabólico motivo me poderá ter-me imputado. Dificilmente, talvez, poderá pensar melhor de mim – vale a tentativa, contudo – e irá ouvir tudo. Quando cheguei a ficar mais íntimo em sua família, não tinha outra intenção, não tinha outras perspectivas no relacionamento senão passar meu tempo agradavelmente enquanto fosse obrigado a permanecer em Devonshire, mais agradavelmente do que jamais tinha passado antes. A graciosa figura de sua irmã, suas afáveis maneiras, só podiam encantar-me; e seu procedimento para comigo que, praticamente desde o início era uma espécie de – é espantoso, quando reflito no que era, e no que *ela* era, que meu coração fosse tão insensível! Mas no começo, devo confessar, só minha vaidade era o que contava. Indiferente com a felicidade dela, pensando somente em minha própria diversão, dando vazão a sentimentos que eu sempre tinha sido intensamente habituado a favorecer, esforcei-me, com todos os meios a meu alcance, tornar-me agradável a ela, sem qualquer intenção de corresponder o seu afeto."

Nesse ponto, a senhorita Dashwood, fixando seus olhos nele com o mais indignado desprezo, interrompeu-o, dizendo:

"Não vale mesmo a pena, Senhor Willoughby, prosseguir seu relato e, para mim, continuar a ouvi-lo. Um início destes não pode ser seguido por mais nada. Não me deixe magoada por ter de ouvir mais sobre o assunto."

"Insisto para que ouça tudo," replicou ele. "Minha fortuna nunca foi grande e sempre fui gastador, sempre com o hábito de me unir a pessoas de maior renda que a minha. Desde que atingi a maioridade, ou mesmo antes, a cada ano aumentava minhas dívidas; e, embora a morte de minha velha prima, a senhora Smith, pudesse me livrar delas, ainda que tal evento fosse incerto e possivelmente remoto, por algum tempo tive a intenção de restabelecer minha situação casando-me com uma mulher de boa fortuna. Apegar-me à sua irmã, portanto, não era algo a pensar; e com uma vileza, egoísmo, crueldade, que nenhum olhar de indignação, de desprezo, nem mesmo o seu, senhorita Dashwood, poderia reprovar de modo cabal – eu agia dessa maneira, tentava cativar-lhe o afeto, sem pensar em retribuí-lo. Mas uma coisa pode ser dita em meu favor: mesmo nesse hórrido estado de vaidade egoísta, eu não sabia a extensão do dano que perpetrava, porque *então* não sabia o que era amar. Mas será que soube alguma vez? Bem se pode duvidar; pois, se tivesse realmente amado, poderia ter sacrificado meus sentimentos à vaidade, à avareza? Ou, o que é pior, poderia ter sacrificado os dela? Mas eu o fiz. Para evitar uma relativa pobreza, de cujos horrores todos a afeição e a companhia de sua irmã me teriam privado, eu perdi, ao elevar-me à riqueza, tudo aquilo que a tornaria uma bênção."

"Julgou-se então," disse Elinor, um tanto comovida, "alguma vez apegado a ela?"

"Ter resistido a tais atrativos, ter contrariado tais ternuras! Haveria no mundo homem que pudesse fazê-lo? Sim, achei-me, por graus minimamente tangíveis, sinceramente apaixonado por ela; e as horas mais felizes de minha vida foram as que passei com ela, quando sentia que minhas intenções eram estritamente honestas e meus sentimentos, irrepreensíveis. Mesmo *então*, quando estava totalmente decidido a retribuir-lhe o mesmo trato, eu me permitia, do modo mais impróprio, a protelar, dia após dia, o momento de fazê-lo, pela relutância em assumir um compromisso enquanto minha situação continuasse tão desmedidamente embaraçosa. Não pretendo ser muito razoável – nem vou impedi-la de discorrer sobre o absurdo, e pior que absurdo, sobre a falta de escrúpulos em empenhar a palavra quando minha honra já estava abalada. O tempo provou que eu era um astuto tresloucado, arranjando com grande circunspecção uma possível oportunidade para fazer-me desprezível e infame para sempre. Finalmente, contudo, minha resolução foi tomada; e tinha decidido, tão logo pudesse estar a sós com ela, a justificar as atenções que tão invariavelmente lhe havia concedido, e assegurar-lhe abertamente uma afeição que já me havia dado tanta angústia em manifestar. Mas nesse ínterim – no espaço de poucas horas que deviam se passar antes que eu tivesse uma oportunidade de falar-lhe em particular – ocorreu uma circunstância – uma infeliz circunstância – que acabou arruinando toda a minha resolução e, com ela, todo o meu conforto. Uma descoberta foi feita," então hesitou e olhou para o chão. "A senhora Smith, tinha sido informada de um modo ou de outro, imagino que por algum parente distante, cujo interesse era privar-me de seus favores, de um caso, uma ligação – mas não preciso explicar-me mais a respeito," acrescentou ele, olhando para ela com uma cor mais intensa e um olhar indagador, – "amigo íntimo seu – provavelmente já soube de toda a história faz tempo."

"Sim, já," retrucou Elinor, corando igualmente, e endurecendo uma vez mais seu coração contra qualquer compaixão por ele, "conheço-a toda; e confesso que vai além de minha compreensão o que o senhor poderá dizer para explicar toda a sua culpa neste caso terrível."

"Lembre-se," exclamou Willoughby, "de quem recebeu o relato. Poderia ser imparcial? Reconheço que sua situação e seu caráter deviam ter sido respeitados por mim. Não pretendo justificar-me, mas, ao mesmo tempo, não posso deixá-la supor que nada tenho a alegar – que pelo fato de ter sido injustiçada ela fosse irrepreensível e porque fui um libertino, ela devia ser santa. Se a violência de suas paixões, a fraqueza de seu entendimento – não pretendo, contudo, me defender. Sua afeição por mim merecia melhor tratamento; e muitas vezes, com grande remorso, recordo a ternura que, por breve tempo, teve a força de criar alguma retribuição. Desejo – desejo de todo o coração que nunca tivesse acontecido. Mas não prejudiquei somente a ela; prejudiquei igualmente alguém cujo afeto por mim (posso dizê-lo?) não era certamente menor que o dela; e cujo espírito – Oh! Como era infinitamente superior!"

"Sua indiferença, contudo, no tocante àquela infortunada jovem – devo dizê-lo, por mais desagradável que seja para mim a discussão desse assunto – sua indiferença não é desculpa para sua cruel negligência em relação a ela. Não pense que está escusado por qualquer fraqueza, por qualquer falta natural de entendimento da parte dela, face à desumana crueldade tão evidente de sua parte. Deve ter sabido que, enquanto o senhor permanecia em Devonshire à procura de novas aventuras, sempre alegre, sempre feliz, ela estava reduzida à mais extrema indigência."

"Mas, palavra de honra, eu *não* o sabia," replicou ele, desagradavelmente. "Não me lembro de ter esquecido de dar-lhe meu endereço; e o bom senso lhe teria ensinado como encontrá-lo."

"Muito bem, senhor, e o que disse a senhora Smith?"

"Logo me acusou do crime, e pode imaginar a minha confusão. A moralidade de sua vida, a formalidade de seus princípios, sua ignorância do mundo – tudo estava contra mim. Eu não podia negar o caso em si e era vão todo o esforço para amenizá-lo. Acredito que ela estava predisposta a duvidar da moralidade de minha conduta em geral e estava, além disso, descontente com a pouca atenção, com a diminuta porção de meu tempo que eu lhe dedicava durante minha última visita. Em resumo, acabou com um rompimento total. Com uma medida eu poderia salvar-me. Do alto de sua moralidade, santa mulher! Ofereceu-se a perdoar o passado se eu me casasse com Eliza. Isso não podia ser; e fui formalmente desligado de seus favores e de sua casa. A noite que sobreveio a esse acontecimento – eu devia partir na manhã seguinte – passei-a deliberando sobre qual deveria ser minha conduta futura. A luta era grande, mas terminou cedo demais. Meu afeto por Marianne, minha total convicção de seu apego a mim – tudo foi insuficiente para superar aquele medo da pobreza ou para levar-me a extirpar as falsas ideias da necessidade de riquezas, que eu estava naturalmente inclinado a adotar e que a sociedade rica tinha aumentado. Tinha razões para julgar-me confiante em minha atual esposa, se lhe fizesse o pedido de casamento, e me persuadi que nada mais, por medida de prudência, me restava a fazer. Uma cena melancólica, no entanto, me esperava antes de poder partir de Devonshire: estava comprometido a jantar com vocês naquele mesmo dia; era necessário, portanto, alguma desculpa para a quebra do compromisso. Mas, se devia apresentar as desculpas por escrito ou apresentá-las pessoalmente foi um ponto de longo debate. Senti que ver Marianne seria terrível; e até duvidava de que, se a visse de novo, pudesse manter minha resolução. Nesse ponto, contudo, subestimei minha própria magnanimidade, como o fato o provou; pois fui, vi-a, e a vi infeliz e a deixei infeliz; – e a deixei esperando nunca mais vê-la novamente."

"Por que foi, senhor Willoughby?" disse Elinor, repreensivamente; "um bilhete teria servido para qualquer finalidade. Por que julgou necessário ir pessoalmente?"

"Era necessário para meu próprio orgulho. Não podia suportar a ideia de deixar a região de maneira que as levasse, ou o resto dos vizinhos, a suspeitar de que algo tivesse ocorrido entre a senhora Smith e eu, e por isso resolvi passar pelo chalé em meu caminho para Honiton. O encontro com sua irmã, contudo, foi realmente terrível; e, para piorar, encontrei-a sozinha. Todos tinham ido não sei aonde. Eu a havia deixado apenas na noite anterior tão completamente, tão firmemente decidido em meu íntimo a proceder corretamente! Poucas horas teriam bastado para uni-la a mim para sempre; e lembro como eu estava com feliz e alegre disposição enquanto caminhava do chalé para Allenham, satisfeito comigo mesmo, contente com todo o mundo! Mas nesta, nossa última conversa de amizade, aproximei-me dela com senso de culpa que quase tirou de mim o poder de dissimulação. Sua tristeza, seu desapontamento, seu profundo pesar, quando lhe disse que era obrigado a deixar Devonshire imediatamente – nunca o esquecerei – unidos também a tal esperança, a tal confiança em mim! Oh! Deus! Que patife desumano fui!"

Ficaram ambos em silêncio por alguns momentos. Elinor quebrou a pausa, dizendo:

"Disse-lhe que retornaria em breve?"

"Não sei o que lhe disse," replicou ele, impacientemente; "menos do que poderia, em vista do passado e, além de qualquer dúvida e com toda a probabilidade, muito mais do que seria justificável em vista do futuro. Não posso pensar nisso. Não posso. Depois veio sua querida mãe torturar-me ainda mais, com toda a sua bondade e confiança. Graças aos céus! Que isso me torturou! Estava num estado miserável. Senhorita Dashwood, não pode ter ideia do conforto que me dá volver o olhar para minha própria miséria. Tenho tal aversão por mim mesmo pela estúpida e ignóbil loucura de meu coração, que todos os meus sofrimentos passados são agora apenas triunfo e exultação para mim. Bem, parti, deixei tudo aquilo que amava e fui para aqueles que, na melhor das hipóteses, me eram indiferentes. Minha viagem para a cidade– viajando com meus próprios cavalos e, portanto, tão tedioso – ninguém com quem falar – minhas próprias reflexões, tão animadoras – quando olhava para frente, tudo era tão convidativo! – quando olhava para trás, para Barton, que imagem tão confortante! – Oh! Foi uma viagem abençoada!"

Ele parou.

"Muito bem, senhor," disse Elinor, que, embora com pena dele, tornava-se cada vez mais impaciente por sua partida, "e isso é tudo?"

"Tudo? – não – esqueceu-se do que se passou em Londres? Aquela carta infame? Ela a mostrou?"

"Sim, vi todos os bilhetes que foram enviados."

"Quando a primeira de suas cartas me chegou (o que ocorreu imediatamente, pois estive o tempo todo na cidade), o que senti, recorrendo a uma frase comum, não pode ser expresso; de um modo mais simples, talvez simples demais para despertar qualquer emoção, meus sentimentos foram muito, muito dolorosos. Cada linha, cada palavra era – numa metáfora popular que seus escritores prediletos, estivesse ela aqui, haviam de proibir – uma punhal em meu coração. Saber que Marianne estava na cidade era, na mesma linguagem, um trovão. Trovões e punhais! Que repreensão me teria dado! Seu gosto, suas opiniões – creio que as conheço melhor que as minhas próprias, e certamente me são mais caras."

O coração de Elinor, que havia sido submetido a muitas mudanças no decurso dessa extraordinária conversa, agora se enternecia novamente; sentiu, porém, que era seu dever ocultar tais oscilações ao companheiro de conversa.

"Isso não está certo, senhor Willoughby. Lembre-se de que está casado. Relate somente o que em sua consciência julga necessário que eu ouça."

"O bilhete de Marianne, ao assegurar-me que eu ainda lhe era tão querido quanto nos primeiros dias – que, apesar das muitas longas semanas que tínhamos estado separados, ela estava tão firme em seus próprios sentimentos e mais do que nunca confiante na constância dos meus – despertou todos os meus remorsos. Digo 'despertou', porque tempo e Londres, negócios e dissipação, os tinham de certo modo adormecido, e eu estava me tornando um belo vilão insensível, imaginando-me indiferente a ela e insistindo em imaginar que ela também devia ter-se tornado indiferente a mim; dizendo para mim mesmo que nosso relacionamento passado não havia passado de mero assunto inútil e frívolo; dando de ombros para provar-me que era assim e silenciando toda recriminação, superando todos os escrúpulos, dizendo secretamente vez por outra, 'Ficarei profundamente satisfeito se souber que ela se casou bem'. Mas esse bilhete me fez conhecer-me melhor. Senti que ela era infinitamente mais cara para mim que qualquer outra mulher no mundo, e que eu a estava usando de maneira infame. Mas tudo estava acertado então entre a senhorita Grey e eu. Recuar era impossível. Tudo o que eu tinha de fazer era evitar vocês duas. Ao enviar resposta a Marianne, pretendendo, por esse meio, preservar-me de outras notícias dela; e por algum tempo estive até mesmo decidido a não visitá-las na Berkeley Street; mas,por fim, julgando ser mais prudente fingir uma amizade indiferente e comum do que qualquer outra coisa, observei-as bem escondido saindo de casa certa manhã, e deixei meu nome."

"Viu sairmos de casa?"

"Isso mesmo. Ficaria surpresa ao saber quantas vezes as observei, quantas vezes estive a ponto de encontrá-las. Tive de entrar em muitas lojas para impedir que me vissem, quando a carruagem estava passando. Hospedado como estava na Bond Street, dificilmente houve um dia em que não visse de relance uma ou outra; e nada a não ser a mais constante vigilância de minha parte, um desejo invariavelmente predominante de me manter longe de sua vista, podia ter-nos separado por tanto tempo. Evitava o mais possível os Middleton, assim como todos os outros que provavelmente podiam provar uma amizade em comum. Sem saber, contudo, que eles estavam na cidade, dei com Sir John logo no dia em que chegou, creio, e no dia seguinte à minha visita à senhora Jennings. Convidou-me para uma festa, um baile em sua casa naquela noite. Mesmo que *não* me tivesse dito, como que para induzir-me, que você e sua irmã estariam na festa, eu pressentiria como algo certo demais para confiar e arriscar-me. Na manhã seguinte, recebi outro curto bilhete de Marianne – ainda apaixonada, aberta, sincera e confiante – tudo o que podia tornar *minha* conduta mais odiosa. Não pude responder. Tentei – mas não conseguia formar uma frase. Mas pensei nela, creio,a cada momento do dia. Se pode sentir pena de mim, senhorita Dashwood, tenha pena da situação em que eu estava. Com a cabeça e o coração cheios de afeição por sua irmã, fui forçado a representar o papel de feliz amante de outra mulher! Aquelas três ou quatro semanas foram as piores de todas. Bem, finalmente, não preciso dizer-lhe, casualmente nos encontramos; e que figura eu fiz! Que noite de agonia! Marianne, linda como um anjo, chamando-me Willoughby em tal tom! Oh! Deus! Estendendo-me a mão, pedindo-me uma explicação, com aqueles olhos cativantes fixados com tal expressiva solicitude em meu rosto! E Sophia, ciumenta como um demônio do outro lado, observando tudo o que estava – Bem, isso não tem importância; tudo já passou. Que noite! Fugi de vocês assim que pude; mas não antes de ter visto a doce face de Marianne tão branca como a morte. *Aquela* foi a última, a última imagem que tive dela; a última forma em que me apareceu. Foi uma visão terrível! Quando hoje, contudo, pensei que ela estivesse realmente prestes a morrer, foi uma espécie de conforto para mim imaginar que eu sabia exatamente como ela haveria de aparecer para aqueles que a vissem por último neste mundo. Ela esteve diante de mim, constantemente diante de mim, enquanto eu viajava, com o mesmo olhar e a mesma cor."

Sucedeu-se uma curta pausa de reflexão. Willoughby, levantando-se primeiro, quebrou-a assim:

"Bom, devo apressar-me e partir. Sua irmã está certamente melhor, certamente fora de perigo?"

"Sim, assim nos garantiram."

"Sua pobre mãe também! Louca por Marianne!"

"Mas a carta, senhor Willoughby, sua própria carta: nada tem a dizer a respeito?"

"Sim, sim, *essa* em particular. Sua irmã me escreveu de novo, como sabe, na manhã seguinte. Viu o que ela disse. Eu estava em casa dos Ellison tomando o café da manhã, – e sua carta, com algumas outras, foram trazidas de meu local de hospedagem. Aconteceu que os olhos de Sophia se fixaram nela antes dos meus; – e seu formato, a elegância do papel, a caligrafia, tudo lhe despertou suspeitas imediatamente. Algumas vagas informações tinham chegado a ela sobre minha ligação com uma jovem de Devonshire, e o que se havia passado na noite precedente, e que ela observara, pôde concluir quem era a jovem, e a tornou mais ciumenta do que nunca. Afetando, pois, aquele ar de brincadeira, que é encantador na mulher que a gente ama, abriu imediatamente a carta e leu seu conteúdo. Pagou caro pela imprudência. Leu algo que a tornou infeliz. Sua infelicidade eu poderia ter suportado, mas sua raiva – sua maldade – de todo o jeito deviam ser aplacadas. E, em resumo, que pensa do estilo de minha mulher ao escrever cartas? – delicado – terno – verdadeiramente feminino – não é?"

"Sua mulher? A carta foi escrita com a sua própria letra."

"Sim, mas eu tive somente o crédito de copiar servilmente essas frases e me envergonhei de assinar meu nome no final. O original era todo dela própria – seus próprios felizes pensamentos e elegância de estilo. Mas que podia fazer? Estávamos noivos, tudo em preparativos, o dia quase marcado – mas falo como um tolo. Preparativos! Dia! Dito com palavras honestas, o dinheiro dela era necessário para mim e, numa situação como a minha, tudo devia ser feito para impedir um rompimento. E, além de tudo, que significava para meu caráter, na opinião de Marianne e de seus amigos, em que linguagem minha resposta era elaborada? Só devia mirar um fim. Cabia a mim declarar-me um tratante; e se o fizesse com uma inclinação ou com uma ameaça, pouca importância tinha. 'Estou arruinado para sempre em seu conceito', dizia a mim mesmo, 'excluído para sempre da companhia deles; já me julgam um indivíduo sem princípios; esta carta vai fazê-los julgar-me um salafrário.' Tais eram as oscilações de meu raciocínio enquanto, numa espécie de desesperada indiferença, copiava as palavras de minha mulher e me separava das últimas relíquias de Marianne. Seus três bilhetes, – infelizmente estavam todos em minha carteira, caso contrário, eu teria negado sua existência e os guardaria para sempre; – fui forçado a devolvê-los e não pude sequer beijá-los. E a mecha de cabelos – aquela também, sempre a trazia comigo na mesma carteira, que agora era vasculhada por minha mulher com a mais insinuante virulência, – a querida mecha, – tudo, todas as suas recordações foram arrancadas de mim."

"Não tem razão alguma, senhor Willoughby; de todo censurável," disse Elinor, enquanto sua voz, apesar de si mesma, traía sua emoção compadecida;. "não deve falar desse modo da senhora Willoughby nem de minha irmã. O senhor fez sua própria escolha. Ninguém o forçou. Sua mulher tem direito à sua polidez, a seu respeito, pelo menos. Deve realmente amá-lo, senão não se teria casado com o senhor. Tratá-la com descortesia, falar dela com desprezo, não serve de compensação para Marianne; nem posso supor que seja alívio para sua consciência."

"Não me fale de minha mulher," disse ele, com um suspiro pesado; "ela não merece sua compaixão. Sabia que não tinha afeição por ela quando nos casamos. Bem, logo que nos casamos, viemos para Combe Magna para sermos felizes e depois retornamos à cidade para divertir-nos. E agora, senhorita Dashwood, tem pena de mim? Ou disse tudo por nada? Sou – que fosse somente um grau – sou agora menos culpado em sua opinião do que fui antes? Minhas intenções nem sempre eram más. Consegui explicar em parte minha culpa?"

"Sim, certamente removeu alguma coisa – bem pouca. Provou-se, no todo, menos culpado do que eu acreditava. Provou que seu coração foi menos perverso, muito menos perverso. Mas não consigo saber – o mal que infligiu – não consigo atinar com o que poderia ser feito de pior."

"Vai repetir à sua irmã, quando ela se recuperar, o que andei lhe dizendo? Faça com que eu me sinta um pouco mais aliviado também na opinião dela como fui na sua. Disse-me que ela já me perdoou. Permita-me imaginar que um melhor conhecimento de meu coração e de meus presentes sentimentos a induzirá a um perdão mais espontâneo, mais natural, mais delicado, menos engrandecido. Fale de minha miserabilidade e de minha penitência; – diga-lhe que meu coração nunca lhe foi inconstante, e, se quiser, que neste momento ela me é mais cara do que nunca."

"Vou lhe dizer tudo o que for necessário para invocar em parte as razões que possam justificá-lo. Mas ainda não me explicou a razão particular de sua vinda agora, nem como soube da doença dela."

"Ontem à noite, na antessala do Drury Lane, encontre casualmente Sir John Middleton; e quando me reconheceu, pela primeira vez nestes dois meses falou comigo. Que me tivesse excluído de suas relações desde meu casamento, era algo que eu via sem qualquer surpresa ou ressentimento. Agora, porém, sua alma benévola, honesta e simplória, cheia de indignação contra mim e de preocupação por sua irmã, não pôde resistir à tentação de dizer-me o que sabia que devia, embora provavelmente não pensasse que isso me atormentaria terrivelmente. Tão abruptamente quanto pôde, disse-me, portanto, que Marianne Dashwood estava morrendo com uma febre infecciosa em Cleveland – havia recebido uma carta naquela manhã da senhora Jennings que o informava que ela corria perigo iminente – que os Palmer já tinham partido de medo, etc. Eu estava chocado demais para continuar passando por insensível, mesmo para o pouco arguto Sir John. Seu coração se enterneceu ao ver que o meu sofria; e tanto de sua má vontade desapareceu que, ao nos despedirmos, quase me apertou a mão, enquanto relembrava a velha promessa de me dar um filhote de cão perdigueiro. O que senti ao saber que sua irmã estava morrendo e morrendo também acreditando que eu era o maior vilão da terra, desprezando-me, odiando-me em seus últimos momentos – pois como poderia saber que hórridos intentos poderiam ter-me sido imputados? *Uma* pessoa, estava certo, me apresentaria como capaz de tudo. O que senti foi terrível! Tomei a resolução de imediato e às oito da manhã de hoje já estava em minha carruagem. Agora sabe tudo."

Elinor não deu resposta. Seus pensamentos estavam silenciosamente fixados no dano irreparável que uma independência precoce e seus consequentes hábitos de ociosidade, dissipação e luxo tinham causado na mente, no caráter, na felicidade de um homem que,a todas prerrogativas e talentos como pessoa, unia uma disposição naturalmente aberta e honesta, e um temperamento sensível e afetuoso. O mundo o havia feito extravagante e vão – extravagância e vaidade o haviam feito frio e egoísta. A vaidade, enquanto buscava seu próprio triunfo culposo à custa de outrem, o havia envolvido numa afeição verdadeira, que a extravagância, ou pelo menos sua cria, a necessidade, o haviam obrigado a sacrificar. Cada propensão faltosa, ao conduzi-lo para o mal, o havia conduzido igualmente ao castigo. Aquela ligação que, contra a honra, contra os sentimentos, contra todo o melhor interesse havia rompido externamente, agora, que não era mais admissível, governava todos os seus pensamentos; a causa, pela qual tinha deixado, sem o menor escrúpulo, sua irmã em estado lastimável, era agora provavelmente uma fonte de infelicidade de natureza mais que incurável para ele próprio. De um devaneio desses, ela foi chamada à realidade, depois de alguns minutos, por Willoughby que, despertando de semelhante devaneio, pelo menos igualmente doloroso, levantou-se bruscamente, preparando-se para partir, e disse:

"Não adianta ficar mais tempo aqui. Devo partir."

"Volta para a cidade?"

"Não – para Combe Magna. Tenho negócios a resolver; de lá para a cidade, dentro de um dia ou dois. Adeus."

Ele lhe estendeu a mão. Ela não pôde recusar-lhe a sua: ele a apertou com afeição.

"E agora pensa realmente um pouco melhor de mim do que antes?" disse ele, soltando a mão e apoiando-se contra a lareira, como se tivesse esquecido que ia partir.

Elinor assegurou-lhe que sim; – que o perdoava, que tinha pena dele, que lhe desejava todo o bem – estava até mesmo interessada em sua felicidade – e acrescentou alguns amáveis conselhos quanto ao comportamento mais provável para obtê-la. Sua resposta não foi muito animadora.

"Quanto a isso," disse ele, "devo me arrastar pelo mundo como puder. A felicidade doméstica está fora de questão. Se, no entanto, me for permitido pensar que a senhorita e as pessoas de sua família têm algum interesse por meu destino e minhas ações, pode ser o meio – pode pôr-me de sobreaviso – pelo menos vai ser algo que trará sentido à vida. Com certeza, Marianne, para mim, está perdida para sempre. Se, por qualquer sorte abençoada, estiver novamente em liberdade...

Elinor o interrompeu com uma reprovação.

"Bem," replicou ele, "mais uma vez, adeus. Vou partir agora e vou viver aterrorizado por um acontecimento."

"Que quer dizer?"

"O casamento de sua irmã."

"Está muito enganado. Ela nunca poderia estar mais perdida para o senhor do que está agora!"

"Mas será conquistada por outro. E se esse outro for exatamente aquele, dentre todos, que menos poderia suportar – mas não vou ficar aqui para furtar-me toda a sua compadecida boa vontade, para mostrar-lhe que onde mais prejudiquei menos posso perdoar. Adeus! – Deus a abençoe!"

E, com essas palavras, ele quase saiu correndo da sala.

## ≈ CAPÍTULO 45 ≈

Elinor, por algum tempo depois que ele a deixou, mesmo por algum tempo depois que o ruído de sua carruagem foi morrendo ao longe, permaneceu oprimida demais por uma multidão de ideias, amplamente divergentes em si mesmas, mas cujo resultado geral era tristeza, para poder pensar até mesmo na irmã.

Willoughby, – a quem só meia hora antes tinha abominado como o mais indigno dos homens, – Willoughby, apesar de todos os seus erros, despertou certa comiseração pelos sofrimentos produzidos por eles, que a levou a pensar nele, excluído agora e para sempre da família dela, com ternura e pesar, a atribuir, como ela própria logo admitia, mais a seus desejos que a seus méritos. Sentia que a influência dele sobre seu espírito era aumentada por circunstâncias que não deviam, em sã razão, ter peso: aquela pessoa de atrativos incomuns, aqueles modos abertos, afetuosos e vivos, que não era mérito algum possuir; e aquele amor ainda ardente por Marianne, que nem mesmo era inocente para tolerar. Mas ela pressentia que estava longe, longe ainda antes de sentir a influência dele diminuir.

Quando finalmente retornou para junto de Marianne, que nada sabia, encontrou-a acordando, restabelecida por tão longo e suave sono, na exata medida de suas esperanças. O coração de Elinor transbordava. O passado, o presente, o futuro, a visita de Willoughby, a melhora de Marianne e a esperada chegada da mãe, tudo a lançava numa agitação de espírito que impediam qualquer indício de fadiga e só a tornavam receosa de trair-se ante a irmã. Pouco foi o tempo, contudo, em que esse receio pôde afetá-la; pois, meia hora depois que Willoughby deixara a casa, foi novamente chamada ao andar de baixo pelo ruído de outra carruagem. Ansiosa por poupar a mãe de qualquer momento desnecessário de horrível incerteza, correu imediatamente para o saguão e alcançou a porta externa exatamente a tempo de recebê-la e ampará-la quando ia entrando.

A senhora Dashwood, cujo terror, à medida que se aproximavam da casa, havia quase produzido a convicção de que Marianne já não estivesse mais viva, não teve voz para perguntar por ela nem mesmo voz para dirigir-se a Elinor: mas esta, sem esperar cumprimentos nem perguntas, deu-lhe instantaneamente o alegre alívio; e a mãe, recebendo-o com todo o seu habitual calor, ficou num momento mais dominada pela felicidade do que havia estado antes pelas lágrimas. Foi conduzida à sala de estar, amparada pela filha e por seu amigo; e ali, vertendo lágrimas de alegria, embora ainda incapaz de falar, abraçou Elinor repetidas vezes, afastando-se dela por momentos para apertar a mão do coronel Brandon, com um olhar que exprimia ao mesmo tempo sua gratidão e sua convicção de que ele estava compartilhando com ela a felicidade daquele momento. Ele a compartilhava, contudo, num silêncio ainda maior que o dela.

Assim que a senhora Dashwood se havia recuperado, seu primeiro desejo foi ver Marianne e em dois minutos estava com sua amada filha, que se tornara para ela ainda mais cara pela ausência, pela infelicidade e pelo perigo. O prazer de Elinor, ao perceber o que cada uma sentia nesse encontro, só era contido pela apreensão de estarem roubando a Marianne um sono mais longo: mas podia a senhora Dashwood estar calma, podia ser até mesmo prudente, quando a vida de uma filha estava em risco? E Marianne, satisfeita por saber que a mãe estava a seu lado, e consciente de que estava muito fraca para conversar, submeteu-se prontamente ao silêncio e ao descanso, recomendados por todos os presentes em torno dela. A senhora Dashwood haveria de ficar a seu lado a noite toda, e Elinor, atendendo ao pedido da mãe, foi para a cama. Mas o repouso, que uma noite em claro e muitas horas da mais fatigante ansiedade pareciam exigi-lo, foi impedido pela irritação do espírito. Willoughby, 'o pobre Willoughby', como agora ela se permitia chamá-lo, estava constantemente em seus pensamentos: preferia não ter ouvido sua justificação por nada, e ora se recriminava, ora se desculpava por tê-lo julgado tão asperamente antes. Mas sua promessa de relatar tudo à irmã era invariavelmente penosa. Tinha medo de fazê-lo, medo de quais poderiam ser os efeitos sobre Marianne; duvidava se, depois de semelhante explicação, ela poderia ser feliz com outro; e, por um instante, desejou que Willoughby ficasse viúvo. Então, lembrando-se do coronel Brandon, reprovou-se a si mesma, sentiu que os sofrimentos e a constância dele eram muito maiores do que os de seu rival, que ele merecia sua irmã como recompensa e desejou tudo menos a morte da senhora Willoughby.

O choque da mensagem do coronel Brandon em Barton havia sido em muito amenizado para a senhora Dashwood, ainda sob efeito de seu próprio alarme anterior; pois, tão grande era sua apreensão por causa de Marianne, que já havia decidido partir para Cleveland naquele mesmo dia, sem esperar por mais informações; teria empreendido viagem antes da chegada dele, se os Careys, esperados a qualquer momento, já tivessem chegado para levar Margaret, pois a mãe estava relutante em levá-la para onde podia haver perigo de infecção.

Marianne continuava melhorando a cada dia; e a radiante disposição de aparência e de espírito da senhora Dashwood provava ser ela, como repetidamente afirmava, uma das mulheres mais felizes do mundo. Elinor não podia ouvir essa declaração nem testemunhar suas provas, sem às vezes querer saber se a mãe ainda se lembrava de Edward. Mas a senhora Dashwood, confiando no moderado relato de seu próprio desapontamento, que Elinor lhe havia enviado, era levada a desinteressar-se pela exuberância de sua alegria, pensando somente naquilo que a pudesse aumentar. Marianne lhe era restituída de um perigo em que, como agora começava a perceber, seu próprio julgamento equivocado ao encorajar aquele infeliz apego a Willoughby, havia contribuído a colocá-la; e, além da recuperação dela, tinha outra fonte de alegria, impensável para Elinor. Mas foi-lhe comunicada logo que sobreveio uma oportunidade de conversa particular entre elas.

"Finalmente, estamos sozinhas. Minha Elinor, você ainda não sabe de toda a minha felicidade. O coronel Brandon ama Marianne. Ele próprio me contou."

A filha, sentindo-se alternadamente contente e aflita, surpresa e não surpresa, prestava toda a atenção, em silêncio.

"Você nunca será igual a mim, querida Elinor, ou poderia atinar com sua compostura agora. Se pudesse desejar algum bem possível para nossa família, seria o de contar com o casamento do coronel Brandon com uma de vocês; mas creio que Marianne será a mais feliz das duas com ele."

Elinor estava um tanto inclinada a perguntar a razão de pensar assim, porque nenhuma satisfatória poderia ser dada, uma vez que suas razões eram fundamentadas em considerações imparciais sobre a idade, o caráter ou os sentimentos das duas: mas a mãe sempre se deixava levar pela imaginação em qualquer assunto de interesse; e por isso, em vez de arriscar uma indagação, deixou isso passar com um sorriso.

"Ele abriu totalmente seu coração ontem, enquanto viajávamos. Veio à tona inesperadamente, nada intencional. Eu, pode muito bem imaginar, não podia falar de outra coisa senão de minha filha: – ele não podia esconder sua aflição; percebi que esta se igualava à minha; e ele, talvez pensando que a simples amizade, da maneira como agora anda o mundo, não justificaria uma simpatia tão calorosa; ou antes, sem pensar em nada, suponho, dando vazão a sentimentos irresistíveis, me comunicou sua intensa, terna e sincera afeição por Marianne. Amou-a, minha Elinor, desde o primeiro instante em que a viu."

Elinor percebeu aqui, no entanto, não a linguagem nem as afirmações do coronel Brandon, mas o embelezamento natural da ativa fantasia de sua mãe, que moldava tudo o que lhe agradava à sua maneira.

"Sua consideração para com ela, ultrapassando infinitamente tudo o que Willoughby sentia ou fingia sentir, muito mais cálida, muito mais sincera e constante, seja como for que a denominemos, subsistiu com todo o conhecimento que ele tinha da infeliz inclinação da querida Marianne por aquele jovem sem valor! E isso sem egoísmo, sem insuflar uma esperança! Poderia vê-la feliz com outro. Que espírito nobre! Que franqueza, que sinceridade! Ninguém pode se enganar a seu respeito."

"O caráter do coronel Brandon," disse Elinor, "como excelente homem, já é mais que conhecido."

"Sei que é," replicou a mãe, com seriedade, "ou, depois dessa desilusão, eu seria a última a estimular essa afeição, ou mesmo a estar satisfeita com ela. Mas o fato de vir a mim, e como ele o fez, com diligente e pronta amizade, é o bastante para provar que é um dos homens de maior valor."

"Seu caráter, no entanto," retrucou Elinor, "não repousa num *único* ato de bondade, para o qual sua afeição por Marianne, deixando de lado o aspecto humanitário, o teria impelido. Há muito tempo que é intimamente conhecido da senhora Jennings e dos Middleton; eles gostam dele e o respeitam igualmente; e mesmo o próprio conhecimento que tenho dele, embora ultimamente adquirido, é considerável; e tanto valor e estima lhe devoto que, se Marianne puder ser feliz com ele, estarei pronta como a senhora a pensar que nossa ligação será a maior bênção do mundo para nós. Qual resposta lhe deu? A senhora lhe deu alguma esperança?"

"Oh, Minha querida! Não podia então falar em esperança para ele ou para mim. Marianne podia estar, naquele momento, expirando. Mas ele não pedia por esperança ou estímulo. A dele era uma confidência involuntária, uma efusão irreprimível para uma amiga que o confortava e não de um pedido a uma mãe. Depois de certo tempo, contudo, eu realmente disse, pois, de início, estava bem constrangida, que, se ela vivesse, como confiava plenamente, minha maior felicidade seria a de promover seu casamento; e desde nossa chegada, desde nossa agradável certeza da recuperação dela, tenho repetido isso a ele com a maior frequência e lhe dei todo o encorajamento possível. O tempo, muito pouco tempo, disse-lhe, vai se encarregar de tudo; o coração de Marianne não vai ficar perdido para sempre por um homem como Willoughby. Os próprios méritos do coronel vão lhe dar segurança."

"A julgar pela disposição do coronel Brandon, contudo, a senhora não conseguiu torná-lo igualmente otimista."

"Não. Ele acha que o amor de Marianne está arraigado profundamente demais para qualquer mudança por um largo espaço de tempo; e, mesmo supondo que seu coração se sinta novamente livre, custa-lhe acreditar que, com tal diferença de idade e de disposição, possa realmente conquistá-la. Nisso, contudo, está totalmente enganado. Sua idade, maior que a dela, representa uma vantagem, pois torna seu caráter e seus princípios mais sólidos;e, quanto à sua disposição, estou convencida de que é exatamente a única capaz de fazer sua irmã feliz. E sua personalidade, suas maneiras também, tudo está a seu favor. Minha parcialidade não me cega: certamente ele não é tão bonito como Willoughby; mas, ao mesmo tempo, há algo de muito mais agradável em seu semblante. Sempre havia algo, se você se lembra, no olhar de Willoughby, de que não gostava."

Elinor *não* podia lembrar-se; mas a mãe, sem esperar por seu assentimento, continuou:

"E suas maneiras, as maneiras do coronel Brandon são somente mais agradáveis para mim do que as de Willoughby alguma vez o foram, mas também são de uma espécie que bem sei que são mais solidamente atraentes para Marianne. Sua gentileza, sua atenção autêntica para com os outros e sua simplicidade máscula e sem afetação estão muito mais de acordo com a verdadeira disposição dela do que a vivacidade, muitas vezes artificial e inoportuna, do outro. Estou realmente segura de que, mesmo se Willoughby fosse tão gentil quanto se revelou o contrário, ainda assim Marianne nunca seria mais feliz com ele do que o será com o coronel Brandon."

Fez uma pausa. A filha não podia concordar totalmente com ela; mas sua discordância não foi ouvida, e por isso não a ofendeu.

"Em Delaford, ela estará a pouca distância de mim," acrescentou a senhora Dashwood, "mesmo se eu permanecer em Barton; e com toda a probabilidade, – pois soube que é uma vila razoavelmente grande, – certamente deverá haver alguma casa pequena ou chalé por perto, que nos serviria tão bem quanto o que responde à nossa presente situação."

Pobre Elinor! – aqui estava um novo esquema para levá-la a Delaford! – mas seu espírito era obstinado.

"E também sua fortuna! – pois, na minha idade, você sabe, todo mundo se preocupa com isso;– e, embora eu não saiba nem queira saber qual é realmente, estou certa de que deve ser considerável."

Nesse momento foram interrompidas pela entrada de uma terceira pessoa; e Elinor retirou-se para pensar sobre tudo isso em particular, para desejar êxito a seu amigo e ainda, ao desejá-lo, sentir um pontada por causa de Willoughby.

## ≈ CAPÍTULO 46 ≈

A doença de Marianne, embora de caráter debilitante, não havia sido prolongada o suficiente para tornar lenta sua recuperação; e com a sua juventude, força natural e a presença da mãe em apoio, progrediu tão suavemente que lhe permitiu, depois de quatro dias da chegada desta última, deslocar-se para o quarto de vestir da senhora Palmer. Uma vez ali, a seu especial pedido, pois estava impaciente para apresentar seus agradecimentos a ele, por ter ido buscar a mãe, o coronel Brandon foi convidado a visitá-la.

Sua emoção ao entrar no quarto, ao ver sua fisionomia alterada e ao receber a pálida mão que ela imediatamente lhe estendeu, foi tal que, nas conjecturas de Elinor, parecia fluir de algo mais que de sua afeição por Marianne, ou da consciência de que os outros já tivessem conhecimento disso; ela logo descobriu, em seu olhar melancólico e na variação das feições, enquanto ele olhava para a irmã, o provável retorno de muitas cenas passadas de infortúnio, trazidas à mente pela semelhança entre Marianne e Eliza, e agora reforçadas pelos olhos fundos, a pele doentia, a posição reclinada pela fraqueza e o caloroso agradecimento a um favor especial.

A senhora Dashwood não estava menos atenta que a filha ao que se passava, mas com a mente influenciada de modo muito diverso e, portanto,tentando vislumbrar efeitos diferentes, nada viu no comportamento do coronel senão o que surgia das mais simples e evidentes emoções, enquanto, nos atos e nas palavras de Marianne, persuadiu-se a pensar que algo mais do que a gratidão começava a manifestar-se.

Ao término de um ou dois dias, como Marianne se tornasse visivelmente mais forte a cada 12 horas, a senhora Dashwood, premida igualmente por seus próprios desejos e pelos das filhas, começou a falar em regressar a Barton. De *suas* medidas dependiam aquelas de seus dois amigos: a senhora Jennings não podia deixar Cleveland durante a permanência das Dashwood; e o coronel Brandon foi logo persuadido, pelo pedido unânime delas, a considerar sua própria permanência como igualmente determinada, se não igualmente indispensável. A pedido dele e da senhora Jennings em troca, a senhora Dashwood foi convencida a aceitar a utilização da carruagem dele em sua viagem de volta para melhor acomodação da filha doente; e o coronel, ao convite conjunto da senhora Dashwood e da senhora Jennings, cuja diligente bondade a tornava amiga e hospitaleira para as outras pessoas, aceitou com prazer em recuperar a carruagem numa visita que faria ao chalé, daí a poucas semanas.

O dia da separação e da partida chegou; e Marianne, depois de se despedir de modo particular e demoradamente da senhora Jennings, despedida tão profundamente grata, tão cheia de respeito e bons desejos que parecia brotar do fundo de seu coração pelo secreto conhecimento de sua antiga falta de atenção para com ela, cumprimentou o coronel Brandon que, com a cordialidade de um amigo, ajudou-a cuidadosamente a subir na carruagem, parecendo ansioso para que ela ocupasse pelo menos a metade do espaço. A senhora Dashwood e Elinor seguiram-na e os outros ficaram conversando sobre as viajantes e sentindo o próprio enfado, até que a senhora Jennings caminhou para sua cadeira, confortando-se com os mexericos da criada pela perda de suas jovens amigas; o coronel Brandon, imediatamente depois, tomou seu caminho solitário para Delaford.

As Dashwood estavam há dois dias na estrada e Marianne suportou a viagem sem muita fadiga. Tudo o que a mais zelosa afeição, o mais solícito cuidado podiam fazer para deixá-la confortável era feito pelas atenciosas companheiras, e cada uma encontrava recompensa no bem-estar físico e na calma de espírito dela. Para Elinor, a visão de sua calma era particularmente grata. Ela, que a tinha visto semana após semana em tão constante sofrimento, oprimida por uma angústia do coração que não tinha coragem de expressar nem força para esconder, agora a via com uma alegria que ninguém mais poderia igualmente compartilhar, em aparente serenidade de espírito que, se fosse o resultado, como esperava, de séria reflexão, podia certamente conduzi-la ao contentamento e à reanimação.

Ao se aproximarem de Barton, com efeito, e ao entrarem em cenários, onde cada campanha e cada árvore traziam alguma lembrança peculiar ou dolorosa, ela se tornava silenciosa e pensativa e, voltando o rosto para evitar que o notassem, acomodou-se olhando atentamente através da janela. Mas nesse ponto, Elinor não podia estranhar nem recriminá-la; e quando viu, ao ajudar Marianne a descer da carruagem, que ela estivera chorando, pensou que era somente uma emoção muito natural em si, para despertar-lhe algo menos terno do que pena, e sua discrição merecia ser louvada. Em todo o seu comportamento subsequente, observou o controle de uma mente estimulada para procedimento mais racional; pois, logo que entraram na sala de estar, Marianne volveu seus olhos ao redor dela e com um olhar de resoluta firmeza, como se estivesse determinada de uma vez a acostumar-se com a vista de cada objeto que pudesse estar ligado à lembrança de Willoughby. Pouco disse, mas cada frases visava à alegria; e, embora lhe escapasse por vezes um suspiro, nunca passava sem a compensação de um sorriso. Depois do jantar, tentaria tocar piano. Foi até ele; mas a música, sobre a qual seus olhos pousaram, era uma ópera, presente de Willoughby, contendo alguns de seus duetos favoritos e trazendo na capa seu próprio nome escrito com a letra dele. Aquela não. Abanou a cabeça, pôs a partitura de lado e, depois de dedilhar o teclado por um minuto, queixou-se de fraqueza nos dedos e fechou novamente o instrumento; declarou, porém, com firmeza que no futuro haveria de praticar muito.

A manhã seguinte não revelou qualquer abatimento nesses agradáveis sintomas. Pelo contrário, com o corpo e o espírito igualmente fortalecidos pelo descanso, ela olhava e falava com a mais genuína disposição, antecipando o prazer do retorno de Margaret e falando do querido grupo familiar que seria então restaurado, de seus interesses comuns, de sua alegre companhia, como sendo a única felicidade digna de desejar.

"Quando o tempo estiver firme e eu recuperar minhas forças," disse ela, "vamos fazer longas caminhadas juntas todos os dias. Vamos caminhar até a fazenda ao sopé da encosta e ver como estão as crianças; vamos caminhando até as novas plantações de Sir John em Barton Cross e em Abbeyland; e iremos muitas vezes às velhas ruínas do priorado e vamos tentar descobrir suas fundações até onde, como nos disseram, elas chegavam. Sei que vamos ser felizes. Sei que o verão passa depressa. Pretendo nunca me levantar depois das seis e, dessa hora até o jantar, vou dividir todos os momentos entre música e leitura. Fiz meus planos e estou decidida a dedicar-me seriamente ao estudo. Já conheço demais nossa biblioteca para valer-se para nada mais que leituras de distração. Mas há muitos livros que vale a pena ler em Barton Park; e há outros de produção mais moderna, que sei que posso pedir emprestado ao coronel Brandon. Lendo só seis horas por dia, vou ganhar, no espaço de um ano, muito da instrução que sinto me faltar."

Elinor elogiou-a por esse plano elaborado tão nobremente; embora sorrindo ao ver a mesma imaginação ávida que a tinha levado ao extremo de lânguida indolência e descontentamento egoísta, agora ao trabalho de introduzir excessos num esquema de tal atividade racional e de tal virtuoso autocontrole. Seu sorriso, contudo, transformou-se num suspiro quando se lembrou de que sua promessa a Willoughby continuava sem cumprimento; temia que, se a comunicasse, poderia perturbar novamente o espírito de Marianne e arruinar, pelo menos por certo tempo, esse belo projeto de atarefada tranquilidade. Querendo, portanto, adiar o momento fatal, resolveu esperar até que a saúde da irmã estivesse mais estável, antes de falar a respeito. Mas a resolução foi tomada só para ser infringida.

Marianne permaneceu dois ou três dias em casa antes que o tempo ficasse bastante bom para que uma convalescente como ela se aventurasse a sair. Finalmente, porém, uma suave e esplêndida manhã apareceu, de modo a tentar os desejos da filha e a confiança da mãe; e Marianne, apoiando-se no braço de Elinor, foi autorizada a passear, por tanto tempo quanto pudesse sem fadiga, pelo caminho na frente de casa.

As irmãs saíram num passo lento, devagar como exigia a fraqueza de Marianne, num exercício até agora não tentado desde que ficara doente; e tinham avançado somente até pouco além da casa, o que lhes permitia uma visão completa da colina imponente atrás do chalé, quando, pousando seus olhos voltados para essa colina, Marianne calmamente disse:

"Ali, exatamente ali," apontando com uma das mãos, "naquela ponta mais saliente, foi ali que caí; e ali, pela primeira vez, vi Willoughby."

Sua voz soçobrou com esse nome, mas refazendo-se de imediato, acrescentou:

"Estou grata por ver que posso olhar para este local com tão pouca mágoa! Será que podemos falar sobre esse assunto, Elinor?" disse com hesitação. "Ou não seria conveniente? *Posso* falar disso agora, espero, como sempre quis."

Elinor convidou-a ternamente a abrir-se.

"Quanto ao pesar," disse Marianne, "já passou, pelo menos no que diz respeito a *ele*. Não pretendo falar-lhe do que têm sido meus sentimentos por ele, mas do que são *agora*. No presente, se pudesse ficar satisfeita num ponto, seria o de me permitir pensar que ele nem *sempre* fingiu, nem *sempre* me enganou; mas, acima de tudo, se pudesse ter certeza de que nunca foi tão mau quanto meus receios me fizeram por vezes imaginá-lo, desde que fiquei sabendo da história daquela pobre menina..."

Parou. Elinor guardava alegremente essas palavras, enquanto respondia:

"Se você pudesse ter certeza disso, acha que ficaria tranquila?"

"Sim. Minha paz de espírito está duplamente envolvida nisso; pois não é somente horrível suspeitar de uma pessoa, que era tudo para mim, de tais intentos, mas que devo pensar de mim mesma? Numa situação como a minha, só poderia me expor à mais vergonhosamente incauta afeição..."

"Como, então," perguntou a irmã, "poderia explicar o comportamento dele?"

"Poderia supô-lo – oh! Como ficaria feliz se pudesse supô-lo! – apenas volúvel, muito, muito volúvel."

Elinor não disse mais nada. Estava debatendo consigo mesma sobre a conveniência de começar seu relato imediatamente ou adiá-lo até que Marianne estivesse bem melhor de saúde; e continuaram caminhando lentamente por alguns minutos, em silêncio.

"Não estou querendo muito o bem dele," disse Marianne finalmente, com um suspiro, "quando desejo que suas reflexões interiores não sejam mais desagradáveis que as minhas. Ele sofrerá bastante com elas."

"Compara sua conduta com a dele?"

"Não. Comparo-a com o que deveria ter sido; comparo-a com a sua, Elinor."

"Nossas situações tinham pouca semelhança."

"Elas tinham mais que nossas condutas. Não queira, minha querida Elinor, deixar que sua bondade defenda o que sei que sua razão deve recriminar. Minha doença me fez pensar. Deu-me tempo e calma para sérias reflexões. Muito antes de estar bastante recuperada para falar, já era perfeitamente capaz de refletir. Considerei o passado: vi em meu próprio comportamento, desde o momento em que o conheci, no outono passado, nada mais que uma série de imprudências para comigo mesma e falta de bondade para com os demais. Vi que meus próprios sentimentos tinham preparado meus sofrimentos e que minha falta de coragem nestes quase me levou ao túmulo. Minha doença, sabia bem, tinha sido inteiramente provocada por mim mesma, por tal negligência com minha saúde, que sentia, mesmo nessa ocasião, estar errada. Se eu tivesse morrido, teria sido autodestruição. Não sabia do perigo que corria até que o mesmo fosse removido; mas com tais sentimentos que essas reflexões me deram, admirava-me de minha recuperação – admirava-me de que a própria ânsia de meu desejo de viver, para ter tempo de expiação perante Deus e vocês todas, não me tivesse matado de vez. Se eu tivesse morrido, em que tristeza profunda a teria deixado, minha enfermeira, minha amiga, minha irmã! Você, que viu todo o meu petulante egoísmo de meus últimos dias; que conheceu todos os murmúrios de meu coração! Como teria podido viver em sua lembrança! A mãe também! Como você haveria de consolá-la! Não consigo expressar minha própria aversão por mim mesma. Sempre que olhava para o passado, via algum dever negligenciado ou alguma falha perdoada. Parecia-me que ofendia a todos. Retribuía com um desprezo ingrato a bondade, a constante bondade da senhora Jennings. Fui insolente e injusta com os Middleton, os Palmer, os Steele, e até com todos os nossos amigos comuns; com um coração endurecido contra seus méritos e uma conduta irritadiça perante suas atenções. A John, a Fanny, sim, mesmo a eles, por pouco que mereçam, dei menos do que devia. Mas você, você acima de todos, acima da mãe, foi maltratada por mim. Eu, e só eu,conhecia seu coração e seus sofrimentos; ainda assim, em que me influenciou? – nenhuma compaixão que pudesse beneficiá-la ou a mim mesma. Seu exemplo estava diante de mim; mas para que me serviu? Tive mais consideração com você, acaso a confortei? Imitei sua paciência ou aliviei suas obrigações, participando daqueles atos regidos pelas normas do convívio social ou de particular gratidão que você dali por diante teve de desempenhar sozinha? Não; não menos quando sabia que você era infeliz do que quando acreditava que você estava tranquila, me afastei sem titubear de todo empenho pelo dever ou pela amizade; dificilmente permitia que a tristeza existisse a não ser para mim, lastimando somente *aquele* coração que havia desertado e me enganado, e deixando você, a quem eu confessava uma ilimitada afeição, em péssima situação por minha causa."

Terminava aqui a rápida torrente de palavras provinda de seu espírito que se recriminava; e Elinor, impaciente para acalmar, embora honesta demais para bajular, deu-lhe instantaneamente aquele apreço e apoio que sua franqueza e sua contrição tanto mereciam. Marianne apertou-lhe a mão e replicou:

"Você é muito boa. O futuro será minha prova. Já elaborei

meu plano e, se for capaz de executá-lo, meus sentimentos serão governados e meu caráter será aperfeiçoado. Não mais irão mais incomodar os outros, nem me torturar. Viverei exclusivamente para minha família. Você, a mãe e Margaret serão daqui em diante todo o meu mundo; a vocês se dirigirão inteiramente minhas afeições. De vocês, de minha casa, nunca mais terei o menor estímulo para afastar-me; e se me envolver com outras companhias, será somente para mostrar que meu espírito é humilde, que meu coração está transformado, e que posso praticar as boas maneiras, os mínimos deveres da vida, com delicadeza e paciência. E quanto a Willoughby, dizer que em breve ou algum dia possa esquecê-lo seria inútil. As recordações dele não podem ser superadas por nenhuma modificação de circunstâncias ou opiniões. Mas serão controladas, contidas pela religião, pela razão, pela atividade constante."

Fez uma pausa – e acrescentou em voz baixa: "Se ao menos pudesse conhecer agora *seu* coração, tudo seria mais fácil."

Elinor, que já vinha há algum tempo refletindo sobre a propriedade ou impropriedade de arriscar a fazer logo sua narração, sem que se sentisse mais próxima da decisão do que no início, ouviu isso; e percebendo que a reflexão nada concluíra, a resolução devia fazer tudo, logo se viu narrando o fato.

Ela conduziu o relato, como esperava, com muito jeito; preparou sua ansiosa ouvinte com precaução; relatou simples e honestamente os pontos principais em que Willoughby fundamentava suas desculpas; fez justiça ao arrependimento dele e amenizou somente seus protestos de afeição no presente. Marianne não disse uma palavra. Tremia: mantinha os olhos fixos no chão; e seus lábios se tornaram mais lívidos do que sua doença os havia deixado. Mil perguntas brotavam de seu coração, mas não ousava fazer uma só. Captava cada sílaba com ofegante ansiedade: sua mão, sem que ela a dominasse, apertava firmemente a da irmã, e as lágrimas lhe cobriam o rosto.

Elinor, temendo que ela estivesse cansada, levou-a para casa; e até chegarem à porta do chalé, conjecturando qual deveria ser sua curiosidade, embora ela evitasse fazer qualquer pergunta, não falou de outra coisa a não ser de Willoughby e da conversa delas; e foi cuidadosamente precisa em cada pormenor de sua fala e expressões, desde que os pormenores pudessem ser descritos com segurança. Logo que entraram em casa, Marianne, com um beijo de gratidão e com estas duas palavras, articuladas entre lágrimas, 'Conte à mamãe', deixou a irmã e subiu lentamente as escadas. Elinor não iria tentar perturbar uma solidão tão razoável como a que ela ora procurava; e com a mente premeditando ansiosamente seus resultados, e com a resolução de reviver novamente o assunto, caso Marianne não conseguisse fazê-lo, entrou na sala de estar para cumprir sua nova determinação.

## ≈ CAPÍTULO 47 ≈

A senhora Dashwood não ouviu, sem emoção, a justificação de seu antigo favorito. Alegrou-se por vê-lo isento de alguma parte da culpa imputada a ele; sentia pena dele; desejou que fosse feliz. Mas os sentimentos do passado não podiam ser restabelecidos. Nada poderia recuperá-lo com uma fé inabalável, com um caráter sem mácula perante Marianne. Nada poderia cancelar o conhecimento do que ela havia sofrido por causa de seus atos, nem remover de culpa de sua conduta para com Eliza. Nada poderia recolocá-lo, portanto, em sua antiga estima, nem prejudicar os interesses do coronel Brandon.

Se a senhora Dashwood, como sua filha, tivesse ouvido a história de Willoughby dele próprio, – se tivesse testemunhado seu desgosto e tivesse estado sob a influência de seu semblante e de seus gestos, – provavelmente sua compaixão teria sido maior. Mas não estava ao alcance de Elinor nem assim o desejava, despertar tais sentimentos em outro, por sua detalhada explanação, que de início havia sentido brotar em si mesma. A reflexão havia conferido calma a seu julgamento e moderado sua própria opinião sobre os méritos de Willoughby; desejava, portanto, dizer somente a simples verdade e revelar esses fatos como realmente ligados a seu caráter, sem qualquer embelezamento de ternura que pudesse levar a imaginação por outros caminhos.

À noite, quando estavam as três juntas, Marianne começou por própria vontade a falar dele novamente; mas não foi sem esforço, como mostravam claramente a contínua e inquieta reflexão em que havia estado desde algum tempo absorta, a alteração de sua cor ao falar e sua voz oscilante.

"Quero garantir a ambas," disse ela, "que vejo tudo como podem desejar que eu veja."

A senhora Dashwood a teria interrompido instantaneamente com suave ternura, se Elinor, que queria realmente ouvir a opinião desapaixonada da irmã, não a tivesse obtido, por meio de um sinal ansioso, seu silêncio. Marianne continuou lentamente:

"É um grande alívio para mim o que Elinor me contou esta manhã;agora ouvi exatamente aquilo que desejava ouvir."Por alguns momentos, sua voz ficou perdida; mas recobrando-se, ela acrescentou, com uma calma maior que antes:"Estou agora perfeitamente satisfeita e não desejo qualquer mudança. Nunca poderia ter sido feliz com ele, depois de saber, como mais cedo ou mais tarde haveria de saber, tudo isso. Não poderia ter tido qualquer confiança, qualquer estima por ele. Nada poderia afastar tudo isso de meus sentimentos."

"Sei, sei muito bem," exclamou a mãe. "Feliz com um homem de conduta libertina! Com alguém que tanto prejudicou a paz de nosso amigo mais caro e o melhor dos homens! Não – minha Marianne não tem um coração para ser feliz com tal homem! Sua consciência, sua sensível consciência, haveria de sentir tudo o que consciência do marido devia sentir."

Marianne suspirou e repetiu:"Não desejo qualquer mudança."

"Você considera o assunto," disse Elinor, "exatamente como uma boa mente e um bom entendimento haveria de fazê-lo; e ouso dizer que percebe, tanto quanto eu, não apenas nesta mas em muitas outras circunstâncias, razão suficiente para estar convencida de que seu casamento a teria envolvido em muitos problemas e desapontamentos, nos quais você seria escassamente apoiada por uma afeição, da parte dele, muito menos segura. Se tivesse se casado, seria sempre pobre. Suas extravagantes gastanças são reconhecidas até por ele mesmo; e toda a sua conduta demonstra que abnegação é uma palavra que dificilmente compreendida por ele. As exigências dele, conjugadas com sua inexperiência em viver com rendimentos realmente modestos, haveriam de trazer aflições que não poderiam ser *menos* dolorosas para você, por terem sido inteiramente desconhecidas e impensáveis antes. Seu senso de honra e honestidade a teria levado, sei muito bem, quando ciente de sua situação, a tentar toda a economia que lhe parecesse possível; e, talvez, enquanto a frugalidade restringisse somente seu próprio conforto, você poderia sofrer ao insistir em praticá-la, mas, além disso – como seria diminuto o máximo de seu isolado controle para deter a ruína que já havia começado antes de seu casamento? Além *disso*, se procurasse, embora de forma racional, reduzir os divertimentos *dele*, não seria de recear que, em vez de vencer sentimentos tão egoístas que os consentiam, você haveria de sentir diminuída sua própria influência sobre o coração dele, levando-o lamentar a união que o envolveu em tais dificuldades?"

Os lábios de Marianne tremiam, e ela repetiu a palavra 'egoísta' num tom que implicava: "Você acha realmente que ele é egoísta?"

"Todo o seu comportamento," replicou Elinor, "do começo ao fim do caso, esteve fundamentado no egoísmo. Foi o egoísmo que de início o fez brincar com sua afeição;mais tarde, quando ele próprio se sentia apegado a você, o egoísmo o fez adiar sua confissão e finalmente o levou para longe de Barton. Seu próprio prazer ou seu próprio bem-estar foram, em todos os pormenores, seu princípio predominante."

"É bem verdade. *Minha* felicidade nunca foi seu objetivo."

"No presente," continuou Elinor, "ele lamenta o que fez. E por que o lamenta? Porque acha que não respondeu ao que almejava. Não o fez feliz. Sua situação é agora despreocupada

– não sofre de nenhum mal desse tipo; acha somente que se casou com uma mulher de temperamento menos amável que o de você mesma. Mas pode-se concluir que, se ele se tivesse casado com você, teria sido mais feliz? Os inconvenientes seriam diversos. Teria então sofrido dificuldades financeiras que, por terem sido removidas, não o preocupam mais. Teria tido uma esposa de cujo temperamento não poderia se queixar, mas estaria sempre necessitado – sempre pobre; e provavelmente teria logo aprendido a avaliar os inumeráveis confortos de uma propriedade livre de impostos e bom rendimento como algo de muito maior importância, mesmo para a felicidade doméstica, que o mero temperamento de uma esposa."

"Não tenho a menor dúvida a respeito," disse Marianne, " e nada tenho a lastimar – nada a não ser minha própria insensatez."

"Diga antes, a imprudência de sua mãe, minha filha," disse a senhora Dashwood: "*ela* deve responder por isso."

Marianne não a deixaria prosseguir; e Elinor, satisfeita porque cada uma reconhecia seu próprio erro, queria evitar qualquer avaliação do passado que pudesse enfraquecer a disposição da irmã; procurou, portanto, retomar o primeiro assunto e continuou imediatamente:

"*Uma* observação pode, acredito, ser facilmente deduzida de toda essa história – que todas as dificuldades de Willoughby provieram de sua primeira ofensa contra a virtude, em seu modo de comportar-se com Eliza Williams. Esse crime foi a origem de todos os outros menores e de todos os seus presentes descontentamentos."

Marianne concordou de modo extremamente comovido com a observação; e a mãe foi levada pela mesma à enumeração dos danos causados ao coronel Brandon e de seus méritos, feita de forma tão calorosa como só a amizade unida a seus intentos poderiam ditar. A filha não parecia, contudo, ter ouvido tudo o que se dizia.

Elinor, de acordo com sua expectativa,observou, nos dois ou três dias seguintes, que Marianne não continuava a recuperar forças como vinha mostrando antes; mas, enquanto persistisse em sua resolução e tentasse a parecer alegre e tranquila, sua irmã poderia seguramente confiar nos efeitos do tempo sobre a melhora de sua saúde.

Margaret retornou e a família estava de novo toda reunida, de novo instalada tranquilamente no chalé; e se não se entregavam a seus habituais estudos com o mesmo ânimo de quando chegaram a Barton, pelo menos planejavam prossegui-los com vigor no futuro.

Elinor estava cada vez mais impaciente por alguma notícia de Edward. Nada soubera dele desde que haviam deixado Londres, nada de novo sobre seus planos, nada de certo até mesmo sobre sua atual residência. Havia trocado cartas com seu irmão em decorrência da doença de Marianne; e, na primeira carta de John, havia esta frase: 'Nada sabemos de nosso infeliz Edward, nem podemos fazer indagações a respeito de assunto tão proibido, mas concluímos que ainda esteja em Oxford'; foi toda e única informação que teve de Edward por correspondência, pois seu nome nem sequer foi mencionado em nenhuma das cartas subsequentes. Não estava, porém, destinada a ficar muito tempo na ignorância das providências dele.

O criado da casa havia sido enviado, certa manhã, para Exeter a negócios; e, enquanto esperava à mesa, tendo respondido às perguntas de sua patroa relativas à mensagem de que fora incumbido, por própria vontade deixou escapar esta comunicação:

"Suponho que saiba, senhora, que o senhor Ferrars se casou."

Marianne levou um choque repentino, fixou os olhos em Elinor, viu-a empalidecer, e caiu para trás na cadeira, parecendo sentir-se mal. A senhora Dashwood, cujos olhos, enquanto respondia à pergunta do criado, tinham intuitivamente tomado a mesma direção, ficou chocada ao perceber, pelo semblante de Elinor, quanto ela realmente sofria; e, logo no momento seguinte, igualmente preocupada com a situação de Marianne, não sabia a qual das filhas deveria conceder sua maior atenção.

O criado, que vira somente a senhorita Marianne passando

mal, teve o bom senso de chamar uma das criadas que, com a assistência da senhora Dashwood, a conduziu para a sala vizinha. Nesse meio tempo, Marianne já estava bastante melhor; e a mãe, deixando-a aos cuidados de Margaret e da criada, voltou para Elinor que, embora ainda muito perturbada, já havia recuperado o uso da razão e da voz para logo começar a perguntar por Thomas, como a fonte dessa informação. A senhora Dashwood tomou imediatamente todo esse transtorno a seu encargo; e Elinor teve o benefício da informação sem dar-se ao trabalho de procurá-la.

"Thomas, quem lhe disse que o senhor Ferrars se casou?"

"Eu próprio vi o senhor Ferrars, minha senhora, esta manhã em Exeter, e também a mulher dele, a senhorita Steele, como era chamada. Estavam parados numa carruagem à porta da hospedaria de New London, quando fui levar uma mensagem de Sally, de Barton Park, para o irmão dela, que é um dos estafetas. Olhei para cima quando ia passando pela carruagem e vi imediatamente a mais nova das senhoritas Steele; então tirei o chapéu, ela me reconheceu e me chamou, e perguntou pela senhora e pelas meninas, especialmente pela senhorita Marianne, e pediu-me que as saudasse por parte dela e do senhor Ferrars, com os melhores cumprimentos e atenção, dizendo que lamentavam muito não ter tempo para vir até aqui e vê-las; mas estavam com grande pressa de seguir adiante, pois iam continuar por mais um pouco; e que, no entanto, quando voltassem, garantiram que viriam para vê-las."

"Mas ela lhe disse que estava casada, Thomas?"

"Sim, minha senhora. Ela sorriu e disse como tinha mudado de nome desde que veio para cá. Ela sempre foi muito afável e moça que gostava muito de conversar; e muito educada. Assim, tomei a liberdade de desejar-lhe felicidades."

"O senhor Ferrars estava na carruagem com ela?"

"Sim, minha senhora. Cheguei a vê-lo reclinado para trás, mas ele não olhou para meu lado: nunca foi um cavalheiro de muita conversa."

O coração de Elinor pôde facilmente compreender por que ele não se inclinou para frente; e a senhora Dashwood provavelmente chegou à mesma conclusão.

"Não havia ninguém mais na carruagem?"

"Não, minha senhora; somente os dois."

"Sabe de onde vinham?"

"Vinham diretamente da cidade, como a senhorita Lucy – a senhora Ferrars me disse."

"E estavam indo em direção ao oeste?"

"Sim, minha senhora – mas não demoram muito. Logo estarão de volta e certamente virão visitá-las."

A senhora Dashwood olhou então para a filha; mas Elinor sabia que era inútil esperá-los. Reconheceu que tudo se resumia num recado de Lucy, e estava confiante de que Edward nunca se aproximaria delas. Observou à mãe, em voz baixa, que se dirigiam provavelmente para a casa do senhor Pratt, perto de Plymouth.

As informações de Thomas pareciam ter chegado ao fim. Elinor se mostrava ansiosa por saber mais.

"Você os viu partir, antes de vir embora?"

"Não, minha senhora – os cavalos estavam sendo preparados, mas não podia demorar-me mais; temia estar atrasado."

"E a senhora Ferrars estava bem?"

"Sim, minha senhora, ela disse que estava muito bem; e para mim, ela sempre foi uma jovem muito bonita – e me parecia enormemente feliz."

A senhora Dashwood não conseguia pensar em outras perguntas; Thomas e a mesa do jantar, agora igualmente inúteis, foram logo dispensados. Marianne já tinha mandado dizer que não comeria mais nada. Os apetites da senhora Dashwood e de Elinor tinham igualmente sumido; e Margaret podia considerar-se bem feliz porque, tamanho tinha sido o desassossego que suas duas irmãs haviam provado e tinham suas razões para se descuidarem da alimentação, ela nunca havia sido obrigada a ficar sem o jantar.

Quando a sobremesa e o vinho foram servidos, e a senhora Dashwood e Elinor ficaram a sós, permaneceram durante longo tempo juntas em similar meditação e silêncio. A senhora Dashwood receava arriscar qualquer observação e não se aventurava a dar consolo. Agora achava que havia errado ao confiar na substituição de Elinor por ela própria; e concluiu justamente que tudo havia sido expressamente amenizado, na ocasião, para poupá-la de um aumento de infelicidade, sofrendo como tinha então sofrido por causa de Marianne. Percebeu que havia sido iludida pelo cuidado, pela considerada atenção de sua filha, a julgar aquela afeição, que uma vez ela tão bem compreendia, muito mais superficial na realidade do que havia sido habituada a acreditar, ou do que estava provado agora que era. Receava que, sob essa persuasão, tivesse sido injusta, desatenta, não, quase grosseira com sua Elinor; que a aflição de Marianne, porque mais conhecida, mais imediatamente diante dela, tivesse monopolizado sua ternura, e a levasse a esquecer que em Elinor tinha uma filha que sofria quase tanto como a outra, embora com menos autoprovocação e com maior coragem.

## ≈ CAPÍTULO 48 ≈

Elinor encontrou enfim a diferença entre a expectativa de um acontecimento desagradável, por mais certo que a mente o considere, e a própria certeza. Agora achava que, apesar de si mesma, sempre havia admitido a esperança, enquanto Edward permanecesse solteiro, de que algo haveria de ocorrer para impedir seu casamento com Lucy; que alguma resolução dele próprio, alguma mediação de amigos ou alguma oportunidade mais plausível para as ambições da mulher haveria de surgir para respaldar a felicidade de todos. Mas agora ele estava casado; e ela condenava seu coração pela bajulação fingida, que tanto elevou a dor pela informação.

Que ele se casasse tão cedo, antes (como imaginava) de ser ordenado e, consequentemente, antes que pudesse estar de posse do benefício eclesiástico, surpreendia-a um pouco de início;mas logo viu como provável a atitude de Lucy que, em previdente cuidado e em sua pressa de assegurá-lo para si, poderia negligenciar tudo, menos o risco do adiamento. Estavam casados – casados na cidade – e agora iam depressa para a casa do tio dela. O que Edward não tinha sentido ao estar a quatro milhas de Barton, – ao ver o criado da mãe dela – e ao ouvir a mensagem de Lucy!

Estariam logo, assim supunha, instalados em Delaford: – Delaford – lugar pelo qual tudo conspirava para lhe despertar interesse; que ela queria conhecer e logo desejava evitar. Viu-os num instante em sua casa canônica: viu em Lucy a ativa e controlada administradora, unindo ao mesmo tempo o desejo de uma aparência elegante ao máximo de frugalidade e envergonhada de que pudessem suspeitar de metade de suas práticas econômicas, perseguindo seu próprio interesse em cada pensamento, cortejando os favores do coronel Brandon, da senhora Jennings e de todos os seus amigos ricos. Em Edward, não sabia o que ver, nem o que desejava ver. Feliz ou infeliz, nada a agradava: meneava a cabeça a cada imagem dele.

Elinor anda imaginando que alguém de suas relações em Londres lhes escrevesse para comunicar o evento e fornecer mais pormenores; mas os dias se passavam sem que trouxessem uma carta, uma notícia que fosse. Embora não atinasse a quem podia recriminar, achava que todos os amigos ausentes estavam em falta. Eram todos relaxados ou indolentes.

"Quando é que a senhora vai escrever ao coronel Brandon, mamãe?" foi uma pergunta que brotou da impaciência de sua mente para saber de alguma coisa.

"Eu lhe escrevi na semana passada, minha querida, e prefiro vê-lo a receber carta dele novamente. Insisti seriamente para que viesse visitar-nos, e não ficaria surpresa se ele aparecesse por aqui hoje ou amanhã ou um dia desses."

Já era alguma coisa – alguma coisa a esperar. O coronel Brandon *devia* ter alguma informação a dar.

Mal acabara de cogitar isso, quando a figura de um homem a cavalo dirigiu seus olhos para a janela. Ele parou à porta. Era um cavalheiro – era o próprio coronel Brandon. Agora iria saber muito mais, e tremia na expectativa. Mas *não* era o coronel Brandon; não tinha seu aspecto nem sua altura. Se fosse possível, poderia dizer que era Edward. Olhou de novo. Ele acabava de desmontar: não podia estar errada – *era* Edward. Ela se afastou e sentou-se. "Vem da casa do senhor Pratt propositadamente para ver-nos. Preciso ficar calma – vou conseguir me dominar."

Num instante ela percebeu que as outras também já estavam cientes do engano. Viu a mãe e Marianne mudarem de cor, – viu-as olhar para ela e sussurrar algumas frases entre si. Ela daria tudo para conseguir poder falar e fazê-las compreender que não esperava que transparecesse qualquer frieza, qualquer menosprezo em seu tratamento para com ele; mas não conseguiu dizer absolutamente nada e foi obrigada a deixá-las proceder à sua própria discrição.

Nem uma sílaba foi ouvida em voz alta. Todas esperaram em silêncio pela chegada do visitante. Seus passos foram ouvidos ao longo do caminho de cascalho; num momento estava na entrada e, em outro, estava diante delas.

Seu semblante, ao entrar na sala, não transparecia contentamento, nem mesmo para Elinor. Suas feições eram pálidas e agitadas; parecia estar receoso da maneira como seria recebido, ciente de que não merecia qualquer espécie de gentileza. A senhora Dashwood, contudo, conformando-se, como esperava, aos desejos da filha, por quem agora desejava, de coração, ser guiada em tudo, cumprimentou-o com um ar de forçada complacência, estendeu-lhe a mão e desejou-lhe felicidades.

Ele corou e gaguejou uma resposta ininteligível. Os lábios de Elinor se haviam movido ao mesmo tempo que os da mãe; e quando o momento de ação terminou, ela desejou ter-lhe dado um aperto de mão também. Mas era tarde demais; e com um semblante que dava a entender estar pronta para conversar, sentou-se de novo e falou sobre o tempo.

Marianne se havia retirado o mais longe possível da presença deles para ocultar seu desgosto; e Margaret, compreendendo alguma parte, mas não o caso em sua totalidade, achou necessário manter atitudes dignas e, por isso, foi sentar-se tão distante dele quanto possível e manteve-se em estrito silêncio. Quando Elinor terminou de regozijar-se com o tempo seco da estação, seguiu-se uma pausa acabrunhadora. Foi rompida pela senhora Dashwood que se sentiu na obrigação de expressar sua esperança de que ele tivesse deixado a senhora Ferrars muito bem. De maneira apressada, respondeu que ela estava bem.

Outra pausa.

Elinor, resolvendo arriscar-se, embora temendo o som da própria voz, disse então:

"A senhora Ferrars está em Longstaple?"

"Em Longstaple?", replicou ele, com ar de surpresa. "Não; minha mãe está na cidade."

"Queria," disse Elinor, tomando nas mãos um objeto que estava sobre a mesa, "perguntar pela senhora *Edward* Ferrars."

Ela não ousou erguer os olhos; mas a mãe e Marianne volveram seus olhos para ele. Ele corou, pareceu perplexo, indeciso e, depois de alguma hesitação, disse:

"Talvez se refira a meu irmão: quer dizer a senhora – a senhora *Robert* Ferrars."

"A senhora Robert Ferrars!" repetiram Marianne e a mãe num tom de extrema admiração; e embora Elinor não conseguisse falar, seus olhos estavam fixados nele com a mesma impaciente admiração. Ele se levantou da cadeira e caminhou até a janela, aparentemente sem saber o que fazer; tomou uma tesoura que ali estava e, enquanto estragava um pedaço de pano cortando-o em pedaços, disse, numa voz apressada:

"Talvez não saibam: pode ser que não tenham tido a notícia de que meu irmão se casou recentemente com – a mais nova das – com a senhorita Lucy Steele."

Suas palavras ecoaram num espanto indescritível em todas

elas menos em Elinor, que sentou, com a cabeça inclinada sobre o objeto que tinha nas mãos, num estado de tal agitação que a deixou praticamente sem saber onde estava.

"Sim," disse ele: "Casaram-se na semana passada e agora estão em Dawlish."

Elinor não conseguiu suportar mais. Quase saiu correndo da sala; e, logo que a porta se fechou, rompeu em lágrimas de alegria, que de início pensou que não se estancariam mais. Edward, que até então olhava para todos os lados, menos para ela, viu-a sair apressada, e talvez tenha visto, ou mesmo ouvido, sua emoção; pois imediatamente depois ele caiu num devaneio, no qual nem as observações nem as perguntas nem as afetuosas atenções da senhora Dashwood conseguiram penetrar; e por fim, sem dizer uma única palavra, deixou a sala e seguiu caminhando em direção à vila, deixando todas no maior espanto e perplexidade com aquela mudança de sua situação, tão maravilhosa e tão súbita, – perplexidade que elas não tinham meios de atenuar a não ser por suas próprias conjecturas.

## ≈ CAPÍTULO 49 ≈

Por mais inexplicáveis que as circunstâncias de sua libertação pudessem parecer a toda a família, o certo era que Edward estava livre; e com que finalidade essa liberdade seria utilizada era facilmente previsto por todos; – pois, depois de ter experimentado as bênçãos de *um* compromisso imprudente, contraído sem o consentimento da mãe, como tinha feito há mais de quatro anos, nada mais se poderia esperar dele, ao falhar *naquele*, do que a imediata contração de outro.

Sua missão em Barton era, de fato, bem simples. Era somente para pedir a Elinor que se casasse com ele; e, considerando que ele não era de todo inexperiente em semelhante questão, pode parecer estranho que se tivesse sentido tão constrangido no presente caso, como realmente se sentiu, tão necessitado estava de estímulo e de ar puro.

Como Edward logo se havia predisposto a tomar a resolução apropriada, contudo, como a oportunidade de pô-la em prática logo surgiu, de que maneira ele se expressou , e como foi recebido, tudo isso não precisa ser minuciosamente contado. Basta dizer somente que: – quando todos eles sentaram à mesa às quatro horas, cerca de três horas depois de sua chegada, ele já havia obtido a mão de Elinor, o consentimento da mãe dela e não se encontrava somente na extasiante profissão de fé do apaixonado, mas também, invocando a razão e a verdade, se sentia o mais feliz dos homens. Sua situação, na verdade, era mais que de extrema alegria. Tinha mais que o triunfo normal do amor correspondido para encher seu coração e soerguer sua disposição. Libertara-se, sem nenhuma recriminação contra si, de um embaraço que havia prolongado sua angústia, de uma mulher a quem, havia muito, tinha deixado de amar; e, ao mesmo tempo, encontrara enorme segurança junto dessa outra, na qual devia ter pensado quase com desespero tão logo começou a desejá-la. Saíra, não da dúvida ou da expectativa, mas da amargura para a felicidade; e essa mudança era abertamente exibida com uma autêntica, transbordante e agradecida alegria, que seus amigos nunca haviam nele testemunhado.

Seu coração estava agora aberto para Elinor, todas as suas fraquezas e erros, confessados, e seu primeiro afeto juvenil por Lucy tratado com toda a filosófica dignidade dos 24 anos.

"Foi uma inclinação tola e inútil de minha parte," disse ele, "consequência de minha ignorância do mundo e falta de uma atividade. Se minha mãe me tivesse dado uma profissão quando fui retirado, aos 18 anos, de sob os cuidados do senhor Pratt, penso, não, tenho certeza de que isso nunca teria acontecido; pois, embora tenha deixado Longstaple com o que pensava, na época, ser uma insuperável preferência pela sobrinha dele, se eu tivesse algum objetivo, alguma ocupação que pudesse empregar meu tempo e manter-me distante dela por alguns meses, muito em breve teria superado esse apego imaginário, especialmente pela convivência maior na sociedade, que em tal caso devia ter tentado. Mas, em vez de ter alguma coisa a fazer, em vez de ter uma profissão escolhida para mim, ou que eu próprio tivesse a permissão de escolher, voltei para casa para permanecer completamente ocioso; e durante todo o primeiro ano daí em diante, não tive nem mesmo a ocupação usual que teria se eu pertencesse a uma universidade, pois só entrei na de Oxford aos 19 anos. Nada tinha, portanto, a fazer neste mundo a não ser ir à cata de fantasias do amor; e como minha mãe não tornava minha casa confortável sob qualquer aspecto, como eu não tivesse um amigo, um companheiro na pessoa de meu irmão, e não gostasse de fazer novas amizades, não era estranho que fosse com muita frequência a Longstaple, onde sempre me sentia como se estivesse em casa e sempre tinha a certeza de ser bem recebido; foi exatamente por isso que ali passei a maior parte de meu tempo dos 18 aos 19 anos: Lucy me parecia tudo o que havia de mais cordial e amável. Era bonita também – pelo menos assim eu achava *então*; e eu tinha visto tão pouco outras mulheres, que não podia fazer comparações, e não via nela defeito algum. Considerando tudo, portanto, espero que, por mais insensato que pudesse parecer nosso compromisso, insensato como em todo sentido provou ser, não fosse na época uma espécie de loucura estranha ou indesculpável."

A mudança que em poucas horas tinha se processado no espírito e na felicidade das Dashwood era tal – tão grande – que lhes prometia toda a satisfação de uma noite sem sono. A senhora Dashwood, feliz demais para estar calma, não sabia como amar Edward nem como louvar Elinor de maneira suficiente, como mostrar-se agradecida por sua libertação sem ferir a própria suscetibilidade dele, nem como conseguiria deixá-los à vontade para conversar sem restrições, e ainda desfrutar, como desejava, da vista e da companhia dos dois.

Marianne só podia expressar *sua* felicidade com lágrimas. Haveria de ocorrer comparações – mágoas poderiam surgir; e sua alegria, embora sincera como seu amor pela irmã, era de um tipo que não lhe dava nem disposição nem palavras.

Mas Elinor – como poderiam ser descritos seus sentimentos? A partir do momento em que soube que Lucy estava casada com outro, que Edward estava livre, até o momento em que ele justificou as esperanças que ela tanto havia acalentado, mostrava-se tudo menos tranquila. Mas quando o segundo momento havia passado, quando julgou que todas as dúvidas, todas as preocupações haviam sido removidas, comparou sua situação atual com a que tinha sido até pouco antes – viu-o honrosamente libertado de seu antigo compromisso, – viu-o aproveitar instantaneamente essa liberdade para dirigir-se a ela e declarar um afeto tão terno, tão constante como bem imaginava que fosse – ela estava oprimida, estava dominada pela própria felicidade; e felizmente disposta, como a mente humana se predispõe a familiarizar-se facilmente com qualquer mudança para melhor, ainda assim exigiu dela várias horas para dar serenidade ao espírito ou algum grau de tranquilidade ao coração.

Edward estava agora instalado no chalé por pelo menos uma semana; pois, quaisquer que fossem as outras reivindicações que pudessem fazer-lhe, era impossível que menos de uma semana fosse concedida para desfrutar o prazer da companhia de Elinor ou para dizer metade do que devia ser dito sobre o passado, o presente e o futuro; pois, embora poucas horas passadas no duro trabalho de incessante conversa despachariam mais assuntos do que realmente poderia haver em comum entre duas criaturas racionais, o tempo dos apaixonados é bem diferente. Entre *eles*, nenhum assunto termina, nenhuma comunicação é plenamente feita, sem que tenha sido repisada pelo menos vinte vezes.

O casamento de Lucy, a incessante e razoável surpresa entre todos eles, constituiu de fato uma das primeiras discussões dos dois apaixonados; e o conhecimento particular de Elinor de cada um dos cônjuges parecia-lhe, sob todos os aspectos, uma das mais extraordinárias e inexplicáveis circunstâncias de que jamais ouvira falar. Como poderiam ter acabado juntos e por qual atração Robert teria sido levado a casar-se com uma jovem de cuja beleza ela própria o ouvira falar sem nenhuma admiração, –

uma jovem já comprometida com seu irmão e por cuja causa esse mesmo irmão havia sido expulso da família, – tudo isso ia muito além de seu entendimento. Para seu próprio coração era um fato delicioso, para sua imaginação era até mesmo ridículo, mas, para sua razão, para seu julgamento, era um grande enigma.

Edward só podia tentar uma explicação, supondo que, talvez, ao se encontrarem por acaso pela primeira vez, a vaidade de um tinha sido insuflada pela bajulação do outro, o que os teria levado aos poucos a todo o resto. Elinor lembrava-se do que Robert lhe havia dito na Harley Street, ou seja, da opinião do que sua própria mediação nos assuntos do irmão poderia ter produzido, se pudesse ter intervindo a tempo. Ela a repetiu a Edward.

"*Isso* é típico de Robert," foi sua observação imediata. "E *isso*," acrescentou a seguir, "talvez tenha entrado em sua cabeça logo que travaram conhecimento. E Lucy, talvez, de início tenha pensado somente em obter os bons ofícios dele em meu favor. Outras intenções devem ter surgido depois."

Por quanto tempo andaram levando o caso adiante só entre eles, contudo, tanto ele como ela tinham dificuldade em supor; pois em Oxford, onde permaneceu por livre escolha desde que havia deixado Londres, não tinha meios de saber dela a não ser por meio da própria, e suas cartas até a última não foram menos frequentes nem menos afetuosas do que o usual. Não lhe havia ocorrido, portanto, a menor suspeita para prepará-lo para o que se seguiu; e quando, por fim, tudo veio à tona, numa carta da própria Lucy, ele ficou por algum tempo, acreditava, meio estupefato entre o pasmo, o horror e a alegria de tal libertação. Edward pôs carta nas mãos de Elinor.

*"Caro senhor,*

*Tendo a certeza de que há muito perdi seu afeto, pensei em conceder-me a liberdade de oferecer o meu a outro, e não tenho dúvida de que serei tão feliz com ele como uma vez costumava pensar que o fosse com você; mas me recuso a aceitar a mão de alguém cujo coração já era de outra. Desejo-lhe sinceramente que seja feliz em sua escolha, e não será culpa minha se não conseguirmos ser sempre bons amigos que nossos laços familiares ora o exigem. Posso dizer com segurança que não nutro nenhuma malevolência em relação a você, e estou certa de que há de ser bastante generoso para não nos desejar qualquer mal. Seu irmão conquistou inteiramente meu afeto; e como não pudéssemos viver um sem o outro, acabamos de descer do altar e agora estamos a caminho de Dawlish, onde passaremos algumas semanas; lugar que seu irmão sempre teve grande curiosidade de conhecer; mas pensei que antes deveria importuná-lo com estas poucas linhas e subscrever-me sua sincera amiga e cunhada,*

*Lucy Ferrars"*

*"Queimei todas as suas cartas e vou lhe devolver seu retrato na primeira oportunidade. Por favor, destrua meus rabiscos – mas poderá guardar, se assim o desejar, a mecha de meus cabelos."*

Elinor leu a carta e a devolveu sem qualquer comentário.

"Não peço sua opinião quanto à composição do texto," disse Edward. "Por nada deste mundo lhe teria mostrado uma de suas cartas de tempos atrás. Para uma cunhada já é bastante ruim, mas para uma esposa! Como eu corava ao ver as páginas escritas por ela! E creio que posso dizer que, desde os primeiros seis meses de nosso tresloucado caso, esta foi a única carta que recebi dela cujo conteúdo não merece críticas, apesar da deficiência do estilo."

"Mas aconteceu," disse Elinor, depois uma pausa, "certamente estão casados; e sua mãe atraiu sobre si o castigo mais apropriado. A independência que deu a Robert, por ressentimento contra você, colocou nas mãos dele o poder de fazer a própria escolha; e, na realidade, ela subornou um filho com mil libras por ano para que este viesse a fazer exatamente o mesmo que a levara a deserdar o outro, por tentar fazê-lo. Creio que ela não ficará menos ofendida, suponho, por Robert ter-se casado com Lucy do que o teria ficado se você tivesse casado com ela."

"Deve ficar ainda mais ofendida, pois Robert sempre foi seu predileto. Vai ficar muito mais ofendida, e seguindo o mesmo princípio, vai perdoá-lo muito mais depressa."

Edward não sabia em que estado se encontravam agora as relações entre seus familiares, pois não havia tentado ainda qualquer comunicação com alguém dentre eles. Havia deixado Oxford 24 horas depois de ter recebido a carta de Lucy e, com um único objetivo diante dele, o caminho mais curto para Barton, não tinha tido tempo para elaborar qualquer esquema que não considerasse esse caminho como o mais próximo de seu ponto de chegada. Nada poderia fazer antes de assegurar-se de seu destino com a senhorita Dashwood; e pela rapidez em procurar *esse* destino, pode-se supor, apesar dos ciúmes com que às vezes pensava no coronel Brandon, apesar da modéstia com que avaliava seus próprios méritos e da polidez com que falava de suas dúvidas, não podia, enfim, esperar uma recepção muito desumana. Cabia a ele, no entanto, dizer o que fez, e o disse de modo muito sensato. O que poderia dizer do assunto um ano depois, fica por conta dos maridos e esposas.

Estava perfeitamente claro para Elinor que Lucy queria enganá-la, agindo maliciosamente, em seu recado trazido por Thomas; e o próprio Edward, agora totalmente esclarecido sobre seu caráter, não tinha escrúpulos em acreditar que ela fosse capaz das maiores mesquinharias por seu temerário mau gênio. Embora seus olhos estivessem abertos havia muito tempo, mesmo antes de conhecer Elinor, para sua ignorância e falta de liberalidade em algumas de suas opiniões, ele as havia igualmente imputado à falta de instrução; e até que recebesse esta última carta, sempre a havia considerado uma jovem bem-disposta, de bom coração e inteiramente apegada a ele. Nada mais que essa persuasão o havia impedido de pôr um fim a um compromisso que, muito ates de sua descoberta o deixara exposto à ira de sua mãe, tinha sido uma fonte contínua de desassossego e de tristeza para ele.

"Julguei meu dever," disse ele, "independentemente de meus sentimentos, dar-lhe a opção de continuar ou não com o compromisso, quando fui deserdado por minha mãe e fiquei aparentemente sem um amigo no mundo que me desse apoio. Em tal situação, em que nada parecia tentar a avareza ou a vaidade de qualquer criatura humana, quando ela tão séria e calorosamente insistiu em compartilhar meu destino, fosse ele qual fosse, como poderia supor que estivesse instigada por nada mais que pela mais desinteressada das afeições? E mesmo agora, não posso compreender por qual motivo agiu ou que imaginária vantagem poderia estar presa a um homem pelo qual não tinha a menor consideração e que só tinha duas mil libras neste mundo. Ela não podia prever que o coronel Brandon haveria de me conceder um benefício."

"Não; mas ela podia supor que algo iria ocorrer em seu favor; que sua própria família deveria ceder com o tempo. E, de qualquer modo, ela nada perdeu ao continuar mantendo o compromisso, pois provou que tal não algemava seus desejos nem suas ações. O compromisso era certamente respeitável e provavelmente lhe granjeava consideração entre seus amigos e amigas;e, se nada mais vantajoso ocorresse, seria melhor para ela casar-se com *você* do que ficar solteira."

Edward, na verdade, convenceu-se imediatamente de que nada poderia ter sido mais natural que a conduta de Lucy, nem mais transparente que seu motivo.

Elinor recriminou-o severamente, como as mulheres sempre reagem à imprudência que as elogia, por ter passado tanto tempo com elas em Norland, quando ele já devia ter sentido sua própria inconstância.

"Seu comportamento foi certamente desastroso," disse ela, "porque, sem falar de minha própria convicção, nossas relações levavam a imaginar e a esperar o *que*, em vista de sua situação de *então*, nunca poderia acontecer."

Ele só pôde pleitear ignorância de seu próprio coração e uma errônea confiança na força de seu compromisso.

"Eu era inocente demais ao pensar que, ao ter minha *palavra* empenhada com outra, não havia perigo em ficar a seu lado; e que a consciência de meu compromisso era para manter meu coração tão seguro e sagrado quanto minha honra. Sentia que admirava você, mas dizia a mim mesmo que era só amizade; e até começar a fazer comparações entre você e Lucy, não sei até onde cheguei. Depois disso, suponho, errei ao permanecer tanto tempo em Sussex; e os argumentos com que me apaziguava para a conveniência de ficar não eram melhores que estes: 'O perigo é só meu; não farei mal a ninguém, a não ser a mim mesmo'."

Elinor sorriu e meneou a cabeça.

Edward soube com prazer que o coronel Brandon estava sendo aguardado no chalé, pois realmente queria não só conhecê-lo melhor, mas também ter a oportunidade de convencê-lo de que não se ofenderia com sua oferta do beneficio de Delaford. "Até agora," disse ele, "com os agradecimentos com tão pouca amabilidade que lhe dei na ocasião, ele deve pensar que nunca o desculpei pela oferta."

*Agora* percebia, atônito, que nunca tinha estado no local. Mas tão pouco interesse tinha mostrado pelo assunto, que devia todo o conhecimento da casa, do jardim, da gleba, da extensão da paróquia, das condições da terra e dos rendimentos à própria Elinor, que ouvira tanto a respeito do coronel e com tanta atenção que agora dominava inteiramente o assunto.

Depois disso, somente uma questão permanecia indecisa entre eles; uma dificuldade apenas a ser superada. Estavam unidos por mútua afeição, com a mais calorosa aprovação de seus verdadeiros amigos; o íntimo conhecimento que tinham um do outro parecia garantir-lhes a felicidade, mas só precisavam de alguma coisa para viver. Edward tinha duas mil libras e Elinor, mil, que, com o benefício de Delaford, era tudo o que podiam chamar de seu; pois era impossível que a senhora Dashwood pudesse lhes adiantar alguma coisa; e nenhum dos dois estava tão loucamente apaixonado para pensar que com 350 libras por ano eles pudessem ter uma vida confortável.

Edward não estava inteiramente sem esperanças de alguma modificação favorável em sua mãe com relação a ele; e se apoiava *nisso* para o restante de seus rendimentos. Mas Elinor não tinha tanta confiança, pois, como Edward continuava impossibilitado de casar-se com a senhorita Morton e escolhendo a ela que, segundo comentário da senhora Ferrars, expresso em linguagem lisonjeira, não passava de um mal menor que Lucy Steele, temia que a ofensa de Robert não servisse para outra finalidade senão para enriquecer Fanny.

Cerca de quatro dias depois da chegada de Edward, o coronel Brandon apareceu para completar a satisfação da senhora Dashwood e para dar-lhe a honra de ter, pela primeira vez desde que morava em Barton, mais visitas do que sua casa podia comportar. Edward reteve o privilégio de primeiro visitante a chegar e o coronel Brandon, portanto, se dirigia todas as noites para suas antigas acomodações em Barton Park, de onde geralmente retornava pela manhã, suficientemente cedo para interromper a primeira conversa particular dos namorados, antes do café.

A permanência de três semanas em Delaford, onde, pelo menos nas horas da noite, pouco tinha a fazer senão calcular a desproporção entre 36 e 17, trouxe o coronel de volta a Barton num estado de espírito que necessitou de toda a persistência dos olhares de Marianne, de toda a amabilidade de sua recepção, e de todo o estímulo das palavras de sua mãe para deixá-lo alegre. Entre tais amigos, contudo, e com tal afabilidade, ele realmente se reanimou. Não tinha ouvido ainda nenhum boato sobre o casamento de Lucy: nada sabia do que se havia passado; e as primeiras horas de sua visita foram consequentemente voltadas a ouvir os fatos e admirar-se. Tudo lhe foi explicado pela senhora Dashwood; e ele encontrou novas razões para alegrar-se com o que ele havia feito para o senhor Ferrars, visto que isso, em decorrência, promovia a felicidade de Elinor.

Seria desnecessário dizer que os cavalheiros melhoraram o bom conceito um do outro ao aprofundarem seu conhecimento mútuo, como não poderia deixar de ser. Sua semelhança em bons princípios e no bom senso, na disposição e maneira de pensar provavelmente teria sido suficiente para uni-los na amizade, sem qualquer outra atração; mas o fato de gostarem de duas irmãs, e de duas irmãs que se estimavam profundamente, tornou aquele mútua consideração inevitável e imediata, que, de outro modo, deveria ter esperado pelos efeitos do tempo e do julgamento.

As cartas provenientes da cidade, que alguns dias antes teriam feito cada nervo de Elinor estremecer com excitação, chegavam agora e eram lidas com menos emoção que prazer. A senhora Jennings escreveu contando a notável história para desafogar sua honesta indignação contra a namoradeira jovem e ressaltar sua compaixão pelo pobre senhor Edward que, estava certa, andava inteiramente louco de amor por aquela moça levada, e devia estar agora, segundo opinião de alguns, em Oxford,com o coração partido. "Creio realmente," continuava ela, "que nada jamais foi conduzido de maneira tão ardilosa; pois, nada mais que dois dias antes, Lucy veio me visitar e ficou umas duas horas comigo. Nenhuma alma viva suspeitava de qualquer coisa desse tipo, nem mesmo Nancy que, pobrezinha, veio ter comigo chorando no dia seguinte, tremendo de medo da senhora Ferrars, e ainda sem saber como ir a Plymouth; pois Lucy, parece, lhe pediu todo o dinheiro emprestado antes de sumir para casar-se, com a finalidade, supomos, de dar espetáculo, e a pobre Nancy ficou sem um centavo; fiquei contente por dar-lhe cinco guinéus para que conseguisse ir a Exeter, onde pretende ficar três ou quatro semanas com a senhora Burgess, na esperança, como lhe disse, de encontrar novamente o médico. E devo dizer que a má vontade de Lucy em não levá-la com eles na carruagem foi o pior de tudo. Pobre senhor Edward! Não me sai da cabeça, mas vocês deviam convidá-lo para ir a Barton, e Marianne vai tentar consolá-lo."

As preocupações de John Dashwood eram mais solenes. A senhora Ferrars era a mais infeliz das mulheres – a pobre Fanny havia sofrido agonias com sua sensibilidade – e ele considerava a sobrevivência de cada uma delas, sob tal golpe, com grato espanto. A ofensa de Robert era imperdoável, mas a de Lucy era infinitamente pior. Nenhum dos dois deveria ser novamente mencionado à senhora Ferrars; e, mesmo que mais tarde pudesse ser induzida a perdoar o filho, a mulher dele nunca seria reconhecida por ela como nora, nem lhe seria permitido aparecer em sua presença. O segredo com que tudo havia sido levado adiante entre eles, era racionalmente tratado como enorme agravante do crime, porque, se algum dos outros familiares tivesse qualquer suspeita, medidas apropriadas teriam sido tomadas para impedir o casamento; e pedia a Elinor que se juntasse a ele para lamentar que o casamento de Edward e Lucy não se tivesse realizado, pois tornara-se assim um meio de espalhar ainda mais desgraça na família. E continuou assim:

"A senhora Ferrars nunca mais mencionou o nome de Edward, o que não nos surpreende; mas, para nosso grande espanto, não recebemos dele nenhuma linha nessa ocasião. Talvez se mantenha em silêncio com receio de ofender; por isso vou escrever para Oxford, dando a ele uma sugestão, por meio de algumas linhas, dizendo que sua irmã e eu achamos que uma carta de respeitosa submissão da parte dele, endereçada talvez a Fanny, que por sua vez a mostraria à mãe, não deve ser considerada inoportuna; pois todos sabemos da ternura do coração da senhora Ferrars, que nada mais deseja que manter boas relações com seus filhos."

Este parágrafo tinha alguma importância para os planos e a conduta de Edward. Decidiu-o a tentar a reconciliação, embora não exatamente da maneira assinalada pelo cunhado e pela irmã.

"Uma carta de respeitosa submissão!" repetia ele; "querem que eu peça perdão à minha mãe pela ingratidão de Robert para com *ela* e pela quebra da honra para *comigo*! Não posso mostrar submissão. Não vou me humilhar nem me arrepender pelo que se passou. Tornei-me muito feliz; mas isso não interessa. Não vejo submissão alguma apropriada para o caso."

"Você pode certamente pedir para ser perdoado," disse Elinor, "porque você a ofendeu; e pensaria que deve arriscar-se agora a admitir certa preocupação por ter contraído um compromisso que provocou a ira de sua mãe."

Ele concordou que poderia fazê-lo.

"E quando ela o tiver perdoado, talvez um pouco de humildade seja conveniente para lhe comunicar um segundo compromisso que, aos olhos dela, é quase tão imprudente quanto o primeiro."

Ele nada tinha a dizer contra, mas ainda resistia à ideia de uma carta de respeitosa submissão; e por isso, para tornar tudo mais fácil para ele, que se declarava mais propenso a fazer pequenas concessões orais que por escrito, ficou resolvido que, em vez de escrever a Fanny, ele iria a Londres e solicitaria pessoalmente seus bons ofícios em seu favor. "E se realmente se interessarem," disse Marianne, em seu novo semblante de candura, "em promover a reconciliação, passarei a pensar que até mesmo John e Fanny não estão inteiramente sem méritos."

Depois de uma visita de somente três ou quatro dias da parte do coronel Brandon, os dois cavalheiros deixaram Barton juntos. Deveriam seguir imediatamente para Delaford, porque Edward tinha de conhecer pessoalmente sua futura casa e ajudar seu protetor e amigo a decidir de que reformas necessitava; e daí, depois permanecerem umas duas noites, ele prosseguiria sua viagem para Londres.

## ≈ CAPÍTULO 50 ≈

Depois de uma característica resistência da parte da senhora Ferrars, deveras violenta e firme para preservá-la daquela recriminação que sempre pareceu recear incorrer, a recriminação de ser amável demais, Edward foi admitido à sua presença e declarado novamente seu filho.

Sua família tinha sido ultimamente excessivamente flutuante. Durante muitos anos de sua vida, tinha tido dois filhos; mas o crime e a exclusão de Edward, poucas semanas antes, lhe haviam roubado um deles; a semelhante exclusão de Robert, a havia deixado por uma quinzena sem ambos; e agora, pela ressuscitação de Edward, tinha novamente um.

Apesar de lhe ter sido permitido viver outra vez, ele, contudo, não sentia a continuidade de sua existência muito segura até que revelasse à mãe seu atual compromisso; pois receava que a divulgação dessa circunstância poderia provocar uma súbita mudança de sua situação, levando-o a ser excluído tão rapidamente como antes. Foi, portanto, com apreensiva cautela que o revelou; e foi ouvido com inesperada calma. De início, a senhora Ferrars se empenhou em dissuadi-lo de casar-se com a senhorita Dashwood, com todos os argumentos a seu alcance; disse-lhe que na senhorita Morton teria uma mulher de melhor posição social e de maior fortuna; reforçou a afirmação observando de que a senhorita Morton era filha de um nobre com trinta mil libras, enquanto a senhorita Dashwood era apenas a filha de um cavalheiro sem expressão que não tinha mais que *três* mil; mas quando percebeu que, embora admitindo perfeitamente sua adequada argumentação, ele não estava de forma alguma inclinado a acatá-la, ela julgou mais prudente, por sua experiência passada, conformar-se; e por isso, depois de desagradável retardamento que ela devia à sua própria dignidade e que servia para frustrar qualquer suspeita de boa vontade, deu sua aval consentindo no casamento de Edward e Elinor.

O que se comprometeria a fazer para aumentar-lhes os rendimentos era uma questão a ser considerado; e aqui, parecia claramente que, embora Edward fosse agora seu único filho, não era de modo algum o mais velho; pois, enquanto Robert foi inevitavelmente dotado com mil libras por ano, nenhuma objeção foi apresentada contra a opção de Edward de ordenar-se para obter 250 libras no máximo; nem coisa alguma foi prometida para o presente ou para o futuro, além das dez mil libras, que já tinham sido dadas a Fanny.

Era tudo, no entanto, quanto desejavam Edward e Elinor, e mais do que esperavam; a própria senhora Ferrars, em meio a suas evasivas desculpas, parecia a única pessoa surpresa por não ter dado mais.

Com uma renda deveras suficiente para suas necessidades, agora cobertas, não tinham nada que esperar, depois que Edward tomasse posse do benefício, a não ser o acabamento da casa, para o qual o coronel Brandon, com o vivo desejo de bem acomodar Elinor, estava fazendo consideráveis reformas; e depois de esperar algum tempo por sua conclusão – depois de passar, como sempre acontece, por mil desapontamentos e atrasos, pelo inexplicável retardamento dos operários, – Elinor, como sempre, rompeu sua primeira resolução concreta de não se casar enquanto tudo não estivesse pronto; e a cerimônia teve lugar na igreja de Barton, no início do outono.

Passaram o primeiro mês depois do casamento na mansão de seu amigo; dali podiam supervisionar o progresso das obras da casa canônica e dirigir tudo como melhor lhes parecia no próprio local; podiam escolher os papéis de parede, planejar espaços arbustivos, inventar trilhas, etc. As profecias da senhora Jennings, embora um tanto confusas, acabaram por cumprir-se à risca, pois ela tinha vindo visitar Edward e a esposa em sua casa paroquial por ocasião da festa de São Miguel; e viu em Elinor e seu marido, como realmente acreditava, um dos mais felizes casais do mundo. De fato, eles nada mais podiam desejar senão o casamento do coronel Brandon com Marianne, e quiçá uma pastagem melhor para suas vacas.

Logo depois que se instalaram, receberam a visita de quase todos os parentes e amigos. A senhora Ferrars veio inspecionar a felicidade que quase se envergonhava por ter autorizado; e mesmo os Dashwood, para lhes prestar honras,enfrentaram as despesas de uma viagem desde Sussex. .

"Não diria que estou desapontado, minha querida irmã," disse John, quando estavam caminhando juntos numa manhã, diante do portão de Delaford House, "isso seria falar demais, pois, certamente você foi uma das jovens mais afortunadas do mundo, e é. Mas confesso que me daria grande prazer poder chamar o coronel Brandon de cunhado. Sua propriedade aqui, o local, a casa, – tudo em tão respeitáveis e excelentes condições! E os bosques, – nunca vi tanta madeira em qualquer lugar de Dorsetshire como a que contemplo agora em Delaford Hanger! E embora, talvez, Marianne não pareça exatamente a pessoa para atraí-lo, mesmo assim penso que seria de todo conveniente para vocês tê-los frequentemente como companhia; pois, como o coronel Brandon parece uma pessoa muito caseira, ninguém pode dizer o que vai acontecer; pois, quando as pessoas estão sempre juntas e pouco veem alguém mais, – e estará sempre a seu alcance tirar alguma vantagem em favor dela, e assim por diante. Em resumo, pode dar a ela uma oportunidade: você me compreende."

Mas, embora a senhora Ferrars tivesse vindo visitá-los e sempre os tratasse com o pretexto de sincera afeição, nunca foram insultados com seus reais favores reais e preferência. *Isso* era reservado à loucura de Robert e à astúcia da esposa; e eles o conseguiram antes que decorressem muitos meses. A sagacidade egoísta desta última, que inicialmente havia atraído Robert para o alçapão, era agora o principal instrumento de sua libertação; pois sua respeitosa humildade, suas assíduas atenções e intermináveis lisonjas, tão logo a menor abertura lhe foi dada para executar seu plano, reconciliou a senhora Ferrars com a escolha dele e o restabeleceu completamente em seus favores.

Todo o comportamento de Lucy no caso e a prosperidade com que o coroou podem ser vistos, portanto, como o mais encorajador exemplo do que uma séria e incessante atenção direcionada ao próprio interesse,mesmo que seu progresso possa ser aparentemente obstruído, pode assegurar todas as vantagens de fortuna, sem outro sacrifício senão o do tempo e da consciência. Quando Robert chegou a conhecê-la e depois foi visitá-la privadamente em Bartlett's Buildings, tinha em vista somente desimpedir-se do encargo que seu irmão lhe atribuíra. Tentaria simplesmente persuadi-la a romper o compromisso; e, como não havia nada a superar a não ser a afeição entre ambos, esperava naturalmente que uma ou duas entrevistas definissem a questão. Nesse ponto, contudo, e apenas nesse, errou; pois, embora Lucy logo lhe desse esperança de que eloquência dele haveria de convencê-la com o *tempo*, outra visita, outra conversa, era sempre necessária para produzir essa convicção. Surgiam sempre algumas dúvidas em sua mente quando se separavam, que só podiam ser removidas com outra meia hora de conversa com ele. Sua presença foi por esse meio assegurada e o resto seguiu seu curso normal. Em vez de falar de Edward, começaram a falar gradualmente só de Robert, – assunto sobre o qual ele sempre tinha mais a dizer do que sobre qualquer outro, e no qual ela logo mostrou um interesse até mesmo igual ao seu; e, em resumo, rapidamente se tornou-se evidente para ambos que ele havia suplantado inteiramente o irmão. Estava orgulhoso de sua conquista, orgulhoso por ter enganado Edward e muito orgulhoso por se casar secretamente sem o consentimento de sua mãe. O que se seguiu já é conhecido. Passaram alguns meses imensamente felizes em Dawlish, pois ela tinha muitos parentes e velhas amizades a rever – e ele esboçou vários projetos para magníficos chalés; dali regressaram à cidade e obtiveram o perdão da senhora Ferrars, pelo simples expediente de pedi-lo que, por instigação de Lucy, foi adotado. O perdão, na verdade, de início, como era razoável, compreendia somente Robert; e Lucy, que não tinha deveres para com a mãe dele, e, portanto, não podia ter transgredido nenhum, permaneceu ainda durante algumas semanas sem ser perdoada. Mas a perseverança na humildade de conduta e mensagens, nas quais ela se condenava pela ofensa de Robert e agradecia a indelicadeza com que era tratada, dobrou a arrogante atenção da sogra que, dominada por sua graciosidade, logo depois a conduziu, por rápidos degraus, à mais alta posição de afeição e influência. Lucy tornou-se tão necessária à senhora Ferrars quanto Robert ou Fanny; e enquanto Edward nunca foi cordialmente perdoado por ter tido uma vez a intenção de se casar com ela, e Elinor, embora superior pela fortuna e pelo berço, foi considerada como intrusa, *ela* era considerada em tudo e sempre reconhecida como sua nora favorita. Foram morar na cidade, recebiam a generosa assistência da senhora Ferrars e mantinham as melhores relações imagináveis com os Dashwood; e, à parte os ciúmes e a má vontade que subsistiam continuamente entre Fanny e Lucy, em que os maridos certamente tomavam parte, bem como os frequentes desentendimentos domésticos entre precisamente Robert e Lucy, nada podia exceder a harmonia em que todos viviam juntos.

O que havia feito Edward para perder os direitos de filho primogênito podia ter embaraçado muita gente para descobrir; e o que havia feito Robert para obtê-los pode tê-la embaraçado ainda mais. Era um arranjo, contudo, justificado em seus efeitos, se não em sua causa; pois nada jamais transpareceu do estilo de vida de Robert ou da maneira de falar para suspeitar de que se queixasse da soma de seus rendimentos ou de ter deixado tão pouco ao irmão ou de ter ele próprio auferido tanto; e se Edward pudesse ser julgado pelo expedito cumprimento de seus deveres em todos os aspectos, ou pelo crescente apego a sua esposa e à casa, e pelo regular bom-humor de seu espírito, seria de supor que ele não estava menos contente com sua sorte, nem menos livre de todo desejo de mudança.

O casamento de Elinor afastou-a muito pouco de sua família, como bem se poderia excogitar, sem tornar o chalé de Barton inteiramente inútil, apesar de sua mãe e irmãs passarem mais da metade do tempo com ela. A senhora Dashwood se portava com discrição e prazer na frequência de suas visitas a Delaford; pois seu desejo de unir Marianne e o coronel Brandon era um tanto menos incisivo, embora bem mais liberal, que aquele que John havia expressado. Esse era agora seu objetivo preferido. A companhia da filha era tão preciosa para ela que nada desejava tanto como eximir-se de sua constante alegria em favor de seu valoroso amigo; e ver Marianne instalada na mansão era igualmente o desejo de Edward e Elinor. Todos avaliavam as tristezas dele, e suas próprias obrigações; e Marianne, pelo consenso geral, seria a recompensa de tudo.

Com tal conspiração contra ela – com um conhecimento tão íntimo de sua bondade – com a convicção de seu profundo afeto por ela, que por fim, embora há muito fosse bem visível a todos – brotou nela – o que poderia ela fazer?

Marianne Dashwood havia nascido para um extraordinário destino. Havia nascido para descobrir a falsidade de suas próprias opiniões e para contrariar, por meio de sua conduta, suas máximas favoritas. Havia nascido para superar uma afeição surgida tão tarde em sua vida, aos 17 anos, e, sem qualquer outro sentimento superior para fortalecer a estima e viva amizade, voluntariamente dar sua mão a outro! – E esse outro era um homem que havia sofrido não menos que ela por causa de uma afeição anterior, a quem, dois anos antes, ela havia considerado velho demais para casar-se, – e que ainda procurava a proteção de um colete de flanela!

Mas assim foi. Em vez de render-se em sacrifício por uma paixão irresistível, como uma vez se havia ostensivamente vangloriado de poder fazer, em vez de permanecer mesmo para sempre com sua mãe, encontrando prazer somente na vida retirada e nos estudos, como depois, em seu mais calmo e sóbrio julgamento havia decidido, – encontrou-se aos 19 anos, subjugada por novos afetos, assumindo novos deveres, colocada num novo lar, uma esposa, a patroa de uma família e a senhora de uma vila.

O coronel Brandon estava agora tão feliz quanto todos aqueles que mais gostavam dele acreditavam que merecia estar: em Marianne era consolado de todas as suas aflições passadas; sua consideração e sua companhia recuperaram a animação em sua mente e a alegria em sua disposição; e que Marianne encontrava sua própria felicidade ao promover a dele era igualmente a persuasão e o contentamento de todos que observavam o amigo. Marianne nunca conseguia amar pela metade; e todo o seu coração se tornou, com o tempo, tão devotado ao marido como outrora o havia sido a Willoughby.

Willoughby não ficou sabendo do casamento dela sem levar um choque; e sua punição foi logo depois completada pelo voluntário perdão da senhora Smith que, ao considerar o casamento dele com uma mulher de caráter como a fonte de sua clemência, deu a ele motivo para acreditar que, se tivesse procedido honrosamente com Marianne, poderia ter sido ao mesmo tempo rico e feliz. Que o arrependimento por sua má conduta, que assim lhe trouxe o próprio castigo, era sincero, não há que duvidar; nem de que pensava sempre no coronel Brandon com inveja e em Marianne, com pesar. Mas que ele fosse para sempre inconsolável, que tivesse fugido da sociedade ou abatido por uma contínua melancolia ou tivesse morrido de paixão, nem se deve pensar – pois nada disso aconteceu. Viveu muito bem e frequentemente se divertindo. Sua mulher nem sempre era mal-humorada, nem seu lar era sempre desconfortável; e, em sua criação de cavalos e cães, na prática de esportes de todo tipo, ele encontrou um módico grau de felicidade doméstica.

Por Marianne, entretanto, apesar de sua indelicadeza em sobreviver à sua perda, ele sempre conservou aquela afeição incisiva que o levava interessar-se por tudo que lhe acontecia, e fez dela seu modelo secreto de perfeição da mulher; e muitas beldades haveria de desprezar no futuro por não merecerem qualquer comparação com a senhora Brandon.

A senhora Dashwood foi bastante prudente em permanecer no chalé, sem tentar mudar-se para Delaford; e, felizmente para Sir John e para a senhora Jennings, quando Marianne partiu, Margaret já alcançava idade apropriada para dançar e não de todo imprópria para ter um namorado.

Entre Barton e Delaford havia aquela comunicação constante que a forte afeição familiar certamente propicia; e, entre os méritos e a felicidade de Elinor e Marianne, que não seja classificado como o menos considerável, embora irmãs e morando ao alcance da vista uma da outra, elas conseguiam viver sem desavenças entre si ou sem gerar frieza entre os maridos.

Impressão e Acabamento
**Gráfica Oceano**